21世纪高职高专规划教材 市场营销系列

市场营销

魏玉芝 主 编○

清华大学出版社

北 京

内 容 简 介

本书是为了适应我国高等职业院校市场营销教学需要而编写的,共 13 章,主要介绍营销的基本知识、市场机会分析与分析方法、目标市场选择、营销组合策略与营销活动管理、营销观念的新发展。本书的主要特点是贴近高等职业教育教学实践,在理论上做到适度与够用,突出实践性与应用性,更好地体现高等职业教育知识性与职业性相结合的特色。为此,每章有学习目标、导入案例,中间设有小资料,后面附有关键概念、思考与练习、案例分析与技能训练。

本书可作为高职高专相关专业的教材,也可作为广大企业管理人员与市场营销爱好者自修提高的参考书。

图书在版编目(CIP)数据

市场营销/魏玉芝主编 . —北京:清华大学出版社,2008.12
21 世纪高职高专规划教材. 市场营销系列
ISBN 978-7-302-18792-9

Ⅰ. 市… Ⅱ. 魏… Ⅲ. 市场营销学-高等学校:技术学校-教材 Ⅳ. F713.50

中国版本图书馆 CIP 数据核字(2008)第 165336 号

责任编辑:康 蓉
责任校对:李 梅
责任印制:李红英

出版发行:清华大学出版社 地 址:北京清华大学学研大厦 A 座
　　　　　http://www.tup.com.cn 邮 编:100084
　　　　社 总 机:010-62770175 邮 购:010-62786544
　　　　投稿与读者服务:010-62776969,c-service@tup.tsinghua.edu.cn
　　　　质 量 反 馈:010-62772015,zhiliang@tup.tsinghua.edu.cn
印 刷 者:北京密云胶印厂
装 订 者:三河市溧源装订厂
经 销:全国新华书店
开 本:185×260 印 张:21 字 数:507 千字
版 次:2008 年 12 月第 1 版 印 次:2008 年 12 月第 1 次印刷
印 数:1~4000
定 价:30.00 元

出版说明

高职高专教育是我国高等教育的重要组成部分,担负着为国家培养并输送生产、建设、管理、服务第一线高素质技术应用型人才的重任。

进入 21 世纪后,高职高专教育的改革和发展呈现出前所未有的发展势头,学生规模已占我国高等教育的半壁江山,成为我国高等教育的一支重要的生力军;办学理念上,"以就业为导向"成为高等职业教育改革与发展的主旋律。近两年来,教育部召开了三次产学研交流会,并启动四个专业的"国家技能型紧缺人才培养项目",同时成立了 35 所示范性软件职业技术学院,进行两年制教学改革试点。这些举措都表明国家正在推动高职高专教育进行深层次的重大改革,向培养生产、服务第一线真正需要的应用型人才的方向发展。

为了顺应当前我国高职高专教育的发展形势,配合高职高专院校的教学改革和教材建设,进一步提高我国高职高专教育教材质量,在教育部的指导下,清华大学出版社组织出版了"21 世纪高职高专规划教材"。

为推动规划教材的建设,清华大学出版社组织并成立了"高职高专教育教材编审委员会",旨在对清华版的全国性高职高专教材及教材选题进行评审,并向清华大学出版社推荐各院校办学特色鲜明、内容质量优秀的教材选题。教材选题由个人或各院校推荐,经编审委员会认真评审,最后由清华大学出版社出版。编审委员会的成员皆来源于教改成效大、办学特色鲜明、师资实力强的高职高专院校、普通高校以及著名企业,教材的编写者和审定者都是从事高职高专教育第一线的骨干教师和专家。

编审委员会根据教育部最新文件和政策,规划教材体系,比如部分专业的两年制教材;"以就业为导向",以"专业技能体系"为主,突出人才培养的实践性、应用性的原则,重新组织系列课程的教材结构,整合课程体系;按照教育部制定的"高职高专教育基础课程教学基本要求",教材的基础理论以"必要、够用"为度,突出基础理论的应用和实践技能的培养。

本套规划教材的编写原则如下:

(1) 根据岗位群设置教材系列,并成立系列教材编审委员会;

(2) 由编审委员会规划教材、评审教材;

(3) 重点课程进行立体化建设,突出案例式教学体系,加强实训教材的出版,完善教学服务体系;

(4) 教材编写者由具有丰富教学经验和多年实践经历的教师共同组成,建立"双师型"编者体系。

本套规划教材涵盖了公共基础课、计算机、电子信息、机械、经济管理以及服务等大类的主要课程,包括专业基础课和专业主干课。目前已经规划的教材系列名称如下:

- **公共基础课**

    公共基础课系列

- **计算机类**

    计算机基础教育系列

    计算机专业基础系列

    计算机应用系列

    网络专业系列

    软件专业系列

    电子商务专业系列

- **电子信息类**

    电子信息基础系列

    微电子技术系列

    通信技术系列

    电气、自动化、应用电子技术系列

- **机械类**

    机械基础系列

    机械设计与制造专业系列

    数控技术系列

    模具设计与制造系列

- **经济管理类**

    经济管理基础系列

    市场营销系列

    财务会计系列

    企业管理系列

    物流管理系列

    财政金融系列

    国际商务系列

- **服务类**

    艺术设计系列

　　本套规划教材的系列名称根据学科基础和岗位群方向设置,为各高职高专院校提供"自助餐"形式的教材。各院校在选择课程需要的教材时,专业课程可以根据岗位群选择系列;专业基础课程可以根据学科方向选择各类的基础课系列。例如,数控技术方向的专业课程可以在"数控技术系列"选择;数控技术专业需要的基础课程,属于计算机类课程的可以在"计算机基础教育系列"和"计算机应用系列"选择,属于机械类课程的可以在"机械基础系列"选择,属于电子信息类课程的可以在"电子信息基础系列"选择。依此类推。

　　为方便教师授课和学生学习,清华大学出版社正在建设本套教材的教学服务体系。本套教材先期选择重点课程和专业主干课程,进行立体化教材建设:加强多媒体教学课件或电子教案、素材库、学习盘、学习指导书等形式的制作和出版,开发网络课程。学校在选用教材时,可通过邮件或电话与我们联系获取相关服务,并通过与各院校的密切交流,使其日臻完善。

　　高职高专教育正处于新一轮改革时期,从专业设置、课程体系建设到教材编写,依然是新课题。希望各高职高专院校在教学实践中积极提出意见和建议,并向我们推荐优秀选题。反馈意见请发送到 E-mail:gzgz@tup.tsinghua.edu.cn。清华大学出版社将对已出版的教材不断地修订、完善,提高教材质量,完善教材服务体系,为我国的高职高专教育出版优秀的高质量的教材。

高职高专教育教材编审委员会

FOREWORD

前　言

随着我国改革开放的不断深入和市场经济的迅速发展，全世界的交流和沟通变得越来越频繁和通畅，市场营销学这门学科也受到越来越广泛的关注。在当今市场经济快速发展的激烈竞争中，企业面临的竞争实际上是一种顾客注意力的竞争、民意的竞争、传播的竞争、关系的竞争，而市场营销是提高企业竞争力的关键。

近年来，我国高职高专教育有了长足的发展，但适合高职高专教育特色的教材并不多。市场营销是一门实践性很强的学科，因此本教材突出实践性、应用性的原则，重视理论联系实际，立足于市场营销基础知识，突出了案例教学，并将近年来企业界、学术界的最新动态有机地穿插到各部分内容中，便于学生掌握和运用市场营销学的基本理论和方法。另外，为了适应市场营销实践教学的需要，培养与提高学生的营销能力与技巧，本教材另有配套的实训教材陆续出版。

本书根据高职高专市场营销课程的教学基本要求编写。全书共分13章，主要内容包括认识市场营销，分析市场机会，选择目标市场，设计营销组合，管理营销活动五大方面。其中第1章导论，介绍市场营销的基本知识，认识市场营销；第2～4章主要介绍市场机会分析与分析方法；第5、6两章着重介绍目标市场选择的步骤；第7～11章主要阐述4P营销组合策略；第12章主要是对管理营销活动的分析；第13章主要介绍市场营销的新发展。本书以"理论够用、学以致用"为原则，文中重点概念用黑体标出，在介绍基础知识和基本方法的同时，通过"导入案例"、"案例分析"、"小资料"等版块，加入了大量有价值的参考案例。另外，为了更加适应高职高专教学特点，使内容更直观，书中附加了很多图表。每一章后还针对教学内容编排了关键概念、思考与练习、案例分析、技能训练等习题，突出了内容实用性、方法的训练性及体系的逻辑性。

本书由辽宁商贸职业学院魏玉芝教授担任主编，负责拟定编写大纲，组织协调统筹定稿。杜琳（沈阳理工大学应用技术学院）、公丕国（沈阳理工大学应用技术学院）与杨光明（辽宁省财政厅预算处副处长）担任副主编。参编人员的具体分工是：魏玉芝编写第1章、第2章、第4～8章，杜琳编写第3章、第11章，公丕国编写第9章、第10章，杨光明编写第13章，苗晓艳（大连软件职业学院）编写第12章。另外，辽宁商贸职业学院的蔡蓉老师与赵素宁老师参与了资料搜集工作。

本书将营销理论与企业实践紧密结合，深入浅出、重点突出，可作为专科院校、高等职业学院、中职中专院校、成人教育学院经管类专业教材，也可供开设本课程的其他专业作为教材使用，还可作为企业管理人员和从事市场营销工作的人员参考书。

本教材的编写参考了较多文献资料，在此，对这些文献资料的原创者致以诚挚的感谢。由于编写者经验的局限，书中缺点在所难免，希望读者提出批评和改进意见。

编　者
2008 年 9 月

CONTENTS

目　录

第1章 导　论

学习目标

1. 了解市场概念、类型与模式
2. 掌握市场营销及其相关概念
3. 掌握市场观念及其演变过程

导入案例

把斧子卖给总统[①]

美国布鲁金斯学会(创建于1927年,是世界上最权威、最有影响力的推销员组织)在某商学院为学生设立了一个天才销售奖,要想获得这个奖项,就要把一个旧式的斧子,销售给现任的美国总统。许多学员知难而退。因为对于现在的总统来说,第一,他什么都不缺少;第二,即使缺少,也不用自己购买;第三,即使亲自购买,也不一定正赶上你去推销的时候。然而,乔治·赫伯特却做到了。

2001年5月20日,美国一位名叫乔治·赫伯特的推销员,把一把斧头成功地推销给了小布什总统,获得了布鲁金斯学会的"金靴子"奖。他认为,把一把斧子推销给小布什总统是完全可能的。因为,总统有一座农场,那里长着很多树,于是,他给小布什总统写了一封信,信中这样写道:"尊敬的布什总统,祝贺您成为美国的新一任总统。我非常热爱您,也很热爱您的家乡。我曾经到过您的家乡,参观过您的庄园,那里美丽的风景给我留下了难忘的印象。但是,我发现庄园里的一些树上有很多粗大的枯树枝,我建议您把这些枯树枝砍掉,不要让它们影响庄园里美丽的风景。现在市场上所卖的那些斧子都是轻便型的,不太适合您,正好我有一把祖传的比较大的斧子,非常适合您使用,而我只收您15美金,希望它能够帮助您。"小布什总统看到这封信以后,立刻让秘书给这位学生寄去15美金。于是,一次几乎不可能的销售实现了,一个空置了许多年的天才销售奖项终于有了得主。

引导问题

如果你遇到类似的销售问题,该怎样做?

---

① 资料来源:吴蓓蕾编著.把斧子卖给美国总统.北京:新华出版社,2005

1.1 市场营销学的形成与发展

1.1.1 市场营销学的学科性质

"市场营销"是由英语"marketing"一词翻译而来的。它有两层含义:其一,指市场营销活动;其二,表示市场营销学。它的形成与发展是美国社会经济环境发展变化的产物。

美国著名市场营销学家菲利普·科特勒指出:"市场营销学是一门建立在经济学、行为科学、现代管理理论之上的应用科学。"因为"经济科学提醒我们,市场营销是用有限的资源通过仔细分配来满足竞争的需要;行为科学提醒我们,市场营销学是涉及谁购买、谁组织,因此,必须了解消费者的需求、动机、态度与行为;管理理论提醒我们,如何组织才能更好地管理其营销活动,以便为顾客、社会及自己创造效用。"

从不同的认识角度研究市场营销学,国内外存在多种看法。早期美国对市场营销学的定义是:市场营销学是研究引导商品或劳务从生产者转移到消费者或使用者的一切商业活动的科学。日本对市场营销学的定义为:市场营销学是在满足消费者利益的基础上,研究如何适应市场需求而提供商品或服务的整个企业活动的科学,等等。

通过分析可以看出,**市场营销学是一门以经济科学、行为科学、现代管理理论和现代科学技术为基础,研究以满足消费者需求为中心的企业营销活动及其规律性的综合性应用科学**。市场营销学的研究对象是以满足消费者需求为中心的企业营销活动过程及其规律性。

1.1.2 市场营销学的形成与发展

市场营销学自20世纪初在美国诞生以来,相继流传到欧洲、日本和其他国家,在实践中不断完善和发展。随着市场经济的发展,市场营销学发生了根本性的变化,从传统市场营销学演变为现代市场营销学,广泛应用于社会各类组织,从营利组织扩展到非营利组织,从国内扩展到国外。特别是经济组织的营销实践,推动着社会经济的蓬勃发展。由于企业是市场营销活动的主体,因此,本书主要研究企业市场营销的理论与实践问题。

市场营销学是一门新兴学科,其发展经历了四个阶段。

1. 形成阶段(20世纪初~30年代)

19世纪末到20世纪初,欧美等主要资本主义国家相继完成工业革命;欧美许多大型工业企业推行了美国工程师泰勒的"科学管理"制度;一些企业生产增长速度超过了需求的增长速度,市场竞争出现;广告、商标与包装等现代市场销售手段兴起。为了解决产品的销售问题,一些经济学家和企业开始研究销售的技巧与方法。1905年,美国宾夕法尼亚大学开设了名为"产品的市场营销"的课程,1912年,第一本以分销和广告为主要内容的《市场营销学》教科书在美国哈佛大学问世,市场营销从经济学中分离出来,成为一门独立的学科。但这时的市场营销学主要研究有关推销术、分销与广告等方面的问题,而且仅仅限于某些大学的课堂教学中,还没有引起社会的重视,也未应用于企业的营销活动。

2. 应用阶段（20 世纪 30～50 年代）

这一时期，第一次世界性资本主义经济危机出现，表现为企业产品大量积压，工厂停工停产，商店倒闭，工人失业，市场萧条。1929—1933 年资本主义经济危机，震撼了整个资本主义世界。生产严重过剩，产品销售困难，已直接威胁企业生存。

20 世纪 30 年代，主要资本主义国家市场明显进入供过于求的买方市场。这时，企业界广泛关心的问题是产品的实现问题，即如何把产品销售出去。为了争夺市场，企业家开始重视市场调研，提出了"创造需求"的口号，致力于扩大销路，并在实践中积累了丰富的资料和经验，市场营销学也因此从课堂走向了社会实践，并逐步形成体系。与此同时，市场营销学科研究大规模展开。这期间，美国于 1926 年成立了全国市场营销学和广告学教师协会，1936 年成立了市场营销学学会。理论与实践的结合促进了企业营销活动的发展，同时，也促进了市场营销学的发展。但这一时期，市场营销仍局限于流通领域，研究的仅仅是产品推销与广告宣传等。

3. "革命"阶段（20 世纪 50～70 年代）

这是市场营销学发展的关键阶段，标志着从传统的市场营销学到现代市场营销学的转变。20 世纪 50 年代后，随着第三次科技革命的发展，企业的劳动生产率大幅度提高，市场供过于求的矛盾进一步激化。美国政府推行高工资、高福利、高消费，以及缩短工作时间的政策，在一定程度上刺激了需求，但并未引起实际购买的直线上升。消费者需求和欲望在更高层次上发生了变化，对社会供给提出了更高的要求。这时，传统的市场营销学已经不能适应形势要求，需要进行重大变革。在这个背景下，市场营销学也发生了根本性变化，演变为现代市场营销学。以市场需求为导向的营销观念基本确立，"以需求为中心"成为市场营销的核心理念；对市场营销的研究已逐渐从产品的研究、功能的研究和机构的研究转向管理的研究，使市场营销理论成为企业经营管理决策的主要依据；市场营销的观念和策略已不局限在企业界应用，而且已经延伸到学校、医院、教会、公共机构等非营利性机构和组织。

许多市场营销学者经过潜心研究，提出了一系列新的观念。其中之一就是将"潜在需求"纳入市场概念，即把过去对市场"是卖方与买方之间的产品或劳务的交换"的旧观念，发展成为"市场是卖方促使买方实现其现实的和潜在的需求的任何活动"。凡是为了保证通过交换实现消费者需求（包括现实需求与潜在需求）而进行一切活动，都纳入了市场营销学的研究范围。这就要求企业将传统的"生产—市场"关系颠倒过来，即"市场—生产—市场"。这样，也就从根本上解决了企业必须根据市场需求来组织生产及其他经营活动，确立以消费者为中心，而不是以生产者为中心的观念问题。这一新观念导致市场营销观念的变革，在西方称之为市场营销学的一次"革命"。

这个阶段对市场营销学的发展具有深远的历史意义，它的影响一直延续至今。而后，市场营销学被广泛应用于社会各领域，并从美国扩展到其他国家。在法国，市场营销学最初应用于食品公司，20 世纪 60 年代开始应用于工业部门，继而扩展到社会服务部门，1969 年被引进法国铁路部门，70 年代法国各高校开设市场营销课。日本在 20 世纪 50 年代初开始引进市场营销学，1957 年，日本市场营销协会成立。20 世纪 60 年代后，市场营销学被引入到苏联及东欧其他国家。

4. 充实与发展阶段（从 20 世纪 70 年代至今）

在此期间，市场营销领域又出现了大量丰富的新概念，使得市场营销这门学科出现了变形和分化的趋势，其应用范围也在不断扩展。

1981 年，莱维·辛格和菲利普·科特勒对"市场营销战"这一概念，以及军事理论在市场营销战中的应用进行了研究，几年后，列斯和特罗出版了《市场营销战》一书。1981 年，瑞典经济学院的克里斯琴·格罗路斯发表了论述"内部市场营销"的论文，科特勒也提出要在企业内部创造一种市场营销文化，即使企业市场营销化的观点。1983 年，西奥多·莱维特对"全球市场营销"问题进行了研究，提出过于强调对各个当地市场的适应性，将导致生产、分销和广告方面规模经济的损失，从而使成本增加，因此，他呼吁多国公司向全世界提供一种统一的产品，并采用统一的沟通手段。1985 年，巴巴拉·本德·杰克逊提出了"关系市场营销"、"协商推销"等新观点。1986 年，科特勒提出了"大市场营销"这一概念，提出了企业如何打进被保护市场的问题。在此期间，"直接市场营销"也是一个引人注目的新问题，其实质是以数据资料为基础的市场营销，由于事先获得大量信息和电视通信技术的发展，才使直接市场营销成为可能。

自进入 20 世纪 90 年代以来，关于市场营销、市场营销网络、政治市场营销、市场营销决策支持系统、市场营销专家系统等新的理论与实践问题，开始引起学术界和企业界的关注。进入 21 世纪，互联网的发展与应用使网络营销得到迅猛发展。

1.1.3　市场营销学在中国的传播和发展

20 世纪三四十年代，市场营销学在中国曾有一轮传播。现存最早的教材，是丁馨伯编译的《市场学》，由复旦大学于 1933 年出版。当时一些大学的商学院开设了市场学课程。教师主要是欧美留学归来的学者。但由于长期战乱及半殖民地半封建政治经济条件的限制，其研究和应用没有很好展开。新中国成立后，从 20 世纪 50 年代到 70 年代末，由于西方的外部封锁和国内实行高度集中的计划经济体制，市场和商品经济在理论上遭到否定，在实践中没有基础，缺乏需要，市场营销学的研究在中国内地基本中断。在这段时间里，中国内地学术界对国外迅速发展的市场营销学知之甚少。

党的十一届三中全会后，中国确定实施以经济建设为中心，对外开放，对内搞活的方针。社会经济学界努力为商品生产恢复名誉，改革与开放的实践不断冲击着旧体制，逐步明晰了以市场为导向，建立社会主义市场经济体制的改革目标，为我国重新引进和研究市场营销学创造了良好条件。改革开放近 30 年时间里，市场营销学在我国的传播与发展大体可分为三个阶段。

1. 引进阶段（1978—1985 年）

1978 到 1985 年是市场营销学再次引进中国并初步传播时期。其间，北京、上海和广州等地的学者率先从国外引进市场营销学，并为这一学科的宣传、研究、应用和人才培养做出了大量工作。通过论著、教材翻译评介，到国外访问、考察和学习，邀请境外专家学者来华讲学等方式,系统引介了当代市场营销理论和方法。高等院校相继开设了市场营销课程,组织编写了第一批市场营销学教材。1980年,国家经济贸易委员会与美国政府合作举办了以国有企业厂长与经理为培训对象的大连培训中心,聘请了美国著名的营销专家讲课,对营销理论方法的实际运用起到推动作用。1984年1月,为加强学术交流和教学研究,推进市场营销学的普及与发展,全国高等财经院校、综合性大学市场学教学研究会在湖南长沙成立(1987年改名为中国高等院校市场学研究会)。该研究会汇集了全国100多所高等学校的市场营销学者,每年定期交流研讨,公开出版论文集,对市场营销学的传播、深化和创新运用做出了积极贡献。往后几年,许多省、市(区)也逐步成立了市场营销学会,广泛吸纳学者和有影响的企业家参加研讨活动。各类学会举办多种形式的培训班,通过电视讲座和广播讲座,推广传播营销知识。广东营销学会还定期出版了《营销管理》会刊。

2. 应用阶段(1985—1992年)

1985—1992年是市场营销在中国进一步传播与应用时期。为适应国内深化改革、经济快速成长和市场竞争加剧的环境,企业界营销管理意识开始形成。市场营销的运用热潮从外贸企业、商业企业、乡镇企业逐步扩展到国有工业企业;从消费品市场扩展到工业品市场;能源、材料、交通、通信企业也开始接受市场营销概念。市场营销热点开始从沿海向内地推进,全社会对市场营销管理人才出现了旺盛的需求。

到1988年,国内各大学已普遍开设了市场营销课程,专业教师超过4000人。不少学校增设了市场营销专业,有50多家大学招收了市场营销方向的研究生。1992年前后,部分高校开始培养市场营销方向的博士生。与此同时,国内学者编著出版了市场营销教材、专著300多种,发行销售超过1千万册。国内最早编写的几本《市场学辞典》和篇幅达210万字的《现代市场营销大全》,也在1987年至1990年间出版。

1991年3月,中国市场学会在北京成立。该学会成员包括高等院校、科研机构的学者,国家经济管理部门官员和企业经理人员。此后,中国高等院校市场学研究会、中国市场学会作为中国营销的主要学术团体,开展了一系列活动,促进学术界和企业界、理论与实践的结合,为企业提供营销管理咨询服务和培训服务,建立对外交流渠道,做了大量卓有成效的工作。

3. 拓展阶段(1992年至今)

1992年以后,是市场营销研究结合中国实际的提高与创新时期。邓小平南巡讲话,奠定了建立社会主义市场经济体制的改革基调。几年时间,改革全方位展开,经济结构迅速变化,外资企业大量进入,买方市场特征逐步明显,中国市场竞争进一步加剧。在这种形势下,强化营销和营销创新成为企业的重要课题。为此,中国营销学术界一方面加强了国际沟通,举办了一系列市场营销国际学术会议;另一方面,展开了以中国企业实现"两个转变"(从计划经济向市场经济转变,从粗放经营向集约化经营转变)为主题的营销创新研究,以及"跨世纪的中国市场营销"、"新世纪中国营销创新"等专题营销学术研究。在这一阶段,出现了一批颇有价值的研究成果。

1.2 市场与市场营销

1.2.1 市场及其分类

1. 市场的概念

市场是企业活动的外部基础,是企业实现其目标与任务的关键。因此,认识市场是企业有效开展市场营销活动的前提条件。只有充分认识市场,才能适应市场,并更好地驾驭市场,使企业活动与市场需要协调起来。

市场是随着社会分工和商品生产的发展而形成和发展起来的,它是一种以商品交换为内容的经济联系形式。**所谓市场是由那些具有特定的需要或欲望,而且愿意并能通过交换来满足这种需要或欲望的全部潜在顾客构成的,市场是买卖关系的总和。**

随着社会分工与市场经济的不断发展,市场的概念也体现出不同层次的多重含义。

(1)从商品交换的地点来看,市场是指商品交换或交易的场所,即买主与卖主发生作用,从事商品交换的地点或场所,也称为狭义的市场。这个概念体现了市场的空间性质,如区域市场、国内市场与国外市场。这也是最原始的表述。

(2)从商品交换者来看,市场是各种市场主体之间经济关系的总和。这个概念体现了市场的经济关系性质。市场经济中,生产者、经营者与消费者,都通过市场交换活动,发生经济联系,实现各自的经济利益。

(3)从市场中交换的客体看,市场是指用来交换或交易的对象。如"石油市场","纺织品市场"等。

(4)从商品供求关系来看,市场是买主与卖主的集合体。当商品供过于求时,商品价格较低,对买方有利,买方处于主动地位,故称为买方市场;当商品供不应求或供求大体平衡时,商品价格较高,对卖方有利,卖方处于主动地位,故又称为卖方市场。

(5)从商品的需求来看,市场是某种商品或服务所有现实需求与潜在需求的总和。这个概念体现了现代市场的本质。认识这个概念对企业开展市场营销活动具有重要意义,因为企业是以消费者需求作为出发点来从事生产经营的。因此,市场事实上等同于需求。与此相适应,市场包括现实市场、潜在市场与未来市场。现实市场是指对企业经营的商品有某种需要与购买欲望,而且有支付能力的现实顾客。潜在市场是客观存在的、有可能转化为现实市场的市场。在构成营销市场的三要素中,缺少任何一方都不可能形成现实的市场。未来顾客是指暂时尚未形成或处于萌芽状态,在一定条件下能够形成并发展为现实市场的市场。在现代市场经济条件下,企业不但要重视现实市场,更要注意开发潜在市场,并积极预测与开创未来市场。

市场上述概念的研究对企业营销活动具有非常现实的意义,人们可以从不同的角度定义市场。在现代市场经济运行中,在买方市场的态势下,卖主构成行业,成为市场的主导;买主构成市场,成为市场的主体。市场的发展是由买方决定、而由卖方推动的动态过程。在组成市场的双方中,买方需求是关键。

2. 营销市场三要素

现代市场营销学是从卖方的角度来研究买方市场的。从卖方角度研究买方市场,市场有三个要素构成:一是人口;二是购买力;三是购买欲望。因此,从市场营销的角度看,我们可以把市场表述为人口、购买力和购买欲望的乘积。

$$市场 = 人口 \times 购买力 \times 购买欲望$$

(1) 人口因素是构成市场的最基本因素,凡有人居住的地方,就有各种各样的物质和精神方面的需求,从而才可能有市场,没有人就不存在市场。人口越多,潜在的需求与现实的需求就越大。

(2) 购买力因素是指消费者支付货币、购买商品或服务的能力。购买力是由消费者的实际收入决定的,企业关注的是消费者有支付能力的需求。仅有人口数量,没有购买能力或购买力不足,是不能形成真正市场的。所以购买力是营销市场的重要因素。

(3) 购买欲望是指导致消费者产生购买行为的驱动力、愿望和要求。它是消费者将潜在购买力变为现实购买行为的重要条件,因而也是构成市场的基本因素。人口再多,购买力水平再高,如果对某种商品没有需求的动机,没有购买商品的欲望,也形成不了购买行为,这个商品市场实际上也就不存在。从这个意义上讲,购买欲望是决定市场容量最权威的因素。例如,中国是一个人口众多的国家,改革开放使人们的收入得到了大幅度提高,因此形成了一个庞大的潜在市场。但如果商品生产不对路,激发不了消费者的购买欲望,潜在的购买力就不能转化为现实的购买行为,对卖方而言,仍不能形成现实的市场。

因此,对市场来说,人口、购买力与购买欲望三个要素是互相制约、缺一不可的。只有将这三个要素有机地结合起来,才能构成现实的市场,并决定市场的规模与容量。

3. 企业市场的基本模式

根据市场竞争程度不同,可以把市场分为完全竞争市场、完全垄断市场、垄断竞争市场与寡头垄断市场四种类型。

(1) 完全竞争市场

在完全竞争的市场条件下,企业的数量多而规模小,交易的产品种类是同一的,新老企业的进出及生产要素和资源的流动是完全自由的,所有实际的或潜在的买卖双方,都能掌握市场知识,了解市场信息。因此,个别企业只能是市场价格的接受者,而不是价格的制定者。彼此生产或经营的产品是相同的,每个企业的生产量对市场上产品的总供应量关系不大,所以对这种商品市场价格的影响也不大。买卖双方的交易都只占市场份额的一小部分,任何个别的卖主或买主都不能形成市场的控制力量。由于买主对市场信息完全了解,如果某个企业试图以高于现行市场的价格出售产品,顾客就会转向其他的卖主。再说,企业也没有必要以低于市场价格的价格出售产品,因为它们按照现行市场价格就能卖掉所有的产品。事实上,这种完全竞争的市场条件几乎不存在。但一些小五金、小食品、农产品等市场与此类似。

(2) 完全垄断市场

在纯粹垄断的市场条件下,一个行业中的某种产品或劳务只是独家经营,没有竞争对手。通常有政府垄断和私人垄断之分。这种垄断一般有特定条件,如垄断企业可能拥有专利权、专营权或特别许可权等。由于垄断企业控制了进入这个市场的种种障碍，所以它能完全控制价格，但是不同类型的纯粹垄断定价是不同的。例如，一些和人民生活密切相关的产品，在大多数购买者的财力受到限制的情况下，价格就会定在与成本相等的水平，甚至低于成本线；有的产品价格则可能定得非常高，这是为了使消费量降下来，达到相对限制的目的。

（3）垄断竞争市场

在垄断竞争的市场条件下，有许多企业和买主，但是各个企业提供的产品或劳务是有差异的。有些是产品实质上的差异，有些是购买者受促销手段影响，而在心理上感觉的产品差异。在这种情况下，存在着产品质量、销售渠道、促销活动的竞争。企业根据其"差异"的优势，可以部分地通过变动价格的方法来寻求较高的利润。

垄断性竞争是一种介于完全竞争和完全垄断之间的竞争状态，既有垄断倾向，又有竞争成分，所以也可称之为垄断竞争。在不完全竞争的市场条件下，企业已经不是消极的价格接受者，而是强有力的价格决定者。

（4）寡头垄断市场

在寡头垄断的市场条件下，市场上只有少数几家企业控制价格，它们之间相互依存、相互影响，是竞争和垄断的混合产物。由于少数企业共同占有大部分的市场份额，它们有能力控制和影响市场价格，其他企业要求进入这一市场会受到种种阻碍。但是这几个企业也不能随意改变价格，只能相互依存。任何一个企业的活动都会导致其他几家企业迅速而有力的反应，很难独自奏效。所以寡头垄断的情况下，彼此价格接近，企业的成本意识强。

1.2.2　市场营销的基本概念

市场营销是与市场有关的一切人类活动，即以满足人类的需求和欲望为目的，通过市场变潜在交换为现实交换的活动。市场营销不同于销售和促销，营销主要是辨别和满足人类与社会的需要，把社会或个人的需要变成有利可图的商机行为。近几十年来，中外学者对市场营销的定义表述各异，具有代表性的几种如表1-1所示。

表1-1　不同学者或机构对市场营销所下的定义

尤金·麦肯锡（美国）	市场营销是引导物品及劳务从生产者至消费者或使用者的企业活动，以满足并实现企业的目标
美国市场营销学会（AMA）	市场营销是关于思想、货物和服务的设计、定价、促销和分销的规划实施过程。目的是创造实现个人和组织的目标的交换
菲利普·科特勒（Philip Kotler）	个人或群体通过创造并同他人交换产品和价值，以满足需求和欲望的一种社会管理过程

由以上定义可以看出，随着社会经济的发展和人类认识的深化，市场营销的内涵和外延已大为丰富和扩展，市场营销不仅限于企业的活动，还拓展到非营利性组织与公共机构，可以被诸如博物馆、学校、慈善机构等组织所使用，以吸引客户、志愿者和捐助基金。现今，我们可以营销商品、服务、体验、信息、财产、地区、人物、组织和公用事业。同时，营销可以被应用到社会活动的发起上。诸如"请勿吸烟"、"远离毒品"、"每天锻炼"等。

由此可见，所谓市场营销（marketing），就是在变化的市场环境中，企业或其他组织以满足消费者需要为中心进行的一系列营销活动。包括市场调研、选择目标市场、产品开发、渠道选择、产品促销、产品储存和运输、产品销售、提供服务等一系列与市场有关的企业经营活动。

营销学包含的核心概念主要有五种,即需要、欲望和需求;产品和效用;价值与满意;交换、交易与关系;市场、行业与网络。

(1)需要、欲望和需求

一切市场活动都是由人类的需要和欲望引起的,可以说,如果人类没有需要和欲望,也就不存在市场和市场活动,因此,研究市场营销首先要研究人类的需要和欲望,人的需要和欲望是市场营销学的出发点。

需要(needs),是指人们没有得到某些基本需要的具体满足物的感受状态。需要描述了人类固有的基本要求,既包括物质的、生理的需要,还包括精神的、心理的需要。这些需要具有多重性、层次性、个性化等特性,并且是不断发展变化的,所以,营销者只能通过营销活动对人的需要施加影响,并不能凭主观想象加以创造,它们存在于人类自身的生理结构和情感中。美国人本主义心理学家马斯洛提出的需要层次理论说明了人类的需要,即人类的需要有五个层次:生理需要、安全需要、社交需要、尊重需要和自我实现需要。其中生理需要与安全需要属于物质需要,社交需要、尊重需要与自我实现需要属于精神需要。从物质需要到精神需要,这样的层次呈现出由低到高的特点。

欲望(wants),是指人们的需要趋向某些特定的目标以获得满足的愿望。人的需要是有限的,而人的欲望是无限的,强烈的欲望能激发人的购买行为。例如,一个人需要食品,想要得到一个汉堡包;需要娱乐,想要到电影院去看电影。

需求(demands),就是有购买能力的欲望。即需求=购买力+购买欲望。当人具有购买能力时,欲望就能转换成需求。许多人都想要一辆轿车,但只有少数人愿意并能够买得起一辆轿车。因此,公司不仅要估量有多少人想要本公司的商品,更重要的是应该了解有多少人真正愿意并且有能力购买。

还没有得到满足的需要和欲望代表着市场机会。因此,企业要善于识别与发现市场上未满足的需要和欲望,并在此基础上生产适销对路的产品。只有这样,才有可能赢得顾客,赢得市场。同时,企业必须根据对需求水平和需求时间的预测,决定产品的生产数量和供给时间。

(2)产品和效用

产品(product),是指用来满足顾客需求或欲望的任何东西。产品包括有形产品与无形产品两种。有形产品是为顾客提供服务的载体;无形产品是指服务,如银行的金融服务,保险公司的保险服务,家电维修服务,美容服务等。

从更广义的角度讲,产品还可以包括体验、人员、地点、组织、信息与观念等,企业可以通过精心安排不同的服务和商品,创造、推进与实施营销品牌体验。如今,体验已成为企业在激烈的市场竞争中富有特色、并能够触动顾客心灵的营销产品形式。

效用(utility),是消费者对满足其需要的产品全部效能的估价。消费者如何选择所需的产品,主要是根据对满足其需要的每种产品效用进行估价而决定的。产品的全部效能标准如何确定?如顾客到某目的地所选择理想产品的标准是安全和速度,通常是将最能满足其需求到最不能满足其需求的产品进行排列,从中选出最接近理想的产品,可能会选择飞机作为交通工具,因为它在各种交通工具中对顾客效用最大。

（3）价值与满意

在对能够满足某一特定需要的商品进行选择时，人们所依据的标准是看哪种商品能给他们带来最大的价值（value）。例如，某消费者到某地去时，使用交通工具可以是自行车、摩托车、汽车，也可以是轮船、火车、飞机等。这些可供选择的产品构成其产品的选择组合。又假设某消费者要满足不同需求，既要求速度、安全与舒适，又要求节约成本，这些构成其需求组合。每种产品有不同能力来满足其不同需求，例如自行车省钱，但速度慢，欠安全；汽车速度快，但成本高；飞机速度最快，但成本最大。消费者要决定一项最能满足其需要的产品，为此，可以根据其目标，设法决定最满意（satisfaction）的产品，最关键的期望值。如果某公司的产品能给消费者带来价值并使其感到满意，那么该公司的产品就是成功的。如何判断顾客是否得到了价值？"性价比"就是一个很好的衡量方法，可以用顾客购买产品得到的价值（效用）与顾客为了购买产品所付出的成本（费用）之比来计算，即顾客让渡价值。

顾客让渡价值（customer delivered value）是顾客总价值（total customer value）与顾客总成本（total customer cost）之间的差额。对顾客而言，顾客让渡价值实际上是按照顾客自己的心理感受来理解的。顾客让渡价值实际上是顾客通过购买和消费产品，从企业得到的"利润"。顾客总价值是指顾客从某一特定的产品或服务中获得的一系列利益，包括产品价值（product value）、服务价值（service value）、人员价值（personal value）和形象价值（image value）四个方面。顾客总成本是指顾客在评估、获得和使用某一特定产品或服务的过程中所产生的全部成本，包括货币成本（monetary cost）、时间成本（time cost）、体力成本（energy cost）和精力成本（psychic cost）四方面。顾客让渡价值的构成如图1-1所示。

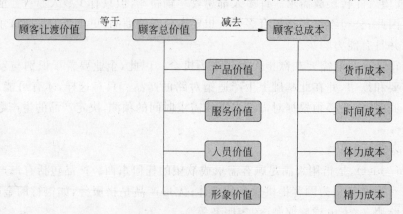

图 1-1　顾客让渡价值的构成

顾客满意，是顾客对购买和消费的产品所提供的价值与顾客期望比较的一种结果。顾客让渡价值越高，顾客越感到满意。

（4）交换、交易与关系

交换的发生至少需要5个条件：

① 至少有买卖双方；

② 每一方都有被对方认为有价值的东西；

③ 每一方都能沟通信息和传送物品；

④ 每一方都可以自由接受或拒绝对方的产品；

⑤ 每一方都认为与另一方进行交换是适当的或称心如意的。

具备了上述条件，就有可能发生交换行为。但最终是否产生交换行为还取决于交换双方能否找到交换的条件，只有当双方都认为自己在交换以后会得到更大利益，至少不比以前差，交换才会真正产生。

交易和交换的区别体现在：交换是一个过程，而不是一种事件；如果双方正在进行谈判，并趋于达成协议，称其在交换中；如果双方通过谈判并达成协议，就称其为发生了交易；交易是指买卖双方价值的交换，它是以货币为媒介的，而交换不一定是以货币为媒介，它可以是物物交换。

关系（relationships）是企业与其经营活动有关的各种群体，包括供应商、经销商、顾客所形成的交易关系。市场营销的目标不仅仅停留在一次交易的实现，而是通过营销努力使这种交易关系能够长期稳定地保持下去，与此相对应就产生了关系营销。在关系营销条件下，企业与顾客保持着广泛而密切的联系，价格不再是最主要的竞争手段，竞争者很难破坏企业与顾客的关系，强调顾客忠诚，保持老顾客比吸引新顾客更重要。

（5）市场、行业与网络

市场（market）从广义的角度看是商品买卖的场所，也是交换关系的总和。在市场营销学中，市场一般指企业的消费者群体。所有卖主的集合构成行业，所有买主的集合构成市场。市场与行业构成了简单的市场营销体系，如图1-2所示。

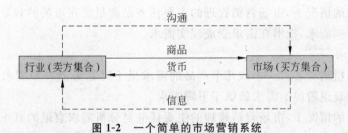

图1-2 一个简单的市场营销系统

网络（networks）是企业同各种公司利益攸关者形成长期稳定的市场网络。在现代市场营销活动中，企业市场网络的规模和稳定性成为形成企业市场竞争力的重要因素。

1.2.3 市场营销管理过程

1. 营销管理的任务

所谓营销管理（marketing management）就是为了实现目标，创造、建立和保持与目标市场之间互利交换的关系，对营销设计方案进行的分析、计划、执行与控制。

其特点包括：营销管理是一个过程；营销管理有四大职能，分别是分析、规划、执行和控制；营销管理的对象包括理念、产品与服务；营销管理的基础是交换；营销管理的目的是满足需要；经营信条是建立良好关系，有利可图的交易随之即来。

营销管理的主要任务是刺激消费者对产品的需求，同时帮助公司在实现其营销目标的过程中,影响需求水平、需求时间与需求构成。因此,市场营销管理的任务是刺激需求、创造需求、适应需求与影响消费者的需求,营销管理的实质就是需求管理(demand management)。根据需求的不同状况,可以把需求区分为八种,在不同的需求状况下,营销的任务不同。

(1)负需求

负需求是指绝大多数消费者不喜欢的产品或服务,甚至对某个产品感到厌恶,甚至愿意回避它,那么,这个产品市场就处于一个负需求状况。例如,某些人因为胆怯而不敢坐飞机,儿童害怕接种疫苗,有些女孩为了减肥不敢吃肥肉。

在负需求的情况下,市场营销管理的主要任务是分析人们为什么不喜欢这些产品,是否能通过产品的重新设计、降低价格、更有力的促销手段等,改变消费者对某种产品的信念和态度,变不喜欢为喜欢,把负需求变为正需求。

(2)无需求

无需求是指目标消费者可能对产品或服务毫无兴趣或漠不关心的一种需求状况。例如,一些女士对啤酒毫无兴趣,一些男士对洗面奶不感兴趣。

在无需求的情况下,市场营销管理的主要任务是刺激需求,即通过广告宣传等促销活动,设法把产品能给消费者带来的利益与人的自然需求和兴趣爱好结合起来。

(3)潜在需求

潜在需求是指相当一部分消费者对某产品有一种强烈的需求,而现有的产品或服务又无法满足这一需求。例如,人们对节油汽车的需求,对绿色无公害食品的需求。

在潜在需求的情况下,市场营销管理的主要任务是衡量潜在市场的容量,开发有效的产品或服务满足这些需求,把潜在需求变成现实需求。

(4)下降需求

下降需求是指消费者对一个或几个产品的需求呈下降趋势的一种需求状况。例如,产品处于生命周期衰退阶段的需求就属于下降需求。

在下降需求的情况下,市场营销管理的主要任务是分析需求衰退的真正原因,决定能否通过开辟新的目标市场,改变产品特色,或者使用更有效的促销手段,重新激发消费者需求。通过创造性的再营销来扭转需求下降的局面。

(5)不规则需求

不规则需求是指某些产品或服务的市场需求在一年的不同季节,一周的不同时间,每一天的不同时刻都会有很大波动的一种需求状况。例如,一天中消费者对交通汽车的需求。

在不规则需求的情况下,市场营销管理的主要任务是通过灵活定价,采取多种形式的促销手段改变这种需求的时间模式,是产品或服务的供给时间与需求时间相一致,又称为"同步营销"。

(6)充分需求

充分需求是指某种产品或服务的目前需求水平和需求时间与消费者期望的需求水平和需求时间相符的一种需求状况。这也是企业最理想的需求状况。

在充分需求的情况下,市场营销管理的主要任务是不断分析消费者需求的动态变化,改变产品的质量,预测消费者的满足程度,维持现有的需求水平,也称为"维持营销"。

（7）超饱和需求

超饱和需求是指某种产品或服务的市场需求超过了企业所能供给或所愿供给的水平的一种需求状况。例如，每年"黄金周"期间，旅游景点人满为患。

在超饱和需求的情况下，市场营销管理的主要任务被称为"逆营销"。即想尽一切办法降低市场需求，可以通过提高价格、减少促销等方式暂时或永久地降低市场需求水平。

（8）不健康需求

不健康需求是指市场对某些有害物品或服务的需求。例如，香烟、毒品、枪支、色情电影与传销组织的需求。

在不健康需求的情况下，市场营销管理的主要任务是劝说那些喜欢不健康产品或服务的消费者放弃这种爱好与需求。主要手段是加大宣传力度，宣传产品的有害性，以及提高产品价格、减少供应等。

2. 营销管理的过程

营销管理是一个系统活动过程。市场营销管理过程包括如下步骤：分析市场机会、选择目标市场、设计营销组合、管理营销活动，如图1-3所示。

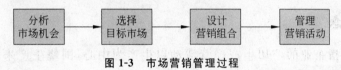

图1-3 市场营销管理过程

（1）分析市场机会

市场营销学认为，寻找、分析与评价市场机会，是市场营销管理人员的主要任务，也是市场营销管理过程的首要步骤。由于市场环境要素不断变化，市场需求处于动态变化之中，每一个企业都必须经常寻找、发现新的市场机会。市场营销管理人员不仅要善于寻找、发现有吸引力的市场机会，而且要善于对所发现的各种市场机会加以评价，决定哪些市场机会能成为本企业有利可图的企业机会。

（2）选择目标市场

市场营销管理人员在选择目标市场的过程中，要广泛地分析研究市场营销环境，进行市场营销研究和信息收集工作，同时，还要进行市场测量和市场预测工作，在此基础上决定企业应当生产经营哪些产品，决定企业应当以哪个市场为目标市场。

（3）设计营销组合

市场营销策略组合是现代市场营销理论的一个重要概念。市场营销策略组合主要是以下四个营销策略的整合应用，即产品（product）、价格（price）、渠道（place）和促销（promotion）。由于这四个名词的英文字头都是P，所以市场营销策略组合又称为4P组合。

（4）管理营销活动

企业市场营销管理过程的第四个主要步骤是管理市场营销活动，即执行和控制市场营销计划。这是整个市场营销管理过程中一个带有关键性的、极其重要的步骤。

1.3　市场营销观念及其演变

1.3.1　市场营销观念的演变

所谓市场营销观念,就是企业在开展市场营销活动的过程中,在处理企业、顾客和社会三者利益方面所持的态度、思想和观念。

由定义可以看出,营销观念是营销活动的指导思想,因此,对企业的营销活动起着方向性的作用,有什么样的营销观念就会有什么样的营销活动。例如,健力宝的"第五季"和可口可乐公司的"酷儿"之所以采用不同的营销策略,就是因为两个企业的营销观念不同。"第五季"是典型的推销观念,而"酷儿"是典型的顾客导向市场营销观念。

一个多世纪以来,随着市场经济的不断发展,西方国家企业经营思想经历了一个漫长的演变过程。企业的营销工作,最初是以"生产观念"和"产品观念"为指导思想,继而以"推销观念"为指导思想,第二次世界大战后又逐渐演变为"市场营销观念",20 世纪 70 年代后又依次出现了"社会市场营销观念"、"绿色营销观念"等。

1. 生产观念

生产观念是指企业的一切生产经营活动以生产为中心,围绕生产来安排一切业务。它产生于 20 世纪 20 年代前。该观念认为,消费者喜欢那些随处可以买得到而且价格便宜的产品,产生于典型的卖方市场。正是这种市场状态,导致了生产观念的流行。在这种观念的指导下,企业的中心任务是组织所有资源,集中一切力量,努力提高劳动生产率,增加产量,降低产品成本,生产出让消费者买得到和买得起的产品。该观念根本就不考虑消费者的需求,所以生产观念又称为"生产中心论"。20 世纪 20 年代初期,曾经是美国汽车大王的亨利·福特典型的语言,"不管顾客需要什么,我的车是黑的"就是这种观念的典型代表。

(1)主要特点:多产多卖多获利,"以量定产";不考虑消费者的需求。

(2)典型语言:"生产能生产的产品,我有你买。"

2. 产品观念

生产观念是指企业的一切生产经营活动以质量为中心,围绕质量来安排一切业务。这种观念认为消费者最喜欢高质量、性能最好和特色最多、价格公道的产品。因此,企业的任务是致力于制造优良产品,并经常加以改进,认为只要产品好就会顾客盈门,而未看到市场需求的变化,导致产生"营销近视症"。"酒香不怕巷子深"是这种观念的形象说明。

(1)主要特点:重视产品质量,"以质定产"。

(2)典型语言:"生产高质量和特色的产品,我好你买。"

小资料 1-1

营销近视症①

营销近视症是由美国营销专家、美国哈佛大学管理学院西奥多·莱维特提出的。1960 年他在《哈佛商业评论》上发表了《市场营销近视症》一文,根据对美国石油、汽车、电器等 17 个行业经营状况不佳的分析,指出造成这些行业不景气的主要原因是市场营销近视症。这篇文章引起了理论界和营销实践工作者的广泛重视。在他之后,很多营销研究者对这一问题展开了研究,如美国另一个著名的市场营销专家科特勒用"更好的捕鼠器的谬误"说明了奉行产品观念,会导致企业在市场营销过程中迷恋自己的产品,而忽视了随时关注变化着的市场需求,并对此作出相应的反应,从而出现企业营销行为"近视症"。

营销近视症是典型的产品导向。莱维特断言:市场的饱和并不会导致企业的萎缩;造成企业萎缩的真正原因是营销者目光短浅,不能根据消费者的需求变化而改变营销策略。营销近视症的具体表现是:自认为只要生产出最好的产品,不怕顾客不上门;只注重技术的开发,而忽略消费需求的变化;只注重内部经营管理水平,不注重外部市场环境和竞争。

3. 推销观念

推销观念是指企业的一切经营活动以推销为中心,重在诱导消费者购买产品。它产生于 20 世纪 20 年代末至 50 年代前。当时社会生产力有了巨大发展,市场正由卖方市场向买方市场过渡。尤其在 1929 至 1933 年的特大经济危机期间,大量产品销售不出去,迫使企业重视广告术与推销术的应用研究。逐步确立了以销售为中心的营销观念。推销观念强调销售与推销的作用,增加销售人员,扩大销售机构,重视销售技术的研究,充分利用广告宣传,千方百计招徕顾客。推销观念产生的基础是产品供过于求,质高价低的产品也未必能卖出去。但其实质仍然是以生产为中心的。

(1) 主要特点:推销观念不是以买方需要为中心,而是以卖方需要为中心,属于"以销定产"。

(2) 典型语言:"我们会做什么,就努力去推销什么。"

前面分析的生产观念、产品观念与推销观念被称为传统观念,传统观念是指建立在以生产者为导向的基础上,市场处于一种供不应求或由供不应求趋向供求平衡的状态下,而且购买者总体呈现出的是一种无差别的需求。所不同的是生产观念是等顾客上门,而推销观念加强了对产品的宣传。

由于推销观念只注重现有产品的推销,千方百计想把产品推销出去,在实际销售过程中,对于顾客不愿购买的产品,往往采取强行推销手段。这与产品非常丰富的市场经济非常不适应。

———
① 资料来源:中国营销传播网.编者整理

4. 市场营销观念

市场营销观念产生于20世纪50年代中期,该观念认为,要达到企业目标,关键在于确定目标市场的需求与欲望,并比竞争者能更好地满足消费者的需求。

(1)主要特点:以买方为中心,即以顾客的需要为中心,按需生产,以销定产。

(2)典型语言:"顾客需要什么,我们就生产供应什么。"

市场营销观念的理论基础是"消费者主权论",也就是说,决定生产什么产品的主动权不在于生产者,也不在于政府,而在于消费者,消费者起支配作用。生产者应认真进行市场调研,分析目标消费者的真正需求,根据目标消费者的需求,合理安排生产、组织销售,这样才能取得最佳经济效益。联想集团的"您的需求,我们的行动",2001年提出"技术创新、服务转型"、"阳光服务"、"顾客至上"、"顾客就是上帝"就是这种观念的形象说明。

小资料 1-2

市场营销其实很简单①

1997年,一个新品牌"香港佳佳酱油"异军突起,在不到3个月的时间里成为湖南酱油的第二品牌。其魔力仅仅是因为一个"瓶盖",一个可以比较准确地把握分量的内盖。使用装有这种瓶盖,巧妇们再也不用担心酱油倒得太多或太少影响菜的味道了。其广告诉求即在一个瓶盖上,这一举措竟打得同行措手不及。关键是你心目中有没有消费者,有没有把消费者的需求真正放在心上。

摸准顾客关心什么,有什么问题,方不方便等,只要摸准顾客需求,真正把顾客放在心上,想顾客之所想,做顾客想做而未做的,营销其实很简单。

市场营销与推销不同,推销是以企业自身生产为出发点,通过促销宣传影响消费者,使消费者购买其产品;而营销则是以消费者的需求为生产经营的出发点,满足消费者的需求,综合运用各种科学的市场经营手段,把商品和劳务整体地销售给消费者,以促进并引导企业不断发展,如图1-4所示。

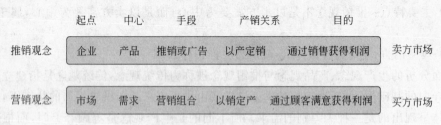

图1-4 推销观念与市场营销观念的区别

5. 社会营销观念

社会营销观念是指要求企业提供的产品和服务,不仅要满足消费者的市场需求或短期

---

① 资料来源:陈放主编.产品策划.北京:知识产权出版社,2000

欲望,而且要符合消费者的长远利益和社会的长远发展,改善社会福利。

　　该营销观念产生于20世纪70年代中后期。由于当时西方资本主义国家出现了能源危机、通货膨胀、失业增加,环境污染严重,破坏了社会生态平衡,出现了伪劣产品及虚假广告等,引起消费者不满,掀起了消费者维权运动与生态平衡保护运动,迫使企业营销活动必须考虑消费者及社会长远利益。社会市场营销观念主要是为了抵制牟取暴利、以次充好、虚假宣传、欺骗顾客、损害消费者利益的各种行为,强调兼顾社会、顾客、企业三者利益,并使之协调一致,处于最佳状态,如图1-5所示。

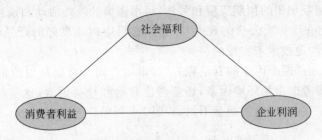

图1-5　社会营销观念三个纬度的平衡与协调

主要特点:

(1) 消费者利益和社会利益并重,成为企业经营活动的双层中心;

(2) 综合运用各种营销手段,引导消费者合理消费,是企业成功的关键;

(3) 重视追求企业的长远利益和社会的全面进步。

小资料1-3

宜家超市下雨天五折卖雨伞[①]

　　下雨天,宜家在全世界的超市一律以半价优惠销售雨伞。通常情况下,物以稀为贵,货以急为贵,居奇为贵,这是商家的游戏规则。下雨天商家趁机赚点钱是"天经地义"的。下雨天总是少数,晴天总是多数。"难得"的机会商家赚点"难得"的钱,无可非议。对消费者而言,下雨天避免做"落汤鸡",以解燃眉之急,多花点钱买把伞,也是心甘情愿的。但宜家却反其道行之,下雨天时,雨伞一律五折。

　　宜家超市为什么下雨天五折卖雨伞?

　　宜家能想消费者之所想,一切为了消费者,给消费者"雪中送炭"的举措实在聪明、高明、精明。宜家聪明就在于:消费者最需要的时候,给消费者最需要的产品、最需要的服务、最需要的价格。宜家高明就在于:它能赢得消费者的心,让更多的消费者了解宜家。宜家精明就在于:它能舍去小头从而得到大头,赢得了消费者的信任。

6. 大市场营销观念

　　进入20世纪80年代以后,发达国家生产过剩,市场竞争日益激烈,许多国家与地区政

----

①　资料来源:中国伞网.编者整理

府对经济的干预加强,贸易保护主义盛行。各国政府为了保护本国的民族工业,采取了一系列关税和非关税贸易壁垒。在这种情况下,菲利普·科特勒在 20 世纪 80 年代中期提出了"大市场营销观念"(6P)。

大市场营销观念是指在特定的市场环境下,运用特殊的营销手段进行的活动。即企业的市场营销策略除了 4P 之外,还必须加上 2P:政治权力(political power)和公共关系(public relation)。

① 政治权力是指为了进入目标市场,向产业官员、立法人员和政府官员提出自己的主张,为了获得其他利益集团的预期反应和关注,运用谨慎的院外活动和谈判技巧。

② 公共关系则在于影响公众的观点,在公众心目中树立良好的产品和企业形象,这主要是通过大众性的沟通技术来实现的。

它进一步将加入这两个因素的营销称为"大市场营销",意思是说营销是在市场特征之上的,即不仅仅是要考虑市场环境因素,还要考虑政治和社会因素,这就是我们所说的 6P。大市场营销观念与一般市场营销观念不同,如图 1-6 所示。

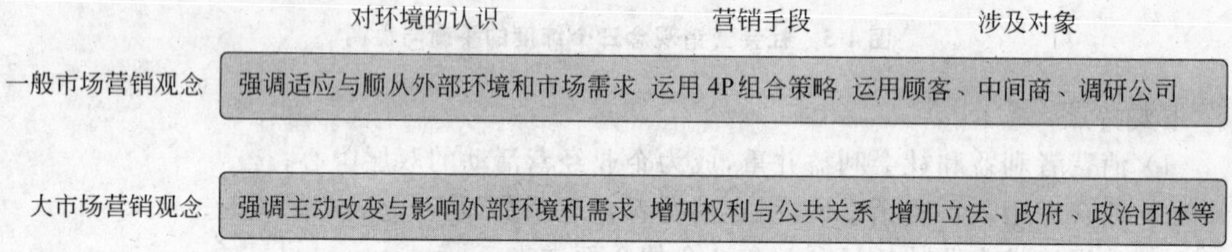

	对环境的认识	营销手段	涉及对象
一般市场营销观念	强调适应与顺从外部环境和市场需求	运用 4P 组合策略	运用顾客、中间商、调研公司
大市场营销观念	强调主动改变与影响外部环境和需求	增加权利与公共关系	增加立法、政府、政治团体等

图 1-6 一般市场营销观念与大市场营销观念的区别

以上六种观念可以概括为两大类:一是传统的经营观念,包括生产观念、产品观念和推销观念;二是现代市场营销观念,市场营销观念、社会营销观念与大市场营销观念都是现代营销观念。传统的经营观念,以生产为中心,重生产,轻消费。现代市场营销观念建立在以消费者为导向的基础上,市场处于一种供过于求的状态,买方市场已经形成,而且购买者总体呈现出的是一种差异性需求,如表 1-2 所示。

表 1-2 六种营销观念的比较

营销观念		营销程序	营销重点	营销手段	营销目标
传统营销观念	生产观念	产品—市场	产品	提高生产效率	通过扩大产量降低成本取得利润
	产品观念	产品—市场	产品	生产优质产品	通过提高质量扩大销量取得利润
	推销观念	产品—市场	产品	促进销售策略	加强销售促进活动,扩大销量取得利润
现代营销观念	市场营销观念	市场—产品—市场	消费者需求	整体营销活动	通过满足消费者的欲望和需求,取得利润
	社会营销观念	市场—产品—市场	消费者需求社会长期利益	协调性市场营销活动	通过满足消费者的欲望和需求,增进社会长期利益,企业取得利益
	大市场营销观念	市场—产品—市场	消费者需求市场环境	运用 4P+2P 的整合营销策略	进入特定市场,满足消费者的需求,企业取得长期利润

1.3.2　现代市场营销理论

1. 确立现代营销观念的支柱

现代营销观念的确立需要四个主要支柱,即目标市场(target market)、顾客需求(customer needs)、整合营销(integrated marketing)与赢利能力(profitability)。

(1) 目标市场。目标市场是具有相似需要的消费者群。以目标市场消费者的潜在需求为中心,并集中企业的一切资源占领目标市场,是企业成功的关键。

(2) 顾客需求。企业活动以顾客需要为导向。顾客的需要一般有五种类型:一是未标明的需要,如顾客期望从销售商处得到好的服务;二是秘密的需要,如顾客想要找到一个理解顾客心思的朋友;三是表明了的需要,如顾客需要购买一辆不贵的汽车;四是真正的需要,如顾客需要的汽车是运营成本低,而不是首次购买的售价低;五是令人愉悦的需要,如顾客在购买杂志时意外地得到了当时世界杯的赛程表。

(3) 整合营销。是指以顾客为中心,整合企业内部所有资源,以提高顾客的服务水平和满足程度,使所有的部门都为顾客的利益提供一致的服务。要满足顾客的需要并实现企业的营销目标,就必须综合运用各种营销手段,使企业的营销活动形成一个有机的整体。

(4) 赢利能力。在市场为中心营销理念的引导下,企业追求利润的目标尽管没有根本改变,但开始注重企业的长远利益,企业追求利润的手段应该建立在满足消费者需求的基础上。

2. 现代市场营销理论的基本内容

(1) 麦肯锡的 4P 理论

4P 理论是麦肯锡于 1960 年提出来的。1967 年菲利普·科特勒在其畅销书《营销管理:分析、规划与控制》中进一步确认了以 4P 为核心的营销组合方法。4P 的提出奠定了营销管理的基本理论框架,该理论认为影响企业营销活动效果的因素有两种:一是企业不能控制的外部环境因素,如政治、法律、经济、人文与地理等;二是企业可以控制的内部营销因素,如产品、定价、分销与促销等。企业营销活动的实质是一个利用内部可控因素适应外部环境的过程,即通过对产品、定价、分销、促销的计划和实施,对外部不可控制因素作出积极动态的反应,从而促成交易的实现和满足个人或组织目标的过程。

(2) 服务营销的 7P 理论

随着经济的发展和市场环境的变化,特别是 20 世纪 70 年代服务业的迅速发展,布姆斯和比特纳于 1981 年在原来 4P 理论的基础上增加了三个"服务性的 P":

① 人(people)即作为服务提供者的员工和参与到服务过程中的顾客;

② 有形展示(physical evidence)包括实体环境(装潢、颜色、陈设、声音),服务提供时所需要的装备实物(出租汽车公司所需要的汽车),以及其他实体性线索(如航空公司使用的标识);

③ 过程(process)构成服务生产的程序、机制、活动流程和与顾客之间的相互作用与接触沟通。

7P 理论即服务营销组合,是服务企业制定营销策略的基础,它的主要内容包括七个方面,如表 1-3 所示。7P 理论重视人的作用,体现了"人本管理"的思想。

表 1-3 服务营销组合

要　素	内　容
产品	领域、质量、水准、品牌、服务项目、保证、售后服务
价格	水准、折扣、付款条件、顾客认知价值、定价、差异化
渠道	所在地、可及性、分销渠道、分销领域
促销	广告、人员推销、营业推广、宣传、公关
人	人力配套、训练、选用、投入、激励、外观、人际行为、态度、参与度
有形展示	环境、装潢、色彩、陈设、噪音水准、装备实物、实体性线索
过程	政策、手续、器械化、顾客参与度、活动流程、顾客取向

（3）科特勒的 11P 理论

随着对营销战略计划过程的重视,科特勒又提出了战略营销计划过程 4P 理论:

① 探查（probing）就是市场营销调研,其概念是在市场营销观念的指导下,以满足消费者需求为中心,用科学的方法,系统地收集、记录、整理与分析有关市场营销情报资料。

② 分割（partitioning）就是市场细分,其概念是根据消费者需求的差异性,运用系统的方法,把整体市场划分为若干个消费者群的过程。

③ 优先（prioritizing）就是对目标市场的选择,即在市场细分的基础上,企业要进入的那部分市场,或要优先最大限度满足的那部分消费者。

④ 定位（positioning）即市场定位,其概念是根据竞争者在市场上所处的位置,针对消费者对产品的重视程度,强有力地塑造出本企业产品与众不同、给人印象鲜明的个性或形象,从而使产品在市场上、企业在行业中确定适当的位置。

科特勒认为,要更好地满足消费者的需求,并取得最佳营销效益,营销人员必须精通产品、定价、分销、促销四种营销策略;还必须事先做好探查、分割、优先和定位四种营销战略;还要求营销人员必须具备灵活运用公共关系和政治权力两种营销技巧的能力;同时,科特勒又重申了营销活动中"人（people）"的重要作用。这就是科特勒的 11P 理论,如图 1-7 所示。

（4）4C 理论

进入 20 世纪 90 年代以后,美国经济处于高度发达的后工业时代,由于计算机的广泛应用,技术水平的普遍提高,使得竞争者在产品与技术方面同质化。营销中的售前、售中、售后服务如出一辙,消费者很难分出优劣。在这种情况下,企业如何实现差异化,赢得更多的顾客? 美国营销大师罗伯特·劳特伯恩（Robert Lauterborn）创建了 4C 理论。

4C 理论包括顾客问题的解决、顾客成本、顾客购买的方便性及与顾客沟通。从关注 4P 转变到注重 4C,是许多大企业全面调整市场营销战略的发展趋势,它更应为零售业所重视。4C 理论强调消费者是企业一切经营活动的核心,要开发产品,但更要注重满足消费者的欲望和需求,加强顾客关系管理与产品开发。

① 顾客问题的解决（customer solution）。企业直接面向顾客,应更多考虑顾客的需要和欲望,建立以顾客为中心的营销观念,将"以顾客为中心"作为一条红线,贯穿于市场营销

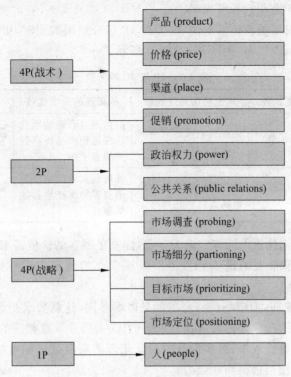

图 1-7　科特勒的 11P 营销理论结构图

活动的整个过程。企业应站在顾客的立场上,研究顾客的购买行为,更好地满足顾客的需要。

② 顾客成本(customer cost)。顾客在购买某一商品时,除耗费一定的资金外,还要耗费一定的时间、精力和体力,这些构成了顾客总成本。所以,顾客总成本包括货币成本、时间成本、精神成本和体力成本等。由于顾客在购买商品时,总希望把有关成本包括货币、时间、精神和体力等降到最低限度,以使自己得到最大限度的满足,因此,企业必须考虑顾客为满足需求而愿意支付的"顾客总成本"。努力降低顾客购买的总成本,如降低商品进价成本和市场营销费用从而降低商品价格,以减少顾客的货币成本;努力提高工作效率,尽可能减少顾客的时间支出,节约顾客的购买时间;通过多种渠道向顾客提供详尽的信息,为顾客提供良好的售后服务,减少顾客精神和体力的耗费。

③ 顾客便利(customer convenience)。最大程度地便利消费者,是目前处于过度竞争状况的企业应该认真思考的问题。如上所述,企业在选择地理位置时,应考虑地区抉择、区域抉择、地点抉择等因素,尤其应考虑"消费者的易接近性"这一因素,使消费者容易到达商店。即使是远程的消费者,也能通过便利的交通接近商店。同时,在商店的设计和布局上要考虑方便消费者进出、上下,方便消费者参观、浏览与挑选,方便消费者付款结算等。

④ 沟通(communication)。企业为了创立竞争优势,必须不断地与消费者沟通。与消费者沟通包括向消费者提供有关售货地点、商品、服务、价格等方面的信息;影响消费者的态度与偏好,说服消费者购买商品;在消费者的心目中树立良好的企业形象。在当今竞争激烈的市场环境中,企业的管理者应该认识到:与消费者沟通比选择适当的商品、价格、地点、促

销更为重要,更有利于企业的长期发展。

总之,企业在组织市场营销活动时,在关注 4P 组合运用的同时,更应该注重 4C 在企业营销管理中的运用。4P 与 4C 的区别如表 1-4 所示。

表 1-4　4P 与 4C 的区别

名称	从产品的角度比较	从价格的角度比较	从渠道的角度比较	从推销的角度比较
4P	强调提高产品质量	企业所消耗的成本加上企业的合理利润	如何通过合适的地点和渠道把产品转移到消费者手中	强调的是促销,劝导消费者购买产品或服务
4C	强调消费者到底需要什么产品	消费者所能接受的价格减去合理利润	如何最大限度地便于消费者购买产品和接受服务	强调企业与消费者之间的沟通,追求共同利益

综上所述,4C 理论注重以顾客需求为导向,注重了顾客的价值需求,与站在生产者角度上的 4P 相比,4C 有了很大的进步和发展。但从企业的营销实践和市场发展的趋势看,4C 依然存在以下不足:

一是 4C 是顾客导向,而市场经济要求的是市场导向,这就要求企业不仅要看到顾客需求,还要注意竞争对手,冷静分析自身在竞争中的优、劣势并采取相应的策略,企业的市场营销就是要比竞争者以更低成本、更多价值的差异化产品来满足目标市场中顾客的需求。营销中不考虑竞争者是相当错误和危险的。

二是 4C 以顾客需求为导向,但它仅仅关注顾客短期价值需求的满足问题,回避了顾客现实需要、顾客长远利益和长期社会福利相互之间隐含的冲突。

三是 4C 总体上虽是 4P 的转化和发展,但被动适应顾客需求的色彩较浓。根据市场的发展,需要从更高层次、以更有效的方式在企业与顾客之间建立起有别于传统的新型的主动性关系,如互动关系、双赢关系、关联关系等。

四是 4C 注重以企业内部力量的整合来满足顾客的价值需求。

(5) 4R 理论

20 世纪 90 年代,美国营销专家 Don E. Schultz 将关系营销思想简单总结为 4R 营销理论:关联(relevancy)、反应(reaction)、关系(relationship)、回报(return),阐述了在新的市场环境下一个全新的营销四要素。4R 营销理论的最大特点是以竞争为导向,在新的层次上概括了营销的新框架。该理论根据市场不断成熟和竞争日趋激烈的形势,着眼于企业与顾客互动与双赢,不仅积极地适应顾客的需求,而且主动地创造需求,通过关联、反应、关系、回报等形式与客户形成独特的关系,把企业与客户联系在一起,形成竞争优势。

① 与顾客建立关联。在竞争性市场中,顾客具有动态性。顾客忠诚度是变化的,他们会转移到其他企业。要提高顾客的忠诚度,赢得长期而稳定的市场,重要的营销策略是通过某些有效的方式在业务、需求等方面与顾客建立关联,形成一种互助、互求、互需的关系。

② 提高市场反应速度。在今天相互影响的市场中,对经营者来说,最现实的问题不在于如何控制、制订和实施计划,而在于如何站在顾客的角度及时地倾听顾客的希望、渴望和需求,迅速做出反应并及时作出答复,满足顾客的需求。

③ 关系营销越来越重要。在企业与顾客的关系发生了本质性变化的市场环境中,抢占市场的关键已转变为与顾客建立长期而稳固的关系,从交易变成责任,从顾客变成用户,从

管理营销组合变成管理和顾客的互动关系,沟通是建立关系的重要手段。从经典的"AIDA模型",即注意(attention),兴趣(interest),渴望(desire),行动(action)来看,营销沟通基本上可完成前三个步骤,而且平均每次和顾客接触的花费很低。

④ 回报是营销的源泉。对企业来说,市场营销的真正价值在于其为企业带来短期或长期的收入和利润的能力。一方面追求回报是营销发展的动力;另一方面回报也是维持市场关系的必要条件。

如今,建立稳定的顾客关系和顾客忠诚的重要性已经为许多企业所认识。美国哈佛商业杂志的一份研究报告指出,重复购买的顾客可以为公司带来 25%～85% 的利润,固定客户数每增长 5%,企业利润增加 25%。建立顾客关系的方式多种多样,看各个商家如何大显神通了。有些企业通过频繁的营销计划来建立与顾客的长期关系,如香港汇丰银行、花旗银行通过其信用证设备与航空公司开发了"里程项目"计划,按累计的飞行里程达到一定标准之后,共同奖励那些经常乘坐飞机的顾客。有些企业设立高度的顾客满意目标,如果顾客对企业的产品或服务不满意,企业承诺给予顾客合理的补偿,以此来建立顾客关系。如印尼的Sempati 航空公司保证,他们的飞机每延误一分钟,将向顾客返还 1000 印尼盾的现金。有些企业通过建立稳定的顾客组织来发展顾客关系,如日本资生堂化妆品公司吸收了 1000 万名成员参加资生堂俱乐部,发放会员优惠卡,以及定期发放美容时尚杂志等。

4R 体现并落实了关系营销的思想。通过关联、反应和关系、回报,提出了如何建立关系,长期拥有客户,保证长期利益的具体操作方式。此外,反应机制为互动与双赢、为建立关联提供了基础和保证。

此外,4R 和 4P(产品、价格、地点、促销)营销理论之间不是取代关系而是完善、发展的关系。根据企业的实际,把它们结合起来指导营销实践,可能会取得更好的效果。

本章小结

1. 市场营销学于 20 世纪初产生于美国,几十年来,随着市场经济的发展,市场营销学也发生了根本性的变化,从传统的市场营销学演变为现代市场营销学。

2. 传统的营销观念与现代营销观念有三个明显的区别:一是在内容上传统的市场营销实际上只是推销术或广告术,而现代市场营销已经从流通领域延伸到生产领域乃至企业整个经营过程;二是市场营销中心发生了根本变化,从传统市场营销的产品推销中心,发展到现代市场营销的以消费者需要为中心,进而向满足社会整体需求为中心发展;三是从推销产品来实现利润目标,发展到通过满足消费者需求,来取得利润,以实现企业的最终目标。市场营销观念是随着社会生产力水平的提高而发生变化的,经历了生产观念、产品观念、推销观念、市场营销观念、社会营销观念等发展阶段。随着社会经济的发展,还将会有新的市场营销观念产生。

巩固与应用

1. 关键概念

市场营销 市场营销观念

2. 思考与练习

(1) 从营销者的角度如何理解市场？

(2) 现代营销观念与传统营销观念有哪些区别？

(3) 结合实际谈谈市场营销对企业、社会经济发展的作用。

3. 案例分析

老牌子遇到新问题[①]

中国贵州茅台酒厂集团，即中国贵州茅台酒厂（集团）有限责任公司，是贵州省政府确定的 22 户省现代企业制度试点企业之一。1996 年 7 月，贵州省政府批复同意贵州茅台酒厂改制为国有独资公司，更名为中国贵州茅台酒厂（集团）有限责任公司。同时，以该公司为核心企业组建企业集团，并命名为中国贵州茅台酒厂集团。全国白酒行业唯一的国家一级企业，全国优秀企业（金马奖），全国驰名商标第一名，是全国知名度最高的企业之一。贵州茅台酒与苏格兰威士忌、科涅克白兰地同列为世界三大名酒。自 1915 年在巴拿马万国博览会获得国际金奖以来，连续 14 次荣获国际金奖，并获得"亚洲之星"、"国际之星"包装奖、出口广告一等奖，蝉联历次国家名酒评比之冠，是中华人民共和国国酒。

改革开放以后，与其他许多传统品牌一样，茅台酒遇到了老牌子如何跟上飞速发展的新形势的问题。首先是如何对待产品质量。在产品质量问题上，茅台酒确定并坚持了"质量第一，以质促销"的方针。其次转变观念。从 1997 年开始，白酒市场格局发生了新的变化，形成了多种香型、多种酒龄、不同酒度、不同酒种并存，各种品牌同堂竞争、激烈争斗的格局，我国酒业的生产也进入了前所未有的产品结构大调整时期，啤酒、葡萄酒等发展迅猛，风头甚劲。一批同行企业异军突起，后来居上，产量和效益跃居同类企业前列；同时，消费者消费习惯也发生了改变，传统的白酒生产面临着严峻的挑战。面对这种市场经济条件下严峻的竞争现实，白酒产量总体过大等因素的影响，全国白酒行业市场情况呈现了总体下滑的趋势，到 1998 年形势更加严峻，同年 1～7 月，茅台酒全年销售任务只完成了 33%。酒还是那个酒，但前所未有的困难却突然而至，根源到底出在哪里？关键时刻，茅台酒厂集团领导班子进行了大调整。

一次决策会议上，领导班子成员展开了热烈的讨论，最后得出的结论让人并不轻松：排除宏观因素不说，就企业内部的微观原因而言，还是在于上上下下思想解放不够，观念还没有真正转变到市场经济的要求上面来，整个运作方式、思维模式事实上依然处于计划经济的状态。如果这种自以为"皇帝女儿不愁嫁"的状态没有及时而根本的改变和突破，企业的未来将会非常危险。就这样，以季克良带头的领导班子将大部分的时间都花在了市场调研上，马不停蹄地跑遍了全国许多有代表性的地方。一方面为自己"洗脑"，吸收新鲜气息；一方面寻求市场决策的突破口。稍后不久，一系列大气魄的面向市场的举措便在茅台酒厂集团接

---

① 资料来源：汤定娜，万后芬主编. 中国企业营销案例. 北京：高等教育出版社，2001

踵出台了。首先的一项举措是大力充实销售队伍,在全厂范围内公开招聘了一批销售员,经过一个月的培训,迅速撒向全国各地。紧接着,集团就破天荒地在全国10个大城市开展了多种形式的促销活动,季克良等领导带头出现在商场、专柜,亲自宣传自己的产品,一下拉近了与消费者的距离,效果极佳。半年的奋斗下来,年终盘点,茅台酒厂(集团)公司本部不但弥补了上半年的亏空,而且全年实现利税4.41亿元,销售收入8.16亿元,比上年又有了大幅度的上升。

然而,"在有些人眼里,茅台酒这块金字招牌,却成了块不吃白不吃的肥肉",茅台酒厂集团董事长季克良道出了茅台人内心深处的苦衷。自1984年在武汉发现第一批假茅台酒起,茅台酒成了我国最早一批被侵害的名酒。随着市场经济体制的逐步建立,茅台酒所遭受的商标、企业名称等知识产权的侵犯也呈现出不同的演变趋势。20世纪80年代,市场刚刚启动,各种直接盗用茅台酒包装、打茅台酒牌子的"茅台酒"横行于市,造成了人们爱茅台而不敢买茅台的恶劣局面,"假茅台"成了茅台酒厂集团的心腹大患。进入90年代以后,茅台酒厂集团依靠各级政府支持,加大打击假冒的力度,并理顺销售渠道,采用一系列防伪技术,使得假冒"茅台"猖獗的气焰得以有效遏制。但是,不法分子又"暗度陈仓",改而在"侵权"上做文章,打起了茅台商标的"擦边球",并纷纷由"阵地战"转为"游击战",公开转入地下,省内转向省外,由固定制售转向流动产销,制造商、经销商相互勾结,打一枪换一个地方,需要什么牌子就包装什么,日益狡猾。茅台酒厂集团法制处负责人称,"李鬼"暗箭难防,已成为茅台酒最可怕的敌人。面对假冒侵权产品对茅台酒厂集团权益的侵害和对市场的蚕食,季克良忧心忡忡:"假冒侵权产品不根除,老祖宗千年留下的国宝,就可能要毁在我们这代人手中。""如果任其发展下去,就会断送我国的民族工业。"总经理袁仁国如是说。为了最大限度击退假冒侵权,为了保护名牌、保护企业和消费者的合法权益,茅台酒厂积极主动地打假,抓大案要案,同时大力协助各地工商、公安部门打假。在打假的同时,防假方面走出了几大步:第一步用激光防伪,第二步使用条码,第三步进口日本瓶子,第四步进口意大利瓶盖,第五步不惜高代价采用美国3M的防伪技术。茅台酒厂集团每年为此的花费都在千万元以上。

问题

(1) 如何看待茅台酒厂转变观念?对此你有什么建议?

(2) 假如你是茅台酒厂的老总,面对严峻的市场形势,应如何考虑茅台酒厂的营销战略?

4. 技能训练

(1) 训练项目

各模拟公司对市场营销及其影响因素的认识。

(2) 训练目的

同学们通过对不同的消费者群的调查,加深对市场营销重要性的认识和对营销观念的初步了解。

(3) 训练内容

第一步,将一个班的同学分成4～6个模拟公司,各模拟公司选择一个消费者群体,进行调查。

第二步,提出几个有关他们的商业经历的简单问题,以便从这个人群中获取信息。你可以问以下问题的几个或全部:

- 他们最好的商业经历;
- 他们最糟糕的商业经历;
- 他们对商业道德的总体看法;
- 企业应该怎样行动;
- 企业对环境的责任;
- 营销人员的道德行为。

第三步,从你选择的消费群的成员那里取得答案,并将你的调查分析结果在班级讨论介绍。

第2章 营销环境

学习目标

1. 了解市场营销环境对企业市场营销活动的影响
2. 熟悉市场营销的宏观环境和微观环境因素
3. 掌握市场营销环境的意义与作用

导入案例

雀巢奶粉碘超标事件[①]

2005年5月25日,浙江省工商局公布了近期该省市场儿童食品质量抽检报告,其中黑龙江双城雀巢有限公司生产的"雀巢"牌金牌成长3+奶粉赫然被列入碘超标食品目录。媒体报道前15天,有关部门已经把检测结果通报给了雀巢公司,但雀巢公司未作出反应。5月26日,雀巢给中国媒体发布声明称,雀巢奶粉碘检测结果符合《国际幼儿奶粉食品标准》。雀巢公司对浙江碘的检测结果高度重视,立即对原材料使用和生产加工过程进行了全面检查。调查发现:该产品使用了新鲜牛奶做原料,碘天然存在于鲜奶中。此次抽查显示的碘超标是由于牛奶原料天然含有的碘含量存在波动而引起的,并且该成分的含量甚微,雀巢金牌成长3+奶粉是安全的。

5月29日,中央电视台经济半小时播出"雀巢早知道奶粉有问题"。5月30日,越来越多知情的消费者到超市要求退货,然而大部分消费者的退货要求却遭到拒绝。雀巢方面依然没有就问题奶粉事件给出关于召回或者退货的进一步答复,导致大部分消费者退货无门。5月31日,有法律界人士指出,雀巢公司已违反《刑法》相关条款。《中华人民共和国刑法》第143条规定,生产、销售不符合卫生标准的食品,对人体健康造成严重危害的,应承担刑事责任。6月8日,国家标准委员会对"婴儿配方乳粉中碘含量"问题公开表态:"碘不符合标准要求的婴儿配方奶粉应禁止生产和销售。"这个表态是国家权威部门首次对"雀巢奶粉碘超标"的有力回复。国家质检总局同时明确表示,相关质检部门将对"问题奶粉"生产企业进行专项监督检查,如发现问题,将禁止其生产和销售。

---

① 资料来源:屈冠银主编.市场营销理论与实训教程.北京:机械工业出版社,2006

从雀巢奶粉碘超标事件中,找出影响雀巢营销活动的因素有哪些?

企业作为社会经济组织或社会细胞,总是在一定的环境条件下开展市场营销活动。这些环境条件又是不断发展变化的,一方面给企业带来新的市场机会;另一方面又会给企业造成一定的威胁。因此,市场营销环境对企业的生存和发展具有重要意义。企业必须根据环境的实际与发展趋势,制定有效的市场营销战略,自觉地利用市场机会,防范可能出现的威胁,扬长避短,趋利避害,适应变化,抓住机会,确保在竞争中立于不败之地,从而实现自己的市场营销目标。

2.1 营销环境概述

2.1.1 营销环境的概念

1. 市场营销环境的概念

按照美国著名市场营销学家菲利普·科特勒的解释:市场营销环境是指影响企业的市场和营销活动的不可控制的参与者和影响力。具体地说就是:"影响企业的市场营销管理能力,使其能卓有成效地发展和维持与其目标顾客关系的外在参与者和影响力。"因此,**市场营销环境是指直接或间接影响企业营销活动的所有外部力量和相关因素的集合,它是影响企业生存和发展的各种外部条件。**

2. 市场营销环境的类型

根据影响力的范围和作用方式不同,市场营销环境可分为微观营销环境和宏观营销环境。

(1) 微观营销环境

微观营销环境是指直接影响企业营销活动的各种力量,包括供应商、顾客、竞争者、营销中介、社会公众和企业自身。微观营销环境又称为直接营销环境。

(2) 宏观营销环境

宏观营销环境是指间接影响企业营销活动的各种社会力量,包括人口环境、经济环境、政治法律环境、科学技术环境、社会文化环境和自然生态环境等。相对于微观营销环境,宏观营销环境对组织的作用是间接的,影响的范围也更广泛。宏观营销环境又称为间接营销环境。

微观营销环境与宏观营销环境之间并不是并列关系,而是主从关系,微观营销环境受制于宏观营销环境,微观营销环境中所有的因素都要受来自宏观营销环境中各种力量的影响。微观营销环境直接影响与制约企业的市场营销活动,而宏观营销环境主要是以微观营销环境为媒介,间接地影响与制约企业的市场营销活动。如图2-1所示。

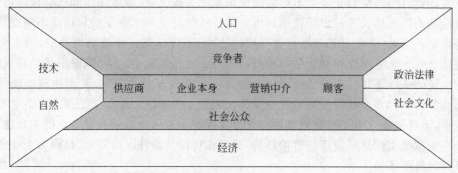

注：阴影部分为微观环境；无阴影部分为宏观环境

图 2-1　市场营销环境

2.1.2　营销环境的特点

企业营销环境的内容广泛，是一个多因素、多层次，且不断变化的综合体。一般说来，企业市场营销环境具有以下特点。

1．客观性

营销环境不以某个营销组织或个人的意志为转移，它有自己的运行规律和发展特点。企业的营销活动只能主动地适应和利用客观环境，不能改变或违背环境。只有客观地检测环境因素，才能减少营销决策的盲目和失误，赢得营销活动的成功。

2．多变性

营销环境是不断发展变化的，主要包括三个方面：一是某一环境因素的变化会引起另一环境随之变化；二是每个环境内部的子因素变化会导致环境因素的变化；三是各因素在不同的形势下，对企业活动影响大小不一样。随着经济网络化、全球化、信息化的出现，尤其是电子商务的产生和发展，使营销的内部环境与外部环境发生了深刻的变化。

构成企业市场营销环境的因素是多方面的，每个因素都会随着经济的发展而不断变化，只是这些变化有快慢强弱之分。一般来讲，科技、经济、政治与法律因素的变化相对其他因素变化要比较快和强一些，它们对企业市场营销的影响就相对较短且跳跃性较大，特别是科技因素的变化最快最强，它是促使企业技术改造和产品创新的主要动力之一。而自然、社会和人口因素的变化则相对较弱较慢一些，但它们对企业市场营销的影响则相对较长期和稳定。市场营销环境相对稳定性的特点，为企业对调查其现状和预测其变化并采取相应的对策提供了可能。

3．不可控性

市场营销环境作为一个复杂多变的整体，单个企业不能控制它，只能适应它；然而，企业通过自身能动性的发挥，如调整营销策略、进行科学预测或联合多个企业等，可以冲破环境的制约或改变某些环境因素，取得成功。

市场营销环境的多变性决定了其不可控性的特点。企业一般不可能控制市场营销环境因素及其变化,比如,少数企业是不可能改变国家的大政方针、政策法令和社会风俗习惯的,更不能控制人口的增长等。市场营销环境不可控性的特点要求企业必须适应不断变化的市场营销环境。当然,企业对其市场营销环境的适应,不仅仅是一种被动地适应,可以充分发挥主观能动性。企业可以在变化的市场营销环境中寻找新机会,主动调整市场经营战略,并可能在一定的条件下转变市场营销环境中的某些可能被改变的因素,从而冲破市场营销环境的某些制约。许多企业在逆境中充分发挥主观能动性,破釜沉舟,抓住机遇,结果不仅求得了生存,而且使企业有了更好的发展。充分发挥企业对市场营销环境认识的主观能动性,有利于企业积极主动地适应市场营销环境,甚至在可能的条件下改变它,从而为企业创造出一个良好的外部条件。

4. 差异性

市场营销环境的差异性不仅表现在不同企业受不同环境的影响,同样一种环境因素的变化对不同企业的影响也不同。由于外界环境对企业作用的差异性,使企业采取的营销策略各有其特点。市场营销环境的同一性表现为,在同一国家里或同一行业中,企业所面对的市场营销环境具有共同性,如同处在一定的政治、经济、文化、科技、行业规划和产业政策等背景下。市场营销环境的同一性,使企业有了一个公平竞争的前提和保证。

5. 关联性

市场营销环境不是由某一个单一的因素决定的,要受到一系列相关因素的影响。从较长历史时期对整个市场营销环境考察,不难发现,各种环境因素总是不同程度地相互关联。比如,市场价格不但受到市场供求关系的影响,而且还受到科技进步及财政金融政策和税收政策的影响。再如,一个国家的体制、政策与法令总是影响着该国科技、经济的发展速度和方向,继而会改变社会的某些风俗与习惯。同样,科技和经济的发展又会引起政治体制和经济体制的相应变革,促使某些政策法令相应变更。

然而,在某一特定时期,从某些特定市场营销环境因素的特殊变化去考察,又会发现市场营销环境中的某些因素彼此相对分离,而且这些彼此相对分离的市场营销环境因素对企业市场营销活动的影响程度也不同。正是这种相对分离性为企业分清主次环境威胁或机遇提供了可能性。比如,在某一特定时期,各国或各地区科技、经济的发展与其政治制度并没有很强的相关联系;战争或社会动乱时期,军事和政治因素的影响十分明显,而在和平时期,科技、经济和自然因素的作用则较突出;科技主要影响企业产品的质量及其更新换代的速度,而产业政策则主要影响企业的投资方向和投资结构。所有这些都使得企业的市场营销活动受到影响,使企业可能从此走向衰落或走向辉煌。

2.2 营销环境因素分析

2.2.1 市场营销宏观环境

市场营销宏观环境包括人口环境、经济环境、政治环境、法律环境、自然环境、科学技术发展与社会文化等因素,如图 2-2 所示。虽然这些因素既具有一定的独立性,又相互作用。

例如,人口的增长(人口统计)导致了资源匮乏和环境污染(自然环境),使消费者要求法律保护(政治环境和法律环境)。

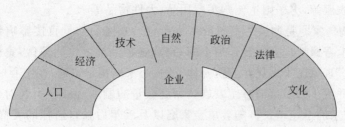

图 2-2 市场营销宏观环境

1. 人口环境

人口是构成市场的第一位因素。因为市场是由那些想购买商品,同时又具有购买力的人构成的。因此,人口的多少直接决定了市场的潜在容量,人口越多,潜在市场规模就越大。如果有足够的购买力,人口的增长往往意味着需求的增长与市场的扩大;另一方面,人口的增长对各种资源的供应又会形成过大的压力,成本增加,利润下降。

人口环境对市场营销的影响主要表现在人口规模、人口结构、教育水平、人口地理分布与区间流动。

(1) 人口规模

一个国家或地区的人口数量,是衡量市场规模和潜在容量的一个基本要素,人口越多,对食物、衣着、日用品的需要量也越大,那么市场也就越大。因此,根据人口数目可大略推算出市场规模。对于企业来说,应准确掌握市场的人口数量,这有利于准确判断市场潜力。

人口的迅速增长促进了市场规模的扩大。因为人口增加,其消费需求也会迅速增加,那么市场的潜力也就会很大。例如,随着我国人口增加,人均自然资源减少,人们衣、食、住、行需求扩大,能源供需矛盾将进一步扩大,因此研制新的食品生产加工技术,开发新型材料,探索新能源、节能产品和技术是企业必须认真考虑的问题;这既给企业的发展带来机会,又给企业营销带来不利的影响。例如人口增长可能导致人均收入下降,从而使市场吸引力降低。

(2) 人口结构

① 年龄结构。不同年龄的消费者对商品的需求不一样。我国人口年龄结构的显著特点是:现阶段0~14岁少年比重约占总人口的20%,这就意味着在今后20年内,婴幼儿和少年儿童用品及结婚用品的需求将明显增长。按照国际通行标准,中国人口年龄结构已经逐步老龄化。统计显示,目前中国60岁以上的老年人口为1.34亿,占总人口的10%以上;未来十年这一比例将进一步扩大。我国人均寿命1990—2000年这10年间由68.55岁上升到71.40岁(数据来自中华人民共和国统计局《中国统计年鉴—2006》),老年人的需求呈现增长态势。可预计,诸如保健用品、营养品、老年人生活必需品、老年人文化生活需求等市场将会兴旺。

② 性别结构。人口的性别不同,其市场需求也有明显的差异。据调查,0~10岁年龄组内,男性大于女性20%左右;10~20岁年龄组内,男性大于女性10%左右;其中21~45岁的年龄组内,男性约少于女性5%左右;46~70岁年龄组内,男性大于女性2%左右;但到71岁

以上,女性略多于男性,并随着年龄的增长,女性生存率越来越高。反映到市场上就会出现男性用品市场和女性用品市场的差异。例如我国市场上,妇女通常购买自己的用品、家庭生活用品及杂货、衣服等,男子则主要购买耐用品、大件物品等。

③ 家庭结构。家庭是购买与消费的基本单位。家庭的数量直接影响到某些商品的消费。目前,世界上普遍呈现家庭规模缩小的趋势,越是经济发达的地区,家庭规模越小。在我国,"四代同堂"现象已不多见,"三位一体"的核心家庭则很普遍,在中心城市 2～3 人的家庭规模占主体,并逐步由城市向乡镇发展。家庭数量的剧增必然会引起对炊具、家具、家用电器和住房等需求的迅速增长。随着单亲家庭以及成年后独自居住的人群不断增加,简易家具、小型号家用电器、小户型青年公寓式住宅等产品将受到欢迎。

④ 社会结构。我国的人口大部分在农村,农村人口约占总人口的 70% 左右。因此,农村是个广大的市场,其特点是相对消费水平较低,对于相对低端产品,有着巨大的潜力。这一社会结构的客观因素决定了日用消费品企业在国内市场中,应当以农民为主要营销对象,市场开拓的重点也应放在农村。尤其是一些中小企业,更应注意开发物美价廉的商品,以满足农民的需要。

⑤ 民族结构。我国除了汉族以外,还有 50 多个少数民族。民族不同,其生活习性、文化传统也不相同。各民族的市场需求存在着很大的差异。因此,企业营销者要注意民族市场的营销,尊重民族习惯,重视开发适合各民族特性、受其欢迎的商品。

(3) 教育水平

人群受教育水平可分类为:文盲,高中以下学历,高中毕业,大学和专家程度。人口受教育水平的变化,也影响着人们需求层次的变化,并带动需求变化。

(4) 人口地理分布与区间流动

由于自然地理条件以及经济发展程度等多方面因素的影响,人口的分布是不均匀的。在我国,人口总数的 94% 主要集中在东南部沿海一带,而西北地区人口仅占 6% 左右,而且人口密度逐渐由东南向西北递减。另外,城市人口比较集中,尤其是大城市人口密度很大,上海、北京、重庆等城市的人口都超过 1000 万,而农村人口则相对分散。人口的这种地理分布表现在市场上,就是人口的集中程度不同,则市场大小不同;消费习惯不同,则市场需求特性不同。例如,南方人以大米为主食,北方人以面粉为主食,江浙沪沿海一带的人喜甜食,而川湘鄂一带的人则喜食辣味。随着经济的活跃和发展,人口的区域流动性也越来越大。

在我国,人口的流动主要表现在农村人口向城市流动,内地人口向沿海经济开放地区流动。另外,经商、观光旅游、学习、就业等使人口流动加速。对于人口流入较多的地方而言,劳动力增多,产生的就业问题就突出,从而加剧行业竞争;另一方面,人口增多促使基本需求量增加,消费结构也发生了一定的变化,带来当地企业较多的市场份额和营销机会。因此人口流动是一个不容忽视的影响因素。

2. 经济环境

经济环境是指企业营销活动所面临的社会经济条件及其运行状况和发展趋势。它包括微观经济环境和宏观经济环境两个方面。经济状况的好坏,直接关系着消费者的购买力,实际经济购买力取决于实际收入、支出、储蓄、负债与信贷等。

（1）微观经济环境

微观经济环境是指从消费者出发来考虑消费者购买力的组成与发展。主要包括消费者的收入、支出、储蓄与信贷。

① 消费者收入水平及其变化。消费者收入，是指消费者个人从各种来源中所得的全部货币收入，包括消费者个人的工资、退休金、红利、租金、赠与等收入。消费者的购买力来自消费者的收入，但消费者并不是把全部收入都用来购买商品或劳务，购买力只是收入的一部分。因此，研究消费收入时，必须要明确国民生产总值、人均国民收入、个人可支配收入与个人可任意支配的收入之间的联系与区别。

小资料 2-1

与消费者收入相关的概念

- 国民生产总值。是指衡量一个国家经济实力与购买力的重要指标。从其变化，可以了解一个国家经济发展的状况和速度。

- 人均国民收入。它是国民收入总值与人口的比值，反映一个国家人民生活水平的高低。在一定程度上决定了商品需求的构成。我国 2006 年人均国民收入达 1740 美元，基本达到小康水平，但仍属于发展中国家。

- 个人可支配收入。这是在个人收入中扣除各项应交税款和非税性负担（如个人承担的住房公积金、养老保险金等）后所得余额，是个人收入中可以用于消费支出或储蓄的部分，构成实际的购买力。

- 个人可任意支配收入。这是在个人可支配收入中减去用于维持个人与家庭生存不可缺少的费用（如房租、水电、食物、燃料、衣着等项开支）后剩余的部分。这部分收入是消费需求变化中最活跃的因素，也是企业开展营销活动时所要考虑的主要对象。因为这部分收入主要用于满足人们基本生活需要之外的开支，一般用于购买高档耐用消费品、旅游、储蓄等，它是影响非生活必需品和劳务销售的主要因素。

很多产品是以家庭为基本消费单位的，如冰箱、排烟机、空调等。因此，家庭收入的高低会影响很多产品的市场需求。一般来讲，家庭收入高，对消费品需求大，购买力也大；反之，需求小，购买力也小。需要注意的是，企业营销人员在分析消费者收入时，还要区分"货币收入"和"实际收入"。实际收入是扣除物价变动因素后实际购买力的反映。因此，实际收入和货币收入并不完全一致，只有"实际收入"才影响"实际购买力"。

② 消费者支出模式和消费结构的变化。随着消费者收入的变化，消费者支出模式会发生相应变化，继而使一个国家或地区的消费结构也发生变化。西方一些经济学家常用恩格尔系数来反映这种变化。恩格尔系数的计算公式为：

恩格尔系数 ＝（食品的开支 / 消费的总支出）× 100%

恩格尔系数表明，一个家庭收入越少，其总支出中用来购买食物的比例就越大；一般来说，食物开支占总消费量的比重越大，恩格尔系数越高，则生活水平越低；反之，食物开支所占比重越小,恩格尔系数越小,生活水平越高。随着家庭收入的增加,用于购买食物的支出占总支出的比例下降,而用于其他方面的支出,如住房、教育、医疗、奢侈品、保险和储蓄等方面的开支所占的比重将上升。

小资料 2-2

恩格尔系数失灵[①]

恩格尔系数是衡量一个国家、地区、城市、家庭生活水平高低的重要参数。按联合国划分富裕程度的标准,"恩格尔系数"在60%以上的国家为饥寒;在50%~60%之间为温饱;40%~50%之间为小康;40%以下为富裕。到2005年,中国农村居民家庭恩格尔系数已经降至45.5%,开始跨入小康阶段;而城镇居民家庭恩格尔系数已经降至36.7%(数据来自中国统计年鉴-2006),开始跨入富裕阶段。依据恩格尔系数,中国呈现出一种"富裕幻觉"。

恩格尔系数失灵的原因如下:首先,在我国农产品价格相对偏低,工业品价格相对偏高的现状下,恩格尔系数下降意味着居民收入水平呈现滑坡;其次,居民消费价格指数中住房、教育、医疗等生活成本在不断提高,用于闲暇消费支出比重在不断下降。

恩格尔定律为什么用食品支出占总消费支出的比例来判断一个国家或地区的贫富程度?因为人类生存的基本需要是吃穿住行,可见吃是人类生存的第一需要。在人们收入水平较低时,食品支出在消费支出中必然占有重要地位。随着收入的增加,食物需求基本满足,人们消费的重心才开始向穿、用等转移。所以生活越贫困,恩格尔系数就越大;生活越富裕,恩格尔系数就越小。

③ 消费者储蓄和信贷情况的变化。消费者的购买力还要受储蓄和信贷的直接影响。当收入一定时,储蓄越多,现实消费量就越小,潜在消费量越大;反之,储蓄越少,现实消费量就越大,潜在消费量越小。消费者储蓄一般有两种形式:一是银行存款,增加现有银行存款额;二是购买有价证券。企业营销人员应当全面了解消费者的储蓄情况,尤其是要了解消费者储蓄目的的差异。例如城市居民的储蓄目的主要用来购买高档耐用消费品,而农村则主要用于住宅建设和购买农用生产资料与设备。2007年股市利好的变化带动投资热,获利股民带动汽车、房产、高档消费品消费的放大,也带来新的市场机遇。

所谓消费者信贷,就是消费者凭信用先取得商品使用权,然后按期归还贷款,以购买商品。这实际上就是消费者提前支取未来的收入,提前消费。目前盛行的消费者信贷主要有:短期赊销;购买住宅分期付款;购买昂贵的消费品分期付款;信用卡信贷等。信贷消费允许人们购买超过自己现实购买力的商品,从而创造了更多的就业机会、更多的收入,以及更多的需求;同时,消费者信贷还是一种经济杠杆,可以调节积累与消费、供给与需求的矛盾。当市场供大于求时,可以发放消费信贷,刺激需求;当市场供不应求时,必须收缩信贷,适当抑制、减少需求。消费信贷把资金投向需要发展的产业,刺激这些产业的生产,带动相关产业

① 资料来源:www.cfi.net.cn. 2006年中国统计年鉴.中国统计网

和产品的发展。我国现阶段的信贷消费主要集中在房地产、汽车、教育等大宗消费项目上。在城市,有年轻人贷款购买电脑、数码产品、旅游等消费的兴起。

（2）宏观经济环境

除了上述因素直接影响企业的市场营销活动外,还有一些宏观经济环境也对企业的营销活动产生或多或少的影响。这种影响主要来自如下几个方面。

① 经济发展阶段。企业的市场营销活动要受一个国家或地区的整个经济发展水平的制约。经济发展阶段不同,居民的收入不同,顾客对产品的需求也不一样,从而会在一定程度上影响企业的营销。例如,以消费者市场来说,经济发展水平比较高的地区,在市场营销方面,强调产品款式、性能及特色,品质竞争多于价格竞争。而在经济发展水平低的地区,则较侧重于产品的功能及实用性,价格因素比产品品质更为重要。在生产者市场方面,经济发展水平高的地区着重投资能节省劳动力的先进、精密、自动化程度高、性能好的生产设备,重视资本密集型产业的发展。在经济发展水平低的地区,其购买的大多是一些投资少、消耗劳动力多、操作简单、性能较为落后的机器设备,以发展劳动密集型产业为主。因此,对于经济发展水平不同的地区,企业应采取不同的市场营销策略。

② 经济体制。世界上存在着多种经济体制,有计划经济体制,有市场经济体制,有计划-市场经济体制,也有市场-计划经济体制,等等。不同的经济体制对企业营销活动的制约和影响不同。现阶段,我国市场发育不十分完善,还存在市场秩序混乱、行业垄断和地方保护主义现象,对企业全面开展营销活动有一定的消极影响。因此,企业要尽量适应这种局面,注意选择不同的营销策略,开拓自己的市场。

③ 地区与行业发展状况。我国地区经济发展很不平衡,逐步形成了东部、中部、西部三大地带和东高西低的发展格局。同时在各个地区的不同省市,还呈现出多极化发展趋势。这种地区经济发展的不平衡,对企业的投资方向、目标市场,以及营销战略的制定等都会带来巨大影响;我国行业与部门的发展也有差异。因此,企业要处理好与有关部门的关系,加强联系;同时关注与本企业联系紧密的行业或部门的发展状况,制订切实可行的营销措施。

④ 城市化程度。城市化程度是指城市人口占全国总人口的百分比,它是一个国家或地区经济活动的重要特征之一。城市化是影响营销的环境因素之一。这是因为,城乡居民之间存在着某种程度的经济和文化上的差别,进而导致不同的消费行为。例如,目前我国大多数农村居民消费的自给自足程度仍然较高,而城市居民则主要通过货币交换来满足需求。此外,城市居民一般受教育较多,思想较开放,容易接受新生事物,而农村相对闭塞,农民的消费观念较为保守,故而一些新产品、新技术往往首先被城市所接受。企业在开展营销活动时,要充分注意到这些消费行为方面的城乡差别,相应地调整营销策略。

⑤ 国家经济政策的变化。政府制定的经济政策对某一行业及某一企业的影响,既可以是鼓励性和保护性的,也可以是限制性和排斥性的。对鼓励类和保护类产业投资项目,国家制定优惠的政策支持,以消除经济发展的瓶颈;对于限制类和排斥类项目,国家督促改造和禁止新建或采取高税收、行业管制等政策。

基 尼 系 数[①]

基尼系数是国际上用来综合考查居民内部收入分配差异状况的一个重要分析指标,是由意大利经济学家于1922年提出的。其经济含义是在全部居民收入中,用于进行平均分配的那部分收入占总收入的百分比。

基尼系数介于0~1之间,最大为"1",最小为"0"。当基尼系数为"1"时,表示居民收入分配绝对不平均,意味着100%的收入被一个单位的人全部占有;当基尼系数为"0"时,表示居民之间的收入分配绝对平均,没有差异。这两种情况太绝对化了,一般都不会出现。按照国际惯例,基尼系数在0.2以下,表示居民收入"高度平均",0.2~0.3之间表示"相对平均",0.3~0.4之间"比较合理",同时,国际上把0.4作为收入分配贫富差距的"警戒线"。

3. 政治环境与法律环境

政治与法律是影响企业营销重要的宏观环境因素。政治因素像一只有形之手,调节着企业营销活动的方向,法律则为企业规定经营活动的行为准则。政治与法律相互联系,共同对企业的市场营销活动发挥影响和作用。例如,2006年7月,北京工商总局停止对登记地址为民宅的工商业户进行注册,使商住两用商品房价格严重受挫,同时京城写字楼租金在一个月内上升了30%。

(1)政治环境

政治环境是指企业市场营销活动的外部政治形势和状况,以及国家方针政策的变化对市场营销活动带来的或可能带来的影响。

① 政治局势。政治局势指企业营销所处的国家或地区的政治稳定状况。一个国家的政局稳定与否会给企业营销活动带来重大的影响。如果政局稳定,生产发展,人民安居乐业,就会给企业形成良好的营销环境。相反,政局不稳,社会矛盾尖锐,秩序混乱,不仅会影响经济发展和人民的购买力,而且对企业的营销心理也有重大影响。

② 方针政策。各个国家在不同时期,根据不同需要颁布一些经济政策,制定经济发展方针,这些方针、政策不仅要影响本国企业的营销活动,而且还要影响外国企业在本国市场的营销活动。如我国的产业政策、人口政策、能源政策、物价政策、财政政策、金融与货币政策等,都给企业研究经济环境、调整自身的营销目标和产品结构提供了依据。同时,政府政策的连续性对企业营销活动也有重要影响。任何一个政府的政策都是处于变化发展过程中的,没有变化的政策是没有意义的。但是,这种变化应该是渐进的、可预见的,而不应该是突发性的、根本性的和不可预见的。对于突发性的、根本性的和不可预见的政府政策变化,市场营销理论将其视为不稳定性。

① 资料来源:连漪.市场营销学.北京:北京理工大学出版社,2007

③ 国际关系。这是国家之间的政治、经济、文化、军事等关系。发展国际间的经济合作和贸易关系是人类社会发展的必然趋势,企业在其生产经营过程中,都可能或多或少地与其他国家往来,开展国际营销的企业更是如此。因此,国家间的关系也就必然会影响企业的营销活动。

④ 政府对经济的干预。一国政府往往出于不同的政治理念和自身利益对本国经济进行干预。出于政府自身的利益或国家利益的原因通常包括 5 个目标,即自我保护目标、安全目标、繁荣目标、声誉目标、意识形态目标等,这 5 个目标是政府干预企业营销活动的主要依据。

⑤ 政治风险。政治风险是指政治力量引起一个国家营销环境显著变化的可能性,这种变化会给该国家从事营销活动的企业的利润及其他目标带来负面影响。在社会不稳定和秩序混乱的国家里,或者在本质上具有高度社会不稳定可能性的国家里,政治风险较大。

(2) 法律环境

法律环境包括一个国家规范人们行为的法律和法规,法律得以强制执行的程序,以及通过这一程序使受损害者得到补偿的机制。法律详细规定了企业的运作方式、限定了交易履行的方式、规定了交易各方的权利和义务,给营销活动带来了制约、机会和影响。因此,一个国家的法律环境对企业的营销活动是极为重要的。

对企业来说,法律是评判企业营销活动的准则,只有依法进行的各种营销活动,才能受到国家法律的有效保护。如果从事国际营销活动,企业既要遵守本国的法律制度,还要对有关国家的法律制度和有关的国际法规、国际惯例和准则,进行学习和研究,并在实践中遵循。企业必须知法守法,自觉用法律来规范自己的营销行为并自觉接受执法部门的管理和监督。同时,还要善于运用法律武器维护自己的合法权益。当其他经营者或竞争者侵犯自己正当权益的时候,要勇于用法律手段保护自己的利益。

为了建立和完善社会主义市场竞争的经济运行秩序,国家还颁布了许多有关法律和法规来规范企业的活动。企业一方面可以凭借法律维护自己的正当权益;另一方面也应依据法律进行生产和营销活动。烟草行业是受国家政策和法律影响与制约较大的产业之一。我国近些年来颁布的经济法规中与烟草行业密切相关的主要有《烟草专卖法》、《烟草专卖实施条例》,还有《公司法》、《企业法》、《反不正当竞争法》、《商标法》、《专利法》、《票据法》、《广告法》,等等。烟草企业在市场营销工作中需要经常对现有的和不断出台的法律法规加以研究,使企业适应新的法律环境。

4. 自然环境

(1) 自然物质环境

自然物质环境主要指自然界提供给人类的物质财富。如矿产资源、森林资源、土地资源、水力资源等。这些资源可分为三类:一类取之不尽、用之不竭,如空气、阳光和水,又被称为"无限"资源;二类有限但可更新资源,如森林、粮食等;三类既有限又不能再生资源,如石油、煤及各种矿产。第一类和第二类资源各地分布不均,而且不同年份、季节情况不同,第三类更是长期面临短缺。这些迫使人们研究、开发、利用新的资源,形成新的需求。

这些因素都会不同程度地影响企业的营销活动,企业也要对自然环境的变化负责。具体来说我国自然资源面临的主要问题有:① 自然资源日益短缺,如耕地锐减、森林赤字、淡水资源紧缺、不可再生的有限资源短缺等；②环境污染严重，能源成本不断提高；③政府对自然资源管理的干预不断加强。所有这些都会直接或间接地给企业带来机会或威胁。一方面，各种资源短缺对企业的生产形成很大的制约，有关环境保护的立法对企业也提出更高的要求；另一方面，环境的恶化给节能技术的应用、绿色产品的推广带来了无限生机。

（2）地理环境

一个国家或地区的地形地貌和气候条件，是企业开展市场营销活动所必须考虑的地理环境因素，这些地理环境特征对市场营销有一系列影响。例如，我国地域辽阔、南北跨度大，各种地形地貌复杂，气候变化大。我国北方寒冷，因此对防寒保暖用品需求大，羽绒服、电暖气、棉手套、电暖风、电褥子等需求量很大；南方地区对降温用品需求较大，如空调、电风扇、遮阳伞、凉棚等。

自 20 世纪 70 年代以来，各国开始重视环境问题。但是，全球环境仍然在恶化，如全球气温升高、臭氧层破坏、水资源污染、噪音污染、海洋赤潮、酸雨、生物多样性锐减、水土流失、荒漠化等。1992 年 6 月，183 位国家政府首脑出席在巴西里约热内卢召开的联合国环境与发展大会，通过《21 世纪议程》，提出人类应走可持续发展（sustainable development）的道路。可持续发展是指既考虑当前发展的需要，又考虑未来发展的需要，不能以牺牲后代人的利益为代价来满足当代人的利益。

5. 科技环境

人类历史上经历了四次科技革命。第一次以蒸汽机技术为标志；第二次以电气技术为标志；第三次以电子技术为标志；第四次以信息技术为标志。科学技术是社会生产力中最活跃的因素。作为营销环境的一部分，科技环境不仅直接影响企业内部生产和经营，还同时与其他环境因素互相依赖、相互作用。尤其是新技术革命给企业市场营销既造就了机会，又带来了威胁。企业的机会在于寻找和利用新技术，而它面临的威胁可能有两方面：新技术的突然出现，使企业的现有产品变得陈旧；新技术改变了企业人员原有的价值观。新技术给企业带来巨大压力，如果企业不及时跟上新技术革命的发展，其产品很有可能被很快淘汰出局。正因为如此，西方"创新理论"的代表人物熊彼特认为"技术是一种创造性的毁灭"。

（1）新技术引起企业市场营销策略发生变化

新技术革命改变了企业经营的内部因素和外部环境，给企业带来巨大压力，给企业产品和目标市场的确定带来前所未有的困难，从而促使企业不断调整营销策略，以适应变化了的市场条件。

① 产品策略变化。由于科学技术的迅速发展，新技术应用于新产品开发的周期大大缩短，产品的更新换代加快。开发新产品成为企业开拓新市场和赖以生存发展的根本条件，因此，要求企业营销人员不断寻找新市场、预测新技术，时刻注意新技术在产品开发中的作用，从而促进企业开发出给消费者带来更多收益的新产品。

② 分销策略变化。由于新技术的不断应用，技术环境的变化使人们的工作及生活方式发生了重大变化。广大消费者的兴趣、思想等差异性很大，自我意识的观念增强，从而引起分销机构的不断变化。大量的特色商店和自我服务商店不断出现。如 1930 年出现的超级市场，1940 年出现的廉价商店，20 世纪六七十年代出现的快餐服务、自助餐厅，等等。同时

也引起了分销实体的变化和运输实体的多样化,使现代企业的实体分配出发点由工厂变成了市场。

③ 价格策略变化。科学技术的发展及应用,一方面降低了产品成本,使价格下降;另一方面使企业能够通过信息技术加强信息反馈,正确应用价值规律、供求规律、竞争规律来制定和修改价格策略。

④ 促销策略变化。科学技术的应用引起促销手段的多样化,尤其是广告媒体的多样化和广告宣传形式的复杂化。如人造卫星和互联网成为全球范围内的信息沟通手段。如何利用新技术提高信息沟通的效率、提高促销组合的效果、降低促销成本,以及采用新的广告手段和方式,将是促销研究的主要内容。

(2) 新技术引起企业营销管理的进步

新技术革命是管理改革或管理革命的动力,它向管理提出了新的课题和新的要求,又为企业改善经营管理,提高管理水平提供了物质基础。现在,一场以微电子革命为中心的新技术革命正在兴起,特别是计算机和互联网的出现,标志着技术发展进入了一个新的历史阶段。目前许多商业企业的经营管理都使用了电脑和互联网,这对于改善企业经营管理,提高企业经营效益起了很大的作用。

(3) 新技术对零售商业和购物习惯产生了重大影响

由于电视、电话、电脑系统的迅速发展,出现了"电话购物"、"网上购物"等在家购物的购物方式。目前一些发达国家,消费者如果想买东西,可以打开连接各商店的终端机,各种商品的信息就会在电脑屏幕上显示出来,消费者可以通过打电话的方式,订购所显示出来的任何商品,然后按一下自己银行存款户头号码,即把货款自动传给有关商店,于是购物的商品就会很快送到消费者家门口。新技术革命使零售商业结构发生变化,古老传统的商业机构逐渐被新型的零售商业结构所代替,对买方来说,购物越来越不受时间地点的限制,给购买带来了极大的方便。

企业通过经常了解和深刻分析当前营销环境各方面不断变化的情况,才能根据自身的优势与劣势制定出正确的营销战略与策略。这是正确实施企业营销的首要任务。现代科学技术是社会生产力中最活跃、最具决定性的因素,科技的发展对经济的发展具有重大的影响,并直接、间接带动企业营销活动的变化。尤其是技术进步对企业生产和市场营销的影响更为直接和显著。它作为重要的营销环境因素,不仅直接影响企业内部的生产和经营,而且还同时与其他环境因素相互依赖、相互作用,影响企业的营销活动。科学技术既为市场营销提供了科学理论和方法,又为市场营销提供了物质手段。科学技术的进步和发展,必将给社会经济、政治、军事,以及社会生活等各个方面带来深刻的变化,这些变化也必将深刻地影响企业的营销活动。

例如,在美国,由于汽车工业的迅速发展,使美国成了一个"装在车轮上的国家",现代美国人的生活方式,无时无刻不依赖于汽车。生活方式的改变,迫使企业营销方式发生改变,如电脑和互联网进一步使在家办公成为可能,人们已经逐渐习惯通过互联网购买产品,使电子商务成为一种高效的营销手段。

6. 社会文化环境

社会文化环境是影响企业营销活动最复杂的因素。因此,无论是国际市场营销,还是国内市场营销,企业都应重视对社会文化环境的分析。

每个人都生长在一定的社会文化环境中,并在一定的社会文化环境中生活和工作,他们的思想行为也必定受这种社会文化的影响和制约。社会文化主要是指一个社会的民族特征、价值观念、生活方式、风俗习惯、伦理道德、教育水平、语言文字、社会结构等的总和。人类在某种社会中生活,必然会形成某种特定的文化。不同国家、不同地区的人民,不同的社会与文化,代表着不同的生活模式,对同一产品可能持有不同的态度,直接或间接地影响产品的设计、包装、信息的传递方法、产品被接受的程度、分销和推广措施等。社会文化因素通过影响消费者的思想和行为来影响企业的市场营销活动。市场营销人员应重视对社会文化的调查研究,分析社会文化环境的影响,做出适宜的营销策略。

(1) 教育水平

教育水平的高低直接影响人们的消费行为和消费结构。企业所在地区的教育水平也在一定程度上制约着企业的营销活动。一般来说,受教育水平高的消费者对产品的内在质量、外观形象,以及服务有着较高的要求。而受教育水平低的消费者往往要求更多的实物样品和通俗易懂的产品介绍。教育水平较低的地区,购买产品的理性程度相对低,对新产品的接受能力比较弱,而教育水平较高的地区正好相反。对于香烟这种涉及健康问题的敏感型产品,在制订产品宣传方案时,更应根据地区文化水平的普遍程度采用不同的产品宣传内容与方式。因此,在产品设计和制定产品策略时,应考虑当地的教育水平,使产品的复杂程度、技术性能与之相适应。另外,企业分销人员的受教育程度等,对企业的市场营销活动也有一定的影响。

(2) 价值观念

不同的社会文化背景下,人们的价值观念相差很大。消费者对商品的需求和购买行为深受价值观念的影响。对于不同价值观念的消费者,营销人员应采取不同的策略。一种新产品的消费,会引起消费观念上某种程度的变革。对于乐于变革,喜欢猎奇,比较激进的消费者,应重点强调产品的新颖和奇特;而对于那些注重传统,喜欢沿袭传统消费方式的消费者,企业在制定促销策略时则应把产品同目标市场的文化传统联系起来。例如,中国传统的福禄寿星或古装仕女的产品装饰适合在一些亚洲国家和地区行销,出口欧美国家则不感兴趣。欧美市场上,给产品加上复活节、圣诞节、狂欢节的装饰,则可能打开销路。

在社会生活中,价值观念主要体现为时间观念、财富观念、创新观念和风险观念等。时间观念是指不同文化背景的人对待时间往往有不同的态度。创新观念反映出一个社会对待新事物的态度,在经济社会发展迅速的今天,创新观念和创新行为的影响越来越大。消费观念直接影响市场的规模和潜力。风险观念是指人们对风险的不同认识,它也会直接影响企业营销策略的成败。

(3) 风俗习惯

风俗习惯是人们根据自己的生活内容、生活方式和自然环境,在一定的社会物质生产条件下长期形成并世代相袭的一种风尚,由于重复、练习而巩固下来并变成需要的行动方式等的总称。风俗习惯是人类各种习俗中重要的习俗之一,是人们历代传承下来的一种消费方式,也可以说是人们在长期的经济与社会活动中所形成的一种消费风俗习惯,它表现出独特的心理特征、道德伦理、行为方式和生活习惯。例如,新疆人爱吃羊肉,爱尔兰人不食咸牛肉和土豆,意大利人忌讳菊花,日本人忌用茶花,等等。从事市场营销必须研究了解目标市场消费者的禁忌、习俗、避讳、信仰、伦理等,它也是企业进行市场营销的重要前提。

小资料 2-4

新产品开发与习俗①

20世纪80年代初,山东荣城布鞋厂生产了一种海蓝色涤纶塔跟鞋,很受消费者欢迎,不少用户前来订货。为了优待老客户,该厂主动给滨州市一家大商店发送了一批新产品,不久,这家商店却来信要求退货。这样的热销怎么会要求退货呢?厂方百思不解,便迅速派人前去调查,原来根据滨州人的风俗,只有办丧事的人家,妇女们才穿这种蓝色的布鞋,以示哀悼。这批布鞋款式虽新,颜色却为当地消费者所忌讳,因此成了"冷门货"。吃一堑,长一智,1983年春,这家鞋厂了解到墨县一带有一种风俗,每逢寒食节,所有第一年结婚的新婚妇女都要给七姑八姨每人送一双鞋。为此,该厂马上组织力量生产了4000双各种规格的布鞋,并赶在清明节前几天发到墨县,结果不到一天就销售一空。由此可见,新产品必须和目标市场的风俗习惯相适应。

(4) 审美观念

审美观念通常指人们对商品的好坏、美丑、善恶的评价。不同的国家、民族、宗教、阶层和个人,往往有不同的审美标准。人们的消费行为归根到底不外乎维护每个社会成员的身心健康和不断追求生活的日趋完善。人们在市场上挑选购买商品的过程,实际上也是一次审美活动。消费者个人的审美活动表面上看起来属于个人行为,实质上反映了一个时代,一个社会人们的审美观念和审美趋势。

目前中国消费者日益增强的审美取向:一是追求健康美;二是追求色彩形式美;三是追求购物环境与服务美。

(5) 宗教信仰

不同的宗教信仰有不同的文化倾向和戒律,从而影响人们认识事物的方式、价值观和行为准则,影响人们的消费行为,带来特殊的市场需求,与企业的营销活动有密切的关系。特别在一些信奉宗教的国家和地区,宗教信仰对市场营销的影响力更大。

(6) 民族特征

最能反映文化对性格形成作用的、在大多数民族成员身上都能体现出来的典型特征,构成了民族性格。不同的文化形成不同的民族性格,不同的民族性格造成了消费行为倾向的差别。西方民族的典型性格是外向和奔放,中华民族的典型性格则是内向和含蓄,这两种民族性格的不同使中国人和西方人的消费行为截然不同。

---

① 资料来源:张惠明.风土人情与企业经营.经济参考,1983(4)23

看美国人、欧洲人与中国人怎么买车①

美国人买车,就像吃麦当劳一样随意。他们一边吃着免费提供的汉堡,一边听着销售员殷勤的唠叨,不一会,交钱、拿车钥匙、开车走人。这是美国人的购车方式。

欧洲的买车族更像从经典油画中走出来的贵族。当欧洲人有了买车想法后,他们会漫步到经销商那里订购,订购的车将在数个星期之后被送到。整个过程,就像坐在左岸的酒吧里品尝 MACANUDO 雪茄那般慢条斯理,有些许的诗意和悠闲。

在中国,我们买车就好像读一个 MBA,首先要温习功课:排量多少,哪国产的,有什么特点,发动机什么型号、什么性能……在中国想要买车的人好像都要达到"博士"级别,才不会吃哑巴亏。现在不买车但以后想买车的人也都像专家。中国人买车似乎在拍一张全家福,往往拖儿带女去看车。

其实,美国人、欧洲人与中国人的买车方式存在着差别,但不是差距,那只是适合与不适合的差别,是汽车文化不同造成的差别,是汉堡、雪茄与全家福的差别,不存在可比性。

2.2.2 市场营销微观环境

企业的微观营销环境主要由企业的供应商、营销中介机构、顾客、竞争者、社会公众,以及企业自身组成,如图 2-3 所示。

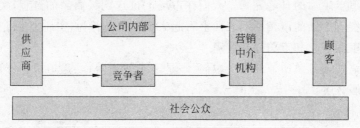

图 2-3　市场营销微观环境

1. 供应商

供应商是指向企业及其竞争者提供生产产品和服务所需资源的企业或个人。供应商是影响企业营销的微观环境的重要因素之一。供应商所提供的资源主要包括原材料、设备、能源、劳务、资金,等等。这些资源是企业营销活动顺利进行的前提。供应商对企业营销活动有着不可忽视的影响,其直接影响产品的数量和质量,左右产品的成本、价格和企业的利润空间。因此,企业的所有供货单位构成了对企业营销活动最直接的影响和制约力量,形成了

① 资料来源:徐刚.看美国人、欧洲人和中国人怎么买车.中国经济周刊,2005(9),18

企业与供应商之间的紧密联系。

供应商对企业营销活动的影响主要表现在供货的稳定性与及时性、供货的价格变动、供货的质量水平等。因此,企业对供应商应尽可能保持良好的关系,开拓更多的供货渠道,以使供货源能够保证时间与连续性要求,以便能够应对市场供应及价格变化。同时,企业在寻找和选择供应商时,应特别注意考核供应商的资信状况。要选择那些能够提供品质优良、价格合理、交货及时、有良好信用,在质量和效率方面都信得过的供应商,并且要与主要供应商建立长期稳定的合作关系,保证企业生产资源供应的稳定性,以免当与供应商的关系发生变化时,企业陷入困境。

2. 营销中介机构

营销中介机构是指协助企业促销、销售和配销其产品给最终购买者的企业或个人,包括中间商、物流公司、营销服务机构和金融中介机构。营销中介是顺利进行市场营销不可缺少的环节。正因为有了营销中介所提供的服务,才使得企业的产品能够顺利地到达目标顾客手中。随着市场经济的发展,社会分工愈来愈细,这些中介机构的影响和作用也就会愈来愈大。因此,企业在市场营销过程中,必须重视中介组织对企业营销活动的影响,并要处理好同它们的合作关系。

(1)中间商

中间商是协助企业寻找顾客或直接与顾客交易的商业性企业。中间商可分为两类:代理中间商和经销中间商。代理中间商有代理商、经纪人和生产商代表。他们专门介绍客户或与客户磋商交易合同,但并不拥有商品所有权。经销中间商,主要有批发商、零售商和其他再售商。他们购买商品,拥有商品所有权,并再售商品。中间商对企业产品从生产领域流向消费领域具有极其重要的影响。中间商由于与目标顾客直接打交道,因而它的销售效率、服务质量就直接影响到企业的产品销售。因此,必须选择使用合适的中间商。

(2)物流公司

物流公司是协助厂商储存货物并把货物从产地运送到目的地的专业企业,包括仓储公司与运输公司。仓储公司提供的服务可以是针对生产出来的产品,也可以是针对原材料及零部件。其基本功能是调节生产与消费之间时空背离的矛盾,为消费者提供适时、适量、适地的商品供给和服务。因此,物流公司的作用在于帮助企业创造时空效益。

(3)营销服务机构

营销服务机构主要指为厂商提供营销服务的各种机构,如营销调查公司、广告公司、传播媒介公司和营销咨询公司等。在现代,大多数企业都要借助这些服务机构来开展营销活动,如请调查公司对其服务进行评价,请广告公司制作产品广告,依靠公关公司传播信息等。企业选择这些服务机构时,应对它们所提供的服务、质量、创造力等方面进行评估,并定期考核其业绩,及时替换那些不具有预期服务水平和效果的机构,这样才能提高经济效益。

(4)金融中介机构

金融中介机构包括银行、信用公司、保险公司和其他协助融资或保障货物的购买与销售风险的公司。在现代经济社会中,企业与金融机构有着不可分割的联系,如企业间的财务往来要通过银行账户进行结算;企业财产和货物要通过保险公司进行保险等。而银行的贷款利率上升或是保险公司的保险金额上升,会使企业的营销活动受到影响;信贷来源受到限制会使企业处于困境。诸如此类的情况都将直接影响到企业的日常运转。因此,企业必须与金融中介机构建立密切的关系,以保证企业资金需要的渠道畅通。

3. 社会公众

社会公众是指对企业实现其目标的能力感兴趣或发生影响的任何团体或个人。如图 2-4 所示的企业的公众环境。社会公众对企业的生存和发展产生巨大的影响,公众可能有增强企业实现其目标的能力,也可能会产生妨碍企业实现其目标的能力。一个企业的社会公众主要有如下几种:

(1) 金融公众。指那些关心和影响企业取得资金能力的集团,包括银行、投资公司、证券公司、保险公司等。

(2) 媒介公众。指那些联系企业和外界的大众媒介,包括报纸、杂志、电视台、电台等。

(3) 政府公众。指与企业的业务、经营活动有关的政府机构和企业的主管部门,如主管有关经济立法及经济政策、产品设计、定价、广告及销售方法的机构;国家经济贸易委员会及各省经济贸易部门、工商行政管理局、税务局、各级物价局,等等。

(4) 公民行动公众。指有权指责企业经营活动破坏环境质量、企业生产的产品损害消费者利益、企业经营的产品不符合民族需求特点的团体和组织,包括消费者协会、保护环境团体等。

(5) 地方公众。主要指企业周围居民和团体组织,他们对企业的态度会影响企业的营销活动。

(6) 一般公众。指对企业产品并不购买,但深刻地影响着消费者对企业及其产品的看法的个人,一般公众对企业形象影响较大。

(7) 企业内部公众。指企业内部全体员工,包括领导(董事长)、经理、管理人员、职工。处理好内部公众关系是搞好外部公众关系的前提。企业必须采取积极适当的措施,主动处理好同企业内部公众的关系,树立企业的良好形象,促进市场营销活动的顺利开展。

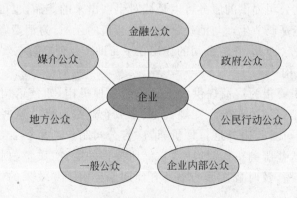

图 2-4　企业的公众环境

4. 内部营销环境

面临相同的外部环境,不同企业的营销活动所取得的效果往往并不一样,这是因为它们有着不同的内部环境要素。在内部各环境要素中,人员是企业营销策略的确定者与执行者,是企业最重要的资源。企业管理水平高低、规章制度的优劣决定着企业营销机构的工作效率;资金状况与厂房设备等条件是企业进行一切营销活动的物质基础,这些物质条件的状况决定了企业营销活动的规模。此外,企业文化和企业组织结构是两个需要格外注意的内部环境要素。

近年来,企业文化日益受到重视。所谓企业文化,是指企业的管理人员与职工共同拥有的一系列思想观念和企业的管理风貌,包括价值标准、经营哲学、管理制度、思想教育、行为准则、典礼仪式,以及企业形象等。企业文化在调动企业员工的积极性,发挥员工的主动创造力,提高企业的凝聚力等方面有着重要的作用。良好的企业文化状况可以促使企业员工们努力工作以取得更高的绩效,从而更好地实现企业的目标,增强企业员工的主人翁责任感。

营销内部环境的另一个要素是企业的组织结构。这主要是指企业营销部门与企业其他部门之间在组织结构上的相互关系,营销部门在整个企业组织中的地位影响到营销活动能否顺利进行。由于企业内各部门的经营目标、职能侧重点各不相同,营销部门与其他部门之间往往会在经营意愿上有所冲突。

5. 顾客

企业的一切营销活动都是以满足顾客需要为中心的,因此,顾客是企业最重要的环境因素。顾客是企业服务的对象,也是企业的目标市场。顾客可以从不同角度以不同的标准进行划分,按照购买动机和类别分类,顾客市场可以分为多种类型,主要有生产者市场、消费者市场、政府集团市场、中间商市场、非营利机构市场、国际市场。企业顾客类型如图 2-5 所示。

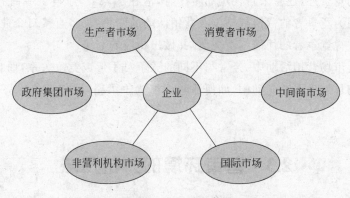

图 2-5 企业顾客类型

上述每一种市场都有其独特的顾客。而这些市场上不同的顾客有不同的需求,必定要求企业以不同的服务方式提供不同的产品(包括劳务),从而制约着企业营销决策的制定和服务能力的形成。因此,企业要认真研究为之服务的不同顾客群,研究其类别、需求特点、购买动机等,使企业的营销活动能针对顾客的需要,符合顾客的愿望。

消费者需求是营销之本[①]

2003 年初,因为成功地模仿韩国翻盖手机,国产手机赢得了中国手机市场的大半个江山,也正是在这种情况下,当时身处困境的索爱推出了 T618 手机。T618 手机是直板而不是翻盖的,不符合当时的潮流,当时有不少中国手机营销人士断言,T618 手机最多能坚持三个月就会撤市。现在看来,当众多中国手机相互模仿陷入困境时,索爱却凭 T618 手机东山再起,至今畅销不衰。为什么不符合当时翻盖潮流的 T618 手机,后来能如此受到消费者的青睐? 因为索爱公司了解消费者对手机的真正需求。

在中国手机企业看来,翻盖、时尚、消费者需求紧密相连,所以手机都做成翻盖的。但索爱公司研究的结果表明翻盖、时尚、消费者需求,这三者之间没有必然联系。消费者需要的是融合各种时尚元素、科技功能,与众不同的手机,不仅仅是翻盖,况且当时翻盖手机已经泛滥成灾,消费者开始厌恶了。索爱正是认真研究消费者的需求特点,从消费者的需求出发,开发新产品,推出 T618 手机,从而取得了巨大成功。对消费者需求的研究是企业开展一切营销活动的出发点。

6. 竞争者

竞争是商品经济的基本特性,市场是企业与形形色色竞争者竞技的舞台,企业在目标市场进行营销活动的过程中,不可避免地会遇到竞争者或竞争对手的挑战。在竞争性市场上,除来自本行业的竞争外,还有来自代用品生产者,潜在加入者,原料供应商和购买者等多种力量的竞争。因为竞争者的营销战略以及营销活动的变化,都将直接对企业造成威胁,因而企业必须密切注视竞争者的任何细微变化,并做出相应的对策。

企业在开展市场营销活动中,经常与不同的竞争对手形成竞争关系,而且这种竞争关系受多种因素影响且处于不断变动中,如何适时调整竞争策略,取得竞争优势,是企业必须考虑的问题。

2.3 营销环境的分析方法

市场营销环境分析的主要任务就是对外部环境各要素进行调查研究。企业常用的市场营销环境分析方法有: PEST 分析方法、五种竞争力模型分析方法、机会威胁分析矩阵法和 SWOT 分析法。机会威胁分析矩阵法与 SWOT 分析法是企业营销分析较适用并实用的方法。这里主要介绍这两种分析法。

---

① 资料来源:周劲松.消费者才是营销之本.中国经济周刊,2005(2)28

2.3.1 机会威胁分析矩阵法

环境是企业生存与发展的外部条件。分析营销环境的目的就是通过对外部环境的调查研究,企业应明确哪些是市场机会,哪些是环境威胁,并根据企业自身的资源条件制定相应的对策。

1. 市场机会分析

所谓市场机会是指企业营销活动富有吸引力的领域,并且企业在这个领域内拥有竞争优势。环境机会的实质是指市场上存在着"未满足的需求"。随着消费者需求不断变化和产品寿命周期的缩短,引起旧产品的不断被淘汰,要求开发新产品来满足消费者的需求,从而市场上出现了许多新的机会。机会有来源于宏观环境的,也有来源于微观环境的。企业能否在某一特定机会中成功,取决于其业务实力是否与该行业所需要的成功条件相符合。

市场机会对不同的企业是不相等的,同一个市场机会对一些企业可能成为有利的市场机会,而对另一些企业可能造成环境威胁。企业能否把握此机会,填补市场空隙,取决于企业的实力;市场机会是否是企业的机会,要看此市场机会与企业目标、资源的适应性,以及这些机会能否给企业带来比竞争者更大的利益。机会可以按其吸引力以及每一个机会可能获得成功的概率来加以分析,以北京某电热毯公司为例,该企业的机会矩阵如图2-6所示。

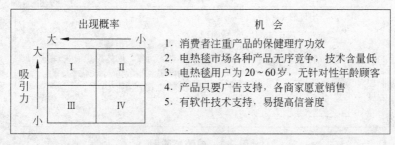

图 2-6 机会矩阵图

分析与评价市场机会主要有两个方面:一是考虑市场机会对企业的吸引力;二是考虑机会出现的概率。按吸引力和出现概率大小组合可分为以下四类。

(1) 吸引力、出现的概率都大的市场机会(区域Ⅰ)。该类市场机会的价值最大。通常,此类市场机会既稀缺又不稳定。企业营销人员的一个重要任务就是要及时、准确地发现有哪些市场机会进入或退出了该区域。该区域的市场机会是企业营销活动最理想的经营内容。

(2) 吸引力大、出现概率小的市场机会(区域Ⅱ)。一般来说,该种市场机会的价值不会很大。除了少数好冒风险的企业,一般企业不会将主要精力放在此类市场机会上。但是,企业应时刻注意决定其出现概率大小的内、外环境条件的变动情况,并做好当其出现概率大,迅速反应的准备。

(3) 吸引力小、出现概率大的市场机会(区域Ⅲ)。该类市场机会的风险低,获利能力也小,通常稳定型企业、实力薄弱的企业以该类市场机会作为其常规营销活动的主要目标。对该区域的市场机会,企业应注意其市场需求规模、发展速度、利润率等方面的变化情况,以便在该类市场机会进入区域Ⅱ时,可以立即有效地予以把握。

（4）吸引力、出现概率都小的市场机会（区域Ⅳ）。通常企业不会去注意该类价值最低的市场机会。当然,有可能在极特殊的情况下,该区域的市场机会出现的概率、吸引力突然同时大幅度增加。企业对这种现象的发生也应有一定的准备。

需要注意的是,该矩阵是针对特定企业的。同一市场机会在不同企业的矩阵中出现的位置是不一样的。这是因为对不同经营环境条件的企业,市场机会的利润率、发展潜力等影响吸引力大小的因素状况以及出现概率均会有所不同。

2. 环境威胁分析

环境威胁是指环境中一种不利的发展趋势所形成的挑战。环境威胁主要来自两个方面:一方面,是环境因素直接影响着企业的营销活动。如政府颁布《环境保护法》,它对造成环境污染的企业来说,就构成了巨大的威胁;另一方面,企业的目标、任务及资源同环境机会相矛盾。如人们对自行车的需求转为对摩托车的需求,这无疑给自行车厂造成一种威胁。自行车厂要将"环境机会"变成"企业机会",需淘汰原来的产品,更换全部设备,必须培训、学习新的生产技术,这对自行车厂无疑是一种威胁。摩托车的需求量增加,自行车的销售量必然减少,给自行车厂又增加一份威胁。

我们以北京某电热毯公司为例,分析"威胁矩阵图",如图 2-7 所示。

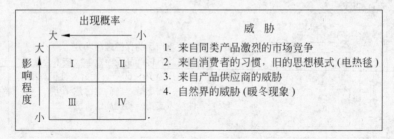

图 2-7　威胁矩阵图

分析与评价环境威胁主要考虑两个方面:一是分析环境威胁企业的影响;二是分析环境威胁出现的概率。按影响程度和出现的概率大小组合可分为四类:

（1）影响程度与出现概率都大的威胁（区域Ⅰ）。对这种威胁,企业必须高度重视,密切监视和预测发展变化趋势,及早制定应变策略。

（2）影响程度大、出现概率小的威胁（区域Ⅱ）。企业不能忽视,随时关注其变化。

（3）影响程度小、出现概率大的威胁（区域Ⅲ）。企业要高度重视其随时可能发生的变化,以便制定相应的策略。

（4）影响程度小、出现概率小的威胁（区域Ⅳ）。企业应注意观察其发展变化。

3. 市场机会—威胁矩阵

在实践中,单纯的威胁环境是少有的,一般情况下,市场机会与环境威胁同时并存。对于某特定企业面临的特定市场环境,通过环境机会和威胁分析,可以就企业业务进行如下划分,如图 2-8 所示。

图 2-8　机会—威胁矩阵

（1）冒险业务，即高机会和高威胁的业务。利益与风险共存，企业面临的威胁大，处于冒险环境中。对冒险业务，不宜盲目冒进，应全面分析企业自身的优势和劣势，扬长避短，创造条件，寻求突破性发展。

（2）困难业务，即低机会和高威胁的业务。市场机会小，面临环境威胁大，风险大于利益，竞争激烈，市场基本饱和，企业处于困难环境中。对困难业务，企业要做出选择，是努力改变环境，减轻威胁还是立即转产，摆脱困难，寻求新的发展空间。

（3）成熟业务，即低机会和低威胁的业务。市场机会小，面临的威胁也小，市场相对稳定，企业处于成熟环境中。对成熟业务，可以作为企业常规性业务，用以维持企业的正常运转，为开展以上两种业务积蓄力量。

（4）理想业务，即高机会和低威胁的业务。市场机会大，面临威胁又小，利益大于风险，处于理想环境中。对理想业务，应抓住难得的市场机会，迅速行动。

4．根据环境因素制定营销对策

对于机会和威胁不等的各项营销业务，企业应分别采取不同策略。企业应当做出什么反应或采取何种对策呢？

（1）对威胁的反应

总结人们生产生活的经验，企业对所面临的威胁有三种可能选择的对策：

① 反抗策略。改变或扭转不利因素的发展。

② 减轻策略。企业通过调整市场营销组合等来改善环境适应能力，以减轻环境威胁的严重性。

③ 转移策略。企业可以转移到其他行业或市场以避开威胁。

（2）对机会的反应

企业对所面临的市场机会，必须慎重地评价其质量。美国的市场营销学者曾警告企业家们，要小心地评价市场机会。他说："这里可能是一种需要，但是没市场；或者这里可能是一个市场，但是没有顾客；或者这里可能有顾客，但目前实在不是一个市场。"那些不懂得这种道理的市场预测者对于某些领域表面上的机会曾作出惊人地错误估计。

例如，某烟草公司通过信息系统了解到以下足以影响其业务的环境动向：

① 有些国家的政府发布了法令，规定所有的烟草广告和包装上，都要印制吸烟有害健康的严厉警语；

② 有些国家的某些地方政府禁止在公共场所吸烟；

③ 许多国家吸烟人数下降；

④ 这家烟草公司的研究室很快就发明了用莴苣叶制造无害烟叶的方法；

⑤ 发展中国家吸烟人数增加。

上例中①②③三条动向给这家烟草公司造成了环境威胁；④⑤两条动向给这家烟草公司造成了市场机会。三个环境威胁动向中，②和③都是"潜在严重性"大、"出现威胁的可能性"也大，故为主要威胁，公司应十分重视；动向①"潜在严重性"大，但"出现威胁的可能性"小，故不是主要威胁。上例两个市场机会中，⑤是最好的机会，其"潜在的吸引力"大，而"成功的可能性"也大，故为主要的市场机会；动向④具有较大的"吸引力"，但"成功的可能性"小，故不是主要机会。综上所述，这家公司有很大的威胁，也有很大的机会。

用上述方法评价企业，可能会有四种不同的结果。应该看到，任何企业往往都面临着若干环境威胁和市场机会。然而，并不是所有的环境威胁都一样大，也不是所有的营销机会都有同样的吸引力。企业营销人员，应该用"威胁矩阵图"和"机会矩阵图"来加以分析与评价。

2.3.2 SWOT 分析法

1. SWOT 分析法的概念

SWOT 分析法是一种综合考虑企业内部条件和外部环境的各种因素而进行选择最佳营销战略的方法。S 是指企业内部的优势(strength)；W 是指企业内部的劣势(weakness)；O 是指企业外部环境的机会(opportunity)；T 是指企业外部环境的威胁(threat)。使用SWOT 分析法，清楚确定公司的资源优势和缺陷，了解公司所面临的机会和挑战，对于制定公司未来的发展战略有着至关重要的意义。

2. SWOT 分析法的主要内容

(1) 竞争优势(S)

竞争优势是指一个企业超越其竞争对手的能力，或者指公司所特有的能提高公司竞争力的东西。例如，当两个企业处在同一市场或者说它们都有能力向同一顾客群体提供产品和服务时，如果其中一个企业有更高的赢利率或赢利潜力，那么，我们就认为这个企业比另外一个企业更具有竞争优势。

竞争优势可以包括以下几个方面：

① 技术优势。独特而先进的生产技术，低成本生产方法，完善的质量管理体制与丰富的营销经验，等等。

② 资产优势。先进的生产流水线，现代化车间和设备，自然资源储存丰富，充足的资金来源，优秀的品牌形象，先进的企业文化等。

③ 人力优势。关键领域拥有专长的职员，积极上进的职员，他们拥有丰富的工作经验与很强的组织学习能力。

④ 组织优势。高质量的控制体系，完善的信息管理系统，忠诚的客户群，强大的融资

能力。

⑤ 竞争能力优势。产品开发周期短,强大的营销网络,与供应商良好的伙伴关系,对市场环境变化反应迅速,市场份额处于领导地位。

（2）竞争劣势（W）

竞争劣势是指某种公司缺少或做得不好的东西,或指某种会使公司处于劣势的条件。

可能导致企业内部劣势的因素有:①缺乏具有竞争意义的技能技术;②缺乏具有竞争力的资产资源、人力资源与组织资源;③关键领域里的竞争能力正在丧失。

（3）公司面临的潜在机会（O）

市场机会是影响公司战略的重大因素。公司管理者应当确认每一个机会,评价每一个机会的成长和利润前景,选取那些可与公司财务和组织资源匹配、使公司获得的竞争优势的潜力最大的最佳机会。

潜在的发展机会可能是:①客户群的扩大趋势或产品细分市场;②技能技术向新产品新业务转移,为更大客户群服务;③市场进入壁垒降低;④获得购并竞争对手的能力;⑤出现向其他地理区域扩张,扩大市场份额的机会。

（4）危及公司的外部威胁（T）

在公司的外部环境中,总是存在某些对公司的赢利能力和市场地位构成威胁的因素。公司管理者应当及时确认危及公司未来利益的威胁,做出评价并采取相应的战略行动来抵消或减轻它们所产生的影响。

公司的外部威胁可能是:①出现强大的新竞争对手;②替代品抢占公司销售额;③主要产品市场增长率下降;④汇率和外贸政策的不利变动;⑤人口特征,社会消费方式的不利变动;⑥客户或供应商的谈判能力提高;⑦市场需求减少;⑧容易受到经济萧条的影响。

由于企业的整体性和竞争优势来源的广泛性,在做优劣势分析时,必须从整个价值链的每个环节上,将企业与竞争对手做详细的对比。如产品是否新颖,制造工艺是否复杂,销售渠道是否畅通,价格是否具有竞争性等。同时,衡量一个企业及其产品是否具有竞争优势,是从顾客角度,而不是从企业的角度来进行分析。

企业在维持竞争优势过程中,必须深刻认识自身的资源和能力,采取适当的措施。因为一个企业一旦在某一方面具有竞争优势,势必会吸引到竞争对手的注意。一般地说,企业经过一段时期的努力,建立起某种竞争优势;然后就处于维持这种竞争优势的态势,竞争对手开始逐渐做出反应;而后,如果竞争对手直接进攻企业的优势所在,或采取其他更为有力的策略,就会使这种优势受到削弱。所以,企业应保证其资源的持久竞争优势。影响企业竞争优势持续时间的主要因素有三个:①建立这种优势要多长时间? ②能够获得的优势有多大? ③竞争对手做出有力反应需要多长时间? 如果企业分析清楚了这三个因素,就可以明确自己在建立和维持竞争优势中的地位。

对于企业而言,竞争对手的竞争优势,就是企业自身的竞争劣势。企业内部优势和劣势是将企业自身的实力和竞争对手的实力相比较而言的。当两个企业处于同一市场或向同一顾客群体提供产品或服务时,其中一个企业更赢利或更具有潜力,则该企业更具竞争优势。企业应不断改进其劣势,发扬其优势作用以更好地获取市场机会,实现企业经营目标。企业不应去纠正它的所有劣势,主要应该认真研究在企业已拥有的机会中,有多少是本企业占有的绝对优势。

3．SWOT 分析的步骤

（1）列出企业的优势和劣势，可能的机会与威胁。

（2）优势、劣势与机会、威胁相组合，形成 SO、ST、WO、WT 策略。

（3）对 SO、ST、WO、WT 策略进行甄别和选择，确定企业目前应该采取的具体战略与策略。表 2-1 给出 SWOT 分析。

表 2-1　SWOT 分析

O/T ＼ S/W	内部优势 S	内部劣势 W
市场机会 O	SO 战略（增长型）发展优势，利用机会	WO 战略（扭转型）利用机会，克服弱点
环境威胁 T	ST 战略（多样化型）利用优势，回避威胁	WT 战略（防御型）减少劣势，回避威胁

明确企业的优势与劣势，就了解企业能够做什么；而机会与威胁是企业外部环境可能产生的影响，把握企业外部环境带来的机会与威胁，也就了解应该做什么。当然，SWOT 分析法不是仅仅列出四项清单，最重要的是通过评价公司的强势、弱势、机会、威胁，最终得出以下结论：①在公司现有的内外部环境下，如何最优地运用自己的资源；②如何建立公司的未来资源。

本章小结

1．市场营销环境是企业不可控制的影响力量，对营销环境的了解、分析和把握使企业经营决策有所依据，能帮助企业发现优势，及时了解与满足消费者的需求，有利于企业掌握市场机会，规避环境威胁，及时调整策略。它具备普遍性、科学性、不确定性与应用性等特征。

2．根据影响力的范围和作用方式，市场营销环境可分为微观营销环境和宏观营销环境。微观营销环境是指直接影响企业营销活动的各种力量，包括供应商、顾客、竞争者、营销中介机构、社会公众和企业自身。宏观营销环境是指间接影响企业营销活动的各种社会力量，包括人口环境、经济环境、政治与法律环境、科学技术环境、社会文化环境和自然生态环境等。

巩固与应用

1．关键概念

市场营销环境　营销宏观环境　营销微观环境

2．思考与练习

（1）市场营销环境包括哪些内容？

（2）简要分析营销宏观环境及其对营销的影响。

（3）简要分析营销微观环境及其对营销的影响。

3. 案例分析

都是 PPA 惹的祸[①]

几年前，"早一粒，晚一粒"的康泰克广告曾是国人耳熟能详的医药广告，而康泰克也因为服用频率低、治疗效果好而成为许多人感冒时的首选药物。可自从 2000 年 11 月 17 日，国家药监局下发"关于立即停止使用和销售所有含有 PPA 的药品制剂的紧急通知"，并将在 11 月 30 日前全面清查生产含 PPA 药品的厂家。一些消费者平时较常使用的感冒药"康泰克"、"康得"、"感冒灵"等因为含 PPA 成为禁药。

中国国家药品不良反应检测中心 2000 年花了几个月的时间对国内含 PPA 药品的临床试用情况进行统计，在结合一些药品生产厂家提交的用药安全记录上，发现服用含 PPA 的药品制剂（主要是感冒药）后已出现严重的不良反应，如过敏、心律失调、高血压、急性肾衰、失眠等症状；在一些急于减轻体重的肥胖者（一般是年轻女性）中，由于盲目加大含 PPA 的减肥药的剂量，还出现了胸痛、恶心、呕吐和剧烈头痛。这表明这类药品制剂存在不安全的问题，要紧急停药。虽然停药涉及一些常用的感冒药，会对生产厂家不利；但市面上可供选择的感冒药还有很多，对患者不会造成任何影响。

11 月 17 日，天津中美史克制药有限公司的电话几乎被打爆了，总机小姐一遍遍跟打电话的媒体记者解释："公司没人，都在紧急开会。"仍有不甘心的，电话打进公司办公室，还真有人接听——一位河南的个体运输司机证实：确实没人。这是国家药品监督管理局发布暂停使用和销售含 PPA 的药品制剂通知的第二天。

这次名列"暂停使用"名单的有 15 种药，但大家只记住了康泰克，原因是"早一粒，晚一粒"的广告非常有名。作为向媒体广泛询问的一种回应，中美史克公司 11 月 20 日在北京召开了记者恳谈会，总经理杨伟强先生宣读了该公司的声明，并请消费者暂停服用这两种药品，能否退货，还要依据国家药监局为此事件作的最后论断再定。他们的这两种产品已经进入了停产程序，但他们并没有收到有关康泰克能引起脑中风的副反应报告。对于两种感冒药——康泰克和康得被禁，杨伟强的回答是：中美史克在中国的土地上生活，一切听中国政府的安排。为了方便回答消费者的各种疑问，他们为此专设了一条服务热线。另据分析，康泰克与康得退出的市场份额每年高达 6 亿元。不过，杨伟强豪言："我可以丢了一个产品，但不能丢了一个企业。"这句豪言多少显得悲怆：6 亿元的市场，没了！紧接着，中美史克未来会不会裁员，又是难题。

6 亿元的市场，康泰克差不多占了中国感冒药市场的一半，太大了！生产不含 PPA 感冒药的药厂，同时面临了天降的机会和诱惑。他们的兴奋形成了新的潮流。由于含 PPA 的感冒药被撤下货架，中药感冒药出现热销景象，感冒药品牌从"三国鼎立"时代又回到了"春秋战国"时代。

中美史克"失意"，三九"得意"，三九医药集团的老总赵新先想借此机会做一个得意明星，他在接受央视采访时称：三九有意在感冒药市场上大展拳脚。赵新先的概念是："化学

---

① 资料来源：李文国等主编.市场营销.上海：上海交通大学出版社，2005

药物的毒害性和对人体的副作用已越来越引起人们的重视。无论在国内还是国外，中药市场前景非常被看好。"三九生产的正是中药感冒药。三九结合中药优势的舆论，不失时机地推出广告用语："关键时刻，表现出色"，颇为引人注目。

也想抓住这次机会的还有一家中美合资企业——上海施贵宝，借此机会大量推出广告，宣称自己的药物不含PPA。

在这些大牌药厂匆匆推出自己的最新市场营销策略时，一种并不特别引人注意的中药感冒药——板蓝根，销量大增，供不应求。

2000年11月发生了PPA事件后，谁能引领感冒药市场主流曾被众多业内人士所关注。经过一年多的角逐，感冒药市场重新洗牌，新的主流品牌格局已经形成。调查显示，"白加黑"、"感康"、"新康泰克"、"泰诺"、"百服宁"等品牌在消费者中的知名度仍居前列。

问题

(1) 中美史克公司面对哪些环境威胁？公司是否采取了相应的对策？

(2) 给中国感冒药市场带来哪些市场机会？我国国内制药公司又是怎样对待市场机会的？

4. 技能训练

(1) 训练项目

模拟各公司对市场营销及其影响因素的认识。

(2) 训练目的

通过对不同的消费者群进行调查，加深对市场营销重要性的认识及对营销观念的初步了解。

(3) 训练内容

第一步，将一个班的同学分成4～6个模拟公司，各模拟公司选择一个消费者群体，进行调查。

第二步，提出几个有关他们的商业经历的简单问题，以便从这个人群中获取信息。你可以问以下问题的几个或全部：

- 他们最好的商业经历；
- 他们最糟糕的商业经历；
- 他们对商业道德的总体看法；
- 企业应该怎样行动；
- 企业对环境的责任；
- 营销人员的道德行为。

第三步，从你选择的消费群的成员那里取得答案，并将你的调查分析结果在班级讨论介绍。

第**3**章　购买者行为分析

学习目标

1. 了解消费者市场和组织市场的特点
2. 熟悉影响消费者购买行为的主要因素
3. 掌握消费者的购买行为特点与购买决策过程

导入案例

大宝护肤品：工薪阶层的选择①

大宝是北京三露厂生产的护肤品,在国内化妆品市场竞争激烈的情况下,大宝不仅没有被击垮,而且逐渐发展成为国产名牌。在日益增长的国内化妆品市场上,大宝选择了普通工薪阶层作为销售对象。一般说,工薪阶层的收入不高,很少选择价格较高的化妆品,而他们对产品的质量也很看重,并喜欢固定使用一种品牌的产品。因此,大宝在注重质量的同时,坚持按普通工薪阶层能接受的价格定价。其主要产品"大宝 SOD 蜜",市场零售价不超过10 元,日霜和晚霜也不过是 20 元。价格同市场上的同类化妆品相比占据了很大的优势,本身的质量也不错,再加上人们对国内品牌的信任,大宝很快赢得了顾客。许多顾客不但自己使用,也带动家庭其他成员使用大宝产品。大宝公司还了解到,使用大宝护肤品的消费者年龄在 35 岁以上者居多,这一类消费者群体性格成熟,接受一种产品后一般很少更换。这种群体向别人推荐时,又具有可信度,而化妆品的口碑好坏对销售起着重要作用。大宝正是靠着群众路线获得了市场。

在销售渠道上,大宝公司认为如果继续依赖商业部门的订货会和各省市的百货批发站,必然会造成渠道越来越窄。于是,三露厂采取主动出击,开辟新的销售网点的办法,在全国大中城市有影响的百货商场设置专柜,直接销售自己的产品。零售与批发同步进行,使大宝的销售覆盖面更加广泛,在许多偏僻的地区也能见到大宝的产品。在广告宣传上,大宝强调广告媒体的选择一定要经济而且恰到好处。因而选择了中央电视台二套节目播出,理由是二套的广告价格较一套便宜许多,还可以套播。大宝赞助了大宝国际影院和大宝剧场两个栏目。这样加起来,每日在电视上能见到七八次大宝的广告,如此高密度、轰炸式的广告,为

---

① 资料来源:杨明刚主编.市场营销 100 个案与点析(第 2 版).上海:华东理工大学出版社,2004

大宝带来了较高的知名度。广告的成功还在于广告定位与目标市场吻合。大宝公司选用了戏剧演员、教师、工人、摄影师等实实在在的普通工薪阶层,"大宝挺好的"、"想要皮肤好,早晚用大宝"、"大宝明天见,大宝天天见"等广告词深深植入老百姓的心中。

引导问题

结合本案例,谈谈企业应如何根据顾客消费心理从事市场营销活动?

3.1 消费者购买行为分析

3.1.1 消费者市场概述

企业开展市场营销活动,必须研究购买者行为,这就要分析购买者市场,根据购买者动机的差异性,将购买者市场分为消费者市场与组织市场。消费者市场又称最终消费者市场,是指个人或家庭为满足生活需求而购买商品的市场。消费者市场是市场体系的基础,是起决定作用的市场。组织市场是指为进一步生产、维持机构运作或再销售给其他消费者而购买产品和服务的各种组织消费者。消费者市场与组织市场有不同的市场特点,须采取不同的营销策略,如表 3-1 所示。

表 3-1　消费者市场与组织市场的营销差异

项　目	消费者市场	组织市场
产品	标准化形式、服务因素重要	产品品质较专业,服务很重要
价格	按标价销售	多采用招标方式决定
分销渠道	多通过中间商接触	较短,多采用市场直接接触
促销	强调广告	强调人员销售
顾客关系	较少接触,关系浅	长久而复杂
决策过程	个人或家庭决策	多采用群体决策

1. 消费者市场的概念

消费者市场是现代市场营销理论研究的主要对象。**所谓消费者市场是指为了满足生活消费而购买商品和服务的个人或家庭所构成的市场**。商品购买者和消费者在购买和消费过程中,每个人都会有自己的价值判断、消费习惯、行为方式,在购买不同的商品时,会产生不同的心理,受到不同的因素影响;消费者在各方面差异巨大,因此,在购买的商品和服务方面行为各不相同。

2. 消费者市场的特点

消费者市场的特点如图 3-1 所示。

(1) 广泛性。消费者市场人数众多,消费行为广泛存在。

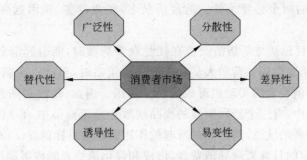

图 3-1　消费者市场的特点

（2）分散性。一方面，消费者市场的购买者数量繁多；另一方面，现代市场商品供应充足、方便，消费者随时随地可以购买，没必要大量储存，购买频繁、数量零星。

（3）差异性。由于消费者的购买行为受众多因素的影响，消费者的需求差异很大。

（4）易变性。随着市场经济的发展，新产品不断涌现，消费者的需求呈现"求新、求变"的态势。

（5）诱导性。大多数消费者对商品缺乏专门知识，易受广告宣传和促销方式的影响和诱导。

（6）替代性。随着竞争的加剧，产品品种日益丰富，产品的替代性逐渐增强。

3.1.2　消费者购买动机与购买行为模式

1. 消费者购买动机

（1）消费者购买动机的形成

所谓消费者购买动机，是指消费者为了满足自己一定的需要而引起购买行为的愿望或意念，它是能够引起消费者购买某一商品和劳务的内在动力。消费者购买动机实质上是需要驱使、刺激强化与目标诱导三种要素相互作用的一种合力。

动机虽然以需要为基础，但是只有需要，并不一定产生动机。动机的产生至少应该具备两个条件：一是需要；二是具有满足需要的商品或服务。当需要处在萌芽状态，缺乏满足需要的商品时，需要表现为一种意愿。只有当需要被强化到一定程度，又有满足需要的商品出现，需要才能转化为动机。

① 需要驱使。一般来说，人们的行为都有一定的动机，动机又是由需要产生的。人们的行为通常是有目的的，都是在某种动机驱使下达到某个目标的过程，如图 3-2 所示。

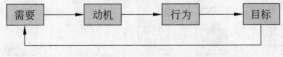

图 3-2　需要、动机、行为和目标的关系

② 刺激强化。消费者购买动机的形成，一般来说来源于外部刺激，但也不是所有的动机都一定由外部刺激引起。例如，美味佳肴可能会引起人的食欲，但当人不饿时就不然。只有当外部刺激与消费者需要相结合时，才能产生消费者的购买动机。因此，需要

和刺激是动机产生的两个必要条件。通常情况下,刺激越多,诱因越强,消费者购买商品越有可能。

③ 目标诱导。目标诱导是指消费者在接受众多刺激时,能引起消费者注意,促成购买行为的目标商品的诱发作用。营销人员在实施营销策略时,要注意在刺激系统环境中设置明确的目标,增强对消费者购买动机形成的诱导作用。例如,在商品陈列过程中,若干个商品形成一组,在一组中,有一个新颖别致的商品摆放在这组商品中,必然会产生鹤立鸡群的效果,马上引起消费者的注意,这个商品所起的作用就成为目标诱导。市场营销的各个因素都可以通过设置一定的目标来诱导消费者,形成和强化消费者的购买动机,促成购买行为的产生。

（2）消费者购买动机的特征

在购买活动过程中,购买动机是消费者购买行为的直接出发点,是为了满足消费者需要而驱使或引导消费者指向已定的购买目标去实行购买活动的一种内在动力。他常以购买的愿望和意向去反映消费者生理上和心理上的需求,并引导和鼓励消费者去选购自己所需要的商品。消费者购买动机的特征,如表 3-2 所示。

表 3-2　消费者购买动机的特征

特征类型	具 体 表 现
内隐性	由自尊心理、习惯心理和社会心理所导致的,消费者不愿意让人知道自己真正的购买动机的心理特征
冲突性	消费者采取购买行为发生前和发生的同时产生两个或两个以上动机时引起的心理上的矛盾
多样性	需要的多样性决定了动机的复杂性,一种购买行为往往包括若干个购买动机
可变性	消费者的优势动机和劣势动机是相互作用与相互转化的,在多种动机形成过程中,优势动机起关键作用

（3）消费者购买动机的分类

消费者购买动机的分类如图 3-3 所示。

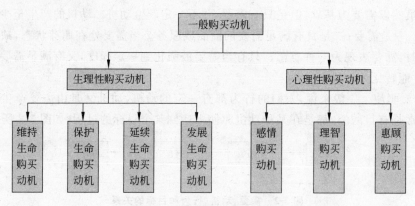

图 3-3　消费者购买动机的分类

① 生理性购买动机。指消费者为保持和延续生命而引起的各种需要所产生的购买动机。消费者为了使生命得以延续,就必须寻求温饱、安全,能够组织家庭和繁衍后代,同时还

包括增强体质与智力。所有这些需要都必须通过各种商品来加以满足,购买这些商品的动机都是以生理需要为前提的。生理性购买动机又可以分为维持生命的购买动机,保护生命的购买动机,延续生命的购买动机和发展生命的购买动机四大类。

② 心理性购买动机。指由消费者的心理活动引起的购买动机。心理购买动机主要包括三种:由于感情变化而引起的感情购买动机;经过对商品质量、价格、用途与款式等进行对比、分析后产生的理智购买动机;对某种商品产生特殊的信任与偏爱,从而重复地、习惯地购买的惠顾购买动机。

另外,在现实生活中,由于每个人的需要、兴趣、爱好、性格、文化与受教育程度、生活经验、风俗习惯、价值观念等不同,消费者的心理活动也因人而异。根据心理学家分析统计,大约有 600 多种各不相同的购买动机,常见的有:追求实用的购买动机、求新心理动机、求美心理动机、求廉心理动机、求名心理动机、求信心理动机、嗜好心理动机、从众心理动机。

小资料 3-1

在中国卖手机是卖时尚 [①]

手机在世界市场上的功能就是通信。开始的产品都是黑的方块形,而在中国,手机是时尚产品,是炫耀型产品。摩托罗拉对中国手机市场做过细分,可分为四种类型:科技追求型、时间管理型、形象追求型与个人交往型。又如,诺基亚把在欧洲一款销售冠军的手机,非常自信地搬到中国市场,结果销售业绩并不好,因为那款手机的主要特点是电池寿命长,而其外形并不吸引中国消费者。跨国手机品牌没有想到,解码中国手机市场最重要的关键词是:中国的消费者把手机看成是时尚产品。

对手机的追求,中国人是"重看",欧洲人、加拿大人与美国人是"重用"。西方人下班以后不用手机,一般不在别人面前使用手机;中国人恰恰相反,你朋友买了一款新手机,一定向你炫耀,中国的手机变成了社交型的、炫耀性的产品,变成追求款式的东西。在中国消费者心中,手机"重看"是非常重要的。中国的手机厂商,利用外来的技术,利用组装的工艺只是改变时尚的面孔迎合消费者,以巧补弱取得成功。2003 年,洋品牌手机反过来跟着中国时尚的风标走。西门子是德国人的品牌,德国人一下子把呆板的、严谨的、质量一丝不苟的德国制造改得这么时尚,改得这么快,就是因为他们知道,非改不可。西门子公司中国总裁说,我在中国市场上做手机,以 10 年时间为代价学到一句话:在中国卖手机是卖时尚。德国的西门子鸭蛋形的一款手机 SL55 在北京销售非常好,就是因为它迎合了中国消费者对手机时尚的需求。

2. 消费者购买行为

(1) 消费者购买行为内容模式

社会中每个人都是消费者,而人是社会的人,每个人的个性行为特征都会受到年龄、性

---

① 资料来源:卢泰宏.中国消费者行为研究报告.搜狐读书网(引文有删减)

别、身体状况、性格、教育程度、职业、习惯、文化、社会、群体、需求、信仰等的影响。**消费者购买行为是指消费者在寻求、购买、使用、评估和处理预期能满足其需要的服务所表现出来的行为。**消费者购买行为研究，就是研究人们如何做出花费自己的时间、金钱、精力用于有关消费品的决策。市场营销学家归纳出消费者购买行为的内容主要包括七个主要问题，又称为消费者市场的7O架构，如表3-3所示。

表3-3　消费者购买行为内容模式

消费者市场由谁构成？（who）	购买者(occupants)
消费者市场购买什么？（what）	购买对象(objects)
消费者市场为何购买？（why）	购买目的(objectives)
消费者市场的购买活动有谁参与？（who）	购买组织(organizations)
消费者市场怎样购买？（how）	购买方式(operations)
消费者市场何时购买？（when）	购买时间(occasions)
消费者市场何地购买？（where）	购买地点(outlets)

以上7个问题都以英文字母"O"开头，西方市场营销学者将这些决策归纳为7O研究法。在市场营销过程中，对于谁购买、在哪里购买、买了什么、什么时间买的、通过什么方式买的等问题，营销人员很容易通过市场调查得到答案。而要了解购买的真正原因要困难得多，这又是一个非常关键的问题，也是企业有针对性地制定营销策略的基础。

表3-4按照消费者购买行为的内容模式，分析了消费者购买皮鞋的购买行为变量。

表3-4　消费者购买皮鞋的购买行为变量

什么人在买皮鞋？	教师、公务员、工人、农民
目前消费者买什么样的皮鞋？	品牌、档次、类型、款式、颜色
消费者买皮鞋的目的是什么？	冬天保暖、春秋便鞋、与西服配套、休闲运动、保健
哪些人参与购买皮鞋并做出决策？	父母、老公、老婆、朋友
消费者怎么购买皮鞋？	亲自购买、托人购买、专门购买、顺带购买
消费者在什么时候买鞋？	周末、节假日、夜晚、白天
消费者在哪里买鞋？	专业鞋店、百货公司、个体鞋摊、自选超市

（2）消费者购买行为模式

行为心理学的创始人沃森建立的"刺激—反应"原理，指出人类的复杂行为可以被分解为两部分：刺激与反应。人的行为是受到刺激时的反应。刺激来自两个方面：身体内部的刺激和体外环境的刺激，而反应总是随着刺激而呈现的。按照这一原理分析，从营销者角度出发，各个企业的许多市场营销活动都可以被视做对购买者行为的刺激，如产品、价格、销售地点和场所、各种促销方式等。所有这些，我们称之为"市场营销刺激"，是企业有意安排的、对购买者的外部环境刺激。除此之外，购买者还时时受到其他方面的外部刺激，如经济的、技术的、政治的和文化的刺激等。所有这些刺激在进入了购买者的"暗箱"后，经过了一系列的心理活动,产生了人们看到的购买者反应,是购买还是拒绝接受。消费者一旦决定购买,其反应便通过购买决策过程表现在购买者的购买选择上,包括产品选择、品牌选择、购买地点选择、购买时间选择和购买数量选择。这就是"刺激—反应"模式,即消费者购买行为模式,如图 3-4 所示。

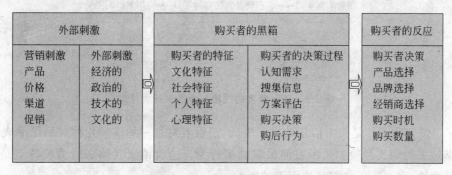

图 3-4　消费者购买行为模式

对于营销人员来说,最为关心的是当外界刺激作用于消费者时,"黑箱"中究竟发生了什么样的转换?本章主要分析消费者购买行为特征与影响因素,以及消费者的购买决策过程。

3.1.3　消费品购买者的角色与购买行为类型

1. 消费品购买者的角色

消费品购买者在购买活动中,由于所处条件不同,不同的人承担着不同的角色。人们购买决策过程中可能充当以下角色:

(1)发起者。首先想到或提议购买某种产品或服务的人。

(2)影响者。其看法或意见对最终决策具有直接或间接影响的人。

(3)决定者。指对购买过程起到完全或大部分决定作用的人。

(4)购买者。具体实施购买行为的人。

(5)使用者。指实际消费或使用所购商品和服务的人。

消费者在购买决策过程中的不同角色,对于企业设计产品、确定信息和安排促销预算等都有一定的关联意义。例如,某一家庭购买电脑,发起者可能是孩子,影响者是家庭的亲朋好友,决策者是父亲或母亲,购买者可能是父亲,使用者是孩子。因此,企业必须认识这些角色,研究消费者在购买决策中扮演的角色地位与特性,这对于营销人员较好地制订营销计划有着重要意义。

2. 消费品购买者的行为类型

在日常生活中,消费者的购买行为多种多样,消费者购买行为类型有多种划分方法,其中最具典型意义的有两种:一种是根据消费者的性格进行划分;另一种是根据消费者的介入程度与品牌的差异程度进行划分。

(1)根据消费者的性格进行划分

根据消费者的性格特点,可以把消费者的购买行为分为 6 种,如图 3-5 所示。

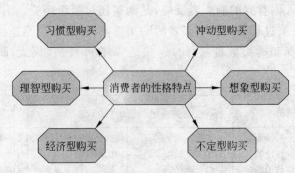

图 3-5　按消费者的性格划分购买行为类型

① 习惯型购买。是指由信任动机产生的,消费者对某一种或某几种商品已形成品牌偏好,根据过去的购买经验和使用习惯采取购买行为。这类消费者购买行为的特点是:目的性强,速度快,很少受广告与其他因素的影响。

② 理智型购买。是理智型消费者发生的购买行为。主要特点是:善于观察、分析和比较,选择商品能力较强,不易被打动,不轻易做出决定,决定后不易反悔。

③ 经济型购买。这种类型消费者特别注重价格,对价格非常敏感,有经济头脑,计划性强,具有较强的选择商品的能力。

④ 冲动型购买。这类消费者往往由情绪引发,以年轻人居多。易受产品外观、广告宣传或相关人员的影响,购买过程中表现为轻率、易于动摇和反悔。

⑤ 想象型购买。这样的消费者一般具有一定的艺术细胞,善于联想。针对这种行为,可以在产品包装和造型上下工夫。

⑥ 不定型购买。消费者常常没有明确的目的,年轻者居多,独立购物经历不多,消费习惯和消费心理尚不稳定,没有固定的偏好,容易接受新的东西。

（2）根据消费者的介入程度与品牌的差异程度进行划分

阿萨尔根据购买过程中消费者的卷入程度以及品牌的差异程度,把消费者划分为复杂的购买行为、习惯的购买行为、和谐的购买行为与多变的购买行为四种类型,如表 3-5 所示。

表 3-5　消费者购买行为类型

介入程度 品牌差异	高 度 介 入	低 度 介 入
品牌间的差异很大	复杂的购买行为	多变的购买行为
品牌间的差异很小	和谐的购买行为	习惯的购买行为

① 复杂的购买行为。当消费者参与购买的程度较高,并且了解品牌间的显著差异时,他们会有复杂的购买行为。一般来说,购买贵重物品、大型耐用消费品、风险较大的商品、外露性很强的产品以及其他需要消费者高度卷入的产品,消费者往往会产生复杂的购买行为,如消费者买房、车、大型家电等。

一般情况下,消费者由于对产品不熟悉,不了解产品属性和各品牌产品之间的差别,并且缺少购买、鉴别、使用产品的经验和相关知识,为此消费者会花费大量的时间和精力收集信息,学习、了解产品的相关知识。因此,企业营销人员需要通过高度介入广告,如媒体广告、试销、市场推广等活动满足消费者实际市场和对产品信息的需要,使消费者能够了解产品及品牌的特性、企业优势、服务等有关信息,以便作出较为明智的选择。

②　和谐的购买行为。和谐的购买行为主要产生在介入程度高但品牌差异不大的场合。由于品牌差异不明显,消费者一般不愿花很多时间收集不同品牌的各种信息进行评价,而主要关心品牌价格、购买时间和购买地点等问题,一般从产生购买动机到决定之间的时间较短。因而,同复杂购买行为相比,消费者购买产品后往往会产生一种不和谐的现象,即感到某些方面不满意,例如产品某些方面不称心如意,消费者购买后将寻找种种理由来减轻这种不平衡感,对自己的选择作出有利的评价来证明自己的购买决策的正确性。因此,营销人员应通过有效的措施,帮助消费者减少失调感,同时应当尽可能地与消费者进行沟通,增强他们的信念,坚定其对产品的信心,提高对所购买商品的满意程度及对其购买决定的认可度。

③　多变的购买行为。多变的购买行为是指当产品品牌差异很大,消费者介入程度较低情况下的购买行为。在购买时,消费者对产品品牌不加注意,喜欢经常更换品牌。针对这种购买行为,应采取多品牌策略,同时尽力增加产品品种,以增加产品的营销机会,如月饼产品生产厂家可参照此策略,并可以采取廉价、赠券、优惠、试用等方式吸引消费者挑选,增加企业的产品销售量。

④　习惯的购买行为。习惯的购买行为是指消费者是因为对产品的类型、特征、品牌较熟悉而购买,并不是因为对其偏爱,而是出于习惯。消费者的这种购买行为不必经过建立信念、态度、决策等一系列的过程,也无须对品牌信念、特点进行研究和评价,而通过看电视或报刊等途径被动接受信息,品牌选择主要依靠"熟悉",且购买后一般不对其进行评价。因此,企业营销人员针对此类购买行为可以采取价格优惠、营销推广、鼓励试用、增加销售网络等措施来建立消费者对本企业产品的购买习惯。

消费者购买行为受多种因素的影响,且消费者面对同一产品个体差异较大,会有不同的行为表现。因此在营销过程中,应注意灵活性,具体问题具体分析,有针对性地制定营销策略。

3.1.4　影响消费者购买行为的因素

消费者的购买行为受多种因素影响,主要有四大类:一是文化因素;二是社会因素;三是个人因素;四是心理因素。这些因素基本上是无法控制的,但却是营销人员制定市场策略的基础和根据。

1. 文化因素

影响消费者购买行为的文化因素主要有文化、亚文化与社会阶层。

（1）文化

文化指人类从生活实践中建立起来的价值观、道德、信仰、理想和其他有意义的象征的综合体。文化是引发人们各类需求和行为最根本的原因。文化一般是本国或本民族人民在生活习惯、价值判断和行为模式等方面的一种长期而稳定的积淀。每个人都在一定的社会文化环境中成长，通过家庭和其他主要机构的社会化过程学到和形成了基本的文化观念，如中国的儒家文化传统是仁爱、诚实、礼貌、忠孝、上进等。

小资料 3-2

中国传统文化的主要特点①

① 讲究中庸之道。大理学家朱熹认为"不偏之谓中，不易之谓庸"。意思是说，在事物发展过程中，对于实现一定的目的来说，都有一个一定的标准，达到这个标准就可以实现这个目标，否则就不可能实现这个目标。中庸是中国人一个重要的价值观，一方面保证了民族文化的稳定性；另一方面也反对根本性的变革，鼓励人们墨守成规。

② 注重人伦。强调伦理关系，我国传统文化的核心就是以伦理道德为核心的儒家文化，而儒家文化的伦理观念是从最基本的血缘关系发展而来的。正所谓"一人得道，鸡犬升天"。

③ 重义轻利。中国传统文化的特点之一，就是与金钱或物质利益相比，人们更注重情义，讲究"滴水之恩当涌泉相报"，在正常的人际交往与工作中容易感情用事、注重"哥们义气"，讲究"礼尚往来"。

④ 看重面子。重视通过印象装饰与角色扮演，在他人心中留下一个好的印象，以期待获得好的名声。最怕的就是"丢人现眼"。

与此相适应，在消费中，表现为大众化。认为"出头的椽子先烂"、"枪打出头鸟"。"人情"消费比重大，婚丧嫁娶相互攀比、送礼成风。重积累轻消费，计划性较强，但年轻人消费观念变化很大，敢于超前消费，敢于标新立异。大件商品多数是以家庭购买为主的购买原则。品牌意识较强，多愿意购买品牌或名牌，一方面中国人爱面子，名牌商品代表一定的质量与价格，可以满足人们的虚荣心；另一方面可以减少购买风险。

文化对消费者的影响在不同的国家间的影响极为重大。

例如，日本对荷花的见解与中国认为荷花"出淤泥而不染"的见解完全不同，日本认为荷花是一种妖花，并对它怀有偏见。所以，在一些服装或其他相关产品上印上荷花图案就会引起日本人的误解，影响销售。

百事可乐公司在中国台湾版《读者文摘》上做广告，使用的口号是"百事伴随生活！"（Come alive with pepsi），但在中国台湾却可能被翻译成"百事使你的祖先死而复生！"。而

① 资料来源：中国传统文化网．编者整理

用德语却可能被翻译成"百事使你走出坟墓!"

肯德基炸鸡公司在伊朗使用其著名的广告词是："炸鸡好极了,吃完了你会忍不住舔手指的!"而在伊朗则被翻译成"炸鸡棒极了,以致吃完后你会忍不住吃手指!"

通用汽车公司在波多黎各推销新型汽车受阻,因为该车牌号"Chevrolet Nova"中"Nova"一词读音在西班牙语与"无法进行"相仿,最后改为"Caribe"。

文化的转型和沟通也创造了很多产品机会,随着世界交往的增多,各国间文化交流的机会也越来越多,在生活方式上也有很多趋同的倾向。人们现在越来越习惯于上网,网络成为联结世界的桥梁,不同国家、不同民族都可通过因特网很容易了解彼此的生活方式和需求,由此所带来的网络产品的营销呈几何增长的趋势。

(2) 亚文化

亚文化是某一局部文化现象,是指由具有共同生活经历和环境形成的具有共同价值观念的人群组成。每种文化都由更小的亚文化构成;亚文化包括国籍、宗教、种族和地理地域特征。每种亚文化都使得其成员在社会性上区别于其他文化;很多亚文化组成了重要的细分市场,需要市场人员根据当地特定的需求提供个性化的产品设计。

文化影响人们购买行为的特点为:

① 无形性。即文化对人们的行为的影响是潜移默化的。

② 共同性。具有共同文化特征的人们的购买行为往往具有共同性。

③ 传播性。文化对人们的影响作用可以通过空间和时间的形式进行传播。

④ 自卫性。当原有文化受到外来文化的威胁时,会产生种种抵制行动。

(3) 社会阶层

社会阶层是指一个社会的相对稳定和有序的分类,每类成员都有类似的价值观、兴趣及行为。它是社会学家根据职业、收入来源、教育水平、价值观和居住区域对人们进行的一种社会分类,是按层次排列的,具有同质性和持久性的社会群体。社会阶层构成一个体系,在这个体系中每个成员都属于某个角色,并且不可以随便改变。一定阶层中的人有着类似的购买偏好和行为。

社会阶层有许多特征。不同的社会阶层在穿着、语言模式、娱乐偏好及其他很多特征方面都有许多不同。首先,同一个社会阶层的人要比两个社会阶层的人在行为模式上有更多的相似性;其次,不同社会阶层的人在一生中也可以由于种种变化而改变自身的社会地位,这种移动变化的程度取决于社会阶层的稳固程度;最后,社会地位是由一系列特征给予暗示的,如职业、收入、财富、教育和价值取向等,而不是由任意一个单一因素决定的。

不同阶层对不同产品和品牌的偏好、媒体偏好方面存在不同,在语言的运用上也有很大的差距。有些市场营销人员把他们的注意力集中在一个社会阶层,这样就形成了不同档次的消费和采取不同形式的沟通方式。社会阶层对消费者购买行为有着重要影响,同一阶层消费者的购买行为有相似性;消费者在购买时会自觉不自觉地表示自己属于某个社会阶层;因此,企业应分析自己产品的目标市场和消费者所属的社会阶层,并根据不同社会阶层的不同特点开展相应的市场营销活动。

社会阶层的聚变①

社会各阶层的流动,带来了许多商机。从 1978 年改革开放以来,中国的职业结构趋于高级化,所谓高级化就是白领和专业性职业越来越多于蓝领职业。具体而言,企业管理者、专业技术人员、办事人员、商业人员与服务人员迅速增长。

增长主要是经济的市场化与现代化共同作用的结果。一方面,为社会成员的向上流动提供了越来越多的空间;另一方面,也改变了消费结构。据调查,中产阶层比例已达到 35%,他们将是购私产房、私人汽车,定期旅游休假与相应文化、社交消费的主体。消费文化也发生了改变:其一是出现消费分层,消费自主性增加,大众耐用消费品有了稳定的需求;其二是地位消费,随着中产消费阶层的增多,出现了消费名牌而彰显身份的"地位消费"。与此同时,一些新的专业化职业随之出现,例如保姆、小时工、家庭服务员、老年护理工、育婴师、插花师、健身教练、心理咨询师与胎教员、色彩搭配师、动物摄影师等。这些新兴的职业,有很多可以演变为创业的机会,一些大城市就出现了不少心理咨询事务所。

2. 社会因素

(1) 家庭

家庭是一个社会中最重要的消费购买组织,由居住在一起的,彼此有血缘关系、婚姻关系或抚养关系的人群组成。家庭一般由父母和兄弟姐妹组成。从父母身上,一个人获取了有关宗教、政治、经济、个人目标、自我价值和爱的观念,甚至,即使一个消费者不常和其父母接触,父母对他们的影响还是很大的。家庭作为消费群体曾被广泛研究。

就消费者现实的家庭环境而言,夫妻双方对生活资料商品的购买所起的作用或所充当的角色是不一样的。典型的角色模型如下:丈夫支配型、妻子支配型与共同支配型。

(2) 参照群体

参照群体是指对一个消费者的行为和价值观能产生直接(面对面)或间接影响的人群。有些相关群体是一些和我们最亲近的人群,如家庭成员、朋友、邻居和同事等。

参照群体对消费者购买行为具有重要的影响作用:①能向消费者显示不同的生活方式;②能影响消费者对某事或某物的态度,因为人们通常希望能迎合参照群体;③会对人们产生一种趋于一致的压力,因此会影响消费者对实际产品和品牌的选择;④会使消费者对自己的购买行为产生安全感。

---

① 资料来源:朱峰.阶层的聚变:未来私营企业主阶层的兴起与走向.商界,2004(9)29

小资料 3-4

从 众 心 理①

社会心理学家阿西(S. Asch)是对从众问题研究最为广泛的一位学者,从众效应也因他的一个著名实验又称为阿西效应,这个实验就是群体压力实验。实验中有 7 人作为被试者,其中第 6 人为真正的被试者,其余 6 人为阿西安排的实验助手,实验目的是考查群体压力对从众行为的影响。实验者每次给他们呈现一组卡片,共 50 组,每组两张,其中一张画有一条标准线,另一张画有三条直线,分别编号为 1,2,3,其中一条同标准线一样长。要求被试者判断,比较线中哪条与标准线一样长。进行头两组判断时,大家都选择了同一条比较线,作为第 6 号的真被试者很容易地做出了正确的判断。在第三组比较时,实验助手们开始按实验安排故意做错误的判断,真被试者越来越犹豫不决,因为他每次判断都是在听了前 5 个人的判断之后感到很困惑:是该相信自己的判断呢,还是跟随大家一起做错误的判断?实验结果表明:数十名自己独自判断时正确率超过 99% 的被试者,跟随大家一起做出错误判断的总比率占全部反应的 37% 。75% 的被试者至少有一次屈从了群体压力,做了从众的判断。

分析提示:所谓社会从众,就是群体成员放弃自己的判断而采取与大多数人一致的行为。在群体压力下,人们很容易出现这种所谓的"随大流"现象。

由于群体具有强大的影响力,市场营销人员就要尽量发掘出目标消费者的参照群体,所以产品生产者或营销人员必须找到接近相关参照群体中观念领导者的手段。观念领导者是参照群体的一员,由于有特殊的技术、知识、个性和特点,因此,能对他人产生影响。社会各个阶层都有观念领导者,在某个产品上他有可能是观念领导者,在其他产品上,他又可能只是观念追随者。市场人员通过研究与观念领导者相关的地理与心理特征、观念领导者所接触的媒体、观念领导者发出的信息来确认市场领导者。

(3) 角色与地位。一个人必然从属于很多群体——家庭、俱乐部、协会,等等。一个人在群体中的地位可以以他的角色和地位来判断。角色是由人们所期望的一个人所应该表现出来的一系列行为组成的。每一种角色都反映了一定的地位。一个法官可能比一个警察有更高的地位,一个销售经理比一个普通职员有更高的地位等,这些角色和地位都反映了社会对其的综合评价。人们在购物中,有时会选择那些能反映自身角色和地位的产品。这就是为什么某些大的公司总裁会选择驾驶奔驰,穿着名贵服装等。市场人员应该明白和研究隐藏在产品和品牌背后的"象征地位和身份"。

3. 个人因素

个人因素主要包括由人格特征决定的相关因素。由人格特征决定的主要有经济状况、职业、年龄和生命周期阶段、生活方式、个性和自我意识等。

---

① 资料来源:荣晓华主编.消费者行为学(第 2 版).大连:东北财经大学出版社,2006

（1）经济状况

一个人的经济状况会影响其对产品的选择。一个人的收入、储蓄和可支配收入等决定了他对产品的选择权限。收入敏感型产品的营销者应关注个人的收入、储蓄和利率的发展趋势。如果经济指标显示要出现经济衰退，那么营销者就应该采取行动来重新设计、定位其产品，并且重新对其产品进行定价。

（2）职业

职业也会影响一个人的消费模式。不同职业消费者，有不同的消费行为和购买习惯。一个普通职员和白领经理人服饰需求一定有差异。因此，有的公司甚至向某个特定职业群体提供专业的产品和业务。

（3）年龄和生命周期阶段

人在一生中要购买许许多多产品和服务，不同年龄的消费者有不同的需求和偏好。在不同的阶段所需要的产品和服务是不同的。有时，购买行为还与"家庭生命周期"（家庭随时间推移而不断成熟所经历的不同阶段）息息相关，如表 3-6 所示。

表 3-6　家庭的生命周期

单身阶段	年轻，不住家里	满巢三	年长夫妇，和未独立的子女同住
新婚阶段	新婚，无子女	空巢阶段	年长夫妇，无子女同住，有工作或退休
满巢一	已婚，最小子女小于 6 岁	鳏寡阶段	尚在工作或退休
满巢二	已婚夫妇，有 6 岁以上未成年的子女		

① 单身阶段。特点是年轻、单身、几乎没有经济负担，是新消费观念的领头人，多为娱乐导向型购买。

② 新婚阶段。特点是年轻夫妇，无子女，最近的经济条件比将来要好。购买力强，对耐用品、大件商品的欲望、要求强烈。

③ 满巢一。特点是年轻夫妇，有 6 岁以下子女。家庭用品购买的高峰期。不满足现有经济状况，注意储蓄，购买较多的儿童用品。

④ 满巢二。特点是年轻夫妇，有 6 岁以上未成年子女。经济状况良好，购买趋向理智型，受广告及其他营销刺激影响相对较少。注重商品的档次与子女教育。

⑤ 满巢三。特点是年长的夫妇与尚未独立的成年子女同住。经济状况仍然较好，妻子子女都有工作。注重储蓄，购买冷静、理智。

⑥ 空巢阶段。特点是年长夫妇，子女自立，前期收入较高，购买力达到高峰期，较多购买老年人用品，如医疗保健品，娱乐及服务性消费支出增加，后期退休收入减少。

⑦ 鳏寡阶段。特点是单身老人独居，收入锐减。注重情感、安全保障等需要。

营销者通常确定其目标市场的家庭生命周期阶段并针对每一阶段提供适当的产品营销计划。但随着社会的变化，如今的营销者还要迎合一些新出现的非传统的阶段，如延期父母（已成人的孩子又回来居住）及同居者等。

（4）生活方式

生活方式是指一个人的生活形式，可以由他或她的消费心态来表示，人的生活方式是影响个人行为的各种因素的综合反映。包括衡量消费者主要的 AIO 项目——活动（工作、爱好、购物、运动、社会活动)、兴趣(食物、时尚、家庭、娱乐)及观念(关于自己的、社会问题的、商业的、产品的)。它勾勒了一个人在社会上的行为及相互影响的全部形式。营销者可以根据目标顾客的生活方式差异,为消费者提供实现其不同生活方式的产品。

（5）个性和自我意识

个性是导致一个人对自身环境产生相对一致和持久的反应的独特心理特征。个性常用某些性格术语来描述,例如,自信、好支配他人、好交际、好自主、好自卫、适应性强、进取心强,等等。个性在研究消费者行为方面具有相当大的价值。因此,每个人与众不同的个性会最终影响购买行为。与个性相关的则是自我观念(self-concept),自我观念也可称为自我意识(self-image)。市场人员尽力使得产品或品牌呈现出来的观念或意识与消费者的自我意识相吻合。

4. 心理因素

消费者的购买行为还要受到动机、知觉、学习和态度等心理因素的影响。

（1）动机

心理学认为,人的行为是由动机支配的,而动机是由未满足的需要引起的。消费者的需要是指消费者生理和心理上的匮乏状态。一种未满足的需要,会产生内心的紧张或不适,当它达到迫切程度时,便成为驱使人们行动的强烈的内在刺激,成为驱策力。这种驱策力当被引向一种可以减弱或可以消除它的刺激物时,如购买某种商品时,便成为一种动机。因此,动机是一种推动人们为达到特定目标而采取行动的迫切需要,是行为的直接原因。

心理学家曾提出许多关于人类行为动机的理论。这里重点介绍马斯洛的需要层次理论。马斯洛认为人的需要按其重要性可分为五个层次：生理需要、安全需要、社交需要、尊重需要与自我实现需要,如图 3-6 所示[①]。

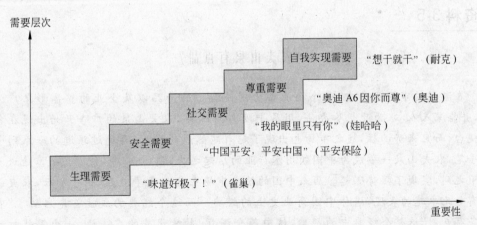

图 3-6　马斯洛需要层次理论

一般情况下,人们按照重要性的顺序,在低层次需要基本满足后,才设法满足高层次的需要。对于营销人员来说,要了解不同消费动机与商品和服务的对应关系,判断哪种商品和

---

① 资料来源:连漪主编.市场营销学.北京:北京理工大学出版社,2007

服务能最好地满足处于不同层次的消费者。如同样是买电热毯,对于老年人来说,可能是生理的需要,营销人员向这样的顾客应重点介绍产品的功能好处;而对于年轻的顾客来说,可能是送给老年人的,所以是一种社会需要,营销人员应侧重宣传尊重老人、关心老人是每个年轻人应做的。

(2) 知觉

一个人的行动会受到这个人对环境知觉的影响。在同一情况下,具有相同动机的人会采取完全不同的行动,原因就是他们对外界环境的知觉不同。知觉是具有个人化特征的。有的人可能会感觉一个语速很快的销售员很真诚或有雄心,也可能感觉另一个销售员聪明和乐于助人。知觉过程是一个有选择的心理过程,这个过程包括:选择性注意、选择性曲解和选择性保留。

① 选择性注意。人们每天都面临大量的刺激。人不可能对所有广告都保持关注,只能选择其中的与当前需求有密切联系的刺激或他所希冀的部分内容加以关注。选择性注意意味着市场人员必须努力吸引消费者的注意。真正的挑战在于解释哪种刺激人们会加以关注。

② 选择性曲解。即使消费者注意到了刺激,这些刺激在消费者脑海中留有的印象也未必是设计者所期望的。选择性曲解就是人们按已有的想法来解释信息的倾向。选择性曲解意味着市场营销人员必须理解消费者的思路,以及这些思路对广告和销售信息的解释会产生怎样的影响。

③ 选择性记忆。人们会遗忘他们所得到的大部分信息。他们倾向于记住能支持他们态度和信仰的信息。选择性记忆能够解释为什么营销者在向目标市场传送信息时,使用大量戏剧性手段,以及一遍遍地重复发送。

小资料 3-5

"农夫山泉有点甜"①

在激烈的市场竞争中,每个企业都力图使自己的产品以及企业的整体形象广为人知,并能深入人心,为此想尽办法,用尽手段。1999 年,农夫山泉的广告开始出现在各类电视台,而且来势凶猛,随之市场也出现了越来越热烈的反应,再通过跟进的一系列营销大手笔,农夫山泉一举成为中国饮用水行业的后起之秀,到 2000 年,便顺理成章地进入了三甲之列,实现了强势崛起。历来中国的饮水市场上就是竞争激烈、强手如云,农夫山泉能有如此卓越的表现,堪称中国商业史上的经典。而这个经典的成就首先启动于"农夫山泉有点甜"这整个经典中的经典,这句蕴含深意、韵味优美的广告语,一出现就打动了每一位媒体的受众,令人们牢牢记住了农夫山泉。

(3) 学习

学习是指由于经验而引起的个人行为的变化。人类的行为有些是与生俱来的、本能的,

---

① 资料来源:荣晓华编著.消费者行为学(第 2 版).大连:东北财经大学出版社,2006

大多数行为是通过学习、实践得来的。人们在行动时,同时也在学习。人类的大部分行为都是通过学习得到的,学习过程发生在动机、刺激、线索、反应及巩固的相互作用过程中。"动机"是强烈地要求人们采取行动的内部刺激;"线索"是指能决定人们何时、何地、怎样做出决定的小刺激。营销者可以通过将产品和强烈的动机联系在一起,使用各种线索及提供各种巩固的方法,来创造顾客对产品的需求。

(4)态度

消费者在长期的学习和社会交往中形成了态度。态度是指人们对事物的看法,是由认知、情感和行为等构成的综合体。消费者根据某种品牌的属性和利益所形成的认识(好与坏),消费者对品牌的情绪与情感的反应(喜欢或不喜欢),消费者对态度标的物作出的特定反应倾向等都属于对该产品的态度。态度一旦形成,将会对消费者的购买行为产生直接影响,而且形成之后很难改变。因此,公司应尽量使其产品适应已有的态度而不是试图去改变态度。然而,事情当然也非绝对如此,也有花大代价改变态度而成功的例子,这就要对比成本和收益之间的差距了。

3.1.5　消费者购买决策过程

消费品购买者的决策过程是由对某一个需求或某一个问题的认识开始的,由于某种需要产生,并且这种需要又没有得到满足,人们才会通过购买行为来满足。消费者购买决策过程一般要经过五个步骤,分别是:认知需求、搜集信息、方案评价、购买决定及购后行为,如图 3-7 所示。购买过程在购买者实际做出购买行为之前就已经开始了,而且会持续到购买之后。作为营销者,应该重点关注整个购买过程而不是购买决策本身。

图 3-7　消费者购买决策过程

1．认知需求

认知需求是消费者购买决策过程的起点。当购买者觉察到目前的实际情况和理想状况之间的差距,并产生要解决这一问题的要求时,购买的决策便开始了。这种需要可能是由内部生理活动引起的,也可能是由外界的某种刺激引起的。例如,由饥饿而引发购买食品,因口渴而引发购买饮料,都是由内部机能的感受引发的。当某个人看到街上开过一辆跑车,顿起羡慕之情而打算也要拥有一辆,或看到电视广告而引起购买某种洗发水的欲望,这都是由外部刺激引起的。在需求确认这个步骤中,营销人员应了解消费者有什么样的需求,它们是怎样产生的,以及如何把消费者引向特定的产品。在收集到这样的信息后,营销人员可以识别出哪些因素最经常引发人们对产品的兴趣,然后制订包含这些因素的营销计划。

2．搜集信息

一个消费者一旦产生需求之后,就有可能去寻找与产品有关的信息。当消费者对所要购买的商品比较熟悉,该商品又易于购买时,这类需求很快就能得到满足。但是在大多数情况下,消费者对所要购买的商品不太熟悉,而且需求又不能马上得到满足,这时消费者就会着手搜集有关信息,作为决定购买的依据。一般来说,消费者可以从以下渠道中获取信息。

(1) 个人来源

个人来源是指从家庭、朋友、邻居和其他熟人处获取信息。这类信息对消费者购买决策影响最大,消费者对其信任度最高。

(2) 商业来源

商业来源是指从广告、推销人员、经销商、商品包装、商品展览与陈列、商品说明书等方面得到信息。这类信息来源非常广泛,消费者购买决策的信息大部分来源于这些方面。

(3) 公众来源

公众来源是指从报刊、杂志、电视与广播等大众媒体的客观报道和消费者组织提供的有关信息上获得。这类信息的导向作用很强。

(4) 经验来源

经验来源是指消费者接触、试验与使用产品的过程中得到的信息。这种信息可信度较高,但在复杂的购买过程中不易获得。

一般来说,商业信息具有一定的针对性与可靠性,是消费者获得产品信息的最佳途径。公司需要综合设计它的营销计划,以便让未来顾客了解关于其产品各方面的知识。它必须仔细识别消费者的信息来源及每个来源的重要性,询问消费者是如何知道公司品牌的,它们获取信息的多少以及对哪些信息及来源更为重视。

3. 方案评价

这是决策过程中具有决定性的环节。通过搜集信息形成可选择产品的备选方案后,消费者需要对各种方案进行评价。得到的各种有关信息,可能是重复的,甚至是矛盾的,因此,还需要进行分析、评估和比较,才能做出最后购买的决策。

可供消费者选择的标准很多,如对品牌的偏好、产品的价格、产品的实用性、消费用的经验,等等,这些评价标准都能够帮助消费者评价和比较各种备选方案。不同的消费者对同一产品的评价方法也不同。

(1) 单一因素评价法

消费者购买产品是为了满足某种需求,消费者将产品看做一系列产品属性的组合。例如,汽车的属性有可能包括速度、外观、大小、价格等。这些属性哪些比较重要,不同消费者的看法不同,消费者按照自己认为最重要的因素对方案进行评估。一般情况下,消费者购买较便宜的商品时,采用这种评价方法。

(2) 综合因素评价法

消费者在购买过程中会受到一系列因素的影响,所以,通常消费者不是仅仅根据某一个标准,而是综合考虑多个标准进行评价。一般消费者购买价格较高的商品时,采用这种评价方法。如购买轿车时,消费者不仅要考虑价格,还要考虑款式、品牌、颜色、安全系数、售后服务等多个因素,做出综合评价。

(3) 排除式评价法

排除式评价法是指消费者对备选方案进行评价时,先确定一个最重要的标准,然后根据这个标准排出那些不符合要求的产品,以缩小选择范围。如购买住房,消费者首先把价格作为最重要的标准,要求价格不超过 50 万元,其他超过这个心理价位的都应排除掉,然后在余下的方案中确定一个标准。

针对消费者对备选方案的评价过程,营销人员应研究购买者在实际中如何评价可供选择的品牌,了解评价过程如何进行,了解何种媒介对消费者更具有影响力,他们就可以采取一定的行动来影响购买者的决策,获得消费者的青睐。

4. 购买决策

经过对供选品牌的评价,消费者形成了对某种品牌的偏好与购买意愿。但只让消费者对某一品牌产生好感与购买意向是不够的,真正将购买意向转为行为,还要受到两个因素的影响,如图 3-8 所示。

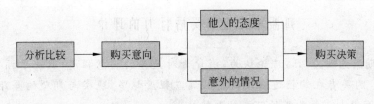

图 3-8　购买决策影响因素

(1) 他人的态度

他人的态度对消费意向影响的强弱,取决于他人的态度强弱及与消费者的关系。他人与消费者的关系越密切,影响也就越大,也可能会由于他人的坚决反对而改变消费者的购买意向。

(2) 意外的情况

消费者购买意向的形成,总是与预期收入、预期价格、预期风险与期望值等因素密切相关。但是,当消费者采取购买行动时,发生了一些意外情况,如因失业而收入减少,因涨价而无力购买,等等,这些都会使消费者放弃原有的购买意图。

购买决策是消费者购买行为过程中的关键阶段。在这一阶段,营销人员一方面要向消费者提供更多、更详细的商品信息,以便使消费者消除各种疑虑;另一方面要通过提供各种销售服务,方便消费者选购,促进消费者作出购买决策。

5. 购后行为

消费者购买了商品,并不意味着购买行为的结束。还有一个非常重要的过程——购后行为。一般来说,购后行为包括购后评价与购后行动。

(1) 购后评价

在使用过程中,消费者会对产品进行购后评价。一般来说,消费者购买产品后是否满意,取决于消费者购买前的预期与购买后的实际感受之间的差异。主要有三种情况:如果购买后的实际感受达到了购买前的预期,消费者就会感到满意;如果购买后的实际感受超过了购买前的预期,消费者就会非常满意或愉悦;如果购买后的实际感受没有达到买前的预期,消费者就会感到不满意。

（2）购后行动

消费者是否满意,直接影响到购后的行动。如果消费者感到满意,他下次还会购买同一品牌的商品,而且还能积极向他人宣传和推荐,这种称赞往往比广告宣传更有效,一般称这种效应为口碑效应;如果感到不满意,消费者就会改变它对商品的态度,不仅今后自己不会再次购买,而且还会向亲戚、朋友、同事宣传,从而影响了其他人的购买行为;如果消费者的不满意度很高,可能还会要求退货或向消费者协会和新闻媒体投诉,这会给企业的声誉造成很大的负面影响。因此,营销人员必须高度重视消费者的购后行动,通过各种有效的手段提高消费者的满意度。

小资料 3-6

判断消费者购买后行为的理论[①]

（1）"预期满意理论",该理论认为,消费者对产品的满意程度,取决于预期希望得到实现的程度。购买者在购物过程中得到的满意程度越多,现实与期望的差距越小,甚至高于期望,则消费者重复购买的可能性也就越大。

（2）"认识差距理论",该理论认为,消费者购买产品后都会引起不同程度的不满意感。其原因是任何产品难免有优点和缺点,买主在购买后关注较多的往往是产品的缺点,别的产品越是有吸引力,买主对该产品的不满意程度就越大,因此,企业的任务就是要使得买主的不满意程度降到最低。

研究和了解消费者的需要及其购买过程,是市场营销的基础。营销人员通过了解消费者如何认知需求、搜集信息、方案评价、购买决定及购后行为的全过程,可以获得许多有助于满足消费者需要的有用线索,通过了解购买过程的各种参与者及其对购买行为的影响,可以为目标市场设计有效的营销计划。

3.2 组织购买者行为分析

市场上的组织不仅出售产品和劳务以满足广大消费者的需求,而且也在大量地购进产品和各类服务,以满足其进行再生产的需要。组织市场是一个非常大的市场,比消费者市场的规模要大得多。**组织市场是指工商企业为从事生产经营活动,以及政府部门和非营利机构为履行职责而购买产品和服务所构成的市场。**组织市场由三部分组成:生产者市场、中间商市场、政府市场。他们在购买动机、影响购买动机的因素,及购买程序方面与最终消费者有一定的相似之处,但在一定程度上又有很大不同。因此,向组织市场出售产品或劳务的企业面临着不同的挑战,需要了解组织采购者复杂的购买动机和采购过程,研究其行为特点和影响他们决策的因素,找到相应的营销战略与战术。

---

① 资料来源:[美]德尔等著.符国群译.消费者行为学(第 7 版).北京:机械工业出版社,2000

3.2.1 组织市场概述

1. 组织市场的特点

组织市场与消费者市场有一定的相似性。但是,由于市场结构和需求特性、购买者成分及购买者决策类型及规则上有较大的差异,所以,组织市场和消费者市场还是有很大的差异性。组织市场具有鲜明的特点。

(1) 购买人数较少,购买规模较大

一般来说,组织市场购买者绝大多数都是企业单位,购买者的数量比消费者市场少得多,但是,无论是单个组织购买者,还是就组织市场整体而言,其购买规模都要大得多。

(2) 地理区域分布相对集中

由于国家的产业政策、自然资源、地理环境、交通运输、社会分工与协作、销售市场的位置等对生产力的布局的影响,许多行业的企业分布相对集中,如我国的工业企业主要分布在东北、华北、东南沿海一带。

(3) 需求缺乏弹性

组织市场的需求一般不会受到价格变动的影响,短期内更是如此。许多组织产品和劳务的需求也缺乏弹性。

(4) 需求具有较大的波动性

这一波动的主要原因是阻止市场需求的派生性,组织市场的需求是派生于消费者市场的,所以消费者市场的微量波动也会导致组织市场的巨大波动。

(5) 购买决策较为复杂

影响决策的人多,成分复杂,还会涉及更多人甚至政府高官。因此,在组织市场上,营销企业通常派遣同样受过良好训练的人来与买方洽谈。

(6) 专业化采购

与消费者市场相比,组织市场上的购买者,多为受过专门训练的采购员或代理人,他们对所购买产品的性能、质量、规格、技术要求非常熟悉,并了解供应商的情况。

(7) 直接采购

组织购买者通常直接从生产者处订货、采购,以降低风险和购买成本。

(8) 互惠购买

组织购买者倾向于选择那些从他们处采购产品的供应商,即你买我的货,我用你的产品。

在组织市场上,依据以上特点,买卖双方往往倾向于建立长期客户关系,相互依托。在购买者决策的各个阶段,从帮助客户确定需求,寻找能满足这些需求的产品和劳务,直到售后服务,卖方要始终参与并同客户密切合作,甚至还要经常按客户要求的品种、规格定期提供产品和劳务。从长期看,组织市场上的营销者要通过为客户提供可靠的服务及预测它们眼前和未来的需要,来与客户建立持久的关系,从而保持自身的销售额。

2．组织市场的分类

组织市场可划分为以下几个主要类型：

（1）生产者市场

生产者市场是指为满足工业、农业和服务业买主需求而提供劳务和产品的市场。购买者的目的是通过加工来赢利，而不是为了自己消费。

（2）中间商市场

中间商市场也被称为"转卖者市场"，是由以营利为目的的从事转卖或租赁业务的个人和组织构成，包括批发商和零售商两个部分，其实质是顾客的采购代理。在较发达的商品经济条件下，大多数商品是由中间商经营的，只有少数商品采取了直销形式。

（3）政府市场

政府市场是指政府和非营利机构为了提供公共服务而购买公用消费品的市场。由需要采购货物和劳务的各级政府组成，它们采购的目的是执行政府的职能。政府采购的产品和劳务的种类繁多，军火、燃料、汽车、食品、工程等应有尽有。对任何一个制造商或中间商来说，政府机构都是一个巨大的买家。

本书主要介绍生产者市场的购买行为。

3.2.2 生产者市场购买行为分析

1．生产者市场购买过程的参与者

产业采购的一个重要特点就是集体行动，少数除外，大多数购买决策是由来自不同领域和具有不同身份的人员组成的采购中心做出的。所谓采购中心是指所有参与购买决策过程的个人和集体。采购中心的人员包括技术专家、高级管理人员、采购专家、财务主管等。他们具有某种共同目标，并一起承担由决策所引发的各种风险。生产者市场购买活动所涉及的每个人，在采购过程中分别扮演不同的角色，如表3-7所示。

表3-7　采购中心成员的角色及作用

角　色	责　任	作　用	可　能　人　员
发起者	提出购买需求	需求伸张	组织雇员、销售经理、车间主任
使用者	所要采购物品的实际使用者，通常由他们首先提出采购要求	他们在规格型号上的选择起很大的作用	生产线上的工人、办公室人员、秘书
影响者	企业内外直接或间接影响采购决策的人，技术人员是特别重要的影响者	以专业知识影响决策	技术人员、组织顾问、质量管理专家
决策者	作出最后购买决策	决定采购项目及供应者	企业采购经理、总经理、董事长
采购者	购买决策执行人	执行购买决策或做出日常购买决策	采购员、采购代理人
控制者	可控制信息流的人员	可控制外界与采购有关的信息	采购代理员、电话接线员、接待员、技术人员

（1）发起者

发起者是首先发现组织需要进行购买的人，通常由他们提出新产品购买建议。但由于他们在组织中的角色、地位和组织类型不同，发起者对购买决策的影响力不大。

（2）使用者

所要采购物品的实际使用者。通常采购某种物品的要求是由他们首先提出来的，并能够影响产品规格型号的确定，其对决策的影响根据组织的不同和要采购的产品不同而不同。

（3）影响者

他们通过其专业知识或提出建议来影响决策，并帮助确定供应商、产品规格型号和购买合约的内容等。

（4）决策者

决策者是最终做出购买产品或服务选择的人。其在购买中拥有最大的权力，是购买过程中最重要的角色和营销对象。

（5）采购者

采购者是执行采购活动的人，他们有权选择和决定供应商，并就采购产品合约进行谈判，安排购买条件。对于简单采购过程即日常采购拥有决策权。

（6）控制者

控制者是指可控制信息流的人员。他们可控制外界与采购有关的信息。例如，采购代理往往有权阻止供应商的推销人员与使用者或决策者见面；其他的控制者还有技术人员、秘书等。

2．影响生产者市场购买的因素

影响生产者市场购买决策的要素很多，有的来自企业外部，有的来自企业内部和购买决策的相关人员。除了与产品有关的，如采购价格、质量、安装、运作、维护成本等，企业必须考虑环境因素、组织因素、人际因素、个人因素的影响，如图 3-9 所示。

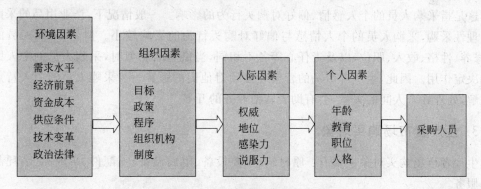

图 3-9　影响产业市场购买的因素

（1）环境因素

环境因素即企业外部周围环境的变化对购买行为的影响，这是制约生产者市场购买行为的不可控因素。产业购买者采购工业用品时，首先要考虑当时的客观环境以及未来的发展趋势，包括一个国家或地区的经济前景、市场需求、技术发展趋势、市场竞争状况与政治局势的变动等。

（2）组织因素

组织因素是企业本身的因素,包括企业的目标、政策步骤、作业程序、组织结构和系统等对购买行为的影响。对于生产者市场,营销者应尽力了解各种采购组织,细心收集和累积有关资料,还要注意到组织购买领域中出现的下列发展趋势。

① 采购部门升级。采购部门在组织结构中过去属于低层次的部门,近年来由于采购工作的重要性越来越强,有许多公司不断提高了采购部门的地位,有些大公司甚至专门设立了采购副总。

② 集中采购。有许多大公司为了降低成本将原来各部门分散进行的采购,集中起来统一进行。对供应者来说,意味着人数虽少但职位更高的采购者,要比原来的分散采购复杂得多。

③ 长期合同。许多生产用户愿意和所信任的供应者签订长期合同,双方通过 E-mail、电话或传真往来,进行长期业务合作。

④ 评估和奖励采购工作。许多公司对采购工作实行奖励,促使采购人员致力于寻求对公司最有利的供货条件。

⑤ 即时生产系统。即时生产系统的出现极大地影响了生产企业的采购政策,由于即时的供货几乎不需要库存。

（3）人际因素

人际因素是指企业内部人际关系的因素。包括采购者与上级主管之间、相关部门之间,以及相关人员的相互关系对购买行为的影响。产业用户的采购工作往往受到正式组织以外的各种人际因素的影响,采购中心的各个参与者在权力、地位、情绪和说服力等方面各有不同的特点。在购买过程中,营销人员有时很难确定有哪些人际关系因素和群体动态的因素,人与人之间的关系常常是很微妙的。如果营销者能充分了解用户的各种特点,对于营销工作肯定会有很大帮助。

（4）个人因素

这是指采购人员的个人感情、偏好对购买行为的影响。一般情况下,产业用品的采购是一种理性采购,采购人员的个人情感与偏好对购买行为的影响较小。但是,采购人员的年龄、修养、性格、收入、职位,以及责任心等各不相同,当供应品相似时,采购人员的个人因素仍起决定作用。因此,生产者市场的营销者必须对他们的顾客——采购人员的个人特点有所了解,处理好个人间的关系,会有助于营销业务的开展。

3. 生产者市场购买对象

生产者市场购买对象主要有:原材料、主要设备、附属设备、零配件、半成品、消耗品与工业服务。

（1）原材料

指生产某产品的基本原料。原材料分为两类:一类是自然状态下的森林产品、矿产品与海产品,如原油、铁矿石等;一类是农产品,如粮油等。这类产品供货方较多,而且质量上差别不大,因此,在营销上要根据各类产品的特点采取适当的措施。

（2）主要设备

指保证企业进行生产的基本设备,直接影响产品的质量与效率,包括重型机床、厂房建筑物、大中型电子计算机等。这类产品一般体积大、价格高、技术复杂。购买主要设备是一项重大决策,要求技术先进、有效,而且希望有良好的售后服务。

（3）附属设备

机械设备、办公设备等均属于附属设备。这类产品价格较低、供应者多、产品标准化突出,采购者可以自主做出购买决定,购买时比较注重价格。

（4）零配件

指已经完工、用以构成用户的组成部分的产品,如集成电路块、仪表、仪器等。这类产品品种复杂,专用性强,及时按照产品标准供货是零配件购买者最基本的要求。

（5）半成品

指经过初步加工、用以构成用户产品组成部分的产品。半成品可塑性强,质量、规格都有明确要求,产品来源较多,供货商供货必须及时,而且做好售后服务。

（6）消耗品

指保证和维持企业生产正常进行而消耗的产品。如煤、润滑油、办公用品等。这类产品价格低、替代性强、寿命周期短,多数重复购买,购买者注重便利性。供货商要通过广泛的分销渠道,以较低的价格,及时交货,实现营销目标。

（7）工业服务

工业服务包括法律服务、金融服务、培训、教育服务、市场调查、广告鉴定、管理与营销咨询等。

4. 生产者购买行为类型

（1）直接重购

直接重购是按照原来的购买方式和条件,向原来的供应商订货的一种购买行为。在这种采购方式下,原有的供应者不必重复推销,只需要使产品的质量和服务保持稳定的水平。

（2）修正重购

修正重购是企业因为生产的需要,或为了争取更优惠的交易条件而变更产品的规格、数量、价格或其他条款,或重新选择供应商的一种购买行为。这种类型对原来的供应商很不利,当然,频繁更换供应商,对采购方也不好。

（3）新购

新购是在市场上寻找供应商,首次购买从未购买过的设备、原料、服务等生产资料的购买行为。这种购买成本高,风险大,购买决策较复杂。采购方要善于收集和运用信息,尽快建立自己的采购网络。

5. 生产者市场购买决策过程

生产者市场购买决策过程如同消费者的购买决策过程一样,一般可以分为八个阶段,即认知需求、确定需求、描述需求、物色供应商、征求供应商信息、选择供应者、发出正式订单、评估履约情况,如表 3-8 所示。

表 3-8　生产者市场购买类型与购买程序

购买类型 购买程序	新购	修订后的重购	直接的重购
认知需求	需要	可能需要	不需要
确定需求	需要	可能需要	不需要
描述需求	需要	需要	需要
物色供应商	需要	可能需要	不需要
征求供应信息	需要	可能需要	不需要
选择供应者	需要	可能需要	不需要
发出正式订单	需要	可能需要	不需要
评估履约情况	需要	需要	需要

从表 3-8 可以看出,生产者市场新购过程最为复杂,一般要经过八个阶段;直接的重购最为简单,只需经过两个阶段;而修订后的重购则可能需要某些阶段而不需要其他阶段。现在将八个阶段的说明陈述如下。

(1) 认知需求

这是购买决策过程的起点。企业认识需求与需求的提出,既可以源于内部刺激,也可以由外部刺激引起。内部刺激包括:组织决定扩大生产规模,决定生产某种新产品,需要新的设备及原材料;设备发生故障,需要更新设备或零部件;发现过去采购的原材料有问题,需要更换供应者,或寻求更好的货源等。外部的刺激如展销会、广告或供应者推销人员的访问等。

(2) 确定需求

当认识到有某种需求后,企业需要确定所需产品或服务的总体特征和需求的数量。复杂的采购任务,由采购人员同企业内部的有关人员共同研究决定;简单的任务则由采购人员直接决定。

(3) 描述需求

在总体需求确定后,由专业技术人员对所需产品的规格、型号、功能等技术指标作详细的说明。在对产品进行分析时一般运用价值分析法。价值分析法是一种降低成本的分析方法,分析产品成本与功能之间的比例,在保证不降低产品功能的前提下,尽量减少成本,以获取更大的经济效益。该方法由美国通用电器公司采购经理迈尔斯在 1947 年首创,经过价值分析,写出详细的书面报告,说明技术要求,作为采购人员的采购依据。

(4) 物色供应商

在确定产品技术规格和可行性采购方法后,购买者开始物色供应商。购买者通常利用工商名录、电话黄页、商品展览、网上查询等渠道获取供应商信息,有时也通过其他企业了解供应者的信誉。供货商应设法提高自己的知名度,以方便购买者查找和联系。

(5) 征求供应信息

购买者根据对供应商的调查结果,筛选出若干个符合供货条件的供应商,并尽快请他们寄来产品说明书、价目表等有关信息资料,特别是较复杂和贵重的项目,必须要求详细的资料。因此,供应商要善于编写产品目录、说明书、价目表等资料。这些资料应对产品详细介绍,包含促销信息。

(6) 选择供应商

购买者收到各个供应商的有关资料之后,要对供应商进行评价,选择最有力的供应商。选择供应商通常要考虑的主要因素有:交货能力;产品质量、品种、规格及适用性;产品价格高低;企业信誉和历来表现;维修服务能力和信誉;技术能力和生产设备、生产能力;付款结算方式;企业地理位置等。

(7) 发出正式订单

用户在选定供应商之后,可发出正式的订货单,订货单上需列举产品技术说明书、采购数量、交货时间、交货方式、退货政策、价格折扣与各种保修条件等项目。双方签订合同后,合同或订单附本要送到进货部门、财务部门及企业内部其他部门保存。在西方国家,有时会签署一份"一揽子合同",这种合同要求供应者必须按规定随时向买方供货,近似于买方将库存放在供应商手中,通常也被称为"无库存采购计划"。对供应商来说,他的产品销路有了保障,减轻了竞争的压力。

(8) 评估履约情况

产品购进使用后,一方面,采购部门还会及时与使用部门联系,了解所购进的产品使用情况及满意程度,并考查各个供应商的履约情况,以决定今后是否继续采购某供应商的产品。另一方面,对本次购买活动进行总结,对采购活动的组织以及各项支出进行分析,看其是超支还是节余,要查明原因,以利于以后对供应商的选择。因此,供应商应认真履行合同,尽量提高顾客的满意程度。

组织市场是一个相当活跃的领域,营销者应调查研究用户的需要和采购决策过程,了解其不同阶段的特点,制订出切实有效的市场营销计划,以期达到令人满意的营销效果。

本章小结

1. 消费者市场是指个人或家庭为满足生活需求而购买或租用商品的市场。消费者市场具有广泛性、分散性、差异性、易变性、诱导性和替代性的特点,同时受文化因素、社会因素、个人因素与心理因素的影响,消费者购买决策过程主要包括认知需求、搜集信息、方案评价、购买决策与购后行为五大步骤。

2. 生产者市场是指为满足工业、农业和服务业买主需求而提供劳务和产品的市场。购买者的目的是通过接工来赢利,而不是为了自己消费。生产者市场购买行为受很多因素的影响,主要有环境因素、组织因素、人际因素与个人因素。生产者市场购买决策过程包括认知需求、确定需求、描述需求、物色供应商、征求供应信息、选择供应商、发出正式订单与评估履约情况八大步骤。

1. 关键概念

消费者市场　消费者购买动机　消费者购买行为

2. 思考与练习

(1) 消费者市场购买行为有哪些特点?

(2) 影响消费者购买行为的因素包括哪些?

(3) 消费者购买决策过程经历了一个怎样的过程?

(4) 简述生产者市场购买行为的特点。

3. 案例分析

雪糕（冰淇淋）产品的购买行为[①]

为了帮助雪糕(冰淇淋)厂家更深入、准确地了解消费者对该类产品的动态需求,以便在产品高度同质化的市场中发现新的、有价值的细分市场,满足不断变化的消费心理与消费需求,作为中国专业的食品市场调研与整合营销策划机构,北京英昊亚太咨询有限公司于2002年5月26日到6月2日,对北京雪糕(冰淇淋)市场进行了一次有针对性的调研。本次调研方法为入户访问,在北京市八大城区采用分层随机抽样方式成功访问了366个居民家庭,同时,在对问卷数据进行分类录入的基础上,研究人员采用 SPSS for windows10.0 专业分析软件,对上述调查数据进行了频数、交互及相关分析。数据分析表明以下特点:

(1) 品牌美誉度——伊利最高

超过半数的消费者认为伊利是最好的雪糕(冰淇淋)品牌,比率达到52.2%;以下依次为和路雪、蒙牛和宏宝莱。可以看出,雪糕(冰淇淋)是品牌集中度很高的食品类别。

(2) 品牌力、产品力、销售力三者相辅相成

调查显示,有56.6%的消费者最喜欢吃伊利品牌的产品,伊利的品牌忠诚度较其品牌美誉度还要高出近5个百分点,和路雪的品牌忠诚度略高于其品牌美誉度。伊利与和路雪除了品牌力强外,同时也有强大的产品力与销售力支持(伊利从苦咖啡、四个圈到小布丁、心多多,和路雪的可爱多、千层雪等产品,占领着不同的细分市场),而且这两个品牌的广告、促销力度优势明显,除了电视广告外,几乎在所有的销售终端都有伊利、和路雪的广告展牌和各类产品陈列。品牌力、产品力和竞争力的有机统一是伊利、和路雪市场成功的三个重要的互动因素。

(3) 消费者喜欢吃的雪糕(冰淇淋)的品牌与品种

调查发现,消费者喜欢吃的雪糕(冰淇淋)产品主要有以下几种:①伊利,小布丁、心多多、苦咖啡、四个圈;②和路雪,可爱多、梦龙、七彩旋、千层雪;③蒙牛,奶油雪糕棒、大冰砖、鸡蛋奶糕;④宏宝莱,绿豆沙、沙皇枣。

---

① 资料来源:陈信康主编.市场营销学案例集.上海:上海财经大学出版社,2003

（4）近四成消费者认为吃雪糕（冰淇淋）容易发胖

当被问及吃雪糕（冰淇淋）对身体有哪些坏处时，有 41.6％的被访者担心会发胖，往下依次是吃多对胃不好（22.1％），对牙齿不好（11.6％），肚子疼（10.6％）和含糖高，对身体不好（5.6％）。归纳起来，消费者认为多吃雪糕（冰淇淋）对身体主要有两大坏处：一是雪糕冰淇淋含糖、含脂高，担心多吃会发胖；二是雪糕（冰淇淋）特别凉，吃多会对肠胃不好。由于该类产品的目标消费群体主要是青少年，因而，如何化解他们吃雪糕（冰淇淋）的顾虑，也是各厂家实现销售增长的主要方向之一。

（5）消费者每天吃 2 支比率过半

调查显示，在每年的 6～9 月份，消费者每天吃 2 支雪糕（冰淇淋）的比率接近半数，为 46.6％；每天吃 1 支的为 24.8％；每天吃 3 支的为 16.2％；每天吃 4 支的为 5.7％；而每天吃 5 支以上的重度消费者也占到 6.7％。雪糕（冰淇淋）单位价格虽然不高，但整个市场容量巨大，如何增大单一产品的销售规模，是厂家提高经济效益的关键。

（6）价格：1～5 元最受欢迎

调查结果显示，有 39.0％的消费者经常购买 1.5 元的雪糕（冰淇淋），经常购买 1 元的也占到 33.3％，两项合计达到 72.3％。也就是说，在 10 个购买雪糕（冰淇淋）产品的消费者中就有 7 个人经常购买价位在 1～1.5 元之间的产品。

（7）每月支出：集中在 21～50 元

调查显示，在每年的 6～9 月份中，有 32.4％的消费者每月吃雪糕（冰淇淋）的花费在 21～30 元之间；在 31～50 元之间的占 24.8％。可以看出，近六成消费者每月该类产品的消费主要集中在 21～50 元之间。当然，由于雪糕（冰淇淋）季节消费差异明显，6～9 月份是该类产品的销售旺季，因而其他月份的消费会相对较低。

（8）产品销售：靠终端制胜

与其他众多食品销售渠道不同的是，社区小冰点（33.7％）、超市（38.6％）和路边小冰点（27.7％）共同构成雪糕（冰淇淋）产品三个重要的销售终端。雪糕（冰淇淋）在销售过程中一直需要冷藏，冰柜需要较高的成本投入，因而每个城市从批发商到零售商的冰柜数量都是有限的，产品的储存也只能到一定的规模。如此，谁能拥有更多的经销商，控制更多的冰柜数量，谁就能在市场中占据有利的位置，并且，可以有效地抑制竞争对手产品的销量。

（9）和路雪广告比产品支持率高

有 47.1％的消费者认为伊利的广告做得最好，有 38.5％的消费者认为和路雪的广告做得好，比率接近伊利。而和路雪的广告（38.5％）比产品（28.1％）的支持率高出 10 个百分点。总体而言，和路雪的价格要高于伊利，这可能是和路雪销量相对于广告支持略少的主要原因。

（10）广告和促销对购买的影响力

调查显示，广告的影响力集中在 50％～90％；促销的影响力集中在 50％～80％。因此，广告、促销对消费者购买雪糕（冰淇淋）产品均有着重要的影响。

（11）现有产品的十大不足

调查显示，现有的雪糕（冰淇淋）产品有十大不足：①没有凉的感觉；②奶油太多，越吃越渴；③容易融化；④含糖量高；⑤有些产品价格太高；⑥纸包装；⑦形状、口味、包装大多数相同，无新鲜感；⑧品种太多；⑨产品的质量不稳定；⑩不能降火、解暑。

问题

(1) 根据以上的调查结果,分析雪糕(冰淇淋)购买行为的主要特征。

(2) 你认为应开发怎样的适时适销新品种,才能赢得消费者的支持与忠诚,且在竞争对手如林的雪糕(冰淇淋)市场占据一席之地,并在其中游刃有余呢?

4. 技能训练

(1) 训练项目

各模拟公司针对目标顾客的购买心理及行为进行调查。

(2) 训练目的

通过对消费者购买心理分析,充分了解消费者的购买行为特点。使同学们进一步理解并掌握分析顾客心理的理论、技巧与方法。

(3) 训练内容

第一步,以班级为单位分成小组,每组成员以 3～5 人为宜。

第二步,以小组为单位对消费者需求开展调查,对消费者的购买心理与购买行为进行深入研究。

第三步,各模拟公司拿出自己的购买心理与行为特点研究方案,在全班师生面前进行展示,并由师生共同进行评估,评出优胜方案。

第4章 市场调研

学习目标

1. 掌握市场调研的概念
2. 了解市场调研的内容与分类
3. 掌握市场调研的程序与方法
4. 了解市场预测的方法

导入案例

市场调研助孩子宝公司变形金刚成功打入中国市场[①]

美国的孩子宝公司为了在中国市场上推销"孩子宝"变形金刚,在中国进行了长达一年多的市场调研,然后得出结论:变形金刚这种玩具虽然价格高,但中国的独生子女令父母舍得投资,这种玩具在中国的大城市会有广阔的市场。于是,孩子宝公司先将一套《变形金刚》动画系列片无偿送给广州、上海、北京等大城市的电视台播放。电视片便成了不花钱的广告系列片。一集、两集……《变形金刚》的内容充满工业社会的智慧、热情、幻想,给孩子们带来了启迪和乐趣,在众多孩子的脑海里打上了深深的烙印。之后,变形金刚从银屏上"下来了"。孩子宝公司将变形金刚投向了中国市场,孩子们简直像着了魔一样扑向商场和摊贩购买。

引导问题

此案例给你的启示是什么?

在现代市场经济活动中,市场调研已经成为企业进行市场经营活动的前提和基础,成为企业开展营销策划活动、获取市场信息的有效工具。在开发某一市场之前,市场调研能帮助企业决策者识别和选择最有利可图的市场机会;进入市场之后,市场调研又是市场信息反馈系统的重要组成部分。在现实生活中,市场调研就在我们周围。通过市场调研,经营者可以及时了解市场环境的变化,及时了解市场策略的市场反应,并适时调整市场操作。随着世界经济的不断发展,国际上一些著名企业更是把精确而有效的市场调研作为企业经营、发展的必修课。

---

① 资料来源:徐育斐. 推销技巧. 北京:中国商业出版社,2003

4.1 市场调研概述

4.1.1 市场调研的概念与特征

1. 市场调研的概念

所谓市场调研是指根据市场营销的需要,运用科学的方法,对企业营销活动的有关信息、资料有目的地进行收集、整理与分析,提出调研报告,为企业营销管理者正确决策提供科学依据的活动。市场调研是企业开展经营活动的前提,是企业有效利用和调动市场情报、信息的主要手段。市场调研是一个过程。

美国市场营销学权威教授菲利普·科特勒对市场调研的定义为:市场调研是系统地设计、搜集、分析和提出数据资料,以及提出与公司所面临的特定的营销状况有关的调研结果。

根据市场信息的范围不同,市场调研有狭义与广义之分:狭义市场调研是将市场调研的领域锁定在对顾客或消费者需求研究方面。广义的市场调研是将市场调研的领域扩展到一切与市场营销活动有关的方面。可以从两个方面理解广义市场调研:从纵向看,市场调研贯穿于市场营销活动全过程,从市场研发开始,到营销战略与策略的制定,直至产品销售与售后服务,市场调研活动一直伴随始终;从横向看,市场调研领域不仅涵盖对顾客或消费者购买行为的调研,而且涉及以市场为导向的企业经营环境研究、竞争对手研究、市场营销组合要素研究等方面。

2. 市场调研的要素

(1) 市场调研的主体是企业。即企业围绕具体营销活动,通过自身的调研机构与专业人员或请专业的市场调研咨询公司,对相关的信息资料进行市场调研。

(2) 市场调研的客体主要是消费者。市场调研是以消费者为中心所做的调研,即了解和研究消费者的购买欲望与购买动机,把握消费者对商品的意见和要求。

(3) 市场调研的目的是为企业的营销决策者提供决策依据。市场调研是为了发现问题和解决问题而组织的,包括营销策划、信息收集、资料整理与分析的活动过程。市场调研依靠科学的手段与方法,以确保调研结果的客观性和准确性。

3. 市场调研的特征

市场调研作为企业获取信息的一种主要方法,具有如下特征。

(1) 普遍性

在市场经济条件下,任何活动都离不开调研。市场调研存在于企业经营活动的各个环节和各个方面,是企业经营活动中不可或缺的一部分。企业要想在激烈的市场竞争中获取相对的竞争优势,就必须进行全方位地市场调研,同时还要根据市场变化调整策略,进行经常性的市场调研,有助于企业发现新的市场机会,开拓新的市场领域。

(2) 科学性

市场调研运用科学的方法设计方案、定义问题、采集数据与分析数据,从中提取有效的信息,不是主观臆造的;市场调研结果的分析,也是在科学原理指导下进行的,并且被实践证明是行之有效的。

（3）不确定性

市场是由众多因素影响和控制的,调研虽然具有针对性,但是由于市场是不断发展变化的。市场调研应针对不同调研者采用不同的调研方法,而被调研者反映的信息又不一定很全面,有可能是现实情况的一个侧面,市场调研的结果往往就具有不确定性。作为决策者,在运用调研资料时,要坚持定性分析与定量分析相结合的原则与审慎的态度,充分利用自己的技能、创造力去判断、分析,以降低调研结果的不确定性。

（4）应用性

每一次市场调研都是为一项营销活动做准备的,能用来解决特定的营销问题,市场调研是一种具有使用目的的应用性调研。

4.1.2　市场调研的内容与分类

1. 市场调研的内容

市场调研的研究内容相当广泛,从广义上讲,与企业营销活动有关的所有因素,都是市场调研的对象。但由于市场调研主要是围绕企业营销活动展开的,因而市场调研包括市场需求调研、营销环境调研、消费者行为调研、市场竞争调研、营销要素调研。

（1）市场需求调研

市场需求调研在企业营销调研中是最重要的内容,它主要包括生产者需求调研与消费者需求调研,进行市场需求调研的主要目的是更好地满足消费者需求,及时调整企业经营管理决策来适应不断变化的市场。

企业可以根据市场需求水平、技术发展、竞争态势、政治法律状况与企业自身经营目标、战略、政策、采购程序、组织结构和制度体系等对生产者需求进行调研。

企业的一切活动都是围绕着消费者进行的。消费者需求调研在企业营销调研中是最重要的内容。消费者需求调研包括目标市场选择调研、顾客购买动机调研、顾客购买影响因素调研、顾客购买决策过程调研、消费者需求量调研、消费者需求结构调研、消费者需求时间调研、消费者购买力调研、消费者支出结构调研、消费者行为调研与消费者满意度调研等。

小资料 4-1

日清——智取美国快餐市场[①]

日本日清食品企业集团——日清食品公司,从人们的口感差异性出发,不惜人力、物力、财力在食品的口味上下工夫,终于改变了美国人"不吃汤面"的饮食习惯,使日清公司的方便面成为美国人的首选快餐食品。

[①]　资料来源:马连福.现代市场调查与预测.北京:首都经济贸易大学出版社,2002

日本派出专家组到美国进行实地考察,经过调研问卷和家庭访问,专家组得出结论:美国人的饮食习惯虽呈现出"汤面分食,绝不混用"的特点,但是随着世界各地不同种族移民的大量增加,这种饮食习惯正在悄悄发生着变化。专家组还发现美国人在饮食中越来越注重口感和营养,只要在口味和营养上投其所好,方便面就有可能迅速占领美国食品市场。

基于这样的市场调研结论,日清食品公司从美国食品市场动态和消费者饮食需求出发,确定了"系列组合拳"的营销策略。"第一拳"——针对美国人热衷于减肥运动的生理需求与心理需求,巧妙地把自己生产的方便面定位于"最佳减肥食品",配有适当的广告宣传,挑起了美国人的购买欲望。"第二拳"——针对美国人习惯用叉子用餐,果断推出短面条,适合美国人的又硬又筋道的美式方便面。"第三拳"——由于美国人"爱用杯子不爱用碗",日清公司别出心裁地把方便面命名为"杯面",美式副名——"装在杯子里的热牛奶"。

日清食品公司果敢地挑战美国人的饮食习惯和就餐需求,轻而易举地打入了美国快餐食品市场,开拓出一片新天地。其中的奥秘是什么?

(2) 营销环境调研

任何企业的营销活动都是在一定的环境中进行的,环境的变化,既可以给企业带来市场机会,也可以形成某种威胁,因此,对市场营销环境的调研是企业营销活动管理的一项重要工作。对环境因素的调研有助于企业认识、利用和适应环境。

企业的营销环境包括微观环境与宏观环境,它们通过直接或间接的方式给企业的营销活动带来影响与制约。微观环境主要包括企业内部、营销渠道、顾客、竞争者和社会公众等;宏观环境主要包括人口、经济、自然、技术、政治、法律及社会文化等。企业要时刻认识和把握自己所处的生存与发展环境,同时还要能动地影响环境。

(3) 市场竞争调研

市场经济充满了竞争,任何企业、任何产品在市场上都会遇到竞争。当产品进入销售旺季时,竞争对手就会增加。竞争可以是直接竞争,如生产或经营同类产品的厂家;也可以是间接竞争,即产品不同,但用途相同或相似的产品,如矿泉水制造厂商对生产果汁、汽水的厂商来说就构成了间接竞争。不论何种竞争,不论竞争对手的实力如何,要想使自己处于有利地位,首先要对竞争对手进行调研,以确定企业的竞争策略。

企业要出色地完成组织目标必须能比竞争者更好地满足目标市场的需求。因此,企业不但要全面了解目标市场的需求,还要时刻掌握竞争者的动向,分析竞争者的优势与劣势,以便制定恰当的竞争战略和竞争策略。市场竞争调研主要侧重于企业与竞争对手的对比研究,包括两个方面:

第一,对竞争形势的一般性调研,如不同企业或企业群体的市场占有率、经营特征、竞争方式、行业的竞争结构及变化趋势等。

第二,针对某个竞争对手的调研,如企业与竞争对手在产品品种、质量、价格、销售渠道、促销方式、服务项目等方面态势的调研。调研的主要目的就是做到在竞争中知己知彼、百战不殆。

(4) 营销要素调研

市场营销组合要素调研,其主要目的是帮助企业能正确地使用这些市场营销组合工具,更好地满足顾客需求,达到企业经营的目的。市场营销要素调研主要包括:产品或服务调研、价格调研、分销渠道调研与促销调研等。

产品或服务调研是市场营销组合调研的重要组成部分,也是其他营销调研的基础。产品或服务调研主要包括:顾客追求的产品核心利益的调研,新产品设计、开发与试验的调研,产品生命周期的调研与产品包装的调研等。

价格是市场营销组合中最敏感、最活跃的要素,也是市场竞争的重要手段。注重产品的价格调研对于企业制定正确的价格策略具有重要作用。价格调研一般包括:市场供求情况及变化趋势的调研,影响价格变化的各种因素的调研,替代品价格的调研,新产品定价策略的调研等。

分销渠道是产品从生产者向消费者转移过程中经过的通道。分销渠道策略是营销活动的重要组成部分之一,合理的分销渠道能够使产品及时、安全、经济地通过必要的环节,以最低的成本、最短的时间实现最大的价值。因此,分销渠道调研是市场调研的重要组成部分。主要包括:选择各类中间商的调研,对影响分销渠道选择各个因素的调研等。

促销是营销者与购买者之间的信息沟通与传递活动。促销的目的就是激发消费者的欲望,影响消费者的购买行为,扩大产品的销售,增加企业的效益。促销调研的内容一般包括:促销手段的调研与促销策略的可行性调研等。

除了以上列举的主要范围之外,市场调研可以应用在更多、更广泛的方面。如美国总统选举,要通过市场调研来了解民意,制定施政纲要;国外陪审团成员的选择,很多也是借助市场调研及其工具来完成的。

2. 市场调研的分类

(1) 按资料来源不同分类

按资料来源不同,将市场调研分为文案调研、实地调研和网络调研。

① 文案调研。文案调研是收集、分析历史和现实已有的各种信息和情报资料,获取与调研目的相关信息的一种调研方法。它具有获取信息快、方法简单、节省资金等特点。同时,文案调研还可以与实地调研结合使用。例如,调研分析汽油价格变化对消费者购车的影响,就可以通过文案调研对过去的资料进行收集,现在的资料则采用实地和网络调研的方式获得。

② 实地调研。对市场现象进行实地观察,是市场调研最基本的收集资料的方法之一。实地调研包括访问法、观察法、实验法等。访问法是将要调研的事项,以面谈、电话、书面等形式向被调研者提出询问,获得调研资料的方法,包括面谈、电话访问、问卷调研。观察法是凭借自己或借助仪器,观察市场,并进行现场记录,用以收集资料的方法。实验法是在模拟环境中小规模地进行实验,判断相关量之间关系的调研方法。

③ 网络调研。这是借助网络直接收集一手资料或间接收集二手资料的市场调研。随着信息技术的突飞猛进,信息爆炸使个体与社会发生了根本性的变革,个体通过一种结成网状的电信设备进行网络层面的物质活动、精神活动和话语交流。这使得网络调研具有巨大的技术优势和发展潜力,网络调研跨越了时空限制,不仅节省了人力、物力和财力,而且将彻底改变传统的调研模式,是一次根本性的变革。但网络调研也存在着弊端,其中最主要的问题就是网络调研结果的可靠性和客观性。

（2）按调研样本产生的方式不同分类

按调研样本产生的方式不同，市场调研可以分为市场普查、重点调研、抽样调研、典型调研等。

① 市场普查就是对市场调研指标总体进行调研，也就是对所要认识的研究对象全体进行全方位的调研。它是获得较为完整的信息资料的调研方法。

小资料 4-2

人口普查分析发现新市场①

日本西尼公司原是一个仅有 30 多人的生产雨衣的小公司，因产品滞销，公司准备转产。有一次，公司董事长多川博偶尔看到一份人口普查资料，得知日本每年出生婴儿 250 万。他想，每个婴儿一年用两条尿布，一年就需要 500 万条，如果再销往国外，市场就更加广阔了。于是，他果断决策：转产尿布。

结果，几年工夫，该公司生产的尿布就占领了日本市场，并占了世界销售总量的 30%。多川博由此成为世界著名的"尿布大王"。

② 重点调研是指从调研对象总体中选出一部分重点单位进行调研。这种方法的优点是节省人力，节省开支，同时能较快掌握调研对象的基本情况。

③ 抽样调研是指在调研对象总体中抽取一部分子体作为样本进行调研，再根据样本信息，推算出市场总体情况的方法。这是市场调研中最常使用的方法。

④ 典型调研是指从调研对象总体中有意识地选择一些具有典型意义或具有代表性的单位进行专门调研。

（3）按调研的目的分类

按调研的目的不同，市场调研可分为探索性调研、描述性调研、因果性调研、预测性调研。

① 探索性调研。探索性调研是指在情况不明的条件下，为了找出问题的症结，明确进一步深入调研的具体内容和重点而进行的调研。又称为非正式调研或试探性调研。

探索性调研的主要功能是"探测"，即帮助调研主体识别和了解：公司的市场机会可能在哪里？公司的市场问题可能在哪里？并寻找那些与之有关的影响变量，以便确定下一步市场调研或市场营销努力的方向。即发现问题，寻找市场机会。例如，某超市近几个月来金龙鱼色拉油销量大幅度下降，是市场环境变化了？是新的竞争者加入了？还是市场上出现了功能强大的替代品？原因很多，到底是哪一种？为了找到可能的原因，又不可能进行一一调研，这就需要进行探索性调研。探索性调研一般在新产品开发过程中或在一项大型市场调研活动的开始阶段使用。其主要解决的问题是"可以做什么"。

但是，探索性调研只能将市场存在的机会与问题呈现出来，它既不能回答市场机会与问题产生的原因，也不能回答市场机会与问题将导致的结果，后两个问题常常依靠更加深入的

① 资料来源：赵伯庄，张梦霞．市场调研．北京：北京邮电大学出版社，2004

市场研究才能解决。如:是否存在市场机会?

② 描述性调研。描述性调研是指描述市场状况,经过周密计划,正式地、全面地对特定的市场情报和市场数据进行系统地收集与汇总,以达到对市场情况准确、客观地反映与描述(探索性调研是基础)。它比探索性调研更深入、更仔细。通常不涉及事物的本质与事物发展的内在原因,而是说明要调研市场的状况特征,是市场现象的具体化。常见的描述性调研有市场分析调研、产品分析调研、销售分析调研、价格分析调研、渠道分析调研、广告分析调研、形象分析研究等。描述性调研是市场调研的重要组成部分,它主要解决"是什么"的问题。

通常用 6w 描述:

- 哪些人构成了市场?   who——购买者
- 他们购买什么   what——购买对象
- 他们为何购买   why——购买目的
- 他们怎样购买   how——购买方式
- 他们何时购买   when——购买时间
- 他们在哪购买   where——购买地点

一般来说,描述性市场调研要求具有比较规范的市场调研方案,比较精确的抽样与问卷设计,以及对调研过程的有效控制。描述性市场调研的结果常常可以通过各种类型的统计表或统计图来表示;同样,描述性调研也不能回答市场现象产生的原因,及其可能导致的后果。但是,由于描述性调研的结果有助于识别市场各要素之间的关联与关系,因此,对进行下一步的因果研究提供了重要的分析基础。如:如果存在市场机会,市场将会有多大?

③ 因果性调研。因果性调研是以解释市场变量之间的因果关系为目的的调研,又称为解释性市场调研,它的目的在于对市场现象发生的因果关系进行解释说明。主要功能是在描述市场调研的基础上,对调研数据进行加工与计算,再结合市场环境要素的影响,对市场信息进行解释和说明。进一步分析何者为因,何者为果?顾客为什么不满意?如何才能提高顾客的满意度与忠诚度?售后服务对顾客满意度的影响?这些都需要进行因果性调研。

探索性调研与描述性调研侧重于市场调研方面的问题,因果性调研则侧重于市场分析与研究,是更高一级的市场调研方式。它主要解决"为什么"或"如何做会产生什么结果"的问题。

探索性调研和描述性调研侧重于市场调研,因果性调研则侧重于市场分析与研究,是更高一级的市场调研方式。通过因果分析,市场调研人员能够解释一个市场变量的变化是如何导致或引起另一个市场变量的变化。

④ 预测性调研。预测性调研是以预测未来市场变化趋势为目的的调研。市场预测调研是在市场描述性调研和因果调研的基础之上,依据过去和现在的市场经验和科学的预测技术,对市场未来的趋势进行测算和判断,以便得出与客观事实相吻合的结论。

它主要通过了解现有市场状况,结合过去情况,总结市场变化趋势与规律,运用类推或数学模型方法对未来市场变化做出预测。

预测性调研的目的在于对某些市场变量未来的前景和趋势进行科学的估计和推断,回答"将来的市场将怎样"。

从方法上看,市场预测可分为定性预测和定量预测。定性预测又称为判断预测,是凭借市场信息和预测者的知识、经验、智慧,对未来市场销售量进行估计,通常在缺乏数据或不必要搜集详细数据时采用。定量预测,又称为统计预测,它需要依据一定的市场描述性调研资料,利用科学的数学模型和统计分析方法,对市场需求量进行分析和研究,它通常在市场数据充足,且预测精度要求较高时采用。定量预测的特点是:重数据,轻主观,精度高,技术性强。

(4) 按调研时间划分,市场调研可分为经常性市场调研、一次性市场调研、定期性市场调研

经常性市场调研是对市场现象的发展变化过程进行连续的观察;一次性市场调研则是为了解决某种市场问题而专门组织的调研;定期性市场调研是对市场现象每隔一段时间就进行一次的调研。它们分别研究不同的市场现象,满足市场宏观、微观管理的需要

(5) 按调研主体划分,市场调研可分为企业市场调研、政府部门市场调研、社会组织市场调研、个人市场调研

企业在经营过程中,为了更好地发现市场机会,就要进行市场调研,企业是市场调研的主要主体。政府部门是社会经济的主要调节者,需要经常开展市场调研活动,但政府部门的市场调研一般都是较大范围的调研,如经济普查。社会组织的市场调研是指各种协会、学会、中介组织、事业单位、群众组织等为了学术研究、工作研究、提供咨询等需要,组织开展专业性较强的市场调研活动。个人的市场调研主要指个人、个体经营者和研究人员为研究需要而进行的市场调研。

(6) 按商品用途划分,市场调研可分为消费品市场调研、生产资料市场调研、服务市场调研

消费品市场调研是直接面向最终消费者的物质产品市场的调研,如个人生活用品。生产资料市场调研是指购进产品不是用于消费,而是用于再生产的产品市场调研,如配件。服务市场调研是指不以实物形式,而是以劳务或服务形式表现的无形商品市场的调研,如金融、保险、咨询等。

(7) 按调研空间范围划分,市场调研可分为国际市场调研、全国市场调研、国内区域性市场调研

国际市场调研是指其他国家或地区的商品或劳务营销环境所进行的市场调研,是一些企业开拓海外市场、进行国际贸易时必须进行的市场调研。全国性市场调研是针对国内市场开展的全国性大规模市场调研。而区域性市场调研是针对国内某个相对较小的区域市场进行的市场调研。

4.1.3 市场调研的原则与作用

1. 市场调研的原则

(1) 客观性原则

客观性原则就是从客观实际出发,在正确理论指导下,对已有的资料进行科学分析,找出事物发展的客观规律性,并用于指导行动。市场调研收集到的资料,必须体现客观性原则,对调研资料的分析必须实事求是,尊重客观事实,切忌以主观臆造代替科学分析。

(2) 系统性原则

市场调研与分析是一项系统性的工作,它是由市场调研主体、客体、程序、方法、设备、资

金与信息资料等因素构成的。在市场调研与分析过程中,必须综合考虑各种因素,以系统思想为指导,注意全面考虑问题,既要了解本企业的实际情况,又要了解竞争对手的有关情况;既要认识到内部环境的影响,又要调研社会环境对企业与消费者的影响程度。绝不能犯以偏概全的错误。

(3) 经济性原则

进行市场调研要考虑经济效益问题。市场调研需要投入一定的人力、物力与财力,必须在保证质量的前提下,节约费用开支。一般情况下,对产出市场信息的数量、质量要求越高,花费的人力、财力、物力也越高。但是,从市场信息实际使用效果来看,高的投入并不总是能产生高的产出。为此,必须进行投入与产出的比较,寻找一个最佳结合点。只有当信息的预期价值大于获得这些信息的成本时,调研才应当进行。通常要考虑以下三个问题:一是收益有多大,是否值得投资;二是调研的成果能否提高决策的质量;三是调研支出预算方案是否最佳。

(4) 科学性原则

市场调研是为企业决策提供依据的,必须具有科学性。不论是市场调研方式与方法的选择,还是调研过程的组织都必须按照严格的程序,调研人员要具备专门的调研技术和科学的态度,还要规定科学合理的工作标准。只有这样,才能保证市场调研与分析工作的高质高效。

(5) 准确性原则

准确性原则要求,对市场信息的收集、加工、处理、分析和提供必须做到两点:一要真实;二要精确。真实是定性的要求,即要求收集、处理、分析、提供的市场信息资料必须是真实的,而不是虚假的;精确是定量的要求,即收集、处理、分析、提供的信息资料应尽量减少误差与模糊度。

2. 市场调研的作用

(1) 市场调研与分析是企业决策的前提与基础

每个企业在发展过程中,经常会面临极具吸引力的选择,哪种选择是正确的,怎样选择才正确,一个优秀的决策绝不是建立在感觉、直觉、纯粹的主观臆断基础上的,而是依靠科学的方法与正确的态度。市场调研与分析能够有效地了解市场、认识市场、分析市场,科学的市场调研是企业决策的重要依据。

(2) 市场调研与分析能帮助企业发现自己的优势

企业通过市场调研,可以了解竞争对手的情况,分析竞争对手的优势与劣势,找出自身的优势和劣势,在竞争中回避对手的优势,发挥自己的长处,抓住市场机会。同时可以针对竞争对手的弱点,突出自己特色,更能吸引消费者正确地收集信息、使用信息,赢得消费者的市场份额。

(3) 市场调研与分析能帮助企业了解市场供求状况

现代企业竞争实质上是一场争夺消费者的商战。营销学家们指出:现代商战的胜利不在于你占据了多少个商场,拥有多少产品,而在于你占据了多少个消费者的心。拥有一个市场比拥有一个企业更重要。市场调研可以帮助企业发现消费者的现实需求,同时还可以找到潜在需求,给企业带来无限商机。面对庞大的国际市场,企业可以通过市场调研充分挖掘市场潜力,创造出更多、更有效的新的市场和新的顾客。

(4) 市场调研与分析有利于企业掌握环境变化,及时调整策略

市场环境是不断发展变化的,市场调研与分析能帮助企业在变化的市场环境中发现规律,发现有价值的信息。通过市场调研既可以发现老顾客的未知需求,也可以找到已知需求的新顾客群,为新产品开发提供新思路;通过市场调研还可以了解消费者的消费特征,为决定产品定位提供最佳方案;通过市场调研能够充分了解企业形象和广告效果;通过市场调研能够帮助企业避开竞争对手,为企业做出正确的选择提供依据。

当然,市场调研也有其局限性。第一,市场调研不是万能的,并非所有信息都可以通过市场调研获得,例如,信息属于商业机密,就很难获得。第二,市场调研通常是对今天的事实或被调研者过去发生行为资料的收集,而企业仅根据市场调研进行决策,当然不适应。第三,市场调研的信息不一定都是真实的。第四,调研结果不一定公正,具有一定倾向性。对于同一个问题,不同观点的人会有不同的调研结果。此外,在大多数市场调研中,由于受抽样方法及人为原因的影响,都会存在一定程度的误差。为此,我们要对调研结果客观分析,正确看待。

小资料 4-3

市场调研使百事可乐如获法宝[①]

在美国软性饮料市场上,"可口可乐"曾经成为美国民众不可分的一部分,漏斗型造型是"可口可乐"最重要竞争优势,百事可乐花费数百万美元,以研究新的瓶子设计,推出"漩涡型瓶子",却被认为是个仿冒者。

可口可乐的瓶子,我们必须"消除它的那股无形特殊力量",这个问题的症结是什么?史考特知道,百事可乐公司就是对他们顾客认识不足,搞不清顾客真正需要的是什么,于是决定市场调研,他发起一项"大规模消费者调研",以研究各家庭实际上在其家中如何饮用百事可乐和其他软性饮料。该公司慎重选择了 350 个家庭做"长期的产品饮用测试",以折扣优惠价,每周订购任何所需数量的百事可乐及其他竞争品牌软性饮料。

史考特回忆说:让我们大吃一惊的是,发现不管他们订购多少数量百事可乐,总有办法把它喝光,这让我恍然大悟。他说,我们要做的就是包装设计,使人们更容易携带更多软性饮料回家。情况已很明白,我们该将竞争的规则全面变更。我们该着手上市新的、较大的,且更多变化性的包装设计。于是,百事可乐把容量加大,让包装更有变化。戏剧化的结果出现了,可口可乐没有将其著名的漏斗造型瓶子转换为更大容器,百事可乐已逼使长久以来遥不可改的"可口可乐瓶子",即一个已经让三代以上的美国人熟悉的商标,在美国市场上消失了;百事可乐的市场占有率则呈戏剧化扩张。

史考特发现在点心食品上的关键事实,也是目前所有市场人员认知的事实是"你能说服人们买多少,他们就吃多少"。怎样才能说服消费者?最佳的方法就是市场调研。

---

① 资料来源:王峰.市场调研.上海:上海财经大学出版社,2006

4.2　市场调研的程序与方法

4.2.1　市场调研的程序

市场调研的程序包括：①确定问题及调研目标；②制订调研计划；③现场调研，收集信息；④分析信息，解释结果；⑤提交研究报告。如图 4-1 所示。

图 4-1　市场调研程序

（1）确定问题和调研目标

调研的第一步要求营销经理和营销研究人员认真确定问题和调研目标。正确定义问题等于解决一半问题。所要调研的问题，既不可过于宽泛，也不宜过于狭窄，要进行明确界定，并充分考虑调研成果的时效性。调研问题与目标的表述将指导整个调研过程，营销经理和调研人员将这些描述做成书面材料，以确保他们对调研的目的和预期结果看法一致。

小资料 4-4

可口可乐公司的口味测试①

20 世纪 80 年代，尽管可口可乐仍是软饮料中的领先者，但其市场份额却正慢慢地被百事可乐占领。多年来，"百事"成功地发动了"百事挑战"，一系列口感测验表明消费者更喜欢甜一点的百事可乐。可口可乐公司开始了其历史上最大的新产品调研计划，它花了两年时间，耗资 400 万美元进行调研，以确定新配方。在无商标测试中，60％的消费者认为新可口可乐比原来的好，52％的人认为新可口可乐比百事好。调研结果表明，新可口可乐一定会赢，所以公司很自信地用新可口可乐作为替代老可口可乐的主打产品，向市场推出。

结果发生了什么？新产品推出后，每天公司都会收到消费者成袋的信件投诉和1500 多个电话。问题出在哪儿了？问题就在于可口可乐公司将调研目标仅仅限于"口味"测试，而忽略了它的支持者们对可口可乐代表的文化及精神意义的认同。

（2）制订调研计划

营销调研中，确定所需要的信息，制订有效收集信息的计划，并向营销经理提出该计划是非常关键的一步。此计划需要决定资料来源，调研人员收集信息的方法，调研工具的选择，抽样计划，接触方法。营销经理在批准计划以前需要预测该调研计划的成本，并依据此项活动的目标加以规范。在调研中二手信息的收集因其特性备受关注。

---

①　资料来源:连漪著.市场营销学.北京.北京理工大学出版社,2007

（3）现场调研、收集信息

调研中的信息收集是花费最大而又容易失误，并直接影响调研结果的阶段。收集的实地调研数据有时纷繁杂乱，调研者必须仔细甄别收集到的原始信息，以使所使用的数据准确无误。收集的原始数据经整理和使用适当的话，可以成为后继营销活动的有力支持。

（4）分析信息、解释结果

对收集来的信息进行分析处理，也是一门艺术。现代营销人员可采用计算机辅助方式，应用专业系统软件，利用模型进行数据分析，以便发现有助于营销管理决策的信息。

（5）提交研究报告

调研报告的形成是营销调研的最后一步，调研报告不只是计算机分析汇总的一系列数据和统计图表，更应包含调研人员依据数据得出的结论及给出的营销建议，这些建议与结论才是对营销决策最具意义的调研结果。

4.2.2 市场调研的方法

1. 问卷调研法

问卷调研是企业进行实地调研、搜集第一手市场资料最基本的工具。在现实的市场调研活动中，市场调研的内容非常丰富，人们不仅要了解市场潜量、市场需求规模等方面的市场调研总体的数量特征，而且还要了解关于市场需求的行为特征，以及产生各种行为的动机、态度等方面的心理特征信息。问卷调研法为有效地搜集这些信息提供了良好的技术手段，所以，在市场调研活动中广泛地运用。

（1）问卷调研的程序。问卷调研是根据统一设计好的问卷，向被调研者调研搜集关于市场需求方面的事实、意见、动机、行为等情况的一种间接的、书面的、标准化的调研方法。问卷调研的程序包括调研方案设计，确定调研问卷对象，问卷的设计与制作，问卷的发放，问卷的回收、整理与分析，撰写问卷调研报告6个步骤，如图4-2所示。

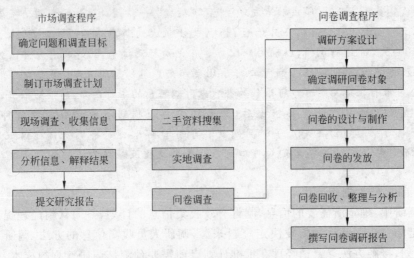

图 4-2 问卷调研的基本程序

（2）问卷的设计与制作。问卷的设计与制作并不存在严格的必须遵守的程序，一般遵循以下工作流程：

① 明确调研主题。在进行问卷设计之前,必须要明确调研的主题以及问卷调研的目的与调查主题的关系。

② 拟定调研项目。问卷设计之前,问卷设计人员应该根据问卷调研主题拟定一份问卷调研基本内容的纲要。

③ 设计问句与问句排序。问句设计一方面要考虑是否反映了调研者的基本意图;另一方面要考虑被调研者能否正确理解问句。最后对设计好的问句进行合理排序。

④ 问卷评估、测试与修订。当一份问卷的雏形形成后,需要进行评估,并选择有典型意义的少量样本进行测试,测试的主要目的是被调研者对问卷的理解与调研目标之间是否存在偏差,最后进行修订。

⑤ 付印。在资金、时间、设备等资源条件允许的条件下,市场调研人员应该为自己的调研对象准备好一份最具吸引力的、便于阅读、易于回答的调研问卷。

(3) 问句的种类与设计原则。问句是一份调研问卷的基本构成要素,问卷的目的与调研的项目基本是靠问句来反映。因此,问卷设计的核心内容是问句设计。问句的分类方法很多,主要有如下几种类型:

① 按问卷中问句形式的不同,问句主要分为封闭式问句与开放式问句。

② 按说明问题的深度的不同,问句主要分为事实性问句、态度性问句与原因性问句。

③ 按问句答案内容的不同,问句主要分为系统性问句与非系统性问句。

④ 按解决问题的功能的不同,问句主要分为过滤性问句、提问式问句、探求式问句、强度式问句与核实式问句。

问句设计应坚持如下几个基本原则:定义清楚;语句简洁;避免引导;注意过滤;数量适中;不问隐私。

2. 抽样调研法

抽样调研法是市场调研中一种常用的方法,是指在调研对象的总体中,抽取一部分样本,并对其进行观察,然后根据对样本单位的观察结果来推测调研总体一般特征的方法。在这类调研中,一般将与调研主题相关的所有假设调研对象称为调研的"母体",也称"总体";将从中抽选出的一部分被调研者称为"样本"或"子样"。

(1) 抽样调研的方法。在市场调研过程中,抽样调研的方法大体可以分为两类:随机抽样和非随机抽样。如表 4-1 所示。

表 4-1　抽样调研方法

	简单随机抽样	总体的每个成员都有已知的、均等的被抽中的机会。如将总体编号后,任选其中的几个号码
随机抽样	分层抽样	将总体分成不重叠的组(如年龄组),在每组内随机抽样
	等距抽样	将总体各单位按某标志排列后,依一个固定顺序和间隔来抽样
	分群抽样	将总体分成不重叠的组(如街区组),随机抽取若干组进行调研
非随机抽样	随意抽样	调研员选择总体中最易接触的成员来获取信息
	估计抽样	调研员按自己的估计选择总体中可能提供准确信息的成员(如要了解中高层收入的人的消费习惯,可选择在高档小区中进行)
	定额抽样	按若干分类标准确定每类规模,然后按比例在每类中选择特定数量的成员进行调研(如男 20 个,女 30 个)

（2）抽样调研的基本程序。抽样调研是市场调研整体方案的一个组成部分,科学的抽样调研方案和可操作性的抽样调研方案一般有 6 个基本步骤,如图 4-3 所示。

图 4-3　抽样调研的基本程序

① 定义调研总体。根据市场调研主题与市场调研提纲的要求,确定抽样调研基本对象的范围。

② 选择样本框。市场调研人员可以通过各种方式获得样本框,例如,从公司内部的客户信息库中获得基本用户的抽样调研样本框;对城镇居民的调研,可以通过居民委员会或派出所来获得样本框。

③ 确定抽样数目。在市场调研中,抽样数目是一个非常重要的问题。若样本数目不够多,缺乏代表性,还会造成抽样过程中不必要的人力与财力资源浪费。

④ 选择抽样方法。一般来说,选择哪种抽样方法,取决于调研技术的要求、调研总体的分布特征以及调研成本的限制。

⑤ 抽样计划与实施。采用不同的抽样方法,抽样计划的设计就不同。在随机抽样中,分类抽样、等距抽样和分阶段抽样的抽样设计较为复杂;在非随机抽样中,配额抽样的设计相对复杂。

⑥ 对调研总体特征的推断。抽样调研的最终目的是通过对样本的观察,达到对调研总体的一般认识。因此,抽样调研的最后阶段是用样本数据对调研总体数据进行估计或推断。

3. 态度测量表

在问卷调研设计中,大量的问句表现为对市场的特征、消费者购买行为、态度、心理与动机等方面的测量。由于消费者与市场的特征非常复杂,在问卷调研中往往采用各种不同的测量尺度与测量表。

（1）测量尺度

问卷调研中常用的态度测量尺度有 4 种,即定类尺度、定序尺度、定距尺度和定比尺度。其中定类尺度是基础,后一种都是前一种的升级。一般来说,定类、定序尺度多用于态度测量;定距尺度可用于态度测量,也可用于客观指标的测量;定比尺度多用于客观指标的测量。定类与定序测量尺度的级别较低,应用广泛。

（2）直接量表

态度测量是对被调研者的行为、态度、心理进行测量的基本形式。具体又分为直接量表与间接量表。直接量表是指由调研者设计各种不同类型的问题,直接向被调研者进行询问,被调研者根据自己的行为、态度对问句直接作出回答的一种方法,其具体形式主要有：是否型量表、选择型量表、标度式量表与配对比较型量表。

（3）间接量表

间接量表是由调研者根据市场调研目的的要求,涉及一系列调研问句,由被调研者根据自己对问题的态度来决定语句选择的一种态度测量表。常见的有沙斯通量表、赖克梯量表与哥提曼量表。

4．访问调研法

（1）访问调研方式，如图 4-4 所示。

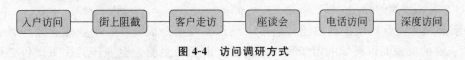

图 4-4　访问调研方式

（2）访问调研的实施过程。

访问调研的实施过程有以下几种。

① 访问前的准备。主要包括：熟悉调研提纲、学习相关知识、选择被访问者、安排访问时间与访问地点、集体访问前的准备。

② 访问进行。由三个步骤构成：约访、开场白与访问进行。"约访"与"开场白"是一种铺垫，访问是核心部分。

③ 访问记录。访问过程中，访问者要对访问内容进行记录。通常采用录音记录，然后进行笔记整理。

④ 访问结束及结束后的工作。访问结束时应向被访问者致谢，同时也可以与被访问者建立某种联系，说明必要时可能还要来访等。访问结束后整理访问材料，必要时可以向被访问者发出致谢信。

其他访问法主要有：实验调研法，是指用自然科学中的实验求证的原理来研究和解决市场问题，也是市场调研中的一种较为常用的方法；直接观察法，是调研者根据调研目的的要求，深入调研现场，通过对调研对象进行直接的察看或测量，例如通过调研人员的感官，眼看、鼻嗅、耳闻、手摸、品尝来观察；专家调研法，是一种依靠专家的知识、经验和市场观察能力，来搜集和分析市场情况的方法。

4.3　市场预测技术

4.3.1　市场预测的一般问题

1．市场预测的概念与作用

（1）市场预测的概念

预测是指根据已经获得的资料，运用科学的方法，对事物未来的发展趋势做出客观估计和判断的过程。预测理论作为通用的方法论，既可以应用于研究自然现象，如气象预测，也可以应用于研究社会现象，如经济发展预测，市场预测是预测在营销领域的运用。

所谓市场预测是指在市场调研的基础上，根据市场的历史和现状，凭借经验并运用一定的预测理论和技术，对市场未来发展的趋势进行测算和判断的活动和过程。

市场预测并非毫无根据地胡乱估计，首先，它的依据是市场调研所获得的资料和信息，必须依据这一基础进行测算和判断;其次,这种判断要运用一定的预测理论或技术,即运用科学的方法。由此也可以看出市场预测具有科学性,这一性质保证了市场预测的结果具有相当的准确性,能够帮助企业活动决策者作出科学的决策。但由于所获得的调研信息有限,无法保证信息的客观性,再加上预测者个人的主观原因,使得预测结果具有局限性,企业活动决策者进行决策时不能完全依赖预测结果。

(2) 市场预测的作用

① 有利于企业做出正确的经营决策。经营决策是否正确是一个企业成败与兴衰的关键,而正确的决策要以科学的市场预测为前提。市场预测能为企业经营决策提供必要的市场经济信息,为决策方案的制订提供科学依据。市场预测是企业正确决策的充分必要条件,这是因为,市场预测以市场历史、现实发展过程中的事实材料为基础,借助预测理论与方法,对市场活动未来发展趋势做出的预计。它减少了对市场活动认识的不确定性,针对解决决策者关心的主要市场问题(即市场变量),如市场需求、商品销售、价格、市场占有率、产品生命周期等的发展变动趋势与可能达到的水平做出定性和定量的估计,能够为制订解决问题的方案及方案论证、比较选择提供科学依据。市场预测得到的未来市场信息越准确、可靠,企业经营决策的正确性的把握就越大。

② 有利于企业主动适应市场变化,提高企业竞争力。市场是千变万化的,今天的市场不等于就是明天的市场。企业要提高竞争力,就不仅要关心研究现有的市场,还要关心研究未来的市场。而市场预测就是对未来市场需求的估计和判断。因此,要使企业在竞争中得到发展,必须通过市场预测活动,随时了解市场上各种商品的供求变动状况及趋势,随时把握消费者的潜在需求,自觉地指导企业正确选择或调整生产经营方向,选择新产品开发,采取正确的经营对策及时打入并占领市场,不断扩大产品销售,提高市场占有率。只有这样,企业才能更好地适应市场变化,提高企业的竞争力。

③ 有利于企业提高经营计划的科学性和经济效益。企业全部生产经营的核心是提高经济效益。企业生产经营活动能否不断取得理想的经济效益与企业经营计划是否科学有直接关系。搞好经营的基础之一就是积极做好市场预测工作。企业应生产经营哪些产品,数量多少;开发什么新产品,投入资源多少;产品定价多少,如何销售;配备什么样的生产设备,采购什么样的原材料。这些问题的解决都要依赖于市场预测。错误的预测可能使生产经营的产品不符合市场变化的需求而导致产品积压,企业经营亏损;或者出现产品供不应求,造成脱销,既影响社会需要,也不利于企业提高经济效益。

④ 有利于企业协调各部门的工作。企业依据未来一段时间的销售预测,可以指导财务部门确定下一阶段筹集资金和经营上所需的资金;指导制造部门估计生产能力和产出水平;指导采购部门确定采购原材料的数量;指导人事部门确定所需员工的数量等。根据预测结果,企业可以将各部门的工作协调统一起来。企业越是重视营销工作,市场预测的这一作用就越重要。

2. 市场预测的内容与类型

(1) 市场预测的内容

市场预测的内容很广泛,包括影响市场营销的各方面因素。概括起来主要有以下几个方面:

① 预测市场需求。预测市场需求是市场营销预测的重要内容。所谓市场需求量是指消费者、用户在一定时间、一定市场范围内对商品的需求量。这里的需求包括两层概念：一是消费者想要拥有和使用某种产品的愿望；二是消费者有能够实现购买愿望的货币支付能力。

市场需求又包括市场需求潜量、市场销售潜量及市场最低需求量，如图 4-5 所示。

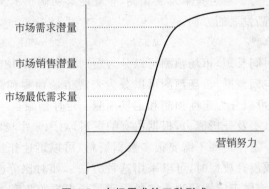

图 4-5　市场需求的三种形式

② 预测市场占有率。市场需求反映的是某种产品总的市场需求情况，而市场占有率才能反映企业产品在市场上占有的份额。所谓市场占有率，是指在一定时期一定市场内，企业生产的某种商品的实际销售量与该市场内同种类别商品销售总量的比率。

市场占有率又分为绝对市场占有率和相对市场占有率。通常，市场占有率即为绝对市场占有率。相对市场占有率是指本企业市场占有率与同行业销售量最大的企业市场占有率的比，相对市场占有率反映了本企业产品与同行业竞争对手产品的比较关系。

市场占有率反映了企业产品在市场上的占有水平及企业的竞争能力。市场占有率高，即意味着企业的产品受欢迎，竞争力强；反之，则说明产品不大受欢迎，缺乏竞争力。因此，市场占有率是综合反映企业经营状况和管理水平的一项重要指标，因而是市场营销预测的一项重要指标，是市场营销预测的重要内容。

通过对市场需求潜量、市场销售潜量及市场占有率的预测，即可预测本企业产品在市场上的销售量。预测计算公式为：

$$本企业商品销售量＝市场预测销售量×市场占有率$$

市场占有率反映了企业产品在市场上的占有水平及企业的竞争能力。市场占有率高，即意味着企业的产品受欢迎，竞争力强；反之，则说明产品不大受欢迎，缺乏竞争力。因此，市场占有率是综合反映企业经营状况和管理水平的一项重要指标，因而是市场营销预测的一项重要指标，是市场营销预测的重要内容。

③ 预测企业资源。资源是企业生产经营的物质基础。企业所需资源主要包括人力、财力和物力等。人力是指企业发展所需的各类技术人才、管理人才及其他专门人才；财力是指企业发展所需的资金；物力是指企业生产所需的原材料、能源、燃料、动力、设备、零配件等物质资料的供应及保证。通过对资源预测，企业就可能掌握人、财、物等资源的发展动态，以及有计划地合理开发、配置和使用资源，保证企业发展的需要。

④ 预测技术发展。科学技术是推动企业进步与社会发展的强大动力。技术对企业发展的推动作用主要表现在两方面：一是新技术的应用必然引起产品更新换代和新产品问世，以便满足消费者新的需求，有利于企业开拓新的市场；二是新技术的应用也会推动设备改造与工艺革新，以便大幅度提高生产效率。所以，技术预测对企业发展具有重要意义。技术发展预测的主要内容，是围绕与本企业有关的新技术、新产品、新材料、新工艺、新设备等方面的动态及其发展趋势。通过技术发展预测，企业能够明确技术发展的方向，制定正确的技术发展方针，确定产品发展的方向。

（2）市场预测的类型

按照市场预测的时间长短，市场预测可以分为短期市场预测、中期市场预测和长期市场预测。按市场预测的空间范围，市场预测可以分为宏观市场预测和微观市场预测。按市场预测的性质，市场预测可以分为定性预测和定量预测。定性预测也叫经验判断预测，是指预测者凭其经验、理论、水平及分析能力，根据占有的资料，对未来市场的发展趋势作出估计和判断的一种预测方法。定性预测不需要很多数据资料，可以迅速作出判断。在影响市场的因素很多而数据很少或没有数据时，可以采用这种方法。如对比分析法、集合意见法、顾客意见法、专家意见法等都属于定性预测。定量预测是指根据收集和整理的市场历史和现实数据，运用数学方法对市场发展趋势进行预测的一种方法。定量预测需要完整的数据资料来建立数学模型，相对而言，操作起来要复杂得多。时间序列预测、因果分析预测都属于定量预测法。定性预测和定量预测各有利弊、各有所长，在实际预测时，应结合起来使用。

3. 市场预测的原则与步骤

（1）市场预测的原则

市场预测的原则是市场预测活动的指导思想，它阐明了人们为什么能够对市场未来发展变化作出估计和推测，而且这种预测有一定的科学性。

① 连续性原则。连续性原则是指市场的现象和事物发展具有一定的延续性。未来的市场需求，是过去和现在的市场需求延续和发展，因此可以根据市场的过去和现在，预测市场的未来。市场预测中之所以贯穿了连续性原则，是因为一切社会经济现象都有它的过去、现在和未来。没有一种事物的发展会与其过去的行为没有联系，过去的行为不仅影响到现在，还会影响到未来。换言之，一切社会经济现象的存在和发展都具有连续性。

② 类推原则。类推原则是指市场活动中，有许多现象、事物在发展规律上有类似之处，因此，可以将已知事物发展过程类推到预测对象上，对预测对象的未来作出预测。例如，世界许多国家在人均国民生产总值达到 1000 美元后，汽车、住宅将成为人们消费的热点。根据这一经济发展规律，我们可以预测，我国在人均国民生产总值达到 1000 美元后，汽车和住宅将成为今后一段时期消费的热点。类推原则的根据，是因为客观事物之间存在着某些类似性，这种类似性具体表现在事物之间结构、模式、性质、发展趋势等方面的接近。利用预测对象与其他事物的发展变化在时间上有先后不同，但在表现形式上有类似之处的特点，人们有可能根据已知事物的某种类似的结构和发展模式，通过类推的方法对未知事物发展的前景作出预测。

③ 相关性原则。相关性原则是指市场中许多事物、现象是彼此关联的，利用这种关联，可以进行市场预测。例如，婴儿食品的需求和婴儿的人数有很强的关联性，若掌握了未来婴

儿的出生数,就可以预测婴儿食品的需求量。这就是市场预测的相关性原则。相关性原则体现了唯物辩证法因果联系的观点。唯物辩证法认为,客观世界的事物总是相互联系的,不存在孤立的事物。一个事物的变化总会引起另一事物的变化,它们构成了因果关系,利用事物的因果关系,就可以进行市场预测。在市场预测方法中的回归分析法就是这一原则的应用。

(2) 市场预测步骤

市场预测是在市场调研研究的基础上,明确预测目标,收集资料,分析判断并运用预测方法,做出预测结论的复杂过程。这一过程具体包括以下步骤:

① 确定预测目标。确定预测目标,是进行市场预测首先要解决的问题。要完成一项市场预测,首先要明确预测的目的是什么,预测的对象是什么,只有预测目标与对象明确了,才能根据预测目标有意识地去收集各种资料,采用恰当的预测方法进行预测。

确定了预测目标,就使整个市场预测工作有了明确的方向和内容。例如,某地区为制定小轿车生产行业长远规划,开展了该地区 2010 年家庭小轿车需求预测。该项预测目标明确,预测对象是小轿车,预测项目涉及居民家庭小轿车的需求量预测、影响居民小轿车需求的各种因素(如收入水平)的预测。该项预测属于长期的市场预测。对企业而言,预测目标的确定,应根据企业生产经营管理的需要,服从企业经营决策的要求。要开展目标分析,也就是运用系统观点,逐步把握目标和外部环境之间的依存关系。

② 收集分析有关资料。科学的市场预测,必须建立在掌握充分的市场资料的基础上。预测目标确定后,就要围绕预测目标,广泛收集各种历史和现实资料。市场预测所需的资料有两类:一类是关于预测对象本身的历史和现实资料,如上例中××地区家庭私人近年来购买小轿车的统计资料;另一类是影响预测对象发展过程的各种因素的历史和现实的资料,如影响居民家庭购买小轿车的因素有收入状况、小轿车价格变动资料、城市道路发展变化资料等。

③ 进行分析判断。分析判断是指对收集的历史和现实资料进行综合分析,对市场未来的发展变化趋势作出判断,为选择预测方法,建立预测模型提供依据。

要分析各种市场影响因素对市场未来需求的影响;要分析预测期内产、供、销售关系及其变化;要分析消费心理、消费倾向等对市场未来需求的影响。主要分析消费者的消费心理、消费倾向、消费行为、价值观念等变化对市场未来需求的影响。如随着我国进入小康社会,人们对健康日益重视,可以预测各种健身用品需求量将越来越大。

④ 选择预测方法,建立预测模型。市场预测要依赖预测方法。根据预测目标,在对有关资料进行分析判断后,就要选择预测方法。预测方法选择是否适当,将直接影响预测结果的可靠性。预测方法很多,有定性预测法和定量预测法两大类。第一类中又有许多具体方法,而每一种方法对不同的预测对象、目标的有效性是不同的。

选择预测方法一般应从以下方面考虑:一方面,要根据预测目标和要求来选择预测方法;另一方面,要根据预测对象本身的特点来选择预测方法,预测模型与预测方法是紧密联系在一起的。确定了预测方法,也就确定了预测模型。建立预测模型,就是指依据预测目标,应用预测方法建立起来的数学模型。

⑤ 得出预测结论。这是市场预测工作的最后一个阶段。包括两个环节:

一是利用预测模型计算出预测值。就是根据具体的数学模型,输入有关数据资料,经过运算,求出预测值。

二是评价预测值的合理性，最后确定预测结论。

利用预测模型计算出来的预测值，只是初步预测的结果。由于种种原因，预测值和实际情况总是存在一定偏差，这就是预测误差。因此，在确定最后预测结论时，一般需要对预测的误差、作出估计，预测值误差实质上是对预测模型精确度的直接评价，决定着对模型是否认可，是否需要作出修正。如果预测误差较小，符合预测要求，最后就可以确定预测结论，即确定最终的预测值。

需要指出的是，为了保证预测值的准确性，在市场预测中，常常要同时采用不同的预测方法与预测模型。并对它们的预测结果进行比较分析，进而对预测值的可信度作出评价，以确定最符合实际的预测值。

4.3.2　市场预测的基本方法

1. 经验判断预测法

（1）对比分析法

对比分析法是指将预测目标与其同类的或相似的事物加以对比分析，来推断预测目标未来的发展取向与可能水平的一种预测方法。这种方法实际上是运用类比的原则，对预测目标进行推断的一种方法。主要类型有由点推算面、由局部类推整体、由相近产品类推新产品或同类产品、由相似的国外市场类推国内市场等。

对比分析法一般适用于开拓新市场，预测潜在购买力和需求量，预测新产品长期的销售变化规律等，比较适合中长期的预测。

（2）集合意见法

集合意见法是指集合企业内部经营管理人员、业务人员等的意见，凭他们的经验和判断共同讨论市场趋势而进行市场预测的方法。由于经营管理人员、业务人员等比较熟悉市场需求及其变化动向，他们的判断往往能反映市场的真实趋向，因此是进行短、近期市场预测常用的方法。根据参与预测人员的不同，这种方法又可分为两种：经理判断法和销售人员判断法。经理判断法是由企业的经理或厂长召集各业务部门的主管人员，共同讨论市场趋势，并作出预测结果的一种预测方法。销售人员判断法是指企业负责人召集销售人员讨论市场发展趋势，预测市场结果的一种预测方法。

（3）专家意见法

专家意见法是指企业邀请内部或外部的具有某一方面专业知识和丰富经验的专业人员（即专家），根据市场预测的目标和要求，综合专家意见进行市场预测的一种方法。由于专家在某方面具有权威性，预测结果较准确，同时这种预测方法组织较方便，预测时间短，已成为重要的定性预测方法。

按照征求专家意见的方式不同，专家意见预测法可以分为：专家会议法、头脑风暴法和德尔菲法。

（4）顾客意见法

顾客意见法即预测人员直接调研顾客或用户的购买意向，在分析市场需求变化的趋势和竞争情况后，做出对本企业产品需求的预测。此法适用于用户数量不太多或用户与本企业有固定协作关系的企业,主要是制造生产资料类产品的企业。如果用户量大,调研起来就很困难。该方法的优点是直接了解用户的意见,使调研结果更加真实。缺点是调研数据在实际购买时会受各种因素的影响而发生改变,预测者要提前充分考虑。另外,对潜在客户的调研预测比较困难。

2. 时间序列预测法

时间序列预测法是一种定量预测的方法。它是将预测目标的历史数据按时间的顺序排列成为时间序列,然后分析它随时间变化的发展趋势,外推是预测目标的未来值的一种预测方法,也叫历史延伸法或外推法。也就是说,时间序列预测法将影响预测目标的一切因素都由“时间”综合起来加以描述。因此,时间序列预测法主要用于分析影响事物的主要因素比较困难或相关变量资料难以得到的情况,预测时先要进行时间序列的模式分析。

时间序列预测法的基本特点是:假定事物的过去趋势会延伸到未来;预测所依据的数据具有不规则性;撇开了市场发展之间的因果关系。

时间序列预测法包含多种方法:简单平均法、移动平均法、指数平滑法、季节指数法、趋势外推法、生命周期法等多种。

3. 因果分析法

客观事物之间总是相互联系的,而且常常是通过因果关系进行着某种联系。在经济现象中这种因果关系更加普遍。例如人们的收入水平提高了,市场就会繁荣;广告的投入增加了,产品的销售量就会增加等。因此,对于有些市场预测可以通过寻找和分析经济现象中的因果关系进行,回归分析就是这样一种分析方法。

所谓回归分析就是研究某一个因变量与其他自变量之间的数量变动关系,由回归分析求出的关系式叫做回归模型。回归分析预测法就是从各种经济现象之间的相互关系出发,通过对与预测对象有联系的现象变动趋势的分析,推算预测对象未来状态的一种预测方法。回归分析根据自变量的多少,可分为一元回归分析和多元回归分析;根据因变量与自变量是否线性相关,可分为线性回归和非线性回归。线性回归是指因变量与自变量的关系是直线形的,而非直线形回归是指因变量与自变量的关系是非直线形的,如呈曲线形的。

需要说明的是,需求预测是一项非常复杂的工作,随着环境的不断变化,市场需求与企业需求也是不断变化的、不稳定的,需求越不稳定,就越要求精确的预测。这就要求把市场调研与预测作为一项长期的工作来抓。

本章小结

1. 市场调研就是运用科学的方法与手段,系统地有目的地收集、分析和研究与市场营销有关的各种信息,提出分析的结论与建议,作为企业分析市场和制定营销决策的依据。

2. 市场预测是指在市场调研的基础上,利用各种信息资料,采用科学方法进行分析与研究,以推测未来一定时期内市场需求情况及其发展趋势,为企业确定营销目标、制定营销策略提供依据。

1. 关键概念

市场调研　市场预测

2. 思考与练习

(1) 简述市场调研的内容与步骤。

(2) 市场调研的主要方法有哪些?

(3) 简述市场预测的主要步骤与方法。

3. 案例分析

美国关于速溶咖啡的市场调研[①]

美国关于速溶咖啡的市场调研,体现了市场调研的创造性。20 世纪 40 年代,当速溶咖啡这个新产品刚刚投放市场时,厂家自信它会很快取代传统的豆制咖啡而获得成功。因为它的味道和营养成分与豆制咖啡相同而饮用方便,不必再花长时间去煮,也不要再为刷洗煮咖啡的器具而费很大的力气。厂家为了推销速溶咖啡,就在广告上着力宣传它的这些优点。出乎意料的是,购买者寥寥无几。

市场调研人员对消费者进行了问卷调研,请被试者回答不喜欢速溶咖啡的原因和理由。很多人一致回答是因为不喜欢它的味道,这显然不是真正的原因。

为了深入了解消费者拒绝使用速溶咖啡的潜在动机,市场调研人员改用了间接的方法对消费者真实的动机进行了调研和研究。他们编制了两种购物单,见表 4-2 所示,这两种购物单上的项目,除一张上写的是速溶咖啡,另一张上写的是新鲜咖啡这一项不同之外,其他各项均相同。把两种购物单分别发给两组妇女,请她们描写按购物单买东西的家庭主妇是什么样的妇女。

表 4-2　两张不一样的购物单

类　别	产　品　名　称		
购物单 1	1 听发酵粉	2 块面包、1 串胡萝卜	1 磅速溶咖啡
	1.5 磅碎牛肉	2 磅桃子	5 磅土豆
购物单 2	1 听发酵粉	2 块面包、1 串胡萝卜	1 磅新鲜咖啡
	1.5 磅碎牛肉	2 磅桃子	5 磅土豆

结果表明,两组妇女所描写的想象中的两个家庭主妇的形象是截然不同的。看速溶咖啡购货单的那组妇女几乎有一半人说,按这张购货单购物的家庭主妇是个懒惰的、邋遢的、生活没有计划的女人;有 12% 的人把她说成是个挥霍浪费的女人;还有 10% 的人说她不是

---

① 资料来源:赵伯庄,张梦霞. 市场调研. 北京:北京邮电大学出版社,2004

一位好妻子。另一组妇女则把按新鲜咖啡购货的妇女,描写成勤俭的、讲究生活的、有经验的和喜欢烹调的主妇。这说明,当时的美国妇女有一种带有偏见的自我意识:作为家庭主妇,担负繁重的家务劳动是一种天职,而逃避家务劳动则是偷懒的、值得谴责的行为。速溶咖啡的广告强调的正是省时、省力的特点,因而并没有给人以好的印象,反而被理解为帮助了懒人。

由此可见,速溶咖啡开始时被拒绝,并不是由于它本身,而是由于人们的动机,即都希望做一名勤劳的、称职的家庭主妇,而不愿做被人和自己所谴责的懒惰、失职的主妇。这就是当时人们的一种潜在的购买动机,这也正是速溶咖啡被拒绝的真正原因。谜底揭开之后,厂家对产品的包装作了相应的修改,除去了使人产生消极心理的因素。广告不再宣传又快又方便的特点,而是宣传它具有新鲜咖啡所具有的美味、芳香和质地醇厚等特点;在包装上,使产品密封十分牢固,开启时十分费力,这就在一定程度上打消了顾客因用新产品省力而造成的心理压力。结果,速溶咖啡的销路大增,很快成了西方世界最受欢迎的咖啡。

问题

(1) 为什么速溶咖啡能成为西方世界最受欢迎的咖啡?

(2) 联系实际谈谈市场调研的重要作用。

4. 技能训练

(1) 训练项目

各模拟公司针对本地牛奶产品进行市场调研。

(2) 训练目的

通过对牛奶产品的调研与分析,使学生把握市场调研的基本方法与技巧。

(3) 训练内容

第一步,以班级为单位分成小组,每组成员以 10 人为宜。

第二步,以小组为单位对本地牛奶产品开展调研,对牛奶消费者的购买心理与购买行为进行深入研究,了解不同牛奶的市场占有率,分析消费者对牛奶产品的未满足的需求。

第三步,各模拟公司根据自己对牛奶产品市场需求的分析,制订出自己的市场开发方案,例如,开发哪些牛奶新产品? 提供哪些新的服务? 在全班师生面前进行展示,评出优胜方案。

第5章 市场细分

学习目标

1. 了解市场细分的概念与依据
2. 掌握市场细分的作用、原则与标准
3. 熟悉市场细分的方法

导入案例

宝洁公司的市场细分①

宝洁公司设计了九种品牌的洗衣粉，汰渍（Tide）、奇尔（Cheer）、格尼（Gain）、达诗（Dash）、波德（Bold）、卓夫特（Dreft）、象牙雪（Iove Snow）、奥克多（Oxydol）和时代（Era）。宝洁的这些品牌在相同的超级市场上相互竞争。但是，为什么宝洁公司要在同一品种上推出好几个品牌，而不集中资源推出单一领先品牌呢？答案是不同的顾客希望从产品中获得不同的利益组合。以洗衣粉为例，有些人认为洗涤和漂洗能力最重要；有些人认为使织物柔软最重要；还有人希望洗衣粉具有气味芬芳、碱性温和的特征。宝洁公司至少发现了洗衣粉的九个细分市场。为了满足不同细分市场的特定需求，公司设计了九种不同的品牌。这九种品牌分别针对如下九个细分市场：

汰渍，洗涤能力强，去污彻底。它能满足洗衣量大的工作要求，是一种用途齐全的家用洗衣粉，"汰渍一用，污垢全无"；奇尔，具有"杰出的洗涤能力和护色能力，能使家庭服装显得更干净、更明亮、更鲜艳"；奥克多，含有漂白剂，它"可使白色衣服更洁白，花色衣服更鲜艳，所以无须漂白剂，只需奥克多"；格尼，最初是宝洁公司的加酶洗衣粉，后重新定位为令衣物干净、清新，"如同太阳一样让人振奋"的洗衣粉；波德，其中加入了织物柔软剂，它能"清洁衣服，柔软织物，并能控制静电"，波德洗涤液还增加了"织物柔软剂的新鲜香味"；象牙雪，"纯度达到 99.44%"，这种肥皂碱性温和，适合洗涤婴儿尿布和衣服；卓夫特，也用于洗涤婴儿尿布和衣服，它含有"天然清洁剂"硼石，"令人相信它的清洁能力"；达诗，是宝洁公司的价值产品，能有效去除污垢，但价格相当低；时代，是天生的去污剂，能清除难洗的污点，在整个洗澡过程中效果良好。可见，洗衣粉可以从职能上和心理上加以区别，并赋予不同的品牌个

---

① 资料来源：苏兰君主编. 现代市场营销能力培养与训练. 北京：北京邮电大学出版社，2005

性。通过多品牌策略,宝洁已占领了美国更多的洗涤剂市场,目前市场份额已达到 55%,这是单个品牌所无法达到的。

引导问题

宝洁公司市场细分的依据是什么?

5.1　市场细分的概念与作用

5.1.1　市场细分的概念

市场是由众多消费者构成的。然而,消费者实在太多,消费者的需要存在很大的差异性,这就决定了任何一个企业,都不可能满足所有消费者对某种产品的需求;同时由于企业资源的有限性,也不可能满足所有消费者的不同需要。因此,一个企业要想在激烈的市场竞争中求得生存与发展,必须通过市场调查,将市场细分为需求不同的若干消费者群体,发现和评价市场机会,进行正确的市场细分。

1. 市场细分的概念

市场细分是美国市场营销学家温德尔·史密斯于 20 世纪 50 年代中期首先提出来的一个概念。它的产生与发展大致经历了三个阶段,如表 5-1 所示。

表 5-1　市场细分战略发展的三个阶段

	大量营销	产品差异化营销	目标市场营销
时间	19 世纪末 20 世纪初	20 世纪 30 年代	20 世纪 50 年代
竞争焦点	降低成本	销售产品	争取并保有消费者
主要特点	大规模生产单一产品,大众化渠道销售,以取得规模效益	开始重视产品的差异性与独特性,向市场推出与竞争者不同的产品	以消费者为中心,在市场细分基础上,选择目标市场,设计相应营销组合

什么是市场细分? 是指企业根据消费者需求的差异性,把消费者整体市场划分成若干个子市场,每个子市场都是由需求类似的消费者群构成的,从而确定目标市场的过程。

这个概念包含四层概念:

(1)市场细分的依据是消费者需求的差异性;

(2)市场细分的过程是将整体市场分为若干子市场;

(3)市场细分的目的是确定目标市场;

(4)市场细分的实质是需求细分。

市场细分以后所形成的具有相同需求的消费者群体称为细分市场,亦称“子市场”,不同细分市场的消费者对同一产品的需求存在着明显差别,而同一细分市场的消费者,其需求则非常相似。以消费者对化妆品的需求为例,不同的消费者对化妆品有不同的需求,有的要求保湿,有的要求美白,有的要求除皱,等等。由此化妆品消费者可以分为不同的消费者群,化妆品市场就可以被细分为若干个子市场。

2. 市场细分的实质

市场细分的实质是细分消费者的需求。企业进行市场细分,就是要发现不同消费者需求的差异性,然后把需求基本相同的消费者归为一类,这样就可以把某种产品的整体市场划分为若干个细分市场。

(1)市场细分不是对产品分类,而是对同种产品需求各异的消费者进行分类。消费者的需求、欲望、购买行为及购买习惯的差异性,是市场细分的重要依据。

(2)市场细分是一种存大异、求小同的市场分类方法。消费者由于所处的社会、经济、自然条件等因素的不同,以及消费者的性别、年龄、文化、职业、爱好、经济条件、价值观念的不同,他们的需求、欲望、购买行为具有明显差异。但对某种特定的产品而言,各种不同的消费者组成了对其某个特性具有偏好的群体。

(3)市场细分是一个聚集的过程,而不是分解的过程。市场细分在于在存大异求小同的基础上,把对某种产品的特点最易做出反应的消费者,据多种变量连续进行集合,到形成企业的某一细分市场。

3. 市场细分的最终目的

市场细分的最终目的是为了选择和确定目标市场,并在此基础上,企业运用各种可控因素,实现最优化组合,以达到企业市场营销战略目标。从这个意义来看,市场细分是目标市场营销的起点和基础,是企业市场营销战略的平台。企业的一切市场营销战略,都必须从市场细分出发。没有市场细分,就无法确定企业的目标市场,企业也就无法在市场竞争中找到企业的市场定位。

4. 市场细分的模式

市场细分的基础,在于市场需求的差异性。这种差异性主要有两种情况:一是由地理、气候等自然条件引起;二是由经济、文化等社会条件引起。根据需求的差异性来分析,有三种不同的市场细分模式。

(1)同质偏好

在市场上,每个消费者具有大致相同的偏好,产品品牌基本相似,而且集中偏好相同。这时根本不存在自然形成的细分市场。

(2)异质偏好

在市场上,每个消费者偏好差别非常大,各不相同。若市场上同时存在多个品牌,可以定位于市场的每个角落,突出自己的差异性,来满足消费者的不同偏好。

在另外一个极端,消费者的偏好可能在空间四处散布,这表示消费者对于产品的需求存在差异。先进入市场的品牌可能定位在市场的中心,以迎合最多的购买者。一个位于中心的品牌可使所有消费者总的不满为最小。后进入市场的竞争者,可能把它的品牌设置在原先品牌的附近,从而引发一场争夺市场份额的战斗,或者把它的品牌设置在一个角落里,以赢得那个对位于市场中心的品牌不满的消费者群体。如果这个市场上有好几个品牌,则它们很可能定位于整个空间的各处,并显示出相互之间的实质性差异,来迎合消费者不同的偏好。

(3) 集群偏好

在市场上,由于不同的消费者群体具有不同的消费偏好,但是同一消费者群体偏好又大致相同,这些具有相同偏好的消费者群就构成了自然的细分市场。进入市场的第一家企业可以有三种选择:一是定位于偏好中心,来满足所有消费者的需求,实行无差异性营销;二是定位于最大的细分市场,实行集中性市场营销;三是定位于不同的细分市场,同时开发几种品牌,实行差异性市场营销。显而易见,如果公司只发展一种品牌,那么竞争者就会进入其他的细分市场,并在那里引入许多品牌。

5.1.2　市场细分的客观依据与意义

1.市场细分的客观依据

市场细分的客观依据主要表现为以下几点。

(1) 消费者需求的差异性

消费者需求的差异性以及由此决定的购买者动机和行为的差异性,是市场细分的内在依据。从消费者需求状况看,整体市场可分为同质市场和异质市场。同质市场是指消费者对某一产品的需求、购买行为,对企业市场营销组合策略的反应等基本相同或相似的市场。只有少数产品的市场属于同质市场。异质市场是指消费者对某一产品的需求、购买行为、对企业市场营销组合策略的反应等存在差异的市场。绝大多数产品的市场是异质市场。正是异质市场的存在,使市场细分成为可能。从这个意义上说,市场细分就是把异质市场划分为同质市场的过程。

(2) 消费者需求的相似性

市场细分的客观基础还在于消费者需求的相似性。从整体看,消费者需求具有差异性是绝对的,因为世界上不存在两个完全相同的消费者。但在同一细分市场内部,消费者需求具有差异性又是相对的,同一细分市场内部消费者需求又具有相似性,形成相似性的消费者群。从这个意义上来说,市场细分并不仅仅意味着把同一产品的整体市场加以分解。

(3) 企业资源的有限性

由于企业资源的有限性,为了进行有效的市场竞争,迫使企业进行市场细分,在现代市场经济条件下,企业受到资源有限性的限制,不可能向整体市场提供满足所有消费者所有需求的一切产品和服务,只能满足一个或几个细分市场的消费者需求。为了进行有效的市场竞争,企业必须选择与之相适应的有利可图的细分市场,放弃那些与之不相适应的细分市场,集中企业资源,实现企业市场营销战略目标。

2.市场细分的意义

实行市场细分,可为企业了解市场、研究市场、选择目标市场提供依据,因此市场细分具有非常重要的意义。

(1) 有利于企业把握市场机会,有针对性地开展营销活动

市场细分是企业市场营销战略的重要组成部分,是现代企业市场营销活动的重要策略,

市场细分对企业来说是非常有力的竞争手段。细分市场是企业发现市场机会的起点，分析并把握市场机会是企业正确决策的起点。而这种市场机会能否真正成为企业的市场机会，主要取决于两点：一是看这种市场机会是否与企业目标相一致；二是看利用这种机会能否比竞争者更具有优势。

显然，这些都是以市场细分为起点的。通过市场细分，企业可以有效地分析各个消费者群的需求及其满足程度，同时了解市场上的竞争状况，发现哪类消费需求尚未满足，哪类需求已经满足。在市场供给看似十分丰富、竞争者似乎占领了市场的每个角落时，企业只要善于运用市场细分，就能找到属于自己的市场机会。因为消费者的需求是没有穷尽的，总会存在着尚未满足的需求。结合本企业的资源状况，抓住这样的市场机会，把它确定为目标市场。

例如，海尔集团就是通过市场细分不断发现新的市场机会，并在此基础上通过一系列营销，努力逐步发展成知名的大型跨国公司。2002年3月，我国北方大部分地区都遭受了沙尘暴的袭击，海尔针对这一情况，推出"防沙尘暴Ⅰ代"商用空调，并推向受沙尘暴影响较大的华北、东北、西北与华东部分地区，深受北方地区消费者的欢迎。

（2）有利于企业深刻认识市场，更好地掌握目标市场的特点

市场是由众多消费者组成的，每一个消费者都有不同的需求、欲望与消费偏好，因此市场是非常复杂的。只有通过市场细分，企业才能深刻认识目标市场，详细地了解每个目标市场的需求特点。

例如，某企业生产的速冻虾仁原来主要面向消费者市场，分销渠道主要是超市和专业食品商店，但是，随着市场竞争的加剧，销量大幅度下降。后来公司进行大量市场调查，把速冻虾仁的购买者分成三类：一类是大宗用户；一类是饭店；一类是家庭主妇。三个细分市场对速冻虾仁的品种、规格、包装、价格等要求不尽相同。大宗用户与饭店对虾仁的品质要求较高，但对价格不太敏感；家庭主妇对虾仁的品质、包装、外观都有较高要求，而且要求价格要合理。根据这些特点，该公司重新选择目标市场，改为以饭店与大宗用户为主要顾客，并相应地调整了销售渠道以及营销组合策略，效果显著。

（3）市场细分有利于企业集中使用资源，增强了企业的市场竞争能力

特别是对于资源有限的小企业来说，只有通过市场细分，选择有利可图的细分市场，集中使用资源，投入一个或少数几个细分市场，扬长避短、有的放矢地开展市场营销活动，增强市场调查、分析与研究的针对性。

（4）有利于企业适应需求特点，正确地规划营销组合方案

市场细分有利于企业制定和调整市场营销组合策略，实现企业市场营销战略目标。企业在未细分的整体市场上，一般只会采取一种市场营销组合策略。由于整体市场上的消费者需求差异性较大，使企业市场营销活动往往不能得到令人满意的效果，而且由于整体市场需求变化较快、较复杂，企业难以及时掌握，致使企业的市场营销活动缺乏时效性。而市场细分后，某个细分市场的消费者需求基本相似，企业能密切注意细分市场消费者需求的变化，并迅速地制定和调整市场营销组合策略，顺利实现企业市场营销战略目标。

企业通过市场细分，选择好自己的目标市场，才能根据各个目标市场的需求特点，分别规划不同的营销策略组合方案，并有效地实施营销方案。市场细分后，每个市场变得非常具体，消费者的需求清晰明了，企业可以根据不同的商品制定出不同的市场营销策略。没有市

场细分,就无法选择目标市场,企业所制定的营销组合策略必然是无的放矢。同时在细分市场基础上,信息反馈灵敏;一旦消费者需求发生变化,企业可根据反馈信息,迅速改变原来的营销组合策略,制定出相应的对策,使营销组合策略适应消费者变化了的需求。

(5) 有利于提高企业的竞争能力,取得良好的经济效益

市场细分对提高企业的经济效益有重要作用。一是通过细分市场,确立目标市场,然后把企业的人力、物力和财力集中投入目标市场,形成经营上的规模优势,取得理想的经济效益;二是市场细分后,企业可以面对自己的市场,生产适销对路的商品,加速商品周转,提高资金利用率,从而降低成本,提高经济效益;三是细分后的市场非常具体,企业可以具体细致地研究市场潜在需求、市场发展趋势,有利于满足不断变化的社会消费需要。

小资料 5-1

通用汽车的成功[①]

20 世纪 20 年代中期,亨利·福特和他有名的车型统治了美国的汽车工业。福特汽车公司早期成功的关键是它只生产一种产品。福特认为如果一种型号能适合所有的人,那么,零部件的标准化以及批量生产将会使成本大大降低,会使客户满意,那时福特是对的。

随着市场经济的发展,美国的汽车消费者开始有了不同的选择,有人想买娱乐用车,有人想买时髦车,有人希望车内空间大些,等等。通用汽车公司总裁艾尔佛雷德·斯隆发现这一问题不久,招聘了一些市场调查与研究人员,让他们研究消费者购买轿车的真正需求是什么。通过调查发现:

Chevrolet 是为那些刚刚能买汽车的人生产的;

Pontiac 是为那些收入稍高一点的客户生产的;

Oldsmobile 是为中产阶级生产的;

别克是为那些想有更好车的人生产的;

凯迪拉克是为那些想显示自己地位的人生产的。

此后,通用汽车不久就开始比福特汽车更畅销了,而市场细分作为一种重要的营销策略越来越受到企业家们的高度重视,充分显示了它的重要作用。

5.2　市场细分的标准

确定标准是进行市场细分首先要解决的问题。消费者需求的差异性是市场细分的依据。因此,所有构成消费者需求差异的因素都可以作为市场细分的标准。为了便于研究,市场营销学根据消费者的购买行为特点与企业经营的实际情况,按照消费者市场与组织市场

---

① 资料来源:杨莉惠主编. 客户关系管理实训. 北京:中国劳动社会保障出版社,2006

的不同特点,分析细分标准。

5.2.1 消费者市场细分标准

消费者市场的细分标准因企业的不同而各具特色,一般来说,消费者市场的细分标准主要有四个方面,即地理细分(geography segmentation)、人口细分(demographic segmentation)、心理细分(psychological segmentation)、行为细分(behavioral segmentation),每个方面又包括一系列细分因素,如表5-2所示。

表 5-2　消费者市场细分的一般标准

细分标准	细分变量因素	典 型 分 类
地理细分	地区 城市规模 密度 气候	华南、华北、东北、东南、西南、西北 大、中、小城市、镇、乡、村、郊区和农村 高密度、中密度、低密度 干旱、湿润、寒带、温带、亚热带、热带
人口细分	性别 家庭月收入 年龄 家庭类型 家庭规模 职业 教育 宗教 国籍 家庭生命周期	男、女 高、中、低、贫困 老年、中年、青年、少年、儿童、婴儿 中等家庭、小型扩展家庭、大型扩展家庭 1~2人、3~4人、5~7人、8人以上 专业技术人员、经理、官员、职员、农业人员、学生、退休者、失业者 小学以下、中学、专科、大学本科、研究生 佛教、天主教、穆斯林教、耶稣教、道教等 中国、日本、韩国、美国、英国等 单身阶段、新婚阶段、满巢阶段、空巢阶段、鳏寡阶段
心理细分	社会阶层 生活方式 个性	下层、中层、上层 享受型、地位型、朴素型、自由型 随和、孤独、内向、外向
行为细分	购买时机 追求利益 使用者状况 品牌忠诚度 使用率 购买状态 对营销因素的反应 偏好与态度	平时、双休日、节假日 便宜、实用、安全、方便、服务 未曾使用者、曾经使用者、潜在使用者、首次使用者、经常使用者 不使用、少量使用、中量使用、大量使用 未知、已知、试用、经常购买 对产品、价格、渠道、促销、服务等的敏感 极端偏好、中等偏好、没有偏好;热心、积极、不关心、消极、敌意

1. 地理细分

地理细分是指企业按照消费者所在的地理位置以及其他地理(包括城市农村、地形气候、交通运输等)来细分消费者市场。地理变量包括地区、地形、城镇规模、交通运输条件、人口密度、气候条件等因素。

我国市场可按地理方位分为东北市场、华北市场、华东市场、华中市场、西南市场与西北市场等;按地理区域划分,我国有23个省、4个直辖市、5个自治区、2个特别行政区,实际上就是34个子市场。

市场营销学把地理因素作为细分消费者市场的标准，主要是因为处在不同地理环境的消费者对企业的产品有不同的需要和偏好，他们对企业采取的市场营销策略，对企业的产品价格、分销渠道、广告宣传等市场营销措施，也各有不同的反应。例如，我国餐饮业中流传的"南甜、北咸、东辣、西酸"就反映了不同地区消费者的需求差异。再如，农村人买东西比较在意"实惠"，城市人买东西则更多讲究"时髦"，这也反映了农村与城市消费者之间的需求差异。即使处于同一地理位置的消费者需求仍会有很大差异。例如，在我国的一些大城市，如北京、上海、广州，流动人口逾百万，这些流动人口本身就构成一个很大的市场，很显然，这一市场有许多不同于常住人口市场的需求特点。但处于同一地理位置的消费者，受当地地理环境、气候条件、社会风俗、传统习惯的影响，消费者需求又具有一定的类似性。这也是市场细分的重要依据。

因此，简单地以某一地理特征区分市场，不一定能真实地反映消费者的需求共性与差异性，企业在选择目标市场时，还需结合其他细分变量予以综合考虑。在不同的市场，市场潜量与成本费用也不同，所以，企业应选择那些能充分发挥资源优势，而且能带来较高效益的市场作为目标市场。

2．人口细分

人口细分是指企业按照人口统计学变量来细分消费者市场。这类因素很多，其中性别、年龄、收入、教育程度、职业、家庭规模是最常用的市场细分因素。人口变量一直是细分消费者市场最常用的细分因素。主要原因有两个：一是消费者对产品的欲望、偏好和使用率与人口变量有密切联系；二是人口变量较其他变量更易于测量，且有丰富的第二手资料可查寻。例如，服装市场，可以根据人口统计因素，按性别分为男装、女装；按年龄分为婴儿装、童装、青少年装、中老年装；按收入分为高档服装、中档服装、普通服装等。

（1）性别

性别是最常用的细分因素，由于性别的不同，消费者对商品的需求及购买行为一般都有明显的差异。如在服饰、发型、生活必需品等方面均有差别。例如，一些汽车制造商，过去一直是迎合男性要求设计汽车，现在，随着越来越多的女性参加工作并拥有自己的汽车，这些汽车制造商开始研究女性消费者的特点，设计适合女性朋友的汽车。

（2）收入

市场消费需求由消费者的购买力决定，由于收入能直接影响消费者的购买力、生活方式，故能反映消费者对产品的需求。房屋的类别、家具、汽车、衣服、食物和体育用品等常用收入来细分，在经济发展水平较低的地区，用收入来划分高、中、低档市场大体上是合理的。高收入消费者与低收入消费者在产品选择、休闲时间安排、社会交际与交往等方面都会有所不同。例如，同是外出旅游，在交通工具以及食宿地点的选择上，高收入者与低收入者会有很大不同。

（3）年龄

不同年龄的消费者有不同的需求特点，例如，青年人对服饰的需求与老年人差异较大。青年人需要鲜艳、时尚的服装，老年人需要端庄素雅的服装，如表 5-3 所示。

表 5-3 运用人口统计学变量进行细分

人口年龄	优先需求	主要品需求
10～19 岁	自我、教育、社会化	时装、汽车、娱乐、旅游
20 岁	事业	时尚品、应酬、衣物与服饰
20～29 岁	婴儿、事业	家居用品、园艺用品、育婴用品、保险、DIY 用品
30～59 岁	小孩、事业、中年危机	幼儿食品、食品、教育、交通工具
60～69 岁	自我、社交关系	家具与家饰、娱乐、旅行、嗜好、豪华汽车、游艇设施、投资商品
70～79 岁	自我、健康、孤独	健康服务、健康食品、保险、便利商品、电视与书籍、长途电话、服务

小资料 5-2

酒类市场细分　女士专用酒流行起来[①]

近年来,随着人们生活水平的提高,年轻人崇尚个性化的生活方式,女性尤其是年轻女性饮酒的人数在不断增加。根据调查显示,近三年来,中国各大城市时常有饮酒行为的女性在以每年 22% 的速度增加,由于饮酒的女士数量增长很快,各种女士酒不断上市,燕京推出的无醇啤酒,吉林长白山酒业推出的"艾妮靓女女士专用酒",中国台湾烟酒公司推出功能性饮料——灵芝啤酒,都是针对女性市场的。国内女士酒大约有 40 余种,都是近来才出现的。在这一案例中,啤酒市场的细分标准都有哪些?

（4）职业与教育

教育程度和职业与消费者的收入、社交、居住环境及消费习惯有密切关系,教育程度和职业的不同对商品的式样、设计、包装的要求也不一样。按消费者职业的不同,所受教育的不同,以及由此引起的需求差别细分市场。例如,由于消费者教育水平有差别,审美观不同,因而对居室装修来说,受过高等教育的人更注重健康,多选用环保装饰材料。

（5）家庭生命周期

家庭是社会的细胞,是商品采购的单位。一个国家或地区家庭数（户数）的多少及家庭平均人口的多少对市场影响很大。家庭人口的多少对于许多家庭用品的消费形态有直接影响,如大家庭要用大锅,小家庭用小锅;又如家庭平均人口减少,则家庭单位增加,导致房屋市场扩大,家用电器需求增加,并要求户型精巧。一个家庭,按年龄、婚姻和子女状况,可划分为 7 个阶段。在不同阶段,家庭购买力、家庭人员对商品的兴趣与偏好会有较大差别。

除了上面分析的几个因素外,经常用于市场细分的人口变量还有家庭规模、国籍、种族、宗教等。一般来说,企业多采用两个或两个以上人口变量来细分市场。

3. 心理细分

心理细分是指根据消费者所处的社会阶层、生活方式、价值观、个性特点等心理因素细分市场。心理状态直接影响着消费者的购买趋向,特别在比较富裕的社会中,顾客购买商品

［①］ 资料来源:荣晓华编著.消费者行为学.大连:东北财经大学出版社,2006

市场营销

116

已不限于满足基本的生活需要,心理因素影响购买行为的力量更为突出。心理细分是建立在价值观念和生活方式基础之上的。许多产品和服务都是通过心理细分来进行定位。例如,有些仪器专为那些注重身体健康,要保持体形的人们设计。许多汽车也通过心理细分定位来吸引特殊生活方式的消费者。

即使消费者处于相同的人口细分市场,在心理变量方面也可能有极大差异。例如,中国移动通信公司就是针对"新新人类"的个性化需求,专门推出了"动感地带"服务项目,其广告语——"我的地盘我做主"——也与他们的需求特征极其吻合。再如,购买西服,有的消费者是从社会需要出发,追求价廉物美;而有的消费者则是出于自我价值实现的需要,崇尚名牌高档。心理变量主要包括以下方面。

(1) 社会阶层

社会阶层是指在某一社会中,具有相对同质性和持久性的群体。处于同一阶层的成员具有类似的价值观、兴趣爱好与行为方式,不同阶层的成员则存在较大的差异。因此,识别不同社会阶层消费者所具有的不同特点,对于很多产品的市场细分将提供重要依据。

(2) 生活方式

生活方式通常指一个人怎样生活。不同的人追求的生活方式不同,有的追求时髦、时尚;有的追求恬静、简朴;有的追求刺激、冒险;有的追求稳定、安逸。

(3) 个性

个性是指一个人比较稳定的心理倾向与心理特征,它会导致一个人对其所处的环境做出相对一致和持续不断的反应。通常情况下,个性会通过自信、自主、支配、顺从、保守、适应等性格特征表现出来。因此,个性可以按这些性格特征分类,从而为市场细分提供依据。例如,西方国家对化妆品、香烟、啤酒与保险类产品,采用个性特征进行市场细分取得了成功,如表 5-4 所示。

表 5-4 按消费者性格类型细分市场

性格	消费需求特点
习惯型	偏爱、信任某些熟悉的品牌,购物时注意力集中,定向性强,反复购买
理智型	不易受广告等外来因素影响,购物时头脑冷静,注重对商品的了解与比较
冲动型	易受商品外形、包装与促销的刺激,对商品评价以直观为主,购物前并没有明确的目标
想象型	感情丰富,善于联想,重视商品的造型、包装与命名,以自己丰富的想象联想商品
时髦型	易受相关群体、流行时尚的影响,标新立异、时髦,注重引人注意或显示身份与地位
节俭型	对商品价格敏感,力求物美价廉的商品,购物时精打细算、讨价还价

4. 行为细分

行为变量包括购买时机、追求利益、使用者状况、品牌忠诚度、使用率、购买的准备阶段与消费者的态度等因素。

(1) 购买时机

可以根据顾客购买或使用产品的时机进行分类。时机细分有助于提高品牌的使用率。

例如,在西方国家,橙汁一般属于早餐饮料,营销策划者可以促使人们在午餐、晚餐或一天中的任何时间饮用,以提高橙汁销量。再如,城市公交公司可以根据上班高峰与非高峰时期乘客的需求特点划分不同的细分市场,并制定出不同的营销策略。营销人员应着眼于利用各种特殊的时机(节日、庆典、升学、升职等),提供能满足这些特定时机需求的产品或服务。

我国许多企业,如化妆品、服装、糖果、保健品企业等都在全国性的节日(如国庆、元旦、中秋节、母亲节、儿童节)来临前,就以过节送礼的好产品而大做广告,借机推销以增加其销售量。

(2)追求利益

以顾客所追求的利益来细分市场,是指根据购买者从特定产品中可能得到的利益来划分消费者。例如,对购买手表的消费者而言,有的追求经济实惠、价格低廉;有的讲究耐用可靠、使用维修方便;有的则追求手表表现出的象征意义(身份、地位等)。每一种追求不同利益的群体都有其特定的人口、行为和心理特征。营销策划人员可以利用这些依据,确定自己的品牌适应哪些利益细分市场,并制定相应的营销组合。

例如,Haley曾做过一项牙膏市场研究,发现牙膏顾客所追求的利益有四项:低价格、防蛀牙、洁白牙齿、味佳。他还进一步分析了追求不同利益的消费者群体的特征,发现看重低价格的人具有独立性;看重防蛀牙的人是忧虑者,大多属于大家庭;看重洁白牙齿的人重视社会交际,大多属于抽烟者或单身汉;讲求味佳的人重视享受。根据这些发现,生产牙膏的企业就可以选择所欲强调的利益,生产出具有该项利益的产品,或者生产不同牌子的牙膏,各自突出某项利益,并借助广告将信息传播给寻求此利益的顾客群体。如表5-5所示。

表5-5 牙膏市场的利益细分

利益细分	人文特征	行为特征	心理特征	符合该利益的品牌
价廉物美	男性	大量使用者	自主性强者	在减价中的牙膏
防治牙病	大家庭	大量使用者	忧虑保守者	佳洁士
洁齿美容	青少年	吸烟者	社交活动多者	美加净
口味清爽	儿童	果味爱好者	清洁爱好者	高露洁

(3)使用者状况

一些产品或品牌可以按使用者状况划分,分为未曾使用者、曾使用者、潜在使用者、初次使用者和经常使用者。企业应根据自身的情况,对不同的使用者采用不同的营销策略。一般来说,市场占有率高的公司对潜在使用者的开发特别有兴趣;相反,小公司仅能尽力吸引固定使用的顾客购买该品牌。

我们必须知道,潜在使用者和固定使用者所需要的沟通方式与市场营销方式有所不同。对潜在使用者来说,他们在目前不使用产品,可能有机能性、文化性及经济性等原因阻挠他们使用。例如,香烟的潜在使用者,是目前不抽烟的成年人;汽车的潜在使用者,是有经济能力而目前未购买者。再者,人们也可以因为对产品本身的无知、呆滞或心理上抵抗等原因,而处于潜在使用者的状态。一个有意转变潜在使用者成为真正使用者的企业,必须小心区别潜在购买者的可能原因。若是对产品无知,则必须加强情报传播,打开知名度;若是呆滞的现象,则须求助于有效的广告;至于心理抵抗的现象,则须设计美妙韵律的广告,以克服抵抗力。

（4）品牌忠诚度

企业根据消费者对某种品牌的偏好和经常使用的程度细分市场。所谓品牌忠诚，是指由于价格、质量等诸多因素的吸引力，使消费者对某一品牌的产品情有独钟，形成偏爱并长期购买这一品牌的行为。

根据消费者品牌忠诚度的高低，可以分为四类：专一品牌忠诚者——这类消费者始终不渝地只购买一种品牌的商品；几种品牌忠诚者——这类消费者忠诚于两三种品牌；转移忠诚者——这类消费者会从偏爱的品牌转移到偏爱另一种品牌；非忠诚者——这类消费者对任何品牌都没有忠诚感，有什么品牌就买什么品牌。如表 5-6 所示。通过了解消费者品牌忠诚情况和品牌忠诚者的各种心理与行为特征，不仅为企业细分市场提供了一个基础，同时也有助于企业了解为什么有些消费者忠诚于本企业，而另外一些消费者则忠诚于竞争者的产品，从而为企业选择目标市场提供启示。

表 5-6　按顾客忠诚度细分市场

忠诚度类型	购买行为特征	市场营销对策
专一品牌忠诚者	始终购买同一品牌	用俱乐部制等办法保持老客户
几种品牌忠诚者	同时购买几种品牌或交替购买	分析竞争者的营销策略
转移忠诚者	不固定某一品牌	了解营销工作的弱点
非忠诚者	从来不忠于任何品牌	使用有力的促销手段吸引他们

（5）使用率

使用率是一个较容易使用的市场细分标准。市场细分可根据消费者对产品的使用率划分成几种：少量使用者、中度使用者及大量使用者。大量使用者可能仅占市场人口的一小部分，但其所消费的产品数量却占相当大的比例，因此这部分使用者就成了公司企业的主要目标市场。我们希望找出每类使用者的人口统计特征、个性和接触媒体的习惯，以帮助市场营销人员拟定价格和媒体信息等策略。例如，市场调查发现，经常大量饮用啤酒的消费者占啤酒市场消费者人数并不多，但他们却能消费啤酒产量多数。如表 5-7 所示。他们年龄大多数在 25～50 岁之间，每天看电视 3 个小时以上，而且最喜欢看体育节目。很显然，企业若掌握了这些市场信息，开拓这个市场，选择体育节目时段播放广告可能是最有效的策略。

表 5-7　美国啤酒消费者的结构模式

	非使用者	轻度使用者	重度使用者
所占比例％	68	16	16
啤酒消费量％	0	12	88

表 5-7 中显示总人口中只有 32％的人消费啤酒，其中 16％的人口几乎消费了将近 90％的啤酒产品。这种关系我们经常称之为二八法则。因此，啤酒公司宁愿吸引一个重度饮用啤酒者，而放弃几个轻度饮用啤酒者。大多数营销策划者都把重度使用者作为主要的目标市场，推出针对性的营销策略。

（6）购买的准备阶段

消费者对各种产品的了解程度往往因人而异。有的消费者可能对某一产品的确有需要，但并不知道该产品的存在；有的消费者虽已知道产品的存在，但对产品的价值、稳定性等方面还存在疑虑；还有一些消费者正在考虑购买。

（7）消费者的态度

企业可根据市场顾客对产品的热心程度来细分市场。不同消费者对同一产品的态度可能有很大的差异，如有的喜欢持肯定态度，有的喜欢持否定态度，还有的则处于既不肯定也不否定的无所谓态度。企业应针对持不同态度的消费群体进行市场细分，并在广告、促销等方面有所区别。

但是，以上所描述的几种细分因素并非每种都能有效地细分市场，有些企业试图以一个因素（如年龄）来细分市场，但往往划分效果并不理想。在实际工作中，我们经常用年龄、性别、收入、职业、教育程度来进行市场细分。必须注意，真正的市场细分化不以分割为目的，而是以发现"处女市场"为目的。如果不理解市场"细分化"的这一实质，那么很容易陷入为细分而细分的陷阱，这样只会徒增产品种类，使得库存大增、生产量锐减，且会急速降低经营效率，使经营因细分而变细小。

小资料 5-3

法国剃须刀生产企业 BIC 的市场细分方法[①]

当 BIC 于 1981 年进入一次性剃须刀市场时，一项具有挑战性的任务就是把那些喜欢价格低廉同时方便使用的消费者与那些喜欢昂贵并且技术先进的消费者分开。一种可能性是运用性别作为划分消费者所寻找的不同利益的标准。事实证明，与男性相比，女性对剃须刀根本就不感兴趣，而且当男士们发现他们感兴趣的产品是为女士提供的，就会放弃对这种产品的使用。

另一种方法是按消费者年龄和相关联的生活方式划分细分市场。对于那些活跃于社交活动并且偶尔不回家的剃须刀消费者来讲，一次性产品更具吸引力。进一步讲，这些消费者通常是年轻人群体，不像成年人有稳定的剃须习惯，因此，有很大部分的希望让他们使用 BIC 的产品。最后，他们可能会去吸引"喜欢睡沙发床的人"，因为这些人自认为他们非常活跃、充满活力。因此，相对于性别划分，年龄和生活方式的划分，可能潜在地吸引了更大的细分市场。

5.2.2　生产者市场细分标准

在消费者市场细分变量中，除人口因素、心理因素中的某些具体变量如生活方式等以外，相当一部分同时可以用作细分生产者市场的依据。但是由于生产者市场的特殊性，有必

①　资料来源：道恩·亚科布齐，凯洛格. 论市场营销. 海南：海南出版社，2003

要根据生产者市场的特点,补充最终用户、用户规模和用户地点作为细分生产者市场的标准,如表 5-8 所示。

表 5-8 生产者市场细分补充标准

细分标准	细分变量因素
最终用户	商品的规格、型号、品质、功能、价格等
用户地点	资源条件、自然环境、社会环境、气候条件等
用户规模	大、中、小量用户

1. 最终用户

用户所属的行业不同,工业品需求有很大的差异。营销人员可以根据用户行业的不同特点进行市场细分。例如同是钢材,有的用户用于生产,有的用于造船,有的用于建筑。不同行业的最终用户通常会在产品的规格、型号、品质、功能、价格等方面提出不同的要求,追求不同的利益。据此来细分工业市场,便于企业展开针对性经营,设计不同的市场营销组合方案,开发不同的变异产品。

2. 用户地点

用户地点涉及自然环境、资源条件、气候条件、交通运输、社会环境等方面因素,以及生产的相关性和连续性的不断加深而要求的生产力合理布局,都会形成若干个产业区,如我国的西部有色金属、山西煤炭、江浙丝绸工业等。这就决定了工业市场比消费者市场更为集中。企业按用户的地理位置来细分市场,选择用户较为集中的地区作为自己的目标市场,不仅联系方便,信息反馈快,而且可以更有效地规划运输路线,节省运力与运费,同时,也能更加充分地利用销售力量,降低推销成本。

工业市场细分通常采用两个步骤。首先,根据购买者的组织特征,对购买者进行宏观细分,即按购买组织的类别不同、规模大小、地理位置、所在行业、最终产品的用途等进行细分。其次,再根据购买者的行为特征进行微观细分,微观细分往往侧重于购买时的行为偏向性,即购买者对产品性能、质量、服务、交货期、价格等的偏向。最后,大多数情况下,生产者市场经常采用几个变数结合起来进行细分。以某一铝制品公司市场细分为例,如图 5-1 所示。

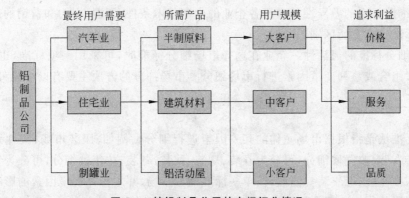

图 5-1 某铝制品公司的市场细分情况

由图 5-1 可见,这家公司首先按最终用户需要这个标准来细分铝制品市场,细分为"汽车业"、"住宅业"和"制罐业"三个市场。在这三个市场中,企业根据自己的实力和可能,选择住宅业这个子市场为目标市场。其次,公司按照所需产品这一标准,把住宅业市场细分出"半制原料"、"建筑材料"、"铝活动屋"三个子市场,公司又从中选出建筑材料这个子市场为目标市场。再次,公司按照用户规模这一标准,又将建筑材料市场细分为"大客户"、"中客户"、"小客户"三个子市场,从中公司又选出大客户这一子市场为目标市场。最后,公司按照客户所追求利益这个标准,再把大客户市场细分为"价格"、"服务"、"品质"三个子市场,公司按照自己的能力和客户的需要,选择提供服务这个子市场为目标市场来开展经营活动。

3. 用户规模

企业可以根据用户规模大小来细分市场,并根据用户或客户的规模不同,企业的营销组合方案也应有所不同。例如,在工业市场,大量用户、中量用户、少量用户的区别,要比消费者市场更为明显。大客户的采购量往往占销售额的 30%、50%,有的甚至高达 80% 以上。用户或客户规模不同,企业的营销方案也应不同。例如,对大客户,适宜于直接联系、直接供应,由销售经理亲自负责;而小客户则适宜于由批发商或零售商去组织供应。

无论是消费者市场还是生产者市场,企业依据细分因素进行市场细分时,必须注意以下问题:一是企业要经常调查、研究和预测所用依据的变化情况和变化趋势;二是不同的企业在进行市场细分时,应根据本企业的具体情况,分别采用不同的细分依据;三是企业进行市场细分时,要注意所选用的各种依据的有机组合。

5.3 市场细分的方法与步骤

5.3.1 市场细分的方法

对企业来说进行市场细分固然重要,但是,在运用细分标准进行市场细分时,必须注意以下几个问题:

第一,细分标准的动态性。市场细分的各项标准随着社会生产力及市场环境的变化而不断变化。例如,年龄、收入、人口密度、城镇规模、购买动机等都是经常变化的。

第二,细分标准的差异性。由于各企业的生产技术条件、资源、财力和营销的产品不同,所采用的标准也应有所区别。

第三,细分标准的灵活性。企业在选择市场细分标准时,可采用一项标准,也可采用多个变量因素组合或系列变量因素进行市场细分。市场细分的方法主要有以下几种。

1. 单一标准法

单一标准法是指根据市场主体的某一因素进行细分。例如,服装市场,按性别细分,可分为男装与女装;按气候细分,可分为春装、夏装、秋装、冬装;按年龄细分,可分为童装、少年装、青年装、中年装、老年装。当然,按单一标准细分市场,并不排斥环境因素的影响作用,考虑到环境因素的作用更符合细分市场的科学性要求。

对某些通用性比较大、挑选性不太强的产品,可按一个对消费者影响最强的因素加以细分。例如,资生堂公司是日本最大的化妆品公司,1987 年提出"体贴不同岁月的脸"。按年龄因素,把女士化妆品分为四个系列:

(1) 为十几岁少女提供 Reciente 系列;

(2) 20 岁左右是 Ettusais 系列;

(3) 30～40 岁妇女则有 Elixir 系列;

(4) 50 岁以上的妇女则可以用防止肌肤老化的 Rivital 系列。

2. 主导因素排列法

主导因素排列法是指一个细分市场的选择存在多因素时,可以从消费者的特征中寻找和确定主导因素,然后与其他因素有机结合,确定细分市场的目标市场。例如,职业与收入一般是影响女青年服装选择的主导因素,文化、婚姻、气候则居于从属地位。因此,应以职业、收入作为细分女青年服装市场的主要依据。

例如,某家具公司主要可以根据与家具销售关系最密切的人口因素,如户主年龄、家庭人口数和收入水平三项来细分家具市场,如图 5-2 所示。

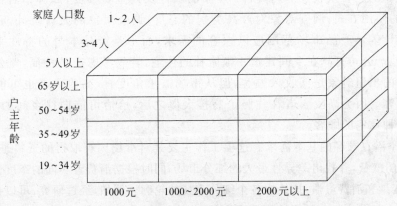

图 5-2 某家具公司的市场细分标准

3. 综合因素法

综合因素法是指根据影响消费者需求的两种或两种以上的因素综合进行细分。综合因素法的核心是并列多因素分析,所涉及的各项因素无先后顺序和重要与否区别。

4. 系列因素法

系列因素法是指细分市场所涉及的因素是多项的,但各项因素之间先后有序,由粗到细,由浅入深,由简至繁,由少到多进行细分。这种细分方法可使目标市场更加明确、具体,有利于企业更好地制定相应的市场营销策略,如表 5-9 所示,只要改变一个变量,就会形成另一个新的市场。一个企业究竟选用哪些变量作为细分市场的依据,应当根据具体情况而定。用作市场细分的变量也要根据市场需求适时做出调整,以求不断发现新的市场机会。

表 5-9　市场细分系列因素法

年龄	性别	文化	职业	收入	城市	兴趣	购买心理
婴幼儿	女	小学	工人	低	大	运动	求新
青少年	男	中学	农民	中	农村	艺术	求名
中年		大学	公务员	高	小	文学	求实
老年			知识分子		其他	模仿	
			学生				

5.3.2　市场细分的步骤与原则

1. 市场细分的步骤

市场细分是一项非常复杂的工作,它要求有科学的程序,有条不紊地按照一定的步骤进行。美国市场学家麦卡锡提出细分市场的一整套程序,这一程序包括七个步骤。

(1) 确定产品的市场范围。即确定进入什么行业,生产什么产品。通过市场调查来确定,通常来说,应着重收集下列资料:产品的属性及其重要程度;品牌知名度及受欢迎程度;产品的使用方式;调查对象对产品类别的态度;调查对象的人口统计、心理统计和媒体基础统计等。产品市场范围应以顾客的需求,而不是产品本身的特性来确定。例如,某一房地产公司打算在乡间建造一幢简朴的住宅,若只考虑产品特征,该公司可能认为这幢住宅的出租对象是低收入顾客,但从市场需求角度看,高收入者也可能是这幢住宅的潜在顾客。因为高收入者在住腻了高楼大厦之后,恰恰可能向往乡间的清静,从而可能成为这种住宅的顾客。

(2) 列举潜在顾客的基本需求。这项工作主要是对市场调查取得的资料进行分析,删除相关性高的变量,并找出差异性最大的细分市场,同时根据消费者不同的态度、行为、人口变量、心理变量和消费习惯,描绘出各个细分市场的轮廓。例如,经过研究,可以把房地产市场细分为六个细分市场:居住性高档房市场;投资型高档房市场;居住型中档房市场;投资型中档房市场;居住型低档房市场;投资型低档房市场。再如,公司可以通过调查,了解潜在消费者对前述住宅的基本需求。这些需求可能包括:遮风蔽雨,安全、方便、宁静,设计合理,室内陈设完备,工程质量好,等等。

(3) 确定市场细分标准。企业将列出的各种需求提供给顾客,让不同类型的顾客挑选出他们最迫切的需求,最后集中起来,选出两个或三个作为市场细分的标准。例如,经济、安全、遮风蔽雨是所有顾客共同强调的,但有的用户可能特别重视生活的方便,另外一类用户则对环境的安静、内部装修等有很高的要求。通过这种差异比较,不同的顾客群体即可初步被识别出来。抽掉潜在顾客的共同要求。上述所列购房的共同要求固然重要,但不能作为市场细分的基础。如遮风蔽雨、安全是每位用户的要求,不能作为细分市场的标准,因而应该剔出。

(4) 确定本企业开发的子市场。对子市场进行深入调查研究,企业应充分考虑本身的资源条件,分析其优势与劣势,机会与威胁。在各类子市场中,应选择与本企业经营优势和特色一致的子市场。同时进行大量的市场调查,研究本企业所开发的细分子市场,弄清它

市场营销

的市场规模、潜在需求、竞争状况、发展趋势等,确定本企业在细分市场上的占有份额。

(5) 进一步分析每一个细分市场的需求与购买行为特点,并分析其原因,以便在此基础上决定是否可以对这些细分出来的市场进行合并,或作进一步细分。

(6) 采取相应的营销组合策略开发市场。企业选择能够获得有利机会的目标市场以后,着重寻求营销商品、营销渠道、定价策略与促销手段等营销策略的最佳组合,使企业在选定的目标市场上能够不断扩大,从而不断提高企业的竞争能力。

(7) 评估细分结果。市场细分的目的是为了识别消费者需求上的差异,以实现营销上的最佳利益。估计每一个细分市场的规模,即在调查基础上,估计每一个细分市场的顾客数量、购买频率、平均每次的购买数量等,并对细分市场上产品的竞争状况及发展趋势作出分析。市场细分程度要合理,不能认为市场分得越细越好。因时因地制宜,宜细则细,宜粗则粗,以务实为准。

2. 有效市场细分的原则

市场细分标准并不是唯一的,不意味着营销者可以随心所欲地选取某一标准或标准组合进行市场细分,正相反,有效的市场细分必须遵循四大原则:差异性、可衡量性、可接触性、可赢利性。该四大原则构成了市场细分理论建筑的四根"柱子",缺一不可。可区分性是理论要求,可衡量性是技术要求,可接触性是行动要求,可赢利性是目标要求。企业在实施市场细分时,必须关注市场细分的实用性和有效性,应当遵循市场细分的一般原则。

(1) 差异性原则。差异性原则是指市场细分后,各个细分市场消费者需求应具有差异性,而且细分市场对企业市场营销组合策略中任何要素的变化都能做出迅速、灵敏的差异性反应。差异性原则在于确保企业产品开发和价格策略的针对性,以向消费者提供差异化、个性化产品。

如果不同细分市场顾客对产品需求差异不大,行为上的同质性远大于其异质性,此时,企业就不必费力对市场进行细分。另一方面,对于细分出来的市场,企业应当分别制订出独立的营销方案。如果无法制订出这样的方案,或其中某几个细分市场对是否采用不同的营销方案不会有大的差异性反应,便不必进行市场细分。

(2) 可衡量性原则。所谓可衡量性是指市场细分的标准和细分以后的市场是可以识别和衡量的。即细分出来的市场不仅范围明确,而且对其容量大小也能大致作出判断。如细分市场中消费者的年龄、性别、文化、职业、收入水平等都是可以衡量的,而要测量细分市场中有多少具有"依赖心理"的消费者,则相当困难,以此为依据细分市场,将会因此无法识别、衡量而难以描述,市场细分也就失去了操作的实际意义。

可衡量性原则包括三方面的内容:一是消费者需求具有明显的差异性;二是对消费者需求的特征信息易于获取和衡量;三是经过细分后的市场范围、容量、潜力等必须是可以衡量的。可衡量性原则,在于确保清晰地区分细分市场的消费者群。

(3) 可进入性原则。可进入性原则是指细分市场应该是企业市场营销活动能够到达的市场,即企业通过市场营销活动能够使产品进入并对消费者施加影响的市场,这主要表现在两个方面:

首先,企业具有进入某个细分市场的资源条件和竞争实力(人力、财力、物力、技术),细分后的市场(与企业的资源相当)企业是能够去占领的。一方面,有关产品的信息能够通过一定的传播途径顺利传递给细分市场的大多数消费者;另一方面,企业在一定时期内能将产品通过一定的分销渠道送达细分市场。

其次,各个细分市场吸引力的大小,细分后的市场(市场规模、容量、购买力)值得企业去占领。否则,细分市场的价值就不大。例如,生产冰激凌的企业,如果将我国中西部农村作为一个细分市场,恐怕在一个较长时期内都难以进入。

(4)可赢利性原则。所谓可赢利性是指企业对所选择的目标市场要求足以使企业获利。即细分市场的规模足够大,有足够的利润来吸引企业为之服务。进行市场细分时,企业必须考虑细分市场上顾客的数量,以及他们的购买能力和购买产品的频率。如果细分市场的规模过小,市场容量太小,细分工作烦琐,成本耗费大,获利小,就不值得去细分,不值得企业为它制订专门的营销计划。

(5)相对稳定性原则。相对稳定性原则是指细分市场必须具有相对的固定性。企业目标市场的变化必然带来市场营销策略的改变和营销成本的增加。如果目标市场变化过快、变动幅度过大,可能会给企业带来经营风险和损失。

本章小结

1. 市场细分是一种把整体市场划分成不同购买者群体的方法,细分的前提条件是值得企业为这些群体提供独立的产品和营销组合。

2. 市场细分的作用主要表现在:第一,有利于企业分析市场机会,选择目标市场;第二,有利于企业制定和调整市场营销组合策略;第三,有利于提高企业的竞争能力,取得良好的经济效益和社会效益。但是,市场并不是被分得越细越好,多数企业反对超细分。

3. 市场细分的有效性在于按一定标准细分的子市场具有可衡量性、可接受性、可赢利性、可行动性与可区分性。

4. 消费者市场细分的依据主要有地理、人口、心理和行为因素等,工业市场可按最终用户、用户规模与用户地点进行市场细分。

巩固与应用

1. 关键概念

市场细分

2. 思考与练习

(1)什么是市场细分?它与市场分类有何区别?

(2)市场细分有哪些主要标准?

(3)市场细分的条件有哪些?

(4)市场细分的一般方法是什么?

3. 案例分析

海尔洗衣机如何占领市场[①]

海尔洗衣机厂依靠雄厚的技术力量,又有针对性地研制、开发出多品种、多规格的洗衣机产品,以满足不同层次消费者的需求,使"海尔"洗衣机厂一举成为中国洗衣机行业跨度最大、规格最全、品种最多的企业。

在市场调查中,海尔发现许多家庭居住面积小,没有足够的洗衣空间,就设计并推出了中国第一批"极限设计、全塑外壳"的"小神童"系列全自动洗衣机。

还发现有一部分用户在使用全自动洗衣机时,往往不是一次性将洗衣、脱水程序完成,人们希望将不同的衣服分开洗涤,然后一起脱水,按全自动洗衣机原理这是不科学、不可取的,但对"海尔"人来说,"用户永远是对的"。不久,第一台电脑后置仿生设计的"小神功"全自动洗衣机问世了。这种洗衣机具有高节能的特点,深受消费者的青睐。

当科技人员发现农村的水质越来越硬,衣服越来越难洗净时,便开发了专利产品"爆炸"洗净的气泡式洗衣机,即利用气泡爆炸破碎软化的作用,提高了洗净度20%以上。

"海尔"的普及型滚筒机"丽达"六姐妹,不但具有高档"玛格丽特"洗衣机的品味,而且符合大众消费水平,满足了小康家庭的洗衣享受,拓展了各消费层次的选择空间。

"用户的需要就是我们永远的追求。"为了使人们能够彻底地从洗衣烦恼中解脱出来,"海尔"推出了中国第一台迷你型即时洗"小小神童"洗衣机,它的问世成功地填补了机洗和手洗的空白,小到一双袜子,大到所有的衣物(1.5千克)均可洗涤,并解决了内外衣分开洗,不同脏度、不同颜色的衣服分开洗的问题,使洗衣机进入了一个全新的梦幻组合时代。

问题

(1) 洗衣机市场细分的标准有哪些?

(2) "海尔"产品是如何满足各层次消费者的需求的?

4. 技能训练

(1) 训练项目

各模拟公司对自己所拟展开营销的市场进行细分。

(2) 训练目的

通过学生对市场的调查与研究,充分认识市场的特性,了解把握消费者需求,根据消费者需求的差异性或需求的某一特征,对消费者市场进行细分。使学生进一步理解并掌握市场细分的理论、技巧与方法,培养学生的市场细分能力。

(3) 训练内容

第一步,以班级为单位分成几个模拟公司,各模拟公司成员以3～5人为宜。

第二步,以模拟公司为单位,以消费者需求为切入点,对所开展营销的市场深入研究并细分。

第三步,以班级为单位,展开讨论,各模拟公司拿出自己的市场细分方案,在全班展示,师生共同评估,并选出优胜者。

---

① 资料来源:胡德华编著. 市场营销经典案例与解读. 北京:电子工业出版社,2005,46

第6章 目标市场与市场定位

学习目标

1. 掌握目标市场的概念与特征
2. 了解影响目标市场选择的因素
3. 掌握目标市场策略与市场定位策略

导入案例

M-Zone 的目标市场选择[①]

在中国移动自身品牌全球通、神州行,以及联通的各种品牌都对市场上各类消费者进行市场细分的情况下,中国移动瞄准学生、白领等年轻人群,为这一群体专门打造了一种品牌——M-Zone(动感地带)。M-Zone 的目标群体锁定在 15～25 岁,他们大都是学生和刚刚参加工作的年轻人,热情好动,追求时尚,喜欢与众不同。针对这些人群存在的一些不同需求再次进行细分开发出三款套餐:针对学生一族的"菁菁校园",针对手机大玩家的"娱乐部落"和针对刚刚参加工作的年轻人的"白领联盟"。这个新品牌所瞄准的群体当前需求正在不断加剧,日后需求更是不可估量。大学生在步入社会后的两三年内,会拥有强烈的手机通信需求,他们很快就会成为手机市场中的消费主力军;而年轻白领的手机消费也在现有市场中占有很大比例。无疑,从目前来看,中国移动的 M-Zone 是非常成功的。

从某个角度而言,正是 M-Zone 的目标市场选择策略为其成功占领市场奠定了坚实的基础。

引导问题

你认为在选择目标市场时应该注意哪些问题?

---

① 资料来源:叶剑. M-Zone 我有我精彩. 销售与市场,2003(10)下半月,50～51

6.1　目标市场选择策略

6.1.1　目标市场与目标市场营销

细分市场揭示了企业所面临的各种市场机会,但企业到底能否把握住这些市场机会,则有赖于目标市场的选择,市场细分的最终目的也是为了选择和确定目标市场。目标市场选择是目标市场营销的第二个步骤。企业的一切市场营销活动,都是围绕目标市场进行的。确定目标市场,实施目标市场策略是目标市场选择的重要内容。

1. 目标市场与目标市场营销的概念

所谓目标市场,是指企业在细分市场的基础上,经过评价和筛选所确定的作为其主要服务对象的细分市场。即企业可望能以某种相应的商品和服务去满足其需求,为其服务的那几个消费者群体。目标市场选择,是指企业从可望成为自己的几个目标市场中,根据一定的要求和标准,选择其中某个或某几个目标市场作为可行经营目标的决策过程。

所谓目标市场营销是指企业通过市场细分选择了自己的目标市场,专门研究其需求特点并针对其特点提供适当的产品或服务,制定一系列的营销措施和策略,实施有效的市场营销组合。为有效地实现目标市场营销,企业必须相应地采取三个重要的步骤,如图 6-1 所示。

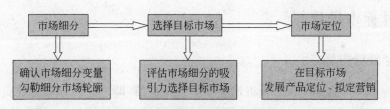

图 6-1　目标市场营销的三个步骤

第一步:市场细分。这是在市场调研和预测的基础上,将整个市场区分为几个不同的购买者群体,对不同的群体销售不同的产品或提供不同的服务。

第二步:选择目标市场。这是选择对本企业有吸引力的一个或几个细分的小市场(子市场)作为自己的目标市场,实行目标营销。

第三步:市场定位。这是为本企业的产品确定一个在市场上竞争的有利地位,即在目标顾客心目中树起立适当的产品形象,做好市场定位工作。

市场细分、目标市场选择与市场定位是三个既有区别又密切联系的概念。市场细分是按不同的购买欲望和需求划分消费者群的过程;目标市场选择则是在几个可能的目标市场中选择最有价值的目标市场,作为营销对象的决策过程;市场定位的实质是取得目标市场的竞争优势。所以,进行目标市场选择与市场定位,都有赖于市场细分。市场细分是进行目标市场选择与市场定位的前提和条件;目标市场选择与市场定位则是市场细分的目的和归宿。

2. 选择目标市场的依据

企业在市场营销活动中，必须选择和确定目标市场，主要原因如下。

(1) 消费者需求的差异性。因为现代企业的一切活动是围绕消费者的需求进行的，必须充分满足消费者的需求，企业才能生存与发展。然而消费者的需求是千差万别的，没有任何一个企业可以满足所有消费者的所有需求，而只能满足市场中一部分特定消费者的需求，企业选定市场中适合企业资源的特定消费者，开发产品为其服务，这样才有助于打开产品销路，实现经营目标。

(2) 选择和确定目标市场，明确企业的具体服务对象，关系到企业市场营销战略目标的落实，是企业制定市场营销战略的首要内容和基本出发点。

(3) 企业资源的有限性。企业必须根据自身的人财物、产供销的条件，即根据本企业的市场相对优势选择目标市场，因为并非所有的细分市场对本企业都具有吸引力。

(4) 对于企业来说，并非所有的细分市场都具有同等吸引力，都有利可图，只有那些和企业资源条件相适应的细分市场对企业才具有较强的吸引力，是企业的最佳细分市场。各个细分市场之间、各个目标之间互相存在着矛盾，企业必须从经济价值角度对细分市场进行评价，以决定取舍，否则将会造成效率的下降和人力、物力等资源的浪费。

由此可见，市场细分并不是企业的最终目的，它显示了企业所面临的市场机会，目标市场选择则是企业通过评价各种市场机会，决定为多少个细分市场服务的重要营销策略。目标市场选择主要包括两项工作：一是评价细分市场；二是选定目标市场。

6.1.2 目标市场选择

1. 确定目标市场

选择目标市场的首要步骤是分析评价各个细分市场，即对各细分市场在市场规模增长率、市场结构吸引力和企业目标与资源等方面的情况进行详细评估，在综合比较、分析的基础上，选择出最优化的目标市场。细分市场的评价，主要是评价它的经济价值。这是进行目标市场选择的基础。评价的标准是企业能在哪个市场上获得更多的未来收益。企业对不同的细分市场进行评价，一般要考虑如下因素：细分市场规模和增长率、细分市场的结构吸引力、企业的目标与资源，如表 6-1 所示。

(1) 细分市场规模和增长率分析

企业进入某一市场时期望能够有利可图，如果市场规模狭小或者趋于萎缩状态，企业进入后很可能难以获得发展。因此，对细分市场的评估首先要进行市场需求潜量分析，即潜在细分市场是否具有适度的规模和发展潜力。"适度规模"是一个相对概念，并不是越大越好，对于不同规模的企业意味着不同的概念。也就是说，对于大企业而言，只有销售量足够大的细分市场才算适度；反之，对于小企业而言，只要细分市场能够使企业的既有资源充分发挥效用即为适度。在市场营销学中，市场＝人口×购买能力×购买欲望。所以，考核细分市场的规模是否与企业能力相匹配，可以主要从人口数量、购买能力与购买欲望三个方面进行。

表 6-1　评估细分市场的主要项目与内容

项　　目	内　　容
市场潜力	当前销售价值 预计销售增长率 预期的利润
市场结构吸引力	行业内部竞争 潜在竞争对手的进入威胁 替代产品的威胁 顾客的议价能力 供应商的议价能力
企业的目标与资源	企业的长远发展目标：经济环境、政治环境与社会责任 市场能力：市场占有率、市场增长率、产品独特性、良好的声誉 生产能力：低成本优势、技术优势 企业资源优势：营销技术、人力资源优势、资金实力、管理优势、一体化趋势

除了静态考虑细分市场的规模外，还要动态考虑细分市场的发展前景，即市场增长率。细分市场的发展前景通常是企业的一种期望特征，是保证企业进入后可获得持续赢利与增长的基础。这也就意味着，企业不仅要考虑细分市场的现有规模，还必须就细分市场未来规模进行预测。与细分市场规模的考核相同，未来规模的预测也可从人口数量、购买能力与购买欲望三个方面展开，还要综合考虑行业及相关的经济、技术、政治、社会等环境因素，并具有敏锐的洞察力。

（2）细分市场结构吸引力分析

细分市场可能具有适度规模和成长潜力，然而从长期赢利的观点来看，细分市场未必具有长期吸引力。细分市场吸引力的衡量指标是成本和利润。

在一个细分市场中，如果许多势均力敌的竞争者同时步入或参与该细分市场，或者一个细分市场上已有很多颇具实力的竞争企业，那么，该细分市场的吸引力就会下降，尤其是当该细分市场已趋向饱和或萎缩时。潜在进入者既包括在其他细分市场中的同行企业，也包括那些目前不在该行业经营的企业。如果该细分市场的进入障碍较低，则该细分市场的吸引力也会下降。替代者的产品从某种意义上限制了该细分市场的潜在收益。替代品的价格越有吸引力，该细分市场增加赢利的可能性就被限制得越紧，从而使该细分市场吸引力下降。购买者和供应者对细分市场的影响表现在他们议价的能力上。如果某细分市场，购买者的压价能力很强，或者供应者有能力抬高价格或降低所供产品的质量或服务，那么该市场的吸引力就下降。

因此，一个具有适当规模和成长率的细分市场，有可能缺乏赢利潜力。如果存在所需的原材料被一家企业所垄断、退出壁垒很高、竞争者很容易进入等问题，想必他对企业的吸引力会大打折扣。因此，对细分市场的评估，除了考虑其规模和发展潜量外，同时也要对其吸引力做出评价。美国市场营销学家迈克尔·波特认为，有五种群体力量影响整个市场或其中任何细分市场。企业应对这五种群体力量对长期赢利能力的影响做出评价。这五种群体力量是：行业竞争者、潜在进入者、替代产品、购买者和供应商。细分市场内激烈竞争，潜在的新参加的竞争者的加入、替代产品的出现、购买者议价能力的提高、供应商议价能力的加强都有可能对细分市场造成威胁，失去吸引力，如图 6-2 所示。

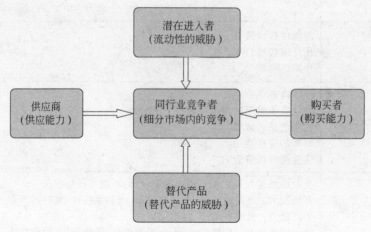

图 6-2　决定细分市场结构吸引力的 5 种力量

① 行业竞争者的威胁。即细分市场内同行业之间是否存在激烈的竞争。如果某个细分市场存在为数众多的竞争者，或者竞争者的实力强大，或者竞争者的攻击意识强烈，这就意味着企业可能要面临价格战、广告战的威胁，为了在竞争中取得优势，企业可能还要不断推出新产品并投入大量的资金来坚守该细分市场，那么该细分市场就可能会失去吸引力。

② 潜在进入者的威胁。即新的竞争者能否轻易地进入该细分市场。根据行业利润的观点，最具有吸引力的细分市场应该是进入的壁垒高、退出的壁垒低，如图 6-3 所示。这样的市场里，新的企业很难进入，但经营不善的企业可以安然撤退；如果细分市场的进入壁垒很低，而退出壁垒很高，则该细分市场就容易吸引新竞争者的加入，一旦经营不善，必须坚持到底，这是最坏的情况；如果细分市场进入与退出壁垒都低，企业可以进退自由，获得的报酬虽很稳定，但不高。总之，新竞争者加入越多，市场占有率的争夺就会越激烈，该市场的吸引力也就越低。

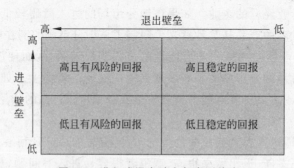

图 6-3　进入或退出壁垒与赢利能力

③ 替代产品的威胁。替代产品是指在功能上能部分或全部代替某一产品的产品。替代产品的威胁就是细分市场上是否已经存在替代产品或者有潜在的替代产品。替代产品的威胁越大，细分市场内企业的价格和利润就越受限制，该细分市场的吸引力就会越低。为了减少替代产品的威胁，企业应设法扩大产品的差异化程度。

④ 顾客的议价能力加强的威胁。即顾客讨价还价的能力是否很强或正在增强。顾客的议价能力越强,对产品价格、质量和服务的要求就会越高,企业之间为了获得订单的争夺就会越激烈,细分市场的吸引力就越低。

⑤ 供应商的议价能力加强的威胁。即供应商的讨价还价能力是否很强或正在增强。如果供应商所提供的原材料没有替代品或替代品少,供应商集中或有组织,其议价能力就强,企业可能在价格、质量和服务等方面受制于供应商,而这样直接威胁到企业的赢利能力,细分市场的吸引力就会受到影响,因此,企业与供应商要建立良好关系,并要积极开拓多种供应渠道。

(3) 企业的目标与资源

细分市场可能具有适度规模和成长潜力,而且细分市场也具有长期的吸引力,然而,企业必须结合其市场营销战略目标和资源来综合评估。某些细分市场虽然有较大的吸引力,但不符合企业长远的市场营销战略目标,不能推动企业实现市场营销战略目标,甚至会分散企业的精力,阻止企业实现市场营销战略目标,因此,企业不得不放弃。细分市场可能也符合企业长远的市场营销战略目标,企业也必须对企业资源条件进行评估,必须考虑企业是否具备细分市场所必需的资源条件。

细分市场具有合适的规模、增长率和较强的吸引力,企业仍需考虑本身的目标和资源。分析企业的目标与资源包括两个基本目的:一是考察企业是否具备选择某一细分市场的技能与资源;二是备选细分市场是否与企业的发展目标和长远利益相吻合。任何细分市场都有一定的成功条件,如果企业缺乏这些必要的条件,而且无法创造这些条件,那么放弃这一细分市场选择是明智之举。同时即便是企业具备了必要的条件,但若备选细分市场所需的产品及营销组合与企业的发展目标不符,那么企业也不应该进入这一细分市场。例如,"耐克"是高档体育用品的代名词,如果发展低档产品,也可能会受市场欢迎,但这却会破坏"耐克"原有的品牌价值,所以,企业也不应该进入低档产品市场。

2. 确定目标市场的原则

企业在确定目标市场时,应遵循以下四个原则:

(1) 产品、市场和技术三者密切关联。企业所选择的目标市场,应能充分发挥企业的技术特长,生产符合目标市场需求的产品。

(2) 遵循企业既定的发展方向。即目标市场的选择应根据企业市场营销战略目标的发展方向来确定。

(3) 发挥企业的竞争优势。即应选择能够突出和发挥企业特长的细分市场作为目标市场。这样才能利用企业的相对竞争优势,在竞争中处于有利的地位。

(4) 取得相乘效果。即新确定的目标市场不能给企业原有的产品带来消极的影响。新、老产品要能互相促进,实现同时扩大销售量和提高市场占有率的目的,从而使企业所拥有的人才、技术、资金等资源都能有效地加以利用,使企业获得更好的经济效益。

企业通过对不同细分市场的评估,就可确定一个或几个细分市场为其目标市场,即确定企业目标市场策略。

6.1.3 目标市场的选择模式

企业在评估不同的细分市场以后,可以根据自己的具体情况,决定为多少个子市场服务,通常可以采用五种目标市场选择模式,如图6-4所示。

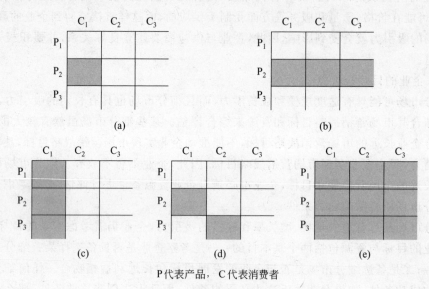

P代表产品, C代表消费者

图6-4 目标市场选择模式

1. 市场集中化

最简单的方式是公司选择一个细分市场集中营销,如图6-4(a)所示。例如,大众汽车公司集中经营小汽车市场;理查德·D.伊尔文公司集中经营经济商业教科书市场;某化工厂专门生产药物牙膏,投入市场满足牙病消费者的需要。这意味着企业只生产某一种产品或提供某一种服务,优点在于企业通过密集营销,更加了解本细分市场的需要,并树立了特别的声誉,因此便可在该细分市场建立巩固的市场地位。另外,公司通过生产、销售和促销的专业化分工,也获得了许多经济效益。如果细分市场补缺得当,公司的投资便可获得高报酬。同时,密集市场营销比一般情况风险更大。个别细分市场可能出现不景气的情况。例如年轻女士突然不再买运动服装,这使鲍比·布鲁克斯公司的收入锐减。或者某个竞争者决定进入同一个细分市场。由于这些原因,许多公司宁愿在若干个细分市场分散营销。

2. 产品专门化

产品专门化是指企业同时向几个细分市场提供同一产品的策略。如图6-4(b)所示。面对不同的子市场,产品的式样、档次有所不同,优点在于能分散企业的经营风险,投资也不大。即使其中某个细分市场失去了吸引力,企业还能在其他细分市场赢利。例如,显微镜生产商向大学实验室、政府实验室和工商企业实验室销售显微镜。公司准备向不同的顾客群体销售不同种类的显微镜,而不去生产实验室可能需要的其他仪器。公司通过这种战略,在

市场营销

某个产品方面树立起很高的声誉。如果产品——这里是指显微镜,被一种全新的显微技术代替,就会发生危机。例如,某企业只生产或销售吊扇,既满足居民家庭生活消费,又满足单位办公室工作的需要,还满足招待所的需要。

3. 市场专门化

市场专门化是指企业以所有产品,供应给某一类顾客群,产品的性能有所区别。如图 6-4(c)所示。例如,公司可为大学实验室提供一系列产品,包括显微镜、示波器、本生灯、化学烧瓶等。公司专门为这个顾客群体服务,而获得良好的声誉,并成为这个顾客群体所需要的各种新产品的销售代理商。但如果大学实验室突然经费预算削减,它们就会减少从这个市场专门化公司购买仪器的数量,这就会产生危机。例如,某企业生产或销售台扇、吊扇和空调器等产品,满足某些宾馆对台扇、吊扇和空调器的需要。

4. 选择专门化

选择专门化是指企业有选择地进入几个不同的细分市场。如图 6-4(d)所示。采用此法选择若干个细分市场,其中每个细分市场客观上都有吸引力,并且符合公司的目标和资源。这一模式的优点在于能够分散企业的经营风险,即便其中一个细分市场丧失了吸引力,企业在其他细分市场上还可以赢利。缺点是由于所选择的细分市场分散性比较强,相互关联性不够,企业难以共享自身的某些资源优势,甚至有可能造成资源过于分散,不但不能分散风险,反而加剧了风险的后果。例如,企业生产或销售吊扇满足居民家庭的需要,生产或销售台扇满足单位办公室的需要,生产或销售空调器满足宾馆的需要;或者,企业生产或销售吊扇、台扇和空调器,同时满足居民家庭、单位办公室和宾馆的需要。

5. 市场全面化

市场全面化是指企业决定进入各细分市场,用各种产品满足各种顾客群体的需求。如图 6-4(e)所示。这是实力极大的企业为了占据市场领先者地位采用的战略,一般企业很少使用。例如,像 IBM(计算机市场)、通用汽车公司(汽车市场)和可口可乐公司(饮料市场)。

小资料 6-1

大规模定制营销策略

大规模定制是指按照每个用户的要求大量生产产品,产品之间的差别可以具体到每个基本元件的策略。久负盛名的"戴尔直销"模式的实质就是大规模定制。这一模式实现了"规模经济性"与"满足顾客个性化需求"的良好结合,是很多市场内企业竞争的发展趋势之一。缺点是对企业内部的管理能力要求很高,并且可适用的产品也不是很普遍。

6.1.4　目标市场策略

市场细分的目的就是为了有效地进入目标市场。企业在对细分市场进行分析、评价之后，要决定选择哪些细分市场以及选择多少个欲进入的细分市场，这是目标市场选择问题。所谓目标市场策略是指企业对客观存在的不同消费者群体，根据不同商品和劳务的特点，采取不同的市场营销组合的总称。企业选择的目标市场不同，提供的商品和劳务就不同，市场营销策略也不一样。一般来说，目标市场的营销策略有三种，即无差异性市场策略、差异性市场策略和集中性市场策略。

1．无差异性市场策略

（1）无差异性市场策略的概念

无差异性市场策略（undifferentiated marketing），就是企业把整个市场作为自己的目标市场，只考虑市场需求的共性，而不考虑其差异，只提供一种产品，运用一种市场营销组合，吸引尽可能多的消费者，去占领总体市场的策略，如图 6-5 所示。

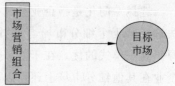

图 6-5　无差异性市场策略

无差异性市场策略适用于少数消费者需求同质的产品；消费者需求广泛、能够大量生产、大量销售的产品；以探求消费者购买情况的新产品；某些具有特殊专利的产品。采用无差异性市场策略的企业一般具有大规模的优势、单一的连续的生产线，拥有广泛或大众化的分销渠道，并能开展强有力的促销活动，投放大量的广告，进行统一的宣传。

例如，美国可口可乐公司从 1886 年问世以来，一直采用无差异性市场策略，生产一种口味、一种配方、一种包装的产品满足世界 156 个国家和地区的需要，称做"世界性的清凉饮料"，资产达 74 亿美元。由于百事可乐等饮料的竞争，1985 年 4 月，可口可乐公司宣布要改变配方的决定，不料在美国市场掀起轩然大波，许多电话打到公司，对公司改变可口可乐的配方表示不满和反对，公司不得不继续大批量生产传统配方的可口可乐。可见，采用无差异性市场策略，产品在内在质量和外在形体上必须有独特风格，才能得到多数消费者的认可，从而保持相对的稳定性。

（2）无差异性市场策略的优缺点

无差异性市场策略最大的优点在于规模效益：①不用细分整个市场，可以节省市场调查、市场分析等方面的成本；②单一产品的生产，可以取得大规模生产带来的成本方面优势，也可节省产品设计及研发费用；③统一的营销组合，可大大节省渠道、促销方面的费用。但如果同类企业也采用这种策略，必然要形成激烈竞争。缺点是：它只注意需求的共性，忽视了需求的差异性，较小市场部分的需求得不到满足。

例如，闻名世界的肯德基，在全世界有 800 多个分公司，都是同样的烹饪方法、同样的制作程序、同样的质量指标、同样的服务水平，采取无差别策略，生产很红火。1992 年，肯德基在上海开业不久，上海荣华鸡快餐店开业，且把分店开到肯德基对面，形成"斗鸡"场面。因荣华鸡快餐把原来洋人用面包做主食改为蛋炒饭为主食，西式沙拉土豆改成酸辣菜、西葫芦条，更取悦于中国消费者。所以，面对竞争强手时，无差异性市场策略也有其局限性。

虽然无差异性市场策略具有显著的优点,但是真正成功实现的企业并不多见,仅仅是那些需求广泛、市场同质性高,并且能大量生产、大量销售的产品领域。随着市场竞争的激烈和消费者需求的日益多样化,大多数产品的无差异性市场策略无法取得成功,主要原因有:

第一,消费者需求的差异性与变化性,一种产品长期为所有消费者和用户所接受非常罕见。

第二,不适应竞争的要求,风险性较大。当众多企业如法炮制,都采用这一策略时,会造成市场竞争异常激烈,同时在一些小的细分市场上,消费者需求却得不到满足,这对企业和消费者都是不利的。

第三,易于受到竞争企业的攻击。当其他企业针对不同细分市场提供更有特色的产品与服务时,采用无差异性市场策略的企业可能会发现自己的市场正在遭到蚕食,但又无法有效地予以反击。正是由于这些原因,世界上一些曾经长期实行无差异性市场策略的大企业最后也被迫改弦更张,转而实行差异性市场策略。被视为实行无差异性市场策略典范的可口可乐公司,面对百事可乐、七喜等企业的强劲攻势,也不得不改变原来的市场策略,一方面向非可乐饮料市场进军;另一方面针对顾客不同的需要,推出多种类型的可乐。

2. 差异性市场策略

(1)差异性市场策略的概念

差异性市场策略(differentiated marketing)就是企业把整个市场细分为若干子市场,针对不同的子市场,设计不同的产品,制定不同的营销策略,满足不同消费需求的市场策略,如图 6-6 所示。

图 6-6　差异性市场策略

差异性市场策略适用于大多数异质产品。采用差异性市场策略的企业一般是大企业,有一部分企业,尤其是小企业无力采用,因为采用差异性市场策略必然受到企业资源和条件的限制。较为雄厚的财力、较强的技术力量和素质较高的管理人员,是实行差异性市场策略的必要条件,而且随着产品品种的增加,分销渠道的多样化,以及市场调研和广告宣传活动的扩大与复杂化,生产成本和各种费用必然大幅度增加,需大量资源作为依托。差异性市场策略的优点是能扩大销售,减少经营风险,提高市场占有率。因为多品种的生产能分别满足不同消费者群的需要,扩大产品销售。

如我国有的服装企业,按生活方式把妇女分成三种类型:时髦型、男子气型、朴素型。时髦型妇女喜欢把自己打扮得华贵艳丽,引人注目;男子气型妇女喜欢打扮的超凡脱俗,卓尔不群;朴素型妇女购买服装讲求经济实惠,价格适中。公司根据不同类妇女的不同偏好,有针对性地设计出不同风格的服装,使产品对各类消费者更具有吸引力。又如某自行车企业,根据地理位置、年龄、性别细分为几个子市场:农村市场,因常运输货物,要求牢固耐用,载重量大;城市男青年,要求快速、样式好;城市女青年,要求轻便、漂亮、时尚。针对每个子市场的特点,制定不同的市场营销组合策略。

(2)差异性市场策略的优缺点

越来越多的企业开始采用差异性市场策略,其指导思想是:消费者对商品的需求是多种多样的,企业经营差异性商品以满足消费者的各种需求,就能提高企业的竞争力,占领较多市场,因而,选择较多的细分市场作为企业的目标市场。很显然,差异性市场策略最大的优点在于:①全面满足消费者的不同需求,提高市场占有率,扩大销量;②由于企业在多个细分市场上展开营销,一定程度上可以降低投资风险和经营风险。

差异性市场策略也存在着不足:①由于企业经营多种产品,制定差异性的营销组合,不可避免地会增加生产与营销方面的成本;②企业的资源分散在多个领域,这样一来,很可能导致企业不能集中使用资源,甚至企业内部出现彼此争夺资源的现象。除此之外,多品种、小批量生产,对企业的经营管理水平也提出了更高的要求。

小资料 6-2

日本泡泡糖目标市场策略[①]

日本泡泡糖市场年销售约为 740 亿日元,其中大部分为"劳特"所垄断。可谓江山唯"劳特"独坐,其他企业再想挤进泡泡糖市场谈何容易。但江崎糖业公司对此却并不畏惧。公司成立了市场开发班子,专门研究霸主"劳特"产品的不足和短处,寻找市场的缝隙。经过周密调查分析,终于发现"劳特"的四点不足:第一,以成年人为对象的泡泡糖市场在扩大,而"劳特"却仍旧把重点放在儿童泡泡糖市场上;第二,"劳特"的产品主要是果味型泡泡糖,而现在消费者的需求正在多样化;第三,"劳特"多年来一直生产单调的条板状泡泡糖,缺乏新型式样;第四,"劳特"产品价格是 110 日元,顾客购买时需要多掏10 日元的硬币,往往感到不便。通过分析,江崎糖业公司决定以成人泡泡糖市场为目标市场,并制定了相应的市场营销策略。不久,它便推出功能性泡泡糖四大产品:司机用泡泡糖,使用了高浓度薄荷和天然牛黄,以强烈的刺激消除司机的困倦;交际用泡泡糖,可清洁口腔,祛除口臭;体育用泡泡糖,内含多种维生素,有益于消除疲劳;轻松型泡泡糖,通过添加叶绿素,可以改变人的不良情绪。它还精心设计了产品的包装,新产品像飓风一样席卷全日本。江崎公司不仅挤进了由"劳特"独霸的泡泡糖市场,而且占领了一定的市场份额,从 0 猛升至 25%,当年销售额达到 175 亿日元。

3. 集中性市场策略

(1)集中性市场策略的概念

集中性市场策略(concentrated marketing),又称为密集性市场策略。是指企业选择一

---

① 资料来源:中国营销传播网. 编者整理

个或少数几个细分市场作为企业的目标市场,通过专业化生产和销售,给这部分目标顾客提供更好的满足,力争在选定的狭小目标市场中占有较大的市场份额,如图 6-7 所示。

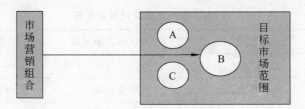

图 6-7　集中性市场营销策略

集中性市场策略主要适用于资源有限的中小企业或是初次进入新市场的大企业。中小企业由于资源有限,无力在整体市场或多个细分市场上与大企业展开竞争,而在大企业未予注意或不愿顾及而自己又力所能及的某个细分市场上全力以赴,则往往容易取得成功。实行集中性市场策略是中小企业变劣势为优势的最佳选择。

例如,日本尼西奇起初是一个生产雨衣、尿布、游泳帽、卫生带等多种橡胶制品的小厂,由于订货不足,面临破产。总经理多川博在一个偶然的机会,从一份人口普查表中发现,日本每年约出生 250 万个婴儿,如果每个婴儿用两条尿布,一年需要 500 万条。于是,他们决定放弃尿布以外的产品,实行尿布专业化生产。一炮打响后,又不断研制新材料,开发新品种,不仅垄断了日本尿布市场,还远销世界 70 多个国家和地区,成为闻名于世的"尿布大王"。

采用集中性市场策略,意味着企业将放弃一个或几个细分市场中的小份额,而去争取一个或几个细分市场中的大份额。主要基于这样的思想:与其将有限的资源分散使用于每一个细分市场,在整个市场中占很小的份额,不如集中所有资源,为某一个或少数几个细分市场服务,在一个或少数几个细分市场中占有较大的市场份额。例如,某服装公司不是面向不同的消费者群,生产各种规格和款式的服装,而只是以儿童服装为目标市场,生产各种式样、花色、型号的儿童服装,以不同的价格、多种销售渠道投放于儿童服装市场。

(2) 集中性市场策略的优缺点

集中性市场策略的优点是:①企业集中力量于一个细分市场,对消费者需求的了解比较深入,便于制定正确的营销组合策略,提供最佳的产品与服务,增强企业竞争力;②采用集中性策略也有助于实行专业化生产与销售,节省费用,降低成本,增加赢利。

集中性市场策略也存在一些弊端:①市场容量相对较小,企业的长远发展可能会受到限制;②一旦强大的竞争对手介入、目标消费者群购买力下降、消费者兴趣转移、替代品出现等都会给企业带来极大的威胁。

综上所述,三种目标市场策略各有利弊。选择目标市场时,必须考虑企业面临的各种因素和条件,如企业规模和原料的供应、产品类似性、市场类似性、产品寿命周期、竞争的目标市场等。选择适合本企业的目标市场策略是一个复杂多变的工作。企业内部条件和外部环境在不断发展变化,经营者要不断通过市场调查和预测,掌握和分析市场变化趋势与竞争对手的条件,扬长避短,发挥优势,把握时机,采取灵活的适应市场态势的策略,去争取较大的利益。同时,三种目标市场营销策略在产品、市场、营销组合、经济性、经营风险等方面都存在着差异。下面,我们分别从产品、市场、营销组合、经济性与风险性几方面做一区分,三者的不同点如表 6-2 所示。

表 6-2　目标市场营销策略比较

项　目	无差异性市场策略	差异性市场策略	集中性市场策略
产品	单一产品	少数性质雷同的产品	多样化产品
市场	整体市场	少数细分市场	所有或多个细分市场
营销组合	统一营销组合	专业营销组合	差异性、针对性营销组合
经济性	经济性好	经济性较好	经济性差
风险	风险大	风险较大	风险小

小资料 6-3

80% 的利润可能只来自 20% 的客户[①]

在数据库营销中,借助两种最基本的分析工具证实并非所有顾客的价值都相等。一是"货币十分位分析",把顾客分为 10 等份,分析某一时间段内每 10% 的顾客对总利润和总销售额的贡献率,这种分析验证了帕雷托定律,即 20% 的顾客带来 80% 的销售利润;二是"购买十分位分析",把总销售额和总利润额分为 10 等份,显示有多少顾客实现了 10% 的公司利润。这种分析显示,实现公司 10% 的销售额仅仅需要 1% 的顾客就够了。

这些规律的客观存在表明:在一个竞争性市场中,对于所有的顾客采取完全一样的营销策略已不再有效。因此,通过目标市场选择寻找最有价值的顾客,并集中优势资源满足它已成为营销者努力的方向。

6.1.5　影响目标市场选择的因素

上述三种目标市场营销策略中,前两种策略着眼于整体市场,而第三种策略则着眼于个别的细分市场,这些策略各有各的长处,也各有各的短处。在市场营销实践中,企业到底应采取哪种策略,应综合考虑五个因素,如表 6-3 所示。

1. 企业资源

企业资源主要包括企业的人力、物力、财力与技术等方面,企业的资源条件决定了企业的市场规模和营销力量。当企业生产、技术、营销与财务等方面实力很强时,可以考虑采用差异性或无差异性市场策略;资源有限,实力不强时,采用集中性市场策略,效果可能更好。

---

① 资料来源:中国营销传播网站.编者整理

表 6-3　目标市场选择因素与相应的营销策略

考 虑 因 素		可选择的目标市场策略
企业实力	大	无差异性营销策略
	小	集中性营销策略
产品差异性程度	高	差异性营销策略
	低	无差异性营销策略
市场同质性程度	高	无差异性营销策略
	低	差异性营销策略或集中性营销策略
产品生命周期	导入期	无差异性营销策略
	成熟期	差异性营销策略或集中性营销策略
竞争者的目标市场策略	无差异性市场策略	差异性营销策略或集中性营销策略
	差异性市场策略	集中性营销策略
	集中性市场策略	无差异性营销策略或差异性营销策略

2．市场同质性

市场同质性是指各细分市场顾客需求、购买行为等方面的相似程度。如果各个细分市场的消费者对某种商品的需求和偏好基本一致，则这一商品的市场可以视为同质市场，针对这一商品的营销最好采用无差异性市场策略。例如，我国的电力，无论是北方市场或南方市场、城市市场或农村市场、沿海地区市场或内陆地区市场，其需求是一致的，都需要 220V、50HZ 的照明电，应采用无差异性市场策略。如果各个细分市场的消费者对同种商品的需求差异性很大，则这种商品的市场被视为异质市场，应选择差异性市场策略。例如，对服装的需求，儿童市场、青年人市场、中老年市场不同，男性市场和女性市场不同，工人市场、农民市场、体育工作者市场需求差别亦很大，汉族地区市场和各少数民族地区的市场需求也有明显区别，这种商品的营销应采用差异性市场策略。

3．产品同质性

产品同质性是指在消费者眼里，不同企业生产的产品的相似程度。相似程度高，则同质性高，反之，则同质性低。有些产品，消费者认为其性能、质量、花色、品种、造型等方面没有多大差别，可随意购买，如食盐、煤油、大米、食糖等产品。这类产品称为同质产品，尽管每种产品因产地和生产企业的不同会有些品质差别，但消费者可能并不十分看重，此时，竞争将主要集中在价格上，这样的产品适合采用无差异性市场策略。相反，另外一些产品，如衣服、电器、化妆品、汽车等，消费者认为其性能、质量、花色、品种与造型等方面存在较大差别，产品选择性强，同质性较低，这类产品被称为是异质产品，则应采用差异性或集中性市场策略，去满足各种消费者的需求。

4．产品生命周期

产品生命周期包括四个阶段：投入期、成长期、成熟期与衰退期，产品所处的不同生命周期阶段,市场营销的重点不同,则选择的目标市场营销策略也不同。在导入期和成长期前期,由于没有或有很少的几个竞争对手,对消费者的偏好也处于启发与巩固阶段,一般应采用无差异性市场策略或集中性市场策略,实行大批量生产和全面销售策略。在成长期后期、成熟期,由于竞争对手多,市场竞争激烈,消费者需求多样化,则应选择差异性市场策略,开拓新的市场,满足新的需求,延长产品生命周期,求得生存与发展。

5．市场竞争状况

企业在选择目标市场时,企业的目标市场策略应当与竞争对手的目标市场策略不同。主要考虑如下两个因素:

第一,竞争者的数量。若竞争者少,可采用无差异性市场策略,去占领整体市场;若竞争者较多,则可采取差异性市场策略,以对付竞争者。

第二,竞争者采取的策略,根据竞争者的策略采取相应的措施。若竞争者采取无差异性市场策略,本企业应采取差异性市场策略等,战胜竞争者;若竞争者已经采取差异性市场策略,本企业应采取集中性市场策略或更深度细分的差异性市场策略。

当然除了上述五个因素,还有其他一些因素,还应注意商业道德和企业应负的社会责任。随着社会的发展和消费者权益意识的日益增强,越来越多的企业意识到伦理道德对企业发展的重要性。目标市场的道德选择要求企业在选择目标市场和为目标市场提供信息、产品和服务的过程中,不能利用目标消费者群体的弱点和劣势地位为企业赚取不义之财。

例如,美国有些企业故意选取缺乏辨别能力、易受蛊惑性宣传影响的儿童、内地居民、少数民族、低收入者,以及其他因缺乏购买力、商品知识、市场经验而处于劣势地位的顾客作为目标市场,向他们推销有潜在危害性的商品,以获取不公正的利益,这种不道德的行为已遭到越来越多社会公众的谴责。当然,并非所有的针对孩子、少数民族等特定目标市场的营销行为都受到批评。例如,高露洁公司的儿童牙膏和牙刷的设计,就因其能使孩子们更喜欢刷牙而受到广泛的好评。所以,问题的关键并不在于你选择哪个或哪些细分市场,而在于你为这些目标市场提供了什么样的产品和服务,以及通过什么方式提供。

企业选择目标市场营销策略时,应综合考虑以上影响目标市场策略选择的因素,权衡利弊,综合决策。目标市场策略应保持相对稳定,但当市场营销环境发生重大改变时,企业应当及时改变目标市场策略。竞争对手之间没有完全相同的目标市场策略,企业也没有一成不变的目标市场策略。

6.2　市 场 定 位

随着市场竞争的日益激烈,产品的不断涌现,消费者也陷入到了信息的"汪洋大海"之中,在越来越多的产品和品牌面前,越来越显得无所适从。那么企业怎样才能在竞争中脱颖而出?最好的办法就是追求与众不同,以使消费者易于将它与其他品牌区分开来,进而在消费者心目中占有一定的位置。

6.2.1　市场定位概述

企业在选择目标市场之后,接下来的营销环节就是市场定位。市场定位是目标市场营销最重要的一环,也是随后制定营销策略的根本出发点。

1.定位的由来

"定位"(positioning)一词,是由两位广告公司经理阿尔·里斯(Al Ries)和杰克·特劳特(Jack Trout)在 1972 年提出的。他们认为,定位并不是要对产品本身做什么事,而是对潜在顾客的心理采取行动,即把产品在潜在顾客的心目中确定一个适当的位置。随着市场的日益成熟和消费者消费观念的不断变化,有关定位的理论在实践中不断丰富和发展。1996 年,特劳特和瑞维金出版了《新定位》一书。再次强调:定位是对大脑的定位,而不是对产品的定位。市场营销的最终战场是大脑。定位概念一经推出,就得到了广泛的认可,营销大师菲利普·科特勒也认为定位概念跳出了营销界一贯的思维模式,被称为营销学中最有"革命性"的变化之一,实属当之无愧。

定位这个概念在相当长的时期内被当成一种信息沟通策略,即强调不改变产品本身,改变的只是名称和沟通等要素。现在人们对定位的理解已经扩展到营销活动的各个层面,营销的诸多环节和职能都可能会影响特定产品或服务在顾客心目中的地位。根据这种认识上的变化,很多学者都从不同角度对定位进行阐释,内容大同小异,只是表达方式稍有不同而已。实际上,定位就是在消费者心目中,为某种产品或品牌建立有别于竞争者的形象。

2.市场定位的概念

所谓市场定位,就是在目标顾客心目中为企业或产品创造一定特色,赋予一定形象,以适应顾客一定的需要和偏好。这里所说的特色和形象可以是物质的,还可以是心理的,也可以兼而有之。实际上定位就是要求企业要设法体现产品的差异优势,确定产品或企业在顾客心目中的适当位置,并留下值得购买的印象,以便吸引更多的顾客。

现代市场营销理论认为,市场定位是指针对消费者对企业或产品属性的重视程度,确定企业相对于竞争者在目标市场上所处的市场位置,通过一定的信息传播途径,在消费者心目中树立与众不同的市场形象的过程。所以,市场定位的依据,一是消费者的需求特征;二是该产品的主要竞争者产品的主要特征。

市场定位的实质就是寻找"顾客的买点",使企业与其他企业严格区分开来,突出企业及其产品的特色,使消费者明显感觉和认识到这种差别,在消费者心目中占有特殊的位置,给消费者留下良好的印象,从而取得目标市场的竞争优势。

有效的市场定位能够把企业或产品的特征转化为目标顾客的价值利益,如低成本能给顾客带来低价格,它不仅向顾客传递一个清晰的形象,而且提高了购买产品的理由。同时由于不同顾客在购买相同的产品或服务时,通常寻求的利益不同,一个特殊产品在不同顾客心目中的定位不一样。因此,了解企业或产品在顾客心目中的定位非常重要。市场定位,关键不是对产品本身做些什么,而是在消费者心目中做些什么,单凭产品质量上乘或价格的低廉,已难以获得竞争优势。

例如,汽车市场上,德国的大众汽车以彰显"货币价值"为特色,沃尔沃则以"最安全"为特色,奔驰以"显示身份"为特色,宝马以享受"驾驶的乐趣"为特色,等等。上述汽车企业根据顾客的某一需要,树立了自身鲜明而突出的特色,成功地为自己的产品进行市场定位,得到目标消费者的认可。

理解市场定位这一概念,应注意以下几点。

(1) 产品的差异性

扩大与竞争者之间的差距,是企业定位策略成败的关键。在信息社会中,由于信息纷繁复杂,顾客不可能都记住;而只能记住那些令他们感兴趣的有特色的信息。同时,在购买决策中,面对众多质量趋同的不同品牌,顾客最终的选择,一般是那些品牌第一印象最为深刻的产品。因此,定位时一定要针对目标顾客的心理需求,塑造鲜明个性,在其心目中形成强烈的第一印象。这样,顾客就会对产品产生偏爱。

但是,市场定位不同于产品差异化,产品差异化是实现市场定位的手段,但不是市场定位的全部内容。市场定位不仅强调产品差异,而且要通过为自己的产品创立鲜明的个性,从而塑造出独特的市场形象,赢得顾客的认可。产品是多种因素的综合反映,包括产品的性能、构造、成分、包装、形状、质量等,而市场定位就是要强化某些因素,从而形成与众不同的形象。

(2) 顾客的导向性

定位就是要占领消费者心理位置,是"攻心之战",而不是占据市场的空间位置。它是消费者对企业、产品与服务的认识,因此,市场定位应该从顾客方面而不是从企业方面来定义。换句话说,市场定位就是企业要为自己及其产品在潜在顾客心目中确定一个合适的位置,如品质超群、新颖别致、高档品牌、方便实用等,其目的在于引导潜在顾客认同企业或产品的独特性与价值性。它要求企业必须首先进行调查研究,了解顾客的心理,弄清楚它们的想法,再设计与创造能满足顾客需求的产品或服务。

例如,"小小神童"之所以成功,就在于海尔通过研究人们洗衣的季节变迁而创造了"即时洗"的概念。内衣、袜子、夏季衣物既轻又少,使用传统大洗衣机显得颇为浪费,而"小小神童"满足了人们夏季及时洗涤小件衣物的需求,以省时、省力、省水、省电的特点,使一批中国家庭拥有了一大一小两台洗衣机,又顺便辐射了未成家前不会买大洗衣机的单身贵族们,从而取得巨大成功。

(3) 信息的可传达性

可传达性就是通过各种媒介把定位信息准确无误又印象深刻地传达给顾客。传达市场定位可以通过这几种手段:视觉传达、听觉传达、触觉传达和嗅觉传达。如果能把以上几种手段综合起来运用,效果更佳。

(4) 定位的变化性

企业赖以生存的市场环境是不断变化的,要求企业必须用动态的观点研究市场定位,对周围环境时刻保持高度的敏感,及时调整市场定位策略。

例如,"让我们做得更好"是飞利浦公司 1995 年引入的第一个全球主题,在过去的几年中,这一主题的使用非常成功。然而,随着市场环境的变化,品牌口号也需要与时俱进。飞利浦在全球范围内对 2000 名顾客进行市场调研,了解他们的需求,发现顾客更注重"感性"与"便利",所以,飞利浦致力于为消费者生产并提供为您设计、轻松体验、先进科技的产品

市场营销

与服务,这就是飞利浦的新品牌承诺。新品牌定位强调了两点:一是强调根据消费者的需求设计与生产产品;二是强调产品或服务要给消费者带来轻松与简便的体验。

(5) 定位的相对性。企业的产品或品牌只有相对于竞争者的产品或品牌,才有质量与服务水平的高下之分。在一个缺乏竞争的市场环境里,很难判断企业的产品或品牌的好与坏。

3. 市场定位的类型

对定位内涵的扩展,有多种不同的解释,普遍认为三个层次划分更为恰当,即产品定位、品牌定位与企业定位。

(1) 产品定位

产品定位是使某产品在消费者心目中留下深刻的印象,每当消费者产生类似需求时,就会联想到该产品。产品定位是所有定位的基础。因为顾客想要得到的某种利益,最终都是通过产品体现的,即通过技术、质量、安装、维护、包装、销售对象、分销渠道和售后服务来体现的。一般来说,同类产品差异越大越好,但实际上并非一定表现多个方面的差别,有时只需一个方面有差别就行了,如"高技术"、"高质量"等。只是要求这种差别确实能深深印在消费者心中,成为他们的特定感觉与印象。

(2) 品牌定位

品牌定位是以产品定位为基础,通过产品定位来实现的。但是品牌已逐渐成为企业的一种无形资产,可以与产品脱离而单独显示其价值,甚至品牌的价值比实物产品的价值要高得多。所以,作为一种无形资产,品牌可以转卖或授权许可使用,不同企业生产的产品,只要冠以同一品牌,就会在消费者心中拥有同样的地位。例如,宝洁的洗发水,就有多种品牌:海飞丝去头屑,潘婷营养滋润,沙宣保湿,等等。

(3) 企业定位

企业定位处于定位阶梯的最高层。企业必须先做好产品和品牌的定位,然后才能在公众中树立美好形象。企业定位的内容和范围比前两者要广泛,一个良好的企业形象和较高的社会地位不仅应得到消费者的认可,而且还应得到与企业有关的所有人员与机构的认可,包括供应商、批发商、零售商、政府、新闻媒体等。产品设计、生产过程、财政实力、推销策略、广告宣传、价格策略、分销渠道与公共关系等都会对企业定位产生影响。

4. 市场定位的基础

市场定位的实质就是确定产品在顾客心目中的位置,即与众不同。按照菲利普·科特勒的分析,市场定位的基础主要体现在以下五个方面。

(1) 产品差异化

产品差异化是指在产品实体方面能让顾客感觉到的差别。即产品形式、特色、性能、一致性、耐用性、可靠性、可维修性、风格与设计等方面赋予新的特征,使其与竞争对手相区分。例如,人们买洗发水的初衷是干净卫生,保护头发,而宝洁公司的海飞丝在基本功能基础上,又增加去头屑的功能,其产品竞争力得到了提升。

(2) 服务差异化

服务差异化是指企业向目标市场提供与竞争者不同的优异服务。即交货、安装、客户培训、客户咨询和维修保养、担保、会员俱乐部等无形服务方面与竞争对手相区别。尤其是在难以突出有形产品的差别时,竞争成功的关键常常取决于服务的数量与质量。例如,汽车购买者对日后的汽车保养与维修服务就十分关注。海尔"通过努力尽量使用户的烦恼趋于零"、"用户永远是对的"、"星级服务思想"等服务理念,真正体现了顾客导向,让用户使用海尔产品时得到全方位的满足。

(3) 渠道差异化

分销渠道差异化可以通过设计分销渠道的模式、渠道成员的能力与渠道管理政策等方面具体体现。戴尔电脑公司与雅芳化妆品公司,就是通过开发和管理高质量的直销营销渠道而获得差异化的。

(4) 员工差异化

员工差异化是指公司可以通过培养、训练优秀的员工来获得竞争优势。经过严格培训的员工一般具有以下六个方面的特性:① 称职,员工具有必需的技能与知识;②谦恭,员工热情友好,尊重别人,体贴周到;③诚实,员工诚实可信;④可靠,员工能始终如一、正确无误地提供服务;⑤负责,员工能对顾客的请求和问题迅速做出反应;⑥沟通,员工力求理解顾客,并清楚地为顾客传达有关信息。

(5) 形象差异化

形象差异化是通过塑造与众不同的产品、企业或者品牌形象,以获得竞争优势。形象差异化可以通过一些标志、文字、视听媒体、气氛、事件与员工行为来表达。例如,能解释万宝路香烟异乎寻常的世界市场份额(30%)的理由就是"万宝路牛仔"的形象激起了大多数吸烟公众的强烈响应。

公司要树立一个有效形象需要做三件事:一是必须通过一种与众不同的途径传递这一特点,从而使其与竞争者相区分;二是必须产生某种感染力,从而触动顾客的内心感觉;三是必须利用公司可以利用的每一种传播手段和品牌接触,例如,海尔的"真诚到永远"这个特定信息,必须通过一些标志、文字和视听媒介、气氛、事件与员工行为来表达。

5. 市场定位的有效条件

市场定位的目的是为了树立企业的差异化优势,并非所有的商品差异化都是有意义的或者是有价值的。也并非每一种差异都是一个差异化手段。每一种差异都可能增加公司成本,当然也可能增加顾客利益。所以,公司必须谨慎选择能使其与竞争者相区别的途径。市场定位必须符合以下有效条件。

(1) 清楚了解目标市场

目标市场是市场定位的"靶子",只有对"靶子"有了清晰的了解,才可能使市场定位"有的放矢"。

(2) 准确寻找"买点"

市场定位的本质就是为顾客寻找"买点",只有"买点"选择准确,才有可能与顾客产生共鸣,这也正是市场定位的初衷。

(3) 制定正确的营销组合方案

市场定位不仅仅是寻找顾客"利益"追求点,而且必须比竞争者能更好地满足顾客"利益"。这就需要有营销组合的支持,要求产品策略、定价策略、分销策略与促销策略必须更好地结合,才能将定位更好进行。

（4）加强与目标顾客的沟通

市场定位代表公司"期望的位置",但是真正的位置,则取决于消费者的印象。必须加强与顾客之间的沟通,才能实现市场定位真正的初衷。

6. 市场定位的步骤

企业市场定位的全过程一般需经过五个步骤。

（1）确认本企业的竞争优势

企业需要认真分析竞争者的产品、成本、促销、服务等方面的优势与劣势,了解自己产品的长处与短处,进一步认定自己的竞争优势;通过了解竞争者产品的特色,确认本企业产品的差异与消费者关注的产品属性,以便进行恰当的市场定位。产品的特色与个性是从产品的实体表现出来的,如产品的形状、构造、性能与成分等;也可以从产品的质量与价格体现出来,如优质优价、优质低价等;还能从消费者心理上反映出来,如高贵、典雅、豪华、朴素、时髦等。因此,企业在进行初步市场定位时,要注意选择自己的竞争优势。了解消费者关注的产品属性与竞争者产品的特色,由此才能选定本企业产品的独特形象。

例如,某厂生产家用小汽车,通过市场调查,了解到顾客最关注的是耗油量与价格。此时,市场上已出现四个厂家提供的产品,它们的市场位置各不相同,厂家 A 生产高价高耗油量的车;厂家 B 生产中价中耗油量的车;厂家 C 生产低价低耗油量的车;厂家 D 生产高价低耗油量的车。现在市场的空位是低价高耗油量区,如图 6-8 所示,横轴代表价格,纵轴代表耗油量,组成一个坐标。

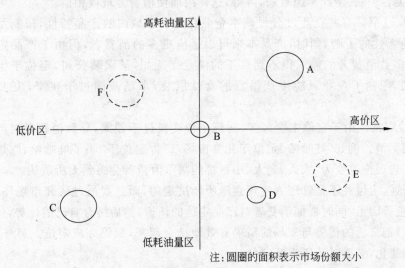

注:圆圈的面积表示市场份额大小

图 6-8　目标市场定位

（2）确定初步定位方案

根据市场定位示意图,参考市场竞争状况,初步确定定位方案。假如企业考虑自身的状况后有两种选择:其一是定位 E 在竞争者 D 的位置;其二是定位 F 在空位上。若选择第一种方案,应具备如下条件:①企业能生产出比对方更好、更省油的汽车;②市场足以容纳两个竞争者;③比对方拥有更多的资源;④与企业的实力相当。若选择第二种方案,应具备以下条件:①价格虽低,但能赢利;②耗油量虽大,但价格低、质量好;③有足够的资源保证。

（3）修正定位方案

在定位市场上试销,修正定位方案。初步定位方案完成后,为了确保利润,应进行再次市场调查和试销活动,若发现偏差立即纠正。

（4）再定位

若初步定位正确,但随着市场环境的变化,随时要准备对产品进行重新定位。促使企业重新定位需要考虑的因素主要有三个:其一是消费需求的萎缩或消费者偏好的转移;其二是竞争者定位策略和实力的改变,已经威胁到企业在目标市场的发展;其三是企业自身资源发生变化。企业重新定位是企业适应环境变化做出的重大决策,应充分考虑成本与新定位的收益,定位的前提就是赢利。

（5）准确传播定位观念

企业在做出定位决策后,必须加大广告宣传力度,把企业的定位观念准确地传播给消费者。一般而言,企业应该避免以下四种错误:

① 定位不足。消费者感受不到产品的差异。其原因在于企业没有准确把握消费者的兴趣点,或者没有用很好的方式突显产品的不同之处,没有在消费者心目中树立明确的形象。

② 定位过度。有些企业为了使消费者建立起对自己品牌的偏好,过分地宣传产品或做出过度的承诺,使消费者难以相信企业的宣传。例如,某滋补口服液,宣传可以补血、强身、医治感冒、美容护肤、治疗神经衰弱,等等,这样反而使消费者难以相信。

③ 定位过窄。有些企业过分强调本企业在某一领域内的产品特性,限制了消费者对该产品其他属性的了解,同时,产品本来可以适应更多的消费者,但由于产品定位过于狭窄,使得大多数消费者的需求得不到真正的满足。例如,某服装公司,定位于生产一流的贵妇人服装,限制了企业只能生产昂贵的女性服装,市场范围过于狭窄,失去了众多消费者。

④ 定位混乱。由于定位主题太多,而且定位变换过于频繁,导致消费者对产品或企业的形象模糊不清。例如"娃哈哈"定位于儿童市场,广告定位于"喝了娃哈哈,吃饭就是香",如果将其广告定位改变为"大人、老人、小孩都能喝",消费者会感到无所适从。

综上所述,定位并不是管理者主观意愿所能决定的,而是要通过研究市场环境、竞争形势、自身特色等因素,同时根据消费者对产品定位的认识,然后结合自己的优势,体现出自己产品的差异,把自己的优势与市场的需求有效地结合起来,最终完成定位。另外,随着市场环境的不断变化,必要时还要重新定位。

7. 市场定位的作用

市场定位在现代市场营销实践中具有极其重要的作用。市场定位通过向消费者传播信息,使产品差异性清楚凸现于消费者面前,从而有利于赋予产品个性,树立产品的独特形象。市场定位是制定市场营销组合策略的基础,企业市场营销组合策略要受到企业市场定位的制约。具体作用体现在如下几个方面。

（1）有利于改变消费者的偏好

虽然市场定位依赖于消费者的心理认识,但是通过市场调查,分析企业的市场定位、消费者的偏好,以及可能发生哪些改变,可利用广告宣传及促销手段,促使消费者改变旧有的习惯,形成新的偏好。例如,珠江啤酒有限公司在投放市场的初期,市民不习惯口味,销售非常困难,后来通过广告宣传与其他促销手段,很快改变了广州市民的口味习惯,并迅速占领广州市场。

（2）有利于把握市场机会

通过企业市场定位工作,能分析目标市场竞争者的情况,结合自己的实力找出适合自己的位置。同时,企业赖以生存的市场环境又是不断变化的,当市场环境发生变化时,通过市场定位分析工作,能发现自己的市场位置已不能适应变化的市场环境,需要重新定位,尽量拉近目标市场与企业的距离。因此它能帮助企业及时把握市场机会。

（3）有利于取得竞争优势

市场定位由于针对消费者对企业或产品不同属性的重视程度,这样就能适应细分市场的特定要求,又因为与消费者实现了有效的信息沟通,强有力地塑造了企业或产品的独特市场形象,所以使得企业与市场竞争对手与众不同,从而有效增强了企业的市场竞争力。

企业可以通过市场定位,分析目标市场竞争者的情况,例如,哪个位置竞争者多,哪个位置竞争者少,哪个位置竞争者空缺;同时可以了解竞争者的优势与劣势,从而选择适合自己的位置。在确定企业的市场位置时,要充分考虑企业的目标。若企业要与竞争者展开竞争,则企业的市场定位要靠近竞争者;若企业要避开竞争者的锋芒,则企业的市场位置要远离竞争者。市场定位可以避免企业恶性竞争,有利于促进企业的良性发展。

6.2.2　市场定位策略

市场定位的方式有很多种,我们主要从市场竞争、产品、目标消费者的角度入手,分析市场定位的策略,如表 6-4 所示。

表 6-4　市场定位策略

从竞争者角度定位	从产品角度定位	从目标消费者角度定位
市场领导者定位策略	特质定位	第一定位
市场挑战者定位策略	使用定位	强化定位
市场追随者定位策略	利益定位	集团定位
市场补缺者定位策略	竞争者定位	
	类别定位	
	品质或价格定位	

1. 企业竞争定位策略

企业竞争定位策略是根据企业竞争状况的定位,反映产品和企业与同类产品和企业的竞争关系。根据企业竞争地位与营销策略的不同,市场上的企业大致有四种竞争状态:市场领导者、市场挑战者、市场追随者与市场补缺者。若用市场占有率表示,其情况大致是:

市场领导者的市场占有率约为 40%；市场挑战者的市场占有率约为 30%；市场追随者的市场占有率约为 20%；市场补缺者的市场占有率约为 10%。由于企业所处的地位不同，竞争定位策略必须是经过对本企业、主要竞争对手做出客观评价，对市场需求有了充分了解后的抉择。下面从企业市场竞争的角度，分析采取的四种市场定位策略。

（1）市场领导者策略

所谓市场领导者策略是指企业选择的目标市场尚未被竞争者发现，企业率先进入市场，抢先占领市场的策略。 在国内外各类市场中，我们常常会领略到这些市场领导者的风采，例如，在全球市场上的通用汽车公司（汽车）、施乐公司（复印机）、宝洁公司（消费包装商品）、可口可乐公司（软饮料）、麦当劳公司（快餐食品），以及中国市场上的联想集团公司（PC 计算机）、中国移动通信公司（通信服务）、海尔集团（电冰箱）、格兰仕（微波炉）、小天鹅集团（洗衣机）等。

采用这一定位策略的企业市场占有率最高，具有定价权，新产品开发占主导地位，产品促销和营销渠道占支配地位，对其他同类企业起领导作用。企业采用这种策略，必须符合如下条件：①该市场符合消费发展趋势，具有强大发展潜力与增长空间；②本企业具有领先进入的资源；③该目标市场有利于塑造企业营销特色；④该目标市场有利于提高企业的市场占有率，使本企业的销售额在未来的市场份额中占有 40% 左右。

（2）市场挑战者策略

所谓市场挑战者策略是指企业把市场位置定在竞争者附近，与市场上占据支配地位的竞争对手"对着干"，并最终取代竞争对手的市场定位策略。

采用市场挑战者策略的企业是指在市场上紧追市场领先者的企业，一般也是具有强大竞争实力的公司。往往是名列第二、第三的企业。

企业采用该策略必须具备以下条件：①有足够的市场潜量；②比竞争对手拥有更丰富的资源与营销能力；③本企业能够向目标市场提供更好的产品与服务。例如，百事可乐与可口可乐的对抗。

挑战对象：①市场领先者；②与自己相当的其他企业。

挑战策略：①价格折扣；②推出名牌产品；③产品革新；④销售渠道革新；⑤提高服务水平。

小资料 6-4

百事与可乐大战[①]

　　美国可口可乐公司与百事可乐公司是两家以生产销售碳酸型饮料为主的大型企业。可口可乐自 1886 年创建以来，以其味道独特扬名全球，使晚于其"出生"的百事可乐在"二战"以前一直处于望其项背的境地。"二战"后，百事可乐采用了挑战者定位策略，专门与可口可乐抗衡，把自己置身于"竞争"地位。通过这场旷日持久的饮料大战，可乐饮料引起了越来越多消费者的关注，当大家对百事可乐与可口可乐之战兴趣盎然时，双方都是赢家，因为喝可乐的人越来越多，两家公司获益匪浅。

---

① 资料来源：中国营销传播网. 编者整理

（3）市场追随者策略

所谓市场追随者策略是指企业发现目标市场竞争者充斥，已座无虚席，而该市场需求潜力又很大，企业追随竞争者挤入市场，与竞争者处于一个位置上的策略。此类企业只希望维持自己的市场份额与利润，不与市场领导者正面竞争。在价格、促销策略等方面模仿市场领先者。

企业采用该策略必须具备以下条件：①目标市场还有很大的市场潜力；②目标市场未被竞争者完全垄断；③企业具备与竞争者平分秋色的能力。

市场追随者策略有三种形式：①紧随策略；②保持一定距离追随策略；③有选择追随策略。

（4）市场补缺者策略

所谓市场补缺者策略是指企业把自己的市场位置定在竞争者没有注意和占领的市场位置上的策略。

采取这种市场定位策略，必须具备以下条件：①本企业有满足市场需要的货源；②该市场有足够的潜在购买者；③必须具备进入该市场的特殊条件；④必须赢利。

采用市场补缺者策略的企业规模较小、资源有限，专门服务于大企业忽略或者没有涉足的市场空位部分，避免与大企业冲突、竞争。其特点是专门化，专门化包括以下几种：①用户专门化；②专门提供产品或服务于某一个大客户；③专门生产客户定制的产品；④专门为某一种销售渠道提供产品和服务；⑤产品专业化，只生产一种产品或某一个产品线的产品。

当然，市场定位策略并不是一劳永逸的，而是随着市场环境的变化而变化的，当市场环境发生变化时，需要对目标市场定位的方向进行调整，使企业的市场定位策略更能发挥企业优势，取得良好的营销利润。

2．企业产品市场定位

（1）特质定位

企业以某种特质特色来自我定位。例如，啤酒公司宣称它是"最老牌"的啤酒制造商；旅馆宣称自己是"最高级"的旅馆，等等。特色定位实际上是欠佳的选择，因为宣称的产品利益无法让消费者一望便知。

（2）应用定位

以产品在某些应用上是最佳产品来定位。例如，耐克将某一类型的运动鞋描述为最佳跑鞋，而将另一种款式的鞋定义为最适合打篮球的运动鞋。

（3）利益定位

这是指根据产品所能满足的需求或提供的利益、解决问题的程度来定位。例如，中华牙膏定位于"超洁爽口"；洁银牙膏定位于"疗效牙膏"；广东牙膏定位于"快白牙齿"。这些定位都能满足消费者特定的需求。

（4）竞争者定位

暗示自己的产品比竞争者的优势。例如，七喜汽水把自己定位为"非可乐"。

（5）使用者定位

用目标使用者来为产品定位。例如，苹果电脑把它的电脑与软件描述为图像设计师的最佳选择；劳斯莱斯专门为富贵、社会地位显赫的人提供高档的轿车。

（6）类别定位

企业可将自己形容为该产业类别的领导者。例如，柯达即意味着摄影底片；施乐则代表复印机。

（7）品质或价格定位

这是指把产品定位于某一品质与价格的阶层。例如，香奈尔五号被定位为一种品质极佳、价格极高的香水。

小资料 6-5

进口瓶装啤酒的市场定位 [1]

20世纪90年代早期，在英国有四大品牌占据瓶装啤酒市场，他们是美国的百威、荷兰的 Gmlsch、德国的 Holsten 和贝克，这四大品牌占据了进口瓶装啤酒 80% 的市场。成功的关键在于广告与包装造成的清晰市场定位。百威强调它的历史悠久，用诙谐的语言为自己进行市场定位，例如，"青蛙与蜥蜴"活动；Gmlsch 的独特之处在于顶部可摇摆且有浮雕花纹的瓶子，它的广告强调自己酿酒的悠久历史，花别人3倍的时间酿出的酒独具特色口味；Holsten 重点讲述自己酿酒的原料不加任何添加剂，"纯正、清新、无污染"；贝克的促销特色在于一系列自然形象，例如，一片啤酒花田地、奔跑中的马群、雨中女人的脸。它还在 1994 年赞助了第 4 频道的连续剧，该频道吸引的是青年观众，这正是贝克的目标市场。

3. 目标消费者定位

（1）第一定位

争当第一，这是进入人们大脑的捷径。例如，人们都能记得世界第一峰是喜马拉雅山的珠穆朗玛峰，而世界第二高峰却很少有人知晓；乐百氏在饮用水行业第一个提出 27 层净化过滤的概念而被消费者认同；七喜汽水第一个提出"非可乐"的概念，成功地与可乐饮料相区分，并给消费者留下深刻的印象。

（2）强化定位

这是指在消费者心目中强化自己的地位，有利于突出个性。例如，北京大学宣传自己是百年老校，新思想的发源地。

（3）集团定位

集团定位就是定位于某一集团，以提高自己的位置。例如，美国克莱斯勒汽车公司总是号称美国三大汽车公司之一，其实力与通用和福特汽车公司的差距是较大的。

4. 目标消费者定位与企业产品定位、企业竞争定位的关系

（1）目标消费者定位往往与产品和竞争相提并论，因此，市场定位与产品定位、竞争定位实质上是从不同角度分析同一问题。

---

[1] 资料来源：[英]大卫乔布尔著.胡爱稳译.市场营销学原理与实践（第3版）.北京：机械工业出版社，2003

① 从目标消费者定位的角度：满足目标消费者的需要。

② 从企业产品定位的角度：产品属性。

③ 从企业竞争定位的角度：与竞争者相比的特色产品。

（2）目标消费者定位是通过为自己的产品创立鲜明的特色或个性，从而塑造出独特的目标市场形象来实现的。

本章小结

1. 企业的目标市场策略主要有三种：无差异性营销策略、差异性营销策略与集中性营销策略。无差异性营销策略是企业以产品的整体市场为目标市场，不考虑产品的差异性；差异性营销策略是以若干细分市场为目标市场，开发不同的产品；集中性营销策略只以一个细分市场或几个细分市场为目标市场。这几种营销策略各有利弊，企业选择时受到很多因素的影响，例如企业的资源实力、市场竞争者的情况等。

2. 在市场上，不同的企业由于拥有的资源不同，所处的竞争地位也不同，即市场领导者、市场挑战者、市场追随者与市场补缺者。企业应明确竞争对手的状况，找到自己的准确位置。

3. 产品定位是根据所选定的目标市场上的竞争者现有产品的位置和企业的自身条件，从各方面为产品创造一定的特色，使之在消费者心目中占据突出地位，从而确定企业的整体形象。

巩固与应用

1. 关键概念

目标市场　目标市场营销　市场定位

2. 思考与练习

（1）目标市场的主要策略有哪些？

（2）选择目标市场策略应考虑哪些因素？

（3）市场定位策略有哪些？

（4）试分析市场细分、目标市场选择与市场定位的关系。

3. 案例分析

奇瑞 QQ——"年轻人的第一辆车"[①]

"奇瑞 QQ 卖疯了！"在北京亚运村汽车交易市场 2003 年 9 月 8 日至 14 日的单一品牌每周销售量排行榜上，奇瑞 QQ 以 227 辆的绝对优势荣登榜首。奇瑞 QQ 能在这么短的时间内拔得头筹，归结为一句话：这车太酷了，讨人喜欢。

---

① 资料来源：网络搜集，编者整理

在北京街头已经能时不时遭遇"奇瑞QQ"的靓丽身影了，虽然只是5万元的小车，但是"奇瑞QQ"那艳丽的颜色、玲珑的身段、俏皮的大眼睛、邻家小女孩般可人的笑脸，在滚滚车流中是那么显眼，仿佛街道就是她一个人表演的T型台。

奇瑞QQ的目标客户是收入并不高，但有知识、有品位的年轻人，同时也兼顾有一定事业基础，心态年轻、追求时尚的中年人。一般大学毕业两三年的白领都是奇瑞QQ潜在的客户。月收入2000元即可轻松拥有这款轿车。

许多时尚男女都因为QQ的靓丽、高配置和优质性价比就把这个可爱的小精灵领回家了，从此与QQ成了快乐的伙伴。

奇瑞公司有关负责人介绍说，为了吸引年轻人，奇瑞QQ除了轿车应有的配置以外，还装载了独有的"I-say"数码听系统，成为"会说话的QQ"，堪称目前小型车时尚配置之最。据介绍，"I-say"数码听是奇瑞公司为用户专门开发的一款车载数码装备，集文本朗读、MP3播放、U盘存储多种时尚数码功能于一身，让QQ与电脑和互联网紧密相连，完全迎合了离开网络就像鱼儿离开水的年青一代的需求。

奇瑞公司根据对QQ的营销理念推出符合目标消费群体特征的品牌策略：

在产品名称方面：QQ在网络语言中有"我找到你"之意，QQ突破了传统品牌名称非洋即古的窠臼，充满时代感的张力与亲和力，同时简洁明快，朗朗上口，富有冲击力。

在品牌个性方面：QQ被赋予了"时尚、价值、自我"的品牌个性，将消费群体的心理情感注入品牌内涵。

引人注目的品牌语言：富有判断性的广告标语"年轻人的第一辆车"，及"秀我本色"等流行时尚语言配合有创意的广告形象，将追求自我、张扬个性的目标消费群体的心理感受描绘得淋漓尽致，与目标消费群体产生情感共鸣。

QQ作为奇瑞诸多品牌战略中的一环，抓住了微型轿车这个细分市场的目标用户。但关键在于要用更好的产品质量去支撑品牌，在营销推广中注意客户的真实反应，及时反馈并主动解决会更加突出品牌的公信力。

据奇瑞汽车销售有限公司总经理金弋波介绍说："因为广大用户的厚爱，QQ现在供不应求。作为独立自主的企业，奇瑞公司什么时候推出什么样的产品完全取决于市场需求。对于一个受到市场热烈欢迎的产品，奇瑞公司的使命就是多生产出质量过硬的产品，让广大用户能早一天开上自己中意的时尚个性小车QQ。"

QQ的成功，引起了其他微型车厂商的关注，竞争必将日益激烈。2004年3月，奇瑞推出0.8L的QQ车，该车具有全自锁式安全保障系统、遥控中控门锁、四门电动车窗等功能，排量更小、燃油更经济、价格更低。新的QQ车取了"炫酷派"、"先锋派"等前卫名称，希望能够再掀市场热潮。

问题

(1) 奇瑞QQ是如何细分轿车市场的？它为什么会取得经营成功？

(2) 你认为现在的家庭轿车市场是否还需要细分？该如何细分？

4. 技能训练

(1) 训练项目

各模拟公司根据自己对市场的研究，以及所做的市场细分，结合公司的实力、资源及特点,选择自己的目标市场。

(2) 训练目的

通过训练,使同学们学会运用所学的目标市场知识,解决所面临的实际市场营销问题,培养同学们的目标市场选择能力。

(3) 训练内容

第一步,把班级分成几个模拟公司,每个公司成员 8～10 人。

第二步,各模拟公司利用所学的目标市场知识,结合消费者需求、市场容量大小、竞争对手、企业自身状况审慎选择。

第三步,以班级为单位组织讨论,评出最优方案。

第7章 市场营销组合

学习目标

1. 掌握市场营销组合的概念、基本构架,以及特征
2. 了解市场营销组合理论在企业实践中的意义
3. 学会运用市场营销组合对企业市场活动进行分析与决策

导入案例

顶新集团: 福气多多,满意多多[①]

20世纪90年代初进入中国内地市场的顶新集团,自在天津经济技术开发区投资建厂,生产"康师傅"牌方便面以来,一直以高品质、高价格的形象而闻名,并占据了全国各大城市的方便面市场。在集团不断发展的情况下,为了进一步扩大市场占有率,增强市场竞争力,顶新集团决定开发生活水平较低的中小城市市场及农村市场,为此,经过一番市场调查研究,顶新集团采取了以下市场营销组合策略。

(1)产品策略方面:在继续保持产品高质量的前提下,为了不影响"康师傅"这一高档品牌形象,集团决定所推出的低档方便面不再延用"康师傅"这一品牌,而是推出一种全新的品牌"福满多",同时,在包装方面不再延用原系列包装,而采用新的包装系列,并且包装袋上也不出现"康师傅"字样的康师傅卡通形象。

(2)价格策略方面:由于争取低档方便面市场,因此价格相对于同档次的竞争品牌要有竞争优势,每包价格一定低于1元,定价在0.7~0.9元。

(3)渠道策略方面:由于方便面是便利食品,是消费者经常购买的商品,所以保证货源是一个品牌成功的最基本要求。因此大量补货是最重要的,顶新集团仍利用以往的渠道网络,使方便面遍布各个商场、超市、食品店,保证货源充分,使消费者能方便地买到顶新的产品。

(4)促销策略方面:在"福满多"上市之前,顶新集团请广告公司精心制作了一则广告,并在集团内部请广大员工观看,提出意见,不断改进。经过多次修改后,这则体现了物美价廉、福气满堂的广告陆续在各大电视台播放,使"福气多多,满意多多"这句广告语深入人心,

① 资料来源:胡德华主编.市场营销经典案例与解读.北京:电子工业出版社,2005

同时也提升了广大消费者对新品牌"福满多"的认识,扩大了销售。

引导问题

顶新集团营销组合策略的成功给我们哪些启示?

市场营销组合策略是市场营销研究的重要内容之一,是系统工程理论在企业市场营销活动中的具体运用。"营销组合"是美国哈佛大学教授概括简化出易于记忆的"4P"理论,被后人广泛应用。"4P"理论认为,市场营销组合策略是一个复杂的系统,它是由相互联系的产品策略、价格策略、分销渠道策略,以及促销策略 4 个子系统组成的,每个子系统又有其独立的结构。企业在市场调查,分析市场,选择目标市场以后,就要针对目标市场的需求,有效利用企业的资源优势,设计企业的营销战略,制订最佳营销组合方案,以达到最终赢利的目标。

7.1　市场营销组合

7.1.1　市场营销组合的概念

市场营销组合是指企业针对目标市场,综合运用各种可能的市场营销策略和手段,组合成一个系统化的整体策略,以达到企业的经营目标,并取得最佳的经济效益。即企业根据目标市场的需要对自己可控制的各种营销因素(质量、包装、服务、价格、渠道、广告等)的优化组合和综合运用,使之协调配合,扬长避短,发挥综合优势。

由于市场手段和营销因素多种多样,细分起来十分复杂,人们为了便于分析利用,曾经提出各种分类方法,其中以美国市场学家麦卡锡教授 20 世纪 60 年代提出的分类法最为流行,他最早提出了营销因素的 4P 组合,即产品(product)、价格(price)、渠道(place)和促销(promotion)组合。研究营销组合的目的就是使它们相互配合,以整合地发挥最佳作用。他认为一次成功和完整的市场营销活动,意味着以适当的产品、适当的价格、适当的渠道和适当的促销手段,将适当的产品和服务投放到特定市场的行为。

企业可根据目标市场和具体情况,制定产品策略、定价策略、分销渠道策略、促销策略,并将之有机组合,制定营销组合 4P 策略。4P 组合策略是对市场营销学的理论贡献,是企业营销战略的核心,是企业参与竞争强有力的手段。实施组合策略可有效地协调企业内部各部门的工作,更加合理地分配企业销售费用预算。

4P 理论主要是从供方出发来研究市场的需求及变化,如何在竞争中取胜。4P 理论重视产品导向而非消费者导向,以满足市场需求为目标。4P 理论是营销学的基本理论,它最早将复杂的市场营销活动加以简单化、抽象化和体系化,构建了营销学的基本框架,促进了市场营销理论的发展与普及。

企业发展不仅要受自身资源和目标的制约,还要受各种微观和宏观环境的不可控因素(uncontrollable factors)的制约,这就要求必须进行适当的营销组合,使之与不可控的环境因素相适应。因此,营销组合是个极其复杂的复合结构,四个 P 又包括了若干个子因素,形成各个 P 的亚组合。企业在确定营销组合策略时,不但应求得四个 P 之间的最佳组合,而且要注意每个 P 内部因素的有效组合。

7.1.2 营销组合的基本决策构架

1. 产品策略

产品策略（product strategy）指与企业向市场提供的产品或服务有关的策划与决策。现代营销学所指的产品，是能提供给市场供使用和消费的、可满足某种欲望和需求的任何东西。产品与服务是营销因素组合中至关重要的因素，它包括产品种类，产品规格，质量标准，产品包装，产品特色，产品外观式样，产品商标，品牌，产品的维修、安装、指导、担保、承诺等连带服务措施。一个企业向市场提供什么产品，不能从企业本身出发，而应站在消费者的立场，了解在消费者心目中产品或服务的位置与特色。

在现代市场经济活动中，产品是企业市场营销组合中的一个重要因素，也是一个最主要的、决定性的因素。企业之间的激烈竞争是以产品为中心的，产品是一切生产经营活动的核心物质载体，是"企业的生命"。没有产品，经营活动也就无从说起。在市场营销组合中，产品策略是核心，它对营销组合的其他策略，如价格策略、促销策略、渠道策略等起着统御作用，在很大程度上决定或影响着这些策略的制定与实施。因此，产品策略的成功与否，在一定程度上决定了企业的兴衰成败。产品策略涉及正确地认识产品的内涵，巧妙地进行产品组合，准确地判断产品的生命周期，有效地开发出新的产品，增强产品包装的吸引力，树立品牌形象，培育企业持续发展的动力等内容。

产品策略是企业营销策略的核心内容，是营销组合策略的基础。企业市场营销策略的实施是围绕产品策略展开的，企业都很重视产品策略的运用。它对企业的营销作用主要表现为：

（1）企业向消费者提供的不仅仅是实物产品，而且是通过产品提供了一系列能够满足他们需要的服务。

（2）产品是企业形象的载体，是消费者的直接需要。

（3）市场的激烈竞争促使企业不断地研究消费者的新需求，来开发新产品。

（4）市场营销的所有工作就是与消费者建立沟通来努力宣传企业，宣传产品。

（5）市场营销组合策略以产品策略为中心，有了产品策略的全部内容，也就掌握了营销策略的核心内容，同时就可以开展其他，如产品的价格策略、分销策略、促销策略等一系列营销策略。

2. 价格策略

价格策略（pricing strategy）是指企业如何估量顾客的需求与成本，以便选定一种吸引顾客、实现市场营销组合价格的策略。价格策略主要是考虑与定价有关的内容，包括价格水平、折扣价格、折让、支付期限、商业信用条件等相关问题。

价格策略是 4P 策略中最活跃、最关键的因素，是市场竞争的重要手段，也是唯一产生收入的因素。产品定价是企业市场营销活动的重要组成部分，价格高低在很大程度上影响着市场需求和购买者的行为。企业制定价格适当，就有利于开拓、巩固和扩大市场，增强产品的竞争力。在现代市场经济环境下，由于影响产品价格的因素是多种多样的，因此商品价格表现得非常活跃、多变。价格的重要性和定价因素的复杂性,使得定价成为市场营销组合中最难确定的一个部分。总的来说,企业定价要从实现企业战略目标出发,选择恰当的定价目标,根据一定的定价流程,综合分析产品成本、市场需求、市场竞争等影响因素,运用科学的方法、灵活的策略,去制定企业和顾客都能够接受的价格。

企业定价必须考虑目标市场的竞争状况,以及消费者对价格的反应,同时还要充分重视企业的成本支出,即赢利的要求。价格策略是营销组合策略的核心,若价格不能得到消费者的认可,营销组合的其他策略就会失效,因为价格是消费者对企业营销组合满意时愿意支付的货款。产品价格策略在市场营销组合四大因素中,是最活跃、变化最频繁的一个策略,是企业促进销售,获取效益的关键因素。

价格策略对其他策略的影响是:一般来说,高价格必定要求产品质量优良、性能稳定、包装精美及服务良好,单位价值高是选择直接渠道的一个重要条件,价格较高的选购品大多采用选择性分销,对促销的影响通过价格的变动及定价技巧来促进产品的销售;价格的高低还会制约企业的促销功能与促销费用。其他策略对价格策略的影响是:产品策略是价格策略的基础;渠道策略及促销策略则主要通过营销费用对价格产生影响。

3. 分销渠道策略

分销渠道策略(placing strategy)是指企业如何选择产品从制造商顺利转移到顾客的最佳途径。如何合理选择营销渠道和组织商品实体流通来实现其营销目标。分销渠道策略包括:区域分布、中间商选择、营业场所、网点设置、运输储存及配送中心等因素的组合运用。

如何合理选择营销渠道和组织商品实体流通,实现其营销目标日益受到企业的普遍重视,因为产品生产出来后,大量的市场营销职能是在营销渠道中完成的,甚至在某些情况下,除了产品本身以外,营销渠道成为企业品牌能否成功的决定性因素,在市场营销组合中占有非常重要的位置,是不可或缺的一个组成部分。

小资料 7-1

双星的渠道营销策略[①]

双星打破以省、地区为代理的营销模式,建立起以商品集中流通的集散地为中心,辐射周边地区的物流中心的网络体系框架的新营销模式。双星先后在成都、重庆、贵阳、昆明、沈阳等地建立了物流中心。

在整个鞋类市场供大于求、量大价低,导致市场竞争日趋激烈的情况下,双星将打造自己的营销渠道作为品牌的营销策略。体现双星形象的连锁店、专卖店,全国各地近3000家。此外,双星集团借助其品牌的影响力,吸纳社会多种力量加盟营销队伍,拓宽其在鞋类批发市场、大型购物中心的销售渠道,并加快抢占县城、乡镇市场的销售步伐,以便为其构筑相互补充、相互联动的市场营销框架打下基础。

---

① 资料来源:王丽萍主编.汪海的鞋门鞋道.北京:中国商业出版社,2002

4. 促销策略

促销策略(promotion strategy)是指企业利用信息传播手段传递合适的产品,在适当的时候以适当的价格出售的信息。它包含了企业与市场沟通的所有方法,其中包括人员推销、广告、营业推广、公共关系等因素的组合运用。促销的作用主要有:传递信息,引起消费者注意,激发消费者兴趣,提高企业品牌的知名度。

促销策略是4P组合策略之一,也是市场营销组合中的一项重要内容。随着市场经济的发展,竞争会越来越激烈,企业不仅要努力开发适销对路的产品,制定具有竞争力的价格,选择合理的分销渠道,而且应根据实际情况,正确制定并合理运用促销策略,采用适当的方式进行促销,及时有效地将产品或劳务的信息传送给目标顾客,沟通生产者、经营者与消费者之间的关系,激发消费者或客户的欲望和兴趣,进而满足其需要,促使其实现购买行为。

4P理论在营销实践中得到了广泛的应用,至今仍然是人们思考营销问题的基本模式。然而随着环境的变化,这一理论逐渐显示出其弊端:一是营销活动着重企业内部,对营销过程中的外部不可控变量考虑较少,难以适应市场变化;二是随着产品、价格和促销等手段在企业间相互模仿,在实际运用中很难起到出奇制胜的作用。由于4P理论在变化的市场环境中出现了一定的弊端,于是,更加强调追求顾客满意的4C理论应运而生。

7.2 市场营销组合的特点与意义

7.2.1 市场营销组合的特点

市场营销组合作为企业一个非常重要的营销管理方法,具有以下特点。

1. 整体性

企业营销组合策略是由产品策略、价格策略、分销策略与促销策略构成的统一整体,是在市场调查总结的基础上,把各种各样的策略、方法与手段归结为一个统一系统内的多层次子系统的综合。企业必须在准确地分析、判断特定的市场营销环境、企业资源及目标市场需求特点的基础上,根据目标市场外部环境各因素的情况,使各子系统相互协调、相互配合,形成一个具有较强合力的整体,实现总体策略的优化,才能制定出最佳的营销组合。所以,最佳市场营销组合的作用,绝不是产品、价格、渠道、促销四个营销要素的简单数字相加,即4P≠P+P+P+P,而是使他们产生一种整体协同的作用。就像中医开出的中药处方,四种草药各有不同的效力,治疗效果不同,所治疗的病症也相异,而且这四种中药配合在一起的治疗,其作用大于原来每一种药物的作用之和。市场营销组合也是如此,只有他们的最佳组合,才能产生一种整体协同的作用。正是从这个意义上讲,市场营销组合又是一种经营的艺术和技巧。

企业实施营销策略一定从整体出发,考虑到可能会对其他营销策略的效应带来影响。例如节假日企业进行大规模促销活动,就会提高产品的成本以及定价策略;而要想节约费用必将对产品的促销活动产生一定影响。因此营销组合策略应侧重于目标市场可能产生的最佳整体效应,尽量把负面效应降低到最低。

2. 动态性

构成营销组合的"4P"的各个自变量,是最终影响和决定市场营销效益的决定性要素,而营销组合的最终结果就是这些变量的函数,即因变量。从这个关系看,市场营销组合不是一成不变的静态组合,而是一个动态组合,必须因时因地因人的不同而进行改变。而只要改变其中的一个要素,就会出现一个新的组合,产生不同的营销效果。这是因为市场营销组合是由四个基本因素构成的,而每一个因素中又包含着许多子因素,任何一个子因素的变化,都会引起其他因素相应的发生变化。

市场营销组合是一个动态的组合,是一个变数。例如,中国某企业产品打入韩国市场,可以选择两种完整的营销组合:

(1) 产品——质量中低档,款式新,免费保修;分销——直接卖给零售商,由他们出售;价格——比较便宜,是基本价格;促销——利用报刊、电视媒体做宣传广告。

(2) 如果把分销方式由"直接卖给零售商"改为"由代理商销售商品",就可能引起其他因素发生变化:产品——中国企业只提供配件,不负责维修;价格——实行价格折扣;促销——不必自己做大量广告。

因此,企业选择的营销因素会因为一个因素的改变而完全不同。

营销组合的动态性要求企业应根据市场需求、竞争者竞争状况等诸多因素的变化,善于动态地变化、调整自己的营销组合,从而在市场上时时取得主动,提高市场竞争能力。

3. 可控制性

企业生产经营要受到诸多因素的影响,其中有不可控制的因素,经济因素、政治因素、文化因素、人口因素、技术因素、风俗习惯、法律因素等市场环境因素,还有产品、分销、价格、促销四大因素是企业可以控制的。企业通过自主安排相关因素,形成合理的营销策略、手段的合理搭配与组合。例如企业可以通过市场调查,进行市场分析,针对消费者的需求,选择自己的产品与服务;也可以自己决定分销渠道;根据市场竞争状况决定产品的价格;还可以根据产品的特点与企业实力,自由选择广告宣传手段。当然,这种自主决策不可能是随心所欲做出的。它必须受制于企业的资源与目标状况。同时,它还受企业营销环境因素的影响,必须很好地适应营销环境因素。

市场营销组合必须具有充分的应变能力,市场营销组合作为企业营销管理的可控要素,一般来说,企业具有充分的决策权。例如,企业可以根据市场需求来选择确定产品结构,制定具有竞争力的价格,选择最恰当的销售渠道和促销媒体。但是,企业并不是在真空中制定的市场营销组合。随着市场竞争和顾客需求特点及外界环境的变化,必须对营销组合随时纠正、调整,使其保持竞争力。总之,市场营销组合对外界环境必须具有充分的适应力和灵敏的应变能力。

4. 层次性

市场营销组合由许多层次组成,就整体而言,4P 是一个大组合,其中每一个 P 又包括若干层次的要素。这样，企业在确定营销组合时，不仅更为具体和实用，而且相当灵活；不但可以选择四个要素之间的最佳组合，而且可以恰当安排每个要素内部的组合。

5. 协调性

营销组合的有效性，必须以组合因素的合理搭配为前提。而营销组合的因素要合理搭配，必须保持相互之间的协调性。协调性的最低要求是营销组合的各构成因素之间的一致性。如果在低档的杂货店卖高档化妆品，显然在产品、价格、分销渠道的选择与搭配上是不一致的。协调性的最高要求就是要使营销组合的组合因素之间的相互配合实现一体化，几个因素应更加相互配合，例如，高额的广告费用与产品的高价要相互支持，来自该定价的额外收入可用于增加广告投入，而广告的大量投入又能提升企业形象，使产品在顾客心目中形成高价高质量的良好形象。

7.2.2　实施市场营销组合策略的意义

对于企业来说，实施营销组合策略对企业实践工作具有重要意义。

1. 制定营销战略的基础

营销战略本质上就是企业经营管理的战略，而营销战略主要是由企业目标和营销因素协调组成的。由于制订市场营销战略的出发点是完成企业的任务与目标，以投资收益率、市场占有率或其他目标为比较选择的依据，来进行营销组合是比较符合实际的。

作为企业营销的战略基础，营销因素组合既可以四个因素综合运用，也可以根据产品与市场的特点，分别重点使用其中某一个或某两个因素，设计成相应的销售策略，这是一个细致复杂的工作。

2. 应付竞争的有力手段

企业在运用营销因素组合时，必须分析自己的优势和劣势是什么，以便扬长避短。在使用营销因素组合作为竞争手段时，要特别注意以下两个问题：

（1）不同行业、不同产品，侧重使用的营销因素应当不同。

（2）企业在重点使用某一营销因素时，要重视其他因素的配合作用，才能取得理想的效果。

3. 为企业提供系统的管理思路

在实践中，人们认识到，如果以市场营销组合为核心进行企业的战略计划和工作安排，可以形成一种比较系统的、从点到面的、简明扼要的经营管理思路。许多企业根据市场营销组合的各个策略方向去设置职能部门和经理岗位，明确部门之间的分工关系，划分市场调研的重点项目，确定企业内部和外部的信息流程等。企业的财务部门也会在完成财务报表的同时，按照 4P 数据列表，为企业分析资金运用、固定成本与变动成本支出等情况提供信息。运用营销因素组合，可以较好地协调各部门的工作。

7.2.3　市场营销组合策略应用的约束条件

1. 营销环境

企业在市场营销组合活动中面临的困难和所处的环境是不同的。自 20 世纪 70 年代以来,世界各国政府加强了对经济的干预,宏观环境对企业的市场营销活动的影响越来越大,有时起到了直接的制约作用。企业选择市场营销组合时,应把环境看做是一个主要因素,时刻重视对宏观环境各因素的研究与分析,并对这些不可控制因素做出营销组合方面的必要反应。

2. 营销战略

在运用市场营销因素组合时,应首先通过市场分析,选择最有利的目标市场,确定目标市场和市场发展策略。营销战略是制定营销组合策略的基础。

例如,麦当劳公司以经营汉堡包而闻名世界,是世界最大的食品企业,有"麦当劳王国"之称,25000 多家餐厅覆盖 115 个国家或地区,平均 5 小时就有一家分店开张。其"QSCV"战略组合的运用堪称经典,即讲究营养、味美的质量(quality)、令人满意的服务(service)、清洁卫生的环境(clean)、合理的价格(value)。凡分店不符合这四项要求的,经理被开除,分店被吊销经营许可证。由此可见,一个企业的营销因素组合策略是企业自身生存与发展的关键。

3. 消费者

目标市场消费者的需要决定了市场营销组合的性质。企业要规划合理的市场营销组合,首先要分析目标市场消费者各个方面的条件。可以从消费者的实际需求出发,分析它们对各个基本策略的影响,从而判断哪种营销组合更切实可行、更具有吸引力、更有利可图。

(1) 消费者的情况。例如年龄、性别、文化、收入、分布密度、消费模式和消费者行为等。主要影响是:目标市场是否有发展潜力;有多大的发展潜力;用什么促销策略;根据消费者的心理需要设计什么样的产品;消费者的购买习惯;消费者喜欢什么时间、什么地点、以什么样的方式购买等。

(2) 消费者选购商品的意愿。消费者购买商品的迫切性是企业制定营销组合策略的重要影响因素,其中包括分销渠道的长度与宽度、定价水平等。

4. 竞争状况

目标市场竞争状况可以影响市场营销组合的各个方面。若企业进入的市场竞争非常激烈,企业必须制订"最优的营销组合"方案;若目标市场竞争不激烈,一般的营销组合策略就较容易成功。

5. 资源实力

企业资源状况包括企业的公众形象、员工技能、管理水平、原材料储备、物质技术设施、专利、销售网、财务实力等。任何企业在选择合适的市场营销组合时,必须与企业资源相符合,要力而行。企业不可能超出自己的实际能力去满足所有消费者与用户的需要。

本章小结

1. 企业根据目标市场的要求,将各种可能的营销策略和手段有机结合起来,进行最佳组合,使它们综合地在目标市场上发生作用,这就形成了企业的市场营销组合策略。企业的产品策略、价格策略、分销渠道策略与促销策略是构成营销组合的四大基本策略。各策略在运用时,必须注意相互间的协调配合、相互补充,以达到最佳组合效果。

2. 营销组合因素是可以控制的因素,而且是一个动态的整体的组合。但是运用时,应依据企业营销战略、营销环境、目标市场特点、企业资源等约束条件,扬长避短,实现营销组合方案的最佳化。

巩固与应用

1. 关键概念

市场营销组合　产品策略　价格策略　分销渠道策略　促销策略

2. 思考与练习

(1) 简述构成企业营销组合的基本策略。

(2) 企业市场营销组合有哪些特征?

(3) 为什么企业必须关注营销组合的约束条件?

3. 案例分析

日本电视机的营销组合策略[①]

20 世纪 80 年代初期,日本电视机厂商对中国市场进行了大量调查研究,他们主要从市场的三要素——人口、购买力与购买欲望来分析,认为中国有 10 亿人口,收入虽低,但中国人有储蓄的习惯,已经形成一定的购买力,中国群众有看电视的需求。所以中国存在一个很有潜力的黑白电视机市场。于是,日本电视机厂商根据目标市场特点,运用营销组合因素,制定了一套营销战略:

(1) 产品策略

日本电视机要想适合中国消费者的需要,必须具备以下条件:

① 中国电压系统与日本不同,必须将 110 伏改为 220 伏。

② 中国若干地区电力不足,要有稳压装置。

③ 要适应中国电视频道的情况。

④ 耗电量要低,音量要大。

---

① 资料来源:吴勇等主编.市场营销.北京:高等教育出版社,2005

⑤ 根据当时的住房条件,以 12 寸电视机为主。

⑥要提供质量保证与维修服务。

(2) 定价策略

考虑当时中国市场尚无其他进口电视机竞争,因此价格可以比中国国产电视机高一些,人们也会乐意接受。

(3) 分销渠道策略

当时没有中国国营公司作为正式渠道,因此要通过以下渠道:

① 由港澳国货公司以及代理商、经销商推销。

② 通过港澳中国人携带进内地。

③ 由日本厂商货柜车直接运到广州流花宾馆发货。

(4) 促销策略

日本代理商利用以下形式:

① 在香港电视台开展广告攻势。

② 在香港《大公报》、《文汇报》等报刊大量刊登广告。

③ 在香港一些报纸和特刊提供日本电视机知识的资料特稿。

由于日本电视机厂商协调使用营销组合策略,日本电视机一度在中国市场上占据了相当优势。

问题

(1) 你如何评价日本电视机厂商进入中国市场初期的营销组合策略?

(2) 目前,我国的电视机厂商成功地夺回了电视机市场,试分析某一国产电视机的营销组合策略。

4. 技能训练

(1) 训练项目

各模拟公司根据自己对市场的研究,分别选择一家自己熟悉的公司,分析营销组合策略。

(2) 训练目的

通过训练,使同学们学会运用所学的营销组合策略,解决所面临的实际市场营销问题。

(3) 训练内容

第一步,把班级分成几个模拟公司,每个公司成员为 8～10 人。

第二步,各模拟公司利用所学的营销组合策略知识,结合实际分析:公司有哪些组合策略? 优势与劣势分别有哪些? 为什么?

第三步,以班级为单位组织讨论,评出最优方案。

第 8 章 产品策略

学习目标

1. 了解整体产品的概念
2. 掌握产品生命周期策略的特征与营销策略
3. 熟悉产品组合策略
4. 了解新产品策略、品牌与包装策略

导入案例

麦当劳提供的整体产品[①]

世界快餐的"航空母舰"——麦当劳成功的秘诀在于它的产品具有整合概念,概括起来可用以下七个"f"说明。

- 新鲜(fresh):美国人很重视食品的新鲜——豆子要碧绿,生菜要新鲜,鱼肉要洁白,油炸食物要酥脆。因此,优良的冷冻和通风设备必不可少,清洁的就餐环境至关重要。
- 饱(filling):快餐要给人以物美价廉之感。为此,麦当劳在炸鸡上多洒些面包屑,把面包卷做得更厚,每份炸马铃薯片和生菜沙拉都更容易让人吃饱。同时,还注意各色食品中的营养搭配。
- 快(fast):由于人们吃快餐的目的是为了节省时间,因此,食品必须是快速食品。为了节省时间,柜台上设有多台付款机,以减少人们排队付款的时间。麦当劳公司还在高速公路两旁建立了快餐店,司机们足不出车就可以拿到几分钟前所预订的食品。
- 油炸(fried):美国人喜欢吃酥脆的油炸食品,但不愿在家中做,因为会有讨厌的油炸气味和大量的渣滓。麦当劳提供的油炸食品恰好又快又易携带。
- 家庭式(family):忙碌的人们不常在家做饭,却想在外面找个家庭式的地方就餐,即餐厅符合家庭要求:食品对孩子不能太腻且价格相对便宜,餐厅清洁卫生、通风明亮,一般不供应酒类。

---

① 资料来源:李航主编.有效管理者——产品战略.北京:中国对外经济贸易出版社,1998

- 浪漫感(fantasy)：在家庭氛围之余,还应让人感到就餐是一种享受,因此,麦当劳公司对有的店铺进行了怀古装饰,特别是运用了古老西部的装饰,以及西班牙殖民地时期的装饰。
- 福利主义(fordism)：通过采用自动化设备代替手工操作,精密分工,统一食品标准,来节省时间、降低成本,同时,可以保证人们在不同地方吃到的麦当劳食品都是一个口味。

引导问题

你怎样理解麦当劳的整体产品？

在现代市场经济活动中,企业之间的激烈竞争是以产品为中心的,产品是一切生产经营活动的核心物质载体,是"企业的生命"。在市场营销组合中,产品策略是核心,它对营销组合的其他策略,如价格策略、促销策略、渠道策略等起着统御作用,很大程度上决定或影响着这些策略的制定与实施。因此,产品策略的成功与否,在一定程度上决定了企业的兴衰成败。产品策略涉及正确地认识产品的内涵,巧妙地进行产品组合,准确地判断产品的生命周期,有效地开发出新的产品,增强产品包装的吸引力,树立品牌形象,培育企业持续发展的动力等内容。

8.1 产品及其组合策略

8.1.1 整体产品

1. 整体产品

什么是产品？可能我们都会想到诸如书、杯子、彩电、手机、衣服等这样的实体产品。事实上,电影、旅行、理发、看病都是产品,彩电的安装与调试、维修也是产品。有形物品已不能涵盖现代观念的产品,产品的内涵已从有形物品扩大到服务、人员、地点、组织与观念等。按照传统的观念,产品仅指通过劳动而创造的有形物品,这是狭义的产品概念。按照市场营销观念,**产品是指能够提供给市场以满足顾客需要及欲望的任何东西,即指提供给市场以满足消费者某一需求和欲望的任何有形物品和无形物品**。有两层概念：一是产品不仅是指其物质实体,而且包括能满足人们某种需要的服务;二是对企业来说,其产品不仅是实体本身,而且包括实物出售时所提供的系列服务。

广义的产品概念引申出整体产品概念。营销学界曾用 3 个层次来表述产品整体概念,即核心产品、形式产品和延伸产品。菲利普•科特勒等学者认为用 5 个层次来表述产品的整体概念更加准确,如图 8-1 所示。

(1) 核心产品(core benefit product)

核心产品是指向购买者提供的能够满足其需要的基本效用或利益。例如,电视机产品的核心是通过图像和音响使消费者获得各种信息与娱乐的效用,而不是为了使消费者获得装有某些机械、电器零件的一个箱子。

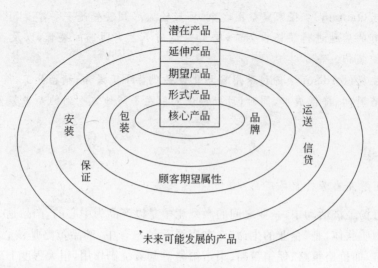

图中标注：
潜在产品
延伸产品
期望产品
形式产品
核心产品
包装
安装
品牌
保证
运送
信贷
顾客期望属性
未来可能发展的产品

图 8-1　产品整体概念层次示意图

消费者购买产品，并不是为了获得产品本身，而是为了获得满足自身某种需要的效用和利益。例如，买自行车是为了代步，买汉堡是为了充饥，买化妆品是希望美丽、体现气质、增加魅力等。因此，企业在开发产品、宣传产品时应明确地确定产品能提供的利益，产品才具有吸引力。

（2）形式产品

形式产品（basic product）是指核心产品借以实现的形式，是企业向消费者提供的产品实体和服务的外观。由五个特征所构成，即品质、特点、款式、品牌及包装。如冰箱，有形产品不仅仅指电冰箱的制冷功能，还包括它的质量、造型、颜色、容量等。

① 产品品质，即产品的理化性能、技术指标、使用寿命等，是表明产品质量水平的重要标志。

② 产品特点，即本产品与同类产品相比的独特之处，在很大程度上决定产品的市场份额和竞争力。

③ 产品款式，即产品的原理结构、造型、外观设计上的新颖性、艺术性、奇异性，是影响消费选择的重要指标。

④ 产品品牌，即企业产品名称，用以区别不同企业的产品。企业实力的综合反映，是企业的无形资产。

⑤ 产品包装，即企业产品的外部包装。好的包装既能保护产品，美化产品，提高产品价值，又能方便顾客，促进销售。

产品的基本效用必须通过特定的形式才能实现，企业应努力寻求更加完善的外在形式，以满足顾客的需要。形式产品是消费者选择商品的主要参考因素之一，有的形式产品能在一定程度上反映实质产品的特性和品质。企业在产品设计时，应着眼于消费者所追求的基本利益，同时市场营销人员也要重视如何以独特的形式将这种利益呈现给消费者。

（3）期望产品

期望产品（expected product）是指购买者购买产品时期望得到的东西。即购买产品时期望得到的与产品密切相关的一整套属性和条件。如旅客对旅店服务产品的期望包括干净整洁的房间、毛巾、电话、衣柜、电视等,消费者对冰箱产品的期望包括送货上门、质量、安装与维修保证等。公众的期望产品得不到满足时,会影响消费者对产品的满意程度、购后评价及重复购买率。再如,当你买到一本错别字到处都是、体系混乱、语言不通顺的书时,你会非常失望,失望的原因在于它没有满足你的期望。根据赫兹伯格的双因素理论,由于一般情况下产品都能满足消费者的最低期望,因此,期望产品的提供并不能使顾客感到满意,但是,如果企业不能提供期望产品,则会使顾客感到不满。因此,期望产品的提供是使顾客满意的前提。

（4）延伸产品

延伸产品(augmented product)是指产品附带的各种利益的总和。包括保证、维修、送货、技术培训等所有服务项目。给消费者以更多的利益,从而推动企业发展和提高竞争力。在现代市场经济中,特别在同类或同质产品中,延伸产品有利于引导、启发、刺激消费者购买、重复购买和增加购买量。

由于产品的消费是一个连续的过程,既需要售前宣传产品,又需要售后持久、稳定地发挥效用,因此,服务是不能少的。可以预见,随着市场竞争的激烈展开和用户要求的不断提高,延伸产品越来越成为竞争获胜的重要手段。例如,越来愈多的出版商在提供书的同时,还以光盘的形式提供配套课件、习题等。

（5）潜在产品

潜在产品(potential product)是指现有产品可能发展成为未来最终产品的潜在状态的产品。它反映了现有产品可能的演变趋势和前景。如彩色电视机可能发展为录放映机、计算机终端机等。诺基亚手机就曾通过宣传,向人们展示其未来有可能取代身份证和信用卡。

由此可见,产品的概念十分广泛,它是指向消费者提供一个整体性的满足。核心产品、形式产品、期望产品、延伸产品与潜在产品作为产品的五个层次,构成产品整体概念,是不可分割的一个整体。其中,核心产品是实质、是根本,它必须转化为形式产品才能得以实现。只有从整体产品的角度提供产品,才能提高企业的整体竞争力。

产品整体概念的五个层次是建立在"需求＝产品"这样一个等式基础之上的,十分清晰地体现了以顾客为中心的现代营销观念。即衡量一个产品的价值,是由顾客决定的,而不是由生产者决定的。

2．整体产品概念的意义

整体产品概念是市场经济思想的重大发展,对企业经营管理具有非常重要的意义。

（1）产品是有形特征与无形特征的综合体

从整体产品概念可知,产品既包括人们能看得见、摸得着的有形特征,又包括服务、思想、观念、医疗、理发、旅游等无形特征,是有形特征与无形特征的综合体,如表 8-1 所示。

因此,企业在设计产品、开发产品过程中,一方面要有针对性提供功能,以满足消费者不同的需要,还要保证产品的可靠性与经济性;另一方面对于产品的无形特征也应充分重视,因为它也是提升产品竞争力的重要因素。产品的有形特征与无形特征是相辅相成、相互影响的,一方面无形特征包含在有形特征之中,并以有形特征为依托;另一方面有形特征又需要通过无形特征来强化。

表 8-1 产品的有形特征与无形特征

有 形 特 征		无 形 特 征	
物质因素	有化学成分、物理性能	信誉因素	知名度、偏爱度
经济因素	效率、维修保养、使用效果	保证因素	"三包"和交货期
时间因素	耐用性、使用寿命	服务因素	运送、安装、维修、培训
操作因素	灵活性、安全可靠		
外观因素	体积、重量、色泽、包装		

（2）以市场需求为中心理解整体产品的概念

产品整体概念的五个层次都充分体现了一切以市场需求为中心的现代市场营销观念。而且衡量产品的价值大小，最终的裁判员是顾客，而不是生产者。

（3）整体产品概念具有动态性

市场经济是不断发展变化的，产品所处的市场环境也是不断变化的，消费者的需求水平与层次越来越高，市场竞争不断加剧，对企业产品提出更高的要求，为适应这样的市场态势，产品整体概念的外延也处于不断变化之中。

（4）突出产品的差异性与特色

整体产品是由五层次构成，每个层次中任何一部分都可能与众不同，不论在包装、效用、款式，还是在安装、维修、品牌与形象等方面应按照目标市场需求进行设计，形成自己的特色。

3. 产品的分类

产品是丰富多彩、多种多样的，但可以按不同的标准进行分类，如图 8-2 所示。

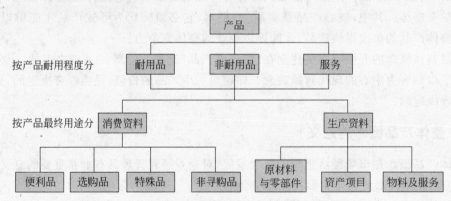

图 8-2 产品分类关系图

（1）按使用寿命长短不同，产品可分为非耐用品、耐用品和服务

① 非耐用品。即指在正常情况下一次或多次使用就被消费的有形物品，如牙膏、牙刷、肥皂、洗衣粉、烟酒、糖果和报纸等。由于这类产品消费快，购买频率高，应大量设置方便的零售点，接近消费者居住区，以便于消费者购买；同时坚持薄利多销，需要加大广告宣传，诱导消费者喜爱与尝试，进而购买。它们的价格通常很低，并且被置于许多营销点随时等候消

费者的购买。

② 耐用品。即指产品在正常情况下能多次使用的有形物品,例如电视机、电冰箱、汽车、洗衣机、微波炉、手机等。经营耐用品要求企业有较雄厚的资金,能够提供更多的售后服务,耐用品一般倾向于采用较多的人员推销,毛利一般定得较高一些。

③ 服务。即指为出售提供的活动、利益或满意。如美容、理发、修理、旅馆、教育等。包括长期服务与短期服务。服务这种产品的主要特点是无形的、生产与消费是不可分离的、可变的、不易储存的。因此,要求服务企业加强质量管理,提供企业的信誉,突出服务的差异与特色,更多考虑服务对消费者的适应性。

(2) 按最终用途不同,产品可分为消费资料与生产资料

① 消费资料,即为满足最终消费者生活消费的产品。按照消费者购买习惯不同,消费资料又可分为便利品、选购品、特殊品与非寻购品。

一是便利品,即指顾客经常购买或即刻购买,并且花最少的时间与最少精力比较不同品牌的这一类产品。如生活日用品牙膏、牙刷等。

二是选购品,即指在购买过程中,对产品的适用性、质量、价格和式样等做有针对性比较的产品。选购品通常是一些价格较高的产品,例如房子、汽车、家用电器等,购买频率较低的消费品。在购买选购品时,消费者花大量的时间和精力收集信息进行比较。选购品包括同质品和异质品两种。

三是特殊品,即指消费者愿意花特殊的精力去购买的有特殊性质或品牌标记的产品。通常是有特殊需要的人才会购买,例如摄影器材、药物、奢侈品、名牌服装、特殊邮票、供收藏的钱币等。使用特殊品的消费者,一般对产品知识特别了解,有习惯性购买倾向,所以购买者往往不需要花太多的时间进行选择。特殊品的价格通常较高,消费者对价格是低敏感度的。例如特殊品牌和型号的汽车,定制的男士西服。

四是非寻购品,即指消费者不知道的产品,或虽然知道但没有兴趣购买的产品。例如人寿保险、大英百科全书等。这类产品需要广告与人员推销的支持。许多新产品都是非必需品,直到人们通过广告认识了它们为止。

② 生产资料,是指企业制造产品所需的原材料和零部件或用于业务活动的产品。生产资料按其使用目的的不同分为:原材料、主要设备、辅助设备、零部件、加工材料、业务用消耗品、业务服务等。

8.1.2 产品组合

一个企业提供给目标市场的不是单一的产品,而是产品组合。在说明这个问题之前,要了解几个有关的概念。

1. 产品项目与产品线

(1) 产品项目

产品项目(product item)是指产品大类中各种类型的产品,它是产品目录中列出的每一个明确的产品单位,具有不同的功能、型号、品种、尺寸、价格、外观等特点的产品。

（2）产品线

产品线（product line）又称产品系列或产品大类，是指在技术上与结构上密切相关，具有相同使用功能，虽型号规格不同，但能满足同类需要的一组产品。可以从多方面理解产品线：满足同类需求的产品项目，不同型号的电视机；互补产品项目，如计算机的硬件、软件等；卖给相同顾客群体的产品项目，如学生的文具等。可视经营管理、市场竞争、服务顾客等具体要求来划分产品线。

2．产品组合

产品组合（product mix）又称产品搭配，是指一个企业生产或经营的全部产品线和产品项目的有机组合方式，即企业的业务经营范围。它包括四个变数：产品组合的宽度、长度、深度和关联度。产品组合不恰当可能造成产品的滞销积压，甚至引起企业亏损。

（1）产品组合的宽度

产品组合的宽度是指企业产品组合中所拥有产品线的数目，即产品大类的多少。

（2）产品组合的长度

产品组合的长度是指产品组合中产品项目的总数。

（3）产品组合的深度

产品组合的深度是指产品项目中每一个品牌所含不同花色、规格产品数目的多少，通常来说，产品组合的深度是指一个企业的各个产品线的平均深度，即产品组合的长度除以宽度，可得出企业产品组合的平均深度。

（4）产品组合的关联度

产品组合的关联度是指各产品线在最终用途、生产条件、销售渠道等方面的相关程度。

企业的产品组合包括它所销售的所有产品。假设宝洁公司的所有消费品——洗涤剂、牙膏、香皂、方便尿布、纸巾——构成了它的产品组合，如表 8-2 所示。

表 8-2　宝洁公司消费品的产品线与产品组合

	产品组合的宽度				
	洗涤剂	牙膏	香皂	方便尿布	纸巾
产品线的深度	象牙雪 1930 洁拂 1933 汰渍 1946 快乐 奥克多 1952 达士 1954 大胆 1965 吉恩 1966 黎明 1972 独立 1979	格里 1952 佳洁士 1955 登魁 1980	象牙 1879 柯柯 1885 拉瓦 1893 佳美 1926 爵士 1952 舒肤佳 1963 海岸 1974	帮宝适 1961 露肤 1976	查敏 1928 白云 1958 普夫 1960 旗帜 1982

由表 8-2 可以看出：

产品组合的宽度（产品线总数目）：5 条产品线（实际上该公司还有许多另外的产品线，如护发产品、保健产品、饮料、食品等）

产品组合的长度（产品项目总数）：26 个产品项目

产品组合的深度：26/5＝5.2

产品组合的关联度指各条产品线在最终用途、生产条件、分销渠道或其他方面相互关联的程度。由于宝洁公司的产品都通过同样的分销渠道出售,因此可以说,具有较强的关联性;就这些产品对消费者的用途不同而言,该公司的产品缺乏关联性。产品组合的关联度强弱要根据具体情况而定,并不是越强越好,也不是越弱越好。产品组合的四种尺度为公司确定产品战略,进行产品创新提供了依据。采用四种方法:增加新的产品线,以扩大产品组合的宽度;延长现有的产品线;增加每一产品项目的品种,以增加组合的深度;利用产品的最终用途、生产条件和分销渠道等相互关联性进行产品开发和创新。

3. 产品组合对市场营销活动的意义

产品组合策略,一般是从产品组合的长度、宽度、深度和关联度等方面作出的决定。对营销策略有十分重大的意义。

(1) 企业适度增加产品组合宽度,扩大经营范围,即增加产品线,可充分发挥各种资源的潜力,提高效益,另外,随着市场的发展与变化,每一种产品的销售风险随时可能增大,扩大产品组合的宽度,可以减少风险,提高企业的适应力与竞争力。

(2) 增加产品线的长度,即增加产品项目,实现产品花色品种多样化,可使产品线丰满,同时给每种产品增加更多的变化因素,可满足不同顾客的需要,提高顾客的满意度。

(3) 增加产品组合的深度,可适应不同顾客的需要,吸引更多的顾客。

(4) 产品组合关联度的高低,可决定企业在多大领域内加强竞争地位和获得声誉。增加产品线之间的关联度,可增强企业的生产能力和市场地位,便于分销、促销与售后服务,从而提高企业在行业中的地位。

8.1.3　调整与优化产品组合的策略

1. 产品组合策略

产品组合策略是指企业根据市场状况、经营目标与自身资源实力,对产品组合的宽度、长度、深度与关联度进行不同组合的过程。可选择的产品组合策略主要有以下 5 种。

(1) 全线全面型策略

全线全面型策略是指企业着眼于向任何顾客提供他所需要的一切物品策略。采用这一策略的条件是企业有能力照顾整个市场的需要。适用范围是大型企业集团或大公司。

广义的全线全面型策略是指尽可能地增加产品线的宽度和深度,不受产品线之间关联性的约束。如日本索尼公司的经营范围从电视机、收录机、摄像机到旅行社、连锁餐馆、药房等,十分广泛。

狭义的全线全面型策略是指提供一个行业所必需的全部产品。如美国奇异电器公司,产品线很多,但都和电气有关。

这种产品组合策略能分散经营风险,扩展企业实力,取得最大市场覆盖面,最大限度地满足顾客需要。

(2) 市场专业型策略

市场专业型策略指企业向某个专业市场(某类顾客)提供所需要的各种产品的策略。如某机械公司专门生产建筑业产品,其产品组合由推土机、翻斗机、挖沟机、起重机、水泥搅拌机、压路机、载重卡车等产品线组成。这种策略非常重视产品组合的关联度和宽度,组合深度较小。能为某一类顾客提供全方位服务,方便顾客。这种产品组合策略能使某一类顾客在某种产品的消费上,能从一个企业获得充分满足,方便了顾客,扩大了销售。

（3）几条产品线专业型策略

几条产品线专业型策略是指企业集中某一类产品的生产,并将产品推销给各类顾客的策略。即广度和深度较小,但密度大的产品组合。如某汽车公司,其产品是汽车,根据不同需要,设立小轿车、大客车、运货卡车三条产品线。这种产品组合策略的产品线数目少,各项目密切相关,产品品种丰富,可满足不同顾客的需求。

（4）一条产品线专业型策略

一条产品线专业型策略是指企业根据自己的专长,集中经营单一的产品线。广度小,深度一般的产品组合。如某汽车厂就生产小汽车。这种产品组合策略宽度很小,深度有限,关联度较强。

（5）特殊产品专业型策略

特殊产品专业型策略是指企业根据自己的专长,生产某些特殊产品项目或提供某种特殊服务。如小工艺品、提供特殊工程设计、咨询服务、律师服务、保镖服务等。这种策略产品组合宽度小、深度大、关联性强。

2. 产品组合的优化

企业要经常对产品组合进行分析、评估和调整,力求保持最佳的产品组合。优化产品组合包括两个重要步骤:

（1）产品项目销售额和利润分析。即分析、评价现行产品线上不同产品项目所提供的销售额和利润水平。

（2）产品项目市场地位分析。即将产品线中各产品项目与竞争者的同类产品作对比分析,全面衡量各产品项目的市场地位。

产品组合的优化方法通常有如下四种。

（1）三维分析法

是利用三维空间坐标上的三个坐标轴,分别表示市场占有率、销售增长率、资金利用率等。将产品按不同情况,放置于不同的位置,分析优劣势,选择有利组合,如图 8-3 所示。

在图 8-3 中,共划分为八种位置,分析企业生产经营所有产品在图中的位置,可以决定最佳的产品组合策略。任何一种产品的市场占有率、销售增长率与资金利用率都有一个由低到高,或由高到低的变化过程,不能要求所有的产品同时达到最佳状态。因此,企业所期望达到的最佳产品组合,应是市场占有率、销售增长率与资金利用率都高的"三高"产品组合,如图中第 6 号区域位置,无疑应该是企业重点

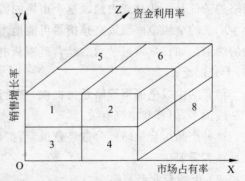

图 8-3 三维分析法

发展的产品。由于市场需求的多层次性,在竞争中处于某一区域的产品,只能适应某一方面的市场需求,可以根据不同情况,分别采取维持、稳定或提高的策略。但对于图 8-3 中的第 3 号区域位置,就应考虑转产或放弃策略。

(2)四象限评价法

四象限评价法,又称波士顿矩阵分析法,是 20 世纪 70 年代初由美国波士顿公司(BCG)首先创立的,简称为 BCG 方法。波士顿矩阵法认为,在企业的产品结构中,各种产品是相互联系的一个总体。一般决定产品结构的基本因素有两个:即市场引力与企业实力。市场引力包括企业销售量(额)增长率、目标市场容量、竞争对手强弱及利润高低等。其中最主要的是反映市场引力的综合指标——销售增长率,这是决定企业产品结构是否合理的外在因素。企业实力包括市场占有率、技术、设备、资金利用能力等,其中市场占有率是决定企业产品结构的内在要素,它直接显示出企业的竞争实力。

通过以上两个因素相互作用,会出现四种不同性质的产品类型,形成不同的产品发展前景:①销售增长率和市场占有率"双高"的产品群(明星类产品);②销售增长率低、市场占有率高的产品群(现金牛类产品);③销售增长率高、市场占有率低的产品群(问题类产品);④销售增长率和市场占有率"双低"的产品群(瘦狗类产品)。波士顿矩阵对于企业产品所处的四个象限具有不同的定义和相应的战略对策。

市场成长率表示该业务的销售量或销售额的年增长率,用数字 0%~20% 表示,并认为市场成长率超过 10% 就是高速增长。相对市场份额表示该业务相对于最大竞争对手的市场份额,用于衡量企业在相关市场上的实力。用数字 0.1~10 表示,其中 0.1 表示该企业的销售量是最大竞争对手销售量的 10%,10 表示该企业的销售量是最大竞争对手销售量的 10 倍,并以相对市场份额为 1.0 为分界线。需要注意的是,这些数字范围可能在运用中根据实际情况的不同进行修改,如图 8-4 所示。

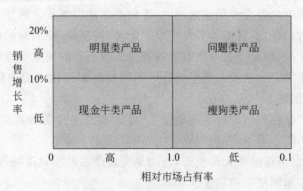

图 8-4　波士顿矩阵分析法

① 明星类产品(stars product)。指处于高增长率、高市场占有率象限内的产品群,这类产品可能成为企业的现金牛产品,需要加大投资以支持其迅速发展。采用的发展战略是:积极扩大经济规模和市场机会,以长远利益为目标,提高市场占有率,加强竞争地位。明星产品的管理与组织最好采用事业部形式,由对生产技术和销售两方面都很在行的经营者负责。

② 现金牛类产品(cash cow product)。又称厚利产品。指处于低增长率、高市场占有率象限内的产品群,已进入成熟期。其财务特点是销售量大、产品利润率高、负债比率低,可

以为企业提供资金,而且由于增长率低,也无须增大投资。因而,现金牛产品成为企业回收资金,支持其他产品,尤其明星产品投资的后盾。对这一象限内的大多数产品,市场占有率的下跌已成为不可阻挡之势,因此可采用收获战略:即所投入资源以达到短期收益最大化为限。把设备投资和其他投资尽量压缩;采用榨油式方法,争取在短时间内获取更多利润,为其他产品提供资金。对于这一象限内的销售增长率仍有所增长的产品,应进一步进行市场细分,维持现存市场增长率或延缓其下降速度。对于现金牛产品,适合于用事业部制进行管理,其经营者最好是市场营销型人物。

③ 问题类产品(question marks product)。是处于高增长率、低市场占有率象限内的产品群。前者说明市场机会大、前景好,而后者则说明在市场营销上存在问题。其财务特点是利润率较低,所需资金不足,负债比率高。例如,在产品生命周期中处于导入期,因种种原因未能开拓市场局面的新产品即属于此类问题产品。对问题产品应采取选择性投资战略。即首先确定对该象限中那些经过改进可能会成为明星的产品进行重点投资,提高市场占有率,使之转变成"明星产品";对其他将来有希望成为明星的产品则在一段时期内采取扶持对策。因此,对问题产品的改进与扶持方案一般均列入企业长期计划中。对问题产品的管理组织,最好是采取智囊团或项目组织等形式,选拔有规划能力、敢于冒风险、有才干的人负责。

④ 瘦狗类产品(dogs product)。也称衰退类产品。它是处在低增长率、低市场占有率象限内的产品群。其财务特点是利润率低、处于保本或亏损状态,负债比率高,无法为企业带来收益。对这类产品应采用撤退战略:首先应减少批量,逐渐撤退,对那些销售增长率和市场占有率均极低的产品应立即淘汰;其次是将剩余资源向其他产品转移;最后是整顿产品系列,最好将瘦狗产品与其他产品合并,统一管理。

波士顿矩阵法可以帮助我们分析一个公司的产品组合是否合理。如果一个公司没有现金牛产品,说明它当前的发展中缺乏现金来源;如果没有明星产品,说明在未来的发展中缺乏希望。一个公司的产品组合必须是合理的,否则必须加以调整。例如,巨人集团在将保健品产品发展成明星后,就迫不及待地开发房地产产品,可以说,在当时的市场环境下,保健品和房地产都是明星产品,但由于企业没有能够提供源源不断的现金支持的现金牛产品,导致企业不得不从本身还需要大量投入的保健品中不断抽血来支援大厦的建设,导致最后两败俱伤,企业全面陷入困境。

在明确了各种产品在公司中的不同地位后,就需要进一步明确其战略目标。通常有四种营销策略分别适用于不同类型的产品。

其一,发展策略。是指继续大量投资,目的是提高产品的相对市场占有率。主要针对有发展前途的问题产品和明星中的恒星产品。

其二,维持策略。是指投资维持现状,目标是保持产品的相对市场占有率。主要针对强大稳定的现金牛产品,特别是其中确有发展前景的现金牛类产品。

其三,收获策略。是指减少投资、减少促销费用,目标是在短期内尽可能地得到最大限度的利润。实质上是一种榨取。主要针对处境不佳的现金牛产品及没有发展前途的问题产品和瘦狗产品。

其四,放弃策略。是指出售和清理某些业务,不再生产,并将资源转移到更有利的领域。这种策略适用于无利可图的瘦狗产品和问题产品。

（3）市场分析法

主要是考虑各种产品现在和未来在市场上可能的占有率和销售增长率,综合分析,选择有利的产品组合。

（4）产品系列平衡法

根据企业的经营能力和市场引力的好、中、差,将企业需要经营的产品分为九种情况,采取不同策略,实现不同组合,接近企业的总目标。

3. 产品组合的调整

一个企业的产品组合决策并不是一成不变的,随着市场环境的改变,应根据企业资源条件与市场状况,对产品组合进行适当的调整,而且要遵循满足有利于销售和增加企业总利润的原则。企业在调整和优化产品组合时,依据不同的情况,可选择如下策略。

（1）扩大产品组合策略

扩大产品组合策略是指增加产品组合的宽度和深度,也就是增加产品线或产品项目,扩展经营范围,生产经营更多的产品,以满足市场需要的产品组合策略。增加产品组合的宽度是在原产品组合中增加一条或几条产品线,扩大企业的经营范围。增加产品组合的深度是在原有产品线内增加新的产品项目,发展系列产品。

例如,鄂尔多斯羊绒集团为增强产品竞争力,提高经济效益,引进日本、意大利等国的先进设备,增加了羊绒大衣、围巾、衬衫、披巾等产品线（宽度）;在增加了产品宽度的同时,也增加了产品项目总数（长度）,有不同规格、色泽、款式等;又开发出绒加棉、绒加麻、绒加丝、绒加纤等系列。

一般当企业预测现有产品线的销售额和赢利率在未来几年要下降时,往往就会考虑这一策略。这一策略可以充分利用企业的人力等各项资源,深挖潜力,分散风险,增强竞争能力。当然,扩展策略也往往会分散经营者的精力,增加管理困难,有时会使边际成本加大,甚至由于新产品的质量、功能等问题,而影响企业原有产品的信誉。

（2）缩减产品组合策略

缩减产品组合策略是指取消一些产品线或产品项目,集中力量生产经营一个系列的产品或少数产品项目,实行高度专业化的产品组合策略。缩减产品组合策略主要包括两种策略:一是缩减产品线,只生产经营某一个或少数几个产品系列;二是缩减产品项目,取消一些低利产品,尽量生产利润较高的少数品种规格的产品。

缩减产品组合策略可使企业集中精力对少数产品改进品质,降低成本,删除得不偿失的产品,提高经济效益。当然,企业失去了部分市场,也会增加企业的经营风险。

（3）产品线延伸策略

产品线延伸策略是指突破原有经营档次的范围,使产品线加长的产品组合策略。每一个企业的产品都有其特定的市场定位,如我国内地的轿车市场,"别克"、"奥迪"、"帕萨特"等定位于中偏高档汽车市场,"桑塔纳"定位于中档汽车市场,"夏利"、"奥拓"等则定位于低档汽车市场。产品线延伸策略是指全部或部分地改变公司原有产品的市场定位。具体做法有向下延伸、向上延伸、双向延伸。

① 向下延伸,即企业原来生产高档产品,后来决定增加低档产品。如五粮液→五粮醇→五粮春→金六福→京酒等。

企业采取这种决策的主要原因是：企业发现其高档产品的销售增长缓慢，不得不将其产品大类向下延伸；企业的高档产品受到激烈的竞争，必须用侵入低档产品市场的方式来反击竞争者；企业当初进入高档产品市场是为了建立其质量形象，然后再向下延伸；企业增加低档产品是为了填补空隙，不使竞争者有机可乘。

企业在采取向下延伸决策时，会遇到一些风险：企业原来生产高档产品，后来增加低档产品，有可能使名牌产品的形象受到损害（可以用不同的商标），也有可能会激怒生产低档产品的企业，导致其向高档产品市场发起反攻；企业的经销商可能不愿意经营低档产品。

② 向上延伸，即企业原来生产低档产品，后来决定生产高档产品。

在下列情况下可以生产高档产品：高档产品畅销，销售增长较快，利润率较高；企业估计高档产品市场上的竞争者较弱，易于被击败；企业想使自己成为生产种类全面的企业。

采取向上延伸决策也要承担一定的风险：可能引起生产高档产品的竞争者进入低档产品市场；未来的顾客可能不相信企业能生产高档产品；企业的销售代理商和经销商可能没有能力经营高档产品。

③ 双向延伸，即生产中档产品的企业在取得市场优势后，同时向产品线的上下两个方向延伸。一方面增加高档产品；另一方面增加低档产品，扩大市场阵地。这种策略在一定条件下有利于扩大市场占有率，增强企业的竞争能力。

美国袖珍计算器市场，在德州仪器公司进入之前，整个市场由波玛公司所提供的初级品与惠普公司所提供的高档产品所支配，德州公司提供的是中等价格与质量的产品，填补了市场空白，并迅速占领了中档产品市场，然后在中档产品的两端逐步增加更多的机型：一方面推出各种高档电子计算器，但价格比惠普公司低；另一方面又推出各种低档产品，质量优于波玛公司，而价格相等或更低。由于德州公司双向延伸的胜利，在袖珍电子计算器市场上取得了领导地位。

（4）产品线现代化策略

有时产品线的长度虽然适当，但是产品还是停留在多年前的水平上，这就需要更新产品，实现产品线的现代化，跟上市场前进的步伐。产品线的现代化可采取两种方式实现：一是逐项更新；二是全面更新。

（5）产品线特色策略

产品线特色就是在每条产品线中推出一个或几个有特色的产品项目，以吸引顾客，适应不同细分市场的需要。一般是推出低档或最高档的产品来形成自己的特色。

8.2　产品生命周期策略

8.2.1　产品生命周期的概念

产品生命周期是指产品从进入市场开始，直到被淘汰退出市场为止所经历的全部时间。产品生命周期指的是产品的市场寿命、销售生命周期，而不是使用寿命、自然寿命。在同一市场，不同产品的生命周期不一样；在不同市场，同一产品的生命周期也不一样。

市场营销学主要研究工业制成品的生命周期。一般分为四个阶段：产品导入阶段，市场成长阶段,市场成熟阶段和市场衰退阶段。产品生命周期是一个经验概念,具有多种形式,产品生命周期与产品定义范围有直接关系。

1．产品生命周期曲线

由图 8-5 所示,典型的产品生命周期包括四个阶段,即投入期,成长期,成熟期和衰退期。其生命周期表现为一条"S"形的曲线,各阶段具有不同的特点。

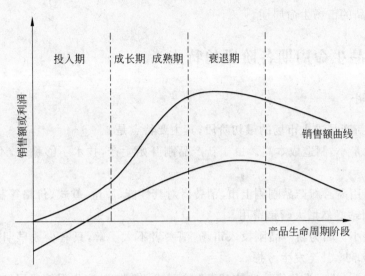

图 8-5　产品生命周期曲线

2．产品生命周期的其他形态

(1) 再循环形态,是指产品销售进入衰退期后,由于市场需求的变化或厂商投入更多的促销费用而使产品进入第二个成长阶段。

(2) 多循环形态,亦称"扇形"或波浪形循环形态。产品进入成熟期后,厂商通过制定和实施正确的营销策略,使产品销售量不断达到新的高潮。

(3) 非连续循环形态,大多数时髦商品呈非连续循环,一上市即热销,而后很快在市场上销声匿迹。厂商既无必要也不愿意做延长成熟期的任何努力,而是等待下一周期的来临。

一般而言,产品种类、产品形式、产品品牌的寿命期各不相同,产品种类具有最长的生命周期。

3．产品市场生命周期与产品使用生命周期

(1) 产品使用生命周期

产品使用生命周期是指产品自然使用寿命,产品的耐用程度,由自然属性决定,是交换价值的消失过程。也就是产品从投入使用到损坏报废为止的时间。

有些产品使用周期很短,但市场生命周期很长,如最典型的是肥皂、鞭炮等;有些产品使用周期很长,但市场生命周期很短,如计算机、流行服饰等。

（2）产品市场生命周期

产品的市场生命周期是产品的经济寿命,产品在市场上存在的时间,由社会属性决定,是使用价值的消失过程。

汽车作为代步工具从未被淘汰,具有强盛的市场生命周期,但有的款式或型号已被淘汰。

（3）通过市场买卖的产品才有市场生命周期,不通过市场买卖的产品就没有市场生命周期。

本章指产品的市场生命周期。

8.2.2 产品生命周期各阶段的特点

1. 导入期

导入期是新产品进入市场的最初阶段,其主要特点是:

① 生产批量小,制造成本高。由于新产品刚开始生产,技术不够稳定,不能批量生产,生产成本较高。

② 营销费用高。新产品刚刚上市,消费者对其性能、质量、款式、价格等都不太了解,需要企业大力宣传,必然增大营销费用。

③ 销售量小。因为新产品刚投入市场,消费者不太了解,只有少数早期接受者购买产品,销量少,利润少,甚至发生亏损。

④ 利润较低,甚至为负值。这是由于生产量小、成本高、广告促销费用较高所致。

2. 成长期

成长期是产品市场生命周期的第二阶段,具有明显的市场特点:

① 目标市场上的消费者对产品较熟悉,比较保守的消费者也开始消费,销售增长很快。

② 企业已具备大批量生产的条件,生产成本相对降低,利润稳步增长,产品表现了较大的市场吸引力。

③ 竞争者纷纷进入市场参与竞争,使同类产品供给量增加,价格随之下降,竞争加剧导致可能改进配方,增加功能。

④ 建立了比较理想的市场营销组合。

3. 成熟期

成熟期是产品市场生命周期的一个"鼎盛"时期,其前半期的销售额达到最高峰,在稳定一段相对短暂的时间后,其销售额开始缓慢回落,这时便进入了一个转折时期,即成熟期的后半期。由于成熟期既是产品市场生命周期中的"极盛"和"巅峰"时期,同时又是一个由"盛"到"弱"的转折时期,因此,成熟期的市场特点主要体现在如下几个方面:

① 产品已为市场广泛接受,潜在的购买者也被开发完,销售额虽然仍在增长,但速度趋于缓慢。

② 市场需求趋向饱和,销售量和利润达到最高点,后期两者增长缓慢,甚至趋于零或负

增长。

③ 竞争处于最激烈的状态,竞争手段复杂化。为了在市场竞争中不被击败,需要增加营销费用,利润因此持平或开始下降。

④ 企业的战略重点应是保持已取得的市场份额,并尽可能扩大市场份额。

4.衰退期

产品进入衰退期呈现如下市场特点:

① 产品销售量从缓慢下降变为迅速下降。

② 价格已降到最低水平,利润很低或无利。

③ 顾客不断减少,很多竞争者相继退出市场。

④ 还在市场的企业也减少服务,削减促销预算等,以维持最低水平的经营。

产品生命周期各阶段具有不同的特点,如表 8-3 所示。

表 8-3　产品生命周期各阶段的特点

阶段 特点	导入期	成长期	成熟期	衰退期
销售额	低	迅速增长	缓慢或降低	下降
利润	低	迅速增长	减低	低或无
成本	高	低	下降	回升
顾客	试用者	多数	多数	保守者
竞争者	很少	增多	最多	减少
价格	高或低	适当	降低	降低

8.2.3　产品生命周期各阶段的营销策略

1.导入期的营销策略

根据导入期产品的特点,要求企业积极搜集市场对新产品的反应,大力开展广告宣传活动,疏通销售渠道,打开销路。

营销目标:努力创造产品知名度,试用、发展中间商。

营销策略:开展市场调查和预测,选择合适的目标市场,大量广告与展销,建立选择性分销,努力推销产品,详细如表 8-4 所示。

表 8-4　产品导入期的营销策略

价格水平	促 销 水 平	
	高	低
高	快速撇脂策略	缓慢撇脂策略
低	快速渗透策略	缓慢渗透策略

（1）快速撇脂策略

快速撇脂策略即双高策略，企业以高价格、高促销费用将新产品推向市场，以求尽快打开市场，提高市场占有率，迅速获得较高利润。

高价格：在每一单位销售额中获取最大利润。

高促销费用：可加快市场渗透，取得较高市场占有率。

优势：可在短期内获得较高利润，快速占领市场。

实施条件：市场上有较大需求潜力；新产品优于原有同类产品；消费者求新心理强，有强烈的购买欲望且不太在乎价格；企业面临潜在竞争者的威胁，需要尽快形成产品偏好群并建立品牌声誉。

（2）缓慢撇脂策略

缓慢撇脂策略即高低策略，企业以较高的价格、较低的促销费用将新产品推向市场，以期获得较多的利润。

优点：可为企业带来更多利润。

实施条件：产品市场面较小，消费对象相对集中；消费者需求迫切，没有现实竞争者与潜在竞争者的威胁；新产品有效填补了市场空白；适当的高价能为购买者接受。

（3）快速渗透策略

快速渗透策略即低高策略，企业以低价格、高促销费用将新产品推上市场，以求迅速占领市场，取得尽可能高的市场占有率。

目的：以最快的速度占领市场，以便在后期获得较多利润。

实施条件：市场容量大；具有明显的规模效应；新产品的市场潜力很大；消费者对它不了解但对价格敏感；面临潜在竞争对手的较大威胁；随着生产规模扩大可有效降低生产成本。

（4）缓慢渗透策略

缓慢渗透策略即双低策略，企业以较低的价格、较低的促销费用将新产品推向市场。

低价格：为使市场迅速接受新产品。

低促销费用：以实现更多净利。

优点：扩大产品销售，实现更多赢利。

实施条件：新产品的市场容量大；市场潜在竞争激烈；消费者已经非常了解这种产品并对价格很敏感。

导入期营销策略具有重要意义，只要导入期的营销策略得当，市场便会出现购买热潮，中间商也乐于经营，形成一个人人愿买、家家愿卖的局面。一旦销售额上升，市场增长率和占有率很快提高，利润水平迅速增长，这就标志着该产品的销售进入了成长阶段，是该产品的黄金时代。

2. 成长期的营销策略

营销目标：最大限度地占领市场份额。

营销策略：核心是尽可能延长产品的成长阶段，使获取最大利润的时间得以延长。

（1）着眼于产品改进

在改善产品质量的同时，根据消费者的需要努力开发新款式、新用途；提供良好的销售服务；吸引更多的购买者。

（2）着眼于市场开发

通过市场细分寻找新的尚未满足的市场部分；根据其需要安排好营销组合因素；迅速开辟与进入新的市场。

（3）着眼于促销改进

将广告宣传中心从介绍产品转向树立产品形象，扩大产品的知名度，提高产品的美誉度，树立产品在消费者心目中的良好形象，以便形成稳定的品牌偏好群。

（4）着眼于价格调整

选择适当时机采取降价策略，以防止竞争者进入，同时激发对价格敏感消费者的购买欲望，争取更多顾客。

（5）着眼于分销改进

在巩固原有分销渠道的同时增加新的分销渠道；与分销渠道成员建立更为协调的关系；促进产品的销售。

3．成熟期的营销策略

营销目标：保持已有市场份额以获取最大利润。

营销策略：主要有市场改良策略、产品改良策略、市场营销组合改良策略。

（1）市场改良策略

市场改良策略又称市场多元化策略，就是开发新市场、寻求新用户。刺激现有顾客，增加使用频率；重新定位，寻求新的买主。从广度与深度上进一步拓展市场：广度指从城市转向农村，从国内转向国外；深度指开发产品的新用途，从适应顾客的一般要求到特殊要求。

（2）产品改良策略

产品改良策略主要有：品质改进策略，增加产品功能，如提高耐用性、可靠性；特性改进策略，增加产品新特性，如扩大产品的适应性、方便性、高效性、安全性；式样改进策略，基于美学观点进行改变，使产品外形更加美观、更有特色；服务改进策略，提供更好的服务。

美国一家咨询公司在调查中发现，顾客从一家企业转向另一家企业，70％的原因是服务。他们认为，企业员工怠慢了一个顾客，就会影响 40 名潜在顾客。"在竞争焦点上，服务因素已逐步取代产品质量和价格，世界经济已进入服务经济时代。"正是基于这样的认识，美国 IBM 公司公开表示自己不是计算机制造商，而是服务性公司。该公司总裁说："IBM 并不卖计算机，而是卖服务。"

（3）市场营销组合改良策略

营销组合改良策略即通过对产品、定价、渠道、促销四个市场营销组合因素加以综合改革，刺激销售量回升。

例如，成立于 1903 年的哈雷机车公司，是美国知名的机车制造商，专门生产所谓的重型摩托车，这个品牌所代表的意义相当广泛，它是一种情绪、一种感觉，甚至是一个梦想，更成为美国年轻人梦寐以求的对象。然而，进入 20 世纪 70 年代，由于公司管理不善，又遭到日本摩托车的猛烈攻击，哈雷濒临破产的边缘，经营权两次易主。自 80 年代以来，哈雷开展了一场反击战。到今天，哈雷不仅成功击退了日本的竞争者，更建立了忠诚的顾客群，成为全球知名品牌。哈雷机车如何浴火重生，自层层重围中杀出一条生路？其做法就是市场营销组合改良策略。包括：建立"接单后生产"制造系统；坚持品质第一的信念；建立全球经销商咨询网络；成立哈雷俱乐部，全球有 36 万多名会员；延伸品牌资产，从皮衣、夹克、牛仔裤、打火机、餐厅等应有尽有,每年创造近一亿美元的销售收入;全力争取"露脸"机会,哈雷公司大方出借旗下 20 款不同的摩托车,让广告公司利用"哈雷"拍广告,让电影公司拍电影,为公司赢得了良好的品牌形象。

4. 衰退期的营销策略

营销目标:削减产品品牌支出,同时挤取利润。

营销策略:主要有维持策略、集中策略、收缩策略、放弃策略。

（1）维持策略

维持策略是指保持原有的细分市场,沿用过去的营销组合策略,尽量稳定老产品的销售额,延缓老产品退出市场的速度,为研制新产品创造时间,同时又从忠实于老产品的老客户处得到利润。把销售维持在一个低水平上,待适当时机便停止该产品的经营,退出市场。

（2）集中策略

集中策略是指把企业的能力和资源集中使用在最有利的细分市场、最有效的销售渠道和最易销售的品种和款式上。概括地说,就是缩短战线,以最有利的市场赢得尽可能多的利润。

（3）收缩策略

收缩策略是指大幅度降低销售费用,以增加眼前利润,通常作为停产前的过渡策略。缩小生产规模,削减分销渠道、降低促销水平,尽量减少营销费用,以增加目前利润,直到产品退出市场。

（4）放弃策略

放弃策略是指对于衰落比较迅速的产品,应当机立断,放弃经营,转向其他产品。

产品生命周期处在不同的阶段,实行不同的营销策略,如表 8-5 所示。

表 8-5　产品生命周期各阶段的营销策略

	导入期	成长期	成熟期	衰退期
产品策略	确保产品的核心产品层次	提高质量、改进款式、特色	改进工艺、降低成本、产品改进	有计划地淘汰滞销品种
促销策略	介绍商品	品牌宣传	突出企业形象	维护声誉
分销策略	开始建立与中间商的联系	选择有利的分销渠道	充分利用并扩大分销网络	处理淘汰产品的存货
价格策略	撇脂价或渗透价	适当调价	价格竞争	削价或大幅度削价

8.3　品牌与包装策略

8.3.1　品牌策略

1. 品牌的概念

品牌与包装都是产品整体观念的重要组成部分。**品牌**（brand）又称为产品的牌子,它是制造商或经销商加在产品上的标志,是指用来识别卖者的产品或劳动的名称、符号、象征、设计或它们的组合所构成的,用来区别本企业与同行业其他企业同类产品的商业名称。品牌是一个集合概念,它包含品牌名称、品牌标志等概念。品牌用来识别产品的制造商和销售商,并使之与竞争对手的产品相区别。

品牌名称(brand name)是指品牌中可以用语言来称呼和表达的部分,也叫"品名"。例如可口可乐、百事可乐等都是美国著名的品牌名称;松下、索尼是日本著名的品牌名称;罗蒙、雅戈尔则是我国西服的著名品牌名称。

品牌标志(brand mark)是指品牌中可被识别而不能用语言表达的特定标志。包括专门设计的符号、图案、色彩、文字等。海尔电器的两个卡通形象、麦当劳的带 M 的金色拱门图案等。

品牌代表着卖方对交付给买方的产品特征、利益和服务一贯性的承诺。享有盛名的品牌是优质的保证。从消费者方面来讲,品牌是一种心理上、情绪上的认同。一个品牌能表达出六层概念。

(1) 属性

一个品牌首先体现出它能给人带来某种特定属性。例如,宝马汽车意味着工艺精良、昂贵、信誉好、声誉高、耐用、制造优良、行驶速度快捷等,这就是品牌最基本的概念。

(2) 利益

一个品牌不仅仅限于一组属性。顾客不是购买属性,而是购买利益。属性必须转换成功能与情感利益,例如,属性"耐用"可以转换成功能利益——我可以几年不买车了;属性"昂贵"可以转换成情感利益——"这车使我令人羡慕,帮助我提升身份与地位";属性"制造优良"可以同时转化为功能与情感利益——"一旦出了交通事故,我是最安全的。"

(3) 价值

品牌还体现了该制造商的某些价值观。例如奔驰体现了高性能、安全、威信等,品牌的价值观要求企业营销者必须能分辨出对这些价值感兴趣的消费者群。

(4) 文化

品牌还象征一种文化。从奔驰汽车给消费者带来的诸多利益来看,奔驰蕴涵着"有组织、高绩效与高品质"的德国文化。

(5) 个性

品牌代表了一定的个性,不同的品牌使人们产生了不同的品牌个性联想。例如"金利来"的"男人的世界"传达了一种阳刚、气俗不凡的个性;"娃哈哈"象征着一种健康、幸福。

(6) 使用者

品牌还体现了购买与使用这种产品的是哪一类型的消费者。如果我们看到一位20 多岁的女孩驾驶着宝马车肯定会感到吃惊,我们更愿意看到驾驶宝马轿车的是有成就的企业家或 CEO。事实上产品所表示的价值、文化与个性,均可以反映在使用者的身上。

美特斯·邦威"不走寻常路"①

美特斯·邦威的目标受众是20~25岁的年轻人,他们已经开始具有自己的思想、自己的主张、自己的生活态度,不愿意随波逐流,渴望真实自我,希望能证明自己。美特斯·邦威"不走寻常路"、"每个人都有自己的舞台"的独特品牌形象、品牌个性把目标消费者的这种心理特征描绘得淋漓尽致。同时,其形象代言人郭富城与周杰伦巨大的个人影响力,使得该品牌的特性更为突出。美特斯·邦威目前的广告语是"每个人都有自己的舞台",延续了上一次"不走寻常路"的个性化特点,再次体现了当代年轻人充满自信、追求自然、渴望个性独立的时代气息。

2. 商标的概念

商标(trade mark)是一个专门的法律术语,俗称产品的"牌子",品牌或其一部分在政府有关部门依法注册后,称为"商标"。商标受到法律保护,注册者有专用权,是一项无形资产。经注册登记的商标有"R"标记,或"注册商标"的字样。商标是产品的标记,是用来区别企业生产或经营同种产品的专用标记。

商标有以下基本特征:

(1) 商标是商品或服务的标志。非商品上的图案、符号、标记都不是商标。

(2) 具有独占性。商标是受到法律保护的产权标志,是经商标局核准注册而取得的特殊权利。

(3) 商标是生产者或经营者的标志,区别于其他商品,它是企业声誉和评价的象征。

商标与品牌的区别是:商标一定是品牌或品牌的一部分,但并非所有的品牌都是商标,品牌与商标可以相同也可以不同;商标必须办理注册登记,品牌则无须办理;商标是受法律保护的品牌,具有专门的使用权。两者的联系是:商标的实质是品牌,两者都是产品的标记。商标是一个法律名词,品牌是一种商业称谓,两者从不同的角度指称同一事物。

3. 品牌的作用

(1) 方便顾客识别、选购商品

品牌可以减少消费者在选购商品时所花费的时间和精力。随着市场经济的发展,科学技术的进步,商品的科技含量不断提高,对消费者来说,同类型商品间的差异越来越小,越来越难以辨认,因此消费者可以借助品牌辨别和选择所需的产品与服务。

(2) 有利于维护企业和消费者的利益

由于品牌具有排他性的特征,品牌中的商标通过注册后受到法律保护,禁止他人使用。同时,若产品发生质量问题,消费者可以根据品牌溯本求源,追究品牌经营者的责任,依法向

① 资料来源:中国营销传播网.编者整理

其索赔,以保护消费者的正当权益不受侵犯。

(3) 有利于商品促销

品牌的促销作用主要表现在两个方面:一是由于品牌是产品品质的标志,消费者常常按照品牌选择产品,因此品牌有利于引起消费者的注意,满足他们的欲求,实现扩大产品销售的目的;二是由于消费者往往依照品牌选择产品,这就促使生产经营者更加关心品牌的声誉,不断开发新产品,加强质量管理,树立良好的企业形象,使品牌经营走上良性循环的轨道。

(4) 能使产品不断增值

品牌是一种无形资产,它可以作为商品买卖。世界十大著名品牌的品牌价值都是近乎天文数字。品牌资产是一种超越商品有形实体以外的价值部分。它是与品牌名称、品牌标识物、品牌知名度、品牌忠诚度相联系的,能够给企业带来收益的资产。

品牌只有在其所创造的价值被目标消费者认知、认同的时候,才能成为有意义的、有吸引力的品牌。若脱离了"价值创造"的核心工作,品牌将变成一场逐梦的游戏。品牌价值的高低取决于消费者对品牌的忠诚度、品牌知名度、品牌所代表的质量、品牌辐射力的强弱和其他无形资产。

4. 品牌的设计

品牌是由文字、图案及符号构成的。品牌设计的题材极为广泛,诸如花鸟虫鱼、名胜古迹、天文地理等。品牌的设计是艺术和技巧在企业营销活动中的展现。从市场营销的角度来看,品牌的设计应注意如下事项:

(1) 新奇独特。品牌是产品的标志,必须有显著特征。

(2) 美观大方。品牌的造型要美观大方、构思新颖、特色鲜明,这样的品牌能给顾客以美的享受,对顾客产生强烈的艺术感染力。

(3) 简洁明了。品牌设计要简明醒目,易懂易记,具有强烈的吸引力,给人留下深刻印象。

(4) 展现风貌。品牌要能展现企业及产品的风貌,表达出企业或产品的特点。

(5) 遵循法律规定。品牌设计一定要遵循商标法的有关规定。

(6) 适应风俗习惯。不同的顾客,由于文化、民族特点不同,具有不同的风俗、习惯及信仰。在品牌设计中要充分权衡,全面考虑。

5. 品牌策略

企业合理使用品牌及品牌组合以便更有效地传递信息、提高市场占有率的技巧称为品牌策略。品牌策略一般有以下几种,如图 8-6 所示。

(1) 品牌化决策——是否使用品牌

并不是所有产品都必须采用品牌,由于采用品牌要发生一定的费用,因而对使用品牌和不使用品牌对经营效果影响不大的产品来说不一定是用品牌。实践中不使用品牌的产品属于少数。使用品牌无疑对企业有许多好处,对大多数企业来说,为了发展产品的信誉,应使用品牌。而从另一个角度看,使用品牌意味着企业要承担相应的责任,如要保持产品质量的稳定,要对品牌进行宣传,要履行法律规定的义务等。若企业无力承担这些责任,就大可不

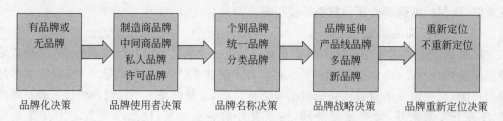

有品牌或 无品牌	制造商品牌 中间商品牌 私人品牌 许可品牌	个别品牌 统一品牌 分类品牌	品牌延伸 产品线品牌 多品牌 新品牌	重新定位 不重新定位
品牌化决策	品牌使用者决策	品牌名称决策	品牌战略决策	品牌重新定位决策

图 8-6　品牌化决策过程

必使用品牌。

（2）品牌使用者决策——使用谁的品牌

一旦决定使用品牌，就要考虑使用谁的品牌。可以使用制造商的品牌、中间商的品牌，也可混合使用前两者的品牌。更多的消费者希望购买具有良好信誉的商家出售的产品，这就要求制造商在采用谁的品牌上做出选择。一般如果企业在一个新的市场上销售产品，或者市场上本企业的信誉不及其经销者的信誉，则适宜采用经销者的品牌，也可以同时使用经销者品牌和制造者品牌。

（3）品牌名称决策——使用多少品牌

① 个别品牌策略。即企业为其各种不同的产品分别使用不同的品牌。优点是：使企业能针对不同细分市场的需要，有针对性地开展营销活动；采用该策略使生产优质、高档产品的企业也能生产低档产品，为企业综合利用资源创造了条件；采用此策略，各品牌之间联系松散，不会因个别产品出现问题、声誉不佳而影响企业的其他产品。缺点在于，品牌较多会影响广告效果，易被遗忘。这种策略，需要较强的财力作后盾，因此，一般适宜于实力雄厚的大中型企业采用。

② 统一品牌策略。即企业所有产品都统一使用同一品牌。好处是，可减少品牌设计费，降低促销成本，同时，如果品牌声誉很高，还有助于新产品推出。不足之处是，某一产品的问题，会影响整个品牌形象，危及企业的信誉。

③ 分类品牌策略。即企业依据一定的标准将其产品分类，并分别使用不同的品牌。这样，同一类别的产品实行同一品牌策略，不同类别的产品之间实行个别品牌策略，以兼收统一品牌和个别品牌策略的益处。

④ 企业名称加个别品牌策略。各种不同的产品分别使用不同的品牌，但每个品牌之前冠以企业名称。可以使新产品系统化，借助企业信誉扩大品牌影响。

（4）品牌战略决策

① 品牌延伸。品牌延伸是指企业利用其成功品牌的声誉来推出改进产品或新产品。品牌延伸通常有两种做法：

一是纵向延伸。企业先推出某一品牌，成功后，又推出新的经过改进的该品牌产品；接着，再推出更新的该品牌产品。

二是横向延伸。把成功的品牌用于新开发的不同产品。

② 多品牌策略。多品牌策略是指企业对同一产品使用两个或两个以上的品牌。多品牌策略虽然会使原有品牌的销售量减少，但几个品牌加起来的总销售量却可能比原来一个品牌时要多。

③ 产品线扩展。产品线扩展是指企业现有的产品线使用同一品牌，当增加该产品线的

产品时,仍沿用原有的品牌。这种新产品往往都是对现有产品的局部改进,如新口味、形式、颜色、增加成分、包装规格等。

④ 新品牌策略。新品牌策略是指为了新产品设计新品牌的策略。当企业在新产品类别中推出一种产品时,它可能发现原有品牌名称不适合于它,或者是对新产品来说有更好的可供选择的名称,企业需要重新设计品牌。

(5) 品牌重新定位策略

品牌的重新定位是指由于某些市场情况发生变化,而对产品品牌进行重新定位。企业在进行品牌重新定位策略时,要全面考虑两方面的因素:第一,产品品牌从一个细分市场转移到另一个细分市场的费用,重新定位的距离越远,重新定位的费用越高;第二,企业定位于新位置的品牌能获收益多少。收益多少取决于此细分市场的顾客数量、平均购买率、竞争者的实力及数量等。企业应对各种品牌重新定位方案进行分析,权衡利弊,从中选优。

当今市场之争,最集中地体现在品牌上,谁的品牌有名气、有信誉,谁就有效益,企业面临的竞争问题将是如何建立和管理企业的品牌资产,以品牌为核心已经成为企业重组和资源重新配置的重要机制。在发达国家,品牌的地位不亚于设备、厂房和流动资金。我国在品牌问题上还存在着许多误区。如产品无品牌,品牌不注册,不注意国际注册,不宣传名牌,不重视品牌续注等。尽管是一种非正常的竞争,但都是合法的,是符合国际惯例的。由此造成的损失难以弥补,教训十分深刻。

8.3.2　包装策略

1．产品包装的概念

包装是产品战略的一个重要组成部分。所谓包装,是指产品的容器或外部包扎物。产品包装一般包括以下三个部分:首要包装,即产品的直接包装;次要包装,即保护首要包装的包装物;装运包装,即为了便于储运、识别某些产品的外包装。

2．包装的作用

(1) 保护产品。这是包装最原始和最基本的功能。

(2) 便于运输、携带和储存。包装后的产品可以为运输、携带和储存提供方便,并可节约运输工具和储存空间。

(3) 美化产品,促进销售。精美的包装,给人以美的享受,可以增加产品特色,改进产品的外观,提高顾客的视觉兴趣,激发顾客的购买欲望。

(4) 增加产品价值,提高企业收入。产品的内在质量,是产品在市场竞争的基础,而优质的产品,没有优质的包装,就会降低身价。随着顾客收入水平和生活水平的提高,顾客愿意支付较高的价钱购买包装精美、高贵的产品,从而增加企业的收入。

3．包装的设计

包装的设计是一项技术性和艺术性很强的工作,总的原则是美观、实用、经济。企业在设计产品的包装时,应考虑如下几点。

（1）包装的造型要美观大方

包装设计美观大方,图案生动形象,不落俗套,不搞模仿,采用新的包装材料,使人耳目一新。

（2）包装的质量与产品的价值相一致

包装设计和包装材料的选用,一定要同产品的质量与价值相一致,根据产品质量的档次,配上与之相适应的包装。

（3）包装要能显示产品的特点和独特风格

对于以外形或色彩表现其特点或风格的产品,例如,服装、装饰品及食品等的包装,应设法向顾客直接显示产品自身,以便于购买。应考虑在包装上附产品的彩色照片或用文字、图案对产品特性进行具体的说明和展示。

（4）包装设计应适应顾客心理

包装设计既要美观、新颖、形象生动,又要适应顾客的心理、审美观。应对不同的顾客群体,设计和选用不同的包装。

（5）包装设计应尊重顾客的宗教信仰和风俗习惯

包装设计中要尊重不同国家、不同民族、不同的宗教信仰和风俗习惯,包装装潢上的文字、图案、色彩等不能和目标市场的宗教信仰和风俗习惯发生抵触。

（6）符合法律规定

应按法律规定,在包装上标明厂名、厂址;对于食品、化妆品等与人民身体健康密切相关的产品,应标明生产日期、保质期;包装材料应符合环保要求;标签上的文字说明要实事求是,不得弄虚作假、夸大其词等。

4．包装策略

良好的包装必须与正确的包装策略结合起来,才会发挥应有的作用。常用的包装策略有如下几种。

（1）类似包装策略

企业生产的各种产品,在包装上采用相似的图案、颜色,体现共同的特征。其优点在于能节约设计和印刷成本,树立企业形象,有利于新产品的推销。但此策略仅适应同样质量水平的产品,若产品质量相差悬殊,会因个别产品质量下降影响其他产品的销路。

（2）差异包装策略

企业的各种产品均有自己独特的包装,在设计上采用不同的风格、色调和材料。这种策略能避免因个别产品销售失败而对其他产品的影响,但会相应地增加包装设计和新产品促销的费用。

（3）配套包装策略

将多种相互关联的产品配套放在一个包装物内销售。例如,把乒乓球、球拍、球网配套包装,再如急救箱(胶布、纱布、红药水、碘酒、酒精等)、成套化妆品、成套餐具等。采用这种策略也可以将新产品与其他旧产品放在一起,使消费者在不知不觉中接受新观念,习惯于新产品的使用。

（4）复用包装策略

包装内产品使用完后,包装物本身可以回收再用或顾客做其他用途。如啤酒的瓶子,可回收重复使用;装糖果的盒子可用作饭盒等。此策略的目的在于通过给顾客额外的利益,扩大销售。

(5) 等级包装策略

对同一种产品采用不同等级的包装,以适应不同的购买力水平,或者按产品的质量等级不同,采用不同的包装,如优质产品采用高档包装,一般产品采用普通包装。例如,以前我国东北出产的优质人参,采用木箱和纸箱,每箱 20kg～25kg,不仅卖不了好价钱,而且还使不少外商怀疑是否是真正的人参,因为他们认为像人参这么贵重的药材不可能用那样的包装。后来我们改变了以前的大包装,改用小包装,内用木盒,外套印花铁盒,每盒 1～5 只,既精致又美观,身价倍增。

(6) 附赠品包装策略

在包装或包装内附赠奖券或实物,以吸引顾客购买。如糖果和其他小食品包装内附有连环画、小塑料动物等。

(7) 改变包装策略

当某种产品销路不畅或长期使用一种包装时,企业可以改变包装设计、包装材料,通过使用新的包装,使顾客产生新鲜感,达到扩大销售的目的。

8.4 新产品开发

8.4.1 新产品概述

1. 新产品的概念

在结构、材质、工艺等某一个方面或几个方面对老产品有明显改变,或采用新技术原理、新设计构思,从而显著提高产品的性能或扩大了使用功能的产品称之为新产品。市场营销学上的新产品要广泛得多。**所谓新产品,是指企业向市场提供的较原有产品具有较大差别的产品**。我们可以从如下几方面理解新产品的概念。

首先,要从产品整体的概念上来理解,可以说,新产品并不一定是新发明的产品。市场上出现的前所未有的崭新的产品是新产品。

例如,一百多年以前出现的汽车,五十多年以前出现的黑白电视机等。但是,这种新产品并不是经常出现的。有些产品在形态或功能方面略有改变,人们也习惯于把它们看做新产品。例如,西方每年出现新型号的汽车,就是汽车市场经常出现的新产品。由此可见,新产品的"新",具有相对的意义。

其次,还可以从市场与顾客的角度来确认新产品。

例如,有些产品尽管在世界上早已出现,但从来没有在某个地区出售过,那么对这个地区市场来说,它就是新产品。这样一种关于新产品的理解,对于出口销售是具有重要意义的。

最后,从生产和销售企业的角度看,凡是本企业从来没有生产和销售过的产品,由于标出本企业的招牌,也可以说是新产品。

2．新产品的类型

（1）全新产品

全新产品是应用新技术、新原理、新结构和新材料研制成功的前所未有的新产品，它是科学技术上的新发明，在生产上的新应用。要经国家科学技术管理部门的鉴定批准，可申请专利，受法律保护。

蒸汽机、电灯、电话、收音机、飞机、电视机、计算机、化纤、抗菌素等的研制成功并投入使用是全新产品。这类新产品的问世，往往都是伴随着科学技术的重大突破而诞生的。

（2）换代产品

换代产品是在原有产品的基础上，采用或部分采用新材料、新技术、新结构制造出来的新产品，标志着产品的性能有了重大突破。

电子计算机问世以来，经过 40 多年的时间，经历了以电子管为主要原件的第一代→晶体管为主要原件的第二代→集成电路为主要原件的第三代→大规模集成电路和超大规模集成电路为主要原件的第四代→具有人工智能的第五代产品。这些转变标志着产品的性能有了重大突破。

（3）改进产品

改进产品指在原有产品的基础上进行改进，使产品在结构、品质、功能、款式、花色及包装上具有新的特点和新的突破的产品。改进产品有利于提高原有产品的质量和实现产品多样化，满足消费者对产品更高的要求，或者满足不同消费者的不同需求。有两种情况：一是对原有产品进行适当的改进；二是原有产品派生出来的变形产品。

（4）仿制产品

仿制产品指对国际或国内市场上已经出现的产品进行引进或模仿、研制生产出的产品。

3．新产品的特点

（1）新产品应具有新的原理与结构，或是改进了原有产品的原理与结构。例如，在普通伞基础上推出的自动、半自动伞就可列入新产品。

（2）新产品采用了新的元件和材料，并优于原产品，使新产品的性能超过了原有产品。例如，某些产品中用塑料代替木材，玻璃代替钢材，半导体收音机代替电子管收音机、电子表代替机械表等。这些都是新产品，具有先进性。

（3）新产品有新的实用功能。例如，日历手表比一般计时手表增加了功能。家用换气扇与电风扇原理相同，由于结构的改变增加了新的功能，也可视为新产品。

4．新产品的发展趋势

（1）新产品的科技含量不断提高。企业必须在新产品开发中投入更多的科研力量，使之转化成更多的知识经济技术成果，确保新产品更具有核心竞争力。

（2）新产品多样化。由于消费者的需求层次不同，新产品开发应做到多样化，以适应市场的发展趋势。

（3）产品更美观、更舒适、更适用。消费者的物质文化生活水平不断提高，对产品的要求朝着舒适性、艺术性、功能更齐全的方面发展，产品生产必须迎合这种需要。

（4）"绿色健康产品"的发展趋势。随着社会公众优化环境意识的提高,绿色健康消费观念逐步改变。开发新产品时,除严格做到无污染外,还要注意保护环境,维护生态平衡,有利于健康。

8.4.2　新产品的设计与开发

1. 开发新产品的意义

（1）企业生存的需要

由于科学技术的进步和市场的激烈竞争,产品的市场生命周期日益缩短,给企业造成了一种压力:如果不积极发展新产品,就会面临衰退或倒闭。只有积极开发新产品,做好产品的更新换代,企业才能跟上科学技术前进的步伐,避免风险,进而兴旺发达。在市场经济环境下,一个正在设计、试制中的新产品,会由于市场上已有此类产品出现而被埋没在车间。具体来说,开发新产品有以下作用:

① 有利于避免产品线老化,以适应市场不断变化和日益增长的需要。

② 有利于企业及时采用新技术、新材料,不断推陈出新,使市场上的商品日益丰富多彩。

③ 有利于充分利用企业的资源和生产能力,提高经济效益。

④ 有利于加强企业生产经营的稳定性,减少因老产品滞销带来的经济收益下降。

⑤ 有利于企业提高声誉,增强竞争能力。

（2）满足消费者的需要

由于社会经济的发展,人们的收入水平和生活水平迅速提高,创造了巨大的市场潜在需求,这就需要生产企业为市场提供大量的新产品以满足整个社会不断增长的物质文化需求。消费者对产品的精度、性能和使用,都提出了新的需求。例如,对食品的需求,除要求色香味美外,还要有营养,有的消费者还要求无糖精或含钙等;对家用电器的需求,除获得精神享受与物质享受外,还要求对人体无害,并有相应的防辐射、防噪音、除尘、除潮等。

1996 年 3 月,舒蕾洗发水上市,短短数年便飞速成长起来。1997 年在全国重点商场洗发水市场的占有率排名第七位,1998 年与 1999 年排名都在第三位,2000 年 8 月排名第二位,以市场占有率超过 15% 的骄人业绩,打破了被宝洁和联合利华所垄断的中国洗发水市场的格局。正是舒蕾的创新观念,提出"头发头皮双重护理"的独特概念,并根据中国消费者特有的需求开发出"焗油博士"洗发水而从容应对未来市场的挑战。

2. 新产品开发的原则

（1）根据市场需要开发适销对路的产品,是新产品开发成功与否的关键。

（2）根据本企业资源、技术等能力确定开发方向,要求既符合市场需要,又能发挥本企业优势。

（3）必须采用国际标准,为我国产品打入国际市场创造有利条件。

（4）良好的经济效益,是衡量新产品开发成功与失败的标志。

（5）量力而行,选择切实可行的开发方案,包括:

• 引进技术——购买专利、合资经营;

- 引进与改进相结合——引进国外先进技术再加以改进创新；
- 自行研制——开展独创性研究，风险大但能给企业提供高速发展的机会。

3. 新产品开发过程

新产品开发的基本程序如图 8-7 所示。

图 8-7　新产品开发的基本过程

（1）寻求创意

所谓创意，就是指开发新产品的设想。主要来源有：

① 聚会激励创新法——激发企业内部人员的热情寻求创意；组织专门研究和技术攻关。

② 征集意见法——向外界征集创意，包括顾客、专家、市场研究公司、大学、广告代理商等。

③ 产品属性排列法——列出现有产品的属性，然后寻求改进每一种属性的方法改良产品。

④ 强行关系法——先列举出若干个不同的产品，然后把某一种产品与另一种产品或几种产品强行结合起来，产生一种新的构想。

⑤ 多角分析法——分析其他企业的先进产品。

（2）甄别创意

取得足够创意之后，要对这些创意加以评估，研究其可行性，并挑选出可行性较高的创意，使公司有限的资源集中于成功机会较大的创意上。要考虑两个因素：一是该创意是否与企业的战略目标相适应（利润目标、销售目标、销售增长目标、形象目标）；二是企业有无足够的能力开发这种创意（资金能力、技术能力、人力资源、销售能力等）。

（3）形成产品概念

经过甄别后，保留下来的创意还要进一步发展成为产品概念。在这里，首先应当明确产品创意、产品概念和产品形象之间的区别。

① 产品创意——指企业从自己的角度考虑，能够向市场提供的可能产品的构想。

② 产品概念——指企业从消费者角度对这种创意所作的详尽的描述。

③ 产品形象——指消费者对某种现实产品或潜在产品所形成的特定形象。

④ 产品概念试验——指用文字图画描述或用实物将产品概念展示于目标顾客面前，观察其反应。

例如，电视机的生产，从企业角度考虑，主要是显像管、制造过程、管理方法及成本等因素等；从消费者角度考虑，则是电视机的清晰度、价格、外形、售后服务等因素；作为企业，必须根据消费者的要求把产品创意发展为产品概念，并确定最佳产品概念，进行产品和品牌的市场定位后,再对产品概念进行试验。

（4）初拟营销计划

形成产品概念之后,需要拟订一个将新产品投放市场的初步市场营销计划,由三个部分组成:

① 描述目标市场的规模、结构、行为,新产品在目标市场上的定位,前几年的销售额、市场占有率、利润目标等;

② 略述新产品的计划价格、分销战略及第一年的市场营销预算;

③ 阐述计划期销售额和目标利润及不同时间的市场营销组合。

（5）商业分析

企业市场营销管理者要复查新产品将来的销售额、成本和利润估计,看是否符合企业目标,如果符合就可以进行新产品开发。

（6）新产品研制

通过营业分析,研究与开发部门及工程技术部门就可以把产品概念转变为产品,进入试制阶段,只有在这一阶段,文字、图表及模型等描述的产品设计才能变为确实的物质产品。

（7）市场试销

新产品开发结果满意,就着手用品牌、包装和初步市场营销方案把这种新产品装扮起来,推上真正的消费者舞台。市场试销的规模取决于以下两个方面:

一方面,投资费用和风险大小。投资费用和风险越高的新产品,试销的规模应越大。另一方面,市场试销费用和时间。市场试验费用越多、时间越长的新产品,试销的规模应越小。

西方企业常用的试销方法有以下三种:

① 标准试销法。将新产品在实际的条件下推出,企业选定几个试销城市,推销人员说服当地中间商协助开展试销,并将新产品摆到货架的最好位置上。

② 控制试销法。即通过专门的市场调研机构开展试销工作。企业只讲明所要进行试销的商店数目及地理位置,所有的事项该机构负责安排。

③ 模拟试销法。选择一家现有的商店,首先让参加试销的顾客看到广告,然后发给他们少许钱,让他们随意购买,并询问买或不买的理由。

（8）商业性投放

新产品试销成功后,就可以正式批量生产,全面推向市场,但必须预先做好投放时机、投放区域、目标市场、营销组合的决策。

4.新产品失败的原因

（1）市场分析失误,没有选准目标市场。这主要是因为信息失真,调查和预测不准,没有把握住消费者的需求动向,从而使决策失误。

（2）产品本身的缺陷。如产品没有特色、性能和质量达不到标准、装潢不佳等。

（3）成本太高。新产品的价格制定是关键问题,价格过高或过低,对新产品的成败都有影响。

（4）竞争对手的抗衡。企业低估了竞争对手的力量,不了解竞争对手的营销策略,在竞争中处于劣势。

（5）营销组合策略选择和运用不当。如渠道的选择不适宜、促销不利等。

5. 新产品市场扩散

(1) 新产品特征与市场扩散

① 新产品的相对优越性。如果新产品的性能明显优越于现有产品,采用率就高。

② 新产品的适应性。如果这种新产品较适合人们的价值观和经验,就会有更多的人采用。

③ 新产品的简易性。如果一种新产品比较复杂,难以理解和操作,采用率就低。

④ 新产品的可试性。如果允许顾客在一定条件下试用新产品,采用率就高。

⑤ 新产品信息的沟通性(明确性)。如果新产品的使用效果可以被观察、描述和传播,采用率就高。

(2) 购买行为与市场扩散

① 认知。这是个人获得新产品信息的初始阶段。新产品信息情报的主要来源是广告,或者通过其他间接的渠道获得,如商品说明书、技术资料等。显然,人们在此阶段所获得的情报还不够系统,只是一般性的了解。

② 兴趣。消费者已对新产品发生兴趣,并开始积极寻找有关资料进行对比分析。

③ 评价。消费者根据有关信息对产品进行评价,并考虑是否试用这种产品。

④ 试用。消费者少量试用,并改进了他们对产品价值的估计。

⑤ 采用。消费者经过试用决定充分和正常地使用这一产品。

以上就是消费者在采用一种新产品时,通常经过的五个阶段。新产品营销者应设法促使消费者尽快通过这五个阶段,缩短他们的采用过程。

(3) 新产品采用者类型与市场扩散

在新产品的市场扩散过程中,由于个人性格、文化背景、受教育程度和社会地位等因素的影响,不同的消费者对新产品接受的快慢程度不同。美国营销学者罗杰斯根据这种接受快慢的差异,把采用者划分为五种类型。

① 创新采用者。也称为"消费先驱",占全部采用者的 2.5%,他们的特征是:富有个性,勇于冒险,性格活跃,收入水平、社会地位和受教育程度较高;易受广告及促销手段影响,是企业投放新产品的极好目标。人际交往广泛,信息灵通。企业营销人员在向市场推出新产品时,应把促销手段和传播工具集中于他们身上。

② 早期采用者。一般是年轻,富于探索,对新事物比较敏感,并有较强的适应性,经济状况良好,对早期采用新产品有自豪感。这类群体占全部潜在采用者的 13.5%。

③ 早期大众。占有 34% 的份额,这部分消费者的特征是深思熟虑,态度谨慎,决策时间较长,受过一定教育;有较好的工作环境和固定的收入;对舆论领袖的消费行为有较强的模仿心理,不甘落后潮流。但由于特定的经济地位所限,购买高档产品时持非常谨慎的态度。研究他们的心理状态、消费习惯,对提高产品的市场份额具有很大意义。

④ 晚期大众。占有 34% 份额,他们的工作岗位、受教育水平及收入状况比早期大众略差,对新事物、新环境多持怀疑的态度或观望态度,往往在产品成熟阶段才加入购买。

⑤ 落后采用者。他们占有 16% 的份额,这些人受传统思想束缚很深,思想非常保守,怀疑任何变化,对新事物、新变化多持反对态度,固守传统消费行为方式,在产品进入成熟期后期以至衰退期才能接受。

本章小结

1. 产品是企业市场营销组合的重要因素。企业要采取一系列的产品策略、产品组合策略、品牌策略、包装策略,以满足消费者的多种需要,提高产品的竞争力。

2. 要正确认识产品的概念,在营销学中产品有核心产品、形式产品、附加产品、期望产品和潜在产品五层意思。

3. 对于企业而言,产品组合策略的应用特别重要,企业经营的过程就是不断调整产品组合的过程,也是企业战略目标不断调整的过程。企业调整产品组合的重要依据之一,就是各个产品的市场生命周期,在不同的阶段可以采取不同的产品改进策略,也是产品不断重组的过程。在产品重组的过程中,有的被淘汰,要不断地开发新产品进行补充。无论是新产品还是老产品,都需要有标志和包装,提供各种服务,以此满足消费者的各种需要,提高产品的市场占有率。

巩固与应用

1. 关键概念

整体产品 产品生命周期 产品组合 产品组合策略 品牌 商标 包装 新产品

2. 思考与练习

(1) 产品组合有哪几种主要策略?

(2) 简述成熟期的市场特点及营销策略。

(3) 试述产品生命周期理论对企业开展营销活动的启示。

(4) 计算题:请根据表 8-6 提供的资料,计算该空调产品项目、产品线、产品组合宽度和产品组合深度。

表 8-6 广东卓越空调器厂索华空调产品组合

产品系列	产品项目
分体挂壁式空调系列	KF ®.25GW(1 匹) KF ®.33GW(1.5 匹) KF ®.45GW(2 匹)
窗式空调器系列	KC ®.20(小 1 匹) KC ®.18(小 1 匹) KC ®.28(大 1 匹) KC ®.33(1.5 匹) KC ®.45(2 匹)
天花嵌入式空调器系列	KF ®.70QW(3 匹) KF ®.60QX2W(5 匹一拖二)
立柜式空调器系列	KF ®.46LW(2 匹) LF7.3WD(3 匹) RF7.3WD(3 匹) LF12WD(5 匹) RF12WD(5 匹)

3. 案例分析

"芭比"娃娃的产品组合策略^①

在美国市场上曾出现过一种注册为"芭比"的洋娃娃,每只售价仅10美元95美分。就是这个看似寻常的洋囡,竟弄得许多父母哭笑不得,因为这是一种"会吃美金"的儿童玩具。"芭比"是如何吃美金的呢?

一天,当父亲将价廉物美的芭比娃娃买下并作为生日礼物赠送给女儿后,很快就忘了此事。直到有一天晚上,女儿回家对父亲说:"芭比需要新衣服"。原来,女儿发现了附在包装盒里的商品供应单,提醒小主人说芭比应有自己的一些衣服。做父亲的想,让女儿在给娃娃换穿衣服的过程中得到某种锻炼,再花点钱也是值得的,于是又去那家商店花了45美元买回了"芭比系列装"。过了一个星期,女儿又说得到商店的提示,应该让芭比当"空中小姐",还说一个女孩在她的同伴中的地位取决于她的芭比有多少种身份,还含着泪花说她的芭比在同伴中是最没"份"的。于是,父亲为了满足女儿不算太过分的虚荣心,又掏钱买了空姐制服。接着又是护士、舞蹈演员的行头,这一下,父亲的钱包里又少了35美元。

然而事情并没有完。有一天,女儿得到"信息",说她的芭比喜欢上了英俊的"小伙子"凯恩。不想让芭比"失恋"的女儿央求父亲买回凯恩娃娃。望着女儿腮边的泪珠,父亲还能说什么呢?于是,父亲又花费11美元让芭比与凯恩成双成对。

洋娃娃凯恩进门,同样附有一张商品供应单,提醒小主人别忘了给可爱的凯恩添置衣服、浴袍、电动剃须刀等物品。没有办法,父亲又一次打开了钱包。事情总该结束了吧?没有。当女儿眉飞色舞地在家中宣布芭比和凯恩举行"婚礼"时,父亲显得无可奈何。当初买回凯恩让他与芭比成双成对,现在就没有理由拒绝女儿的愿望。为了不给女儿留下"棒打鸳鸯"的印象,父亲忍痛破费让女儿为婚礼"大操大办"。父亲想,谢天谢地,这下女儿总该心满意足了。谁知,有一天女儿又收到了商品供应单,说她的芭比和凯恩有了爱情结晶——米琪娃娃。天啦,又冒出个会吃美金的"第二代"洋囡!

问题

(1) 芭比娃娃为什么能成功?

(2) 此案例产品组合的特色体现在哪儿?

4. 技能训练

(1) 训练项目

找出产品的卖点,并能制定打造产品卖点的方法。

(2) 训练目的

让每个同学准确说出自己熟悉的产品的独特买点。

---

① 资料来源:陈子清等主编.市场营销实训教程.武昌:华中科技大学出版社,2006

（3）训练内容

第一步，每班分成几个小组，每个小组成员 7～9 人。

第二步，以小组为单位，每人选择一种自己熟悉的产品，例如眼镜、电视、MP3、手机等。并结合所学的营销知识，找出自己产品的独特卖点。

第三步，以班级为单位讨论。

① 产品的独特卖点是什么？

② 如何发掘与打造产品的卖点？

③ 你将以什么样的方式让顾客了解产品的优点？

第9章 定价策略

学习目标

1. 了解企业的定价目标
2. 熟悉影响企业的定价的各种因素
3. 掌握企业定价的方法,并能够进行相关计算
4. 掌握企业定价策略

导入案例

NOKIA 8800 高价入市创造销售奇迹[1]

许久没有新作的诺基亚经典 8 系列,继 8910 之后,"十年磨一剑",精心打造了 2005 年最具有贵族气质的 8800。定位于高端人群的 NOKIA 8800,上市初期就定出天价,零售价格就是其型号代码:8800 元,而其功能却较弱,既没有百万像素拍照功能,也没有智能手机高端的商务功能。本以为定价过高,购买者寥寥。没想到产品上市一炮走红,成为"富人们"竞相购买的宝贝。由于对市场预估失误,库存严重不足,上市没几天,8800 在北京、广州、深圳、成都出现大面积断货现象,价格一度被炒到 10000 元,但购买者热度不降反升,价格越来越高,最后一度达到 12800 元的高度。在其价格早已远远超越成本的情况下,NOKIA 剑走偏锋,创造了手机市场的一个不大不小的奇迹,令还在亏损线上挣扎的国产手机们欷歔不已。

引导问题

你认为该产品应该采用高价策略还是低价策略?

定价策略是 4P 策略中最活跃、最关键的因素,是市场竞争的重要手段,也是唯一产生收入的因素。产品定价是企业市场营销活动的重要组成部分,价格高低在很大程度上影响着市场需求和购买者的行为。企业制定价格适当,就有利于开拓、巩固和扩大市场,增强产品的竞争力。在现代市场经济环境下,由于影响产品价格的因素是多种多样的,因此商品价

---

[1] 资料来源:国家发改委网站.编者整理

格表现得非常活跃、多变。价格的重要性和定价因素的复杂性,使得定价成为市场营销组合中最难确定的一个部分。总的来说,企业定价要从实现企业战略目标出发,选择恰当的定价目标,根据一定的定价流程,综合分析产品成本、市场需求、市场竞争等影响因素,运用科学的方法,灵活的策略,制定企业和顾客都能够接受的价格。

9.1 影响定价的因素

影响产品定价的因素很多,有企业内部的,也有企业外部的;有客观规律的作用,也有主观调整的因素。内部因素包括营销目标、营销组合、产品成本与定价组织等;外部因素包括供求规律、需求弹性、市场竞争与政策法规等,如图 9-1 所示。

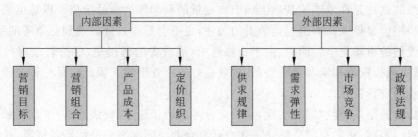

图 9-1 影响价格决策的因素

9.1.1 影响定价的内部因素

影响企业价格决策的内部因素主要有营销目标、营销组合、产品成本与定价组织等。每个企业都有自己的定价目标,一般来说,企业的定价目标取决于营销目标,定价目标是营销目标更具体的表现。

1. 营销目标

企业的营销目标是影响企业定价的一个首要因素。企业定价必须遵循市场规律,确定定价目标,讲究定价策略与方法,而这些都是由企业在一定时期的营销目标决定的。不同行业的企业,同一行业的不同企业,以及同一企业在不同的时期、不同的市场条件下,都可能有不同的营销目标。与定价有关的营销目标主要有如下几种:以利润为目标、以市场占有率为目标、以应对竞争为目标等。

(1) 以利润为目标

获取利润是企业生存和发展的必要条件,是企业经营的直接动力和最终目的。因此,利润目标为大多数企业所采用,是企业定价目标的重要形式。由于企业的经营哲学及营销总目标不同,这一目标在实践中有两种形式。

① 以获取最大利润为目标。最大利润定价目标是指企业追求在一定时期内获得最高利润额的一种定价目标。最大利润有长期和短期之分,还有单一产品最大利润和企业全部产品综合最大利润之分。一般而言,企业追求的应该是长期的、全部产品的综合最大利润,

这样,企业就可以取得较大的市场竞争优势,占领和扩大更多的市场份额,拥有更好的发展前景。当然,对于一些中小型企业、产品生命周期较短的企业、产品在市场上供不应求的企业等,也可以谋求短期最大利润。

由于利润额取决于价格和销售规模,因此,最大利润目标不一定必须制定高价格。价格太高,会导致销售量下降,利润总额可能因此而减少。有时高额利润是通过采用低价策略,先大规模占领市场,大量销售产品,然后再逐步提价来获得的;有时,企业可以对部分产品定低价,甚至低于成本销售,以吸引顾客,带动其他产品的大量销售,进而获得企业整体上的最大利润。

②以获取合理利润为目标。以最大利润为目标获取超额利润,对企业来讲固然是最理想的,但超额利润往往会招致激烈的市场竞争,对一般规模和实力的企业来讲,显然不利于长期稳定发展。合理利润定价目标是指企业以适中、稳定的价格获得长期利润的一种定价目标。一般的做法是在成本的基础上加上一定量的利润作为商品价格。以适度利润为目标使产品价格不会显得太高而引起竞争者的关注,也不会显得过低而遭到竞争者的反对,从而可以阻止激烈的市场竞争。同时,由于价格适中,消费者愿意接受,还符合政府的价格指导方针,可以协调投资者和消费者的关系,树立良好的企业形象。因此这是一种兼顾企业利益和社会利益的定价目标。

需要指出的是,适度利润的实现,必须充分考虑产销量、投资成本、竞争状况和市场接受程度等因素。否则,适度利润只能是一句空话。企业必须拥有充分的后备资源,并打算长期经营,临时性的企业一般不宜采用这种定价目标。

（2）以市场占有率为目标

市场占有率是一个企业经营状况和企业产品在市场上竞争地位的直接反映,关系到企业的兴衰存亡。较高的市场占有率,可以保证企业产品的销路,巩固企业的市场地位,从而使企业的利润稳步增长。在美国许多市场上,市场占有率提高一个百分点就意味着数千万美元的收益。如咖啡市场占有率的一个百分点就值 4800 万美元,而软饮料市场的一个百分点就是 12 亿美元。美国的一项称为"企业经营战略对利润的影响"（PIMS）的研究表明,市场占有率是影响投资收益率最重要的变数之一,市场占有率越高,投资收益率也越大。当市场占有率在 10% 以下时,投资收益率大约为 8%;市场占有率在 10%～20% 之间时,投资收益率在 14% 以上;市场占有率在 20%～30% 之间时,投资收益率约为 22%;市场占有率在 30%～40% 之间时,投资收益率约为 24%;市场占有率在 40% 以上时,投资收益率约为 29%。

因此,对企业来讲,保持和扩大市场占有率都具有十分重要的意义。保持市场占有率的定价目标要求企业根据竞争对手的价格水平不断调整价格,以保证足够的竞争优势,防止竞争对手抢占自己的市场份额。通过定价扩大市场占有率,企业一般的做法是定价由低到高,就是在保证产品质量和降低成本的前提下,企业入市产品的定价低于市场上主要竞争者的价格,以低价争取消费者,打开产品销路,挤占市场,从而提高企业产品的市场占有率。待占领市场后,企业再通过增加产品的某些功能,提高产品的质量等措施来逐步提高产品的价格,旨在维持一定市场占有率的同时获取更多的利润。

企业以低价扩大市场占有率时应注意以下问题:

首先,企业能够以足够低的成本进行生产和经营,或者企业具有足够强大的经济实力,

市场营销

能够承担短期的竞争亏损。

其次,低价不能违反相关限价法规的规定。例如,《反不正当竞争法》第十一条规定"经营者不得以排挤竞争对手为目的,以低于成本的价格销售商品。"我国《反倾销条例》中也规定了与价格有关的倾销与反倾销的内容,不允许国外企业在正常贸易过程中进口产品以低于其正常价值的出口价格进入中华人民共和国市场。我国目前也已成为世界上受贸易保护主义伤害最大的国家之一。从 1979 年 8 月至 2007 年年底,共有 30 多个国家对我国提起反倾销和保障措施,案件累计达 480 多起。针对我国的反倾销案件占世界反倾销案件中的比例由 20 世纪 80 年代的 3.6% 猛增至目前的 13.3%,远远超出我国在世界贸易中所占的份额。

最后,企业采取低价竞争策略时应对竞争对手有足够的判断,必须能够通过低价成功挤占对手市场,否则企业不仅不能达到目的,反而很有可能会受到损失。

(3) 以应对竞争为目标

企业对竞争者的行为都十分敏感,尤其是价格的变动状况。在市场竞争日趋激烈的形势下,企业在实际定价前,都要广泛收集资料,仔细研究竞争对手的产品价格情况,通过自己的定价目标去对付竞争对手。根据企业的不同条件,一般有以下决策目标可供选择。

① 稳定价格。以保持价格相对稳定,避免正面价格竞争为目标进行定价。当企业准备在一个行业中长期经营时,或某行业经常发生市场供求变化与价格波动,需要有一个稳定的价格来稳定市场时,该行业中的大企业或占主导地位的企业率先制定一个较长期的稳定价格,其他企业的价格与之保持一定的比例。这样,对大企业是稳妥的,中小企业也避免遭受由于大企业的随时随意提价而带来的打击。

② 追随定价。企业有意识地通过给产品定价主动应付和避免市场竞争。企业价格的制定,主要以对市场价格有影响的竞争者的价格为依据,根据具体产品的情况稍高或稍低于竞争者。竞争者的价格不变,实行此目标的企业也维持原价,竞争者的价格或涨或落,此类企业也相应地参照此调整价格。一般情况下,中小企业的产品价格定得略低于行业中占主导地位的企业的价格。

③ 挑战定价目标。如果企业具备强大的实力和特殊的优越条件,可以主动出击,挑战竞争对手,获取更大的市场份额。实力雄厚并拥有特殊技术或产品品质优良或能为消费者提供更多服务的企业,可以制定高于竞争者的价格。为了防止其他竞争者加入同类产品的竞争行列,企业往往制定较低的价格,迫使弱小企业无利可图而退出市场或阻止竞争对手进入市场。

另外,企业还可以利用低价来达到其他目标,如以低价阻止竞争者进入市场,用临时性降价激发顾客需求等。

2. 营销组合

价格(price)是 4P 营销组合因素之一,各个营销组合因素之间是相互联系、相互制约的,当其中一个因素发生变化时,常常会影响其他因素。因此,在制定价格策略时,还必须仔细考虑其他营销组合因素的影响。

(1) 产品(product)。主要是指制定价格时,必须考虑产品的属性,即产品的有形属性与无形属性有何独特之处。一般来说,具有独特性的产品,有的虽然是无形的,但其价值远远超过所花费的成本。

（2）渠道（place）。产品定价的渠道,主要涉及由一个或几个中间商组成的营销渠道结构问题。对这些中间商的经营活动必须给予适当的补偿。因此企业在定价时,不仅要考虑最终消费者能接受的价格,而且还要考虑中间商经营这些商品时的利润问题。

（3）促销（promotion）。促销费用是构成产品价格的一个重要因素。现代市场经济中,由于市场竞争日益加剧,产品市场的不断扩大,促销费用在价格构成中的比重不断提高。

3. 产品成本

产品成本是由产品的生产过程和流通过程所花费的物质消耗和支付的劳动报酬所形成的。在实际营销活动中,产品定价的基础因素就是产品的成本,因为产品价值凝结了产品内在的社会必要劳动量。但这种劳动量是一种理论上的推断,企业在实际工作中无法计算。作为产品价值的主要组成部分——产品成本,企业则可以相当精确地计算出来。

任何企业都不能随心所欲地制定价格,企业定价必须首先使总成本得到补偿,要求价格不能低于平均成本费用。所谓产品平均成本费用包含平均固定成本费用和平均变动成本费用两个部分,固定成本费用并不随产量的变化而按比例发生,企业取得赢利的初始点只能在价格补偿平均变动成本费用之后的累积余额等于全部固定成本费用之时。显然,产品成本是企业核算盈亏的临界点,产品售价大于产品成本时,企业就有可能形成赢利,反之则亏本。一般而言,企业定价中使用比较多的成本类别有以下几种:

（1）总成本（TC）。指企业生产一定数量的某种产品所发生的成本总额,是总固定成本（TFC）和总可变成本（TVC）之和。

（2）总固定成本（TFC）。也称为间接成本总额,指一定时期内产品固定投入的总和,如厂房费用、机器折旧费、一般管理费用、生产者工资等。在一定的生产规模内,产品固定投入的总量是不变的,只要建立了生产单位,不管企业是否生产、生产多少,总固定成本都是必须支付的。

（3）总变动成本（TVC）。也称为直接成本总额,指一定时期内产品可变投入成本的总和,如原材料、辅助材料、燃料和动力、计件工资支出等。总变动成本一般随产量增减而按比例增减,产量越大,总变动成本也越大。

（4）单位成本（AC）。指单个产品的生产费用总和,是总成本（TC）除以产量（Q）所得之商。同样,单位成本也可分为单位变动成本（AVC）和单位固定成本（AFC）。单位变动成本是发生在一个产品上的直接成本,与产量变化的关系不大,而单位固定成本作为间接分摊的成本,在一定时期内,与产量是成反比的。产量越大,单位产品中所包括的固定成本就越小;反之则越大。

（5）边际成本（MC）。指增加一个单位产量所支付的追加成本,是增加单位产品的总成本增量。边际成本常和边际收入（MR）配合使用,边际收入指企业多售出单位产品得到的追加收入,是销售总收入的增量。边际收入减去边际成本后的余额称为边际贡献（MD）,边际贡献为正值时,表示增收大于增支,增产对于企业增加利润或减少亏损是有贡献的,反之则不是。

4. 定价组织

每个企业管理部门必须决定组织内部由谁来决定产品价格。一般来说,小公司产品定价是由企业领导来做的,不是由市场部来做。大公司定价一般是由生产经理或生产线经理来做。在工业领域,定价是一个非常关键因素,如航空、铁路与石油等常常有一个定价部门专门从事这项工作。

9.1.2　影响定价的外部因素

1. 供求规律

供求规律是商品经济的内在规律,市场供求的变动与产品价格的变动是相互影响、相互确定的。

（1）价格与需求

需求是指有购买欲望和购买能力的需要。影响需求的因素很多,价格对需求的影响一般表现为:当产品价格下降时,会吸引新的需求者加入购买行列,也会刺激原有需求者增加需求;相反,当产品价格上升时,就会影响需求者减少需求量,或改变需求方向,去选购其他代用品。即在其他条件不变的情况下,某商品的需求量与价格之间成反方向变动,即需求量随着商品本身价格的上升而减少,随商品本身价格的下降而增加。这就是需求定理。反映这种关系的曲线称为需求曲线,如图 9-2 所示。

（2）价格与供给

价格与需求量关系的法则也适用于供给,只是价格与供给量的变化方向相同。当某种产品价格上升时,会刺激原来的产品生产者扩大生产和供应,还会刺激其他生产者参与该产品的生产和经营,从而使该产品的供应数量增加;当某种产品价格下降,从事该产品的生产者或经营者的利润就减少,甚至亏本,于是就缩小或停止其生产或经营,从而使该产品的供应数量减少。即在其他条件不变的情况下,某商品的供给量与价格之间成同方向变动,即供给量随着商品本身价格的上升而增加,随商品本身价格的下降而减少,这就是供给定理。能够反映这种关系的曲线称为供给曲线,如图 9-3 所示。

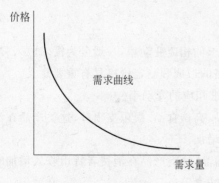

图 9-2　需求曲线

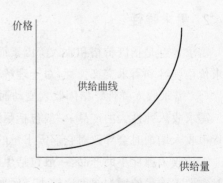

图 9-3　供给曲线

（3）供求关系与均衡价格

由于价格影响需求与供应的变化方向是相反的，在市场竞争的条件下，供给与需求都要求对方与之相适应，即供需平衡，这一个平衡点只能稳定在供求两条曲线的交点上。当市场价格偏高时，购买者就会减少购买量，使需求量下降。而生产者则会因高价的吸引而增加供应量，使市场出现供大于求的状况，产品发生积压，出售者之间竞争加剧，其结果必然迫使价格下降。当市场价格偏低时，低价会导致购买量的增加，但生产者会因价低利薄而减少供给量，使市场出现供小于求的状况，购买者之间竞争加剧，又会使价格上涨。

供给与需求变化的结果，迫使价格趋向供求曲线的交点。这个由供给曲线和需求曲线形成的交点 O，表示市场供需处于平衡状态，称之为市场平衡点。平衡点所表示的价格，即价格轴上的 P' 点，是市场供求平衡时的价格，称之为供求双方都能接受的"均衡价格"。平衡点所表示的数量，即数量轴上的 Q' 点，是市场供求平衡时的数量，称之为供求双方都能够实现成交的"供求平衡量"，如图 9-4 所示。

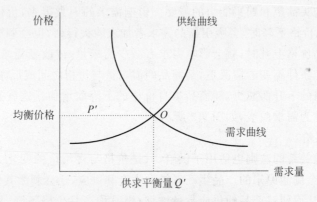

图 9-4　供求曲线变动趋势

均衡价格是相对稳定的价格。由于市场情况的复杂性和多样性，供求之间的平衡只是相对的、有条件的，不平衡则是绝对的、经常性的。在商品经济条件下，供求影响价格，价格调节供求运行的方式，是商品价值规律和供求规律的必然要求。

2. 需求弹性

需求弹性是指因价格和收入等因素而引起需求的相应变动率，一般分为需求收入弹性、需求价格弹性和需求交叉弹性，对于理解市场价格的形成和制定价格具有重要意义。

（1）需求收入弹性。指因收入变动而引起需求相应的变动率。

需求收入弹性大的产品，一般包括耐用消费品、高档食品、娱乐支出等，这类产品在消费者货币收入增加时会导致对它们需求量的大幅度增加。

需求收入弹性小的产品，一般包括生活的必需品，这类产品在消费者货币收入增加时导致对它们需求量的增加幅度比较小。例如，食盐、味素等。

需求收入弹性为负值的产品，意味着消费者货币收入的增加将导致该产品需求量的下降。例如，一些低档食品，低档服装等。

（2）需求价格弹性。指因价格变动而引起需求相应的变动率,用弹性系数 E 表示。如图 9-5 所示,若 A 产品需求曲线为 D_1,B 产品需求曲线为 D_2,设当价格为 P_0 时,它们对应的市场需求量都为 Q_0,当价格从 P_0 降为 P_1 时,A 产品需求量增加到 Q_1,B 产品需求量增加到 Q_2,后者变动程度远大于前者。这种变动的不同状况,可以用需求价格弹性来反映。需求价格弹性可定义为:在其他因素不变时,产品价格每变动 1％,而引起产品需求量变动的百分数。可用以下公式表示:

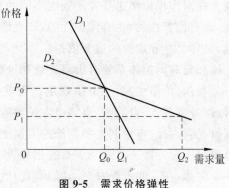

图 9-5　需求价格弹性

需求价格弹性(E)＝需求量变动百分比/价格变动的百分比

$$E_A = \frac{Q_1 - Q_0}{Q_0} \bigg/ \frac{P_1 - P_0}{P_0}$$

$$E_B = \frac{Q_2 - Q_0}{Q_0} \bigg/ \frac{P_2 - P_0}{P_0}$$

其中,Q_1、Q_2 分别为价格变动前后的产品需求量;P_0、P_1 分别为产品的原价格与新价格。

$E=1$,反映需求量与价格等比例变化。定价时,可选择实现预期利润的价格或选择通行的市场价格,同时把其他市场营销策略作为提高利润的手段。$E>1$,反映需求量的相应变化大于价格自身变动。定价时,应通过降低价格,薄利多销达到增加赢利的目的。反之,提价时务求谨慎以防需求量发生锐减,影响企业收入。$E<1$,反映需求量的相应变化小于价格自身变动。定价时,较高水平价格往往会增加赢利,低价会对需求量刺激效果不大,薄利不能多销,反而会降低收入水平。

（3）需求交叉弹性。指具有互补或替代关系的某种产品价格的变动,引起与其相关的产品需求相应发生变动的程度。

一般而言,在消费者实际收入不变的情况下,具有替代关系的产品之间,某个商品价格的变化将使其关联产品的需求量出现相应的变动(一般是同方向的变动);具有互补关系的产品之间,当某产品价格发生变动,其关联产品的需求量会同该产品的需求量发生相一致的变化。

3. 市场竞争

对于竞争激烈的产品,价格是一种重要的竞争手段,企业必须了解竞争者所提供的产品质量和价格,考虑比竞争对手更为有利的定价策略,这样才能获胜。为便于研究市场经济条件下的企业定价,有必要将市场结构进行划分。根据市场的竞争程度,市场结构可分为四种不同的市场类型。即:完全竞争市场、完全垄断市场、垄断竞争市场和寡头垄断市场。

4. 政策法规

由于价格涉及供应商、销售商和广大消费者的利益,同时也会对宏观经济发展产生重要影响,为此,政府会根据需要运用经济、法律、行政的手段对市场进行宏观调控,有时甚至需要直接对市场价格进行宽严程度不同的管制。政府为发展市场经济制定的一系列政策、法规,既有监督性的,也有保护性的,还有限制性的。它们在经济活动中制约着市场价格的形成,是各类企业定价的重要依据。因此,企业在经营过程中应密切注意货币政策、贸易政策、法律和行政调控体系等对市场流通和价格的影响,尽可能地规避政策风险。

我国《价格法》第三十条规定,"当重要商品和服务价格显著上涨或者有可能显著上涨时,国务院和省、自治区、直辖市人民政府可以对部分价格采取限定差价率或者利润率、规定限价、实行提价申报制度和调价备案制度等干预措施"。很多国家的法律法规中,都有在紧急情况下对价格进行适当干预的相关规定。

例如,在一些重要农产品(如粮食)供大于求的情况下,为了防止价格急剧下跌,"谷贱伤农",政府就会制定最低限价,以保护农产品生产者的利益。因为对于生产周期较长,而对国计民生又至关重要的农产品来讲,若因价格过低而使再生产无法进行的话,带来的后果将会十分严重。而对于一些消费者必需的日常生活用品,若因一时供不应求,或处于垄断状态,价格不断攀升的情况下,政府就可能会推出最高限价,以保护消费者的利益,使消费者的基本生活需要能得到满足。有时政府部门也会对一些产品提出参考性指导价格,以设法引导生产与需求,对市场起到一定的调节作用。在现实的市场营销活动中,除了定价目标、营销组合、产品成本,市场供求,竞争状况政策法规以外,企业本身的生产能力,财务能力等都会对企业的定价策略产生不同程度的影响。因此,必须在产品价值的基础上,认真研究影响定价的各方面因素,才能制定出保证营销目标得以实现的合理价格。

小资料 9-1

多种因素导致物价上涨[①]

　　自 2007 年 5 月以来,我国价格总水平出现较大幅度上涨;从 8 月份开始,居民消费价格同比涨幅连续 5 个月超过 6%。2007 年 12 月,居民消费价格同比上升 6.5%,环比上升 1%;其中,食品价格同比上升 16.7%,影响当月价格总水平上升 5.5 个百分点。全年平均居民消费价格水平上升 4.8%。

　　价格上涨的原因是多方面的。一是食品价格特别是猪肉价格上涨较多。二是社会需求拉动。三是国际市场价格的传导。近四年来,国际市场原油价格上涨近两倍。小麦、大豆、玉米这些基础性产品价格上涨,增加了国内企业的生产成本,推动相关产品价格上涨。四是企业成本推动。一些资源性产品成本除受国际市场价格大幅度上涨影响,企业环保成本提高,资金成本增加,工资水平上升,都推动了成本增加,进而推动了商品和服务价格上涨。此外,市场秩序不够规范,有的经营者以次充好、以假充真、缺斤短两;有的趁机涨价,或超过成本增幅不合理涨价;有的合谋涨价、串通涨价;有的囤积居奇、哄抬价格;有的提前宣布涨价信息,制造紧张气氛;还有的散布虚假涨价言论,造谣惑众,扰乱市场价格秩序。这些都对价格上涨起到了推波助澜的作用。

---

　　① 资料来源:国家发改委网站.编者整理

9.2　定价步骤与方法

企业制定价格是一项非常复杂的工作,必须考虑多方面的影响因素,选择正确的定价方法。在实际工作中,企业的定价方法很多,一般来说,定价方法的具体运用不受定价目标的直接制约。不同企业、不同市场竞争能力的企业,以及不同营销环境中的企业所采用的定价方法是不同的,就是在同一类定价方法中,不同企业选择的价格计算方法也会有所不同。因此,从价格制定的不同依据出发,可以把定价方法分为三大类:成本导向定价法、需求导向定价法和竞争导向定价法。另外,合理的定价除了选择正确的方法外,还必须遵循一个科学的程序,即定价步骤。

9.2.1　定价步骤

由于影响企业定价的因素众多,一般情况下企业通过 7 个步骤进行定价,如图 9-6 所示。

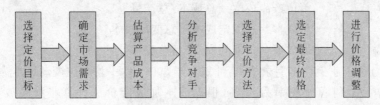

图 9-6　企业定价步骤

(1) 选择定价目标。因为定价目标不同,商品价位高低和采用的定价方法就会有所不同。

(2) 确定市场需求。决定价格下限的是成本,决定价格上限的是产品的市场需求,需求是影响企业定价最主要的因素。

(3) 估算产品成本。不仅要考虑生产总成本,还要考虑流通总成本。大多数情况下,随着产量的上升,产品平均成本会相应下降,尤其是在固定成本比重较大时更是如此。如果新产品的目标是替代市场上现有的某种产品,则企业还需制定产品的“目标成本”,以使新产品能符合目标价格的要求。

(4) 分析竞争对手。主要分析竞争对手的产品、成本和定价策略。如果说产品成本为企业定价确定了下限,市场需求为产品定价确定了上限,竞争对手的定价策略则是为企业建立了一个参考的标准,尤其是在为新产品制定价格时更应如此。

(5) 选择定价方法。成本导向、需求导向和竞争导向是制定商品基本价格的方法,它们各有其合理性和便利性,也各有其最适合的条件。现实中,三方面因素都要考虑,但具体操作起来可能只用一种方法。

(6) 选定最终价格。企业选择定价方法后,从原则上就确定了产品的价格,再根据营销的需要,采用不同的定价策略来灵活地确定最终价格。如新产品由于研发和生产的成本较高,价格应该高一些。但为了尽快占领市场,扩大市场占有率,可能会有意降低定价,这就合理的运用定价技巧和策略的结果。

（7）进行价格调整。随着外部环境因素和企业内部条件、战略和目标的变化，以及产品生命周期的演变，企业还应适时调整产品的价格。

9.2.2 成本导向定价法

所谓成本导向定价法，就是指企业以提供产品过程中发生的成本为定价基础的定价方法。成本导向定价法有以下几种具体形式。

1. 成本加成定价法

这是一种最简单的定价方法。**所谓成本加成定价法就是在单位产品成本的基础上，加上预期的利润额作为产品的销售价格。**售价与成本之间的差额就是利润。由于利润的多少是有一定比例的，这种比例人们习惯上叫"几成"，所以这种方法就叫成本加成定价法。其计算公式为：

单位产品价格＝单位产品成本×（1＋加成率）

单位产品成本＝总成本/总产量

总成本＝总固定成本＋总变动成本

加成率＝预期利润/产品总成本

【例 9-1】 某企业生产小型录放机，计划生产 5000 部，平均单位变动成本为 75 元，固定成本为 325 000 元，利润加成率为 40%，根据成本加成定价法计算小型录放机的售价是多少？

解： 单位产品成本＝总成本/总产量＝（总固定成本＋总变动成本）/总产量

＝总固定成本/总产量＋单位变动成本＝325000/5000＋75

＝140（元）

销售价格＝单位成本 ×（1＋加成率）＝140×（1＋40%）＝196（元）

这种方法的优点是：①简单易行，大大简化了企业定价程序；②若多家企业成本和加成接近，则会避免按需求定价所引起的激烈竞争；③企业以本求利，消费者会认为公平合理。

缺点是：按照习惯比例加成定价，忽视了竞争状况与需求的弹性，难以确保企业实现利润最大化。

这种定价方法应用面广，不仅生产企业、中间商常使用，其他行业、科研部门等也常采用。采用这种定价方式，必须做好两项工作：一是准确核算成本，一般以平均成本为准；二是根据产品的市场需求弹性及不同产品确定恰当的利润百分比（成数）。因此，如果企业的营销产品组合比较复杂，具体产品平均成本不易准确核算，或者企业缺乏一定的市场控制能力，该方法就不宜采用。

2. 盈亏平衡定价法

盈亏平衡定价法是指在分析企业未来的生产数量、成本、价格及收益之间的关系的基础上，合理确定产品销售价格的定价方法。盈亏平衡点又称保本点，是赢利为零时的经营时点。如图 9-7 所示,E 点为盈亏平衡点,对应的产量(或销量)Q 为平衡点产量(或销量)。如果企业的销售量大于 Q,那么会产生赢利,否则企业亏损。

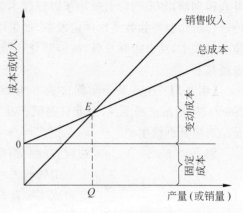

图 9-7 盈亏平衡分析图

盈亏平衡点所对应的价格为盈亏平衡价格。盈亏平衡价格就是企业的保本价格。盈亏平衡时,企业收支关系为:

销售收入＝成本支出

即:销售量×价格＝固定成本＋变动成本

由此推导出盈亏平衡价格的计算公式为:

盈亏平衡价格＝固定成本/盈亏平衡销售量
＋单位变动成本

盈亏平衡价格虽无赢利可言,但在市场不景气时,却可给经营者一个最低价位的提示。企业经营的目的不仅仅是保本,而是为了获得一定的利润,若把利润目标考虑进去,单位产品售价就等于盈亏平衡价格加上预期利润。

即,产品售价＝(固定成本＋预期利润)/销售数量＋单位变动成本

【例 9-2】 某企业生产童装,单位变动成本为 60 元,全部固定成本为 80000 元,预计市场销量为 2000 件,试确定企业盈亏平衡时的价格是多少?

解: 盈亏平衡价格＝固定成本/盈亏平衡销售量＋单位变动成本
＝80000/2000＋60
＝100(元)

即企业定价至少为 100 元,销量达到 2000 件时,企业才不致亏损。

仍以图 9-2 为例,若企业目标利润为 20000 元,在产销量不变的情况下,则产品的售价应为多少?

产品售价＝(固定成本＋预期利润)/销售数量＋单位变动成本
＝(80000＋20000)/2000＋60
＝110(元)

即企业要想获利 20000 元,在产销规模不变的情况下,产品定价不得低于 110 元,方能达到预期目标。

这种方法的优点是:企业可以在较大的范围内灵活掌握价格水平,并且运用较简便。但运用这种定价法时,企业生产的产品应以能全部销售出去为前提条件。因此,企业应力求在保本点以上定价或扩大销售来取得赢利。盈亏平衡定价法侧重于企业总成本费用的补偿,这一点对于有多条产品线和多种产品项目的企业尤为重要。

3. 边际贡献定价法

边际贡献定价法是指在变动成本的基础上,加上预期边际贡献来计算价格的定价方法,所以也称变动成本定价法。边际贡献是指销售收入减去变动成本的余额,其计算公式为:

单位产品边际贡献＝单位产品价格－单位变动成本

这种方法只计算变动成本,暂不计算固定成本,而以预期的边际贡献适当补偿固定成本

并获得利润,如果边际贡献小于固定成本,则出现亏损。但在某些特别的市场情况下,企业停产、减产,仍得如数支出固定成本,如果维持生产,虽然亏损,但只要产品销售价格大于单位变动成本,就有边际贡献,就能部分补偿固定成本。若边际贡献超过固定成本,企业就能取得赢利。

【例 9-3】 生产某产品固定成本为 20000 元,单位变动成本为 1.2 元,预计销售量为 20000 件,根据市场条件,企业只能把产品售价定为每件 2 元,那么,在这一价格水平下,企业企业是否应该继续生产?

解:
$$边际贡献＝销售收入－变动成本$$
$$企业销售收入＝2×20000＝40000 元$$
$$变动成本＝1.2×20000＝24000 元$$
$$边际贡献＝40000－24000＝16000 元$$

边际贡献不能全部补偿固定成本,因此在这一价格水平下,企业亏损为 4000 元。但企业仍然应该生产,因为:固定成本不随总产量变化,若不按每件 2 元价格生产和出售,价格高于市场价格,则消费者难于接受,企业产品就会积压停产,此时固定资产还得照旧支出,则亏损更大。目前至少还有 16000 元可以弥补固定成本,只要能有边际贡献就会少赔一些。

利用边际贡献法有利于维护买卖双方良好的关系,扩大产品销售,提高竞争能力。它通常适用于以下两种情况:一是企业产品滞销积压时,以变动成本为基础定价,有利于提高企业竞争力;二是当企业生产两种以上的产品时,可根据各种产品贡献的大小安排企业的产品线,易于实现产品的最佳组合。

9.2.3 需求导向定价法

所谓需求导向定价法就是以需求为中心的定价方法,是在预计市场能够容纳目标产销量的需求价格限度内,确定消费者价格、经营者价格和生产者价格的一种方法。这种定价方法体现了以消费者为中心的现代市场营销观念,在市场经济条件下具有重要的定价指导意义。具体可分为以下几种。

1. 理解价值定价法

理解价值定价法就是根据消费者理解的某种商品的价值,即根据买主的价值观念,而不是卖方的成本来定价的方法。简单地说就是根据消费者为获得某种商品愿意支付多少来确定价格。这里的“理解价值”是指顾客在观念上所形成的价值而并非产品的实际价值。

这种定价方法的关键是企业对消费者愿意承担的价格要有正确的估计和判断,这就要充分考虑顾客的消费心理和需求弹性。需求弹性大的商品,价格可定得低一些,需求弹性小的商品,必要时价格可定得低些。著名企业生产的或著名商标的优质名牌商品,顾客会另眼看待,价格可以高些,反之定价就要低些,才能为顾客所接受。

企业采用这种定价方法时,就要研究这种商品在不同顾客心目中的价格水平,这就需要搞好市场调研。同时,企业也有计划地为自己的产品搞好市场定位,在质量、服务、广告、包装、档次上为它树立一定的形象,以求预期的价格实现目标利润。

2．市场售价逆向推导法

市场售价逆向推导法是通过价格预测，先确定市场可销零售价，再据此向后推算批发价、出厂价的一种方法。其计算方法为：

$$出厂价＝市场可销零售价－批零差价－进销差价$$
$$＝市场可销零售价/[1＋批零差价率×（1－进销差价率）]$$

【例 9-4】　某产品单位生产成本 17 元，生产税率 15％，该类商品进销差价率为 10％，批零差价率为 15％，据预测，市场可销零售价为 27.6 元，计算出厂价。

$$出厂价＝市场可销零售价/[1＋批零差价率×（1－进销差价率）]$$
$$＝27.6/[1＋15％×（1－10％）]$$
$$＝24.3（元）$$

$$生产税金＝出厂价×15％＝24.3×15％＝3.645 元$$

$$生产利润＝出厂价－生产成本－生产税金$$

则　　　　$$生产利润＝24.3－17－3.645＝3.655（元）$$

采用市场售价逆向推导法的关键在于正确测定市场的可销价格，否则，定价会偏高或偏低，影响企业的市场营销能力。所谓市场可销价格一般应满足以下两个条件：①与消费对象的支付能力大体相适应；②与同类产品的现行市场价格水平大体相适应。

测定市场可销价格的基本方法有：

(1) 主观评估法。由企业内部管理人员以市场上畅销的同类产品的价格为依据，通过比质比价，结合考虑市场供求趋势，对产品的市场可销价格进行评估确定。

(2) 客观评估法。由企业外部有关人士对产品的性能、效用、寿命等方面进行评议、鉴定和估价。

(3) 试销评估法。以一种或几种不同价格在不同区域或消费对象中进行实地销售，并采用上门征询、问卷调查、举行座谈会等形式，全面征求消费者的意见，最后综合分析，确定市场可销价格。市场售价逆向推导法有强化企业的市场导向意识和提高企业竞争能力等优点。

3．需求差别定价法

所谓需求差别定价法是指同一质量、功能、规格的商品，可以根据消费者需求的不同而采用不同的价格的定价方法。即价格差别并非取决于成本的多少，而是取决于消费者需求的差异。这种定价法主要有以下几种形式：

(1) 以不同消费者为基础的差别定价，如工业用水、民用水按两种价格收费。

(2) 以不同产品式样为基础的差别定价，如同等质量的产品，式样新的可定高价，式样旧的可定低价。

(3) 以不同地理位置为基础的差别定价，如可口可乐易拉罐饮料在星级饭店的售价就比街边杂货店的售价高。

(4) 以不同时间为基础的差别定价，如长途话费在不同时间段可以制定不同的价格。

采用需求差别定价法应具备一定的条件：①市场要能细分，且细分市场的需求差异较为明显；②高价市场中不能有低价竞争者；③价格差异适度，不会引起消费者的反感。

如表 9-1 所示为某羽毛球俱乐部场地租用价格表。该俱乐部针对不同时间、不同场地进行了差别定价,满足了不同消费者的不同需求,同时也能够使俱乐部赚取最大的利润。

表 9-1　某羽毛球俱乐部价格表

场地时间	场地类型	周一至周五	周六、周日
8:00～12:00	地板场地	15 元/小时	30 元/小时
	塑胶场地	25 元/小时	40 元/小时
12:00～17:00	地板场地	25 元/小时	30 元/小时
	塑胶场地	35 元/小时	40 元/小时
17:00～22:00	地板场地	30 元/小时	30 元/小时
	塑胶场地	40 元/小时	40 元/小时

9.2.4　竞争导向定价法

所谓竞争导向定价法是指以市场上竞争对手的价格为依据,随市场竞争状况的变化来确定和调整价格的定价法。这种方法具有在价格上排斥对手,扩大市场占有率的优点。一般可分为以下几种形式。

1.随行就市定价法

随行就市定价法是指与本行业同类产品的价格水平保持一致的定价方法。适用随行就市定价法的产品,一般需求弹性小、供求基本平衡、市场竞争较充分,且市场上已经形成了一种行业价格,企业轻易不会偏离这个通行价格,除非它有很强的竞争力和营销策略。采用这种方法的优点是:可以避免挑起价格战,与同行业和平共处,减少市场风险。同时可以补偿平均成本,获得适度利润,易为消费者所接受。因此,这是一种较为流行的保守定价法,尤其为中小企业所普遍采用。

2.主动竞争定价法

主动竞争定价法是指根据本企业产品的实际情况及与对手的产品差异状况来确定价格的方法。这是一种主动竞争的定价法,一般为实力雄厚、产品独具特色的企业所采用。

它通常将企业估算价格与市场上竞争者的价格进行比较,分为高于竞争者定价、等于竞争者定价、低于竞争者定价三个价格层次:

(1)高于竞争者定价。在本企业产品存在明显优势,产品需求弹性较小时采用。

(2)等于竞争者定价。在市场竞争激烈,产品不存在差异情况下采用。

(3)低于竞争者定价。在具备较强的资金实力,能应付竞相降价的后果且需求弹性较大时采用。

3.投标定价法

投标定价法是指在投标交易中,投标方根据招标方的规定和要求进行报价的方法。一

市场营销

一般有密封投标和公开投标两种形式。公开投标有公证人在场监督,广泛邀请各方有条件的投标者报价,当众公开成交。密封投标的方式则由招标人自行选定中标者。投标定价法主要适用于建筑施工、工程设计、设备制定、政府采购等需要投标以取得承包合同的项目。包括以下几个主要步骤。

(1) 招标。由买方发布招标公告,提出征求什么样的商品和劳务及其具体条件,引导卖方参加竞争。

(2) 投标。卖方根据招标公告的内容和要求,结合自己的条件,考虑成本、赢利以及其他竞争者可能的报价,向买方密封提出自己的书面报价。

(3) 开标。买方在招标期限内,积极进行选标,审查卖方的投标报价、技术力量、工程质量、信誉高低、资本大小、生产经验等,从而选择承包客商,并到期开标。

一般来说,报价高,利润大,但中标机会小,如果因价高而招致失标,则利润为零;反之,报价低,虽中标机会大,但利润低,其机会成本可能大于其他投资方向。因此,报价时既要考虑实现企业的目标利润,也要结合竞争状况考虑中标概率(中标概率的测算取决于企业对竞争对手的了解程度,以及对本企业能力的掌握程度)。最佳报价应该是预期收益达到尽可能高的价格。

$$预期收益＝(报价－直接成本)×中标概率－失标损失×(1－中标概率)$$

【例 9-5】　表 9-2 为某企业参加某工程的竞标分析,试确定企业应选择哪个标函?

表 9-2　投标报价分析表

标函	报价/万元	直接成本/万元	毛利/万元	报价占直接成本％	中标概率％	失标损失/万元	预期收益/万元
(1)	25	25	0	100	100	3	0
(2)	28	25	3	112	80	3	1.8
(3)	30	25	5	120	65	3	2.2
(4)	32	25	7	128	40	3	1

解:标函(3)的报价较高,预期收益最大,为最佳报价。但企业还必须结合自己的经营能力全面考虑。如果企业目前的经营能力尚未充分发挥,为了强调标函的竞争力,可以选择标函(2)甚至更低价投标,这样的中标概率就大,如果中标,标函(2)有 3 万元毛利。因一旦中标,预期收益失去意义,毛利的大小直接决定企业收益。

9.3　定价策略

制定价格不仅是一门科学,而且需有一套策略和技巧。定价方法着重于确定产品的基础价格,定价技巧则着重于根据市场的具体情况,从定价目标出发,运用价格手段,使其适应市场的不同情况,实现企业的营销目标。

TPA 的定价失误[①]

TPA 是美国一家医药公司利用生物工程技术研制开发的一种治疗血栓病的新药,其主要作用就是消除血栓。当初该公司初步预测市场上对 TPA 的需求竟达到 5 亿美元之巨。该公司认为,由于药品尤其是高效药品是价格需求曲线缺乏弹性的产品。因此,他们把 TPA 的价格定在每剂 2200 美元的"天价"上,试图以高质高价来推行他们的产品。当 TPA 以这一价格刚开始在市场上销售时,由于强势宣传取得了销售优势。但是,当消费者逐步熟悉这一产品时,便渐渐放弃了使用,而选择价格远远低于该产品,但疗效稍逊的溶栓酶,每剂仅 200 美元。

产品定价是企业营销过程中的一个重要环节,企业必须审时度势,切忌仅凭经验定价。TPA 的失误就在于它根据低弹性系数而制定的高价格策略。药品行业由于高额利润,吸引大量竞争者加入,过去习惯认为药品的价格需求弹性小的时代一去不复返了。

9.3.1 新产品定价策略

企业新产品能否在市场上站住脚,并给企业带来预期效益,定价因素起着十分重要的作用,因此必须研究新产品的价格策略。

1. 撇脂定价策略

这是一种高价格策略,即在新产品上市初始,价格定得高,以便在较短时间内获得最大利润。这种价格策略因与从牛奶中撇取奶油相似而得名,由此制定的价格称为撇脂价格。

撇脂定价策略不仅能在短期内取得较大利润,而且可以在竞争加剧时采取降价手段,这样一方面可以限制竞争者的加入;另一方面也符合消费者对待价格由高到低的心理。但是使用此法由于价格大大高于产品价值,当新产品尚未在消费者心目中建立声誉时,不利于打开市场,有时甚至无人问津。同时,如果高价投放形成旺销,很易引起众多竞争者涌入,从而造成价格急降,使经营者好景不长而被迫停产。

这是一种短期内追求最大利润的高价策略。运用这种定价策略时必须具备以下条件:首先,产品的质量、形象必须与高价相符,且有足够的消费者能接受这种高价并愿意购买。其次,产品必须具有独特的技术,不易仿制,有专利保护,生产能力不太可能迅速扩大等特点,竞争者在短期内不易打入市场。

2. 渗透定价策略

这是一种低价格策略,即在新产品投入市场时,以较低的价格吸引消费者,从而很快打

---

① 资料来源:荣晓华编著.消费者行为学.大连:东北财经大学出版社,2006

开市场。这种价格策略就像倒入沙土的水一样,从缝隙里很快渗透到底,由它而制定的价格叫渗透价格。

渗透定价策略由于价格较低,一方面能迅速打开产品销路,扩大销售量,从多销中增加利润;另一方面能阻止竞争对手介入,有利于控制市场。不足之处是投资回收期较长,如果产品不能迅速打开市场,或遇到强有力的竞争对手时,会给企业造成重大损失。

因此,作为一种长期价格策略,一般来说,渗透定价策略适用的条件是:首先,新产品的潜在市场较大,需求弹性较大,低价可增加销售;其次,企业新产品的生产和销售成本会随销量的增加而减少。

3．满意定价策略

由于撇脂定价策略定价较高,易引起消费者的不满及市场竞争,有一定风险;渗透定价策略又定价过低,虽对消费者有利,但企业在新产品上市之初,收入甚微,投资回收期长。因此企业可以采取比撇脂价格低,比渗透价格高的适中价格。这种价格既能保证企业获得一定的初期利润,又能为消费者所接受,买卖双方都满意,因此称为满意价格。这种策略被称为满意定价策略。但这种做法也有缺点:比较保守,不适于需求复杂多变或竞争激烈的市场环境。

9.3.2 产品组合定价策略

产品组合定价策略是指处理本企业各种产品之间的价格关系的策略。下面介绍主要形式。

1．产品线定价策略

产品线内的不同产品,根据不同的质量和档次,结合消费者的不同需求和竞争者的产品情况,来确定不同的价格。即对同一产品线中不同产品之间的价格波幅作出决策。

采用这种方法定价,需注意的是:产品线中不同产品的价格差要适应消费者的心理需求,价差过大,会诱导消费者趋向于某一种低价产品;价差过小,会使消费者无法确定选购目标。如某服装店将男衬衫分别定为 260 元、95 元、30 元三种价格,消费者自然会把这三种价格的衬衫分为高、中、低三个档次进行选购。即使这三种价格都有变化,消费者仍会按自己的习惯去购买某一档次的衬衫。

2．任选品定价策略

任选品定价策略是指在提供主要产品的同时,还附带提供选购产品或附件与之搭配的定价策略。选购产品的定价应与主要产品的定价相匹配。选购产品有时成为招徕消费者的廉价品,有时又成为企业高价的获利项目。如:美国的汽车制造商往往提供不带任何选购产品的车型,以低价吸引消费者,然后,在展厅内展示带有很多选购产品的汽车,让消费者选购。

3．连带产品定价策略

连带产品定价策略是指对有连带互补关系,必须配套使用的产品的定价策略。两种相关产品同时生产的企业,一般将主体产品定低价以吸引消费者购买,而将附属产品定高价,以获取长期利益。如:吉列公司的剃须刀架定价很低,因为它在销售高价吉列刀片上赚回利润。

4. 副产品定价策略

企业在生产过程中,经常产生副产品,如酿造厂的酒糟,榨油厂的油渣。这些副产品的处理,需要花费一定的费用。如果能将其直接变卖,将会对主产品的价格产生非常有利的影响,也有助于企业在迫于竞争压力时制定较低价格。

5. 产品群定价策略

为了促销,企业常将几种产品组合在一起,进行捆绑降价销售。如图书经销商将整套书籍一起销售,价格就要比单独购买低得多。采用这种策略,价格的优惠程度必须有足够的吸引力,且要注意防止易引起消费者反感的硬性搭配。

9.3.3 心理定价策略

心理定价策略是指企业根据消费者的心理特点,迎合消费者的某些心理需求而采取的一种定价策略。具体讲有以下几种形式。

1. 尾数定价策略

尾数定价策略,也称非整数定价策略,即给产品定一个以零头数结尾的非整数价格策略。消费者一般认为整数定价是概括性定价,定价不准确;而尾数定价可使消费者产生减少一位数的看法,产生一种经过精确计算的最低价格的心理。同时,消费者会觉得企业定价认真,一丝不苟,甚至连一些高价商品看起来也不太贵了。

一般来说,产品在 5 元以下的,末位数是 9 的定价最受欢迎;在 5 元以上的,末位数是 95 的定价最受欢迎;在 100 元以上的,末位数是 98、99 的定价最畅销。当然,尾数定价策略对那些名牌商店,名牌优质产品就不一定适宜。

2. 整数定价策略

整数定价策略是指企业在定价时,采用合零凑数的方法制定整数价格,这也是针对消费者心理状态而采取的定价策略。如把一套西装的价格定在 500 元而非 499 元。因为现代商品太复杂,许多交易中,消费者只能利用价格辨别商品的质量,特别是对一些名店、名牌商品或消费者不太了解的产品,整数价格反而会提高商品的"身价",使消费者有一种"一分钱、一分货"的想法,从而利于商品的销售。

3. 声望定价策略

声望定价策略是指针对消费者"价高质必优"的心理,对在消费者心目中有信誉的产品制定较高价格的策略。价格档次常被当做商品质量最直观的反映,特别是消费者识别名优产品时,这种心理意识尤为强烈。因此,高价与性能优良、独具特色的名牌产品比较协调,更易显示产品特色,增强产品吸引力,产生扩大销售的积极效果。当然,运用这种策略必须慎重,绝不是一般商品可采用的。像一些质量不易鉴别的商品,如首饰、化妆品等宜采用此法。

4. 招徕定价策略

商品定价低于一般市价,消费者总是感兴趣的,这是一种"求廉"心理。有的企业就利用消费者这种心理,有意把几种商品的价格定得很低,以此吸引顾客上门,借机扩大连带销售,打开销路。采用这种策略,从几种"特价品"的销售来看企业似乎不赚钱,甚至亏本,但从企业总的经济效益看还是有利的。

5. 习惯定价策略

习惯定价策略是指按照消费者的需求习惯和价格习惯定价的策略。一些消费者经常购买、使用的日用品,已在消费者心中形成一种习惯性的价格标准。这类商品价格不易轻易变动,以免引起消费者不满。在必须变价时,宁可调整商品的内容、包装、容量,也尽可能不要采用直接调高价格的办法。日常消费品一般都适用这种定价策略。

9.3.4 折扣与折让定价策略

折扣与折让定价策略是指企业根据产品的销售对象、成交数量、交货时间、付款条件等因素的不同,给予不同价格折扣的一种定价决策,其实质是减价策略。这是一种舍少求多,鼓励消费者购买,提高市场占有率的有效手段。其主要策略如下。

1. 现金折扣

现金折扣是指对按约定日期付款的消费者给予一定比例的折扣。典型的例子是"2/15,n/30",即 15 天内付款的消费者可享受 2% 的优惠,30 天内付款的消费者全价照付。其折扣率的高低,一般由买方付款期间利率的多少、付款期限的长短和经营风险的大小来决定。这一折扣率必须提供给所有符合规定条件的消费者。此法在许多行业已成习惯,其目的是鼓励消费者提前偿还欠款,加速资金周转,减少坏账损失。

2. 数量折扣

数量折扣是指根据购买数量的多少,分别给予不同的折扣。购买数量越多,折扣越大。典型的例子是"购货 100 个单位以下的单价是 10 元,100 个单位以上是 9 元"。这种折扣必须提供给所有消费者,但不能超过销售商大批量销售所节省的成本。数量折扣的实质是将大量购买时所节约费用的一部分返还给购买者,其关键在于合理确定给予折扣的起点、档次及每个档次的折扣率。它一般分为累计折扣和非累计折扣。数量折扣的目的是鼓励消费者大量购买或集中购买企业产品,以期与本企业建立长期商业关系。

3. 交易折扣

交易折扣是指企业根据交易对象在产品流通中的不同地位、功能和承担的职责给予不同的价格折扣。交易折扣的多少,随行业与产品的不同而有所区别;同一行业和同种商品,要依据中间商在工作中承担风险的大小而定。通常的做法是,先定好零售价,然后再按一定的倒扣率,依次制定各种批发价及出厂价。在实际工作中,也可逆向操作。

4．季节折扣

季节折扣是指经营季节性商品的企业,对销售淡季来采购的买主,给予折扣优惠。实行季节折扣,有利于鼓励消费者提前购买,减轻企业仓储压力,调整淡旺季间的销售不均衡。它主要适用于具有明显淡旺季的行业和商品。

5．复合折扣

企业在市场销售中,因竞争加剧而采用多种折扣并行的方法,如在销售淡季可同时使用现金折扣、交易折扣,以较低价格鼓励消费者购买。

6．价格折让

价格折让是指从目录表价格降价的一种策略。它主要有以下两种形式:第一种是促销折让,是指生产企业为了鼓励中间商开展各种促销活动,而给予某种程度的价格减让,如刊登地方性广告、布置专门的橱窗等;第二种是以旧换新折让,是指消费者购买新货时将旧货交回企业,企业给予一定价格优惠的方法,如"双喜"牌压力锅以旧换新的策略。

9.3.5　地区定价策略

地区定价策略是指与地理位置有关的制定价格的策略。这种策略在外贸业务中运用较普遍。其具体形式如下。

1．产地交货价

产地交货价是指在产地某种运输工具上交货的定价,卖方承担货品装上运输工具之前的所有费用,交货后的一切费用及风险则由买方承担,类似于国际贸易中的离岸价格(FOB)。产地交货价一般适用于生产企业、批发和零售业。其优点是简化卖主的定价工作,缺点是削弱了卖方在较远市场的竞争力。

2．目的地交货价

目的地交货价是指在买主所在地交货的价格。它相当于国际贸易中的到岸价格(CIF)。目的地交货价实际上就是生产者的全部生产成本,相当于批发商通用的"送货制价格"。使用这种策略时,是卖主出于竞争需要或为了使消费者更满意而由自己负担货物到达目的地之前的运输、保险和搬运等费用。

3．运费补贴价

运费补贴价是指对距离遥远的买主,卖方适当给予其价格补贴的一种定价策略,其实质是运费折扣。由于企业产品向跨地区市场渗透,导致市场范围扩大、费用增加、产品价格提升,迫使买方只能弃远求近购买产品。为了争夺远距离的潜在消费者,企业必须通过采取运费补贴价格来扩大市场销售区域。运费补贴策略一般适用于较大的商品,如钢铁制品。

4. 统一运货价

统一运货价是指不分买方路途的远近,一律实行统一价格,统一送货,一切运输、保险费用也都由卖方承担的定价策略。这种策略如同邮政部门的邮票价格,平信无论寄到全国各处,均付同等邮资,所以又称"邮票定价法"。它一般适用于运费在全部成本中所占比重较小的产品。其优点是:扩大了卖主的竞争区域;统一价格的使用,易于赢得消费者的好感;大大简化了计价工作。

5. 分区运送价

分区运送价是指在既定地区内向所有买主收取包括运费在内的统一价格,卖主支付实际运费,价格中的运费是该地区的平均运费。依据距离远近,不同的地区,价格不同。各地区间价格虽然不同,但同一地区内所有的客户都支付同一价格。它适用于交货费用在价格中所占比重大的大体积产品。

本章小结

1. 在营销策略组合中,价格具有重要的地位和作用。它不仅决定着市场销售情况的好坏,而且对企业的生存和发展具有重要意义。但企业定价是一项既困难,又有一定风险的工作。必须采用科学的流程,选择合适的定价方法和定价策略。

2. 企业在定价之前必须首先确定定价目标。定价目标为企业营销目标服务,是企业选择定价方法和制定价格策略的依据。企业常用的定价目标有以下几种:以利润为目标、以市场占有率为目标、以应对竞争为目标等。

3. 影响产品定价的因素很多,有企业内部的,也有外部的;有客观规律的作用,也有主观调整的因素,综合起来主要有成本因素、供求规律因素、需求弹性因素、竞争因素和政府政策法规因素等。

4. 实际工作中,企业的定价方法很多,从价格制定的不同依据出发,可以把定价方法分为三大类:成本导向定价法、需求导向定价法和竞争导向定价法。

5. 制定价格不仅是一门科学,而且需要有一套策略和技巧。定价方法着重于确定产品的基础价格。定价策略则着重于根据市场的具体情况,主要有新产品定价策略、心理定价策略、产品组合定价策略、折扣和折让定价策略、地区定价策略等。

巩固与应用

1. 关键概念

成本导向定价法　需求导向定价法　竞争导向定价法　撇脂定价策略　渗透定价策略
招徕定价策略　成本加成定价法　盈亏平衡定价法　边际贡献定价法　理解价值定价法

2. 思考与练习

(1) 影响企业定价的因素有哪些? 简要说明它们是如何影响企业定价的?

(2) 简述企业定价的方法有哪些?

(3) 简述企业定价的策略有哪些?

(4) 计算题

① 某钢管椅生产企业每年固定成本为10万元,当年由于市场变化,按原价格出售找不到新客户,而且一时也无法生产其他产品。这时如有一批客户定购10000把椅子,最高报价为50元一把。如果每把椅子的变动成本为42元,请决策该企业应不应该生产这批椅子?

② 消费者对某牌号电视机可接受价格为2500元,电视机零售商的经营毛利为20%,电视机批发商的批发毛利为5%。计算电视机的出厂价格。

3. 案例分析

价格战如何打——国内杀毒软件渠道价格战的启示[①]

虽然各杀毒软件厂家力图回避价格大战,但事实证明价格战往往成为竞争取胜的利器。与家电、PC机市场的价格战相比,杀毒软件厂家的价格大战似乎更加理智、更有策略。杀毒软件市场的两次价格大战都是因为新兵的加入而引发的。

1998年是杀毒软件市场的一个分水岭,这一年,瑞星开始介入杀毒市场,而这时候江民已稳占80%的市场份额。要想撼动这块巨石,其难度可想而知。

瑞星瞅准机会,当时江民的杀毒软件零售价为260元,出厂价定在90元。瑞星突出奇兵,将产品的出厂价定在20元,零售价定为230元。与江民相比,瑞星的经销商可获得更多的差价。

当时Windows上宏病毒的泛滥给了瑞星一个喘息的机会,瑞星借机大肆宣扬瑞星8.0杀毒软件对杀宏病毒的奇效。在高额差价的引诱下,经销商开始大量购进瑞星的产品。在3个月的时间内,瑞星就销售了5万套产品。特别是为了争夺北京市场,瑞星使出了浑身解数,不惜一切代价,以极低的价格出售,让利给代理商。高额利润的诱惑,使一些江民的代理商也倒戈奔向瑞星。瑞星的知名度渐渐上升,又开始了下一轮的价格策略:涨价战。瑞星煞有介事,提前通知经销商一周后涨价:出厂价为48元。经销商因为担心涨价而失去瑞星的市场,又开始向瑞星订货。涨价战又大获全胜,瑞星如法炮制,没过多久,又将价格涨到68元。

瑞星不断吞食江民的市场份额。这时候,江民已真正感到对手的威胁,于是组织反击。江民把出厂价降到70元,而且其价格策略与瑞星相同:"江民KV本周是70元,下周还是70元。"毕竟江民是老大,轻轻一击,瑞星的日子就不好过。一看到江民跟着降价,本来想再涨价的瑞星,只得放弃。这时,CIH病毒的出现,无疑对瑞星是一个福音。瑞星又趁势出击,宣布"下周从68元涨到88元"。瑞星巧妙地实施"价格涨降大战",这一战直到2000年才结束,结果是瑞星与江民面对面地谈论江湖大事了,再不是任由江民发号施令。

---

① 资料来源:邱斌主编.中外市场营销经典案例.南京:南京大学出版社,2001

瑞星与江民之间的战事刚刚平息,金山杀了进来。杀毒软件市场顿时风声鹤唳。对任何一个市场的新进入者来说,低价策略都是极具杀伤力,也是最立竿见影的方法。2001 年 8 月,金山挟 5 元的体验版杀毒产品冲向市场,一下子就撞开了一个市场大洞,代理商一口气订了 15 万套货。这个时候,瑞星几乎卖不动,江民的 KV 也不那么畅销了。谁都知道,这一次价格大战将是刺刀见血的。

如果不针对金山进行阻击,市场将可能会被一点点吞噬掉。在激烈的竞争中,昔日的杀毒老大江民也挺不住了,2001 年 9 月底,江民应声而降价,代理商的批发价下降 20%,产品的零售价也从 178 元降至 128 元。江民把这个策略描述为:"以前我吃肉别人吃菜,现在我要改吃菜让别人喝汤。"

这场价格大战,连杀毒市场价格战的始作俑者瑞星也没反应过来,急匆匆地推出了历时两年才开发出来的"瑞星杀毒软件 2002 版",才稳住阵脚。就在金山和江民大打降价战时,瑞星不降反升,零售价由原来的 188 元上涨为 198 元,好像要游离于这场价格战之外。

问题

(1) 分析瑞星杀毒软件在竞争中分别采取的价格策略是什么?

(2) 为什么瑞星的价格策略在与江民竞争中取得了巨大成功?

4. 技能训练

(1) 训练项目
新产品定价。

(2) 训练目的
了解产品定价策略,培养同学们对定价策略的实际运用能力。

(3) 训练内容
第一步,将所在班级组成几个模拟公司,各公司 5 人左右。

第二步,以模拟公司为单位,通过市场调查,详细了解产品的特点、消费者对价格的接受程度、竞争对手定价情况。

第三步,进行定价方法的选取,制订本模拟公司的定价方案。在班级上集体讨论,并评估各模拟公司的定价策划方案,选出优胜者。

第**10**章 分销渠道策略

学习目标

1. 掌握分销渠道的功能、类型与策略
2. 熟悉影响分销渠道选择的因素
3. 熟悉中间商的作用和类型
4. 了解实体分销的概念和决策

导入案例

厂家自建渠道是利？ 是弊？[①]

决胜终端、终端为王的今天，家电渠道扁平化的发展趋势越来越明显。2005年，国内的连锁家电巨头国美、苏宁、永乐、大中等在一级城市的疯狂门店扩张及迅速由一级城市向二、三级城市延伸的强大势头，使得家电厂商感受颇多：与连锁家电巨头合作，难以承受高昂的进场费等一系列费用的压榨和霸王条款；不合作更是无法终端最大化，无法提升销量。在这样两难的背景下，许多家电企业开始自建渠道。格力与国美2004年分手后，便开始大肆宣扬自营专卖店；2005年4月7日华帝启动"星光计划580工程"，即在2005年全国建立500家专卖店、2006年800家、2007年1000家；TCL同年6月份自建零售连锁渠道"幸福树"。

在连锁家电巨头凭借自身的规模、成本等优势对厂家销售渠道几乎拥有垄断权之时，厂家为了保证自己的销售渠道安全、高效和高利润，采取自建渠道的方式，不愧为上计；但是面对国美、苏宁为首的家电连锁巨头纷纷扩张开店到二、三级城市，以及它们强大的资金、物流等优势，自建渠道对厂家来说也可能是一个不可逾越的坎。

引导问题

厂家自建渠道是利还是弊？

---

① 资料来源：朱波.数字家电，2005

10.1 分销渠道概述

一个企业要实现赢利目标,不仅要生产出符合目标市场消费需要的产品,制定出目标消费者乐意接受的价格,而且还要使其产品让目标消费者在最方便购买的地点能够买到,即要制定出科学的渠道策略。建立一个有效的分销渠道网络,是企业在激烈的市场竞争中持续、稳定发展的关键因素之一。研究分销渠道策略的目的在于采取有效的渠道竞争策略,把商品适时、适地、方便、经济地提供给消费者,实现企业的经营目标。

10.1.1 分销渠道的概念与功能

1. 分销渠道的概念

关于分销渠道的定义有很多种,美国市场营销协会所属的定义委员会,在 1960 年将分销渠道定义为:公司内部单位以及公司外部代理商和经销商的组织机构。通过这些组织,商品才得以上市营销。

美国市场学者爱德华·肯迪夫和理查德·斯蒂尔认为,分销渠道是指当产品从生产者向最后消费者和产业用户移动时,直接或间接转移所有权经过的途径。

菲利普·科特勒则认为:**分销渠道是指某种货物或劳务从生产者向消费者移动时,取得这种货物或劳务的所有权或帮助转移其所有权的所有企业和个人。**因此,分销渠道主要包括商业中间商和代理中间商。此外,它还包括处于分销渠道的起点和终点的生产者和消费者。

通过上面分析可以看出,分销渠道包括以下几层概念:

(1) 分销渠道的起点是生产者,终点是消费者和用户。它所组织的是从生产者到消费者之间完整的商品流通过程,而不是商品流通过程中的某一阶段。

(2) 分销渠道的积极参与者,是商品流通过程中各种类型的中间商。在商品从生产领域向消费领域转移的过程中,会发生多次交易,而每次交易都是企业(包括个人)的买卖行为。

(3) 在分销渠道中生产者向消费者或用户转移产品或劳务,应以商品所有权的转移为前提。

(4) 分销渠道是指某种特定产品从生产者到消费者或用户所经历的流程。分销渠道不仅反映了商品价值形态变化的经济过程,而且也反映了商品实体运动的空间路线。

科特勒还认为,市场营销渠道(marketing channel)和分销渠道(distribution channel)是两个不同的概念。他说:"一条市场营销渠道是指那些配合起来生产、分销和消费某一生产者的某些货物或劳务的一整套所有企业和个人。"这就是说,一条市场营销渠道包括某种产品的供产销过程中所有的企业和个人,如资源供应商(suppliers)、生产者(producer)、商人中间商(merchant middleman)、代理中间商(agent middleman)、辅助商(facilitators)(又译作便利交换和实体分销者,如运输企业、公共货栈、广告代理商、市场研究机构等)以及最后消费者和顾客等。而分销渠道包括中间商、代理中间商、生产者和最终消费者或用户，但不包括供应商和辅助商。

2．分销渠道的功能

分销渠道的基本功能是实现产品从生产者向消费者用户的转移。主要功能有：搜集与传播有关现实与潜在顾客的信息；促进销售；洽谈生意，实现商品所有权的转移；商品的储存运输、编配、分类与包装；资金融通；风险承担等。

分销渠道执行的工作是把商品从生产者那里转移到消费者手里。它弥合了产品或服务与其使用者之间的缺口，这个缺口主要包括时间、地点和持有段等。渠道成员执行了以下一系列重要功能：

（1）传递信息。收集与传播营销环境中有关潜在与现实顾客、竞争对手和其他参与者及力量的营销调研信息。

（2）促销。发展和传播有关供应物的富有说服力的吸引顾客的沟通资料，吸引更多的顾客购买。

（3）谈判。尽量达成有关产品的价格和其他条件的最终协议，以实现所有权或持有权的转移。

（4）订货。分销渠道成员向制造商进行有购买意图的反向沟通行为。

（5）融资。收集和分散资金，以负担渠道工作所需费用。

（6）承担风险。在执行渠道任务的过程中承担有关风险。

（7）占有实体。产品实体从供应者到最终顾客的连续的储运工作。

（8）付款。买方通过银行和其他金融机构向销售者提供账款。

（9）所有权。物权从一个组织或个人转移到其他人。

10．1．2　分销渠道的模式与类型

1．分销渠道模式

由于我国个人消费者与生产性团体用户消费的主要商品不同，消费目的与购买特点等具有差异性，客观上使我国企业的销售渠道构成两种基本模式：消费品分销渠道模式和工业品分销渠道模式。

（1）消费品分销渠道模式，如图 10-1．所示。

① 零级渠道模式。这种模式产品转移方式不通过任何中间商，企业直接面向消费者，如推销员上门直销、邮售、企业展销等。

② 一级渠道模式。这种方式中间环节少，产品转移不经过批发环节，由零售企业直接从生产企业进货，只通过一级中间商。这类零售企业一般规模较大，有能力大批量进货。由于消费品市场竞争很激烈，零售企业降低营运成本的压力很大，逐步趋于大型化、连锁化，这种产品转移方式有逐渐增多的趋势。

③ 二级渠道模式。这是消费品转移中最常用的方式，产品转移通过两级中间商。它能适应消费品市场广阔而分散的特点，对中小企业尤为适用。

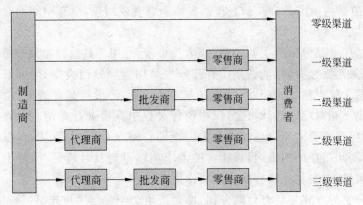

图 10-1 消费品分销渠道模式

④ 三级渠道模式。这种方式的中间环节较多，一般通过三级中间商。在国内市场营销时较少用，多用于国际市场的营销活动中。生产企业的产品转移之所以需要在批发商之前先通过代理商，主要原因是对目标市场比较陌生，无法直接寻找、选择合适的客户，需要借助对当地市场情况熟悉的代理商。

（2）工业品分销渠道模式，如图 10-2 所示。

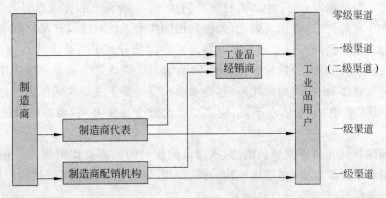

图 10-2 工业品分销渠道模式

① 零级渠道模式。这种方式在生产资料产品销售时极为常见，如生产企业派人员上门联系业务、召开业务订货会等。特别适用于经销关系固定、产品技术服务要求高、用户相对集中等情况。

② 一级渠道模式。以批发商为中间商的方式主要运用于产品通用化强，用户相对分散时的销售；以代理商为中间商的方式主要运用于生产企业为了更有效地控制产品的目标市场，但对该市场又不熟悉时的销售。

③ 二级渠道模式。当生产企业对目标市场陌生，用户也比较分散，企业直接开拓有较大风险时，可用这种方式。一般常用于国际市场的销售。

2. 分销渠道的类型

（1）直接渠道和间接渠道。直接渠道与间接渠道的划分是根据有无中间商参与交换活动来进行的。

① 直接渠道是指生产者将产品直接供应给消费者或用户，没有中间商介入。也称为零级渠道。

直接渠道是工业品分销的主要类型，如大型设备、专用工具及技术复杂等需要提供专门服务的产品，都采用直接分销，消费品中有部分也采用直接分销类型，诸如鲜活商品等。直接分销渠道的最大优点就是，有利于产需双方沟通信息，降低产品在流通过程中的损耗，使购销双方在营销上相对稳定，同时还可以在销售过程中直接进行促销。但直接分销渠道也有不少不足之处，生产者若凭自己的力量去广设销售网点，往往力不从心，很难使产品在短期内广泛分销，增加了新的困难，目标顾客的需求难以得到及时满足，同行生产者就可能趁势而进入目标市场，夺走目标顾客和商品协作伙伴。

企业直接分销的方式主要有订购分销，即是指生产企业与用户先签订购销合同或协议，在规定时间内按合同条款供应商品，交付款项；自开门市部销售，即是指生产企业通常将门市部设立在生产区外、用户较集中的地方或商业区，也有一些邻近于用户或商业区的生产企业将门市部设立于厂前；联营分销，如工商企业之间、生产企业之间联合起来进行销售。

② 间接渠道是指生产者利用中间商将商品供应给消费者或用户，中间商介入交换活动。

现阶段，我国消费品需求总量和市场潜力很大，且多数商品的市场正逐渐由卖方市场向买方市场转化。与此同时，对于生活资料商品的销售，市场调节的比重已显著增加，工商企业之间的协作已日趋广泛、密切。因此，如何利用间接渠道使自己的产品广泛分销，已成为现代企业进行市场营销时所研究的重要课题之一。间接分销渠道最大优点就是，有助于产品广泛分销，缓解生产者人、财、物等力量的不足，有利于企业之间的专业化协作。但是间接分销渠道也存在很多缺点，例如可能形成"需求滞后"，不便于直接沟通信息。在当今风云变幻、信息爆炸的市场中，企业信息不灵，生产经营必然会迷失方向，也难以保持较高的营销效益。

随着市场的开放和流通领域的搞活，我国以间接分销的商品比重增大。企业在市场中通过中间商销售的方式很多，如厂店挂钩、特约经销、零售商或批发商直接从工厂进货、中间商为工厂举办各种展销会等。

（2）长渠道和短渠道。长渠道与短渠道的划分是根据流通环节的多少来进行的。

长渠道是指经过两个或两个以上的中间环节的分销渠道，即二级以上的销售渠道。其优点是：①生产者能抽出精力组织生产，缩短生产周期；②生产者减少资金占用，节约费用开支；③容易打开产品销路，开拓新市场。但是由于长渠道的流通环节较多，流通费用就会增大，产品最终售价可能会较高，也会增加产品的损耗，生产企业对市场的控制力很小。

短渠道是指没有或只经过一个中间环节的分销渠道。优点是：①环节少，产品可迅速到达消费者手中，及时了解消费者需求，调整决策；②环节少，节省费用开支，产品价格低，便于开展售后服务，提高产品竞争力。这种方法也存在不足：流通环节少，销售范围受到限制，不利于产品的大量销售。

（3）宽渠道与窄渠道。宽渠道与窄渠道的划分是根据同一级中间商的数目来进行的。

渠道宽窄取决于渠道的每个环节中使用同类型中间商数目的多少。宽渠道是指制造商在同一流通环节中使用较多同类中间商的分销渠道。如一般的日用消费品（毛巾、牙刷、开水瓶等），由多家批发商经销，又转卖给更多的零售商，能大量接触消费者，大批量地销售产品。其优点是：①中间商多，分销广泛，可迅速把产品推入流通，使消费者随时买到需求的产品；②促使中间商展开竞争，提高产品的销售效率。但是它不利于使厂商之间的关系密切，并且生产企业几乎要承担全部推广费用。

窄渠道是指制造商在某一地区或某一产品分类中只选择一个中间环节为自己销售产品，实行独家经销的渠道。它一般适用于专业性强的产品，或贵重耐用的消费品，由一家中间商统包，几家经销。它使生产企业容易控制分销，但市场分销面受到限制。其优点是：①中间商少，生产者可指导和支持中间商开展销售业务，有利于相互协作；②销售、运货、结算手续简化，便于新产品的上市、试销，迅速取得信息反馈。但其市场分销面较窄，会影响商品的销量。

(4) 单渠道和多渠道。单渠道与多渠道的划分是根据制造商所采用的渠道类型的多少来进行的。

单渠道是指制造商采用同一类型渠道分销企业的产品，渠道比较单一。当企业全部产品都由自己直接所设的门市部销售，或全部交给批发商经销，称之为单渠道。多渠道是指制造商根据不同层次或地区消费者的情况，选用不同类型的分销渠道。例如，可能是在本地区采用直接渠道，在外地则采用间接渠道；在有些地区独家经销，在另一些地区多家分销；对消费品市场用长渠道，对生产资料市场则采用短渠道等。

3. 分销渠道系统的发展

传统的分销渠道系统往往是由独立的制造商、批发商和零售商所组成的松散网络。渠道上各个成员在保持距离的情况下相互讨价还价、自主行事，各自追求利润最大化，不顾整体利益，造成整个销售渠道系统效率低下。"二战"后，自 20 世纪 80 年代以来，分销渠道系统突破了由生产者、批发商、零售商和消费者组成的传统模式和类型，有了新的发展，分销渠道出现了联合化的趋势，出现了现代分销渠道系统。现代分销渠道系统主要有四种形式：垂直渠道系统、水平渠道系统、多渠道营销系统、网络渠道系统等。

(1) 垂直渠道系统

垂直渠道系统是由生产企业、批发商和零售商组成的统一系统。垂直分销渠道的特点是专业化管理、集中计划，销售系统中的各成员为共同的利益目标，都采用不同程度的一体化经营或联合经营。它主要有三种形式：

① 公司式垂直系统。指一家公司拥有和统一管理若干工厂、批发机构和零售机构，控制分销渠道的若干层次，甚至整个分销渠道，综合经营生产、批发、零售业务。这种渠道系统又分为两类：工商一体化经营和商工一体化经营。

② 管理式垂直系统。制造商和零售商共同协商销售管理业务，其业务涉及销售促进、库存管理、定价、商品陈列、购销活动等。

③ 契约式垂直系统。指不同层次的独立制造商和经销商为了获得单独经营达不到的经济利益，而以契约为基础实行的联合体。它主要分为三种形式：特许经营组织；批发商倡办的连锁店；零售商合作社。

(2) 水平式渠道系统

水平式渠道系统即由两个或两个以上独立公司通过某种形式的合作，共同开发新的市场机会而形成的渠道系统。产生这种联合的原因可能是由于单个公司缺乏开发的资金、技术或能力,或者独家企业无力独自承担商业风险,或者是发现与其他企业的联合可以产生巨大的协同作用。

水平式渠道系统内各个企业之间的联合可以是暂时的,也可以是永久性的,也可以是创办一个专门公司来开展联合行动。这种渠道系统可以发挥协同效应,实现优势互补;能够节省成本,避免重复建设;可以共享市场,实现互惠互利。

(3) 多渠道营销系统

多渠道营销系统指对同一或不同的分市场采用多条渠道营销系统。这种系统一般分为两种形式:一种是制造商通过多种渠道销售同一商标的产品,这种形式易引起不同渠道间激烈的竞争;另一种是制造商通过多渠道销售不同商标的产品。使用多渠道营销系统会给公司带来三个方面的利益:市场覆盖面广;降低了渠道成本,公司一般选择运营成本低的新渠道;可以增加更适合顾客需求的渠道,实行定制化销售。

(4) 网络渠道系统

网络渠道系统是一种新兴的渠道系统,也是对传统渠道系统的一次革命。它是指制造商通过互联网,发布商品与服务信息,接受消费者的网上订单,然后由自己的配送中心或直接由制造商通过邮寄或送货上门。主要有两种方式:一种是企业之间的交易,通常情况下把它称为"B2B"方式,它是将买方、卖方与中介机构(如银行)之间的信息交换行为集合而成的电子运作方式,一般来说,交易额较大,而且有严格的电子票据与凭证;另一种是企业与消费者之间的交易,称为"B2C"方式,消费者利用电子钱包可以在瞬间完成购物活动,足不出户就能买到世界任何地方的产品,这种方式缩短了产、供、销与消费者在时间与空间上的距离,加速了资金与商品的快速流动。

10.2 中间商的作用与类型

10.2.1 中间商的概念与作用

1. 中间商的概念

所谓中间商是指在制造商与消费者之间参与交易业务,促使买卖行为发生和实现的经济组织或个人。包括商人中间商与代理中间商。中间商是分销渠道的主体,制造商的绝大部分产品都是通过中间商转卖给消费者或最终用户的,在生产与消费之间起着桥梁与中介的作用。

2. 中间商的作用

在现代市场经济条件下,一般厂家特别是面向民用市场和面向工业客户的小型产品一般都假借中间商之手,或实行代理制度,或实行经销制度,或实行其他的厂商关系进行市场拓展。因此,可以说包括经销商与零售商在内的中间商,在生产者和消费者之间架起了一座桥梁。一方面,他们通过广泛的销售网络,根据消费者的需求,把生产者(制造商)的产品配送销售到消费者那里;另一方面,又与厂家建立了密切的商业情报互换关系,把市场上的供求情况及时传达给生产厂家。中间商在消费者、生产厂家之间负责起产品的集中、平衡、扩散与市场信息传递的作用。换句话说,中间商是生产厂家的晴雨表。中间商的作用主要体现在如下几方面。

(1) 减少交易次数

商品流通过程中有中间商的参与,可以减少市场交易次数,简化流通程序,如图 10-3 所示。

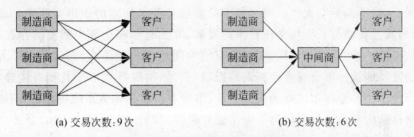

(a) 交易次数:9次　　　　　　　　　(b) 交易次数:6次

图 10-3　有无中间商的经济效益比较

图 10-3 表明了使用中间商的经济效益。(a)部分表示,制造商直接将产品卖给 3 个客户,需要进行 9 次交易;(b)部分表示,在同样条件下,通过一个中间商只需完成 6 次交易即可。

(2) 降低社会商品流通费用

前面所分析的销售渠道的三个基本功能实际上主要是由中间商来实现的。按传统的观点,人们认为,中间商在销售渠道流通过程中会增加商品的流通费用,因此中间商应越少越好。确实,在商品的流通过程中,除了分拣、包装、整理等活动外,中间商的活动不会增加商品的价值,反而会增加商品的费用与成本的支出。但是,在商品的流通过程中,中间商又有其不可替代的作用。这种作用的第一点就是能减少整个社会的商品流通费用支出。因为从整个社会的角度看,如果没有中间商的活动,每个生产者与每个消费者都必须直接地发生交换关系才能使整个社会的供需双方都得到满足。有了中间商,可以真正地像个中间纽带一样,为各个不同的消费者提供来自于各个不同的生产者的商品,消除了生产者与消费者之间的时间差异、空间差异、数量差异和品种差异。这样就能极大地减少整个社会商品流通的费用支出。

(3) 更好地满足消费者的需求

中间商在减少商品流通的费用支出,消除各种差异的同时,使消费者的需求得到最大限度的满足。因为如果没有中间商,消费者只能买自己所能及的有限范围的产品,而有了中间商,从理论上说,消费者可以买到自己所需的任何商品。这也是中间商的一个重要作用。

(4) 促进生产的发展

从企业的角度看,中间商作用的发挥也使企业极大地扩大了市场的范围和容量。因为中间商可以在整个世界范围内组织货源,并向整个世界范围的所有消费者销售,结果是在使消费者的需要得到充分满足的同时,也扩大了企业的市场,促进了企业生产的发展。

此外,中间商作为专业的商业机构,能提高商品流通的效率,能减轻制造商的负担,能为制造商反馈有关市场的信息,能为消费者提供各种良好的售前与售后服务。

中间商与企业自有网络的作用比较来看,由于中间商负责产品的储存功能,把产品从供过于求季节储藏到求过于供的季节,所以中间商创造时间效用;把产品成本从"有"的地方运到"无"的地方,中间商又创造地域效用;中间商会把产品送给最需要的人,又创造了占有效用。如果用经济学的观点来看,中间商同样具有生产性,商品在流动过程中同样也产生其相应的价值,在整个经济中具有特殊的贡献。

现在,由于经济的进一步融合与发展,企业与企业之间你中有我,我中有你的境地逐步加深。特别是由于网络技术的发展,企业越来越认识到借助网络进行商务开拓的作用。那么在此情况下,是不是会有人担心网络技术的发展会使中间商的作用萎缩呢?现在看恰恰相反,就如同其他传播与长距离交流技术的发展,并没有影响全部中间商的存在,反而促进了中间商的发展一样,网络的发展,不但没有使中间商的作用萎缩,而且还有扩大趋势。虽然物流业的发展能抢占部分行业经销商的饭碗,但是,物流行业由于其相对优势,永远取代不了经销商的作用。像海尔这样的大型企业,本身有自己的物流系统,但是他们还是在完善并不断健全自己的经销商网络。对于中小企业来说,其对中间商所具有的渠道功能的依赖也不会消失。

因此,对于中小生产企业所依存的广大中间商来说,充分利用现代网络与信息工具,练就市场上的"千里眼"与"顺风耳"的功能,充分搞好与上游厂家的关系,并增强对下游消费者的服务意识,并力所能及地多经营一些产品,形成相近同类、甚至各个层阶的商品的集散优势,那么永远是生产厂家青睐的对象。

10.2.2 中间商的类型

1. 商人中间商

商人中间商也叫经销商,是指从事商品交易业务,在商品买卖过程中拥有商品所有权的中间商。商人中间商根据在商品流通过程中的作用不同可分为批发商和零售商。

(1) 批发商

批发商是指向制造商或经销单位购进商品,供给其他单位(如零售商)进行转卖或提供给制造商加工制造产品的中间商。从不同的角度,可以将批发商划分为如下几种类型,如图 10-4 所示。

在市场经济中,批发商对促进商品流通起着重要的作用,主要有以下几个方面:

① 销售与促销作用。批发商通过其销售人员的业务活动,可以使制造商有效地接触众多的小客户从而可以发挥促进销售的作用。

② 仓储与运输作用。批发商将货物储存到出售为止,从而可以降低供应商和零售商的存货成本与风险。同时,批发商一般距离零售商较近,能够很快地将货物送到零售商手中,因而可以有效地满足最终消费者的需要。

③ 提供信息、降低风险作用。批发商通过向制造商和零售商提供有关的市场信息,可以减少制造商、零售商因盲目生产、盲目进货而造成的损失。

④ 调节产销关系的作用。批发商通过商品运输和存储,可以起到调节产销关系的"蓄水池"的作用,有利于实现均衡生产和均衡消费,缓解社会经济运行中供求之间的矛盾。

从国内外经济发展趋势看,产量迅速增加的大制造商一般都位于远离消费者的地区,大多数制造商的生产始于订货之前而不是根据订货进行生产,产品的中间制造与使用的层次

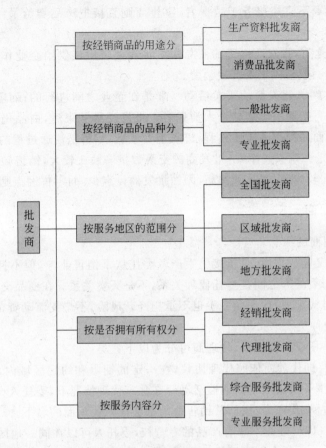

图 10-4　批发商的分类

愈增多,消费者对产品的数量、包装、品种、类型的要求不断提高并日趋复杂。这些发展趋势对批发业提出了更高的要求,因而随着批发业自身的不断完善,仍有着广阔的发展前景。

(2) 零售商

零售商是指把商品卖给最终消费者的经营小额商品交易的商业机构和商人。零售商的主要功能是:有广泛的销售网点和灵活的营业时间,方便消费者购买;有齐全的花色品种,便于消费者选购;能为消费者提供种种售前和售后服务。

零售商按不同的标准可分为不同的类型:

① 按经营的产品线不同分为专业商店、百货商店、超级市场、方便商店;

② 按零售商提供商品的价格水平不同分为折扣商店、仓储商店、商品目录陈列室;

③ 按零售商营业场所的性质不同分为邮购商店、自动售货机、上门推销零售等;

④ 按零售商对商店的控制程度不同分为连锁商店、合作商店、消费者合作社、商业联合企业等;

⑤ 按零售商的商店组合类型不同分为中心商业区、区域购物中心、街区购物中心、邻里购物中心等。

(3) 批发商和零售商的区别

批发商和零售商互相依存,互相促进,但又有所区别,主要区别在于是否直接服务于消

费者或用户,批发商不直接服务于消费者,零售商则直接把产品卖给最终消费者。具体表现在:

① 从交易用途看,批发商出售的商品是供零售商转卖或供给企业作为生产加工用;零售商出售的商品,一般是供个人直接消费。

② 从交易对象看,批发的买卖活动一般是在企业之间进行的;而零售商则是从批发商那里购进货物,再把商品出售给个人消费者。批发交易结束后,商品仍处在流通领域;而零售交易结束后,商品即脱离流通过程,进入消费领域,零售是流通过程的终点。

③ 从交易数量和购买频率看,批发商的交易数量一般比较大,销售频率低;零售商每次销售产品的数量比较少,但销售频率高,因而批发商设点少,而零售网点则较多。

2. 代理中间商

（1）代理中间商的概念

代理中间商,又叫代理商,是指接受生产者委托从事销售业务,但不拥有商品所有权的中间商。代理商与委托人之间是委托代理关系,不是买卖关系。在商品交易过程中,商品所有权的转移不经过代理商,代理商一般也不承担经营风险,不垫支流动资金。

（2）代理商的种类

根据取得的委托权限的大小,代理商可分为以下三类:

① 独家代理。即代理商依照代理协议,在一定的期限和约定区域内,享有指定产品的专营权,其职权范围一般仅限于商业性活动。在独家代理情况下,委托人产品在该区域内的销售,无论是否通过该代理商进行,其销售业绩都会计入代理商的名下。

② 一般代理。即代理商不享有产品的专营权,委托人可以在同一地区与两个以上的代理商建立业务关系。委托人也可以越过代理商,直接与顾客成交。

③ 总代理。即代理商依照代理协议,不仅有权代表委托人从事推销产品、签订合同等商业性活动,而且有权代表委托人处理非商业性的事务。总代理拥有委托授予的广泛权限,其行为若引起不良后果,对委托人会产生较大的损害。所以企业在确定其总代理时要十分慎重,一般是由企业直接的外派机构或关系很密切的单位担任。

根据与生产者业务联系的特点不同,可分为企业代理商、销售代理商、寄售商和经纪商。

① 企业代理商。是指接受生产者委托,按照签订的售货协议,在一定区域代理销售商品的中间商。商品售出后,生产者按照一定比例付给企业代理商佣金,生产者与代理商之间是委托代理关系。使用代理商对尽快推销新产品、开拓新市场都有很重要的作用。

② 销售代理商。它是一种独立的中间商,接受生产者委托负责代理销售生产者的全部商品,一般不受区域限制,并拥有一定的售价决定权。销售协议一般规定一定期间内的推销数量。

③ 寄售商。它是指接受生产者委托进行现货代销业务的中间商。寄售商在货售出后,双方议定价格,按照一定比例收取佣金和有关费用。寄售商一般自设仓库或铺面,由于客户可及时购到现货,所以易于成交。

④ 经纪商。又称"经纪人",它既无商品,又无店铺,只是为买卖双方提供有关商品和价格及商品市场的一般情况,为交易双方牵线搭桥,协助谈判,促成交易。交易达成后,提取小量佣金。

10.3　分销渠道的设计与选择

分销渠道的设计与选择是一个长期的决策过程,一般来说,渠道模式一旦确定下来,改变与调整会有一定的难度,因为渠道与产品、价格和促销策略有所不同,需要其他企业的配合与支持,所以企业在进行渠道的设计与选择时应慎重考虑。

10.3.1　影响渠道选择的因素

影响分销渠道选择的因素很多。生产企业在选择分销渠道时,必须对下列几方面的因素进行系统的分析和判断,才能做出合理的选择。

1. 产品因素

(1) 产品价格

一般来说,产品单价越高,越应注意减少流通环节,否则会造成销售价格的提高,从而影响销路,这对生产企业和消费者都不利。而单价较低、市场较广的产品,则通常采用多环节的间接分销渠道。

(2) 产品的体积和重量

产品的体积大小和轻重,直接影响运输和储存等销售费用,过重的或体积大的产品,应尽可能选择最短的分销渠道。对于那些按运输部门规定的起限(超高、超宽、超长、集重)的产品,尤应组织直达供应。小而轻且数量大的产品,则可考虑采取间接分销渠道。

(3) 产品的易毁易腐性

产品有效期短,储存条件要求高或不易多次搬运者,应采取较短的分销途径,尽快送到消费者手中,如鲜活品、危险品。

(4) 产品的技术性与标准性

有些产品具有很高的技术性,或需要经常的技术服务与维修,应以生产企业直接销售给用户为好,可以保证向用户提供及时良好的销售技术服务。一般而言,渠道的长度与宽度同产品的标准化程度成正比。

(5) 产品的生命周期

一般来说,对于生命周期较短的产品,应在投入期与成长期选择短而宽的广泛分销渠道。

2. 市场因素

(1) 市场范围的大小

通常情况下,产品的市场销售范围越广,分销渠道就越长。若企业产品的销售范围很广,在全国乃至要进入国际市场,就要选择宽渠道,广泛利用中间商;若产品就地生产就地销售,销售范围很小,则由制造商直接销售或通过零售商销售。

（2）竞争者状况

当市场竞争不激烈时，可采用同竞争者类似的分销渠道，反之，则采用与竞争者不同的分销渠道。一般来说，制造商要尽量避免和竞争者使用相同的分销渠道。

3. 顾客因素

（1）潜在顾客的分布

某些商品消费地区分布比较集中，适合直接销售。反之，适合间接销售。工业品销售中，本地用户产需联系方便，因而适合直接销售。外地用户较为分散，通过间接销售较为合适。

（2）消费者的潜在需求

若消费者的潜在需求多，市场范围大，则需要中间商提供服务来满足消费者的需求，宜选择间接分销渠道。若潜在需求少，市场范围小，生产企业可直接销售。

（3）消费者的购买习惯

有的消费者喜欢到企业购买商品，有的消费者喜欢到商店购买商品。所以，生产企业应既直接销售，也间接销售，满足不同消费者的需求，也增加了产品的销售量。

（4）消费者的购买数量

如果消费者购买数量小、次数多，可采用长渠道，反之，购买数量大、次数少，则可采用短渠道。

4. 制造商因素

（1）资金能力

企业本身资金雄厚，则可自由选择分销渠道，可建立自己的销售网点，采用产销合一的经营方式，也可以选择间接分销渠道。企业资金薄弱则必须依赖中间商进行销售和提供服务，只能选择间接分销渠道。

（2）销售能力

生产企业在销售力量、储存能力和销售经验等方面具备较好的条件，则应选择直接分销渠道。反之，则必须借助中间商，选择间接分销渠道。另外，企业如能和中间商进行良好的合作，或对中间商能进行有效地控制，则可选择间接分销渠道。若中间商不能很好地合作或不可靠，将影响产品的市场开拓和经济效益，则不如进行直接销售。

（3）可能提供的服务水平

中间商通常希望生产企业能尽可能多地提供广告、展览、修理、培训等服务项目，为销售产品创造条件。若生产企业无意或无力满足这方面的要求，就难以达成协议，迫使生产企业自行销售。反之，提供的服务水平高，中间商则乐于销售该产品，生产企业则选择间接分销渠道。

（4）发货限额

生产企业为了合理安排生产，会对某些产品规定发货限额。发货限额高，有利于直接销售；发货限额低，则有利于间接销售。

5. 中间商因素

每个中间商实力、特点不同，诸如广告、运输、储存、信用、训练人员、送货频率方面具有不同的特点,从而影响生产企业对分销渠道的选择。

6. 政策因素

企业选择分销渠道必须符合国家有关政策和法令的规定。某些按国家政策应严格管理的商品或计划分配的商品,企业无权自销和自行委托销售;某些商品在完成国家指令性计划任务后,企业可按规定比例自销,如专卖制度(如烟)、专控商品(控制社会集团购买力的少数商品)。另外,如税收政策、价格政策、出口法、商品检验规定等,也都影响分销途径的选择。

7. 效益因素

不同分销途径经济效益的大小也是影响选择分销渠道的一个重要因素。对于经济效益的分析,主要考虑的是成本、利润和销售量三个方面的因素,具体分析如下。

(1) 销售费用

销售费用是指产品在销售过程中发生的费用。它包括包装费、运输费、广告宣传费、陈列展览费、销售机构经费、代销网点和代销人员手续费、产品销售后的服务支出等。一般情况,减少流通环节可降低销售费用,但减少流通环节的程度要综合考虑,做到既节约销售费用,又要有利于生产发展和体现经济合理的要求。

(2) 价格分析

① 在价格相同的条件下,进行经济效益的比较。目前,许多生产企业都以同一价格将产品销售给中间商或最终消费者,若直接销售量等于或小于间接销售量时,由于生产企业直接销售时要多占用资金,增加销售费用,所以,间接销售的经济效益高,对企业有利;若直接销售量大于间接销售量,而且所增加的销售利润大于所增加的销售费用,则选择直接销售有利。

② 当价格不同时,进行经济效益的比较。主要考虑销售量的影响,若销售量相等,直接销售多采用零售价格,价格高,但支付的销售费用也多。间接销售采用出厂价,价格低,但支付的销售费用也少。究竟选择什么样的分销渠道可以通过计算两种分销渠道的盈亏临界点作为选择的依据。当销售量大于盈亏临界点的数量,选择直接分销渠道;反之,则选择间接分销渠道。在销售量不同时,则要分别计算直接分销渠道和间接分销渠道的利润,并进行比较,一般选择获利的分销渠道。

综上所述,影响分销渠道选择的因素是多方面的。企业必须在全面分析这些因素的基础上作出正确决策。总的来说,选择分销渠道遵循多渠道、少环节、高效率、增效益的原则。

10.3.2 渠道设计决策

分销渠道设计的程序主要包括四个步骤:分析顾客需要、建立渠道目标、选择渠道方案、评估渠道方案,如图 10-5 所示。

1. 分析顾客需要

在具体的分销渠道设计中,企业首先要分析顾客的需要,了解企业所选择的目标顾客群需要购买什么样的商品与服务,一般他们习惯在什么地方购买、为什么购买、在什么地点购

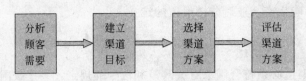

图 10-5　分销渠道设计程序

买、以什么方式购买,他们希望中间商提供什么服务类型与服务水平,以及时间与空间的便利条件等,即了解顾客需要的服务产出水平。分销渠道可以提供的服务产出水平包括批量大小、等候时间、空间便利、产品品种与服务支持等。

(1)批量大小。批量大小是指在一次购买过程中,分销渠道能够提供给消费者的产品单位数量。

(2)等候时间。等候时间是指顾客等待收到货物的平均时间。一般来说,大多数顾客都喜欢快捷的分销渠道。

(3)空间便利。空间便利是指分销渠道为顾客购买产品提供的便利程度。

(4)产品品种。产品品种是指分销渠道提供给顾客的产品花色品种的宽度。

(5)服务支持。服务支持是指分销渠道提供的附加服务,包括中间商提供的信贷、交货、安装与维修等附加服务。

2.建立渠道目标

任何一个企业选择渠道模式都有一定的针对性,不同的渠道模式在不同时期,都有不同的目标祈求,即使同一模式在不同时期也有不同的目标。生产企业在设计渠道时,一定要在理想渠道与可能得到的渠道之间做出选择,确定达到目标市场的最佳渠道。如果企业的目标是扩大产品市场覆盖面,应选择尽可能多的中间商;如果企业要控制中间商,就应不断增强自身能力,选择较少中间商,掌握渠道主动权。当然渠道选择受很多因素的影响,已在前面讲过。

3.选择渠道方案

任何企业选择分销渠道方案,总希望能以较低费用、较高效率,把目标用户需要的产品在用户需要的时间和地点送到用户手中。为此,企业需要作出一系列分销渠道决策,以选择合适的分销渠道。一个渠道选择方案由三方面的要素确定:中间商的类型、所需中间商的数目、渠道成员的权利与责任。

(1)识别中间商的类型

中间商类型决策指选择什么类型的中间商,是独立批发商还是代理商或经纪商。

从企业角度,凡是对用户和市场分销渠道结构不太了解或没有能力了解的企业,适宜选择代理商或经纪商;准备开发新市场的企业也可以选择代理商或经纪商;希望加快资金周转的企业不宜选择代理商或经纪商。从产品角度,工业用品较宜选择独立批发商中的经销商,和对方签订经销合同,双方承担一定的义务,并享有一定的权利,常见的是给对方独家经销权和较高的毛利,同时要求对方不再经营竞争者的同类产品;消费品则可视情况而定。

（2）确定中间商的数目

生产企业必须决定在每个目标市场中，每个渠道层次使用中间商的数目。中间商数目越多，渠道越宽。一般有三种类型可供选择：密集性分销、专营性分销与选择性分销。

① 密集性分销。**密集性分销是一种最宽的渠道，是指选择尽可能多的中间商来销售自己的商品，以便使产品有更多的展露度。**又称为广泛性分销。其特点是使产品快速进入目标市场，扩大产品的市场覆盖面。一般情况下，日用消费品和工业品中的标准化程度较高的产品常采用这种分销策略。例如，香烟、饮料等。

选择这种分销策略的企业应注意以下几点：第一，采用这种分销模式，中间商一般不愿承担广告费，需要企业独立完成；第二，经常注意用户购买习惯的变化，不要忽略新出现的同类产品的分销渠道；第三，虽然直接面对用户的分销点应尽可能多，最好是全部，但是在有些市场上，高一层次的批发商数目仍应有所控制，避免在他们中间出现不必要的竞争。

② 专营性分销。**专营性分销是一种最窄的渠道，指在一定的市场区域内，在一定时间内，只选择一家中间商销售其产品。**这种策略的优点是：可以提高中间商的销售积极性；产品的价格易于控制；产销双方在广告宣传、产品促销、货物发送与结算等方面能够互相支持与合作。但也存在着很多缺点：使得制造商在某一特定区域过于依赖该中间商，容易受其支配；若该中间商销售力量不足，还会使制造商失去部分潜在顾客。

选择这种分销策略的企业应注意两点：第一，由于这是仅此一家，别无分店的分销模式，选对了中间商就有了市场，选错了中间商则可能失去市场，所以企业在选择具体中间商时应格外慎重，不能抓到篮里的就是菜，随便选一家；第二，因为这种分销模式使中间商获得了独占销售权，所以中间商一般比较愿意协助企业进行促销活动和提供今后的服务，努力开拓市场。如果仅从企业利益出发，一个企业在一种产品初进入市场时适合采用这种模式，通过中间商的积极工作，迅速打开市场，然后再转向其他更适合的分销模式。但是，从中间商利益角度，中间商最忌讳的就是企业采取这种策略。所以，出于这种策略考虑选择独家分销模式的企业应慎重。

消费品中的特殊商品、名牌高档产品适宜采用这种分销模式；需要提供较多售后服务的耐用消费品可以采用这种分销模式。工业用品中的机械设备、机床等如果不采用直接渠道销售的，也可以采用这种分销模式。

③ 选择性分销。**选择性分销模式是指在一个特定市场上，既不是选择一家，也不是选择全部，而是选择部分中间商。**这种策略的特点是：制造商与精心选择的中间商之间的配合较为密切。对制造商来说，由于中间商的数量不多，便于控制，同时也利于降低营销成本，提高营销效率；对于中间商而言，每个中间商可获得较大的销售量，利润有一定的保障，激发了中间商的销售热情，提高分销渠道的运转效率。大部分产品都可以采用这种分销模式。

（3）规定渠道成员的权利与责任

渠道成员的权利与责任问题对分销渠道的正常运转有着重要影响，企业必须制定相应的职责与服务范围，明确生产企业应为中间商提供哪些方面的服务，承担哪些职责；中间商要为生产企业提供哪些服务，承担哪些职责。一般情况下，生产企业应给中间商提供供货保证、产品质量保证、退货保证、价格折扣、广告促销协助等；经销商需提供市场信息、各种业务统计资料、保证实行价格政策、达到服务水准等。

4．评估渠道方案

制造商在初步识别了几种可行的渠道方案之后，就应确定哪个渠道最能满足企业的长期目标，因此，企业必须对各种可能的渠道方案进行评估，评估需要遵循以下三个原则：经济性原则、控制性原则与适应性原则。

（1）经济性原则

经济性原则是指生产企业选择分销渠道应能够最大限度地节省成本、获得更多的经济效益。每个生产企业评价渠道方案的优劣，首先要从经济的角度分析运行成本对销售的贡献，从而计算出每个渠道方案的经济效益。

（2）控制性原则

控制性原则是指生产企业选择分销渠道应充分考虑对所选择的分销渠道进行有效控制，建立一套长期的稳定的分销渠道系统，保证市场份额与销售利润的稳定性。通常情况下，使用代理商需要考虑控制问题，销售代理商是一个独立的公司，它关心的是本公司利润最大化。代理商关心的是那些购买商品最多的顾客，并不关心谁购买了哪个制造商的产品。

（3）适应性原则

适应性原则是指生产企业选择分销渠道应充分考虑分销渠道的适应性。企业在选择渠道时必须综合考虑各种因素的影响，不仅要考虑不同地区的消费者分布、收入、购买特点，还要考虑产品本身的特性与消费的季节性。

10.4　分销渠道的管理

一个公司在确定渠道方案后，必须对每个中间商进行选择、培训、激励与评价，此外，还要根据市场的变化与时间的推移，对渠道进行及时的安排与调整。当渠道与公司、渠道与渠道之间发生冲突时，要做适当地调解。

10.4.1　分销渠道成员管理

1．渠道成员的选择

制造商要评估与分析中间商，主要包括四个因素：中间商的销售能力、财务支付能力、经营管理能力与中间商的信誉。关于中间商的选择这个问题前面已讲，这里不再重复。

2．渠道成员的培训

制造商应该有计划地、定期地对中间商进行系统的培训，使其能够掌握与熟悉产品的特性、相关技术、目标市场的信息、市场调查、产品维修，以及产品推销能力，将会使产销双方的利润都得到提升。

3．渠道成员的激励

制造商应该像对待最终消费者一样重视中间商，需要认真研究中间商的需求与结构，针

市场营销

x

240

对不同的中间商采取不同的激励方法。例如,正面激励有较高的毛利、特殊优惠、各种奖金、合作性广告补贴、陈列津贴,以及推销竞赛等;有时也采用反面的制裁,如减低毛利、放慢交货与终止关系等。制造商可以通过合作、合伙或分销计划等方式,有选择地与中间商结成一种长期紧密合作的战略伙伴关系。

小资料 10-1

"虎牌"啤酒步步高升的零售奖励计划[①]

"虎牌"啤酒针对零售商举办了历时一年的步步高升的零售奖励计划。在此计划中,"虎牌"啤酒并没有单纯地鼓励零售商盲目进货,而是考虑到零售商们的利益,把奖励建立在零售商的销售额上。规定零售商的销售总额每达到一个层次,便可即时获赠奖品。在活动期间,销售额达到 8 万元人民币(按进货价计)的零售店,就可以获得高级打火机 15 个;达到 12 万元人民币的零售店可获精美手表 15 个;达到 16 万元人民币的零售店可获优质公文包 15 个;至 19.8 万元人民币可获赠电冰箱 1 台。"虎牌"啤酒通过设奖刺激流通,使其加速运转。

4. 渠道成员的评价

制造商必须定期按一定标准分析与评价中间商的表现。评价的标准主要有:销售额的完成情况、销售增长率、产品的销售范围及其占有率、平均存货水平、交货速度、对损坏和遗失商品的处理、与公司培训计划的合作情况、中间商对顾客提供的服务等。上述标准中,销售标准最为重要,制造商可以在一定时期内列出各中间商的销售额,并排出名次,这样可以鼓励先进、鞭策后进。

5. 渠道的改进安排

每个制造商必须定期地分析、检查与改进它的渠道安排。对制造商来说,最困难的渠道决策是改进与调整整个市场营销系统。当分销渠道不能按计划工作、目标市场的消费者购买方式发生变化、市场扩大、新的竞争者进入、产品生命周期的更替时,有必要对渠道进行调整改进。

10.4.2　分销渠道冲突管理

制造商都希望与渠道成员之间展开良好的合作,获得更好的协同利润。但是,对渠道的设计与管理做得再好,也会发生某些矛盾与冲突。

1. 渠道冲突的类型

(1) 垂直渠道冲突

垂直渠道冲突是指同一渠道中不同层次渠道成员之间的冲突。例如通用汽车公司为了

[①]　资料来源:鹏程编著.促销:透过心灵的 37 种商业说服.北京:中国发展出版社,2006

实行有关服务、价格、广告方面的一系列政策,而与它的经销商产生了矛盾。

（2）水平渠道冲突

水平渠道冲突是指存在于渠道同一层次中的渠道成员公司之间的冲突。同一地区的批发商为了控制销售额,随意降价,扰乱市场。

（3）多渠道冲突

多渠道冲突产生于在制造商已经建立了两个或更多的渠道,并且它们向同一市场推销时产生的竞争。某制造商决定向大型超市出售其商品,可能会引起其原有独立专业店的不满。

2．渠道冲突的原因

（1）目标差异

制造商与中间商的目标不一致。例如,制造商要通过实行低价格策略向市场渗透,以取得较高的市场占有率;而中间商偏爱高毛利而追求短期利润。

（2）认知差异

制造商可能对近期经济前景表示乐观,要求中间商多备存货;而中间商却不看好经济前景,不愿意多存货。

3．渠道冲突的调解

由于产生渠道成员之间冲突的原因多种多样,而每个制造商与渠道成员的关系也是非常复杂的,渠道冲突的调解手段与方式也应视具体情况不同而有所区别。有的可以通过激励手段;有的可以通过说服协商的办法;有的还可以进行适当的惩罚;有的可以实行分权管理;对比较严重的矛盾冲突可以通过仲裁,诉诸法律。

10.5 产品实体分配

市场营销不仅意味着发掘并刺激消费者或用户的需求和欲望,而且还意味着适时、适地、适量地提供给消费者或用户,从而满足其需求和欲望,为此,要进行商品的仓储和运输,即进行物流管理(也称为实体分配)。企业制定正确的物流策略,对于降低成本费用,增强竞争实力,提供优质服务,促进和便利顾客购买,提高企业效益具有重要的意义。

10.5.1 产品实体分配的概念与职能

1．产品实体分配的概念

产品实体分配是指产品实体的转移,包括产品的运输和储存。实体分配有广义和狭义两种解释。从广义的角度看,是指自原料的产地选择到最终消费者市场的需求。从狭义的角度看,是指产品的运输、搬动与仓储。

狭义实体分配的范围包括:①原料进入工厂或商店的移动与控制;②产品在工厂或商

店内的移动与储存；③产品在工厂、商店之间的移动；④产品自工厂或商店转移到顾客那里。

2．实体分配要素

（1）包装。实体分配中包装形式的确定，包装材料的采用和包装方法的选择都要与实体分配的其他要素相适应。

（2）运输。运输是借助于各种运力，实现商品空间位置上的转移。运输决策的内容，首先根据运输商品对于运输时间与运输条件的具体要求选择适宜的运输方式；其次，企业还要决定发运的批量、送货的时间，以及行走的路线等。

（3）仓储。仓储是利用一定的仓库设施和设备收储、保管商品的活动。对于决定入库储存的商品，企业需要选择是自建仓库，还是租赁仓库。并选择适当的仓库位置。

（4）装卸搬运。装卸搬运的基本内容，包括商品的装上卸下、移动、分类、堆码等。

（5）库存控制。库存控制包括决定和记录商品的存放地点，实际储存数量，进货周期及进货的数量等。

（6）订单处理。订单处理包括接受、记录、整理、汇集订单和准备发运商品等工作。

3．实体分配的目标

对产品作适时适地的传递，兼顾最佳顾客与最低分配成本。实体分配合理的目标，应通过最佳顾客服务和最低的分配成本之间的有效选择，适当兼顾最佳顾客服务与最低分配成本。

10.5.2　产品实体分配决策

1．仓库地址的选择

仓库地址选择的主要标准：看是否有利于增加企业的利润。所以，企业必须考虑顾客发货的运输费用，还要考虑到用户所要求的服务。

2．仓库数量

不影响服务水平和降低销售量的前提下，减少仓库的数量。

3．仓库结构

（1）单层仓库还是多层仓库。单层仓库可以降低物资搬运费用，但单层仓库土地投资费用较高。多层仓库重点考虑的是商品的储存，在地价很高的地区更宜采用。

（2）自建仓库还是租赁仓库。自建仓库平面布置和物资搬运机构可以按本企业产品的要求设计，也便于控制仓库的经营业务。租赁仓库企业不需要进行投资，可改租其他仓库和变更租赁面积。

4．运输方式

（1）管道。管道是一种特殊的运输方式。优点是安全性高、运费低、无污染。但管道建设投资巨大,使用范围较窄。

(2)水运。内河驳船运输适用于运载笨重的不易变质的商品,内河驳船费用较低,但航期较长。

(3)铁路。铁路适用于运输距离远、批量大、单位价值较低、比较笨重的货物。缺点是装卸地点固定,车辆调度慢,缺乏灵活性。

(4)公路。公路运输的主要优点是灵活、迅速,所以许多制造厂的大部分产品采用公路运输方式。300公里以内的短途运输,费用比铁路低。

(5)航空运输。航空运输是最快的运输方式,也是运费最高的运输方式。适应面较窄,同时受到气候条件的影响,适用于价值高、体积小、时间性强的产品运输。

5. 运输路线

在选定运输方式后,发货人还应决定运输路线。选择运输路线的标准是:

(1)所选定的运输路线应保证把货物运输给客户的时间最短,这样就可以做到准时向客户交货,缩短订货周期,减少库存短缺情况的发生,达到较高的服务质量。

(2)选定的路线应能减少总的运输里程,这不仅意味着可以减少总的运输里程,还意味着可以减少发货人的运输费用。

(3)选定的运输路线应保证大的用户得到较好的服务。

(4)运用线性规划和网络技术等方法,计算出最佳运输路线,避免迂回运输或相向运输,以便减少运输费用。

6. 存货水平控制

(1)经济批量

企业存货水平很大程度上关系到企业的进货批量,因此控制存货的问题首先必须取决于如何确定最佳进货批量。

在任何情况下,进货企业的进货批量都会遇到两个互相矛盾的成本因素,即进货费用和存货费用。

进货批量和进货费用是反比例的关系。当一定时间内商品的进货总量不变,则每次进货批量大(小),进货次数就少(多),进货费用也就少(多)。

进货批量和存货费用是正比例的关系。当一定时期内商品的进货总量不变时,每次进货批量大,平均库存量也大,存货费用就多,包括管理费、包装费、存货占用资金的利息、折旧费、商品损耗,以及其他费用等;反过来,进货批量小,平均库存量小,存货费用也少。

从经济效益角度讲,进货费用与存货费用都要节省。这就要求在进货总量一定的条件下,确定一个最佳的进货批量,从而使得进货费用和存货费用最为节省、经济。因此,经济进货批量就是指使进货费用和存货费用之和(即总费用)减少到最低限度的进货批量。假定:

① 需求量已知且稳定不变;仓库库存随时间变化而均匀下降。

② 进货间隔期已知且稳定可靠;当库存用完时进货及时到达。

③ 瞬时补充存货。进货一次到达,库存瞬时达到最高点,而后随着销售,库存下降,每次补充的数量就是经济批量。

（2）进货点

存货水平随着不断的销售而逐渐下降，当降到一定数量时，就需要再进货，这个需要再进货的存量称为进货点。

进货点的确定要考虑办理进货手续的繁简，运输时间的长短，可能发生的意外情况，以及该货物的销售频率和对服务标准要求的高低等因素。总的原则是，既要避免断档脱销带来声誉损失，又要防止货物积压而造成经济损失。前者实际上也是一种经济损失，而且可能给企业带来的损失更大。因此，要权衡利弊，处理好成本与服务的关系。

本章小结

1. 分销渠道主要包括商业中间商和代理中间商，还包括处于分销渠道的起点和终点的生产者和消费者。

2. 分销渠道的基本形态，由于工业品市场和消费品市场具有不同的特性，其分销途径也有所不同。消费品分销渠道模式有五种（三级分销渠道），工业品有四种分销形式（二级分销渠道）。

3. 中间商可以分为批发商和零售商，批发商的渠道策略有普遍性分布策略、选择性分布策略等，定价策略和促销策略也多种多样；零售商也有相应的策略。

4. 分销渠道的选择策略包括基本策略、选择中间商的条件、批发商以外的分销途径等。

5. 商品的实体分配由六个方面组成，即包装、运输、仓储、装卸搬运、库存控制和订单处理。其分配策略包括仓库地址的选择、仓库数量、运输方式、存货水平和发货批量等。

巩固与应用

1. 关键概念

分销渠道　中间商　密集性分销　专营性分销

2. 思考练习

（1）消费品的分销模式有哪几种？工业品的分销模式又有哪几种？

（2）什么叫中间商？它有哪些主要功能？

（3）影响分销渠道选择的因素有哪些？

（4）分销渠道的选择策略主要有哪些？

3. 案例分析

娃哈哈营销渠道策略[1]

娃哈哈的营销渠道模式，经历了三个不同的阶段。

第一个阶段，与国有的糖酒批发公司及其下属的二、三级批发站紧密合作，借用其现有

---

[1]　资料来源：吴晓波.娃哈哈的"非常"之处——营销渠道争夺的白热化.新营销，2004

的渠道进行推广,由于娃哈哈捷足先登,迅速地抢得了先机,在暮气沉沉的流通旧体制中,一股新鲜的血液喷涌而出。

第二个阶段,是 20 世纪 90 年代中期,随着沿海省份各种专业及农贸市场的兴起,个体私营批发商以其灵活多变的机制优势把国营糖酒公司原有的渠道网络冲得七零八落,中国农村城镇市场出现了大重组。娃哈哈及时顺应这一变化,与各地市场中的大户联手,很快编织起一个新的、无比灵活的市场网络。正是通过那些有利可图便无所不往的成千上万个大小经销商,娃哈哈的产品渗透到了大江南北的每一个角落。

第三个阶段。到了 1996 年前后,随着中国保健品、饮料市场的繁荣,越来越多的民营企业加入战团。它们纷纷仿效娃哈哈,向农贸和专业市场大力进军,连可口可乐这样的跨国品牌也开始把营销重心下移,在县级市场与娃哈哈一争高下,厂商与经销商的关系变得复杂微妙起来,其中存在的弊端便一一浮出水面:一是多头经销,公司无法控制市场;二是冲货现象严重;三是一旦市场出现暂时的滞销现象,就会造成恐慌性的降价。这就进入到了第三阶段,即近几年发生的变化:娃哈哈开始淡出农贸市场,摒弃原有的粗放式的营销路线,进而开始编织自己的"联销体"网络。娃哈哈的营销组织结构是这样的:总部—各省区分公司—特约一级批发商—特约二级批发商—二级批发商—三级批发商—零售终端。其运作模式是:每年开始,特约一级批发商根据各自经销额的大小打一笔预付款给娃哈哈,娃哈哈支付与银行相当的利息,然后,每次提货前,结清上一次的货款。一级批发商在自己的势力区域内发展特约二级批发商与二级批发商,两者的差别是,特约二级批发商将打一笔预付款给一级批发商以争取到更优惠的政策。

娃哈哈保证在一定区域内只发展一家一级批发商。同时,公司还常年派出一到若干位销售经理和理货员帮助经销商开展各种铺货、现货和促销工作。在某些县区,甚至出现这样的情况:当地的一级批发商仅仅提供了资金、仓库和一些搬运工,其余的所有营销工作都由娃哈哈派出的人员具体完成。这是一种十分独特的协作框架。从表面上看,批发商帮娃哈哈卖产品,却还要先付一笔不菲的预付款给娃哈哈——某些大户的这笔资金达数百万元。而在娃哈哈方面,则"无偿"地出人、出力、出广告费,帮助批发商赚钱。

对经销商而言,他们无疑是十分喜欢娃哈哈这样的厂家的:一则,企业大,品牌响,有强有力的广告造势配合;二则,系列产品多,综合经营的空间大,可以把经营成本摊薄;三则,有销售公司委派理货人员"无偿"地全力配合,总部的各项优惠政策可以不打折扣地到位。相对于生产商自己招聘人马、全资编织市场网络,娃哈哈的联销体模式似乎更为经济和高效。各级大大小小的经销商一方面可以使娃哈哈迅速地进入一个陌生的市场,大大降低市场的导入成本,更重要的似乎还在于,这些与娃哈哈既为一体又非同根的经销商团队,是保证市场创新、增长和降低因营销队伍庞大而产生的费用及管理风险的重要力量。

跟所有的营销家一样,宗庆后谋划市场最头痛的问题之一,是各区域市场之间的冲货。娃哈哈成立了一个专门的机构,巡回全国,专门查处冲货的经销商,其处罚之严为业界少有。宗庆后及其各地的营销经理到市场行走时,第一要看的便是商品上的编号。一旦发现编号与地区不符,便严令要彻查到底。

从 2001 年开始,娃哈哈悄然开始了一场雄心勃勃的营销网络建设工程:宗庆后要在未来三年内构筑起一个全封闭式的全国营销网络,在企业内部,这个计划被命名为"蜘蛛战役"。宗庆后判断,中国市场的终端之争,首先将在批零渠道展开。娃哈哈的野心,是在三年之内把目前国内最具实力的县城级饮料销售商都聚集到自己的旗下,宗庆后理想中的娃哈哈网络是这样的:娃哈哈在一个区域内只选择一个批发商,该一级批发商只卖货给自己的二级批发商,二级批发商只向划定区域内的三级批发商和零售店铺销售。整个销售网络是在一个近乎全封闭的、规范化的系统内进行的,这可能是当今中国市场上最具雄心和创造力的一个营销试验:娃哈哈试图把数十年如一日的自然性流向,变为控制性流向。一旦这一营销网络大功告成,价格的规范和产品的推广自然可以收放自如,用宗庆后自己的话说,就是"想怎么打,就怎么打"。

目前,在沿海一些经营得较好的地区,娃哈哈的网络建设已经到了可以"量化管理"的地步,平均5万人口便发展一个二级批发商,平均30平方公里便有一个一级批发商。"强势的产品,透明的政策,封闭的网络",这是"蜘蛛战役"所拟定的战略目标。在宗庆后的计划中,今后一段时间,娃哈哈主要的营销工作便是"撒网——收网——修网——固网,收中带修,修中变大,大而持固"。这也可能是未来中国最为庞大的一个城乡批零网络。其成败结局,引人注目。

应该指出的是,这一网络体系要得以支撑下去,取决于以下三个决定性的因素:①娃哈哈必须保证向经销商推出的产品,是一种畅销的大众商品;②娃哈哈必须提供给经销商一个合理的利润空间,让他们只需要做好娃哈哈一家的产品,便可以获得相当的利润,至少比同时经营其他产品能够产生更高的可比效益;③娃哈哈必须有强有力的市场维护能力,不把市场管理和广告推广的压力转嫁到经销商头上。这三点,是宗庆后和娃哈哈未来必须直面和解决的"永远的任务"。

问题

(1) 娃哈哈的渠道战略有什么特点?

(2) 分析娃哈哈的分销网络结构。

4. 技能训练

(1) 训练项目

假设各模拟公司要开发本市市场,请同学们根据各公司及本市实际情况为其设计分销方案。

(2) 训练目的

通过同学们到企业分销渠道实地参观访问,进一步了解分销渠道的结构、特点,掌握现代分销的新模式、新策略,培养学生进行分销渠道策划的初步能力。

(3) 训练内容

第一步,以班级为单位分成几个模拟公司,各模拟公司成员以9～10个为宜。

第二步,以模拟公司为单位,组织学生参观访问不同类型的工商企业的分销渠道。了解一般企业分销渠道的结构类型、主要特点、成员数量、管理策略等;了解超市、连锁店、配送中心、大卖场等的经营范围、配货模式等。在此基础上,进行模拟公司的分销渠道设计。

第三步,以班级为单位,展开讨论,各模拟公司拿出自己的分销渠道设计方案,在全班展示,师生共同评估,并选出优胜者。

第11章 促销策略

学习目标

1. 了解促销组合决策的基本内容
2. 了解人员推销的特点
3. 熟悉广告媒体的选择与广告效果的测量
4. 掌握熟悉销售促进和公关策略的基本原理和方法

导入案例

"太太"产品情人节真情互动促销活动①

2001年元月5日到2月14日新世纪第一个情人节,"太太"产品推出了以"真情互动"为中心的"太太口服液"真情永驻之爱情宣言系列活动。首先,选择了一家有效读者群最大的报纸发布广告,广泛征集新世纪爱情宣言;并在该报的重要版面开辟了"新世纪爱情宣言"专栏,连续一个月共刊出近60篇优秀作品,整个栏目获得极高的关注度。

2月14日,在该报用半版彩色广告刊出了获奖者名单,并推出"情人节送情人——太太口服液!"的广告语。当天在一大型商场举行的颁奖活动,评选出"知心爱人、浪漫爱人、亲密爱人、灵犀爱人和温馨爱人"各一对,获奖情侣除获得一套精美的"太太口服液"之外,还得到了一份极具纪念意义的获奖证书。获奖者表示出了相同的心声:"'太太口服液'让我们感动的是,当几十年过去,当我和爱人都老了,翻出这张发黄的报纸,回想当年的海誓山盟,那该是怎样的刻骨铭心!"

"爱情宣言"真情促销活动成功之后,不仅以最少的投入提升了"太太口服液"的销量,而且提升了"太太口服液"在消费者心中的价值。

引导问题

你认为"太太"产品促销活动成功的关键是什么?

---

① 资料来源:付方庚.创造一个真情互动的促销模式.销售与市场,2002,10

11.1 促销与促销组合

促销策略是 4P 组合策略之一,也是市场营销组合中的一项重要内容。随着市场经济的发展,竞争会越来越激烈,企业不仅要努力开发适销对路的产品,制定具有竞争力的价格和选择合理的分销渠道,还应根据实际情况,正确制定并合理运用促销策略,采用适当的方式进行促销,及时有效地将产品或劳务的信息传送给目标顾客,沟通生产者、经营者与消费者之间的联系,激发消费者或客户的欲望和兴趣,进而满足其需要,促使其实现购买行为。

11.1.1 促销的概念与作用

1. 促销的概念

促销是企业通过人员和非人员的方式,沟通企业与消费者之间的信息,激发、刺激消费者的购买欲望与兴趣,使其产生购买行为的综合性策略活动。

促销实质上是一种沟通与激发活动。在市场经济条件下,社会化大生产决定了生产者、经营者与消费者至今客观上存在着信息的分离。通过声音、文字、图像或实物传播给消费者,增进消费者对商品或服务的了解,引起消费者的注意和兴趣,帮助他们认识商品或服务能给他们带来的利益,激发他们的购买欲望,为消费者最终做出购买决定提供依据。

2. 促销的要素

(1) 促销的主体

促销的主体是主动开展营销活动的组织与个人。

(2) 促销的客体

促销的客体就是促销活动的对象,即促销活动信息传递的受众——消费者。

(3) 促销的内容

促销的内容是企业通过促销活动向消费者推广介绍和传递的信息内容,可以是企业的信息,也可以是产品、服务或构思的信息。

(4) 促销的目的

促销的目的是通过信息沟通,赢得信任,诱导需求,刺激欲望,促进购买。在消费者可支配收入一定的条件下,消费者是否能产生购买行为主要取决于消费者的购买欲望,而消费者购买欲望与外界的刺激、诱导是分不开的。

3. 促销的作用

消费者购买行为的产生,起关键作用的是"内因",促销只是"外因",这是一个大前提。不过作为信息传播与沟通手段的促销活动,对企业的生存和发展是至关重要的,绝不是可有可无的。促销的根本作用在于沟通了买卖双方,使得各自的信息得以传递。促销的具体作用如下。

(1) 传递信息,指导消费

促销最基本的作用是向目标顾客传递信息。一方面,通过促销宣传,将企业产品的性能、特点、作用,以及可以提供的服务等信息传递给消费者,可以使消费者知道企业生产经营什么产品,有什么特点,到什么地方购买,购买的条件是什么等,从而引起其注意,激发其购买欲望,促使其购买。另一方面,也可及时了解消费者对产品的看法与意见,迅速解决经营中存在的问题。

(2) 突出特点,激发需求

突出特点是要强调企业的产品与竞争者的产品的差别。在激烈的市场竞争中,许多产品之间的差异并不大,不易被消费者所察觉,企业通过促销活动,宣传本企业产品的独特属性和特点,努力提高产品和企业的知名度,促使顾客加深对本企业产品的了解和喜爱,激发消费需求。

(3) 促进需求,扩大销售

由于各种因素的影响,企业的销售额可能出现上下波动,这将不利于稳定企业的市场地位。为此,企业通过促销活动,可以树立良好的企业形象和商品形象,尤其是通过对名、优、特产品的宣传,促使顾客对企业产品及企业本身产生好感,从而培养和提高"品牌忠诚度",巩固老顾客和扩大市场占有率。

(4) 提高声誉,赢得信任

企业的形象和声誉是企业的无形资产,直接影响企业产品的销售。通过促销,可以提高企业的声誉,提高产品的知名度,使更多的消费者了解、熟悉与信任本企业,从而稳定和扩大企业的市场份额,巩固市场地位,开拓新的市场;增强消费者对企业与产品的信任感,从而也就提高了企业和产品的竞争力。

11.1.2　促销组合

1. 促销组合的概念

促销组合是指企业根据产品的特点和营销目标,综合各种影响因素,对各种促销方式的选择、编配和运用。促销组合是促销策略的前提,在促销组合的基础上,才能制定相应的促销策略。因此,促销策略也称为促销组合策略。它主张企业应把广告宣传、公共关系、营业推广及人员推销等四种基本促销方式组合为一个策略系统,使企业的全部促销活动互相配合、协调一致,最大限度地发挥整体效果,从而顺利实现促销目标。

2. 促销组合的方式

促销的方式有两种,即人员促销与非人员促销,如图 11-1 所示。人员促销是指通过人员沟通方式说服消费者购买商品,其针对性较强,但影响面较窄。非人员促销是指通过广告宣传、营业推广和公共关系等方式,借助一定的新闻媒体传播关于商品与服务的相关信息,从而使消费者产生购买行为,其影响面较宽而针对性较差。通常情况下,企业在促销活动中将人员促销与非人员促销结合运用。

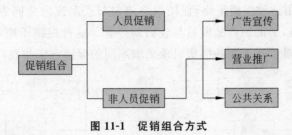

图 11-1 促销组合方式

随着市场经济与网络经济的发展,出现一种新的促销方式,即直复营销。指企业使用邮寄、电话、传真、网络和其他以非人员接触工具进行沟通或征求特定顾客与潜在客户的直接回复方式。它是一种新的促销方式,是采用人与人之间沟通的方式,是借助"直接"的通道,保证了向目标市场内的个体有选择地进行信息传达。

各种不同的信息沟通方式,具有其各自不同的特点、适用范围和局限性。因此,企业在决定促销组合时,常常是综合考虑,同时区别主客观情况,选择几种方式的最佳搭配方案。如表 11-1 所示。

表 11-1 促销组合的主要工具

广 告	营业推广	公共关系	人员推销	直复营销
印刷广告	竞赛、游戏	新闻、演讲	销售展示	目录
广播广告	彩票、兑奖	游说	销售会议	邮购
电视广告	赠品、赠券	研讨会	奖励节目	电视直销
包装	展销、展览会	年度报告	样品	电子信箱
产品样本	示范表演	慈善捐款	交易会	网上购买
招贴和传单	折扣	捐赠	展销会	
广告牌	低息融资	公司杂志		
销售点陈列	商品组合	事件营销		

企业确定促销组合时应综合考虑营销目标、促销预算及分配。鉴于几种促销方式各有特点,适用于不同对象,而且几种促销方式之间既可互相替代,又可相互促进,因此企业应综合运用几种方式达到既定的目标。

3. 促销总策略

促销总策略根据促销合力形成的总体方向划分,可以划分为推式促销策略与拉式促销策略两种。

(1)推式促销策略

推式促销策略是企业通过分销渠道推出产品,上游企业直接对下游企业或目标顾客开展的促销活动。其活动过程主要是运用人员推销、营业推广等手段,把产品从制造商推向批发商,由批发商推向零售商,再由零售商将产品推向最终消费者的一种有方向的链式系统。如图 11-2 所示。采用这种促销策略,促销信息流向与产品流向是同方向的,通常要求企业要有完善的促销队伍,一流的产品质量与较高的声誉。这种促销策略的促销对象一般是中间商,它要求促销人员针对不同的销售对象采取不同的促销方法与技巧。

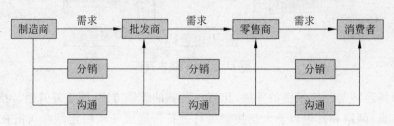

图 11-2　推式促销策略

(2) 拉式促销策略

拉式促销策略是企业通过良好的企业形象、品牌形象与产品形象,使消费者产生需求,并向零售商购买,零售商转而向批发商订货,批发商转而向制造商订货的与推式逆方向的链式系统,如图 11-3 所示。拉式促销策略比较适合用于人力不足,而目标市场广大的企业。一般以广告为主要促销手段,通过创意新、高投入、大规模的广告宣传,把顾客的购买欲望刺激到足够的强度,顾客就会主动找零售商购买这些产品,购买这些产品的顾客多了,零售商就会去找批发商,批发商觉得有利可图,就会与制造商订货。采用拉式促销策略,促销信息流向与产品流向是反向的。运用这种策略的企业一般具有较强的经济实力,能够花费昂贵的广告与公关费用。

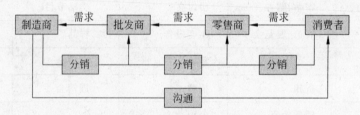

图 11-3　拉式促销策略

4. 影响促销组合的因素

企业在决定促销组合时要考虑以下多种因素的影响和制约。

(1) 产品类型

一般对于消费品适合采用非人员促销方式。而对生产资料的推销最有效的方法为人员销售。

(2) 市场状况

产品所处的市场地位越强,品牌效应就越强。强势品牌应以广告宣传为主,市场地位居中或较弱的产品应以营业推广为主。另外,就市场范围来看,小规模本地市场,应以人员推销为主,大规模市场以广告宣传为主。

（3）产品生命周期

在产品生命周期的不同阶段,由于促销目标不同,促销组合策略也应有所不同。

① 当产品处于介绍期时,需要扩大知名度,让顾客认识和了解产品,吸引顾客的注意力,故广告和公共关系的效果最佳,营业推广也有一定作用,可鼓励顾客试用。

② 在成长期,如果企业想提高市场占有率,广告和宣传工作仍需加强,只是侧重点有所不同。企业想取得更多利润,则应加强人员推销工作,来降低成本。

③ 在成熟期,应增加各种销售促进活动,削弱广告力,如果产品没有什么新的特点,只保留提示性的广告即可。

④ 在衰退期,企业应把促销规模降到最低限度,某些销售促进措施仍可保持,用少量广告保持顾客记忆即可。

（4）促销费用

促销费用的高低,直接影响到促销方式的选择。一般来说,广告宣传和人员推销的费用较高,营业推广花费较小。企业在选择促销方式时,要根据企业的资金状况,以能否支持某一促销方式的顺利进行为标准,同时,投入的促销费用要符合经济效益原则。

（5）人力资源

促销效果是否能够达成关键看促销执行。促销执行,尤其是人员推销和营业推广是推销人员面对面地与客户交流。那么,推销执行人员的素质、能力、促销目标的贯彻,计划的执行,取决于企业现有推销执行人力资源的状况或促销预算下的费用支持。

总之,在充分了解促销组合的概念,并考虑影响促销方式各种因素的前提下,有计划地将各种促销方式适当搭配,形成一定的促销组合,就可取得最佳的促销效果。

小资料 11-1

华联超级市场的促销管理[①]

华联的促销是由营销部负责的。常用的促销方式是 DM 海报促销、让利促销、赠品促销、主题促销等几种方式。海报促销申请一般由填单业务员申请,物价组核价,营销组确定。营销组将就申请进行促销的前期调查,调查同期竞争对手的促销动态,并落实供应商的促销配合。常用促销方式:

（1）DM 海报。DM 海报促销性价比比较合理,尤其是五一、国庆、春节等节庆海报效果很好。一般时间上,隔一周出一档,每档持续两周。遇到节假日加开学前,出一档专题海报。海报形式一般为 A4 彩页装订册,偶尔也有 A4 散页型。

（2）让利促销。让利促销可对销量产生立竿见影的作用。

（3）赠品促销。赠品促销形式有两种:加量不加价和附赠捆绑装。华联更喜欢附赠捆绑装的方式,形式简单明了,实惠看得见,促销效果好。

（4）主题促销。主题促销以部分名品低价围绕主题销售,对于拉动人气,效果较好。

---

① 资料来源:长弓.实战华联.销售与市场.2003

11.2　广　告　促　销

11.2.1　广告的概念与特点

1.广告的概念

广告可分为广义和狭义两类。广义广告泛指能唤起人们注意、告知某项事物、传播某种信息、宣传某种观点或见解的信息传播方式,如政府公告、宗教布告、公共利益宣传、教育通告、各种启事、标语、口号、声明,等等,都称之为广告。它既包括经济广告(商业广告),又包括非经济广告,因此,可概括为"有目的地唤起人们注意或影响观念的特殊信息传播方式"。狭义的广告,指经济广告,旨在促进商品销售和劳务提供的付费宣传,是商品经济的产物。

所谓广告是指企业或个人通过一定的传播媒介,以促进销售和增加赢利为目的,对有关商品、服务与观念进行的有偿的信息沟通活动。它是一种高度公开的成本与效率都很高的信息传播方式,作为信息沟通活动,它是企业在促销组合中应用最广泛的促销方式。

我们应从两个方面理解广告的概念:

(1)广告是指广告活动。广告是动态的,即"广而告之"的信息传播活动。

(2)广告又是广告作品。即广告信息的表达方式。包括语言文字与非语言文字两部分。

2.广告的特点

(1)信息受众的广泛性。广告宣传是通过大众传播媒介,可以经产品或服务的信息传递给广大的消费者,信息接受者是一个范围广泛的群体。不仅包括现实的顾客,而且包括潜在的顾客。

(2)信息传递的单向性。属于单向的信息传递,不一定引起消费者的注意。

(3)促销效用的滞后性。广告的目的是刺激需求,促成购买,但广告宣传与购买行为往往存在时间上的分离。广告对消费者态度与购买行为的影响难以立即见效,往往需要延续一段时间。

(4)宣传方式的灵活性。可通过声音、形象、色彩、音乐来传递信息。

(5)非人员性。借助一定的媒体传播信息。

3.广告的作用

广告既可为产品建立一个长期的印象,也可以刺激购买行动,它是一种能将信息送至地理上的分散接收者最多的方式,而平均成本又最低,有以下几方面的作用。

(1)传播信息,培植需求

广告可以介绍产品的成分、质地、技术、性能、规格、特点、使用范围、养护知识等信息,有效地传递给潜在的消费者,激发需求,使消费者产生购买行为。尤其新产品一经问世,必然要伴之以一场大规模、高密度的广告宣传,让消费者对新产品形成深刻的印象,使消费者打

市场营销

破原先的思维定式,从而接受新产品。如中国人的传统习惯是喝热茶,然而,厂商通过广告等沟通的力量,激发了中国人的潜在需求,使人们日渐接受了喝茶饮品、冰茶产品,使这类饮料销售与日俱增,牢牢地占据了市场。

(2)刺激需求,提升销售

有时,消费者的某些需求处于潜在状态,若不加以刺激,则可能被抑制;若加以有效的刺激,则可能转变为实际的购买行为。刺激消费者需求的方式虽多,但最普遍、最直接、最有效的方式还是广告。形形色色的广告手段是激发人们潜在消费需求的有效工具,由广告效应所造成的购买氛围,使得现代人事实上已经无法摆脱广告对其心理需求的巨大影响。消费者的潜在需求一旦被激发,扩大销售便是顺理成章的事。

(3)争夺顾客,开拓市场

市场经济充满竞争,市场经济越发达的地区,企业之间的竞争也就越激烈。许多企业都利用广告这个手段来开拓市场、促进销售,以此来提高经济效益。

知名大企业抢占各种媒体的黄金时间和黄金版面,并不是因为本企业或其产品知名度不够,也不是为了已经出了名的产品做广告,最重要的是不让竞争对手抢走具有良好效果的广告播出时间段和版面,使竞争对手没有更好的机会宣传自己。

11.2.2 广告的构成要素与类型

1.广告的构成要素

广告作为大众传播的一个重要组成部分,必须具备下面四个基本要素:广告的主体、广告的内容、广告的客体、广告的媒介。

(1)广告的主体

广告主是广告活动的主体,是指为推销商品或服务,自行或委托他人设计、制作、发布广告的法人。

(2)广告的内容

广告信息是广告活动的内容,一般是指商品信息、服务信息与观念信息等。

(3)广告的客体

广告受众是广告活动的客体,是广告信息的传播对象,主要指工商企业的买主与个人。

(4)广告的媒介

广告媒体是信息传播的中介工具,也称广告媒介。广告媒体是在广告主与广告对象之间起媒介作用的物质手段。其表现形式有报纸、杂志、广播、电视等。

总之,广告的四大要素是相辅相成、互为一体,缺一不可。广告主是广告活动的主体;广告信息是广告的内容与核心;广告客体是产生广告效益的基础;广告媒体是广告信息的载体,是沟通产需的桥梁。

2.广告的类型

广告的形式多种多样,可根据不同的标准划分,最普遍使用的则是按广告目标划分,分为三大类。

（1）通知性广告

这种广告主要用于产品生命周期的投入期与成长期初期，是向市场告知新产品的信息。通过广告宣传，着重向消费者介绍新产品的用途，还可以介绍老产品的新变化。通知性广告的目的是告知产品利益和建立初级的品牌知名度，树立公司的新形象。

（2）说服性广告

这种广告主要用于产品生命周期的成长期与成熟期的大部分时间，是为特定的企业确定选择性的需求，以便在竞争中获得更多的成效。利用广告宣传突出产品的优势与特色，说服消费者购买。实际上，许多说服性广告已变成对比性广告。说服性广告的目的在于诱发与刺激消费者的购买欲望和购买行为，建立品牌形象，促成产品的持续、大量销售。

（3）提示性广告

这种广告主要用于产品生命周期的成熟期末期与衰退期，广告通常以企业或产品的品牌形象或消费提示为主，提示性广告的目的不是告知或说服消费者购买某产品，而是提醒已有的产品用户不要忘记购买某特定产品，仍然保持对产品的记忆与偏好，继续购买该产品。例如，汽车广告常常通过画面显示满意顾客对自己购买新车的称心如意。

11.2.3 广告的决策程序

企业对广告的决策在内容上主要包括确定广告目标、制定广告预算、设计广告主体、选择广告媒体和广告效果评估，如图 11-4 所示。

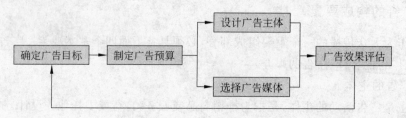

图 11-4 广告决策程序

1. 确定广告目标

企业付费进行宣传性质的广告，其目的只有三个：其一，提高对企业产品的认知，达到使受众知晓和态度转变，接受产品并产生喜爱；其二，促进广告受众对广告产品的初次试用和重复购买；其三，是提示消费者保持对产品的记忆与偏好。

2. 制定广告预算

广告预算是企业在制订广告方案时预先安排的广告预期支出的金额。预算过低，广告花费不足，无法达到预期目标效果；反之，会造成浪费，降低广告投资效率。因此，为实现销售目标，企业必须花费必要的广告费用。

在确定广告预算时，要考虑以下五个因素：

（1）产品生命周期。在产品的投入期，一般需要较高的广告预算，目的是在消费者心目中树立起产品形象；在产品的成长期或成熟期，广告只需占销售额的一定百分比，用以维持产品的地位。

市场营销

（2）市场份额和目标市场规模。市场份额大的产品,一般情况下广告预算占销售额的百分比相对较小,如果要增加自己的市场份额,要花费较高的广告费用。此外,面向广大消费者的产品人均广告费用较低,而面向较小的特定消费者的产品人均广告费用必然要高得多。

（3）行业竞争和市场秩序。在一个充满激烈竞争的市场上,企业的广告费用总是不堪负担;而如果市场秩序混乱,企业需开支的广告费用就更高了。

（4）广告频率。广告预算的高低,还受到广告重复次数的影响。广告次数越多,广告费用越高。另外,要想使自己的产品树立与众不同的形象,也需要做更多的广告。

（5）产品可替代性。产品的可替代性较高,或可替代产品种类较多,行业竞争程度较高,要求企业分配较多的广告预算;相反,则可以减少预算。

广告促销决策者应认真仔细地审查广告活动的费用与效果,提高预算准确性。目前,广告专家已提出了各种不同的预算模型用于确定广告预算,在使用模型中可参考上述因素,加以确定。

3. 设计广告信息

广告是一种说服活动。广告所传递的信息通常是有关提供物中包含的顾客需要的利益和获得方式等情报。广告的设计必须以人的心理活动特征为依据,把激发人的潜在意识作为重要目标。这就要求广告内容首先要引起消费者的注意,引起消费者对传播的信息的兴趣,继而产生购买愿望,并实施购买产品的行为。因此要求设计的广告遵循以下几项原则:

（1）符合受众,规律性强。规律是指人的认识规律,广告宣传内容的安排符合人的认识规律才有效果。首先,广告内容安排应符合人的认识顺序;其次,需增强与背景的反差;最后,突出广告主题。

（2）比较真实,易于接受。广告的作用是说服消费者,但说服不等于欺骗,欺骗反而会说而不服。做广告的目的除了让广大消费者了解本企业外,更重要的是让人们对本企业产生好感。宣传的真实性非常重要。

（3）内容简洁,针对性强。广告所能表达的内容非常有限,人们对广告留意的时间也很短暂,因此,要求内容一定要清晰、简洁,强调广告宣传的针对性。

广告需要在一瞬间将人抓住,把应该让人知道的事情交代明白。画面不能太零乱,文字也不能太冗长。应该做到简单醒目、一目了然、生动形象、通俗易懂。如2007年夏天电视广告"怕上火,喝王老吉",简洁明了,突出产品特点,起到了很好的宣传作用。

（4）创意新颖,富有美感。广告要求画面清晰、创意好、语言精练,使人看后回味无穷,满足人们的审美要求。在信息社会里,每个人每天接触的广告非常之多,如果其广告没有创意,根本无法引起消费者的注意。

（5）善于搭车,突出特色。广告宣传中应突出自己的品牌和信誉,如"车到山前必有路,有路必有丰田车"就突出了自己的品牌,又搭上了人们耳熟能详的俗语,可谓事半功倍,利于广告传播。

4. 选择广告媒体

（1）广告媒体的类型

广告媒体是指在广告主与广告对象之间信息传递的载体。广告媒体是传递广告信息的通道和媒介,合理选择和购买媒体,对于提高广告效果和降低成本至关重要。

常用的广告媒体包括印刷媒体、电子媒体、户外媒体、实物媒体几大类。

小资料 11-2

常见的广告媒体[①]

（1）印刷媒体。印刷媒体指以印刷品作为传播广告信息的媒体,包括各种报纸、刊物、产品说明书、样本、广告信、电话簿、挂历、台历、门票、车船时刻表、工具书插页、手册等。

（2）电子媒体。电子媒体指网络、电影、电视、广播、幻灯、电子显示大屏幕等。这类广告媒体在现实生活中的作用越来越大,应引起企业重视。特别是网络越来越成为企业开拓市场、宣传企业和产品不可忽视的媒体。

（3）户外媒体。不论是城市还是乡村,广告牌的作用越来越大。在一些重要的交通枢纽或高速公路入口、出口处均有巨型的广告牌,城市的霓虹灯、橱窗、气球、灯箱等也被充分利用起来。

（4）实物媒体。实物媒体指商品、模型、包装装潢、礼品、标志徽章等。如火柴盒、打火机、手提包、包装纸、购物袋、纪念册、运动衫、附赠品等,文体表演也是很好的广告媒体。

一般来说,企业都是结合自己的资源条件,综合运用各种广告媒体,而不是单一使用一种媒体。例如,娃哈哈的媒体组合,效果非常显著。

小资料 11-3

"娃哈哈"的媒体组合[②]

"娃哈哈"是一种家喻户晓的儿童营养液,在江浙一带几乎已深入到每一个家庭,然而其在北京的市场占有率并不高。如何使北京人喜爱娃哈哈呢？聪明的企业家决定使用广告媒体组合的方式打破这个缺口。

"娃哈哈"首先选择报纸媒体进行"巷战"。因为"娃哈哈"是一种营养型口服液,而市场上口服液品种繁多,消费者所需要的是科学性的指导和解说,而报纸应该是首选。他们选择的主要报纸有:《北京日报》、《北京晚报》、《北京广播电视报》、《健康报》、《医药报》、《妇女报》、《少年儿童报》、《中国科技日报》、《经济日报》。整个活动以《北京晚报》为主,这个媒介在北京拥有读者最多,是最理想的发布媒介。

---

① 资料来源:杨念,鲁建敏主编.公共关系与企业文宣策划.北京:中国经济出版社,2003,350~351
② 资料来源:中国营销传播网.编者整理

在消费者对"娃哈哈"有一定了解后，"娃哈哈"把重点放在了电视广告上。他们选择了北京电视台作为主要媒介，其理由是北京市民对市电视台在一定程度上要比其他电视台更有亲近感，收视率高，另外经济合算，收费适中。电视广告播出后，引起强烈反响，收到了预期效果。娃哈哈十分注意全国各级媒体的全方位投放，从中央到地方一应俱全，而且各级间的费用比例把握较好，呈正金字塔型，体现出较好的媒介策略。中央：卫视：省级：地方的费用比为：1：3.6：3.92：5.76，投放暴露频次比为：1：7.4：19.1：59.7。这样的投放比例较好地实现了中央、省级卫视以品牌提示为主，功在建立品牌的知名度；省级地方直至县级媒体增加暴露频次，提高知晓度，产生销售力的媒介组合策略。这种较为合理的投放形式，是娃哈哈成功的要素之一。

"娃哈哈"对广播媒体也不放过。北京市民收听广播的习惯一直较好，因此可以借助广播电台的力量为我所用。广告分为两则，一则以抒情诉求为主，另一则以产品告示为主，都取得了良好的效果。

另外，"娃哈哈"还联系了几个地段，树立路牌，做起了户外广告，扩大了产品的影响。

"娃哈哈"的广告媒体组合策略为企业和产品树立了良好的形象，赢得了广大消费者的青睐，"娃哈哈"可以说是隔着门缝吹喇叭——名声在外了。

（2）影响广告媒体选择的因素

各广告媒体各有其自身的明显优势，同时也有不足。广告主为了使广告内容更好地传达到目标市场，在做广告媒体的选择决策时，一般应考虑以下几种因素：

① 受众的媒体习惯。广告是与特定目标顾客的沟通，影响广告媒体选择的首要因素是广告信息的传播受众，因此，针对不同的目标受众，有针对性地选择恰当的广告媒体，以达到预期的广告目标。即目标市场的潜在消费者通常习惯接触哪些媒体，企业就应该选择哪些媒体做广告。

② 媒体的传播范围。一般情况下，广告媒体的传播范围应与产品的销售范围保持一致。全国性销售的产品，适宜在全国性报纸或电视台、电台做广告；在某些地区销售的产品，则应选择地方性报纸、电视台、电台等传播媒体。

③ 企业产品的特征。各种商品的特点是不同的，因而对广告媒体的选择有直接或间接的影响。如需要展示商品，则可采用电视、橱窗等媒体，给消费者非常直观的感受；有些专业性很强、技术含量较高、单位价格昂贵的仪器仪表、大型设备等商品，则只能利用行业性媒体进行广告信息的传递。

④ 广告媒体的费用。不同的传播媒体，费用不同，因此企业应视自己的承受能力，选择传播媒体。媒体费用可分为绝对费用与相对费用。绝对费用是指使用或租借广告媒体所花费的总额。相对费用是相对于广告媒体的购买单价，指向每千人传播广告信息所要支出的费用，也称广告千人成本。绝对费用高，不等于相对费用就高。

5. 广告效果评估

广告效果就是广告作品通过广告媒体传播之后所产生的影响。对广告效果的评估，是检验广告活动成败、促使广告更适合市场需要的重要手段,也是企业调整市场营销组合策略、确立目标市场的重要依据。同时,广告效果的评价是一件极为困难的工作。在整个营销过程中,影响销售额变化的因素很多,它们之间的关系也非常复杂,以至人们很难精确统计广告所带来的直接销售增长额。因此,广告效果评估可以从两方面入手:一是广告的传播效果;二是广告的销售效果。

(1) 广告传播效果的评价

广告传播效果,主要包括认知效果和态度效果。认知效果指目标受众通过广告接触,对广告产品品牌的知晓情况。认知效果评价可以通过认识测定法、回忆测定法来进行调查测试。态度效果评价一般采取态度测定法,这种方法主要用来测定广告效果的心理感受。它一般是通过语意差异试验来进行的。如测定广告作品中的人物给人们的印象如何,可令消费者在一系列相反的评语中进行挑选:美丽、丑恶;健康、衰弱;快乐、忧伤等。最后根据统计结果,测出消费者对广告所持态度的答案。

(2) 广告销售效果的测定

广告传播效果的评价不能替代广告销售效果的评价。也就是说,假设某广告使某品牌的知名度提高了 20%,品牌偏好增加了 10%,并不等于该品牌的销售量一定增加 20% 或 10%。主要因为销售效果除了受广告的影响外,还有很多其他因素。人们通常采用历史分析法与实验法,来衡量广告对销售效果的影响程度。

广告销售效果是指广告费用与销售额之间的比例关系,它以广告活动前后的销售差额作为衡量广告效果的指数。当然,广告的售前与售后的差额是很难量化的。如果企业要测定广告的销售效果,还需要对广告前后的其他影响因素做认真评估,同时要充分考虑广告播出后的时间因素。

广告沟通的效果和广告的销售效果是广告效果的两个方面,它们之间应该是正相关关系,但并不能肯定一定成正比例关系。因此,测定广告效果要把两者结合起来进行综合分析。

11.3 营业推广

11.3.1 营业推广的概念与特点

1. 营业推广的概念

营业推广又称销售促进(sale promotion),是指企业在一定时期内,运用短期诱因对顾客进行强烈刺激,激发顾客的购买欲望,促成顾客迅速购买的一种促销方式。它是配合一定的营业任务而采取的特种推销方式,与其他的促销方式不同,营业推广多用于一定时期、一定任务的刺激需求、扩大销售的短期特别推销。营业推广的主要目的是刺激需求,激发购买,快速提升销量,但属于短期活动。

营业推广的主要对象有消费者与中间商。

2．营业推广的特点

（1）辅助性

通常情况下,人员推销、广告宣传与公共关系都可以单独开展促销活动,而营业推广很少单独使用,一般都作为一种辅助手段,与其他促销手段结合使用。

（2）短期性

这是营业推广最主要的特点。一般在新产品上市时或节假日休息时使用,而且促销时间很短,以一周居多。只要创意新颖、方法得当,就能激发消费者的购买欲望,产生立竿见影的销售效果。

（3）灵活性

营业推广形式多种多样,每种方式各有千秋,企业应根据经营产品的不同特点与营销环境的不断变化,适时加以选择与利用。

11.3.2　营业推广的形式

营业推广的形式众多,各有特色。企业应根据促销目标和促销对象的不同特点来选择合适的方式。

1．对消费者的营业推广方式

消费者营业推广方式的主要目的,就是鼓励老顾客继续购买,刺激新顾客试用,提高偶然性顾客的重复购买率。

（1）赠送样品。赠送样品就是提供产品给中间商和消费者免费试用。通过赠送样品,可以鼓励消费者认购,也可以获取消费者对产品的反映。样品赠送的方式很多,如闹市派发、挨家派送、邮寄发送、店内发送、随其他商品的销售配送、随广告无选择地分发等,企业可以有选择地进行。利用营业推广的方式进行促销,可以消除消费者因陌生而产生的距离感,同时也给消费者一个尝试新产品的机会,但是赠送样品的成本较高。

（2）优惠券。优惠券是给其持有者的一个证明,持有者在购买某种特定商品时可凭其少付一部分价款。许多商场在采用这样的推广手段,赠送的代价券还要限定购买商品的种类或只允许在一定的比例范围内使用。这种代价券有利于刺激消费者使用老产品,也可以鼓励消费者认购新产品。

（3）廉价包装。通过较简单的包装降低成本,并在商品包装上注明,比平常包装减价若干。其形式有:减价包装,即减价供应的拆零包装(如买一送一);组合包装,即把两种相关的产品包装在一起(如牙膏和牙刷)。

（4）有奖销售。有奖销售就是通过给予购买商品的顾客一定的中奖机会来刺激人们更多地购买其商品。有奖销售能刺激消费者大量购买本企业的产品。特别是零售企业,在销售商品时若能提供较高金额的奖金(法律允许的范围内)还是很有吸引力的。

肯德基 10 周年纪念套卡①

为纪念肯德基进入上海 10 周年,上海肯德基特别制作了 1 套"肯德基 10 周年纪念套卡"明信片,每套 30 元,共计 6 款,凭每套明信片上的剪角可在肯德基餐厅消费价值 30 元的食品。该明信片可以"让您写下美好的心愿,传递衷心的祝福","集齐一套 6 张,拼成一幅肯德基 10 周年欢乐圈,置入镜框收藏,更别有情趣"。请思考肯德基的促销属于促销中的哪一种方式?

2. 对中间商的营业推广方式

上述营业推广方式主要是针对个人消费。其中大部分方式也适用于零售商或批发商。一些营业推广方式是专门用来对中间商使用的,其中常见的有以下几种。

(1)价格折扣

购买价格折扣即在某个特定时期,生产厂家对中间商所采购的商品给予一定比例的折扣。

(2)免费产品

免费产品指在中间商购货时额外赠送一定数量的同种产品,其目的与价格折扣相似,是鼓励中间商更多地进货或者配销新产品。

(3)费用资助

生产者为中间商提供陈列产品,支付部分广告费用和部分运费等补贴或津贴。为提高中间商陈列本企业产品的兴趣,企业可以免费或低价提供陈列品;中间商为本企业产品做广告,生产者可以资助一定比例的广告费;为激励路途较远的中间商经销本企业产品,可以给予中间商一定比例的运费补贴。

(4)经销奖励

对经销本企业产品有突出成绩的中间商给予奖励。此方式能刺激经销业绩,使突出者加倍努力,更加积极主动地经销本企业产品,使其他经销商为提高本企业产品销量而努力,从而促进产品销售。

3. 对推销人员的营业推广方式

(1)特殊推销金

对于有突出贡献的推销人员,企业给予一定的金钱、礼品,目的是鼓励其发扬成绩,继续推销本企业的产品。

(2)红利提成

这种营业推广方式主要有两种做法:其一是固定工资不变,从销售利润中提取一定比

① 资料来源:中国营销传播网. 编者整理

例的金额作为奖励;其二是没有固定工资,推销人员每达成一笔交易,就能按销售额或销售利润的多少提取一定比例的金额。

11.3.3　营业推广的程序

营业推广策划过程主要包括确立营业推广目标、选择营业推广方式、制订营业推广方案与评估营业推广效果。

1. 确立营业推广目标

企业进行营业推广策划时,首先要明确营业推广的目标是什么,推广目标制约着营业推广策划的各个方面,只有目标明确,才能根据目标的要求,策划具体的营业推广方案。例如,针对消费者进行的营业推广,主要目标是鼓励老顾客多购买,刺激新顾客使用新产品;针对中间商进行的营业推广,主要目标是吸引中间商经营新商品,建立中间商的品牌忠诚度。

2. 选择营业推广方式

营业推广方式是多种多样、不胜枚举的,可以说其创意也是无穷无尽的。如果把营业推广看成是一场足球赛,那么营业推广的方式就像足球场上的运动员,坚守自己的岗位,淋漓尽致地发挥各自的优势。

3. 制订营业推广方案

营业推广方案主要包括如下几个方面。

(1)确定刺激强度

即通过营业推广促销,确定对消费者刺激强度的大小。一般来说,刺激的强度越大,消费者购买的反应也越大,但是这种刺激是递减的。所以企业应该根据具体情况确定适当的刺激强度。

(2)明确推广对象

企业需要对促销对象的参加者做出明确的规定,也就是要明确营业推广的目标市场在哪里。

(3)选择推广媒体

根据推广目标的要求,选择适合本企业产品与企业实际情况的推广媒体,并加以综合运用。

(4)把握推广时机

选择营业推广实施的时机,在营业推广策划中特别重要,如果时机选择合理,那么营业推广就能收到事半功倍的效果。

(5)制定推广预算

营业推广预算可以通过两种方法来拟定。一是参照法,即参照上期费用决定当期预算;二是比例法,即按经验比例来确定各种营业推广费用占总预算的百分比。

4. 评估营业推广效果

营业推广的效果体现了营业推广的目的,每次营业推广后,都要对营业推广的效果进行评估,评估的一般方法有：比较法、顾客调查法与实验法等。企业通过这些方法取得营业推广的成果资料,并与推广目标和推广计划进行分析对比,肯定成绩,找出问题,以实现营业推广目标。

11.4 公共关系

11.4.1 公共关系的概念与特点

1. 公共关系的概念

公共关系(public relations)简称"公关"或 **PR**。**是一系列用来建立和维护企业与公众间良好关系的活动**。营销中的公共关系是企业主动与其顾客、供应商、经销商,以及其他相关公众建立和维护良好关系的活动。

企业营销中的公共关系主要是为了沟通与新闻媒体的关系,通过新闻报道等方式,正面宣传企业和产品;通过内部与外部信息传播来促进公众对企业的了解,建立企业形象;通过与立法和政府机构沟通,维护企业权益,并在一定程度上影响法规制度;进行企业危机管理,防范和处理企业危机事件。公共关系主要可以通过宣传报道、赞助公益和社会活动,举办宣传展览和开展主题活动方式与企业内部和外界进行交流,沟通信息。

公共关系活动主要是通过不花钱或少花钱的活动,利用新闻媒体的力量开展工作。

2. 公共关系的特点

企业公共关系活动的基本特征表现在以下几个方面。

(1) 目标的长期性

公共关系具有长期性的特点,是企业长期战略的组成部分。良好的公关活动通常是从长远考虑的,具有预见性和方向性,特别是对可能引起公众的不良印象有先期的安排,以便有效消除不良影响。要建立良好的社会信誉和形象,需要企业有计划、有步骤地踏实努力,并着眼未来。急功近利是企业公共关系活动的大忌。

(2) 信息的双向性

企业开展公关活动,通过各种传播手段,一方面可以把企业或产品的有关信息有计划、有步骤地传递给公众,以取得公众的信赖与支持;另一方面通过公关活动不断收集信息,全方位地掌握宏观环境与微观环境带给企业的机会与威胁,以使企业做出正确的决策。

(3) 对象的多元性

公关活动的公众是多元的,不仅包括顾客,而且还包括供应商、社区、媒体、政府和企业内部员工等,实质上是面对一个企业赖以生存与发展的社会关系网络,并强调在这个庞大而复杂的关系网络中进行有效的沟通。例如,媒介公众中的报纸或广播对企业一篇针砭的报道,就可使企业多年苦心经营的市场毁于一旦。因此,在公众面前,企业必须做到:一方面积极顺应公众的意见;另一方面努力影响公众的意见,从而树立企业在公众心目中的正面形象。

(4) 效果的间接性

公关活动的主要目的,在于通过与内部员工的良好沟通,创造一种精神;通过与外部公众恰当地沟通,提高企业知名度与声誉,树立企业整体形象,从而开创有利于企业营销的环境,更好地建立社会人际关系,促使企业获得更大的长期利益。

11.4.2 公共关系的构成要素

公共关系活动的构成要素主要包括公关主体、公关手段与公关客体三大部分,如图 11-5 所示。

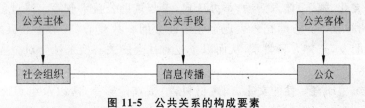

图 11-5 公共关系的构成要素

1. 公关主体——社会组织

企业的营销公关活动中,主体一定是社会组织,即主动开展公关活动,向社会公众施加影响的各类企业。

2. 公关手段——信息传播

公关手段是各种信息沟通工具和大众传播渠道。信息传播是公共关系主体与客体的中介,是联系企业与公众之间的信息交流与桥梁。公关信息传播的过程是社会组织与公众之间的双向沟通过程,信息反馈的介入使公共关系的信息传播具有明显的互动性。

3. 公关客体——公众

公关客体是指公共关系活动的对象。既包括企业外部的顾客、竞争者、新闻界、金融界、政府各有关部门及其他社会公众,又包括企业内部职工、股东,他们构成企业公关活动的客体。

11.4.3 公共关系的形式与作用

1. 公共关系的形式

公共关系在企业市场营销活动中占据着重要的地位。因为企业公共关系的直接目标是树立良好的社会形象。企业良好社会形象的树立,一方面,要在生产中创造名牌,以优质产品树立形象,在经营中重合同、守信用,诚实、热忱地对待有关客户;另一方面,需要开动传播机器,提高企业的知名度和美誉度,即广泛展开公关活动。下面介绍企业开展公关活动的主要方式。

（1）宣传型公关

企业利用新闻媒介宣传企业及产品,以树立形象为中心,着重传播自己的理念、经济效益、社会贡献及荣誉,成就新闻媒介的免费广告宣传效应。由大众传媒进行的宣传,具有客观性或真实感,传媒客观性带来的社会经济效益往往高于单纯使用商业广告。企业应善于将其生产经营活动和社会活动发展成为新闻,选择和巧妙运用传媒进行自我传播。企业活动中经常会出现很多新情况、新事物、新动向,因而要学会与传媒建立和保持良好的合作关系。

（2）社会型公关

企业是社会的一分子,通过举办社会活动与公众建立一种特殊关系,使公众产生特殊兴趣,在广泛的社会交往中发挥自己的能动作用,赢得社会公众的爱戴。例如,参与上级和社会组织的各种文化、娱乐、体育活动;举办庆典,参与赞助公益事业等。通过参与各种社会活动,引起社会的重视。一方面充分表现企业对社会的一片爱心,展示企业良好的精神风貌;另一方面广交朋友,亲善人际关系,从而以企业对社会的关心换来社会对企业的关心。

（3）建设型公关

企业可组织编印宣传性的文字、图像材料、拍摄宣传影像带,以及组织展览等方式开展公共关系活动。通过一系列形式多样、活泼生动的宣传,让社会各界认识企业、理解企业,从而达到树立企业形象、建立良好社会基础的目的。企业宣传展示的内容,既可以是企业历史、企业优秀人物、企业取得的优异成绩,也可以是企业技术实力、名牌产品等。企业宣传展示的形式应尽可能多样化,利用光电、声音、图像、文字模型等,从不同侧面充分展示企业形象,建设企业文化。企业形象传播的一个重要的方面是要通过企业文化的对外渗透、全体职工的言谈举止,不动声色、潜移默化地进行的。社会各界从与之交往的企业职工身上,自然、超脱地感受到该企业的形象。因此,企业应结合实际情况,有计划、有步骤、有重点地建设企业文化,提高企业职工素质,活跃企业文化氛围,美化企业环境,从深层次有效地进行公关活动。

企业应主动与消费者、社会团体、政府机构、银行、商业等单位广泛联系,主动向他们介绍企业情况,听取意见,争取他们的支持。

小资料 11-5

企业可应用的主要公共关系工具[①]

（1）公开出版物——企业通过各种传播材料去接近和影响企业目标市场。包括年度报告、小册子、视听材料、文章、商业信件和杂志等。

（2）事件——企业通过安排一些特殊事件来吸引对其新产品和该公司其他事件的注意。这些事件包括记者招待会、讨论会、郊游、展览会、竞赛、周年庆祝、运动会、赞助等活动。同时企业公共关系人员的一个重要任务是发展和创造对公司或其产品有力的新闻,与媒体建立良好的关系。

（3）演讲——公司负责人可以通过演讲、回答各种问题树立公司形象。

（4）形象识别体系——企业建立能够为公众快速辨认的视觉形象。可以通过公司广告标志、文件、小册子、招牌、企业模型、业务名片、建筑物、制服等树立形象。

①　资料来源:杨念,鲁建敏.公共关系与企业文宣策划.北京:中国经济出版社,2003

2．公共关系的作用

公共关系是企业促销策略组合中的一项重要措施，是企业利用各种传播手段，一方面，沟通内部关系，求团结、求奋进；另一方面，塑造良好企业形象，求生存、谋发展，创造良好的外部环境。从企业经营管理的各环节来看，公共关系所发挥的作用和职能是多方面的。但从营销角度分析，公共关系的作用主要表现在收集信息，检测环境；咨询建议，支持决策；舆论宣传，沟通交流；教育引导，服务社会等方面。

（1）收集信息，检测环境

企业是环境的一部分，同时企业经营也是与环境进行资源交换的过程。因此，企业运用各种公关手段，收集信息，把握企业环境的状况和变化。通过公关收集的企业环境信息包括外部信息和内部信息。外部信息是指消费者对本企业产品的各种反映和评价；公众对企业的认识和对企业管理理念、管理水平、服务水平、人员素质的评价等。内部信息是指企业员工对企业的评价、对企业文化的认同感，员工对企业管理理念的认知、意见和建议等。

（2）咨询建议，支持决策

企业利用公共关系收集到的各种信息，进行综合分析，考察企业的决策和行为在公众中产生的效应和影响程度，帮助决策者评价各方案的社会效果，预测企业决策和行为与公众可能意向之间的吻合程度，并及时、准确地向企业的决策者进行咨询，提出合理而可行的建议，提高决策的社会适应能力和应变能力；利用公共关系对正在实施的决策方案进行追踪检测，并及时反馈评价信息。

（3）舆论宣传，沟通交流

企业利用公共关系作为企业的"喉舌"，及时、正确地向公众对象传递企业信息，建立企业的公众形象，创造良好的舆论氛围；与企业内、外部进行联系、互动、交流和沟通，协调企业与内、外部公众的关系。

（4）教育引导，服务社会

企业可以通过公共关系活动进行广泛、细致、耐心的劝服性教育和优惠性、赞助性服务，来建立公众对企业的好感，提高员工对企业的认同感，提升企业凝聚力。

总之，公共关系工作的职能和作用虽然广泛，但是最终目标只有一个——塑造企业的良好形象。

11.5　人员推销

11.5.1　人员推销的概念与特点

1．人员推销的概念

人员推销是一项古老的艺术，是人类最古老的促销手段。**所谓人员推销是指企业通过销售人员与一个或多个消费者或客户接触直接进行介绍、回答问题，目的在于取得订单，达到销售商品、服务或宣传企业的促销活动。**人员推销由于直接沟通信息，反馈意见及时，可当面促成交易,因此,其作用不是仅仅出售现有货物,而是要配合企业的整体营销活动来发现、满足顾客的需求,反馈市场动向和顾客要求,与顾客培养和建立人际关系,但在人、财、物、时等方面耗费大,覆盖范围有限。人员推销包括上门推销、柜台推销与会议推销等。

2. 人员推销的形式

（1）上门推销

上门推销是最常见的人员推销形式。它是由推销人员携带产品样本、说明书和订单等走访顾客,推销产品。这种推销形式,可以针对顾客的需要提供有效服务,方便顾客,并为顾客广泛认可和接受。此种形式是一种积极主动的、名副其实的"正宗"推销形式。

（2）柜台推销

又称为门市推销,是指企业在适当地点设置固定的门市,或派出人员进驻经销商的网点,接待进入门市的顾客,介绍和推销产品。柜台推销与上门推销相反,它是等客上门的推销方式。柜台推销适合零星小商品、贵重商品和容易损坏的商品推销。

（3）会议推销

会议推销是利用各种会议向与会人员宣传和介绍产品,开展推销活动。例如,订货会、交易会、展览会、物资交流会等会议上推销产品。此种推销形式接触面广,推销集中,可以同时向多个推销对象推销产品,成交额较大,推销效果良好。

3. 人员推销的特点

人员推销与非人员推销方式最大的不同点是人员销售在购买过程的某些阶段起着最有效的作用,其特点是广告所不能代替的。其主要表现在以下方面。

（1）面对面的接触

人员销售涉及两人以上,信息沟通过程是双向性的,推销人员可以立即获得信息反馈,并据此对信息的内容及信息的表达方式做出相应的调整,是一种生动、灵活、能相互影响的方式。销售人员可就近观察对方的特征及需要,来调整自己的谈话内容和方式。

（2）培养长期关系

有利于促使各种关系产生,常用于建立购买者的偏好、信任及行动方面。尤其利于销售人员与顾客之间长期关系的建立和维持。

（3）刺激反应

推销人员与潜在顾客直接接触,能使顾客感到需要倾听销售人员的谈话。较之其他方式更能引起注意并刺激反应。

人员销售有其独到的优越之处,推销人员与潜在顾客直接接触,但成本也最高。而且,理想的推销人员很难得,推销人员的管理难度较大。

11.5.2 人员推销的程序

1. 人员推销的任务

人员推销的关键在推销人员。与早期的推销人员相比,现代推销人员的作用已不仅仅限于单纯的商品销售,他们的地位日益重要,作用也日益广泛。在人员推销活动中,推销人员的主要任务有以下几个方面。

(1) 开拓市场

销售人员要积极寻找和发现新顾客或潜在顾客,从事市场开拓工作。

(2) 传递信息

销售人员向潜在的顾客了解他们的需求,传递企业产品和服务方面的信息,同时注意沟通产销信息。

(3) 销售产品

销售人员通过运用推销的技术,与消费者的直接接触,介绍产品、分析解答顾客的疑虑,报价并千方百计达成交易。

(4) 提供服务

除了直接的销售业务,还要向顾客提供各种服务,包括向顾客提供咨询、建议、技术,帮助融资,安排办理交货等。

(5) 信息反馈

推销人员可以进行市场调查,报告推销访问情况,并反馈市场信息;在产品不足时,协助客户合理利用资源。

(6) 顾客资信评价

通过与顾客直接接触,收集和评价顾客资信情况,为企业提供顾客融资和支付优惠提供决策参考。

2. 人员推销的程序

人员推销源于潜在顾客的寻找与评价。对于一名真正的潜在顾客的推销,要经过由推销准备、接近顾客、讲解和示范产品、异议处理、达成交易和后续服务的基本程序。如图 11-6 所示。

图 11-6　人员推销程序图

人员推销是一门艺术,也是一门科学,拥有内在规律和技术。因此,推销人员要遵循一定的程序进行推销活动。同时推销面对的是个性非常鲜明的个体,因此,要灵活运用推销技巧,推销人员只有结合自身条件以及市场环境的变化,巧妙运筹,融会贯通,才能取得良好的推销效果。

(1) 推销准备

推销人员具有成功的信心,是必不可少的推销准备,同时要充分了解潜在顾客的情况。包括:顾客需要什么、什么人参与购买决策、采购人员及决策人的性格特征和购买风格;确定访问目标、访问时间和访问方式(如选择拜访、电话访问或信函访问)。准备推销活动中的语言和资料,做到运用自如,在推销产品的同时,也把成功的信心和感觉传递给顾客,并明确对客户的全面销售方案。

（2）接近顾客

接近顾客并取得顾客的信任，是推销人员顺利展开促销活动的重要环节。良好的开端是赢得顾客信任的基础。人员推销首先是推销自己，要求推销人员的仪表、问候、态度、礼貌及语言和产品介绍、讨论恰当。推销人员应善于与人交流，并帮助顾客了解产品特点，从而加强顾客的信任。

（3）讲解和示范产品

要达成有效的推销，在整个过程当中，推销员应以产品为依据，着重说明产品给顾客带来的利益；通过示范和演示产品，使顾客建立良好的产品印象或体验产品利益，产生明确的需求。

（4）异议处理

在产品讲解、示范后，顾客提出异议和表现抵触情绪是正常反应，抵触包括：对价格、交货期、对产品或对某个公司的抵制。而对抵触情绪，销售人员要采取积极的方法，应用谈判技巧，消除疑问。如果顾客对推销人员的合理建议没有疑问，距达成交易的目的就不远了。

（5）达成交易

现在推销人员应该设法达成交易了。推销的有效性是由顾客的行动来衡量的。如果无法成交，你就无法卖出。成交是一系列促使顾客做出购买决定的行为。懂得如何从顾客那里发现可以达成交易的信号——包括顾客的语言、动作、评论、提出的问题等，抓住机会，一鼓作气，推动交易完成。这就要求推销人员在推动交易时要选择适当的成交时间，说服顾客现在采取行动。

（6）后续服务

如果推销人员想保证顾客满意，并能获得重复购买，后续工作必不可少。它包括具体落实交货时间、购买条件及提供技术指导、服务和进行持久的追踪调研和持续访问，持之以恒地保持同顾客的关系，使顾客相信推销人员的关心，往往可以长期保持销售关系，甚至扩大销售。

11.5.3　推销人员的管理

推销人员管理主要包括推销人员挑选、培训、激励、考核和评价等。

1．推销人员的挑选

招聘和挑选到具有良好素质的推销员，是降低人员推销成本、提高人员推销效率的基础。一般而言，企业应根据其企业性质、产品特点、推销对象的特点来确定推销人员选拔标准，制订招聘计划，确定选拔途径，核定招聘配额和费用后，实施推销人员甄选。推销人员选拔主要有两个途径：一是从企业内部选拔；二是对外公开招聘。

2．推销人员的培训

有效的推销人员培训是一种总体效率投资，既可以提高企业对推销人员的吸引力、凝聚力，又可以成为队伍稳定剂，保证企业总体销售效果。推销人员培训一般包括入职培训、管理技能培训、专业知识培训、语言培训、产品培训、专业技术培训等阶段；推销人员培训的内容主要有本企业的历史、现状、发展目标、人员、机构，产品的生产过程、各项特征、销售状况，顾客状况、竞争状况、企业的销售政策和制度、推销技术、推销人员的任务与职责等。主要的方法有课堂教学、模拟实验和现场训练等。

小资料 11-6

丰田公司严格的推销培训制度[①]

丰田汽车公司的推销队伍在日本被誉为"销售军团"，推销人员在进入公司的前三天先送到丰田汽车公司的培训中心培训，以后每年4月至6月定期参加培训。丰田汽车公司的培训中心设在丰田市，占地6.7万平方米，规模庞大，可供1000名推销员培训。培训期内，新推销员在这里接受从推销入门到交货全部过程的知识传授后，直到7月才在外面活动。这时尚不规定推销数量，主要工作是每天必须访问20到30名客户，把访问内容写在"推销日记"上。这样训练一个月之后，开始给一个月推销1辆车的指标；到了第二年增加到每月推销两辆车的指标；从第三年起，每月销售目标增加为3辆。这时才算成为独当一面的推销员。经过3年仍未能保持每月平均推销3辆车者，则会自动辞职。与此同时，从第二年起，推销员要编制"顾客卡"。这种卡片分为三级：第一级只知道顾客的姓名、住址和使用车种，采用红色卡；第二级还知道眷属的出生时间，采用绿色卡；第三级要加上现在所使用的汽车购买年月，前一部汽车的种类，下次检车时间，预定何时换车，要换哪一种车等更详细的资料，使用金色卡。

问题

丰田汽车公司对推销人员的培训有何秘诀？你从"顾客卡"的编制中学到什么？

3. 推销人员的激励

推销效率除了培训还来自于企业对推销人员的有效管理、监督和激励。企业对推销人员的激励模式通常是通过推销系列指标和竞赛等激励手段来实现的。企业通常用于激励推销员的主要形式有：工资或奖金、物质奖励、教育培训、表扬、晋升、休假等休息机会。激励的标准可以是销售额、毛利或对销售努力的评价等辅助手段。

4. 推销人员的考核

绩效考核包括基础信息的收集、汇总与分析，工作业绩的评价与比较。监督与考核必须以准确的信息和翔实的数据为基础，因此管理部门应建立一套考核指标体系，随时注意收集有关信息、资料和数据。考核推销人员的工作绩效，主要是审查定期报告和进行多因素综合评估。

---

① 资料来源：中国营销传播网.编者整理

1. 促销是营销企业传递信息、激发消费者或客户的欲望与兴趣,促进购买,进而实现企业营销目标的主要方法。良好的促销组合工具应用、科学的促销预算、一丝不苟的促销执行和促销管理,既是企业营销理念的贯彻,也是营销管理水平的体现。

2. 成功的市场营销活动,企业应根据实际情况,正确制定并合理运用促销策略,确定促销组合。促销工具彼此之间具有一定的互换性,各促销工具也各具优势,因此,综合运用各种促销工具,利用各种促销工具的长处,以达到良好的与消费者进行信息交流、沟通的目的,保证企业市场目标的实现。

巩固与应用

1. 关键概念

促销　促销组合　公共关系　广告　营业推广　人员推销

2. 思考与练习

(1) 促销的主要形式与作用有哪些?

(2) 简述为什么要对中间商进行营业推广。

(3) 常用的公共关系活动有哪些方式?

3. 案例分析

麦当劳: 一代奇迹的创造者[①]

麦当劳是当今世界最成功的快餐连锁店,现在平均每 13 个小时就有一家新餐厅在地球上的某个地方开业,而在 1955 年与麦当劳同时创立的许多快餐店失败了或未能大规模地发展。究其原因,主要是麦当劳从创业开始,就坚持不懈地创立标准形象。麦当劳是现代管理中塑造企业形象的成功典范;也正是其形象,才使麦当劳登上了当今饮食业大亨的位置。

麦当劳的创始人雷柯创业伊始,就设立了四个经营信条:高品质的产品(Quality)、快捷微笑的服务(Service)、清洁优雅的环境(Clear)、物有所值(Virtue),简称 QSCV 的理念。Q、S、C、V 是麦当劳向全世界的承诺。

Q:高品质的产品。北京麦当劳于 1992 年 4 月 23 日开业。但早在 1984 年底,美国麦当劳总部就派出专家对中国河北、山西、甘肃等地的上百种马铃薯进行考察,最后培育出了麦当劳专用马铃薯。麦当劳对原料的标准要求极高,比如:面包不圆、切口不平均不使用;奶浆的温度超过 4℃就要退货;一片小小的牛肉饼要经过 40 多项质量检查;生菜从冷藏库拿到配料台上,超过 1 分钟便废弃;炸出的薯条 7 分钟未卖出去就扔掉。有人认为,这太浪费了。麦当劳却认为,顾客花了钱就应该吃到最纯正的食品。当然,麦当劳有自己的一套管

---

① 资料来源:李道平等主编.公共关系学.北京:经济科学出版社,2000

理办法,保证顾客吃到最新鲜的食品,而麦当劳的消耗量又保证最低。

S:快捷微笑的服务。员工进入麦当劳后,就接受系统的训练,使顾客百分之百满意。员工按柜台步骤来服务顾客,顾客在柜台前等待不得超过2分钟。顾客点完食品以后,要在1分钟内拿到食品。同时,餐厅还提供多种服务,如:小朋友来了,麦当劳提供高脚凳、高脚椅,并会得到一份礼物;餐厅长期举办各种活动,为小朋友过生日、免费参观等。麦当劳强调"不一样的享受在麦当劳",所以世界上所有的麦当劳餐厅,都从顾客角度考虑某个细微之处。

C:清洁优雅的环境。员工上岗之前用麦当劳专用的洗手液对手部彻底杀菌,在工作中接触了任何不干净的东西,如头发、衣服等都要重新洗手。员工在工作期间,不停地用各种清洁工具清洗餐厅,保持整个餐厅整齐干净;所有制作食品的机器,晚上都要拆除、刷洗、消毒,第二天早上重新装上,地板、墙砖晚上都要彻底刷洗。麦当劳强调"从清洁开始,到清洁结束"。

V:物有所值。麦当劳的食品营养都经过科学配方,营养丰富、价格合理,让顾客在清洁环境中享受快速的营养食品,合起来就是物有所值。

麦当劳用一套准则来保证员工的行为规范:OTM(即工农业训练手册),SOC(岗位检查手册),QG(品质保证手册);MDT(管理人员训练)。小到洗手消毒有序,大到管理有手册,以保证 QSCV 的贯彻。

OTM:雷柯认为快餐连锁店必须标准化,保证每个餐厅都提供标准的服务,才能成功。麦当劳开业第三年就制定了第一本 OTM,详细说明麦当劳的各项政策,餐厅的各项程序、步骤及方法,成为指导麦当劳运转的"圣经"。

SOC:麦当劳把餐厅服务工作分为 20 多个工作段,如煎肉、收货等。每个工作段都有SOC,上面详细说明各工作段事先应检查的项目、步骤及岗位责任。进入麦当劳以后,员工将逐步学习每个工作段;在各段表现突出的会晋升为训练员,训练新的员工;训练表现好,可进入管理组。麦当劳强调你的资历、学历都不重要,重要的在于你的能力及表现。麦当劳员工来自各个阶层,从 18 岁到 50 多岁的都有,全部接受系统的训练。

QG:管理人员每人一本参考手册,详细说明各种制成品的接货温度、储存温度等各种与质量有关的数据。

MDT:麦当劳靠经理及员工把 QSCV 传递给顾客,因此很重视经理及员工的训练。麦当劳的训练系统很完善,经理都从员工做起:一方面学习管理发展手册,共有四级本;另一方面有一整套课程,循序渐进。经理学完第三册,升到第一副经理后,送到美国芝加哥汉堡包大学学习高级课程。对麦当劳经理实行一带一的训练,即一个经理训练一个经理,被训练的经理合格后才有机会晋升。

麦当劳除有一套标准外,还很重视建立"麦当劳大家庭"的观念。在麦当劳,从经理到员工都互称名字、全体员工注重沟通与团队合作。餐厅每月开员工座谈会,邀请其家属来餐厅参观和就餐。每年都举行岗位明星大赛,并邀请全世界各地明星参加比赛,每天公布生日员工的名单,并以一定的形式对其祝贺,塑造了麦当劳对员工体贴入微的企业形象。形象的树立绝非一朝一夕之功,是连续多年持之以恒的结果。麦当劳建店 30 余年,如今它的分店已有 8000 余个,遍布 40 多个国家和地区,每一个餐厅都提供同一种品质、价格适中的食物。

"取之于社会,用之于社会",这是麦当劳创始人雷柯的经营核心所在,也是麦当劳赢得社会美誉度的着眼点。1984年,麦当劳成立了"麦当劳叔叔基金会",已向全世界各地帮助儿童的慈善机构捐款5000万美元。就这样,麦当劳把自己的一举一动与全世界的儿童紧密相连,塑造了他们专心致力于下一代的企业形象。

无论你在世界的任何地方,只要看到麦当劳那象征着美味的金黄色的双拱门,就不由得会有一种亲切感。麦当劳那象征着慈祥与友善的神圣殿堂总会让人们流连忘返。麦当劳代表着高品质的产品、快捷微笑的服务、清洁优雅的环境。尽管麦当劳已成为全美经营最成功的企业之一,但它仍十分注重保持自己企业的形象,去不断地赢得市场与顾客。

问题

(1) 分析麦当劳的 QSCV 的理念。

(2) 良好的公关形象对企业的促销作用包括哪些。

4. 技能训练

(1) 训练项目

各模拟公司制订当地市场的促销方案。

(2) 训练目的

通过促销方案的策划,使同学们进一步理解并掌握促销策划的理论、技巧与方法,培养同学们的促销策划能力。

(3) 训练内容

第一步,将所在班级组成几个模拟公司,各公司10人左右。

第二步,以模拟公司为单位,通过对目前市场上各品牌促销活动的资料收集和实地观察,制订本模拟公司的促销策划方案。

第三步,在班级集体讨论,并评估各模拟公司的促销策划方案,选出优胜者。

第*12*章 营销组织与控制

学习目标

1. 了解市场营销计划、组织的概念
2. 掌握市场营销计划的基本流程及内容
3. 掌握市场营销组织的设计原则、设计步骤与设计类型
4. 掌握市场营销执行与控制的过程与控制方法

导入案例

某移动公司一次失败的促销计划[①]

为了留住老客户,并增加新客户,某移动公司除了进行大规模的广告宣传之外,拟按在网时间长短给老客户以相应的手机购买补贴。具体方法是:从 880 元、640 元、400 元到 240 元共分为 4 个档次,享受补贴,老客户现场购买手机,价格可分别优惠 640 元、400 元、160 元和 0 元,同时赠送一个全球通号码,已包含 240 元话费,分 12 个月赠送。

该活动组成一个活动小组,首日公司一下子去了 50 多人。可当天由于准备不足,现场带去的 SIM 卡与所放的号段不对应,已经办完手续的一批客户无法开机。只有通过现场喇叭请求顾客再回到指定的位置替换。现场一片混乱。于是决定第二天活动取消。

据统计,该活动两天支出的宣传费、场地费、手机补贴费总计 120 万元,发展用户 1000 人,该活动的结果是入不敷出。

引导问题

怎样理解计划对现实营销活动的重要意义?

12.1 营 销 计 划

市场营销计划是企业营销战略的重要职能之一,也是企业营销战略的最终体现。因为市场营销管理中心内容是企业对市场营销活动进行全面的、有效的规划和控制,亦即是从满

---

① 资料来源:张欣瑞等编著.市场营销管理.北京:清华大学出版社与北京交通大学出版社,2005

足消费者的需求出发,建立一整套系统的管理秩序和方法,把市场需求变成企业的战略目标。然后,编制计划、执行计划来保证市场营销战略目标的实现,保证企业人、财、物等资源得到最合理的配置与使用。

市场营销计划的目标在于识别和创建可持续的竞争优势,它是实现企业既定营销目标的战略与战术形式,以及相关财务成果的逻辑顺序和一系列活动。营销计划通常包括战略营销计划和战术营销计划。战略营销计划一般覆盖 3～5 年的时间,而战术营销计划是为实现战略营销计划中每一年的目标所需要采取行动的具体安排。

12.1.1 营销计划的概念

1. 市场营销计划

简单地说,市场营销计划是关于一项业务、产品或品牌在营销方面的具体安排和规划。其内容主要涉及两个基本问题:一是企业的营销目标是什么?二是如何实现营销目标?也就是说,在企业的营销活动开始以前,首先要明确营销活动的目的以及达到这种目的的手段,这正是营销计划所要解决的问题。

市场营销计划是指在研究目前市场营销状况,分析企业所面临的主要机会与威胁、优势与劣势,以及存在问题的基础上,对财务目标与市场营销目标、市场营销战略、市场营销行动方案,以及预计利润的确定和控制。 市场营销计划工作过程从财务目标开始,进入营销审计阶段,然后制订三到五年的营销目标和战略规划。

市场营销计划是作业计划,即具体的营销策略和步骤。经营计划与战略规划的区别在于,后者的目的是决定目标和基本战略,而前者的作用则在于将这些目标和战略付诸实施;后者是创始性的原则计划,前者是从属于后者的具体计划。如果公司推行的是标准化的战略,那就需要制定出一套统一的营销策略和步骤,然后用以指导各个目标市场的营销活动,如果实行的是差异化战略,则要针对某个具体的目标市场制订市场营销的计划和方案。无论是哪一种类型的市场营销计划,都应明确规定应干什么,由谁干,如何干,何时干。

2. 市场营销计划的内容

(1) 产品计划

产品计划主要制定一个特定产品或产品种类的销售目标和指标,由产品经理编制。

(2) 品牌计划

品牌计划主要制定一个产品类别中某个品牌的销售目标和手段,由品牌经理编制。

(3) 市场计划

市场计划是为某一地区或细分市场制订的经营销售计划,说明在这一市场,公司应采取的战略和战术,由市场经理编制。

(4) 渠道计划

渠道计划确定公司在某一市场对渠道的选择及扩展方案,渠道的长度、宽度,经销、代理或设立销售公司,此计划包括对中间商的选择和训练计划。

（5）定价计划

根据公司的竞争战略和市场战略,确定每个市场是采用高价还是低价,制定价格的调整和变化策略,确定每个市场价格制定的基础和方法。

（6）促销计划

制定促销各手段中的广告预算、广告计划、营业推广计划和人员推销计划等。

市场营销计划将营销管理上的构思和工作程序经过整理后表达出来。仅就思想过程而言,营销计划使公司有关的管理人员深刻地意识到现实可能遇到的难题,以采取有效的措施去克服它。

12.1.2 营销计划的基本流程

市场营销计划是公司各部门计划中的一个,但又是最重要的一个。例如,公司的生产计划,只有确知了产品在市场销售潜力以后才能决定。就是公司的财务计划、人事计划、资金计划、设备计划,以及存货计划等,也都要等预计了销售和生产数量以后才能确定。同时正是由于公司各个部门的业务活动与市场销售部门的业务互相关联,所以,市场营销部门的经理在拟定市场营销计划时,必须考虑到其他部门业务活动的情况,并且需要得到公司内部各部门的帮助。例如,当计划中涉及向市场推出一项新产品时,就需要生产部门提供有关资料;涉及财务问题时,则需要财务和会计部门的协助等。所以,公司市场营销部门在拟定营销计划时,必须涉及公司各个主要环节及有关人员。

一般情况下,市场营销计划基本流程应包含以下 8 方面的内容,如图 12-1 所示

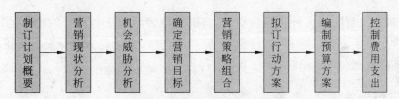

图 12-1 营销计划的基本流程

1. 制订计划概要

营销计划要形成正式的文字,在计划书的开头要对本计划的主要营销目标和措施作一简要的概括。如某企业年度营销计划的概要可能是这样表述的：本年度要使某产品系列的销售额和利润额比去年有较大幅度的增长,前者要达到 8000 万元,增幅 20%;后者要达到700 万元,增幅 15%。这个增幅可通过增加广告预算 20%,开发新的地区市场投入 50 万元达到……计划概要的目的是让高层主管很快掌握计划的核心内容,类似内容提要。

2. 营销现状分析

这部分提供与市场、竞争、产品、分销和宏观环境因素有关的背景材料。如市场情况,应说明市场的规模、过去几年的增长情况、顾客需求和购买行为方面的趋势;产品情况,应说明近年来各主要产品品种的销量、价格、获利水平等;竞争形势,应说明谁是主要的竞争对手,

每个竞争对手在产品品质、特色、定价、促销、分销等方面都采取了哪些策略,他们各自的市场占有率及变化趋势;分销情况,应说明各主要经销商近年在销售额、经营能力和地位方面的变化。

3. 机会威胁分析

机会威胁分析,是企业战略规划的基础。机会是指营销环境中对企业营销有利的各项因素的总和;威胁是指营销环境中对企业营销不利的各项因素的总和。企业在制订营销计划时,必须首先找出这些因素,并要分清哪些是有利因素,哪些是不利因素。同时,在分析机会与威胁时,还要分出轻重缓急,以便使其中较重要的能受到特别的关注。计划书中还有必要对企业的优势和劣势做出分析。与环境机会和威胁相反,优势和劣势是内在因素,反映企业在竞争中与对手比较的长处和短处。优势指企业可以利用的要素,如高质量的产品;劣势指企业应加以改进的部分,如公关宣传不得力。

4. 确定营销目标

营销目标是营销计划的核心部分,它们将指导随后的策略和行动方案的拟订。计划目标分为两类:财务目标和营销目标。财务目标主要由即期利润指标和长期投资收益目标组成。财务目标必须转换成营销目标,如销售额、市场占有率、分销网覆盖面、单价水平等。所有目标都应以定量的形式表达,并具有可行性和一致性。

5. 营销策略组合

每一个目标都可通过多种途径去实现,营销管理者必须从各种可供选择的策略中做出选择,并在计划书中加以陈述,包括目标市场、产品定位、市场营销组合策略及新产品开发和营销调查方面的计划。

6. 拟订行动方案

有了营销策略,还要转化为具体的行动方案,比如如何着手做? 何时开始,何时完成? 由谁做? 预算多少? 这些都要按时间顺序列成一个详细且可供实施的行动方案。

7. 编制预算方案

根据行动方案编制预算方案,收入方列出预计销售量及单价,支出方列出生产、实体分销及市场营销费用,收支差即为预计的利润。上级主管部门负责该预算的审查、批准或修改。而一旦获批准,此预算即成为购买原料、安排生产、支出营销费用的依据。

8. 控制费用支出

规定如何对计划实施过程进行控制。基本做法是将计划规定的目标和预算按季度、月份或更小的时间单位进行分解,以便于主管部门能对计划执行情况随时监督检查。

12.2　营 销 组 织

市场营销计划的落实,必须通过营销组织来进行。没有高效运行的营销组织作保证,再好的营销计划也不可能达到预期目的。因此,企业在营销部门与其他部门之间要建立一种组织关系,而且需要有一个高效运作的组织形式来执行计划。

市场营销组织是指企业内部涉及市场营销活动的各个职位安排、组合及组织结构模式。市场营销组织是营销管理的重要保证。再好的计划也要靠有一定能力的人去实施,才能获得效果,而人又须形成一个有效率的组织机构。这个组织的构成及运行方式应符合市场营销观念的要求,具有灵活性、适应性和系统性,即企业组织能够根据营销环境和企业资源、目标、策略的变化,迅速适应需要,调整自己,且企业内部各职能部门均能相互配合,整体协调,共同为实现企业的目标、计划而努力。

有时,市场营销组织也被理解为各个市场营销职位中人的集合。由于企业的各项活动总是由人来承担,所以,对企业而言,人的管理比组织结构的设计更为重要。有的组织看起来完美无缺,但运作起来却不理想,这主要是由于有人的因素介入。正是在这种意义上,判断市场营销组织的好坏主要是指人的素质,而不单单是组织结构的设计。这就要求市场营销经理既能有效地制订市场营销计划和战略,又能使下级正确地贯彻执行这些计划和战略。

12.2.1　营销组织设计的原则与影响因素

1. 市场营销组织设计的原则

任何一个现代企业都必须要建立市场营销组织。企业设计什么样的市场营销组织,都必须从实际出发,遵循以下原则。

(1) 目标一致原则

市场营销组织是实现营销目标的手段和保证,它的设置必须依据并服从于营销目标,与营销目标保持高度的一致,因此,在设计市场营销组织时,坚持以营销目标为导向,以"事"为中心,因"事"设机构、因"事"配人员。也就是说,任何一个职务与机构的设置都是实现营销目标所必需的,凡是与目标无关的职位与机构都必须坚决取消,对于那些与营销目标关系不大,可有可无的职位与机构,应该予以调整或合并。

(2) 分工协作原则

分工与协作是社会化大生产的客观要求,是实现现代企业目标所必须的,因此,在设计企业市场营销组织时,必须坚持分工协作的原则。应将市场营销目标层层分解,变成一项项具体的工作和任务,落实到各个部门与岗位。这就是在组织内部进行分工,明确各个部门和各个岗位的工作内容与工作范围,解决干什么的问题。有分工就必然有协作。分工将一个整体分成各个部分,为使各个部分协同运作,产生 $1+1>2$ 的效应,就必须在分工的基础上,明确规定各个部门和各个岗位之间的关系,协调配合的途径与方法,使得企业市场营销工作运行有序,形成合力,产生整体功能。

（3）命令统一原则

命令统一原则的实质，就是在市场营销管理工作中实行统一领导，形成统一的指挥中心，避免多头领导，消除有令不行、有禁不止的现象，确保政令畅通、指挥灵敏。命令统一原则对营销组织结构的设计具有以下要求：

① 各管理层次形成一条等级链。从最高层到最低层的等级链必须是连续的，不能中断或有缺口，同时，应对上下级间的职责、权限、联系方式加以明确规定。

② 每一级只能有一个最高行政主管，统一负责本级内的全部工作。他直接向上级报告工作，并向下级下达命令。

③ 在主管领导下设副职和职能部门。副职和职能部门对正职负责，为正职提供参谋意见。

④ 下级组织只接受一个上级组织的命令和指挥。对上级的命令和指挥，下级必须无条件服从，不得各自为政、各行其是。

⑤ 下级只能向上级请示报告工作，不能越级请示报告工作，如有不同意见，可以越级上诉。

⑥ 上级不能越级指挥下级，以维护下级组织的领导权威，但可以越级检查工作。

（4）权责对等原则

职权和职责是两个互相关联的概念。职责是指某一职位的责任和义务。职权是指为完成某一职位的责任和义务所应具有的权利，包括决定权、命令权、审查权、提案权、支配权等，两者不可分割，因此，在设计营销组织结构时，既要明确规定各个部门、各个职位的职责范围，又要赋予完成其职责所必须的管理权限。职责与权限不仅必须统一，而且必须对等。为了履行一定的职责，就必须有相应的职权。只有职责，没有职权或权限太小，人们就没有履行职责的能力；反之，只有职权而没有职责，或权利很大而责任很小，就会造成滥用权利和瞎指挥，产生官僚主义。只有职责与职权对等，才是最佳组合。

（5）集权与分权相结合原则

集权是把权利集中于最高层领导，分权是将权利分散于组织各个层次。集权的优点是：有利于集中统一领导，加强对整个组织的控制；有利于协调组织的各项活动，提高工作效率；有利于充分发挥高层领导的聪明才智和统御能力。但集权也有其缺点，它使得管理层次增多，信息沟通渠道变长，基层组织缺乏独立性和自主权，高层领导的负荷过重。分权正好相反，它使得管理层次减少，信息沟通渠道缩短，高层管理者可以从具体事务中解脱出来，集中精力抓大事，同时又有利于调动基层管理人员的积极性和主动性，但过度分权，也有可能失去对整个组织的控制，因此，权利过于集中和过于分散，都不利于发挥整个组织的作用。为了避免权利的过于集中和过于分散，应坚持把集权和分权有机地结合起来，并把握好两者结合的度。一般而言，集权应以不妨碍基层人员积极性的发挥为限，分权应以不失去对下级的有效控制为限。

2. 市场营销组织设计的影响因素

市场营销组织设计主要受以下三个因素的影响。

（1）企业规模

企业规模越大，市场营销组织的规模也越大，结构也越复杂。一般来说，大型企业的市

场营销组织具有以下"一化两多"的特点:

① 专业化。对大型企业来说,各项具体的营销工作都由专门部门或专门人才来负责。例如,市场调研部门负责市场状况的调查和预测,市场企划部门负责营销工作的计划,分销部门负责与中间商的接洽等。但对小企业来说,这些工作往往只由一个部门来承担。

② 层次多。对大型企业来说,营销组织层次较多,不仅有高层管理机构、中层管理机构、基层管理机构,而且还有各地区的营销机构,甚至还有各品牌营销管理机构。但对小企业来说,层次就要少得多。

③ 人员多。对大型企业来说,营销工作人员较多,不仅基层工作人员数量众多,包括各种推销人员、营销人员、业务主管,而且中、高层的管理人员也为数不少,包括营销副总经理、营销经理、地区经理、品牌经理等。但对小企业来说,人员就要精简得多。

(2) 市场特征

① 市场的地理位置。企业应在购买者较为集中的地区建立企业的地区性销售组织。

② 市场的细分程度。市场细分程度越高,企业相应的营销部门就越多,因为在大型企业中,每个细分市场都应设立专门的营销部门来负责。

③ 市场的规模大小。市场规模用顾客数量和产品销售量来衡量。市场规模越大,企业相应的营销工作量也越大,需要设立的营销部门也应有适当的规模。

(3) 产品类型

一般地说,生产或销售日用消费品的企业需要规模较大的营销组织队伍,因为日用消费品的顾客是社会公众,这类消费者数量众多、分布较散、购买力流动性大,消费具有较强的差异性和多变性,营销工作复杂且工作量很大。对生产或销售工业品的企业来说,则需要规模相对较小的营销组织队伍,因为工业品的顾客是其他企业,这类客户交易次数少、每次交易的数量大,属专家购买类型,所以企业的营销组织中人员素质要高,人员业务要精,推销部门的比重要大,广告等非人员推销部门比重要小。

12.2.2 营销组织设计的步骤与类型

1. 营销组织的设计

设计和发展营销组织是每一位营销经理的任务之一。如前所述,营销经理从事管理的前提是进行组织规划,包括设计组织结构和人员配备等。自 20 世纪 90 年代以来,越来越多的公司都改变了它们营销组织原来的形式,改变的原因主要来自于产品需求、购买类型、竞争对手行为、政府政策等方面的变化。因而,企业营销组织结构建立起来之后,营销经理又要不断地对此进行调整和发展,否则,随着企业自身的发展与外部环境的变化,原先的营销组织将会越来越不适应营销管理的需要,变得僵化和缺乏效率。简而言之,企业营销组织的设计和发展大体要遵循 6 个步骤:分析营销组织环境、确定组织内部活动、建立组织职位、设立组织结构、配备组织管理人员、评价和调整组织。而这 6 个步骤相互联系,相互作用,形成有效决策。设计营销组织的一般步骤如图 12-2 所示。

(1) 分析营销组织环境

外部环境属于企业的不可控因素,而且是不断发展变化的,所以,作为营销组织必须随

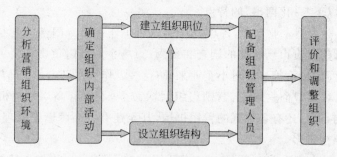

图 12-2　营销组织规划流程

着外部环境的变化而不断地调整,以适应市场环境。外部环境包括很多复杂因素,如政治因素、经济因素、社会因素、文化因素、科技因素等,对营销组织影响最大的主要是市场和竞争者状况。此外,营销组织作为企业的一部分,也受整个企业特征的影响。

① 市场状况

* 产品生命周期。在产品生命周期的不同阶段,企业的营销战略和营销组织相应地随之改变。在通常情况下,在导入期,企业冒着很大的风险向市场投放产品,往往建立临时性的组织,如销售小组,以便迅速对市场行为做出反映;在成长期,消费需求增大,利润不断上升,吸引了大批竞争者进入该市场,这时企业要建立有效的营销组织,如市场导向型、矩阵型组织,确立自己强有力的竞争地位;在成熟期,消费需求稳定,利润开始下降,于是企业必须建立高效率的组织,如职能金字塔型组织,以获取最大利润;而在衰退期,产品需求减弱,企业为保持原有的利润水平,开始精简部分组织结构,如减少销售地点等,有时也可能会设立临时机构,帮助产品重新开拓市场。

* 市场变化程度。对于有些市场而言,如食品和工业原料市场,在一个较长时期内,消费者购买行为、分销渠道、产品供应等变化不大,它们显得十分稳定;而另外一些市场,例如,儿童玩具和妇女流行用品市场,由于产品生命周期较短,技术和消费需求变化快,所以,它们变得多变而不稳定。不难理解,市场越不稳定,营销组织也就越发需要改变,必须随着市场变化及时调整内部结构的资源配置方式。

* 购买行为类型。不同类型的购买者对企业提供的产品及服务有着不同的要求。产业用品购买者和医疗品购买者相比,前者侧重于产品的技术性能和连续的供应关系,而后者则强调服务和安全保证。侧重点的不同影响到企业的营销方式,从而要求与其相适应的组织类型也满足顾客需求。

② 竞争者状况

营销组织必须在两方面来应对竞争者:一是分析竞争环境,辩明竞争者是谁,确定营销战略和策略;二是如何对竞争者行为作出反应。为此,企业就要使其营销组织结构不断地加以改变和调整。企业搜集竞争对手情报的方式多种多样,既可以设立专门的机构(市场研究部),也可通过其他部门(如借助于销售人员)获得;既可以依靠外部机构(咨询公司),也可以要求企业全体职工为搜集情报而努力。不同的选择将直接影响营销组织的结构。而究竟该选择哪种方式,取决于企业是否需要直接、快速地根据竞争者的行为调整其营销战略。此外,企业在搜集到有关情报后,还必须制定相应的措施,并经由营销组织贯彻实施。如果经调查发现,加强售后服务是提高企业竞争能力的主要方面,那么,企业就可能会把营销部门和服务部门合并在一起。

③ 企业状况

高层管理者的经营思想对企业营销组织的设计影响较大。有的管理者强调稳定,有的则试图成为行业领导者。经营思想的不同势必造成营销组织的差异。同时,企业发展与产品相类似,也有一个周期过程。企业处于不同的发展阶段,就相应地有不同的组织结构。

(2) 确定营销组织内部活动

营销组织的内部活动主要分为两种类型。一是管理性活动,涉及管理任务中的计划、协调和控制等方面;二是职能性活动,涉及营销组织的各个部门,范围相当宽泛。企业通常是在分析市场机会的基础上,制定营销战略,然后再确定相应的营销活动和组织的专业化类型。同样,如果企业产品销售区域很广,并且每个区域的购买行为与需求存在很大的差异,那么,它就会建立管理型组织。企业年轻且易于控制成本,企业的几种产品都在相对稳定的市场上销售,竞争战略依赖于广告或人员推销等技巧性活动,那么,该企业就可能设计职能型组织。不过,在实践中有时按照上述逻辑显得行不通。因为企业的营销战略可能被现有的组织结构所制约。例如,一家公司通过对市场和竞争者状况的分析,决定实行系统销售战略。然而,由于该公司的原有组织机构是为不断开发新产品而设计的,所以,采用这一新战略就显得困难重重。

(3) 建立组织职位

企业在确定了营销组织活动之后,还要建立组织职位,使这些组织活动有所归附。职位决策时要弄清楚各个职位的权利和责任及其在组织中的相互关系,它考虑三个要素,即职位类型、职位层次和职位数量。每个职位的设立都必须与营销组织的需求及其内部条件相吻合。职位决策的目的,是把组织活动纳入各个职位。因此,建立组织职位时必须以营销组织活动为基础。企业可以把营销活动分为核心活动、重要活动和附属性活动三种。核心活动是企业营销战略的重点,所以首先要根据核心活动来确定相应的职位,而其他的职位则要围绕这一职位依其重要程度主次排定。此外,职位的权利和责任的规定体现在工作说明书上。工作说明书包括工作的名称、主要职能、职责、职权和此职位与组织中其他职位的关系,以及与外界人员的关系等。如果企业决定建立新的职位,有关部门主管就要会同人事专家拟出一份关于该职位的工作说明书,以便于对应聘人员的考核和挑选。

(4) 设立组织结构

组织结构的设计和选择同职位类型密切相关。企业如果采用矩阵型组织,就要建立大量的协调性职位;如果采用金字塔型组织,则又要求有相应的职能性职位。因此,设计组织结构的首要问题是使各个职位与所要建立的组织结构相适应。从这个意义上讲,对组织结构的分析要注重外部环境因素,它强调组织的有效性。但是,营销经理总是希望节约成本和费用,他还要考虑效率。通常,组织的效率表现为以较少的人员和上下隶属关系,以及专业化较高的程度去实现组织的目标,这取决于两个因素。一是分权化越高,管理宽度越大,则组织效率也就越高。如果一个 20 人的销售队伍仅由一两名经理来控制,那么,这支队伍就有较大的决策主权,从而可能会取得较好的销售效果。二是,营销组织总是随着市场和企业目标的变化而变化,所以,设计组织结构要立足于未来,为未来组织结构的调整留下更多的余地。

（5）配备组织人员

人员配备分两种情况：新组织和再造组织。相比较而言，再造组织的人员配备要比新组织的人员配备更为复杂和困难。这是因为，人们总是愿意让原组织发生变化，他们视再造组织所提供的职位和工作是一种威胁。事实上，组织经过调整后，许多人在新的职位上从事原有的工作，这就大大损害了再造组织的功效。同时，企业解雇原有职员或招聘新职员也非易事。考虑到社会安定和员工个人生活等因素，许多企业不敢轻易裁员。但是，不论哪种情况，企业配备组织人员时必须为每个职位制定详细的工作说明书，从受教育程度、工作经验、个性特征及身体状况等方面进行全面考察。而对再造组织来讲，还必须重新考核现有员工的水平，以确定他们在再造组织中的职位。

（6）评价和调整营销组织

营销组织运作好坏，总体上可以从效率和效果两方面来考察。效率通常是结果与付出的比率。从组织的角度讲，效率要通过企业内部的专业化和程序化实现，只要组织的目标及所面临的外部环境不发生变化，即使专业化和程序化会带来精神和道德等方面的问题，它们也必然大大提高组织的效率。效果反映的是实现目标的程度，因此，一个有效的组织必须能随市场变化和技术革新而不断地进行自我调整。正如著名管理学家彼得·德鲁克所说："效率是正确地做事情，而效果则是做正确的事情。"营销经理要经常检查、监督组织的运行状况，并及时加以调整，使之不断得到发展。营销组织需要调整的原因主要有外部环境的变化、组织主管人员的变动，改组是为了证明现存组织结构的缺陷；组织内部主管人员之间的矛盾，也可以通过改组来解决。所以，为了不使组织结构变得呆板、僵化和缺乏效率，企业必须适当地、经常地对组织结构加以重新调整。

2．营销组织的类型

为了实现营销目标，企业必须选择建立合适的营销组织。一般来讲，市场营销组织的类型可以分为专业化营销组织与结构化营销组织两大类型。

（1）专业化营销组织

① 职能型组织。这种组织形式把销售职能当成市场营销的重点，而广告、产品管理和研究职能则处于次要地位。当企业只有一种或很少几种产品，或者企业产品的市场营销方式大体相同时，按照市场营销职能设置组织结构比较有效。这种组织形式的优点在于易于管理。但是，由于没有一个部门能对某产品的整个市场营销活动负全部责任，随着产品品种的增多、市场的扩大，这种组织形式就暴露出发展不平衡和难以协调的问题。首先，会出现某些产品或市场的计划不完善的状况；其次，各职能单位都争相要求使自己的部门获得比其他部门更重要的地位，可能导致各职能部门之间的协调困难局面出现，职能型组织示意图如图12-3所示。因此，这种组织结构常应用在产品种类有限，市场区域覆盖面较窄的企业中。

② 市场型组织。市场型组织结构的特点是按照市场系统安排营销结构。一般是为了适应细分市场的不同要求而设立的机构。当企业拥有单一的产品线，并且同时具有多个细分市场，实行差异化经营，并且有不同的分销渠道时，应用此种方式较好。市场型营销组织的形态如图12-4所示。

市场型组织的优点在于，企业的市场营销活动是按照满足各类不同顾客的需求来组织

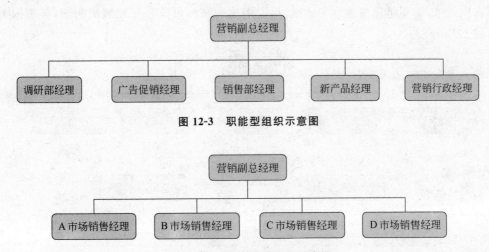

图 12-3　职能型组织示意图

图 12-4　市场型营销组织示意图

和安排的,这有利于企业加强销售和市场开拓。其缺点是存在权责不清和多头领导的矛盾,同时还会出现的问题是,随着企业服务的市场和客户越来越多,必须雇用大量的销售人员。

市场经理负责制订主管市场的经营计划。分析主管市场的动向和提出新产品开发建议。他们的工作成绩常用市场份额的增加状况进行判断,而不是看其市场现有的赢利状况。市场经理开展工作所需要的功能性服务由其他功能性服务组织提供。分管重要市场的市场经理甚至有几名功能性服务的专业人员直接向他负责。

③ 产品型组织。产品型组织是指在企业内部建立产品经理组织制度,以协调职能组织中的部门冲突在企业所生产的各种产品差异很大,产品品种很多时适用。其组织示意图如图 12-5 所示。

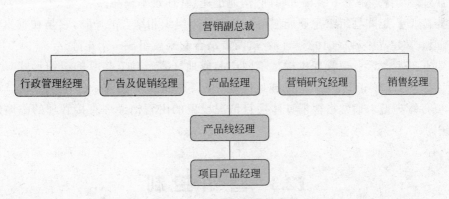

图 12-5　产品型组织示意图

产品经理也是一个从事产品管理的职业经理人。在不同的企业里,由于结构的设置不一样,产品管理的内容也不尽相同。

一般来讲,产品管理的核心内容就是:设定产品战略目标,制订产品营销计划,进行信息、价格、广告和促销管理及危机处理。

④ 地区型组织。这种组织结构的特点是按照地理区域设置市场营销机构。在广阔的地理区域开发产品与市场的企业适合采用这种组织形式。特别是企业的产品范围有限,且

又具有同质性，需要迅速覆盖许多地区时，应用这种结构可以较好地解决问题，其结构示意图如图12-6所示。

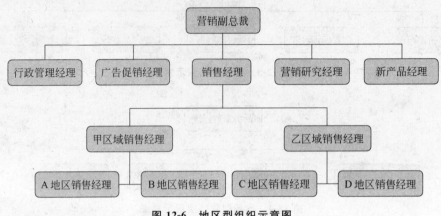

图 12-6 地区型组织示意图

一般情况下，地区销售经理的职责有以下几个方面：具体负责管理企业指定地区的营销工作；掌握所管辖地区的市场动态和发展趋势；提出具体的区域营销计划方案；与该地区的主要经销商、客户建立长期稳定的合作关系；负责与相关的调研机构、广告公司、发布媒体保持正常联络；根据市场变化对推销人员和营销资源进行动态优化分配。

（2）结构化营销组织

所谓结构化营销组织，一般是指依据企业内部不同的营销组织与职位之间的相互关系而形成的不同形式的营销组织体系。结构化营销组织主要包括以下几种类型：

① 金字塔型。金字塔型是由经理至一般员工自上而下建立起垂直的领导关系，管理幅度逐步加宽。其特点是上下级权责明确、沟通迅速、管理效率较高。

② 矩阵型。矩阵型组织是职能型组织与产品型组织相结合的产物，它是在垂直领导系统的基础上，又建立一种横向的领导系统，两者结合起来就组成一个矩阵。

③ 事业部型。事业部管理机构是不同产品或地区实行独立核算的组织形式。它是总公司的一级分权单位，一般可按产品或地区划分成不同的事业部。

④ 项目管理型。通常指根据具体项目情况设置的由营销经理直接管理的临时性管理组织系统。

12.3 营 销 控 制

营销控制是指市场营销管理者检查市场营销计划的执行情况，如果计划与执行结果不一致，则要找出出现问题的原因，采取必要的措施，以保证计划的完成。市场营销执行是指将市场营销计划转换为行动方案的过程，并保证这种任务的完成，以实现计划的既定目标。分析市场营销环境、制订市场营销计划是解决企业市场营销活动应该"做什么"和"为什么要这样做"的问题，而市场营销执行则是要解决"由谁去做"、"在什么时候做"和"怎样做"的问题。

市场营销执行是一个艰巨而复杂的过程。美国的一项研究表明,90%的计划人员认为,他们制定的战略和战术之所以没有成功,是因为没有得到有效的执行。管理人员常常难以诊断市场营销工作执行中的问题,市场营销失败的原因可能是由于战略战术本身有问题,也可能是由于正确的战略战术没有得到有效的执行。

12.3.1 市场营销执行

1. 市场营销执行不良的原因

企业在实施市场营销战略、计划的过程中为什么会出现偏差? 正确的市场营销战略为什么不能带来出色的绩效? 其主要原因如下。

(1) 计划脱离实际

企业的市场营销战略、计划通常是由上层的专业计划人员制订的,而执行则要依靠市场营销人员,由于这两类人员之间往往缺少必要的沟通和协调,导致下列问题出现:一是企业的专业计划人员只考虑总体战略而忽视执行中的细节,结果使计划过于笼统而流于形式;二是专业计划人员往往不了解计划执行过程中的具体问题,使所制订的计划脱离实际;三是专业计划人员和市场营销人员之间没有充分的交流与沟通,致使市场营销人员并不完全理解需要他们去执行的战略,从而在执行战略的过程中经常遇到困难;四是脱离实际的战略导致计划人员和市场营销人员相互对立和不信任。

现在,许多西方企业已经认识到,不能光靠专业计划人员为市场营销人员制订计划,正确的做法应该是让计划人员协助市场营销人员制订计划。因为市场营销人员比计划人员更了解实际,让他们参与企业的计划管理过程,会更有利于市场营销执行。因此,许多西方企业削减了庞大的计划部门的人员。例如,美国通用电气公司为了消除过分集中的计划模式的弊病,将公司总的计划人员从 58 人减少到 33 人。

(2) 长期目标和短期目标的矛盾

市场营销战略通常着眼于企业的长期目标,涉及今后 3 至 5 年的经营活动。但具体执行这些战略的市场营销人员通常是根据他们的短期工作绩效,如销售额、市场占有率或利润率等指标来评估和奖励的。因此,市场营销人员常选择短期行为。对美国大公司的一项调查表明,这种情况非常普遍。例如,美国某公司的长期产品开发战略中途夭折,原因就是市场营销人员追求眼前效益和个人奖金,而置新产品开发战略于不顾,将公司的主要资源都投入到现有的成熟产品中。因此,许多公司正在采取适当措施,克服这种长期目标与短期目标之间的矛盾,设法求得两者间的协调。

(3) 因循守旧的惰性

企业的经营战略往往是为了实现既定的战略目标,新的战略如果不符合企业的传统和习惯就会遭到抵制。新旧战略的差异越大,执行新战略可能遇到的阻力也就愈大。要想执行与旧战略截然不同的新战略,常常需要打碎企业传统的组织结构和供销关系。例如,为了执行给老产品开辟新销路的市场拓展战略,就必须创建一个新的推销机构。

(4) 缺乏具体明确的执行方案

有些战略计划之所以失败,是因为计划人员没有制订明确而具体的执行方案。实践证明,许多企业面临的困境,就是因为缺乏一个能够使企业内部各有关部门协调一致的具体实施方案。企业的高层决策和管理人员不能有丝毫"想当然"的心理,恰恰相反,他们必须制订详尽的实施方案,规定和协调各部门的活动,编制详细周密的项目时间表,明确各部门经理应担负的责任,只有这样,企业市场营销执行才有保障。

2. 市场营销执行过程

市场营销执行过程包括如下主要步骤。

（1）制订行动方案

为了有效地实施市场营销战略,必须制订详细的行动方案。这个方案应该明确市场营销战略实施的关键性决策和任务,并将执行这些决策和任务的责任落实到个人或小组。另外,还应包含具体的时间表,定出行动的确切时间。

（2）建立组织结构

适宜的组织形式在市场营销执行过程中具有决定性的作用,合理的组织可将战略实施的任务分配给具体的部门和人员,规定明确的职权界限和信息沟通渠道,协调企业内部的各项决策和行动。具有不同战略的企业,需要建立不同的组织结构,也就是说,组织结构必须同企业战略相一致,必须同企业本身的特点和环境相适应。组织结构具有两大职能:第一,提供明确的分工,将全部工作分解成几个部分,再将他们分配给各有关部门和人员;第二,发挥协调作用,通过正式的组织联系沟通网络,协调各部门和人员的行动。

（3）设计决策和报酬制度

为实施市场营销战略,还必须涉及相应的决策和报酬制度。这些制度直接关系到战略实施的成败。就企业对管理人员工作的评估和报酬制度而言,如果以短期的经营利润为标准,则管理人员的行为必定趋于短期化,他们就不会有为实现长期战略目标而努力的积极性。

（4）开发人力资源

市场营销战略总是由企业内部的工作人员来执行的,所以人力资源的开发至关重要。这涉及人员的选拔、安置、考核、培训、激励等问题。在考核选拔管理人员时,要注意将适当的工作分配给适当的人,做到人尽其才。为了激励员工的积极性,必须建立完善的工资、福利等奖惩制度。此外,企业还必须确定行政管理人员、财务管理人员和一线工人之间的比例。不同的战略要求具有不同性格和能力的管理者。"拓展型"战略要求具有创新和冒险精神的、有魄力的人员去完成;"维持型"战略要求管理人员具备组织和管理方面的才能;而"紧缩型"战略则需要寻找精打细算的管理者来执行。

（5）建设企业文化

企业文化是指一个企业内部全体人员共同持有和遵循的价值标准、基本观念和行为准则。企业文化对企业经营思想和领导风格,对职工的工作态度和作风,起着决定性的作用。企业文化包括企业环境、价值观念、模范人物、意识、文化网五个要点。企业环境是形成企业文化的外界条件,它包括一个国家、民族的传统文化,也包括政府的经济政策以及资源、运输、竞争等环境因素。价值观念是指企业员工共同的行为准则和基本信念,是企业文化的核心和灵魂。意识是指为树立和强化共同价值观,有计划地进行各种类型活动,如各种纪念、庆祝活动等。文化网则是传播共同价值观和宣传介绍模范人物形象的各种非正式的渠道。

总之,企业文化主要是指企业在其所处的一定环境中,逐渐形成的共同价值标准和基本信念。这些标准和信念是通过模范人物塑造和体现的,通过正式和非正式组织树立,并加以强化和传播的。由于企业文化体现了集体责任感和集体荣誉感,甚至关系到企业员工的人生观和追求的最高目标,能够起到把全体员工团结在一起的"黏合剂"作用。因此,塑造和强化企业文化是执行企业战略不容忽视的一环。

与企业文化相关联的是企业的管理风格。有些管理者的管理风格属于"专权型",他们发号施令,独揽大权,严格控制,坚持采用正式的信息沟通,不容忍非正式的组织活动。另一种管理风格称为"参与型",他们主张授权,协调各部门的工作,鼓励下属的主动精神和非正式的交流与沟通。这两种对立的管理风格各有利弊,不同的战略要求不同的管理风格,具体需要什么样的管理风格取决于企业的战略任务、组织结构、人员和环境。

企业文化和管理风格一旦形成,就具有相对稳定性和连续性,不宜改变。因此,企业战略通常是适应企业文化和管理风格的要求来制定的,而不宜轻易改变企业原有的文化和风格。

12.3.2　营销控制

市场营销控制是市场营销管理过程中的一个重要步骤。市场营销计划不仅需要借助一定的组织系统来实施,需要执行部门将企业的资源投入到市场营销活动中去,而且需要控制系统来考察营销计划的执行情况。

1. 营销控制的概念

市场营销控制是指市场营销管理者为了确保预定营销计划的运行、衡量和评估营销计划的成果,从而实施的一整套工作程序或工作制度。 市场营销控制用于跟踪企业市场营销活动过程的每一个环节,它包括为了达到营销绩效与预期目标的一致而采取的一切措施。即市场营销管理者要经常检查市场营销计划的执行情况,看看计划与实际是否一致,如果不一致或者没有完成计划,就要找出原因所在,并且采取适当的措施和正确的行动,以确保市场营销计划与目标的完成。

2. 营销控制的任务

通常来说,市场营销的控制要完成四项任务。

(1) 市场营销控制的中心内容是目标管理,在营销计划制订出来之后,营销控制就必须严密监控是否有与计划或目标不一致的情况出现,自始至终实施目标管理。

(2) 市场营销控制必须监视市场营销计划的执行情况,进行对比,判断计划与实际是否始终保持一致。

(3) 通过市场营销控制发现差距后,要及时查找原因,判断是何种因素导致了偏离计划的行为产生。

(4) 查明原因后,采取适当的措施加以纠正,必要时甚至可以改变原有的计划目标,以实现营销战略的预期总目标。

3. 营销控制的特点

市场营销控制中的控制活动无论是物理、经济或其他方面的控制,其基本过程和基本原理都是一样的。然而,市场营销控制与其他的控制相比,又有着一定的特点,主要表现在以下几个方面。

(1) 整体性

这种整体性包含了两层概念。第一,市场营销控制是企业全体成员的职责,完成计划是所有人共同的责任。因此,参与控制也是全体成员的共同任务。第二,控制的对象是企业市场营销活动的各个方面。为了保证企业内部各个部门之间的协调一致,需要进行有效的控制。

(2) 动态性

具体事物的物理性控制通常是高度程序化的,具有稳定的特征;但是市场营销活动不是静态的,企业外部环境和内部情况随时都在发生着变化,如果事先制订的计划因为某些不可预见的情况而无法执行,但事先设计的控制系统仍在按计划运转,那就意味着会在错误的道路上越跑越远。因此,市场营销的控制标准和控制方法不能保持一成不变。为了提高控制的有效性和适应性,必须使市场营销控制具有动态性。

(3) 人为性

无论是什么样的控制,最终都是要由人去执行控制。因此,市场营销控制首先是对人的控制,同时控制不仅仅是监督,更重要的是指导和帮助,只有当企业所有员工认识到矫正偏差的必要性并具备了矫正能力时,偏差才会真正被矫正。这样,既会达到有效控制的目的,同时又会提高企业员工的自我控制能力。

4. 营销控制的程序

实行营销控制的最根本原因在于,计划通常是建立在事先对众多不确定因素的某种假定基础上的,而在计划实施过程中遇到的现实并不总与事先假定相一致,即难免会遇到各种意料之外的事,这时就需要通过营销控制,及早发现问题,并对计划或计划的实施方式作出必要的调整。控制有助于企业及早发现问题,防患于未然。控制还对营销人员起着监督和激励的作用。如果营销人员发现他们的主管非常关心每种产品、每个地区市场的赢利情况,而且他们的报酬及前途也取决于此,那么,他们肯定将工作做得更为努力,并更加认真地按计划要求的去做。

有效的营销控制讲究科学、严格的工作程序或步骤,如图 12-7 所示。

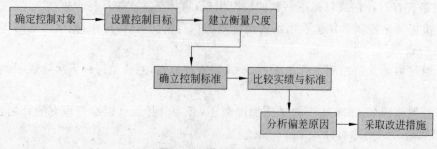

图 12-7　营销控制步骤

（1）确定控制对象

营销控制的内容多、范围也很广,可获得较多信息,但任何控制活动本身都会引起费用支出,因此,在确定控制内容、范围、额度时,管理者应当注意使控制成本小于控制内容所能带来的效益或可避免的损失。最常见的控制内容是销售收入、销售成本和销售利润,但对市场调查、推销人员工作、消费者服务、新产品开发、广告等营销活动,也应通过控制加以评价。

（2）设置控制目标

这是将控制与计划连接起来的主要环节。如果在计划中已经认真地设立了目标,那么,这里只要借用过来就可以了。

（3）建立衡量尺度

在很多情况下,企业的营销目标就决定了它的控制衡量尺度,如目标销售收入、利润率、市场占有率、销售增长率等。但还有一些问题比较复杂,如销售人员的工作效率可用一年内新增加的客户数目及平均访问频率来衡量,广告效果可以用记住广告内容的读者占全部读者的百分比数来衡量。由于大多数企业都有若干管理目标,所以,在大多数情况下,营销控制的衡量尺度也会很多。

（4）确立控制标准

控制标准是指以某种衡量尺度来表示控制对象的预期活动范围或可接受的活动范围,即对衡量尺度加以定量化。如市场调查访问每个用户费用每次不得超过 100 元等。控制标准一般应允许有一个浮动范围,如上述访问费用标准是 100 元,最高不得超过 120 元。

（5）比较实绩与标准

在将控制标准与实际执行结果进行比较时,需要决定比较的频率,即多长时间进行一次比较,这取决于控制对象是否经常变动。如果比较的结果是实际与控制标准一致,则控制过程到此结束;如果不一致,则需要进行下一步骤。

（6）分析偏差原因

产生偏差可能有两种情况:一是实施过程中的问题,这种偏差比较容易分析;二是计划本身的问题,确认这种偏差比较困难。况且,两种情况往往交织在一起,使分析偏差的工作成为控制过程中的一大难点。特别要避免因缺乏对背景情况的了解,或未加适当分析,而犯"把孩子连同洗澡水一起泼出去"的错误。如某推销人员完不成访问次数的标准,可能是由于在旅途中花费时间过多,需要改进访问路线,但也可能是由于定额过高,这时应降低定额以保证每次访问的质量。

（7）采取改进措施

如果在制订计划时,同时也制订了应急计划,改进就能更快。例如,计划中规定有"某部门一季度的利润如果降低 5％,就要削减该部门预算费用的 5％"的条款,届时就可自动启用。不过,多数情况并没有这类预定措施,这就必须根据实际情况迅速制定补救措施,或适当调整某些营销计划目标。

5. 营销控制的基本方法

市场营销控制是指市场营销经理经常检查市场营销计划的执行情况,看看计划与实际是否一致,如果不一致或没有完成计划,就要找出原因所在,并采取适当措施和正确行动,以保证市场营销计划的完成。市场营销控制有年度计划控制、赢利能力控制、效率控制与市场营销审计四种方法。

(1) 年度计划控制

年度计划控制是由企业高层管理者和中层管理者负责控制的,其目的是确保年度计划所确定的销售、利润和其他目标的实现。年度计划控制的中心是目标管理,控制过程分为四个步骤:

第一步,确定目标。即管理者必须把年度计划分解为每个月、每个季度的具体目标;确定本年度各个季度(或月)的目标,如销售目标、利润目标等。

第二步,评估执行情况。即将实际成果与预期成果相比较,随时掌握营销计划的实施情况。

第三步,诊断执行情况。进行因果分析,及时发现实际工作与计划工作目标的差距,并找出产生差距的原因。

第四步,采取修正措施。即采取必要的补救或调整措施,以缩小实际与计划之间的差距。

控制过程分为四个步骤,如图 12-8 所示。

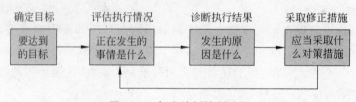

图 12-8　年度计划控制过程

企业经理人员可运用五种绩效工具核对年度计划目标的实现程度,即销售分析、市场占有率分析、市场营销费用与销售额比率分析、财务分析、顾客态度追踪。

① 销售分析。销售分析主要用于衡量和评估经理人员所制订的计划销售目标与实际销售之间的关系。这种关系的衡量和评估主要有两种主要方法。

• 销售差异分析

销售差异分析用于决定各个不同因素对销售绩效的不同作用。例如,假设年度计划要求第一季度销售 4000 件产品,每件 1 元,即销售 4000 元。在该季度结束时,只销售了 3000 件,每件 0.8 元,即实际销售额 2400 元。那么,这个销售绩效差异为 -1600 元,或预期销售额的 -40%。问题是,绩效的降低有多少归因于价格下降? 有多少归因于销售数量的下降? 我们可用如下计算来回答:

$$因价格下降的差异 = (1-0.80) \times 3000/1600 = 600/1600 = 37.5\%$$
$$因数量下降的差异 = 1 \times (4000-3000)/1600 = 1000/1600 = 62.5\%$$

可见,约有 2/3 的销售差异归因于未能实现预期的销售量。由于销售数量通常较价格容易控制,企业应该仔细检查为什么不能达到预期的销售量。

• 微观销售分析

微观销售分析可以决定未能达到预期销售额的特定产品、地区等。假设企业在三个地区销售,其预期销售额分别为 1500 元、500 元和 2000 元,总额 4000 元。实际销售额分别为 1400 元、525 元、1075 元。就预期销售额而言,第一个地区有 7% 的未完成额;第二个地区有 5% 的超出额;第三个地区有 46% 的未完成额。主要问题显然在第三个地区。造成第三个地区不良绩效的原因有如下可能：一是该地区的销售代表工作不努力或有个人问题；二是主要竞争者进入该地区；三是该地区居民收入下降。

② 市场占有率分析。企业的销售绩效并未反映出相对于其竞争者而言，企业的经营状况如何。如果企业的销售额增加了，可能是由于企业所处的整个经济环境的发展，或可能是因为其市场营销工作较其竞争者有了相对的改善。市场占有率正是剔除了一般的环境影响，来考察企业本身的经营工作状况。如果企业的市场占有率高，表明它较其竞争者的情况更好；如果下降，则说明相对于竞争者其绩效较差。衡量市场占有率的第一步骤是清楚地定义使用何种度量方法。一般来说，有四种不同的度量方法。

- 全部市场占有率。以企业的销售额占全行业销售额的百分比来表示。使用这种测量方法必须做两项决策：第一是要以单位销售量或以销售额来表示市场占有率。第二是正确认定行业范围，即明确本行业所应包括的产品、市场等。
- 可达市场占有率。以销售额占企业所服务市场的百分比来表示。所谓可达市场一是企业产品最适合的市场；二是企业市场营销努力所及的市场。企业可能有近100％的可达市场占有率，却只有相对较小的全部市场占有率。
- 相对市场占有率（相对于三个最大竞争者）。以企业销售额对最大的三个竞争者的销售额总和的百分比来表示。如某企业有30％的市场占有率，其最大的三个竞争者市场占有率分别为20％、10％、10％，则该企业的相对市场占有率是30/40＝75％。一般情况下，相对市场占有率高于33％，即被认为是强势的。
- 相对市场占有率（相对于市场领导竞争者）。以企业销售额相对市场领先者的销售额的百分比来表示。相对市场占有率超过100％，表明该企业是市场领先者；相对市场占有率等于100％，表明企业与市场领先竞争者同为市场领导者；相对市场占有率的增加表明企业正接近市场领先竞争者。

了解市场占有率之后，尚需正确解释市场占有率变动的原因。企业可从产品大类、顾客类型、地区，以及其他方面来考察市场占有率的变动情况。一种有效的分析方法，是从顾客渗透率 C_p，顾客忠诚度 C_l，顾客选择性 C_s，以及价格选择性 P_s 四因素分析。顾客渗透率，是指从本企业购买某产品的顾客占该产品所有顾客的百分比。顾客忠诚度是指顾客从本企业所购产品与其所购同种产品总量的百分比。顾客选择性，是指本企业一般顾客的购买量相对于其他企业一般顾客的购买量的百分比。价格选择性是指本企业平均价格同所有其他企业平均价格的百分比。这样，全部市场占有率 T_{ms} 就可表述为：

$$T_{ms}=C_p.C_l.C_s.P_s$$

③ 市场营销费用对销售额的比率分析。年度计划控制也需要检查与销售有关的市场营销费用，以确定企业在达到销售目标时的费用支出。市场营销费用对销售额之比是一个主要的检查比率，其中包括销售队伍开支对销售额之比，广告费用对销售额之比，促销费用对销售额之比，销售管理费用对销售额之比等。市场营销管理人员的工作，就是密切注意这些比率，以发现是否有任何比例失去控制。当一项费用对销售额比率失去控制时，必须认真查找问题的原因。

④ 财务分析。市场营销人员应就不同的费用对销售额的比率和其他比率进行全面的财务分析，以决定企业如何以及在何处开展活动，获得赢利。尤其是利用财务分析来判别影响企业资本净值收益率的各种因素。

⑤ 顾客态度追踪。市场营销的发展变化需要进行定性分析和描述,企业需要建立一套系统来追踪其顾客、经销商,以及其他营销系统参与者的态度。如果发现顾客对本企业和产品的态度发生了变化,企业管理者就能较早采取行动,争取主动。企业一般主要利用以下系统来追踪顾客的态度。

- 抱怨和建议系统。企业对顾客的书面或口头的抱怨应该进行记录、分析,并作出适当的反应。对不同的抱怨应分析归类做成卡片。较严重的和经常发生的抱怨应及早予以注意,企业应该鼓励顾客提出批评与建议,使顾客经常有机会发表意见,才有可能收集到顾客对其产品和服务反映的完整资料。
- 固定顾客样本。有些企业建立有一定代表性的顾客组成的顾客样本,定期地由企业通过电话访问或邮寄问卷了解其态度。这种做法有时比抱怨和建议系统更能代表顾客态度的变化及其分布范围。
- 顾客调查。企业定期让一组随机顾客回答一组标准化的调查问卷,其中问题包括职员态度、服务质量等。通过对这些问卷的分析,企业可及时发现问题,并及时予以纠正。

通过上述分析,企业在发现实际绩效与年度计划发生较大偏差时,可考虑采取如下措施:削减产量,降低价格,对销售队伍施加更大的压力,削减杂项支出,裁减员工,调整企业簿记,削减投资,出售企业财产,出售整个企业。

(2) 赢利能力控制

企业需要运用赢利能力控制来测定不同产品、不同销售区域、不同顾客群体、不同渠道,以及不同订货规模的赢利能力。由赢利能力控制所获取的信息,有助于管理人员决定各种产品或市场营销活动是扩展、减少还是取消。

① 市场营销成本。市场营销成本直接影响企业利润,它由以下项目构成:

- 直接推销费用,包括直销人员的工资、奖金、差旅费、培训费和交际费等。
- 促销费用,包括广告媒体成本、产品说明书印刷费用、赠奖费用、展览会费用、促销人员工资等。
- 仓储费用,包括各种仓储费用等,如仓库租金、维护费、保险费、商品包装费、存货成本等。
- 运输费用,包括托运费用等,如果是自有运输工具,则要计算折旧维护费、燃料费、牌照税、保险费和司机工资等。
- 其他市场营销费用,包括市场营销管理人员工资和办公费用等。

上述成本连同企业的生产构成了企业总成本,直接影响到企业经济效益。其中,有些与销售额直接相关,称为直接费用;有些与销售额并无直接关系,称为间接费用;有时两者很难划分。

② 赢利能力的考察指标。取得利润是任何企业最重要的目标之一。企业赢利能力历来被市场营销管理人员高度重视,因而赢利能力控制在市场营销管理中占有十分重要的地位。在对市场营销成本进行分析之后,我们特提出如下赢利能力考察指标。

- 销售利润率。一般来说,企业将销售利润作为评估其获利能力的考察指标之一。销售利润是指利润与销售额之间的比率,表示每销售 100 元使企业获得的利润,其公式是:

$$销售利润率＝本期利润/销售额×100\%$$

但是,同一行业各个企业间的负债比率往往大不相同,而对销售利润的评价又常需通过与同行业平均水平来进行对比。所以,在评估企业获利能力时,最好能将利润支出加上税后利润,这样将能大体消除由于举债经营而支付的利息对利润水平产生的不同影响。因此,销售利润率的计算公式应该是:

$$销售利润率＝税后息前利润/产品销售收入净额×100\%$$

这样的计算方法,在同行业间衡量经营水平时才有可比性,才能比较正确地评价市场营销效率。

- 资产收益率。指企业所创造的总利润与企业全部资产的比率。其公式是:

$$资产收益率＝本期利润/资产平均总额×100\%$$

与销售利润率的理由一样,为了在同行业间有可比性,资产收益率可以用如下公式计算:

$$资产收益率＝税后息前利润/资产平均总额×100\%$$

其分母之所以用资产平均总额,是因为年初和年末余额相差很大,如果仅用年末余额作为总额显然不合理。

- 净资产收益率。指税后利润与净资产所得的比率。净资产是指总资产减去负债总额后的净值。这是衡量企业偿债后剩余资产的收益率。其计算公式是:

$$净资产收益率＝税后利润/净资产平均余额×100\%$$

- 资产管理效率。可通过以下比率来分析。

资产周转率。该指标是指一个企业以资产平均总额去除产品销售收入净额而得出的全部资产周转率。其计算公式如下:

$$资产周转率＝产品销售收入净额/资产平均占用额$$

该指标可以衡量企业全部投资的利用率,资产周转率高说明投资的利用效率高。

$$存货周转率＝产品销售成本/存货平均余额$$

这项指标说明某一时期内存货周转的次数,从而考核存货的流动性。存货平均余额一般取年初和年末余额的平均数。一般来说,存货周转率次数越高越好,说明存货水准较低,周转快,资金使用效率较高。

资产管理效率与获利能力密切相关。资产管理效率高,获利能力相对也较高。这可以从资产收益率与资产周转率及销售利润率的关系表现出来。资产收益率实际上是资产周转率和销售利润率的乘积:

$$资产收益率＝(产品销售收入净额/资产平均占有额)$$
$$×(税后息前利润/产品销售收入净额)$$
$$＝资产周转率×销售利润率$$

(3) 效率控制

假如赢利能力分析显示出企业关于某一产品、地区或市场所得的利润很差,那么紧接着下一个问题便是有没有高效率的方式来管理销售人员、广告、销售促进及分销。

① 销售人员效率。企业各地区的销售经理要记录本地区内销售人员效率的几项主要指标包括:每个销售人员每天平均的销售访问次数;每次会晤的平均访问时间;每次销售访问的平均收益;每次销售访问的平均成本;每次访问的招待成本;每次销售访问而订购的百

分比;每期间的新顾客数;每期间丧失的顾客数;销售成本对总销售额的百分比。

② 广告效率。企业至少应该做好以下统计:每一媒体类型、每一媒体工具接触每千名购买者所花费的广告成本;顾客对每一媒体工具注意、联想和阅读的百分比;顾客对广告内容和效果的意见;广告前后对产品态度的衡量;受广告刺激而引起的询问次数。

企业高层管理者可以采取若干步骤来改进广告效率,包括进行更加有效的产品定位;确定广告目标;利用计算机来指导广告媒体的选择;寻找较佳的媒体;进行广告后效果测定等。

③ 促销效率。为了改善销售促进的效率,企业管理阶层应该对每一销售促进的成本和对销售影响做记录,注意做好以下统计:由于优惠而销售的百分比;每一销售额的陈列成本;赠卷收回的百分比;因示范而引起的询问次数。企业还应观察不同销售促进手段的效果,并使用最有效果的促销手段。

④ 分销效率。分销效率主要是对企业存货水准、仓库位置及运输方式进行分析和改进,以达到最佳配置并寻找最佳运输方式和途径。

效率控制的目的在于提高人员推销、广告、销售促进和分销等市场营销活动的效率,市场营销经理必须重视若干关键比率,这些比率表明,上述市场营销组合因素的有效性,以及应该如何引进某些资料以改进执行情况。

(4) 市场营销审计

市场营销审计,是对企业的营销环境、目标、战略、组织、方法、程序和业务做出综合的、系统的、独立的和定期性的检查,以便确定困难所在,发现机会,并提出行动计划和建议,以提高企业的营销业绩。 任何企业必须经常对其整体营销效益作出缜密的回顾评价,以保证它与外部环境协调发展。因为,在营销这个领域里,各种目标、战略和计划不适合市场情况是常有的事,因此,企业必须定期对整个营销活动进行审计。营销审计是营销战略控制的主要工具,是实现营销目标的重要手段。营销审计的步骤如图 12-9 所示。

图 12-9　企业营销审计程序图

市场营销审计主要由 6 个方面组成:

① 营销环境审计。主要分析经济、技术、政治、社会文化等宏观环境,以及直接影响企业营销的因素,如市场、顾客、竞争者、经销商的检查分析。

② 营销战略审计。主要考察企业营销目标、战略,以及当前及预期营销环境适应的程度。

③ 营销组织审计。审查营销组织在预期环境中实施组织战略的能力。

④ 营销系统审计。包括对企业营销信息系统、计划系统、控制系统及新产品开发系统的审查。

⑤ 营销效率审计。检查各营销单位的获利能力和各项营销活动的成本效益。

⑥ 营销职能审计。对营销组织的每个因素,如产品、定价、渠道和促销策略的检查评价。

在市场营销活动中,市场营销审计的执行过程与企业其他审计是相同的,只是由于环境的迅速变化,市场营销审计更加经常化,可以由企业内部人员来做,也可以聘请外部专家进行,以减少本身的偏见,更能正视企业的现实,同时专家们的专业知识和经验能够给企业提供帮助。

本章小结

1. 市场营销计划是指在研究目前市场营销状况(包括市场状况、产品状况、竞争状况、分销状况和宏观环境状况等),分析企业所面临的主要机会与威胁、优势与劣势,以及存在的问题的基础上,对财务目标与市场营销目标、市场营销战略、市场营销行动方案,以及预计利润的确定和控制。市场营销计划是企业营销战略的重要职能之一,它的目标在于识别和创建可持续的竞争优势。

2. 市场营销组织是指企业内部涉及市场营销活动的各个职位及其结构。市场营销组织设计的一般原则有:目标一致原则;分工协作原则;命令统一原则;权责对等原则;集权与分权相结合原则。

3. 市场营销控制包括年度计划控制、赢利能力控制与效率控制三种主要方法。

巩固与应用

1. 关键概念

市场营销计划 市场营销组织 市场营销控制 市场营销审计

2. 思考与练习

(1) 市场营销计划的主要内容有哪些?

(2) 市场营销组织设计的因素有哪些?

(3) 营销部门的组织形式主要有哪几种基本类型?

(4) 营销控制包括哪些主要方法?

3. 案例分析

壳牌的组织变革[①]

英国——荷兰的英荷皇家壳牌公司是世界上最大的非国有石油公司,其业务遍布世界130 多个国家,2002 年收入达 2350 亿美元。自 20 世纪 50 年代到 1994 年,壳牌一直以矩阵结构运营,该结构由专长组织结构设计的麦肯锡管理咨询公司为其量身订制。在此矩阵结构下,每个营销公司的主管要向两名上司汇报。一个上司负责营运公司所在的地理区域或国家,而另一个上司则负责营运公司所从事的经济业务(壳牌的业务包括石油勘探和生产,石油产品,化工,天然气和煤炭)。因此,举例来说,澳大利亚壳牌化工公司的负责人既要向

---

① 资料来源:[美]查尔斯·W.L.希尔.周建临等译.国际商务(英文 5 版).北京:中国人民大学出版社,2005

壳牌澳大利亚公司的上司汇报,也要向驻伦敦的壳牌整个化工部的上司汇报。

这种矩阵结构在壳牌有两个十分显著的效果。首先,每个营运公司都要满足两个上司的要求,因此通常要通过达成共识的方法来进行决策。国家(或区域)经理和业务分部经理的不同看法可通过辩论趋同。虽然这个流程既慢又不灵活,但在石油业看来却很好,因为石油业的大部分重大决策都是涉及大笔资金开销的长期决策,不同观点间的辩论可以分清问题的正反两面,而不是阻碍决策。其次,由于决策过程缓慢,只有最重要的决策才需要通过这种流程(如重大的新资本投资),结果保证了营运公司的负责人享有充分的经营自主权。这种分权有助于壳牌公司灵活应对当地政府管制,以及竞争环境和消费者偏好的不同。例如,壳牌澳大利亚化工公司的负责人可以自主决定澳大利亚市场的价格和市场战略。只有当壳牌想进行重大资本投资,例如,建造一所新的化工厂时,才需要启用"创建共识"决策系统。

这个矩阵结构看似十分理想,但壳牌在1995年宣布了撤销矩阵组织结构的激进的计划。管理高层给出的主要理由是石油需要长期低迷,油价持续疲软,这给壳牌的利润带来很大的压力。虽然壳牌历来位于世界最赚钱石油公司的行列,但在20世纪90年代初壳牌的相对业绩开始下滑。而同时其他石油公司,诸如埃克森,通过大幅度削减间接费用成本,把生产集中在高效地区,关闭小型工厂,能更快适应公司大量重复的石油、化工冶炼厂之间的关系,同时每家公司通常都有满足各自市场需求的生产设备。

1995年壳牌的管理高层意识到,降低营运成本需要大幅度削减总部办公室的间接费用,如果恰当的话,还应去除各国不必要的重复设备。为实现这些目标,高层领导决定按产品大类对公司进行重组。现在壳牌有五个全球主要的产品分部——勘探与生产,石油产品,化工产品,天然气和煤炭。每个营运公司向最相关的全球分部汇报。这样,澳大利亚化工公司现在直接向全球化工部汇报。这样做可以增加全球化工分部的权利,使该分部可以去掉各国不必要的重复设备。最终,生产可以集中在规模更大的工厂,使其服务于整个地区,而不是单个国家。这样,壳牌可以实现更大的规模经济。

国家(或区域)经理仍然存在,但他们的角色和职责有所减弱。现在他们的主要任务是协调同一国家(或区域)不同营运公司之间的关系,以及协调与当地政府之间的关系。营运公司负责人向全球分部领导汇报的责任是直接的,而向国家经理汇报的责任是间接的。例如,这些变革使得壳牌澳大利亚总经理决策壳牌澳大利亚化工公司主要资本投资的能力大大减弱。此外,简化的汇报体系不再需要一个庞大的总部办公室机构,壳牌的伦敦总部办公室精简了1170名人员,使壳牌的成本结构有所下降。

问题

(1)壳牌的矩阵结构有哪些优点,又有哪些缺点?在20世纪80年代矩阵结构是否适合全球石油和化工业的环境?

(2)在20世纪90年代,壳牌的营运环境发生了哪些变化?这些变化对公司的财务状况产生了什么影响?这对战略与结构相结合有哪些启示?

4. 技能训练

(1)训练项目

公司营销计划的编制。

（2）训练目的

进一步熟悉营销计划编制的程序与方法，提高同学们编制营销计划的实际动手能力。

（3）训练内容

第一步，把班级分成几个小组，以小组为单位，收集你所熟悉企业的有关营销计划，包括：企业整体计划、业务部计划、产品线计划、产品计划、品牌计划、市场计划等；收集外部环境信息，主要有消费者需求及其变化、城乡居民的购买力（人均收入、人均可支配收入、恩格尔系数等），以及竞争对手的相关资料。

第二步，各小组对上述资料进行综合分析基础上，编制一份模拟公司的营销计划方案。计划内容包括：计划摘要、市场营销状况、市场机会与存在问题分析、营销目标、市场营销战略、行动方案、预期的损益表、计划实施控制。

第三步，在全班组织交流和评议，最后从中评出优胜者。

第13章 市场营销的新发展

学习目标

1. 掌握网络营销的基本概念与功能
2. 了解数据库营销的概念与内容
3. 熟悉关系营销的基本模式
4. 了解直复营销的基本内容

导入案例

戴尔公司的网络营销[①]

谁是最赚钱的电子商务网站,答案无疑是戴尔网(www.dell.com)。戴尔将网络融入基本业务之中,通过网络把顾客和公司的距离拉近。

戴尔计算机公司1984年由年仅19岁的迈克·戴尔创立的,当时注册资金为1000美元。目前,戴尔公司已成为全球领先的计算机系统直销商,跻身业内主要制造商之列。截至2000年1月28日的过去四个季度中,戴尔公司的收益达到270亿美元,成为全球第二、增长最快的计算机公司,在全球拥有35800名雇员。

戴尔公司在全球34个国家设有销售办事处,其产品和服务遍及170多个国家和地区。戴尔公司总部位于得克萨斯州,还在以下地方设立地区总部:香港,负责亚太地区;日本川崎,负责日本市场业务;英国布莱克内尔,负责欧洲、中东和非洲的业务。另外,戴尔在中国厦门(中国市场)设有生产全线计算机系统的企业。

当戴尔接触网络时,网络交易仅有订购 T 恤业务。但他立刻想到,如果可以在网络上订购 T 恤,那就表示什么都可以订购,电脑也不例外。最棒的一点是,网络交易要先有电脑才办得到! 一笔交易可以带来两个以上的商业机会。凭着对新技术的敏锐,戴尔率先搭上了最新因特网班车。"我们就应该扩大网站的功能,做到在线销售。"戴尔在出席董事会时,坚定地表示:"网络可以进行低成本、一对一而且高品质的顾客互动,在线销售最终会彻底改变戴尔公司做生意的基本方式。"

1996年8月,戴尔公司的在线销售开通,6个月后,网上销售每天达100万美元。1997年

---

① 资料来源:胡德华编著.市场营销经典案例与解读.北京:电子工业出版社,2005

高峰期,已突破 600 万美元。Internet 商务给戴尔的直销模式带来了新的动力,并把这一商业模式推向海外。在头 6 个月的时间里,戴尔电脑的在线国际销售额从零增加到了占总体销售额的 17%。到 2000 年,公司收入已经有 40%～50%来自网上销售。

目前,戴尔公司利用互联网推广其直销订购模式,再次处于业内领先地位。戴尔 PowerEdge 服务器运作的 www.dell.com 网址包括 80 个国家的站点,目前每季度有超过 4000 万人浏览。客户可以评估多种配置,即时获取报价,得到技术支持,订购一个或多个系统。

引导问题

你是怎样看待直销的?

13.1　网络营销

13.1.1　网络营销的概念与特点

21 世纪,人类进入了信息社会,随着计算机网络的发展,网络技术改变了信息的分配与接受方式,改变了人们的生活、工作与交流的环境,同时也加速了企业经营理念、经营方式与方法的变革。网络时代的到来,不但是企业所要面对的前所未有的挑战和机遇,也是整个社会市场格局将来变化的前奏。

1. 网络营销的概念

所谓网络营销是指为实现企业的营销目标,借助于互联网、电子通信和数字交换等系统进行的一系列商务活动。主要包括网上广告、订货、付款、客户服务和货物递交等售前、售中、售后服务,以及市场调查分析、财务核算及生产安排利用等利用 Internet 网开发的商务活动。

网络营销的具体步骤是:

首先,通过电子邮件与消费者、合作者进行沟通,通过电子网络的发信功能,给用户一次性发信,并定期发送各种信息邮件、电子刊物,以提高用户的忠诚度。

其次,建立相关的主页,将企业的有关图片、信息资料放在主页上,尽量做得生动有趣味,要不断更新网站的内容和页面,发挥网络信息媒体的作用,使潜在的顾客不断地产生新鲜感、好奇心,增加固定来访者的数量。

一些对网络较为敏感的企业已经进入网络营销的实战阶段,相对于传统的市场调查方式来讲,Internet 没有时间、空间的限制,具有高度的交互性和实时性,而且成本低廉,几乎能实现实时反馈,而且网络调查使用的是电子问卷,大大减少了数据输入工作量,缩短了调查的时间周期。

网络营销是一种最新的营销方式,几乎超越了所有的中间环节,直接面对全球分布的最终消费者,管理和销售的成本相当低,据估计成本约为传统直销的 3%,可以说它终于实现了真正意义上的直销。网络上的企业所经营的也不再是传统的商品,而主要是信息,交易过程中更多地表现为信息的交换,实物交换将从以往实物经济的唯一交易手段进化成交易完成的一个必要程序。网络营销也使得企业可以提供完全个性化和专业化的服务,网上制定系统能为每一个顾客量身定做,充分满足不同顾客的个性化要求;而专业系统就为消费者提供高度的专业化需求中的产品,一般的营销方式很难得到完善的售后服务,从而形成企业与顾客之间的个性化界面。网络营销存在着不可忽视的一环,那就是网络营销的战略营销层次,它的存在不仅对企业营销的某一个环节产生影响,而且对企业的整个营销组织、营销计划产生根本变革。包括整个网络营销和信息共享集团。

2．网络营销的特点

网络营销与传统的营销手段相比,是一种新形式的营销,它具有许多优势。

（1）个性化

网络营销最大的特点,就是以消费者为先导。消费者可根据自己的需求在全球范围内寻找个性化的产品,不受时间与地域的限制。通过进入自己感兴趣的企业网址或虚拟商店,消费者可获取更多的产品信息,使购物更加个性化。

（2）互动性

企业可以通过电子布告栏、线上讨论广场与电子邮件等方式,借助网站向消费者提供大量具体的、必要的信息,并进行即时的信息跟踪和反馈,消费者也可借助各种网站营销工具就产品设计、定价与服务等一系列问题发表意见。

（3）便利性

信息社会中,无论是报纸、电视,还是杂志,都充满了广告,最让人头痛的是在电视剧中插入的广告,让人躲都躲不了,不得不被动地接受各种信息。在这种情况下,广告的到达率和记忆率之低也就可以想象了。于是商家感叹广告难做,而消费者则抱怨广告无处不在。

网络营销则不同,人们不必面对广告的轰炸,只要根据自己的喜欢或需要去选择相应的信息,如厂家、产品等,然后加以比较,再做出购买的决定。这种自由而轻松的选择,可以跨越时间与空间的限制,让人们浏览到国内外任何网上的信息,而不用消费者一家一家商店跑来跑去。这样的灵活、快捷、方便,是传统商场购物所不能比拟的,网上商场尤其受到许多没有时间或不喜欢逛商店人的喜爱。

（4）成本低

在网上发布产品信息,与传统传播手段比,价格是很便宜的;将产品直接向消费者推销,可以缩短分销环节,可以节省批发加价的必要成本。发布的信息谁都可以自由地索取,企业借此拓宽销售范围,这样可以节省促销费用,从而降低成本,使产品具有价格竞争力。

前来访问的人大多对此类产品具有兴趣,这样就避免了许多无用的信息传递,也可节省费用。还可以根据订货情况来调整库存量,降低库存费用。例如,网上书店,其书目可按通常的分类,分为社科类、艺术类、工具类、外文类等,不按出版社、作者、国别分类来进行索引,以方便读者的查找,还可以开辟出专门的栏目介绍新书及内容简介等,而网上书店对网上资源的更新是很方便、及时的。这样网上营销就能够以较低的场地费、库存费提供更多更新的图书,争取到更多的顾客。

（5）优质服务

在市场上如果遇到冷若冰霜的销售员或热情似火的销售员,顾客都会感到无所适从。

网络营销就没有这样的顾虑,顾客可以避免因人的因素对消费决策造成的影响,使消费更理性化。同时在网上能得到快捷的售后服务,比如,顾客买了一台打印机,却因打印程序老出毛病,只要顾客找到生产企业的网站,只需几分钟就能下载了打印程序,问题就迅速得到解决。

网络营销正处于高速发展的阶段,存在诸多方便的同时,也存在一些不完美的地方。

(1) 缺乏信任感

中国人往往相信"眼见为实",在网上人们看不到真实的产品,总有一些不踏实的感觉。人们的购物习惯也难以一时改变,对一个家庭主妇来说,可能更喜欢逛商店。正如电视取代不了电影一样,网络营销有它的市场需求和市场定位,但并不是任何产品和服务都能在网上进行交易的,比如医疗,尽管已经出现网上医院,但目前还没有哪个医生大胆在网上给危重病人下药的。但是互联网作为一种工具,至少能成为诸多媒体中最有开发前景的。互联网不是万能的,但是,人们生活与工作都离不开它,企业生产与销售更不能没有它。

(2) 局限性

虽然网页广告具有多媒体的效果,但其声音效果明显不如电视和电台。同时,广告的受众受到很大的限制,从目前网络公司还要在其他媒体上做广告的现状来看,其广告效果要取代电视是难以做到的。而且广告的效果就是要提高企业的知名度,如果让已经知道某某企业和产品的人再去看广告,那么网上广告投入的边际效果可能不大。同时,网上广告的界面也受到屏幕的限制。没有几个人会主动付上网费然后专门去找广告看的。而在其他的媒体中,比如户外广告,只要你路过不看也得看,看也得看。电视也是如此。

(3) 安全性

随着网络营销日益成为营销的趋势,不断出现黑客(Hacker)和众多病毒,对网络安全构成了极大的威胁。据 FBI(美国联邦调查局)统计,在计算机网络最为发达的美国,1998 年因网络安全问题所造成的经济损失接近百亿美元。所以,如果不认真解决这些问题,那么电子网络营销不可能真正发展起来。因为没有哪个企业愿把自己的商业秘密交到不安全的网络环境中。

13.1.2　网络营销的类型与作用

1. 网络营销的类型

根据不同的营销主体,网络营销大致分为三种类型。

(1) 根据主体与对象不同,可分为:

① 企业对消费者(Business to Customer,B to C),在网上从事零售,如 www. amazon. com 网站;

② 企业对企业(Business to Business,B to B),企业采购,如 www. freemarkets. com 网站;

③ 消费者对企业(Customer to Business,C to B),消费者提出报价,从企业购买产品,如 www. priceline. com 网站;

④ 消费者对消费者(Customer to Customer,C to C),消费者拍卖,如 www. ebay. com

网站。

（2）根据营销主体有无网站，分为无站点营销与有站点营销。无站点营销可以利用因特网进行信息发布、电子邮件等售点进行营销活动。有站点营销利用自己的网站进行网上直销、网上服务等。

（3）根据营销主体的经营性质，可分为基于网络公司的"网站营销"与基于传统公司的"网上营销"。

2．网络营销的作用

1996 年网络商业共出售约 5 亿美元的产品，虽然占世界商业销售总收入的比例微不足道，但是它的发展速度是非常惊人的，两年后，网上出售的商品达到 48 亿美元。几乎增长了 10 倍！为什么网络营销有如此吸引力呢？主要是网络营销有着传统营销无法比拟的作用。

（1）超越时空，全球通销

Internet 是一种能覆盖全球网络的公共网络，具有超容量的信息空间。利用这种信息的电子商务具有巨大的潜力，从根本上改变了从事商业活动的途径和经济结构。例如，书籍是一种很适宜网络营销的产品。世界上平均每天有成千上万的新书出版，互联网络正适宜介绍新书的内容简介，彩色界面还可以完全逼真地展示图书的封面。目前，世界上最大的书店是美国亚马孙图书销售公司。再如大众集团的大众、捷克的 SKODA、法国的雪铁龙，还有甲壳虫汽车等，它们是生产各种中、小型家庭轿车和多用途汽车的公司，充分利用互联网来进行信息交换，24 小时为全世界提供营销服务，超越传统的时间和空间，达成大量的交易。

（2）多媒体统一，直销入户

Internet 有着多媒体的功能，而且清晰度高、容量大。所以有条件上网的人们可以"足不出户，购尽所需"。例如，日本索尼音像公司把资金投入在全球性的交互网和本公司的结构上，公司巧妙地把 WEB 服务与现有的信息资源结合起来，将企业的内部信息挂到网上，使最重要、最新的内容高效率地传给索尼公司，产生坐待"直销入户"的营销效应。

（3）全程通道，贯通营销

Internet 上的网络营销是一种全程的营销渠道，从商品信息、收款结算到售后服务全程服务应有尽有。美国的通用汽车公司就充分利用了互联网的这一特点，他们允许顾客在互联网上通过公司的有关系统，按照自己的兴趣，自己设计和自己组装，以满足顾客的个性需求。在结算方面，我国的招商银行率先推出企业网上银行，使企业财务人员不到银行就可在网上办理支付结算等工作，同时也为网上交易提供结算手段奠定基础。

（4）信息超前，市场优先

Internet 是一种具有强大营销能力的工具，兼有着渠道、促销、互换信息及网上交易的一系列功能，是营销的未来趋势。例如，以直销成名的雅芳（AVON）公司，为了巩固老客户，发展新客户，占领更大的市场，在 1997 年 4 月抢先一步实行网上销售。他们为公司上网作了充分的准备，上网之前他们就向美国的主管部门详细介绍了公司的网络营销策略，目的是为了扩大新客户进一步巩固老客户，而不是甩开老客户。

13.1.3 网络营销的竞争优势

互联网通过开放的统一标准将不同类型的计算机都连接在一起,可以实现最大限度的计算机资源和信息共享,同时还可以实现远程的信息交流和沟通,这一切都是互联网技术发展和使用的结果。许多企业已经将互联网应用到企业管理中来,并且取得了很大的经济效益,利用互联网降低管理中的交通、通信、人工、财务、办公室租金等成本费用,可最大限度地提高管理效益。许多在网上创办的企业也正是因为网上企业的管理成本比较低廉,才有可能独自创业,寻求发展机会。

1. 降低营销成本

开展网络营销给企业带来的最直接的竞争优势是企业成本费用的控制。网络营销采取的是新的营销管理模式,它通过 Internet 改造传统的企业营销管理组织结构与运作模式,并通过整合其他相关业务部门,如生产部门、采购部门,实现企业成本费用最大限度的控制。

(1) 降低管理成本费用

① 降低交通和通信费用。对于一些业务涉及全球的公司,业务人员和管理人员必须与各地业务相关者保持密切联系,许多跨国公司的总裁有 1/3 时间是在飞机上度过的,因为他们必须不停地在世界各地进行周游以了解业务进展情况。现在利用互联网可以很好解决这些问题,通过网上低廉的沟通工具,如 E-mail、网上电话、网上会议等方式就可以进行沟通,根据统计,互联网出现后可减少企业在传统交通和通信费用的 30% 左右,这一比例还可以增加。对于小公司而言,互联网更是给他们长了一双"翅膀",不出家门就可以将业务在网上任意拓展。

② 降低人工费用。由于通过互联网,传统管理过程许多由人处理的业务,现在都可以通过计算机和互联网自动完成。如美国的 Dell 公司,最开始的直销是通过电话和邮寄实行直销,后来通过互联网进行直销,由用户通过互联网在计算机帮助下自动选择和下订单,带来的效益是非常明显的,不但用户在网上可以自如选择,Dell 也无须雇佣大量的电话服务员来接受用户的电话订单,而且避免电话订单中许多无法明确的因素,大大提高了效率,同时降低大量人工费用。因此,将互联网用于企业管理,不仅是提高工作效率,还减少工作中不必要的人员,减少人为因素造成的损失。

③ 降低企业财务费用。借助互联网实现企业管理的信息化、网络化,可以大大降低企业对一般员工、固定资产的投入和日常运转费用的开支,企业可以节省大量资金和费用,因此企业财务费用需求大大减少。正因为利用互联网,可以用很少的资金进行创业发展,因此,当今年代是英雄辈出的时代,只要你有很好的"点子"和少量的资金就可以开始创业发展,当然到一定时候还是需要风险资金的介入帮助发展,但好的开始是成功的一半。

④ 降低办公室租金。通过互联网商业企业可以实现无店铺经营,工业企业可以实现无厂房经营。如前面介绍的 Amazon 的网上书店就是典型例子,由于业务是通过网上来完成的,它无须在繁华地段租用昂贵的办公场所。目前,借助互联网,许多企业都把办公室从城市繁华中心搬到安静的郊区,既避免市区的拥挤交通,又可以在环境幽雅、租金低廉的环境下工作,真是一举两得。对于生产性企业,通过互联网可以将其产品发包给其他的企业生

产,如美国 Compaq 公司的电脑 90％都不是它自己生产,而是将其发包给制造企业进行生产,Compaq 公司提供技术、软件和品牌,然后将产品直接发给用户,因此互联网可以实现全球性生产合作,"虚拟"生产不再"虚"了。

（2）降低销售成本

马克思曾经将销售描写成"惊险一跳",可见销售对企业的重要性,因此许多企业不惜花费巨额费用投入销售环节,也导致许多企业对销售成本不堪重负。销售成本主要有销售人员费用、运输费用、销售管理费用、广告促销费用等。互联网的出现给企业带来了新的销售模式和管理方式,如网上直销（网上订货）和网上促销等新的销售模式大大降低了销售成本。

① 降低销售渠道费用。互联网的信息交换可以跨越时间和空间限制,能以低廉的费用实现任何地点任何时间的一对一交流。借助互联网进行直销,一方面可以将其服务市场拓展到全球;另一方面借助互联网用户可以自由访问企业站点,查询产品信息,直接进行订购。企业借助自动的网上订货系统,可以自如地组织生产和配送产品,同时提高销售效率,减少对销售人员的需求。根据分析统计,在未来三年内,信息类企业的产品销售 60％将通过网上订货完成。

② 降低促销费用。互联网作为第四类媒体,具有传统媒体无法具有的交互性和多媒体性,可以实现实时传送声音、图像和文字信息,同时可以直接为信息发布方和接收方架设沟通桥梁。如网上广告比同样效果的电视、报纸广告低廉,而且可以将广告直接转换为交易,吸引消费者通过广告直接产生购买行为。

③ 降低销售管理费用。利用互联网进行网上直销,可以实现订货、结算和送货的自动化管理,减少管理人员需求,提高销售管理效率。如 Amazon 的销售管理部门其实只是一些信息处理员,主要进行产品信息目录维护。

2．创造市场机会

利用互联网从事市场营销活动可以远及过去靠人进行销售所不能达到的市场。网络营销可以为企业创造更多新的市场机会。

（1）可以突破时间限制

利用互联网可以实行 7/24（每周 7 天,每天 24 小时）营销模式,同时不需要增加额外的营销费用,因为互联网企业的顾客可以自助进行咨询、下订单和采购,无须人工干预,只需要利用计算机自动完成即可。如我国的网上商店 8848．net 网站也有类似分析,由于网上商店可以 24 小时不间断营业,许多消费者的订单是下班后在晚上利用家庭电脑上网下的,这些网上购物者的比例呈上升趋势,预计到 2000 年可以达到 30％以上。

（2）可以突破传统市场中地理位置的分割

利用互联网美国著名的网上书店 Amazon.com 很轻松地将其市场拓展到世界任何一个地方。而全球第一大零售商 Wal-Mart 要想拓展全球市场,就必须花费巨大的资金进行选择店址、装修店面、建立网络,以及培训员工等准备工作,然后才可能正式营业,而且风险非常巨大,因为一旦市场开发不成功,很难从市场中退出。但这对于网上商店来说都是不需要做的事情,需要做的是将产品信息搬上网站,然后顾客可以方便地在网上进行选择和订购。

（3）吸引新顾客

作为新的营销渠道,互联网对企业传统的营销渠道是一个重要补充,它可以吸引那些在传统营销渠道中无法吸引的顾客到网上订购。由于网上订购比较方便快捷,而且不受时间和地理位置的限制,对那些在传统营销渠道中受到限制、但又很喜欢公司产品的顾客无疑可以增加很大的吸引力。如从 Dell 公司站点购买的计算机 80％的消费者和一半以上的小公司在以前从来没有购买过 Dell 公司的产品。根据调查,其中四分之一的人认为,如果没有互联网站点,他们就不会有这样的消费行为。而且,这些在网上购物的消费者的平均消费价值量要高于一般的 Dell 客户的消费量。

(4) 开拓新产品市场

利用网络营销企业可以与顾客进行交互式沟通,顾客可以根据自身需要对企业提出新的要求和服务需求,企业可以及时根据自身情况针对消费者需求开发新产品或提供新服务。如著名的网上书店 Amazon.com 根据顾客的需求,很快将网上商店的商品从书籍扩展到音像制品和玩具等新的产品。

(5) 进一步细分和深化市场

前面提到几种机会都是拓展市场的宽度和广度,利用网络营销,企业可以为顾客提供定制营销,最大限度细分市场满足市场中每一个顾客的个性化需求。如 Dell 公司为最大限度满足顾客的特殊需要,允许顾客根据自己的偏好自行选择电脑配件组装自己满意的电脑,顾客只需要根据网站上的提示选择电脑配置,然后确定后订单自动生成,顾客只需要付款等待送货上门即可。

3. 让顾客满意

利用互联网企业可以将企业中的产品介绍、技术支持和订货情况等信息都放到网上,顾客可以随时随地根据自己的需要有选择性地了解有关信息,这样克服了在为顾客提供服务时的时间和空间障碍。一般说来,利用互联网可以从以下几个方面让顾客更加满意。

(1) 提高服务效率

利用互联网公布企业的有关信息和技术支持等信息,顾客可以根据情况自行寻求帮助,这样企业的客户服务部门可以有更多的时间处理复杂的问题和管理客户关系,而且能有针对性地解决顾客提出的问题,增加顾客的满意程度。当然,企业在把长期积累的客户和产品方面的信息进行公开时必须进行控制,只有那些经过授权的客户和产品才可以进入系统进行查询,否则可能侵犯客户的利益和损害企业的利益。

(2) 为顾客提供满意的订单执行服务

对于一个客户来说,没有什么事情比不能确定订单是否有效到达更令人担心的。经常是给供应商一个电话导致一系列的电话查询,一个部门问另一个部门,然后再把电话打回给客户。这种方式对买卖双方来说都是既费时又费钱的事。利用 Internet 的客户可以自行查找订单的执行情况。如美国的配送公司联邦快递(FedEx)公司或联合快递(UPS),允许客户到公司的站点查询订单执行情况,客户只需要输入自己的号码,就可以查找货物现在的到达位置,以及何时到达目的地。根据调查,这种服务除了增加客户的满意度外,还节省了大量的客户服务费用。

(3) 提供满意的售后服务

许多客户在购买产品后经常遇到许多技术上的问题和使用方面的难题,特别是一些高新技术产品,因此,售后服务就显得尤为重要。利用互联网将公司的一些产品信息资料和技术支持资料放到网上,允许客户自行在网站进行查找,寻求自我帮助,客户服务只需要解决一些重要的问题。如 Dell 公司为改进售后服务,将公司的一些软件驱动程序和技术资料公布在其网站,客户的电脑如果需要升级或者出现什么故障时,客户首先可以从网站获取售后服务,如果再有问题才向客户服务部寻求帮助,这样既提高公司对客户的反应速度,又减少公司应对一些客户可以自行解决的售后服务问题。

（4）提供顾客满意的产品和服务

由于不同客户有不同需求,为满足客户的差异性需求,要求企业能够及时了解客户的需求,并就客户的特定需求提供产品和服务。利用互联网,企业可以很容易知道客户的特定需求,然后根据客户的特定需求来生产,最大限度满足顾客的需求,保持顾客的品牌忠诚度。如美国最大的牛仔服装生产企业 VF 公司允许消费者通过公司的网站定制自己满意的牛仔服,消费者只需要网站提供辅助设计软件 CAD 系统,根据自己的身材和爱好设计出自己满意的牛仔服式样,然后 VF 公司根据消费者的设计,自动生产出消费者自行设计的满意产品。

4. 满足消费者个性化需求

（1）以消费者为导向,强调个性化的营销方式

网络营销的最大特点在于以消费者为主导。消费者将拥有比过去更大的选择自由,他们可根据自己的个性特点和需求在全球范围内找寻满意的商品,不受地域限制。通过进入感兴趣的企业网址或虚拟商店,消费者可获取产品更多的相关信息,使购物更显个性。这种个性消费的发展将促使企业重新考虑其营销战略,以消费者的个性需求作为提供产品及服务的出发点。此外,随着计算机辅助设计、人工智能、遥感和遥控技术的进步,现代企业将具备以较低成本进行多品种小批量生产的能力,这一能力的增强为个性营销奠定了基础。同时,网络营销的出现节省了庞大的促销费用,为企业满足消费者个性化需求提供了可行的解决途径。

（2）具有很强的互动性

传统的营销管理强调 4P(产品、价格、渠道和促销)组合,现代营销管理则追求 4C(顾客、成本、方便和沟通),然而无论哪一种观念都必须基于这样一个前提:企业必须实行全程营销,即必须由产品的设计阶段就开始充分考虑消费者的需求和意愿。但是,在实际操作中这一点往往难以做到,而在网络环境下,这一状况将有所改观。即使是中小企业也可通过电子布告栏和电子邮件等方式,以极低成本在营销的全过程中对消费者进行即时的客户信息搜集,消费者则有机会对产品从设计到定价和服务等一系列问题发表意见。这种双向互动的沟通方式提高了消费者的参与性和积极性,更重要的是它能使企业的营销决策有的放矢,从根本上提高消费者满意度。

（3）能满足消费者对购物方便性的需求,提高消费者的购物效率

现代化的生活节奏已使消费者用于外出在商店购物的时间越来越短。在传统的购物方式下,从商品买卖过程来看,一般需要经过看样→选择商品→确定所需购买的商品→付款结算→包装商品→取货(或送货)等一系列过程。这个买卖过程大多数是在售货地点完成的,短则几分钟,长则数个小时,再加上购买者为购买商品去购物场所的路途时间,购买后的返回时间及在购买地的逗留时间,无疑延长了商品的买卖过程,使消费者为购买商品而必须在

时间和精力上付出很多。同时,拥挤的交通和日益扩大的店面更延长了消费者购物所耗费的时间和精力。然而,在现代社会,消费者可以无须驱车就能到很远的商场去购物,省却许多麻烦。同时,在使用过程中发生的问题,你可以随时与厂家联系,得到来自卖方及时的技术支持和服务。

(4) 能满足价格重视型消费者的需求

网络营销能为企业节省巨额的促销和流通费用,使产品成本和价格的降低成为可能。而消费者则可在全球范围内找寻最优惠的价格,甚至可绕过经销商直接向生产者订货,因而能以更低的价格实现购买。

随着市场竞争的日益激烈,为了在竞争中占优势,各企业都使出了浑身的招数来想方设法地吸引顾客,很难说还有什么新颖独特的方法能出奇制胜。而网络营销可谓一举多得。开展网络营销,可以节约大量昂贵的店面租金,可以减少库存商品资金,可以使经营规模不受场地限制,可以便于采集客户信息,等等,这些都使得企业经营的成本和费用降低,动作周期变短,从根本上增强企业的竞争优势,增加赢利。网络市场上蕴藏着无限的商机,正如时代华纳集团旗下的新媒体公司科技与行政副总裁诺尔顿所言:"虽然目前我们还不知道该怎样赚钱,但必须现在就看好网络上的无限商机。"

13.2　数据库营销

13.2.1　数据库营销的概念与特点

1. 数据库营销的概念

顾客数据库被用于有组织地收集关于个人顾客或预期顾客的综合数据,这些数据是当前的、可接近的和为营销目的所用的,它引导产生名单,审核资格,销售产品或服务,或维持客户关系。数据库营销是建立、维持、使用顾客数据库和其他数据库(产品、供应商、零售商)的过程,其目的是联系和交易。

数据库营销就是企业通过搜集和积累消费者的大量信息,经过处理后预测消费者有多大可能去购买某种产品,以及利用这些信息给产品以精确定位,有针对性地制作营销信息以达到说服消费者去购买产品的目的。通过数据库的建立和分析,可以帮助企业准确了解用户信息,确定企业目标消费群,同时使企业促销工作具有针对性,从而提高企业营销效率。没有数据库营销,企业的营销工作仅仅停留在理论上,而不是根植于客观实际,因为没有数据库,企业对市场的了解往往是经验,而不是实际。企业总是自以为自己了解市场,其实并非如此。

2. 数据库营销的特点

数据库营销是随着时代的进步,科学技术的发展,数据库技术和市场营销有机结合后形成的。数据库营销的特征有:

(1) 数据库营销是信息的有效应用;

（2）成本最小化，效果最大化；

（3）顾客终身价值的持续性提高；

（4）"消费者群"观念，即一个特定的消费者群对同一品牌或同一公司产品具有相同兴趣；

（5）双向个性化交流，买卖双方实现各自的利益，任何顾客的投诉或满意度通过这种双向信息交流进入公司顾客数据库；公司根据信息反馈改进产品或继续发扬优势，实现最优化。

13.2.2　数据库营销的基本过程

一般来讲，数据库营销一般经历数据采集、数据存储、数据处理、寻找理想消费者、使用数据、完善数据库六个基本过程。

1. 数据采集

数据库数据一方面通过市场调查消费者消费记录以及促销活动的记录；另一方面利用公共记录的数据，如人口统计数据、医院婴儿出生记录、患者记录卡、银行担保卡、信用卡记录等都可以选择性地进入数据库。

2. 数据存储

将收集的数据，以消费者为基本单元，逐一输入电脑，建立起消费者数据库。

3. 数据处理

运用先进统计技术，利用计算机把不同的数据综合为有条理的数据，然后在强有力的各种软件支持下，产生产品开发部门、营销部门、公共关系部门所需要的详细数据库。

4. 寻找理想消费者

根据使用最多类消费者的共同特点，用电脑勾画出某产品的消费者模型，此类消费群具有一些共同的特点，比如兴趣、收入，以采用专用某牌子产品的一组消费者作为营销工作目标。

5. 使用数据

数据库数据可以用于多个方面：签订购物优惠券价值目标，决定该送给哪些顾客；开发什么样的新产品；根据消费者特性，如何制作广告比较有效；根据消费记录判定消费者消费档次和品牌忠诚度。如特殊身材的消费者数据库不仅对服装厂有用，而且对于减肥药生产厂、医院、食品厂、家具厂很有用。因此，数据库不仅可以满足信息，而且可以进行数据库经营项目开发。

6. 完善数据库

随着以产品开发为中心的消费者俱乐部、优惠券反馈、抽奖销售活动记录及其他促销活动而收集来的信息不断增加和完善,使数据不断得到更新,从而及时反映消费者的变化趋势,使数据库适应企业经营需要。

13.2.3　数据库营销的竞争优势

企业实施数据库营销,可以从以下几个方面帮助企业获取巨大的市场竞争优势。

1. 可以帮助企业准确找到目标消费者群

数据库营销是营销领域的一次重大变革,是一个全新的营销概念,在生产观念指导下的营销,各种类型的消费者接受的是相同的、大批量生产的产品和信息。而在市场细分化理论下的营销,是根据人口统计及消费者共同的心理特点,把仍不知名的顾客划分为类。而现在,新一代高速计算机和数据库技术可以使企业能够集中精力于更少的人身上,最终目标集中在最小消费单位——个人身上,实现准确定位。目前,美国已有 56%的企业正在建立数据库,85%的企业认为在 2000 年以后,他们需要数据库营销来加强竞争力。

2. 数据库营销帮助企业准确定位目标消费者

某些汽车制造商在与目标消费者进行初期交流的活动中,鼓励他们对自己进行描述,制造商们也会询问一些问题:比如你们打算什么时候购买? 你们现在开的是什么车? 已行走了多少公里? 然后将这些信息汇编。以此为基础,制造商为自己选定了一个竞争力强的定位,不仅获得高利润,而且使制定的营销策略满足了目标消费者的需求。

3. 帮助企业在最合适的时机以最合适的产品满足顾客需求,提高效率

《华尔街周刊》这样写道:读书俱乐部永远不会把同一套备选书集放在所有会员面前了,现在的俱乐部都在进行定制寄送,他们根据会员最后一次选择和购买记录以及最近一次与会员交流活动中获得的有关个人生活信息,向会员推荐不同的书籍。效果是很明显的:一方面减少了损耗,而会员购买的图书量却提高了;另一方面数据库营销者减少了不恰当的寄送带来的无谓浪费,还提高了企业的形象。因为顾客有种感觉:这个公司理解我,知道我喜欢什么,并且知道我在什么时候对什么感兴趣。据有关资料统计,没有动用数据库技术进行筛选而发送邮寄宣传品,其反馈率只有 2%～4%;而用数据库进行筛选,其反馈率可以高达25%～30%。

4. 帮助营销者结合最新信息和结果制定出新策略

越来越多的企业投资建立数据库,以便能够记录顾客最新反馈,利用公司最新成果分析出针对性强的保证稳定消费群的计划。例如,某航空公司,内存 80 万人的资料,这些人平均每人每年要搭乘该公司的航班达 13 次之多,占该公司总营业额的 65%。因此,该公司每次举行促销宣传活动,必须以他们为主要对象,极力改进服务,满足他们的需要,使他们成为稳定的客户。

5. 为开发营销新项目并增加收益提供信息

美国运通公司根据持卡人数据库开展了一个新促销活动,运通卡的持有人购车时,在运通公司所列的 25 家国内汽车制造商处可以不用现付,然后,运通公司发出一份有关购车习惯的消费者个人信息问卷,回馈率很高,收回了 100 000 份有效问卷,这一活动的市场效果非常好,顾客在家中就可以了解更多的购车信息,而且享受到优惠,并一改现款交易,可以使用信用卡。汽车制造商得到一份数据库,销售量增大,运通公司扩大了信用卡业务,同时也收集了大量信息。

6. 发展新的服务项目并促成购买过程简便化,带来重复购买的可能

比如,一些目录公司设一个 ID 电话号码,根据顾客资料卡判断哪些顾客有重复购买相同商品的需要,把这个电话号码寄给他们,顾客只需轻轻一按,订购服务代表就将订货信息输入记录,不必顾客重复回答相同问题。一些礼品公司把顾客去年的订货单寄回给顾客,这样有效地提醒他们订购礼品的时候到了,他们可以保持原样,也可以选一些新的产品。

7. 选择合适的营销媒体

企业根据顾客数据库确定目标,从顾客所在地区,从消费者的购买习惯、购买能力、商店数目做出大致销售的估计,这些是决定营销媒体分配,充分传达广告内容,使消费者产生购买行为必须要考虑的内容。在制订媒体计划阶段,有关消费者所有的情报更是营销人员必须了如指掌的内容。数据库营销的着眼点在一个人而不是广大群众,所以必须根据数据库提供的信息谨慎考虑要以何种频率来与个人沟通才能达到良好的效果。

8. 运用数据库与消费者建立紧密关系,企业可使消费者更加忠诚

那些致力于同消费者保持紧密联系的企业都认为,没有什么东西比拥有一个忠诚的消费者更重要了,而且与寻求新顾客相比,保留老顾客更便宜、更经济。因此运用数据库经常地与消费者保持双向沟通联系,可以维持和增强与消费者的情感纽带,从而增强抵抗外部竞争的干扰能力。另外,传统营销中,运用大众传媒大规模促销活动,容易引起竞争者的对抗行为,削弱促销的效果。运用数据库营销,无须借助大众传媒,比较隐秘,一般不会引起竞争对手的注意,容易达到预期的促销效果。

综上所述,数据库营销在支持营销者进行营销决策和战略发展方面的确具有十分重要的作用。这种作用发挥得如何,一方面与数据库营销自身的特点与成本有关;另一方面又取决于营销者的意识。

13.3 关系营销

越来越多的企业意识到,与客户建立和维系一种长期的战略伙伴关系是使交易双方企业获得"双赢"的最大保障,关系营销应运而生。

关系营销是从"大市场营销"观念衍生、发展而来的。1984 年,科特勒提出了大市场营

销概念,目的是解决国际市场的进入壁垒问题。在此研究基础上,1985 年,美国营销学者巴巴拉·杰克逊首先提出关系营销,菲利普·科特勒在其《营销管理》(第六版)中也有论述,从 20 世纪 80 年代起,关系营销迅速风靡全世界,是现代西方营销理论与实践在传统的"交易型营销"基础上的一个发展和进步。

13.3.1　关系营销的概念与特征

关系营销是对应交易营销提出来的,原因是单靠交易营销建立的品牌忠诚度不稳,回头客太少。现实营销中,有些企业的生意不断,有些企业则是一次性交易,究其根源是企业与顾客的关系不同。为了扩大回头客的比例,提出关系营销。

1. 关系营销的概念

关系营销是指把营销活动看成是一个企业与消费者、供应商、分销商、竞争者、政府机构及其他公众发生互动作用的过程,其核心是建立和发展与这些公众的良好关系。

关系营销实际上是买卖双方间创造更亲密的工作关系与相互依赖关系的艺术。企业与顾客、分销商、经销商、供应方等建立、保持并加强关系,通过互利交换及共同履行诺言,为有关各方实现各自的企业与购买者之间具有更亲密的工作关系和相互依赖的伙伴关系,建立和发展双方的连续性效益,提高品牌忠诚度和巩固市场的方法和技巧。

关系营销的目标就是建立关系,主要包括三方面:关系营销为企业创造忠诚顾客,导致销售额增加;关系营销使企业的顾客保留成本与顾客流失成本下降;关系营销间接的利益是留住了员工。

2. 关系营销建立的形式

(1) 关系深入型。成交后,继续关心顾客,了解他们存在的问题和机会,并随时以各种方式为其提供服务。前提是交易关系已经发生;目的是培养交易之外的各种关系,这只适用于现有顾客。

(2) 关系领先型。在企业与顾客建立交易关系之前,先建立非交易关系,为以后的交易打下基础。范围广,只要目标市场上的顾客均可。如尿布生产厂家全百利公司,花 1 亿美元建立了一个包括 75% 的美国怀孕妇女的资料库,并寄去孕期保护、育儿知识等资料,为婴儿出生购买其产品做准备。

3. 关系营销的本质特征

在买卖关系的基础上建立非交易关系,以保证交易关系能持续不断地确立和发生。关系营销的关键是顾客满意。关系营销的本质特征主要有以下几个方面。

(1) 双向沟通

在关系营销中,沟通应该是双向而非单向的。只有广泛的信息交流和信息共享,才可能使企业赢得各个利益相关者的支持与合作。

(2) 信任

关系营销具有显著的信任属性,利益相关者之间存在牢固的充分的信任感,基于彼此乐于做出承诺,并能遵守承诺。关系营销的基本目标是为赢得公众的信赖与好感,因此,当关系双方的利益发生矛盾时,企业只能舍弃实质利益,换来的将是宝贵的关系利益。

(3)合作

一般而言,关系有两种基本状态,即对立和合作。只有通过合作才能实现协同,因此合作是"双赢"的基础。

(4)双赢

关系营销旨在通过合作增加关系各方的利益,而不是通过损害其中一方或多方的利益来增加其他各方的利益。真正的关系营销是达到关系双方互利互惠的境界,因此,关系营销的关键在于了解双方的利益共同点,并努力使共同的利益得到实现,达到"双赢"的结果。

(5)亲密

关系能否得到稳定与发展,情感因素起着重要作用。因此,关系营销不只是要实现物质利益的互惠,还必须让参与各方能从关系中获得情感的需求满足。

(6)控制

关系营销要求建立专门的部门,用以跟踪顾客、分销商、供应商及营销系统中其他参与者的态度。及时发现及时解决不利因素。

小资料 13-1

"营销水桶"理论[①]

　　假日饭店市场部执行副总裁詹姆斯在一次访问中提出了"营销水桶"理论。他认为,营销可以被看做一个大水桶,所有的销售、广告和促销计划都是从桶口往桶里倒水,只要这些方案计划是有效的,水桶就应该可以盛满水,然而有一个问题——桶上有一个洞。当生意状况很好并且企业按承诺提供服务时,这个洞很小,也就是说只有很少的顾客流失;但当运营管理不善,并且顾客对服务不满意时,这个洞就很大,顾客就会大量流失。"营销水桶"理论,以一个简单的例子说明了关系营销的重要性。运用关系策略留住顾客,就像堵住水桶上的洞一样重要。

4. 关系营销与交易营销的区别

　　传统的市场营销是企业利用营销 4P 组合策略来争取顾客和创造交易,以达到扩大市场份额的目的。关系营销突破了传统的 4P 组合策略,强调充分利用现有的各种资源,采取各种有效的方法与手段,使企业与其利益相关者,如顾客、中间商、政府等建立长期的伙伴关系,其中最重要的是企业与消费者的关系。传统的市场营销与关系营销有着很大的区别,传统的市场营销是建立在"以生产者为中心"的基础上;而关系营销则是建立在"以消费者为中心"的基础之上。如图 13-1 所示。关系营销与传统的交易营销的主要区别有以下几个方面:

---

① 资料来源:中国传播营销网.编者整理

(1) 交易营销关注的是一次性交易;关系营销关注的是如何保持顾客。

(2) 交易营销较少强调顾客服务;关系营销高度重视顾客服务,并借顾客服务提高顾客满意度,培育顾客忠诚度。

(3) 交易营销往往只有少量的顾客承诺;关系营销则有充分的顾客承诺。

(4) 交易营销认为产品质量应是生产部门所关心的;关系营销认为所有部门都应关心质量问题。

(5) 交易营销不注重与顾客的长期联系;关系营销的核心就在于发展与顾客长期的、稳定的关系。

(6) 交易营销注重单方利润最大化;关系营销则注重"双赢",追求双方利益最佳化。

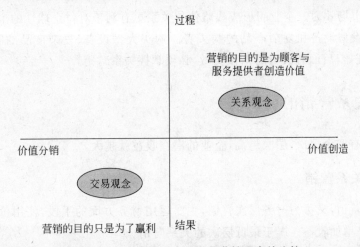

图 13-1　关系营销观念和交易营销观念的比较

13.3.2　关系营销的原则与作用

1. 关系营销的原则

关系营销的实质是在市场营销中,与各关系方建立一种长期的、稳定的、相互依存的营销关系,使彼此能协调发展,因此必须遵循以下原则。

(1) 主动沟通的原则

在关系营销中,各关系方都应主动与其他关系方接触和联系,相互沟通信息,了解情况,形成制度,以合同形式定期或不定期地碰头。

(2) 承诺信任原则

在关系营销中,各方关系相互之间都应做出一系列书面或口头的承诺,并以自己的行为履行承诺,才能赢得关系方的信任。承诺的实质是一种自信的表现,履行承诺就是将誓言变为行动,是维护和尊重关系方利益的体现,也是获得关系方信任的关键,是公司与关系方保持融洽伙伴关系的基础。

(3) 互惠原则

在与关系方交往的过程中,必须做到相互满足关系方的经济利益,因为各营销关系方都是经济利益的主体,在市场上地位平等,根据商品经济的规律,在公开、公平、公正的条件下,进行等价交换,有偿让渡,使关系方都能得到实惠。

2. 关系营销的作用

(1) 收益高。向现有顾客继续销售而得的收益,比花钱去吸引新顾客的收益要高。

(2) 可以保持更多客户。随着顾客日趋大型化和数目不断减少,每一个客户显得越来越重要。

(3) 扩大顾客范围。企业对现有客户的交叉销售的机会日益增多,维持老的,开发新的。

(4) 提高市场效力。企业间形成战略伙伴关系更有利于对付全球性的市场竞争。

(5) 吸引大型设备和复杂产品的购买者。购买大型设备、复杂产品的客户,对他们来说,销售只是开始,后面有大量的工作要做,必须掌握关系营销。

13.3.3　关系营销的层次

关系营销有四个层次,层次越高,企业的潜在收益就越大。

1. 一级关系营销

一级关系营销,又称为财务层次营销,主要运用财务方面的手段,使用价格来刺激目标公众的需求,以增加收益。属于最低层次的关系营销。

主要方法有:利用价格刺激增加目标市场顾客的财务利益,比如新加坡奥迪公司承诺如果顾客购买汽车一年内不满意,按原价退款。

2. 二级关系营销

二级关系营销又称为社交层次的营销。与一级关系营销相比,这种方法在向目标公众提供财务利益的同时,也增加他们的社会利益。

主要形式有:建立顾客组织,以某种方式将顾客纳入到企业的特定组织中,使企业与顾客保持更为紧密地联系,实现顾客的有效控制。

3. 三级关系营销

三级关系营销又称为结构层次营销,使企业在向交易伙伴提供财务利益和社会利益的同时,与交易伙伴结成稳定的结构纽带,稳定联系。

主要方法有:实行定制化联系,同时附加目标顾客的财务利益和社会利益。

主要表现形式有:大规模定制和顾客亲密。通过针对个体的需要进行小小的调整和改进来提供定制的服务,利用了解个别顾客的需要情况,并在此基础上发展适合每位特定顾客需求的"一对一"解决方案,有利于顾客忠诚的建立。

小资料 13-2

新加坡东方大酒店的 "超级服务" [①]

新加坡东方大酒店曾推行了一项名为"超级服务"的训练计划,要求员工尽可能满足顾客的需要,即使不属于分内的事或者顾客没有提出要求,也要尽量使顾客感到满意。一天,咖啡厅来了四位顾客,边喝咖啡边商量事情,但人越来越多,非常嘈杂,服务员觉察后,立即申请一间空房供客人临时用,客人感到非常意外。事后写了一封感谢信:"我们除了永远成为您的忠实顾客之外,我们所属的公司以及海外的来宾将永远为您广为宣传。"

4．四级关系营销

四级关系营销主要方法是增加结构纽带,同时附加目标顾客的财务利益、社会利益和定制化联系。

13.3.4　关系营销的实施

1．关系营销的实施步骤

(1) 筛选出值得和必须建立关系的顾客。

(2) 对筛选出的顾客指派专人负责,明确职责范围:每一客户由关系经理负责;关系经理职责分明;派一名总经理管理关系经理。

(3) 分别制订长期的和年度的工作计划,经常与关系对象进行联络和沟通。

(4) 进行反馈和追踪。测定长期需求,了解顾客兴趣。

2．实施关系营销应做的工作

关系营销作为新的聚合点,以市场为导向,把服务与质量有机地结合起来。关系营销的着眼点不像传统营销观念那样只有一个,而是两个:即赢得客户与拥有客户。过去,市场营销的重点很大部分放在怎样"赢得",而不是如何长期"拥有"客户上面;而关系营销的目的正是在于使服务、质量和营销这三者环环相扣,使赢得客户与保有客户这两方面呼应扣合起来。因此,关系营销的导向是:将服务、质量和营销融为一体。未来的竞争环境更加变幻莫测,这对企业的市场应变能力提出了更高的要求。通过与客户建立长期稳定的战略伙伴关系,能够更有利于企业与合作伙伴共享资源,培育和加强企业的市场竞争优势。

[①]　资料来源:刘韬.编织现代关系营销网.销售与市场,2000

13.4　直复营销

13.4.1　直复营销的概念与形式

直复营销是无店铺零售的一种主要形式,起源于美国。由于其特有的功能和特点,现在已被世界上许多发达国家和新兴工业化国家的企业广泛采用,并在实践中显示出强大的生命力和无限的活力。美国1999年直复营销的营业额为2100亿美元,占无店铺零售的85%,占整个零售总额的60%;国际直复营销近年来平均销售额增长率是10%～15%,其发展速度是一般零售业形式的两倍。因此,直复营销被西方学者称为划时代的营销革命。

1. 直复营销的概念

直复营销(direct marketing)是为了达到量化的市场营销目标,公司与顾客或潜在顾客之间进行的直接接触,并系统地使用数据信息的沟通过程。 直复营销简称"直销",但不等于直接销售。直复营销与直接销售的区别关键在"回复",不是由推销员直接上门推销,而是运用一种或多种广告媒体让顾客传回信息后再销售的一种方式。无店铺销售包括直接销售、直复营销、购货服务等,直复营销是其中的一种。

直复营销是与顾客之间进行的一对一的营销,绕过中间商等中间环节,直接面对消费者。直复营销的主要目的是与顾客建立一种长期的关系,并通过直接联系及时获得反馈信息与传播公司的产品和服务,最终建立顾客忠诚。雅芳、芭利、旅行者等著名的大公司正用直复营销进行着一场营销方式革命。

在传统的营销理论基础上,美国营销大师罗伯特·劳特伯恩(Robert Lauterborn)提出了顾客问题的解决(customer solution)、顾客成本(customer cost)、顾客便利(customer convenience)及与顾客沟通(customer communication)的新理论——4C理论。强调购买一方在市场营销活动中的主动性与积极参与性,强调顾客购买的便利性,是4C理论的核心。直复营销为买卖双方创造了得以即时交流的小环境,符合消费者导向、成本低廉、购买的便利,以及充分沟通的4C要求,是4C理论的实际应用。

2. 直复营销的特点

直复营销与其他的营销方式都在寻求劝说消费者购买产品或为其服务,但在直复营销的方式中,存在着一些比普通的营销方式更为特殊的内容,其中最重要的内容是其针对个体的单独沟通,而且,直复营销活动会在广告过程中要求顾客立即回复信息,即鼓励他们打电话或邮寄明信片订货或索取更多的信息。直复营销主要有以下几方面的特点。

(1)直接反应性

直复营销是采用能直接引起目标顾客反应的各种手段作为沟通营销者与目标顾客的媒介,如电话、网络、邮件等,使得顾客接受这些信息之后,可以立即作出实质性的反应,如查询、拨打订购电话,网上浏览等,形成直复营销者与目标顾客之间强烈互动性。

（2）不受制约性

即在直复营销活动中，任何时间、任何地点都可以进行信息双向交流。在传统营销活动中，只有当顾客来商店或推销员亲自上门时，方可进行双向沟通，但在直复营销中只要某一媒体能将双方连接起来，信息交流就可进行，充分表现出其在空间上的广泛性。

（3）信息的双向交流性

在直复营销活动中，营销者与目标顾客之间的信息交流是双向的。营销者利用电视网络、电话等手段将企业的产品信息发送给顾客，顾客再根据真实逼真的信息选择商品，进而订货付款，因而直复营销者可以根据营销活动的结果进行决策就会十分准确。

（4）对数据库的依赖性

直复营销离不开数据库的密切合作，通过建立数据库企业可以选出其目标顾客，一轮直复营销活动结束后，目标顾客回复的反馈信息继续存入顾客数据库中，作为下一轮直复营销活动的依据。

（5）效果可测性

直复营销优于普通营销方式的一个显著特征在于对营销活动结果的跟踪方面。营销活动可以监控，可以判断其是否成功，可以让营销人员了解如何确定有效的途径，在通过这些途径进行产品或服务的销售过程中，哪些因素在起作用，哪些是无用的。同时，活动结果的可测性，使营销人员可以对各种事先提供的重要因素进行测试，以发现营销资源中最为有效的部分。

3．直复营销的主要形式

（1）直接邮购

直接邮购是指直接把信件经过邮局邮寄到顾客手中的一种方法。直复营销人员将邮件、传单、折叠广告和其他"长着翅膀的推销员"分别寄给有关产品购买力大的顾客。一般来说，先邮寄印刷广告，顾客回复后再寄货物。直接邮购可用来销售新产品、礼品、服饰和小工业品，其中包括一些附有订单、回执卡、免费电话等回复工具，因此直接邮购是应用最广、花费最省的一种形式，并且操作简便、对目标顾客选择性强、效果容易衡量，直接反应率可达35％以上，效果较好。

（2）目录营销

目录营销是指把目录直接邮寄给顾客，并附上购货单的一种方法，又称为邮购目录。目的是将分销商的利益转移给消费者。采用这种形式，销售商按照选好的顾客名单邮寄目录，或随时供顾客索取。邮购目录是直接邮购中的特殊形式，总之，消费者经由这种方式可以购买到任何产品，有利于满足顾客对综合产品的要求。

（3）电话营销

电话营销不等于电话销售，因为可以通过电话与顾客进行直接交流，展示了直接营销更广阔的领域，包括销售、询问解答、接受订货、关心顾客、市场调研、顾客不满的处理、支持其他直销活动等。电话营销已成为一种重要的直复营销工具，即商家使用电话直接向消费者传递信息、销售产品。尤其值得注意的是自 20 世纪 60 年代美国推出免费电话后，电话营销就蓬勃发展起来。电话营销有立即性与直接性的优点，但其成本很高，而且不能确保顾客是否愿意沟通。

（4）电视直销

电视直销是指通过电视将产品直接营销给最终顾客。具体方式有两种：

① 直接反映广告，即营销人员通过电视广告来展示和介绍企业的产品，并同时告知查询订购电话，顾客只要打个电话即可完成交易约定。与电视广告不同的是，电视直销提供的是订购电话；并且顾客只需在自己要求的地点付款接货。

② 家庭购物频道，主要是通过有线或无限电视频道播放系列产品广告信息，如现在的图文信息频道，观众可在全天 24 小时随时收看，并随时拨打电话订购。

（5）电子销售

电子销售包括两种：一种是消费者通过视频信息系统操作一个小型终端，订购电视屏幕上显示的产品；另一种是消费者使用电脑向中心数据库索取信息。

（6）网络营销

网络营销的优点有：超越时空限制；服务功能多；成本较低等。

（7）其他媒体营销

其他媒体营销如通过杂志、报纸等印刷媒体或电台媒体向顾客推销产品，了解到有关商品信息后可打电话订购。

13.4.2　直复营销的策略

直复营销主要包括以下内容。

1．组建客户数据库

组建客户数据库是直复营销的起点，同时也是直复营销的终点，完善、有效的客户数据库将为直复营销提供所需的信息，并进行有效地分析。

2．确定目标市场

确定目标市场是直复营销的重点，公司实施直复营销一定要首先明确目标，是新产品上市？还是想用产品目录或网站的链接吸引新的消费者？或是发掘潜在客户？

3．寻求合适的途径

直复营销形式多种多样，不同的形式花费的成本是不同的，公司一定要根据过去营销活动的分析、公司的目标市场、公司的财务、产品的特色等，决定接近客户或潜在客户的最佳途径。

4．制作直复营销的流程

目标选定之后，就是如何用设计的方式进行营销的问题。公司要根据不同的客户设计不同的广告、产品目录、传单或宣传材料，并在实践中不断反馈给客户数据库，使每个设计的细节都能体现公司的良好形象，注重视觉效果，并运用刺激手段加上说服性的宣传材料，以调整到最好的设计方式。

随着市场经济的发展，市场营销的观念不断创新，产生了许多新形式，比如绿色营销、文化营销、交叉营销、整体营销、精准营销、服务营销与全球营销等，各自在不同的领域发挥着作用。

本章小结

1. 网络营销是指为实现企业的营销目标,借助于互联网、电子通信和数字交换等系统进行的一系列商务活动。主要包括网上广告、订货、付款、客户服务和货物递交等售前、售中、售后服务,以及市场调查分析、财务核算及生产安排利用等利用因特网开发的商务活动。

2. 数据库营销就是企业通过搜集和积累消费者的大量信息,经过处理后预测消费者有多大可能去购买某种产品,以及利用这些信息给产品以精确定位,有针对性地制作营销信息以达到说服消费者去购买产品的目的。

3. 关系营销是指把营销活动看成是一个企业与消费者、供应商、分销商、竞争者、政府机构,及其他公众发生互动作用的过程,其核心是建立和发展与这些公众的良好关系。

4. 直复营销是为了达到量化的市场营销目标,公司与顾客或潜在顾客之间进行的直接接触,并系统地使用数据信息的沟通过程。直复营销是无店铺零售的一种最主要的形式。

巩固与应用

1. 关键概念

网络营销　数据库营销　关系营销　直复营销

2. 思考与练习

(1) 网络营销的基本特点与作用有哪些?
(2) 数据库营销的基本过程与竞争优势有哪些?
(3) 关系营销与交易营销有什么不同?
(4) 直复营销的基本形式包括哪些?

3. 案例分析

淘宝网数据库营销的成功战略[①]

作为国内知名的 C2C 个人在线交易平台——淘宝网,目前有 880 万注册用户,八九百万件可供交易的商品,已成为越来越多的网民网上购物和网上创业的选择。虽然淘宝网本身就是一家网站,但在其他网络媒体上也投放了大量的广告。并且,由于对网络媒体有着切身体会,淘宝网在网络广告的运用上,充分利用网络的特点、优势,形成了淘宝的特色。

据淘宝网市场总监张宇女士介绍,淘宝网作为电子商务网站,市场推广的主要任务是让更多的人了解淘宝网,并在淘宝网上达成交易。淘宝网除了在户外、电视等传统媒体进行广告投放外,在网络媒体上的广告投放量也非常可观,并且积累了一定的运作经验。但是,在对媒体认识不断深化的过程中,也发现了企业在网络广告应用中的一些问题。

---

① 资料来源:吴亚红等主编.市场营销实务.南京:南京大学出版社,2007

张宇认为，目前一些传统行业，比如消费品行业等，对网络广告的认识还没有跳出传统广告的观念，只是把网络广告作为传统媒体广告的一个补充、延伸，并没有根据网络媒体的特点、网络媒体的新技术，深入挖掘网络广告的价值。

网络媒体的一个重要特点在于互动性，即广告主可以通过网络技术手段的运用达成和受众的互动与交流，并且浏览者在网络媒体上的登录、点击、浏览地址等信息，都可以通过技术处理得到统计数据。企业可以根据这些信息及时调整网络广告的位置、形式、创意等，令广告投放与浏览者媒体接触相结合，达到最佳的广告效果。

对此，淘宝网深有体会，在自身网络广告的投放上，积极利用了网络媒体的技术优势。

张宇介绍，目前淘宝网在广告的投放中充分使用了广告监测系统。通过及时分析处理监测到的数据，每天都可以通过监测系统得到前一天所投放网络广告的数据，包括用户浏览数量、点击数量、进入网站途径，以及在网上的行为等。

此外，淘宝网还可以利用数据比较不同创意、不同形式、不同网页位置的广告效果如何，进而可以随时调整广告创意。在邮件广告的数据利用方面，目前邮件供应商可以为淘宝网提供包括邮件地址在内的很多数据，比如邮件使用者的性别、年龄、收入、经常浏览的网站、对哪些产品感兴趣等。这样，淘宝网可以有针对性地发 DM 邮件，并且还可以利用网络技术，统计受众的反应，如点击邮件数量，打开后又点击了哪些内容，进入了淘宝网站后又做了什么等，由此可以衡量邮件广告的成功率、广告内容的满意度等指标。

张宇表示，传统媒体广告的覆盖群体比较广泛而且组成比较复杂，想要准确覆盖某些特定群体而不浪费的话，通过传统媒体往往比较困难。并且，传统媒体对广告反馈信息的收集较慢，缺乏准确数据，并且无法追踪统计。即使得到反馈数据，由于广告的制作和投放周期相对较长，也不能及时调整。

淘宝网利用网络媒体的特点，准确及时地统计其目标受众的网络行为数据，在网络广告的覆盖、创意、反馈各环节，根据量化的数据进行决策，因而其投放行为比较理性，这一点足以令传统媒体望尘莫及。

问题

(1) 为什么淘宝网能够成功地实施数据库营销？

(2) 淘宝网利用了哪些网络媒体？

4. 技能训练

(1) 训练项目

各模拟公司对网络营销的认识。

(2) 训练目的

通过同学们对某公司关系营销的调查，进一步加深理解关系营销的本质、特点、原则与方法。

(3) 训练内容

第一步，将一个班的同学分成 4～6 个模拟公司，各模拟公司选择一个公司进行调查。

第二步，各模拟公司对调查的结果进行总结，找出所调查公司存在的不足，同时制定模拟企业与客户建立一对一关系的专题活动。

第三步，将调查分析结果在班级讨论介绍，评出优胜者。

参 考 文 献

1. [美]菲利普·科特勒著.梅清豪译.营销管理(第 12 版).上海：上海人民出版社,2006 年

2. 郭国庆.市场营销学通论(第 3 版).北京：中国人民大学出版社, 2005 年

3. 吴勇,邵国良.市场营销.北京：高等教育出版社,2005 年

4. 汤定娜,万后芬.中国企业营销案例.北京：高等教育出版社,2001 年

5. 李文国.市场营销.上海：上海交通大学出版社,2005 年

6. 李怀斌.市场营销学.北京：清华大学出版社,2007 年

7. 连漪.市场营销学.北京：北京理工大学出版社,2007 年

8. 张欣瑞.市场营销管理.北京：清华大学出版社,2005 年

9. 胡德华.市场营销经典案例与解读.北京：电子工业出版社,2005 年

10. 陈子清.市场营销实训教程.武汉：华中科技大学出版社,2006 年

11. 苏兰君.现代市场营销能力培养与训练.北京：北京邮电大学出版社,2005 年

12. 吴亚红.市场营销实务.南京：南京大学出版社,2007 年

13. 荣晓华.消费者行为学.大连：东北财经大学出版社,2002 年

14. 赵伯庄,张梦霞.市场调研(第 2 版).北京：北京大学出版社,2007 年

15. 陈殿阁.市场调查与预测.北京：清华大学出版社,2004 年

16. 方光罗.市场营销学.大连：东北财经大学出版社,2005 年

17. 吴健安.市场营销学(第 2 版).北京：高等教育出版社,2004 年

18. 张晋光.市场营销.北京：机械工业出版社,2006 年

19. 陈放.产品策划.北京：知识产权出版社,2000 年

20. 杨明刚.市场营销 100 个案与点析(第 2 版).上海：华东理工大学出版社,2004 年

21. [美]德尔等著.符国群译.消费者行为学(第 7 版).北京：机械工业出版社,2000 年

22. 陈信康.市场营销学案例集.上海：上海财经大学出版社,2003 年

23. 徐育斐.推销技巧.北京：中国商业出版社,2003 年

24. 马连福.现代市场调查与预测.北京：首都经济贸易大学出版社,2002 年

25. 王峰.市场调研.上海：上海财经大学出版社,2006 年

26. 杨莉惠.客户关系管理实训.北京：中国劳动社会保障出版社,2006 年

27. [美]查尔斯·W.L.希尔著.周建临等译.国际商务(英文第 5 版).北京：中国人民大学出版社,2005 年

28. [英]大卫乔布尔著.胡爱稳译.市场营销学原理与实践(第 3 版).北京：机械工业出版社,2003 年

29. 王丽萍.汪海的鞋门鞋道.北京：中国商业出版社,2002 年

30. 李航.有效管理者——产品战略.北京：中国对外经济贸易大学出版社,1998 年

31. [美]查尔斯·W.L.希尔著.周建临等译.国际商务(英文第 5 版).北京：中国人民大学出版社,2005 年